九重紫

吱吱 著

上

重慶出版集團　重慶出版社

图书在版编目（CIP）数据

九重紫 / 吱吱著. -- 重庆：重庆出版社，2022.11
ISBN 978-7-229-16762-2

Ⅰ. ①九… Ⅱ. ①吱… Ⅲ. ①长篇小说—中国—当代
Ⅳ. ① I247.5

中国版本图书馆 CIP 数据核字 (2022) 第 068488 号

九重紫
JIUCHONGZI
吱吱 著

责任编辑：李 子 李 梅
责任校对：杨 婧
封面设计：九一设计

重庆出版集团
重庆出版社 出版

重庆市南岸区南滨路 162 号 1 幢 邮政编码：400061 http://www.cqph.com
重庆市国丰印务有限责任公司印刷
重庆出版集团图书发行有限公司发行
E-MAIL:fxchu@cqph.com 邮购电话：023-61520646
全国新华书店经销

开本：710 mm×1000 mm 1/16 印张：47 字数：1280 千
2022 年 11 月第 1 版 2022 年 11 月第 1 次印刷
ISBN 978-7-229-16762-2
定价：118.00 元

如有印装质量问题，请向本集团图书发行有限公司调换：023-61520678

版权所有　侵权必究

九重紫

第一章　争执·分歧·苦涩　/1

第二章　新生·回家·窦家　/9

第三章　疑惑·事发·丫鬟　/18

第四章　母亲·继母·来客　/28

第五章　吵架·婆婆·未遂　/36

第六章　祈求·秋扇·春暖　/45

第七章　婚事·逝水·争论　/54

第八章　舅舅·妹妹·心思　/64

第九章　挑唆·临行·意外　/73

第十章　过年·说话·选择　/82

第十一章　偷听·异样·不知　/91

第十二章　混乱·处置·暂居　/100

第十三章　夜语·纪氏·连环　/108

第十四章　敲山·震虎·反应　/117

第十五章　改弦·快刀·同意　/125

第十六章　一半·盘算·清算　/133

第十七章　分割·帮忙·规矩　/141

第十八章　拒绝·田庄·旧人　/149

第十九章　进门·端午·祖父　/158

目录
CONTENTS

第二十章　丧事·吊唁·守制　/167

第二十一章　姐妹·三年·风波　/175

第二十二章　戳穿·后果·做伴　/184

第二十三章　挽回·遇见·菊宴　/193

第二十四章　求助·相逼·插手　/201

第二十五章　所求·收留·坦诚　/210

第二十六章　商定·进府·生意　/218

第二十七章　拜见·喜悦·邬善　/226

第二十八章　游玩·婚事·暗涌　/234

第二十九章　纪咏·田庄·劫持　/243

第一章　争执·分歧·苦涩

窦昭觉得自己可能活不长了。

老一辈的人常说，梦死得生，梦生得死。

她这些日子总梦见自己回到了小时候，坐在开满了紫藤花的花架子下摆动着两条肥肥的小腿，白白胖胖像馒头似的乳娘正喂她吃饭。有风吹过，垂落的紫藤花蔓挤在一起，累累叠叠的紫藤花簌簌作响，像群围在一起窃窃私语的小姑娘。

她觉得有趣，笑嘻嘻地跑了过去，抓住一根藤蔓，顺手就揪下了一朵盛放的紫藤花来。

乳娘追了过来："四小姐，乖，吃了这口饭，七爷就从京城回来了。到时候会给四小姐带很多好吃的，还有好看的鞋袜……"

她看也不看乳娘一眼，避开乳娘伸过来的银勺，又抓住一根藤蔓揪下了朵紫藤花。

耳边就传来一个清脆悦耳的女子声音："怎么？四小姐又不听话了？"

乳娘一听到这个声音立刻就转身屈膝朝着说话声的方向行了个福礼，恭谨地喊了声："七奶奶。"

她则捏着紫藤花冲了过去："娘亲，娘亲……"

少妇温柔地抱住了她，她献宝般地把手上的紫藤花摊给母亲看。

春日的阳光照在母亲发间的赤金步摇和大红色遍地金通袖袄上，折射出耀眼的光芒，母亲的身上，仿佛镀上了一层金箔，刺得她眼睛发涩，而母亲的脸，则熔化在那一团金色的光晕里，让她看不清表情。

"娘亲，娘亲……"她强忍着眼中的酸涩，高高地仰着头，想看清楚母亲。

母亲的面孔却越发地模糊起来。

有个小丫鬟跑了过来，欢天喜地地禀着："七奶奶，七爷从京城回来了！"

"真的！"母亲既惊且喜地站起身来，提起裙子就朝外奔去。

她迈着两条短肥的小腿啪嗒啪嗒地追了过去："娘亲，娘亲！"

母亲却越走越快，眼看着就要消失在春光中。

她急起来，冲着母亲雀跃的背影大声地嚷着："娘亲，娘亲，爹爹不是一个人回来的，他还带了个女人！她会夺了您的正妻之位，逼得您走投无路，自缢身亡……"

可不知道为什么，这句至关重要的话反反复复地在她的脑海、舌尖徘徊，就是发不出一点声响来，她只能眼睁睁地看着母亲的身影渐行渐远地消失在自己的视线里。

她心急如焚，四处乱窜地找着母亲。

白光中，有群争吵不休的大人。

她跑了过去，一边扒开人群，一边焦灼地问："你们看见我娘亲了吗？你们看见我娘亲了吗？"他们都只顾着吵架，没有一个人理睬她。

母亲，到底去了哪里？她茫然四顾。

突然看见一间隔扇上镶满了彩色琉璃的花厅，厅门半掩，好像有人影在晃动。

难道母亲躲在那里？

她欣喜地跑了过去，"吱呀"一声就推开了隔扇。

半截大红色遍地金的湘裙在空中摇晃，裙裾下，露出两只脚，一只脚上只穿着雪白的绫袜，一只脚上穿着大红色绣鸳鸯戏水的绫面绣鞋……

她厉声尖叫着，大汗淋漓地从梦中醒来。入目的依旧是熟悉的八角宫灯，静静地立在墙角，莹莹地散发着明亮又不失柔和的光华。

屋子里悄无声息，大丫鬟翠冷正坐在床头的小杌子上打着盹。

窦昭深深地吸了口气。

原来那尖叫声也是在梦中！

她强压下心底的惊惶不安。自己这一病，家里人仰马翻，特别是几个贴身服侍的丫鬟，日夜轮值，眼睛也不敢眨一下，想必是累极了。

窦昭没有惊动翠冷，望着墙角的灯光，情不自禁地想起刚才的梦来。

母亲死的时候她才两岁多，什么也不记得了。要不是后来母亲的忠仆妥娘找到了她，她连母亲到底是怎样死的都不清楚，又怎么会知道这些细节？

可见这全是她日有所思夜有所梦，听了妥娘的话，想当然杜撰出来的！

窦昭心里就觉得闷闷的，透不过气来似的难受，忍不住翻了个身。

窸窸窣窣的衣料摩擦声在这寂静的夜里显得格外的清晰和响亮。

翠冷立刻被惊醒，想到自己值夜的时候竟然睡着了，惶恐地喊着："夫人。"

窦昭安抚般朝她笑了笑，道："我口有点渴。"

"我这就给您倒茶去。"翠冷一跃起来，长吁了口气，放下心来。

窦昭喝了口热茶，问她："现在是什么时辰了？侯爷回来了吗？"

"刚过子时。"翠冷呐呐地道，"侯爷，还，还没有回来。"显得很忐忑。

窦昭目光不由一沉。

她是重阳节那天去姑姐——景国公世子夫人魏延珍府上赏菊时受了风寒，之后就有些发热。刚开始，谁也没有放在心上，包括窦昭在内。以为请了御医吃几服药就会好的，谁知道几服药下去，病不仅没见好，反而更严重了，十天前竟然卧床不起了，家里的人这才慌了神，请大夫，做法事，拜菩萨，闹得鸡飞狗跳的，丈夫济宁侯魏延瑜甚至让丫鬟隔着屏风支了张榻，每天晚上歇在那里，服侍着她的茶水。

昨天下午，廷安侯家的四爷汪清海来找魏延瑜，两人在外面嘀嘀咕咕了良久，魏廷瑜借口要和汪清海一起出去吃饭，到现在还没有回来。

汪清海字大河，和魏廷瑜同出公卿之家，两人从小一起长大，都喜欢骑射和蹴鞠，关系特别的好，常常一起结伴打马球、蹴鞠、狩猎、赛马。如果是平时，窦昭肯定不以为意，继续睡她的安稳觉。可就在半个月前，汪清海的岳父、东平伯周少川因贪墨被皇上抄家夺爵，关进了诏狱，他正为岳父四方奔走，她怕魏延瑜也搅和进去。

"你让二门当值的婆子去外院看看，侯爷是不是歇在了书房。"窦昭担心地道，"如果侯爷不在书房，就跟大门当值的人说一声，侯爷一回来就请他回上房。"

翠冷应声而去。

不过一盏茶的工夫，她就急匆匆地折了回来。"夫人，侯爷回来了！"她说着，语气微顿，又补充了一句，"侯爷刚从外面回来，一回来就直奔夫人的上房而来。"

"我知道了。"窦昭挣扎着坐了起来。

翠冷正想帮她重新挽个髻，魏廷瑜已经进了内室。

虽然已过而立之年，魏廷瑜并不像那些和他一样生活优渥的公侯伯卿，或是因酒色掏空了身子而显得精神萎靡，或是因养尊处优大腹便便而显得臃肿痴肥。他身材高大挺拔，五官俊朗秀雅，动作敏捷，举手投足间充满了活力，神采反而更胜年轻的时候，乍眼一看，不过二十五六的年纪，是京都有名的美男子。

看见窦昭披衣而坐，他诧异道："你怎么还没有睡？"

窦昭却问："汪四爷找侯爷什么事？"

"哦！"魏廷瑜目光有些躲闪，"没什么事，就是心中苦闷，找我喝喝酒……"

"侯爷！"窦昭不由拔高了声音，毫不客气地打断了魏廷瑜的话，"汪四爷是来找侯爷帮忙的吧？侯爷可曾仔细想过，那东平伯到底是为何下的狱？侯爷若是蹚了这摊浑水，惹火上身会有什么麻烦？侯爷就算是不怜惜妾身，可婆婆年纪大了，几个孩儿又还小，侯爷也统统不管吗？"

"你也别总把我当三岁小孩似的。"魏廷瑜笑道，"东平伯不过是酒后说了几句胡话，触了皇上的逆鳞，这才被下了诏狱。别说是我了，就是满京都又有谁不知道？你别担心，这件事我自有主张，不会拖累你和孩子们的。"语气颇为敷衍。

当今皇上是通过宫变登的大宝，最顾忌别人私下议论这件事。所谓的东平伯酒后胡话，恐怕就因此而起。

十几年的夫妻，魏廷瑜的脾性窦昭了如指掌。他这么说，窦昭更担心了，非要魏廷瑜给她一句承诺不可："……凡是与周家相关的事，你都不插手！"

魏廷瑜被她说得怒意渐起，不悦道："你这是什么意思？大河是我的至交好友，他现在有事，我坐视不管，那还是个人吗？"然后讥嘲道："还好大河没要我去求岳父，要不然，你岂不是要和我死人翻船！"

窦昭的父亲窦世英是翰林院掌院学士、詹事府少詹事，官不过四品，却甚得皇上器重，常被皇上召进宫去，给太子和诸皇子筵讲。

听着这诛心之话，她气得差点背过气去。

魏廷瑜见了不免心虚，低声道："你可知道大河找我做什么？"说着，他不禁怒目圆睁，愤然道："宋墨那狗贼，竟然把周家十三小姐和十四小姐收在了房中！"

窦昭大惊失色："那周夫人呢？"

"也在府中。"魏廷瑜声若蚊蚋，神色尴尬。

窦昭倒吸了口凉气。

周夫人是东平伯的继室，密云卫指挥使曹捷的侄女，今年不过三十二岁，姿容出色，周家十三小姐和十四小姐是周夫人所出的一对姐妹花，青出于蓝而胜于蓝，还未及笄，提亲的人已经踏破了门槛。

"他这样弃德任力，逆行倒施，皇上也不管吗？"

魏廷瑜冷笑："他弑父杀弟，皇上也不过是罚了他三年的俸禄，免了他的官职，让他戴罪立功。你以为皇上会为了这件事责难他吗？"

窦昭默然。

宋墨，字砚堂，英国公宋宜春的嫡长子，母亲蒋氏，乃定国公蒋梅荪胞妹。他出身极为显赫。五岁即请封世子。十四岁时，因母孝期间通房怀孕被御史弹劾，被英国公赶出家门后而不知所踪。

承平二十年，穆宗皇帝生病，就藩辽东的五皇子辽王在生母万皇后的说项下，回京都探病，发动宫变，射杀元后沈氏所生的太子，软禁皇上，偷天改日，得继大统。

早已成为大家只有在茶余饭后闲聊时才会被记起的宋墨，以新皇心腹的姿态重新出现在了众人的面前。

他单枪匹马，提剑闯进英国公府，当着父亲的面斩断了胞弟宋翰的四肢，让父亲眼睁睁地看着宋翰血流不止，哀号而亡，这才将父亲的头颅砍了下来。手段血腥，行事暴虐，京都哗然。以至于这么多年过去了，他的名字还能让京都的小儿止啼。

御史纷纷上书，要求皇上缉拿凶犯，以正视听。

皇上对宋墨略施小惩之后，把他关在了大内的西苑。

六个月后，宋墨进了锦衣卫，成为北镇抚司的一名小旗，从七品。

一年后，宋墨便升到了锦衣卫指挥使，正三品。

京都的人私下都在传，说宋墨是因为在宫变中射杀太子有功，皇上才对其格外垂青的。

好像为了印证这句话似的，皇上在位十二年间，不管他是中饱私囊、诬陷忠良、阴制谏官、沽恩结客、恃强凌弱、骄横跋扈还是贪淫好色，宋墨都圣眷不衰，甚至有不少弹劾他的言官被皇上训饬、削官、杖毙。

遇到了这样的一个人，这样的一件事，窦昭不由气短，可若是任由魏廷瑜这样下去，无异于螳臂当车，害了全家，甚至是有可能连累亲族。

她喃喃地道："周家倒了，还有曹家，哪里轮得到你和汪四爷出面？别惹火烧身！依我看，还是慎重点的好……"

没等她说完，魏廷瑜已冷哼一声，不齿地道："我没你那么多的算计。我只知道，君子当有所为有所不为。这件事我管定了！"

好像她铁石心肠，为了自身安危，对周家母女的遭遇无动于衷似的。

魏廷瑜的态度，深深地刺伤了窦昭。

她冷笑道："宋墨没有成亲，也没有子嗣，他在刹什海的宅子里美女如云，堪比皇上的内宫，多是那些为了巴结他或是有求于他的官吏所送。我听说过有女子在他家投缳自缢被从后门抬出来的，有女子要削发明志被他送到庵堂的，也有女子因为被同僚或是下属看中被他送人为妻为妾的，还有受不了他的淫威私奔出逃的，却从来没有听说过哪个女子被他大费周章捉回去的。你是不是打听清楚以后再说？"

魏廷瑜如遭雷击，目光呆滞地坐在那里，半响都没有动弹。

窦昭也不理他，自顾自地翻身躺下。

烛花噼里啪啦响了几声，她听到魏廷瑜在她背后小声地道："我，我这不是答应了大河吗？总不好反悔吧？再说了，大河还邀了永恩伯他们，又不止我一个人。大家说好了明天一起进宫面圣，到皇上面前告宋墨的御状。要是就我一个人不去……"

窦昭漫不经心地道："我不是病了吗？"

"是啊！是啊！"魏廷瑜欢喜地道，"我得在家里照顾你！"

窦昭失笑，正想再劝诫魏廷瑜几句，免得他被永恩伯几个人一劝，又改变了主意，翠冷匆匆走了进来："侯爷，夫人。廷安侯过来了！"

"啊！"魏廷瑜不安地打量着窦昭的神色。

廷安侯汪清淮是汪清海的胞兄。

"避而不见也不好。"窦昭沉吟道，"他半夜三更来拜访你，可见是有要紧事。你只要一口咬定要照顾我就行了。其他的，什么也不要答应。"

"好！"魏廷瑜得了主意，精神一振，去了外院。

窦昭忙吩咐翠冷："你快去看看，廷安侯找侯爷有什么事？"

翠冷应诺退下。

四更鼓响起时，魏廷瑜欢天喜地进了内室。

"夫人！"他扬眉道，"你猜廷安侯找我干什么？"

窦昭早得了信，但还是配合他笑着问道："干什么？"

"廷安侯不许大河管周家的事，禁了大河的足，又怕我们几个明天照计进宫，带了礼品亲自登门逐户答谢呢！我们是他拜访的第一家。廷安侯还说了和夫人一样的话！"

窦昭笑道："那就好。侯爷也可以安心了。"

"难怪人说，家有贤妻，如有一宝。"魏廷瑜恭维窦昭，"还好有夫人，不然我就闹笑话了。"然后他非要把窦昭挤到床的内侧去睡，还虚张声势地大声嚷道："我要睡在床上，我不要睡木榻。"

这就算是赔礼道歉了。

窦昭笑着让出了床的外侧。

不一会，魏廷瑜发出了小小的呼噜声。

窦昭这些日子睡眠不好，被吵得睡不着，想了想，推了推魏廷瑜。

"怎么了？"魏廷瑜迷迷糊糊地睁了一下眼睛，又闭上了。

"侯爷，我有话跟您说。"

"哦！"魏廷瑜应着，半晌才懒洋洋地爬了起来，靠在了床头，打着哈欠道，"你要说什么？"

窦昭吩咐翠冷把魏廷瑜的貂毛大氅拿来给他披上，这才缓缓地道："我想，把崴哥儿的亲事定下来。"

魏廷瑜一愣。

崴哥儿是他们的长子，今年十四岁。不仅长得仪表堂堂，而且聪慧过人，行事老成，很得他姐姐魏廷珍的喜欢，两年前就开始话里话外不停地暗示他，想把自己长女采蘋嫁给崴哥儿为妻。

一个是济宁侯府的世子，一个是景国公府的嫡长孙女，门当户对，又是表亲，他觉得没有比这更好的亲事了。只是每次不管是姐姐、母亲，还是他提及，都被窦昭笑语晏晏地带过，这件事就这样暧昧不清地搁在了那里。

现在窦昭提起长子的婚事，魏廷瑜睡意全褪，揶揄道："姐姐凑到你跟前说，你爱理不理的，现在你主动了，小心姐姐拿乔，给你个软钉子碰。"

窦昭笑了笑，等魏廷瑜高兴劲过去了，这才道："我想为崴哥儿聘宣宁侯郭海青家的长孙女为媳。"

魏廷瑜的笑容僵在了脸上，嘴角翕动，一副不知道说什么好的样子。

婆婆和丈夫的心思，窦昭又怎么会不明白？可她也有自己的考虑。

公公是暴病而亡的，当时魏廷瑜还不到弱冠之年，没有打理庶务的经验，婆婆性格温和绵柔，外院的事一点也帮不上忙，全仗着魏廷珍的指点，这才度过了最初的慌乱。也因为如此，魏廷瑜也好，婆婆也好，有什么事都喜欢问魏廷珍，由她帮着拿主意，时间一长，魏廷珍在魏家威名日盛，大大小小的事只要她开了口，魏廷瑜和婆婆没有不同意的，以至于在魏家，魏廷珍的话比魏廷瑜和婆婆的话还好使。

窦昭生母早逝，做姑娘时总有寄人篱下之感，最渴望的就是有个自己的家，又岂能容魏廷珍有事没事在旁边指手画脚一番？

刚开始嫁进来的时候，她什么也不懂，因此很吃了些苦头，暗地里流了不少的眼泪。直到她先后生下二子一女，主持府中的中馈之后又接手了府里的庶务，魏家的日子一年比一年富足，魏廷珍才略稍收敛了些。

若是和魏廷珍做了亲家，她既是儿子的岳母，又是儿子的姑母，以她一贯强势的行事做派，儿子难道要一辈子被她压在头上？万一是夫妻间有个什么嫌隙，岂不连主持公道的人都没有？

她是决不会同意这门亲事的。但她也知道，没有一个冠冕堂皇的理由，婆婆和魏廷瑜是不会赞成她为儿子另选佳媳的。

她一直在琢磨这件事。

正巧重阳节去景国公府赏菊，景国公府的大姑奶奶和她打趣："……嫂嫂到底心疼着弟弟，顶着我哥哥，非要把采蘋嫁到你们家去。要是依我爹爹的意思，采蘋就嫁到靖江侯府去了！"

她这才知晓景国公还有这样的打算。

窦昭当时灵机一动，想到了说服丈夫和婆婆的理由，只是一直没有机会和丈夫坐下来详谈。现在夜深人静，正是说话的时候。

因而见丈夫目瞪口呆，她微微一笑，把景国公府大姑奶奶说的话告诉了魏廷瑜，并道："景国公府的大姑奶奶不会无缘无故跟我说这些。只怕在采蘋的婚事上，姑奶奶和姑爷是有分歧的。这些年姑奶奶帮我们不少，她虽是景国公世子夫人，但景国公府现在当家的是景国公，若是因为我们葳哥儿和采蘋的婚事而让姑奶奶被景国公嫌弃，那我们可就难辞其咎了！"

百事孝为先。儿媳妇若被公公嫌弃，那还有什么好日子过？被休都有可能。

魏廷瑜脸色大变，责怪她："你要是早些答应这门亲事，也就不会弄成今天这样的局面了！现在可怎么办好？"

她帮魏廷瑜出主意："要不，侯爷和婆婆商量商量？看这件事怎么办好？"

"对啊！"魏廷瑜眼睛一亮，"我怎么没有想到！"也顾不得天还没有亮，高声叫了翠冷服侍他穿衣，"我这就去找娘。"

婆婆年纪大了，睡眠短，这个时辰应该早醒了。

窦昭并不拦他，叫了个小丫鬟帮魏廷瑜提灯笼，送他去了婆婆那里。

要是她估算的不错，婆婆得了信，应该会立刻和魏廷瑜一起来找她想办法。

她小睡了一会，被翠冷叫醒。

婆婆和魏廷瑜已经到了。

没等她开口，婆婆已急急地道："你说的可是真的？"又困惑道："廷珍怎么从来没在我面前提起过？"

"姑奶奶话已经说出了口，怎好食言？"窦昭笑道，"正好前两天郭夫人托人给我传话，想和我们家结亲，所以我才想，不如为葳哥儿聘了宣宁侯的长孙女，主动解了这结。也免得姑奶奶得罪了家翁，日子艰难。"

婆婆不住地点头，一改往日的温吞，果断地道："就照你说的行事。郭夫人和你私交甚好，她家的长孙女又是我们看着长大的，品格、相貌也算得上是万中挑一，配得上我们家葳哥儿。事不宜迟。你这两天就托个人去郭家提亲好了。"话说出口，意识到窦昭还卧病在床，忙改口道："算了，这件事还是我亲自来好了。你就好生歇着吧，万事有我呢！"然后拉着魏廷瑜回了自己居住的院子，商量着葳哥儿定亲的事去了。

窦昭心中微定，吩咐翠冷："你去请了世子爷来见我！"

有些事，得和葳哥儿交代一番才行！

翠冷应声而去。

窦昭倦上心头，竟然睡着了。

朦朦胧胧的，她听到一阵喧嚣："……好姐姐，我不是要在这里撒泼，我是担心夫人的病。"胡姨娘尖细的声音刺耳地传到了她的耳朵里，"府里的人都在传，夫人病得快不行了。我就想讨个准信。"她说着，如丧考妣般地号啕大哭起来，"夫人要是有个三长两短，让我和三爷可怎么活啊！我还不如和夫人一起去了的好……"

魏廷瑜有四房妾室。蕤哥儿四岁之后，她们陆陆续续为魏廷瑜生了四男四女。

打虎亲兄弟，上阵父子兵。窦昭的两个儿子都大了，她并不介意这些妾室为魏家开枝散叶。这些孩子有出息了，将来也能助葳哥儿和蕤哥儿一臂之力。

这胡姨娘就是头一个生下庶子的。

她那时还年轻，因此很得意了一阵子。

窦昭也不作声，连着帮魏廷瑜纳了两房相貌极其出众，精通百家歌曲、双陆象棋的妾室。

这正对了魏廷瑜胃口。他日日夜夜与两个新姨娘厮混在一处，哪里还记得她是谁？

胡姨娘这才恍然，只要窦昭愿意，她想让谁得宠就能让谁得宠，想让谁门庭冷落谁就会门庭冷落！

她遂洗尽铅华，低眉顺目地巴结起窦昭来。

窦昭又给魏廷瑜纳了房擅长琴棋书画的妾室。

几位姨娘知道了窦昭的厉害，从此没谁敢做张做致，乔模乔样。

她们乖顺，窦昭自然不会为难她们。姨娘们四季的衣裳首饰，庶子女身边服侍的丫鬟、婆子，都安排得好好的，比一般大户人家的正室、嫡子女差不到哪里去。几个姨娘定下心来，讨好窦昭，服侍魏廷瑜，生儿育女，家里倒也清静太平。

"姨娘胡说些什么呢？"翠冷恼怒地呵斥着胡姨娘，"怎么总是捕风捉影，说些不搭调的话？侯爷和夫人说了大半夜的话，夫人刚刚歇下，你难道想把夫人吵醒不成？"

"不是，不是。"胡姨娘忙不迭地解释道，"我，我就是伤心……恨不得能替夫人得了这场病……"

她说得情真意切。

窦昭相信她说的是真心话。如果她死了，最多一年，魏廷瑜就会续弦，自有如花美眷和他琴瑟和鸣；葳哥儿是济宁府的世子，已经快定亲了，没有了生母，还有岳家帮衬；至于蕤哥儿和女儿茵姐儿，有葳哥儿这个世子胞兄，也不会吃亏；只有几个姨娘，容颜日渐褪色，儿子还小，没有个依靠！

"就算是这样，姨娘也不应该在夫人的门前大吵大闹。"劝胡姨娘的是个温和又不失严厉的声音，"要是几位姨娘都跟你一样，那家里岂不是要乱套了！这大清早的，姨娘应该还没有用早膳吧？不如回屋用了早膳，等会夫人醒了再来……"

是朱氏的声音！窦昭心头一震。

朱氏是她为长子千挑万选的乳娘，品行纯良，宽厚和善，对葳哥儿比对亲生的儿子还耐心、细致。最难得的是她还很负责。葳哥儿有错，她从不因为自己是乳娘就对其放任自流，总是细细地教导他，督促他改正。以至于窦昭生下次子之后，把蕤哥儿屋里的事也交给了她打理。自己则腾出手来，全心全意地打理着魏府的庶务。

这样做的后果是两个儿子对她虽有敬畏顺从之心，却没有孺慕之情。

窦昭悔恨不已！

她先是以荣养的名义将朱氏送到了济宁侯府位于西山的别院，然后亲自照顾两个儿子的饮食起居，过问他们的学业功课，说动魏廷瑜教两个儿子骑射……

但这一切都太晚了。

朱氏行事光风霁月般磊落坦荡，没有任何可让人诟病之处。十岁的葳哥儿和九岁的蕤哥儿不但记事，而且还懂事了。她这样做，不仅没让两个儿子和她亲近起来，反而在她面前更沉默了。

她知道，两个儿子这是在怨她送走了朱氏，可谁又能理解她作为一个母亲与子女生分的痛彻心扉？

或者女人是最了解女人的。朱氏隐隐感觉到自己对她有心结，去了田庄之后，从未曾主动联系过葳哥儿和蕤哥儿，更不要说这样没经示下就私自回府了。

朱氏来干什么？窦昭思忖着，听见外面一阵低低的惊呼："乳娘，您怎么来了？田庄到京都的路坑坑洼洼，您怎么不跟我说一声，我好叫府上的马车去接您。"

少年清脆悦耳的声音，是儿子葳哥儿。

自己病后，孩子要侍疾，她心疼孩子，怕过了病气给他们，只让他们如原来一样晨昏定省，这个时候碰到，应该是儿子来给她问安。

他是济宁侯府的嫡长子，从小被当成继承人培养，加之有魏廷瑜这个先例在前，窦昭对他比一般公侯家的孩子更为严厉，随着年纪渐长，他行事越发稳妥，得到不少长辈的称赞，窦昭为此曾暗暗得意不已。

像个孩子似的大惊小怪，这是她那沉着内敛的长子吗？

窦昭做了一件她自己素来鄙视的事。

她披衣起床，隔着窗棂窥视朱氏和儿子。

或许是怕吵着她，朱氏压低了声音。"……听说夫人病了，我就是想来看看。你不用担心，我给夫人请个安了就走。"然后问他，"你这些日子可好？我听二爷说，你和景国公府的几位公子去狩猎，打了几只锦鸡？"

葳哥儿很惭愧，不满地喊了声"乳娘"："表兄打了好几只兔子！"

朱妈妈呵呵地笑："打了几只兔子有什么了不起的！"她轻轻掸了掸葳哥儿纤尘不染的衣襟，感慨道，"我们家世子爷长大了，也跟侯爷一样会骑马打猎了，这次打的是锦鸡，下次肯定能像侯爷一样，打个狍子回来。"

她微扬着下颌，神色间充满了与有荣焉的骄傲。

葳哥儿一愣，然后有些羞涩却满心欢喜地笑了起来，道："乳娘，您在田庄过得还习惯吗？乳兄可还好？要不要我跟家里的管事说一声，把乳兄调到京都的铺子里来。我现在已经开始帮着母亲协理庶务了。当年乳兄数术比我还好，到铺子里当个掌柜绰绰有余……"

"胡说八道。"朱氏微笑地训斥着葳哥儿，眼底却有着藏也藏不住的慰藉，"府里的事自有惯例和章程，他虽是你的乳兄，可也是服侍你的，你乳兄在哪里当差，自有夫人做主。你是济宁侯府的世子爷，可不是寻常百姓家的孩子，做什么事要多想想才是，不能因为自己的喜好就坏了规矩……"

"知道了，知道了！"葳哥儿不耐烦地应着，却亲昵地挽了朱氏的胳膊，"我好不容易才遇到您，您就不能少说两句吗？对了，上次二弟去看您后回来跟我说，你的手冻了，让我看看……我前天去太医院给您寻了瓶冻疮膏，听说是太祖皇帝用过的方子，很管用。正要给您送去，没有想到您进了府……"

窦昭再也听不下去了。

她不过是冻了手，你就急巴巴地去太医院给她寻了御用之物；我病得快要死了，你可曾亲手给我煎过一碗药！

一股刺痛从胸口漫延开来，窦昭跌跌撞撞地回了内室，不知道自己是怎样爬上床的，只知道自己回过神来的时候，汗水湿透了后背。

她高声叫了翠冷进来："让朱氏和世子爷进来。"

翠冷见窦昭脸色不好,不安地看了她一眼,这才去传话。

不一会,葳哥儿和朱氏走了进来。

他们像避嫌似的,一前一后,各自恭谨地站好,一个垂着眼睑喊着"母亲",一个恭敬地屈膝行礼,称着"夫人"。

窦昭心里凉飕飕的,连应付都懒得应付了,直接把即将与郭家结亲的事告诉了儿子——反正她就算是避开朱氏,不是大儿子就是二儿子也会把这件事告诉她。

可能是猝不及防,葳哥儿有些茫然,而朱氏则是大吃一惊,随后面露喜色,泫然欲泣。

儿子还没有明白这其中的深意,朱氏却明白过来。

窦昭顿时有些心灰意冷,索性对儿子道:"你乳娘奶了你一场,没有功劳也有苦劳。你传我的话,依旧让朱氏回你屋里服侍,你的乳兄,就跟着回事处的总管当差。"

"母亲!"葳哥儿又惊又喜,想也没想,"扑通"跪在了窦昭的床头,重重地给窦昭磕了几个头,"我代乳娘和乳兄谢谢母亲!"眉间满是兴奋。

朱氏大急,忙去拉葳哥儿:"世子爷,使不得,使不得!"

一个乳娘都知道使不得,难道她精心教养出来的儿子就不知道?不过是情难自禁罢了!

第二章　新生·回家·窦家

窦昭说不清自己是妒忌还是羡慕,血气全涌到了胸口,翻江倒海般的难受,只怕自己再多看儿子一眼,就要做出什么令自己后悔的事来。

"把对牌拿给世子爷。"她吩咐翠冷,"传我的话,以后不仅世子爷屋里,就是二爷、茵姐儿屋里的事,也都由朱氏打点。"

"母亲!"葳哥儿抬起头来,感受到了一丝不同寻常的异样。

"夫人,不可!"朱氏声音凄厉,脸色刹那间煞白。

到底是自己选的人,通透得很。有她在孩子们身边看着,也可防防那些鬼蜮伎俩。

窦昭闭上了眼睛,挥了挥手:"我累了,想歇会儿,你们都下去吧!"

"夫人!"朱氏含着眼泪"咚咚咚"地给窦昭磕起头来。

葳哥儿不解地望着朱氏。

窦昭再次挥了挥手,背过身去。

"夫人,你放心,奴婢就是舍了这性命,也会好好照看公子、小姐的。"朱氏喃喃地道,再次给窦昭磕了个头,和葳哥儿一起退了下去。

屋子里安静下来,有种人去楼空后的冷清与孤寂。

窦昭悲从心起。如果魏廷瑜成器些,肯担负起男子的责任,她一个内宅妇人,又怎么会出头打理魏府的庶务?又怎么会因此忽略了两个孩子的异样?

如果婆婆对两个孙儿多关心一点，不是总想着求神拜佛，两个孩子又怎么会把没有丝毫血缘关系的朱氏当至亲？

　　或者，她压根就选错了人？

　　若那朱氏是个贪得无厌、逢高踩低、粗鄙无礼、喜欢搬弄口舌之人，两个儿子也就不会对她念念不忘了。

　　但是，她又怎么会让这样的人待在儿子的身边、教导儿子呢？

　　她甚至不知道该怨恨谁好！

　　每当这个时候，窦昭就会想到早逝的母亲。

　　她那么小，母亲怎么就舍得丢下她一个人走了？若是生母在世，教导她怎样为人妻、怎样为人母，她是不是就不用吃那么多的苦、走那么多的弯路，孩子们也不会和她离心离德了呢？

　　这是个无解的答案。

　　窦昭只觉周身透着股倦意。她用被子蒙着头，把自己埋在一片漆黑和安静中。

　　朦朦胧胧的，她听见一阵此起彼落的哭声，想睁开眼睛看看，眼皮仿佛千斤重，怎么也抬不起来。又有魏廷瑜在她的耳边小声地哭着"你走了，我可怎么办"，一会儿，那声音又变成了郭夫人的"你放心，葳哥儿是我的孙女婿，我怎么也会保他平平安安的"。

　　我死了吗？

　　窦昭努力地睁开眼睛，发现自己坐在热炕上，阳光照着院子里的积雪，透过糊了高丽纸的窗户反射进来，屋子里一片雪亮。

　　一个嘴角长着颗红痣的俏丽少妇坐在她的对面，正陪着她玩翻绳。还有四五个十至十五岁不等的丫鬟围坐在炕前做着针线。

　　她们都穿着细布的棉袄、粗布的裙子，或戴了小巧的银丁香，或插了银簪，朴素中透着小女孩的兰心蕙质，让人看了不由会心一笑。

　　屋里的人窦昭一个都不认识，却倍感亲切，从前在真定县的娘家，到了冬天，她家的仆妇就是这副打扮。

　　原来她又进入了梦境。

　　窦昭嘻嘻地笑，溜下炕，想看看几个小丫鬟在做什么针线，脚却没能够着地，人被挂在了炕边。

　　几个小丫鬟抿着嘴笑。

　　俏丽的少妇忙帮她下了炕，嘴里还念叨着："四小姐要什么？跟乳娘说好了！乳娘去帮你拿。"

　　原来这个是她的乳娘！窦昭忍俊不禁。从前的乳娘是白白胖胖的馒头，这次是娇俏的枝头花，不知道下次是什么样子的？

　　她咚咚咚地朝那些做针线的小丫鬟跑去，突然发现自己变小了很多，往日在她眼中很是平常的桌椅板凳都高大了一倍有余。

　　哈！这梦做得可真细致入微！

　　做针线的小丫鬟们都抬起头来，朝着她善意地微笑。她们之中年长些的在纳鞋底，年幼些的在打络子，个个手法娴熟，看得出来，是惯做这些活计的。

　　有刺骨的寒风灌进来。

　　窦昭抬头，看见暖帘被撩起，几个丫鬟簇拥着一个女子走了进来。屋里的人纷纷起身给那女子行礼，称着"七奶奶"。

窦昭愣愣地望着她。

那女子不过十八九岁的年纪，中等个子，苗条纤细，容长脸，柳叶眉，樱桃小嘴，穿了件桃红色宝瓶暗纹的妆花褙子，映得她肤光如雪，人比花娇。

这，就是她母亲了！

自己长得可一点也不像母亲。她个子高挑，曲线玲珑，鹅蛋脸，长眉入鬓，红唇丰盈，皮肤雪白，看人的眼神略微犀利些，就有股咄咄逼人的英气，和父亲如同一个模子里印出来的。刚嫁到济宁侯府的时候，她为了让自己看上去柔顺些，将长眉修剪，画成柳叶眉，半垂着眼睑和人说话，倒能装出母亲三分的娇美来。

母亲笑盈盈地走过来，她看得更清楚了。

母亲的面孔洁白晶莹，像上好的美玉，没有一点点的瑕疵，好看极了。

她弯腰刮窦昭的鼻子，打趣道："寿姑，怎么？不认识母亲了！"

寿姑？是她的乳名吗？她从来不知道自己还有这样一个乳名。

泪水猝然而至。

她胡乱地抱住了母亲的大腿："娘亲，娘亲！"哭得像个无助的孩童。

"哎呀呀！"母亲一点也没有感受到她的悲伤，笑着问那乳娘，"寿姑这是怎么了？无缘无故地就哭了起来？"没有丝毫置疑或是责怪乳娘的样子，显然对乳娘十分的信任。

"刚才还好好的。"乳娘也很诧异，只得道，"或许是看您来了？女儿见到娘，有事没事哭一场。"

"是吗？"母亲把她拎到了热炕上，"这孩子，把我的裙子都哭湿了。"

窦昭顿时呆住。母亲不是最应该担心孩子为什么哭吗？怎么母亲最担心的是她的裙子……她，她真是自己的母亲吗？

她瞪大了眼睛。小脸上还挂着两行晶莹的泪珠。

母亲"扑哧"一声笑了，掏了帕子帮她擦着眼泪，对乳娘道："这孩子，傻了！"然后温柔地抱了她，亲了亲她的小脸，道："你爹爹就要回来了，你高兴吗？"眼角眉梢都洋溢着情不自禁的欢喜。

窦昭"啊"的一声就要跳起来。

她怎么把这么重要的一件事给忘记了！

父母之间当年发生了什么，她不知道细节。不过，据妥娘说，她父亲是去京都参加乡试的时候认识继母的。可怜母亲一无所知，见父亲来信说要在京都游历一番，不疑有他，只是每天在家里翘首以盼，还担心父亲的银子不够使，寻思着要悄悄派了自己的陪房俞大庆给父亲送些银子去使，后来不知怎的被祖父知道了，换来了一顿呵斥，这才作罢。

乡试是在八月，外面已经飘雪，此时应该已进入严冬，父亲还没有回来，但祖父健在，他不可能在外面过年，也就是说，现在告诫母亲还来得及。

可母亲紧紧地抱着窦昭，窦昭挣扎了几次都没能站起来，急得她大声叫着"娘亲"。

"寿姑今天是怎么了？"母亲对女儿异于往常的闹腾大感不解，目光严厉地望向了乳娘。

乳娘神色有些紧张起来："我陪着四小姐睡到了辰正才起，用了碗小米粥，一个肉包子，一个花卷……"

"我不是说每天早上起来的时候，要先给寿姑喝杯温水吗？"母亲沉声打断了乳娘的话，"你今天早上给她喝水了没有？"

"喝了，喝了！"乳娘忙道，再也没有了刚才的轻松，"我照您吩咐的，先用被子捂着，给四小姐穿了件贴身的小袄，然后才服侍四小姐喝的温水……"

哎呀！现在说这些干什么？她跟着祖母在乡下的田庄长到了十二岁，夏天跟着田庄长工的孩子去摸鱼，渴了就喝小河里的水，冬天去山上打麻雀，饿了就烤麻雀吃，还不是好生生地活到了成年。

窦昭摇着母亲："娘亲……"想告诉她"爹爹要带个女人回来"，话一出口，感觉喉咙像被什么堵住了似的，好端端的一句话变成了含糊不清的"爹爹……女人……"两个词。

见窦昭开口说话，母亲回过头来，笑望着她，耐心地道："寿姑，你要说什么？"

"娘亲，"窦昭艰难地道，"爹爹……女人……"这次吐词比较清晰，但还是没有说清楚，她急得额头冒汗。

母亲眉开眼笑，直接忽略掉了"女人"两个字，高兴道："原来我们的寿姑也想爹爹了！高升送信回来了，说你爹爹这两天就到，还买了很多过年的烟花爆竹、花灯香烛。是京都的烟花爆竹哦！能绽放出万紫千红的颜色，不要说真定县了，就是真定府也没有卖的……"

这个时候，还管什么烟花爆竹！

窦昭急得不行，索性反复地说着"爹爹""女人"。

母亲表情渐凝，正色地道："寿姑，你要说什么？"

窦昭如释重负，深深地吸了口气，一字一顿地道："爹、爹、带、了、女、人、回、来……"

稚声稚气，却清晰响亮。

像被人扇了一耳光似的，母亲脸上露出震惊、怀疑、错愕的表情，乳娘和丫鬟们则面面相觑，神色惊惶。

屋子里一片死寂。

暖帘"唰"的一声被甩到了一边，一个梳着三丫髻的小丫鬟气喘吁吁地跑进来："七奶奶，七爷回来了，七爷从京都回来了……"

"真的！"母亲立刻喜上眉梢，提了裙子就往外跑，跑了两步，停了下来，想了想，转身回来抱了窦昭，"我们一起去接爹爹！"

看样子母亲起了疑心。

窦昭松了口气，搂了母亲的脖子，大声应着"好"。

父亲的马车就停在二门口，几个小厮正忙着往里搬东西，父亲穿着宝蓝色菖蒲纹杭绸直裰，披着灰鼠皮的大氅，玉树临风地站在马车旁，正和高升说着什么。

听到动静，他回过头来，浅浅地笑，丰姿俊朗，如清风明月。

窦昭心中微滞。

她知道父亲是好看的，可她从来没有见过这样的父亲。

在她的印象里，父亲总是微微蹙眉，纵然大笑，眉宇间也带几分无法消融的郁色。特别是静静地望着她时，眼波不兴，如千年的古井，让人心中发寒。

不像现在，年轻、英俊、阳光，像个无忧无虑的少年，看着就让人暖心。

"寿姑，"父亲的笑脸出现在她的眼前，"爹爹回来了也不喊！"他伸手去捏窦昭的鼻子。

窦昭下意识地扭过头去，避开了父亲的手。

父亲一愣，然后不以为忤地笑了笑，从身后的马车里拿出一个风车，把风车吹得哗哗作响，然后举到了她的面前："这是爹爹给你从京都买回来的。好不好玩？"

如果她真是个孩子，会受宠若惊地被这风车吸引，可她已经是三个孩子的母亲，是那个买了风车哄着孩子玩的人，她哪里会把它放在眼里？

窦昭伸长了脖子朝着马车里瞅。

母亲却红着脸，含情脉脉地望着父亲，似娇似嗔地道："你人平安回来就好，还给我们买什么东西啊？家里什么都有。"

"那不一样嘛！"父亲从母亲手中接过了窦昭，"这是我特意从京都给你们买回来的。"

母亲的脸更红了，像喝了陈年花雕似的，眼神都朦胧起来。

窦昭斜着身子想拉开马车的帘子，但人小臂短，始终都够不着马车帘子。

父亲察觉到她的意图，轻轻地拍了拍她的屁股，将她放在了马车上："你要找什么？"

窦昭不理他，一头钻进了车厢里。

车厢里铺着厚厚的被褥，几本诸如《四书注解》之类的书随意地丢在被褥上，角落里是个温茶的茶桶，打开盖子，里面放着个紫砂的提梁壶。除此之外，别无他物。

窦昭站在车厢内，茫然四顾。

难道她记错了？或者是……妥娘说的根本不是事实！

父亲远行初归，第一件事自然是去给祖父问安。

母亲借口要安排家宴，回了上房，把所有在上房当差的仆妇都叫到了厅堂。

"是哪个混账东西告诉姐儿说的那些腌臜话？自己给我站出来！"她拍着桌子大发雷霆，"要是等姐儿指了出来，那可就不是到外院当差、罚几个月月例的事！我要禀了老太爷，叫了人牙子来，把她卖到那穷山沟沟里，一辈子也别想吃上个白面馒头！"

屋里一片死寂，桌上的茶盅被母亲震得哐当直响："好啊！竟然没有一个站出来。当我查不出来是不？姐儿这才几岁，话都说不清楚，你们就撺掇着姐儿在我面前胡说八道。这要是姐儿再大些，岂不被你们给教唆坏了……"

窦昭由个小丫鬟陪着，坐在上房内室的热炕上，不时地叹口气。

她自己的主意，谁会跳出来承认啊！

但窦昭没有为那些仆妇辩解。她现在是个连话都说不好的孩子，以母亲的认识，"父亲带了个女人回来"这样无中生有的话自然是身边的仆妇教的，她要是为那些仆妇辩解，母亲只会更加怀疑有人居心叵测，那些仆妇就更不容易脱身了。

她问身边的小丫鬟："你叫……什么？"喉咙还是像堵着了似的，说不出完整的句子。

小丫鬟受宠若惊，殷勤地道："回四小姐的话，奴婢叫香草。"

她道："我要……妥娘！"

小丫鬟睁大了眼睛，好奇地道："妥娘是谁？"

窦昭傻了眼。

有人高声禀道："七奶奶，七爷回来了。"

外面一阵响动。母亲语气略带几分紧张地嘱咐："俞嬷嬷，你把四小姐屋里的人先带回去。四小姐今天晚上就歇在我这里。其他的人，该干什么干什么去。"

有个苍老的声音恭敬地应"是"。

然后又是一阵响动。不一会儿，母亲笑语嫣然地陪着父亲走了进来。

见窦昭傻傻地坐在炕上，父亲笑着摸了摸她的头："这孩子，今天是怎么了？"

母亲不好告诉丈夫窦昭受了人教唆，含含糊糊地笑道："可能是玩得太累了，等会就好了。"

父亲便不再追问。

丫鬟们端着水，捧了香胰子进来，母亲服侍父亲净面更衣，窦昭也被丫鬟抱了下去，梳洗换裳，一起去了祖父那里。

祖父住在宅子的西边，因中堂上写了块"鹤寿同年"的匾额，被称作"鹤寿堂"。

鹤寿堂屋前是水池假山，屋后是藤萝花树，是家中景致最好的地方。

在窦昭的记忆中，她来过两回鹤寿堂。一次是九岁的时候，祖父去世，按祖父的遗嘱，灵堂设在鹤寿堂，她回来奔丧；还有一次是回来参加祖父的除服仪式。两次都闹哄哄的，她甚至没来得及仔细看一眼鹤寿堂。

这次梦中重回，她伏在母亲的肩上四处张望。水池结了冰，假山盖着雪，树木已经凋零，藤萝也不过是些枯茎，虽然一片萧索，却因布局雅致，难掩其明瑟。

她不由暗暗点头。难怪京都的那些老翰林提起祖父都夸他有才情，只可惜祖父不耐烦仕途，三十岁不到就辞官回乡做了田舍翁。

胡思乱想中，他们到了鹤寿堂的门口。

一个风韵犹存的中年美妇笑吟吟地把他们迎了进去。

窦昭望着那美妇，两眼发直。

她怎么会梦到了丁姨奶奶？要梦，也应该梦见她的祖母才是！她可是从小跟着祖母长大的。

正想着，丁姨奶奶笑着上前捏了窦昭的小手，对母亲道："寿姑今天怎么了？快快的，也不喊人……"

母亲朝着丁姨奶奶使了个眼色，悄声道："等会和您说。"

丁姨奶奶会意，笑着抱过窦昭，陪着母亲进了祖父的书房。

窦昭心里乱糟糟的。

祖父年过四旬膝下依旧空虚，嫡祖母做主，给祖父纳了两房妾室。其中一位是丁姨奶奶，一位是祖母崔氏。丁姨奶奶和嫡祖母一样，无出，祖母也只生了父亲一个，他们这一房人丁并不兴旺。后来继母进门，生下了弟弟窦晓，祖母育嗣有功，窦家的人这才改口称她"崔太太"，父亲虽然依旧喊"姨娘"，孙儿辈却称了"祖母"，而丁姨奶奶一直是丁姨奶奶。

嫡祖母过世后，祖父决定不再续弦，由丁姨奶奶主持家中中馈，母亲进门，就交给了母亲，丁姨奶奶只打点祖父屋里的事，祖父晚年，一直由丁姨奶奶陪着。而祖母则住在离真定县五十里开外的田庄，只在每年的端午、中秋、春节回来小住几日。

窦昭心里隐约觉得不安，好像有什么事发生了，而她却被蒙在鼓里似的。她不动声色地观察着周遭的人事。

晚膳的时候，窦昭注意到装菜的碗碟是套玉堂春色的青花瓷，碗碟杯匙一应俱全。

祖父问父亲话的时候，窦昭被丢在了书房的热炕上玩耍。

她看到祖父书案上放着那对马到成功的紫檀木镇纸。

窦昭想了想，踮起脚来，数着墙上挂着的那把龙泉宝剑剑穗上的琉璃珠子。

这些东西，她都曾见过。当时它们作为祖父心爱之物，被当成了随葬品放进了棺材里。她还记得，玉堂春色的青花瓷餐具只剩下四个碗、两个碟子、一个杯子、五把汤匙；紫檀木的镇纸只有一个；龙泉宝剑剑穗上的琉璃珠子是五颗。

好像时光倒流，抹去了留在那些物件上的岁月。

再听祖父的话："……此篇出自《论语·公冶长》。你用'大夫心裕而公,忠于谋也'来破题,又用'夫裕则齐得失,公则平物我,而子文以为忠矣,仁则吾不知也'来承题,甚好,可见你于'变式'之法上已深得其中三昧……"

窦昭手脚冰凉。她虽然认识字,但从来不曾读过四书五经,怎能凭空想象出这样的话来?

"娘亲,娘亲!"窦昭心中惊恐万分,她高声地喊着母亲,眼泪不受控制地簌簌落下。

正和父亲说得兴起的祖父沉了脸。

母亲则慌慌张张地从厅堂跑了进来:"公公,我这就带寿姑到旁边去玩。"

她满脸歉意,抱着窦昭出了书房。

丁姨奶奶迎了上来。

母亲是和祖父、父亲同桌用的晚膳,因为今天乳娘没有跟过来,丁姨奶奶先喂了窦昭吃饭,等到窦昭吃饱了,桌上的人也散了,只剩下些残菜剩饭,刚才她正胡乱地用着晚膳。

"这是怎么了?"她摸了摸窦昭的额头,"平日里好好的。难道是碰到什么不干净的东西了?"

窦昭死死地搂着母亲的脖子,感觉着母亲颈窝的温暖,仿佛这样,才能证明她遇到的并不是一群鬼。

"不会吧?"母亲打了个寒战,迟疑道,"会不会是教唆寿姑的人动的手脚?"

"没事。"丁姨奶奶胸有成竹地道,"就算有人动手脚也不怕,我们是行善之家,大仙会保佑我们平安清泰。等会我替寿姑在大仙面前求两张表,你在寿姑身上扫两下,然后烧了,寿姑就没事了。"

母亲不住地点头,咬牙切齿地道:"要是让我查出来是谁不安好心,我要扒了她的皮!"

"还好是当着你的面说出来的。要是当着七爷说出来,那可就麻烦了。"丁姨奶奶感叹道,有个小厮跑了进来,禀道:"老太爷、七爷、七奶奶、丁姨奶奶,东府的三爷过来了。"

窦昭的祖上,是个家无恒产的挑货郎,机缘巧合,娶了镇上一家商户人家的丫鬟为妻。他用妻子陪嫁的十两银子在真定的北楼村买了一亩二分地,从此在北楼村安家落户,繁衍生息。这就是后来赫赫有名的北楼窦氏的起源。

窦昭的太祖父十岁就在母亲老东家的绸缎铺子里做学徒。十四岁出师,二十岁就成了绸布店的二掌柜。东家想把自己女儿的贴身丫鬟嫁给他,他不想自己的子孙后代一辈子围着东家转,想娶镇西穷秀才的女儿郝氏为妻。

二十一岁的时候,他用自己省吃俭用积攒下来的八两银子做聘礼,娶了郝氏,丢了二掌柜的差事。

他带着郝氏回了北楼村,接过了父亲挑货的扁担,还有父亲一辈子勤扒苦做置下的三十亩良田:农忙时种地,农闲时走乡串户。

次年夏天,郝氏给他生了个大胖小子。

他在村头遇到了一个收棉行商。

真定府种棉花,收棉行商想找个熟悉本地农户的人帮他收棉花。

父亲毛遂自荐。凭着在绸布店苦练出来的本事,眼睛一瞥,就知道棉花有没有掺假,手一拎，就知道棉花有多少斤，还能打算盘会记账。

夏天过去，除了事先约定的酬劳，收棉行商另外打赏了窦昭太祖父十两银子，并且和他约定，明年这个时候再找他来帮忙。

到了冬天，窦昭的太祖父走遍了真定县的十里八乡。等到了来年的夏天，哪家种了多少棉花，棉花是好是坏，棉户为人是否好打交道，清清楚楚；收棉、过秤、算账、入库、做账，丝毫不错。那行商只需摇了扇子坐在树荫下喝茶就行了。

"看样子，有我没有都是一样的，我在这里还要开销住店、吃饭的钱。"行商笑着和窦昭的太祖父商量，"我有个主意。我先预支你一部分钱，你自己收棉花，然后把收的棉花送到我那里，凭棉花的优劣我们结算。你觉得如何？"

窦家就是这样，靠收棉花起的家。

等到了窦昭的高祖父手中，窦家的人把从真定、获鹿、元极、平山、行唐等县收到的棉花贩到江南去，换了江南的丝绸卖到四川，再把四川的药材运往京师变成银子，打了新式的首饰卖给真定府的达官显贵。

窦昭的高祖父只用安安心心地读书，考取功名就行了。

只是他悬梁刺股也只考中了一个秀才。但这并不妨碍他娶了隔壁行唐县安香村赵举人的女儿为妻。

赵家和窦家可不一样！人家是有族谱的。赵家家中虽然只有一百二十亩地，但人家的祖先可以追溯到周穆王时期。而且"赵"还是前朝的国姓，赵家祖上是改朝换代的时候从旧都汴京搬到这里来的。

安香的赵氏，也是窦昭的外家。

窦昭的高祖父和赵氏成亲之后，生了两个儿子，长子窦焕成，次子窦耀成。兄弟俩从小就聪慧过人，跟着外祖父赵举人读书，及长，送至京都的国子监进学。至德十三年，两兄弟同时金榜题名：哥哥二甲第三名，弟弟二甲三十七名。

窦家至此真正富贵起来。

之后哥哥考中了庶吉士，留在了翰林院，在行人司观政；弟弟则外放南昌府的进贤县做了一名县丞。

窦昭的高祖父到底福浅，风光了没几年，就驾鹤西去了。死的时候，两兄弟都不在身边。

两兄弟回乡守制，除服后，回京待缺。

哥哥是庶吉士，曾在行人司待过，很快就谋了个都察院御史的差事。弟弟蹉跎了大半年，才在哥哥的打点下谋了个云南按察司经历司经历之职。

在弟弟的印象中，云南穷山恶水、瘴雨蛮烟，有官员在赴任的路上就暴病身亡，根本不是人待的地方。若是继续留在京都候缺，一来是他们两兄弟初入仕途，好的差事未必能弄得到手，二来朝官命官三年一升，等他谋了好缺，哥哥只怕早就升了从六品。他越想越觉得没意思，索性辞官回了真定县。

赵氏的日子过得既体面且舒心，要说有什么不足之处，就是两个儿子都在外为官，她怕自己死的时候和老头子一样，没有儿子送终。

窦耀成回乡，她自然是十二分的愿意。反正大儿子仕途顺利，二儿子回来，正好在她面前尽孝，还可以帮着管管家里的庶务。

顶着进士及第光环的窦耀成和窦家的那些先祖相比做起买卖来自然不可同日而语：在京都兑成的银子不再买卖饰品，而是作为印子钱，或放给那些穷翰林，或放给那些刚刚谋了差事外放需要大笔银子应酬和置办官轿官服的七品芝麻官，或是放给回京述职需要请客送礼的封疆大吏。之后随着这些官员的升迁罢黜，窦家开始插手河道的石料、九边的粮草、江南的盐引……银子像水似的涌了进来，让赵氏和窦焕成眼花缭乱、胆战心惊。

已是都察院右佥事的窦焕成不止一次地告诫弟弟："月满则亏，水满则溢。你还是藏拙些。"

窦耀成不以为意："撑死胆大的，饿死胆小的。我这也是狐假虎威。你致仕了，这买卖我也就不做了。"

窦焕成却觉得这钱赚得不干净："南货北卖，挣的好歹也是辛苦钱。你这样，是官商勾结！是发国难财！"

窦耀成冷笑："大兄这个时候嫌钱脏手了？哥哥要买宋刻孤本的时候怎不嫌钱脏？要资助同僚遗孤的时候怎么不嫌钱脏……"

"你！"窦焕成气得嘴唇发抖。

两兄弟不欢而散。

赵氏看着心里难过，劝窦耀成："你就听听你阿兄的吧！他在都察院任职，纠劾百司，见得多，他不会害你的。"

窦耀成不想母亲担心，又不愿意向大兄低头，随口道："您看那些做官的，哪个不争着巴结？不必开口，自有人送吃送喝送银子，还怕送了不收。我和大兄不一样，我一天赚不到银子一天就没吃的。"

赵氏却听了进去，呵呵笑道："你以为娘老糊涂了。"心里却想着大儿子只有那一点俸禄，每次回来不是孝敬她人参燕窝就是珠宝玉石，大房的媳妇孙子孙女四季的衣裳首饰年年添新的，可见日子过得的确是很不错。大儿子的话说得有道理，但小儿子的买卖做得也不容易。上次去淞江府，为了应酬那些官老爷，喝酒喝得闻到酒味就不舒服。就是这样，小儿子赚的银子从来也不曾藏私，全都交到了公中，所有的收益都和大儿子均分。

赵氏这么一想，就怜惜起小儿子来。有官身和没官身的就是不一样，要不然这世上的人为何挤破了脑袋都要做官。

老太太的心偏向了这个每日在她面前嘘寒问暖的小儿子。

而窦耀成断了仕途，买卖有得力的管事相助，越做越大，越做越红火，他的心思渐渐放在了享受上，开始只是呼朋唤友，把酒言欢，后来开始梨园听戏、章台走马。

赵氏知道了劝小儿子："你是有身份的人，怎能和那些贩夫走卒的女人一个桌上喝酒？不如买几个聪明伶俐的小丫头回来，请了真定府的名角调教，自己养个戏班子，既有颜面，可以解闷，逢年过节的时候还能热闹热闹。"

有了母亲这话，窦耀成还有什么顾忌？他玩得越发荒唐，两兄弟之间的分歧也越来越大。

赵氏看着这样不行，请了娘家的哥哥出主意，赵舅爷想了想，道："亲兄弟，明算账。不如趁着你在的时候把家分了。大家各过各的，也就没什么好说了。"

赵氏沉思良久，痛下决心："总比我死后闹出分产不均的笑话好。这分家的骂名，我背了。反正我已经是半截进土的人了。"然后把大儿子叫了回来："……不要再为这些琐事争吵！"

"母亲，这不是琐事。"窦焕成不同意分家，试图说服母亲，"仕途一时荣，文章千万好。家族立世之本不全在举业上，门风万不可缺。有举业，没有门风，守得住本心不被纸醉金迷所惑还好，若是守不住，过惯了好日子突然塌陷下去，比那寻常人家还凄惨；有门风，没有举业，堂堂正正地行事，清清白白地做人，歪风邪气不敢侵，自有福缘。舅舅家就是这样的……"

"我知道,我知道。"赵氏敷衍道,"是我想分家。我不想再看到你们这样闹腾下去了。特别是你弟弟,十年寒窗苦,落得这样一个下场。你们兄弟一场,你不照顾他,谁照顾他?可这兄弟也如夫妻,日复一日、年复一年地生口角,再好的感情也经不住。你就当是孝顺我,把这个家分了。"

窦焕成在母亲面前发誓:"我一定会照顾好弟弟。不用分家……"

赵氏摇头:"你听我说。你爹爹虽然留下了万贯家财,却不及窦家现在家财的三分之一。我想把家中的财产一分为三,我一份,你一份,你弟弟一份。我跟着你弟弟过,等我去了,我的那一份就留给你弟弟……"

这是要分家呢,还是要分财产呢?

这是母亲的意思呢,还是弟弟的意思呢?

窦焕成不敢多想,他点了头。

赵氏请赵舅爷、当时真定县的县令、两个媳妇的娘家一起做中人,把家分了。

既然母亲跟着弟弟,窦焕成让出了位于真定县的大宅,在县城的东边盖了个五进的青砖瓦房。

从此窦家一分为二。

窦焕成那一支因住在城东,被人称为"东窦",窦耀成这一支因住在城西,被人称为"西窦"。窦耀成,就是窦昭的曾祖父。

果如窦焕成所担忧的那样。没几年,窦耀成妻妾争宠,闹出了人命案,又牵扯出很多内院污垢。虽被压了下去,但西窦这一支却伤了元气,窦耀成不到四旬就病逝了,子嗣相继凋零,只活下了窦昭的祖父窦铎。

"东窦"却人丁兴旺。窦焕成有两儿三女,九个孙子,三个孙女,十一个外孙,九个外孙女,其中两个儿子一个女婿都先后中了进士。

他没有忘记自己在母亲面前的承诺,始终对窦耀成这一支照顾有加。

窦耀成去世后,窦焕成把年幼的窦铎接到了自己的身边,帮窦铎管理家产,亲自教他读书进学,看着他成家立业之后,把家产分毫不差地交到了窦铎手中,死后还留下遗嘱:"东西两窦是一家,分居不分宗。"

窦铎对伯父比父亲的印象更深刻。他把窦焕成当成自己的父亲,和几个堂兄像亲兄弟一样。儿子窦世英出生后,和东府窦家"世"字辈的兄弟一起排了序,以示两家如一家,永不分彼此。

所以窦昭的父亲虽然是独子,却被称为七爷。

第三章 疑惑·事发·丫鬟

听说窦世榜来了,父亲亲自去将他迎了进来。

他手里提着筐橘子。因都是家里人，母亲和丁姨奶奶也没有回避。大家见过礼，窦世榜指了指橘子，笑着对祖父道："是大哥送回来的，我特意拿了点您尝尝。"然后从小筐里掏了个橘子递给窦昭："寿姑，吃橘子。"

　　窦昭人还有些呆滞，母亲戳了戳她，她喃喃地说了声："多谢。"

　　窦世榜笑着摸了摸窦昭的头。

　　祖父说道："上炕坐吧！我这里有慎行送的大红袍。"丁姨奶奶立刻转身去了旁边的小茶房沏茶。

　　窦世榜也不客气，上炕盘腿坐在了祖父的对面。

　　窦昭拿着橘子，安静地依偎在母亲的怀里，眼睛眨也不眨地盯着窦世榜。

　　记忆中十年前就已经过世的三伯父，如今活生生地站在了她的眼前，还叫她吃橘子！

　　想她在田庄的时候，三伯父隔段时间就会去探望祖母，每次去，都会给她带点小玩意，或是时新的帕子，或是漂亮的头花，或是稀罕的吃食，有一次，还送了她一对无锡泥娃娃。大大的眼睛，圆圆的脸，穿着红色描金的小袄，笑眯眯地作着揖，把田庄里的小孩都羡慕得不得了。她把那对娃娃摆放在窗台上，直到她十二岁离开田庄，那对娃娃才被收到箱笼里，随着她从真定县到京都，留在了济宁侯府。

　　那些日子，三伯父的每次到来都如同照在她身上的一缕阳光，让她变得熠熠生辉，光彩夺目。

　　她从来不曾忘记。

　　窦昭的视线有些模糊，听见窦世榜笑道："……大哥的身体一日不如一日。兰哥儿前些日子来信，说入秋到现在，大哥已经犯了三次心绞痛。只因河工未完，不敢有所懈怠。大哥来信，说等过了这些日子，他就准备辞官回家，和小叔一起潜心研究《易经》。"

　　祖父哈哈大笑，道："仕途虽荣，案牍亦苦。谁让他要做官的！"说着，笑容渐薄，正色道："他这心绞痛一日比一日厉害，可请大夫看过？"

　　"江南名医都请遍了。"窦世榜道，"可大家都没有什么良方。只是一味地让静养。大哥是那歇得住的人吗……"

　　窦昭在一旁听着，思绪却已飘远。

　　大伯父叫窦世样，是大伯祖的长子。比父亲大三十九岁，比祖父小四岁。他和祖父一样，从小跟着曾伯祖读书，和祖父说是叔侄，实际上情同手足。窦昭记事的时候，他已经去世。说是为了修河道，累死在了扬州府知府的任上，事迹还写在祠堂的青石碑上。建武四年，江南发大水，很多河堤都被冲垮了，只有大伯父在任时修的那段河堤安然无恙。大伯父的政绩被重新翻了出来，皇上为此特下圣旨嘉奖了大伯父。

　　兰哥儿是大伯父四十三岁上才得的独子，二十一岁就考中了举人，之后却屡试不第。皇上念着大伯父功劳，恩荫他为句容县主簿。他来京都谢恩的时候，在京都的窦氏族人纷纷为他接风洗尘。窦昭因为继母的缘故和窦家的人不近，只派人送了贺礼。

　　自己要不要提醒三伯父一声呢？可她说的话三伯父会听吗？

　　窦昭犹豫着。

　　丁姨奶奶领着两个丫鬟端着茶点走了进来，母亲把她放到了地上，帮着丁姨奶奶上茶、摆放点心。

　　窦世榜端起茶盅来喝了一口，赞了声"好茶"，然后感慨："这可真是'靠山吃山，靠水吃水'啊！"

　　慎行是窦昭的二伯父窦世棋的字，是窦世样的胞弟，比窦世样小八岁，比窦世榜大四岁。他二十六岁就中了进士，之后一直在外做官，在江西布政使的位置上致的仕。

窦昭只听说过这个人，根本就没见过——她在真定的时候，他在外做官；他致仕回乡，她已经嫁到了京都。

大红袍产自武夷，听三伯父这口气，他现在应该在福建为官。

祖父听了哈哈大笑，道："'靠山吃山，靠水吃水'，关键是个'靠'，怎比得上你？我们可都指望着你吃饭呢！"

窦家在外做官的多，为了科举"两耳不闻窗外事，一心只读圣贤书"的人更多。

窦世榜管着东、西两窦的庶务。

他闻言嘿嘿地干笑了两声，表情讪然。

窦昭记起来了。三伯父不仅和二伯父、四伯父、五伯父一起参加过乡试，还和六伯父、父亲、大堂兄窦文昌、二堂兄窦玉昌、三堂兄窦秀昌、四堂兄窦荣昌一起参加过乡试……好像一直都没能中。

父亲见状端起了茶盅，迭声道："喝茶，喝茶！"又高声吩咐母亲："三哥难得来一趟。你去跟灶上人说一声，做几个下酒的小菜，我陪爹爹和三哥喝两杯。"

"不用了，不用了。"窦世榜看了父亲一眼，笑道，"大哥让我给小叔带了几句话。天色不早了，我传了话就要回去了。"又道："快过年了，家里还有一大堆事等着我呢！"

"那也不耽搁这会儿工夫。"祖父笑道，父亲却拉了母亲。"既然三哥有话和爹爹说，那我们就先回屋了。"也不管母亲的惊讶，推搡着母亲出了鹤寿堂，"三哥这个时候来，肯定是有要紧的事。"

母亲释然，又许久没见到父亲了，望着父亲的眼神柔得像藤蔓："那好。妾身回去服侍相公早些歇了吧！"

"好，好，好。"父亲应着，回头朝着鹤寿堂望了望，一副心不在焉的样子。

窦昭顺着父亲的眼光望了过去。

四周静悄悄的，积雪在月色下闪烁着清冷的碎芒，祖父书房里橘色的灯光显得格外的温暖。

窦昭狐疑。

母亲却毫无察觉，一路上和父亲说说笑笑地回了上房。

有个两鬓斑白的仆妇迎了上来，行着福礼喊着"七爷""七奶奶"。

她的样子很严肃，眼神却很温和。窦昭一看就心生好感。

母亲把她交给了那妇人："俞妈妈，今天你带着寿姑歇在暖阁吧！"

俞妈妈微笑着应道："是。"

父亲奇道："寿姑的乳娘呢？"

"她受了风寒。"母亲说着，径直往屋里去，"我怕她过了病气给寿姑。"

父亲只得跟上。

一行人进了厅堂，父亲和母亲往内室去，俞妈妈抱着窦昭往内室后面的暖阁去。

她还没有等到那个女人，怎能就这样离开母亲！

"娘亲，娘亲！"她在俞妈妈怀里扭着身子。

"四小姐，莫哭，莫哭！"俞妈妈哄着她，加快了脚步，"俞妈妈陪着你玩翻绳，好不好？"

父亲犹豫道："要不，今天就让寿姑和我们一起睡吧！"

"这……"母亲目光幽怨地望着父亲。

父亲好像没有看见似的，吩咐俞妈妈："把寿姑抱过来吧！"

俞妈妈迟疑着，瞥了母亲一眼，见母亲咬着嘴唇没说话，笑道："七爷一路风尘辛苦了……"

"让你抱过来就抱过来！"父亲不悦。

俞妈妈不再踌躇，把窦昭交给了母亲。父亲却接手把窦昭抱进了内室。

丫鬟们端了热水、帕子进来服侍梳洗。

母亲服侍着父亲，父亲却逗着窦昭，窦昭紧紧地黏着母亲，乱哄哄的，却有种异样的温馨和热闹，窦昭心里满足又欢快。

好不容易安静下来，窦昭拉着母亲的衣襟躺在父母的中间。

母亲支肘托腮，轻声软语地和父亲说着话："你还是住在静安寺旁边的胡同吗？保山有没有和你一起？"手越过窦昭，轻轻地抚着父亲的手臂，大红色绣着并蒂莲的肚兜在灯光下鲜艳明丽，看得窦昭面红耳赤，忙闭上了眼睛，在心里默默地念道：母亲，我知道小别胜新婚，我不应该破坏你的好事，可我这也是没有办法。等我帮你把那个女人赶跑了我就走……

父亲闭着眼睛，哼哼了两声，道："快点睡吧！明天清早父亲还要考我呢！"说着，翻了个身。

母亲的手落空了。她嘟了嘟嘴。

父亲发出轻轻的鼾声。

屋子里更是寂静。

母亲躺了下来，轻轻地拧了拧窦昭的小鼻子，悄声道："你这个小坏蛋！"

这样的母亲，真实而不失天真烂漫，惹得窦昭差点笑出声来。

有丫鬟脚步凌乱地跑了进来，隔着帐子禀道："七爷，七奶奶，丁姨奶奶过来了，说老太爷找七爷有要紧的事，让七爷立马就过去。"

母亲愕然，睡着了的父亲却一骨碌就爬了起来，道："你说什么？老太爷让我现在就过去？"声音紧绷。

丫鬟应了声"是"。

父亲迟疑了片刻。

母亲道："那你快过去吧！说不定是与大伯父让三伯父带的话有关系……"一面说，一面坐了起来。

"是啊，是啊！"父亲喃喃地道，掀起被子披衣就下了床，也不理会母亲在身后喊着让他加件衣裳，匆匆跟着丁姨奶奶去了鹤寿堂。

俞妈妈轻手轻脚地走了过来，低声道："七奶奶，您看要不要派人过去看看？"

"还是不要了吧！"母亲患得患失地道，"万一说的是朝廷上的事就不好了……不还有丁姨奶奶吗？到时候我去问她就是了。"

窦昭心中更加疑惑了。

丁姨奶奶从进门到离开都垂着头，没有正眼看母亲。

窦昭有心暗示母亲几句，可想到那边厢房还关着一屋子没有处置的丫鬟、媳妇子就觉得头痛。

她哧溜爬了起来，坐在床上高声地喊着："爹爹。"

要是母亲够聪明，就应该灵机一动，抱着她去找父亲。如若祖父责怪下来，只要把责任往她身上一推，祖父难道还和一个不懂事的孩子计较不成？

可是，她显然高估了母亲的智慧，也高估了自己的影响力。

看见她闹腾，母亲很不高兴地蹙着眉："这么晚了，这孩子怎么还不睡？"然后吩咐俞嬷嬷："把姐儿抱下去吧！她吵得我头痛。"

俞嬷嬷歉意地冲着母亲笑，手脚麻利地帮她穿衣裳："四小姐，乖，俞嬷嬷抱你去找乳娘！你别哭……"

窦昭很想学着那些田庄的村妇朝母亲翻个白眼表示不屑。

母亲怎么这样幼稚？她要是像母亲，恐怕早就被人吃得尸骨不剩了。

窦昭一把抱住垂在床边的幔帐，哭着喊着要"爹爹"，最终还是被俞嬷嬷强行抱到了内室后的暖阁。

没有了母亲，窦昭也消停下来，蔫蔫地由俞嬷嬷把她放在了炕上。

俞嬷嬷默默地帮她整了整凌乱的头发，看窦昭的目光有些恍惚，低声道："你是不是也觉得今天的事有些不寻常？我要去偷偷看一眼，你乖乖地待在这里，不要吵闹，好不好？"

窦昭顿时来了精神。

真是真人不露相啊！看不出来，俞嬷嬷这样的精明能干。

她眼睛睁得大大的，小鸡啄米似的点着头。

俞嬷嬷一愣，随后慈祥地笑了起来，颇有些感慨地道："我们四小姐可真聪明，小小年纪，却万事心里都有数。不像七奶奶……"说到这里，她猛地一顿，自言自语地道："我和个孩子说这些干什么……"然后转身叫了个丫鬟进来："含笑，你在这里陪着四小姐，我去鹤寿堂看看。"

含笑十七八岁的年纪，相貌周正，一副温柔稳重的样子。

听了俞嬷嬷的话，她很惊讶，但很快正容应了声"是"，十分伶俐地道："若是有什么事，我立刻让双枝去叫您。"

俞嬷嬷满意地点头，快步出了暖阁。

含笑和窦昭上了热炕，见窦昭不哭也不闹，沉静得像个大人，她微微地笑，柔声问窦昭："四小姐，我拍您睡觉可好？"

窦昭摇了摇头。

含笑的笑意越发浓郁，道："那我陪您翻绳可好？"

难道她很喜欢翻绳吗？窦昭摇了摇头。

含笑笑道："那您想干什么？"

"等……嬷嬷。"窦昭道。

含笑讶然地望着窦昭。

窦昭不理她，拉了个大迎枕过来，靠在上面发呆。

含笑失笑，帮窦昭搭了条薄被。

她是从父亲待母亲的态度中感觉到异样，俞嬷嬷是从什么地方看出了不对劲的呢？还有什么事是她不知道的呢？

窦昭沉思着，眼皮子越来越重。

不行，得等到俞嬷嬷回来。她要知道发生了什么事！还有妥娘，她到底是什么人？

窦昭摇了摇头，强行将上眼皮和下眼皮分开。

可几息过后，眼皮又自有主张地垂了下去。

不能睡觉！睡着了，说不定她就又回去了。

到时候她回到了紫藤花那个梦里去了怎么办？

"含笑，"窦昭使劲地睁着眼睛，"嬷嬷，找！"

"不行！"含笑轻轻地摆手，"我要在这里陪着您。"

"我，听话！"窦昭道。

含笑思忖半晌，见窦昭表情越来越坚定，犹豫道："好吧，我去看看俞嬷嬷在干什么？"随后叫了双枝进来。

双枝是个脸儿圆圆的小姑娘，她不声不响地陪着窦昭。

不一会，含笑折了回来："四小姐，俞嬷嬷和夫人去了老太爷那里。"

"哦！"窦昭让含笑去找俞嬷嬷。

含笑无论如何也不答应："……被发现了，奴婢不死也要脱层皮。"

这倒也是。窦昭是管过家的，知道这其中的厉害。

她只能等俞嬷嬷和母亲回来。只恨自己为什么会被束手束脚，而不是像在另一个有紫藤花的梦里，想干什么就干什么。

时间一点点地过去，母亲和俞嬷嬷还没有影子，窦昭的眼皮子黏在了一起，再也分不开。

她陷入一阵甜甜的酣睡。

好像只有一瞬间，又好像有千万年，窦昭醒了过来，她想也没想，就跳了起来。

有人在旁边喊着"四小姐"。

窦昭睁开眼睛，看见了双枝含笑的圆脸，她长长地松了口气。

还在梦里。

她骤然间踏实了，问双枝："含笑？嬷嬷？母亲？"

"含笑被俞嬷嬷叫去了。"双枝笑着帮窦昭穿衣裳，叫小丫鬟倒了热水进来。暖阁里热闹起来，窦昭这才发现天色已经大亮。

她眼睛微眯问双枝："含笑，在哪里？"

双枝笑道："在老太爷那里。"说着，眼角余光看见暖帘被撩了道缝，有人朝里张望。

她脸一沉，低声喝道："是谁在暖帘外面，鬼鬼祟祟的？"

立刻有个小丫鬟去撩了暖帘，暖帘后的人无所遁形，不安地绞着手指头。"我，我找四小姐……"然后虚张声势地大嚷道，"是四小姐让我帮她打听个人……"

窦昭循声望过去，看见了香草。

她心头微动，高声喊着"香草"。

双枝和小丫鬟满脸困惑，但还是放了香草进来。

香草得意地朝着双枝和小丫鬟扬了扬下巴，狗腿地跑到了窦昭面前，低声下气地道："四小姐，您说的妥娘，我找到了。"她说完，语气微顿，眼神饱含着某种期冀地望着她。

窦昭微微地笑。在济宁侯府，这样的丫鬟她见得多了。为了能出人头地，只要能看到一丝希望，她们就会使出浑身解数地抓住。

她并不反感这样的人和这样的做法。如果大家都安于现状，那生活还有什么奔头？

只不过香草的行事太过浮躁，把希望寄于一个还不懂事的小孩子，少了审时度势深谋远虑。但她还是要感谢香草。要不然，她又怎么会有妥娘的消息？

窦昭对双枝道："赏，香草！"

双枝拿不定主意。

作为主家，四小姐也太……年轻了些！要不要先去请七奶奶示下呢？

她琢磨着，看见香草眼睛一亮，已屈膝向窦昭行礼道谢，之后凑到窦昭面前叽叽喳喳地道："妥娘是后院浆洗房的小丫鬟，是七奶奶到大慈寺上香的时候捡回来的，我问遍了府里的人才找到她。您找她有什么事？要不要我帮您把她叫来？她很好说话的。在浆洗房，脏活、累活都抢着做，浆洗房的那些嫂子们都很喜欢她。我一打听，她们就带我找到了妥娘……"

窦昭恍然大悟。能在母亲或是她身边当差的，都是窦府有头有脸的仆妇，她们又怎么会认识浆洗房的粗使丫鬟？反之，妥娘作为窦府的粗使丫鬟，当年到底发生了什么事，她并未参与，不过是事后听人说起而已。这也解释了妥娘的话为什么与事实不符……

她眼皮子一跳。

事实！

难道在她的心底，认为眼前发生的一切都是真实的不成？

那她又在哪里呢？

早先被她忽略的一些想法重新在脑海里旋转，让窦昭心惊肉跳，遍体生寒。

难道以前的那些事情才是梦？或者说是前世？

难道现在的这个梦才是真实的世界？又或者说是她的今生？

有个小丫鬟冲了进来。

"双枝姐姐，大事不好了。"她神色慌张，如临大敌，"鹤寿堂，闹起来了！"

窦昭心里一突，双枝已急急地道："出了什么事？"

"七爷在京都的时候被个女人迷住了，"她脸色发白，"要把那女人纳进门，还请了东府的三爷来说项。老太爷气得半死，拔剑要杀七爷呢！"

"啊！"屋里乱成了一团，双枝又急问，"后来怎样了？"

"还好三爷没走，把老太爷给拦住了。"小丫鬟道，"可七爷铁了心要让那个女人进门，大冬天的，跪在雪地里求老太爷答应。结果七奶奶找了去，七爷就求七奶奶。把七奶奶气得半死，不仅没有答应，还哭着骂七爷忘恩负义，连老太爷都插不上嘴。三爷见了，让大福悄悄地把三奶奶请过来。"

"难怪含笑姐姐被俞嬷嬷叫去后就不见了影踪！"

"那女人难道比七奶奶长得还好看吗？"

"老太爷到底答应那女人进门了没有？"

"那家里岂不是又要多个主家了？"

丫鬟们七嘴八舌地议论着，没有谁注意窦昭。

窦昭泥塑般傻傻地坐在那里，无比震惊。

她自主持了济宁侯府的中馈、成了当家理事的人之后就一直很是困惑，三伯父作为窦家因管理庶务有方而备受窦氏子弟尊敬的长辈，怎么会隔三岔五地就去田庄探望妾室出身、和窦家人根本没有什么交集的祖母？

原来，他是去探望她的。

妥娘说，母亲是被迫自缢的。

作为帮着父亲说项的三伯父，他心里应该是充满了对她无法言明的愧疚，所以才会如此吧？

窦昭想到了三伯父看她的眼神，总是慈爱中带着几分怜惜。

还有三伯父死后留下的遗嘱，要把他收藏的几幅前朝的名人字画都留给她。

那时候窦氏还没有分家，三伯父没有私产，留给亲生儿子窦繁昌、窦华昌兄弟的也不过是几方砚台和玉石。

她一直以为那是因为三伯父特别喜欢自己。可见人看到的不一定是事实，听到的也不一定是事实，甚至是感受到的，也不一定是事实。

窦昭哑着声音道："我要，妥娘！"

丁姨奶奶进门年余都没有动静，窦昭的嫡祖母非常着急。偶尔听说窦家田庄有户姓崔的人家，生了八个儿子两个女儿全都活了下来。因为孩子多了养不起，还送了两个儿子给别人家做上门女婿，现在又想用十四岁的长女给三儿子换亲。

窦昭的嫡祖母觉得这是天意，她见过崔家的长女，虽然人高马大、身材健硕，五官却不失清秀，没有和窦昭的祖父商量就花了二百两银子把崔家的长女抬进了门。

十个月后，窦昭的父亲出世。

孩子刚过了百日礼，窦昭的祖父就招了窦昭的嫡祖母去，指了还在襁褓中的窦世英道："你亲自带这个孩子，不要让那个大字也不识一个的崔氏把他给毁了。"

就这样，崔氏被送到了窦家位于东积村那个只有一百多亩地的小田庄，直到她逝世。

所以，从本质上讲崔氏一直是个村妇。窦昭和她一起生活的那些年，崔氏不仅带着她到屋后的菜园子里浇水、捉虫、除草，还告诉她怎样管理庄稼，怎样养鸡喂猪……用崔氏的话来说："学会了伺候庄稼，走到哪里也饿不死！"

在这种环境下长大的窦昭，知道什么时候春播，什么时候秋收，什么时候种菜，什么时候孵鸡仔，甚至可以根据冬天的气候推断来年的气候，不像个世代官宦之家的小姐，反而像个乡绅家的女儿。

她第一次见到妥娘，是刚过完十岁的生辰。大人们都忙着春耕，祖母和管事去了田头，她和几个丫鬟站在屋前的榆钱树下看村里的孩子摘榆钱芽。

一条毛毛虫掉在窦昭的肩膀上，吓了她一大跳，她又捉了毛毛虫去吓唬那几个丫鬟，大家你推我搡地尖叫着，乱成了一团。

妥娘不知道从哪里冒了出来，发疯似的冲过来追打她的丫鬟，叫嚷着："她是小姐，是窦家的小姐，你们怎么敢对她不敬？我打死你们，我打死你们……"

想到这些，窦昭有些激动。

继母进门后，服侍母亲的人或因资历太浅而被卖了，或是被继母以服侍过母亲有功劳为由放了籍，或是被打发回了舅舅家，没有人告诉她母亲的事。哪怕是疼爱她的祖母，也不止一次地对她说："人要向前看，总问那些有什么用？你应该多想想以后的日子怎么过，想想嫁到济宁侯府后怎么讨你婆婆的欢心才是。"

没有人知道她内心的恐惧。

母亲是怎么死的？为什么大家都讳莫如深？

继母王氏的贴身嬷嬷胡氏说母亲是因为生了女儿……

那岂不是她害死了母亲？是不是因为这样，她才会被送到乡下祖母这里来的呢？

母亲活着的时候，有没有讨厌过她？有没有后悔生下了她？

随着年纪的增长，她越发不敢问。

母亲的死，成了窦昭心头一个永远无法愈合的伤口。

是妥娘告诉了她真相，还在面对祖母责问时反驳道："我不知道那些大道理。我只知道是王氏害死了七奶奶，王氏是四小姐的仇人，四小姐不能认贼做母！你们这样，不是帮四小姐，是害四小姐，陷四小姐于不孝！"

窦昭至今还记得祖母脸上的震惊之色。

之后祖母什么也没有说，把妥娘留在了田庄。

母亲当年身边服侍的人何其多，可花了八年时间找到她的只有妥娘，为她仗义执言的只有妥娘！妥娘的性格可想而知。

窦昭现在寸步难行，急需个对自己言听计从的人。没有比妥娘更合适的了！

香草闻言不顾双枝的反对，主动帮她找来了妥娘。

妥娘茫然地望着窦昭，拘谨中透着几分紧张，轻声喊着"四小姐"。

这时的妥娘，年轻，脸色红润，目光温顺且羞涩，与窦昭记忆中那个面容憔悴、蓬头垢面的女人是两个人。

窦昭心里酸酸的，她问妥娘："你，知道，我吗？"

"知道。"她小声地道，"刚才在路上，香草告诉我了。您是七奶奶的女儿，窦家的四小姐。"

知道她是七奶奶的女儿就好！

窦昭微笑着点了点头，伸了手让妥娘抱，道："我们，去，鹤寿堂。双枝，带路。"

妥娘毫不犹豫地抱了窦昭，双枝却很犹豫，道："要是万一……"

"我，要去！"窦昭瞪着双枝。

双枝讪讪然地笑。

一旁的香草忙道："那我呢？四小姐，我呢？"

人的身边不可能只有一种人，有时候，长处会变成短处，短处会变成长处。

"跟着。"窦昭笑道。

香草欢喜地应"是"，在前面带路。

这下双枝想不去也不行了。

一行人去了鹤寿堂。

有小厮把他们拦在了门口："老太爷说了，谁也不让进！"

妥娘不安地望着窦昭。

双枝束手无策，就差说"我早就说过"之类的话了。

香草则笑着上前插科打诨地喊着"哥哥"，道："我们是奉了七奶奶之命，把四小姐送进去的……"然后朝着鹤寿堂挤了挤眼睛，"里面不是闹腾开了吗？我们这才送四小姐过来的。哥哥要是不信，不如先进去通禀一声？"

小厮不再坚持，放他们进了院门。

双枝小声道："你胆子也太大了吧？万一他真的去请七奶奶示下……"

"不会的！"香草笃定地笑道，"我们不敢靠近鹤寿堂，难道他们就敢！"

窦昭暗自点头。

鹤寿堂里传来母亲有些嘶哑而尖锐的声音："……你现在说什么都晚了！你要纳妾，为何不直接和我说？你请了三伯向父亲说项，不过是因为你自己也明白你这样做对不起我，有失君子之德，偏又心思龌龊，被女色迷住，想万无一失，用长辈来压我罢了！既然如此，那我们就请了两家的长辈出面好好地说道说道好了……"

"七弟妹，七弟妹，"三伯父求饶道，"纳不纳妾，不过是小事。既你不同意，那就算了。何必要闹得两家长辈不安生，闹得满城风雨让别人看笑话呢？万元，你快向弟妹赔个不是！这件事就这样算了。千错万错，都是我的错。还请弟妹看在我的面子上，多多包涵，多多包涵！"

万元，是父亲的表字。

母亲安静下来，父亲却小声嘀咕着，听不清楚在说什么。

窦昭忙道："我们，进去！"

这个时候，香草和双枝就有些害怕起来，妥娘则面带毅色地抱着窦昭进了厅堂。

鹤寿堂的人不敢拦窦昭。

"什么人？"进了厅堂，站在门口的丁姨奶奶大声喝道，表情凛然，是窦昭从来未曾见过的。

妥娘缩了缩肩，又很快站直了身子，声音颤抖又不失恭敬地道："是四小姐，让我抱她进来……"

听到动静，满面寒霜坐在太师椅上的母亲和搓着手团团转的三伯父愕然望过来，面向中堂跪着的父亲则一跃而起，恼羞成怒冲她们喝道："怎么回事？"

祖父并不在厅堂里。

窦昭还没来得及开口，母亲冷笑一声站了起来。

"你做错了事，冲孩子发什么火？"她一面说，一面走过来抱了窦昭，然后柔声地问："出了什么事？"目光犀利地盯着妥娘。

窦昭抢在妥娘前面道："娘亲，娘亲，我要，妥娘，我要，妥娘！"

母亲想到厢房里关着的那些丫鬟，皱了皱眉。

她没认出妥娘。把妥娘安排在府里做个粗使丫鬟混口饭吃，于她不过是举手之劳的事，根本就不会记在心上。

有小丫鬟战战兢兢地进来禀道："三太太过来了！"

三伯父听着精神大振，只想快点把窦昭她们打发了好说正经事："不过是个丫鬟，寿姑想要她，赏了她就是了。"说着，朝父亲使了个眼色。

父亲立刻道："这个什么妥娘，就赏给寿姑好了。"

三伯母性情开朗，语言幽默，待人热忱。虽然不是宗妇，但窦家上上下下的人都很喜欢她，有什么事，总喜欢找她帮忙做中人。三伯母突然而至，母亲也猜到几分。

她也想让父亲早点打消纳妾的念头。

反正妥娘是自己府上的丫鬟，难道还怕她跑了不成？寿姑身边的丫鬟、媳妇都被关了起来，让这个妥娘暂时照顾一下寿姑，等她忙完了这一阵子再好好查查这个妥娘的底就是了。

母亲喊了俞嬷嬷进来："把这个妥娘安置到寿姑的屋里。"

俞嬷嬷满脸的困惑，看了妥娘两眼，恭声应诺。

这么多人，还有俞嬷嬷，母亲就是想死，也会有人拦着。

窦昭并不担心，拉了拉妥娘的衣袖，示意她回去。

妥娘还沉浸在突然从一个浆洗房的粗使丫鬟变成了小姐贴身丫鬟的茫然不知所措中，恩也没谢，抱着窦昭高一脚低一脚地出了鹤寿堂。

香草和双枝已得了信。

双枝恭喜着妥娘，客气地和她寒暄："……以后我们就在一起当差了。"

香草懊恼地低着头，表情既后悔又是沮丧。

窦昭微微一笑，指了香草对俞嬷嬷道："我要，香草。"

香草又惊又喜。

俞嬷嬷此时和七奶奶是一样的想法，而且香草本来就在七奶奶屋里当差，知根知底，也不怕她使坏，叮嘱香草道："既然四小姐喜欢你，你就跟着四小姐吧！记得要好生当差，不要惹四小姐生气……"

香草已经欢喜得嘴都合不拢了。

四小姐屋里的仆妇犯事被关了起来，以七奶奶的脾气，以后肯定不再用了。她得了四小姐的青眼，说不定以后能混个一等的丫鬟呢！

她越想越觉得前途光明，俞嬷嬷一转身，她就忙不迭地向窦昭道谢："四小姐，我一定好好地服侍您……"

窦昭冲着滔滔不绝的香草摆了摆手，然后指了指鹤寿堂："你听着，告诉我。"

第四章　母亲·继母·来客

听了窦昭的话，双枝看着窦昭的眼神带着几分惊恐。

窦昭并不在意。只要母亲和长辈们不起疑心，仆妇们再怎样议论也不过是议论而已。

窦昭指挥妥娘抱自己回了屋。

西窦人事简单，鹤寿堂那边的剑拔弩张虽然让仆妇们很紧张，但还远没有达到惊慌失措的地步。

双枝把妥娘和香草会到窦昭屋里当差的事一说，大家的注意力很快就放到了她们两人的身上。

有的笑骂道："香草那小蹄子，到底让她得逞了。也不知道是走谁的路子？"

更多的却是和妥娘见礼，纷纷自我介绍着"我是银杏""我是丁香"，又有人问："姐姐原是哪个屋里当差的，怎么突然就被拨到了四小姐屋里？"

妥娘不习惯这样的热情，喃喃地作答。

听说她是浆洗房的粗使丫鬟，大家面面相觑，有些不知所措。

妥娘见了，更是拘谨。

"好了，"双枝笑着给妥娘解围，"有什么话你们等会再说。现在先让妥娘安顿下来。"然后思忖道："我和含笑姐姐屋里还有两张床，今天七奶奶他们也不知道什么时候回来，四小姐身边却不能断人。我看，就让妥娘先睡我们屋里，等七奶奶示下再说。"

妥娘松了口气。

众人也回过神来，或自告奋勇地要去帮妥娘收拾东西，或是主动帮妥娘去铺床。

妥娘一步也不肯离开窦昭："小姐身边谁服侍？我还是等香草来了再说。"

窦昭微微地笑。妥娘认死理，她嫁去济宁侯府的时候，前程未明，没敢把妥娘带过去，等她在济宁侯府站稳了脚想接妥娘过去的时候，妥娘却病逝了。

想到这里，她眼眶微红，轻轻地握了妥娘的手。

妥娘严肃地望着她，郑重地道："四小姐，您放心，我会寸步不离地守着您的。"说得其他人好像都是坏蛋似的，屋里的人脸色俱是一黑，看妥娘的目光就有些不善，妥娘却毫无所觉，正色守在她的身边，不为所动。

双枝只好悻悻地吩咐丫鬟去浆洗房报信，把妥娘歇息的地方收拾出来。

大家分头行事，没有谁再和妥娘搭讪。

窦昭和妥娘则大眼瞪小眼地待在内室。

不一会儿，香草跑了进来："四小姐，七奶奶和俞嬷嬷他们回来了！"

窦昭心中一沉，问："父亲？"

香草抹了抹额头的汗，道："七爷、老太爷、三爷和三太太还在鹤寿堂。"

是在商量纳妾的事？还是在商量怎么让母亲松口？

窦昭有些着急，在妥娘的帮助下下了炕，撒腿就朝外跑。

妥娘和香草紧紧地跟在她的身后。

沉着脸的母亲由俞嬷嬷搀扶着，面无表情走了进来。

"娘亲，娘亲！"窦昭扑了过去。

母亲面色微霁，弯腰抱起了窦昭，亲了亲她的小脸，然后把她交给了身后的含笑："陪着四小姐玩翻绳去。"

含笑忙抱过了窦昭。窦昭却拉着母亲的衣襟不放。

母亲骤然间变得很不耐烦："你这孩子，怎么不听话？娘还有事，你和含笑玩。"说着，抬眼看见了妥娘和香草，抬手指了两人，"要不，和她们两个玩去。"

窦昭知道母亲现在没有心情哄她，乖乖地由含笑抱着，等母亲和俞嬷嬷进了内室，她从含笑的怀里溜下来，往内室跑去。

值守的丫鬟不敢拦她，她顺顺当当地进了内室。

母亲正伏在炕桌上哭："……你都看见了，人还没有进门，他就这样护着，生怕那人受了一点点的委屈。我还能说什么。我就顺了他的意，让那个女人进门好了！我倒要看看，那女人有什么本领，使得什么手段，怎么就把他迷得父母妻儿、名誉气节全都不要了！"

俞嬷嬷目光微闪，低声道："七爷纳妾，说大不大，说小不小，您看，是不是派个人跟舅爷说一声……"

"不行！"没等俞嬷嬷的话说完，母亲猛地抬头，急急地道，"哥哥开年就要进京参加春闱了，此刻正闭门读书。若是知道我嫁过来不过三年万元就要纳妾，以哥哥的脾气是决不会善罢甘休的，不能为了我的事，把哥哥的前程耽搁了。"又反复地叮嘱俞嬷嬷："你是服侍我母亲的人，若是其他的事，你背着我干了什么我也不会和你计较，我知道你是为了我好。可这件事却非同小可。我们赵家已经有四十年没有出过进士了。若是因你之故惹出什么事端，你就是陷我于不义，让我做赵家的千古罪人！"

俞嬷嬷点头，转过身去拭着眼角的泪水。

舅舅有这么好吗？窦昭撇了撇嘴，暗暗对母亲道：你只管去打扰他好了。他是丁未科的进士。而且一考取功名就谋了个西北的实缺，带着全家去了任上，再也没有回过真定。

她只在自己成亲的那天见过舅舅一面。

娘亲有舅。辞别亲人的时候，她看在母亲的分上，恭恭敬敬地给舅舅磕了三个头。

舅舅情绪好像很激动，看她的目光给她一种"吾家有女初长成"的错觉。她当时欢喜得不得了，想着舅舅在西北做官，路途遥远，联系不便，继母眼里又只有自己娘家的兄弟，舅舅是读书人，肯定心高气傲，不愿意受这个辱，所以才不登窦家门的。这次舅舅从任上赶来送她，可见心里还是有她这个外甥女的。她甚至打算趁着这次重逢的机会好好地孝敬孝敬舅舅，让他给自己讲讲母亲当年的事。

没想到她前脚出门，舅舅后脚就返回了西北，而且从那以后，就再也没有只言片语给她。

如果从前舅舅顾忌继母，那她嫁到了济宁侯府之后他还有什么忌惮？

窦昭怎么也想不明白。

后来舅舅家的大表姐赵碧如随着夫君在京都的任上寓居，曾经拜访过她，让她用三杯茶打发了。

这样的一个人，能指望得上吗？

窦昭怀疑着，躲在落地罩的幔帐后面沉思。

母亲既然同意父亲纳妾，难道继母是被扶正的？可继母每次说起来都称自己是"窦家明媒正娶、用八抬大轿迎进来的"，听了她这话的人也没谁反驳啊！

继母可以遣散母亲的忠仆，可以威胁利诱窦家的仆妇，不可能连真定县那些有头有脸的官太太们也跟着睁眼说瞎话吧！

难道中间还有个女子？那也不对啊，继母进门有喜，妹妹窦明只比她小两岁七个月……窦昭越想越糊涂。

含笑走了进来。"七奶奶，"她小心翼翼地道，"三太太过来了。"

母亲忙擦了擦眼泪，一面吩咐她："快请三堂嫂屋里说话。"一面起身去迎。

三伯母表情严肃地由两个丫鬟簇拥着走了进来。看见母亲，她眼眶一红，挽着母亲的手上了炕，屋里服侍的都乖巧地退了下去。

三伯母没等俞嬷嬷上茶已道："我知道你心里难过。我也不劝你，你想哭就哭一场好了。可哭完了，要打起精神来才行，瞧七叔这样子，你以后还有硬仗要打！"

"我知道！"母亲说着，眼泪忍不住又落下来，她没有诉苦，而是歉意地对三伯母道，"三伯那边，还请三嫂帮我说几句话。我是气极了，才会对三伯说那些话的。请三伯看在我年轻，没经过什么事的分上，不要和我一般计较！"

"你这样说，就把我和你三哥见外了。"三伯母也跟着落泪，"说来说去，都是你三哥的不对！要不是你三哥鲁莽，七叔也不会闹出这一折来……"

"这与三伯有什么关系？"母亲抽泣着打断了三伯母的话，"说的是从兄弟，可三伯把万元当儿子似的，万元有什么事找去，三伯还能袖手旁观不管不成？说来说去，还是万元的不是，他鬼迷心窍……我就是恨……我们从小一起长大的，论情分，应该比其他夫妻更好才是。他要纳妾，为何不先与我商量？我不同意，他就跪在雪地里不起来……公公四十二岁才添了他这根独苗，他把我当什么人了？又把我置于何地？我想想就心寒……"伏在炕桌上又哭了起来。

"不哭，不哭！"三伯母抱了母亲，"这人一辈子啊，谁没个沟沟坎坎的？七叔还年轻，难免有糊涂的时候。我也不怕你笑话，你大伯那个人，该是沉稳内敛的？刚中进士的那会，还不是学着人家出书、纳妾，大嫂当时也气得哭，可再过几年你看，过了那阵轻狂，知道还是家里好，一心一意地和大嫂过日子。大嫂快四十岁的人，竟然添了兰哥儿……可见有的时候，得以柔克刚，不能硬碰硬！"

"三嫂说的我都明白。"母亲听着，坐直了身子，擦着眼泪道，"我是有件事，想求三嫂。"并没有和三伯母继续这个话题。

三伯母有些意外，忙道："你说你说，只要我帮得上忙的。"

"那女人既然要进我们家的门，我怎么也要相看相看吧！"母亲道，"我想请三嫂和大嫂到时候作个陪。"

这原本是大户人家的规矩，就算是答应了丈夫纳妾，也要先看看人，若是什么风尘女子或是品行有瑕，做妻子的就算拒绝丈夫的要求也不在"善妒"之列。不比那暴发的商贾，没什么讲究，喜欢就可以带回家。

三伯母恍然大悟："好，好，好。我这就去跟大嫂说去。"

"那就有劳三嫂了。"母亲说着，站了起来，"我这就跟万元说，让他把人从京都接到真定来。"

三伯母没有接话，笑眯眯地拍了拍母亲的手，道："七弟妹也长大了！"

语气半是感慨，半是欣慰。

窦昭心情复杂。

如果这个突然出现的女人是继母，母亲想从她的身份上做文章，恐怕会大失所望。

她的继母姓王，闺名映雪，是王行宜之女。

王行宜，字又省，北直隶灵寿县南洼乡人。至德三十六年己丑科进士。初任吏部主事，后升兵部车驾司员外郎。蒙古俺答汗数次带兵入侵北部边境期间，时镇守大同的总兵官长兴侯石端兰请开马市以和之。王行宜上书《请罢马市疏》，力言石端兰"十不可五谬"。司礼监秉笔太监陈冬庇护石端兰，王行宜弹劾陈冬《五奸十五罪》。永明四年，王行宜被廷杖一百投入死囚牢。因在狱中拒不写悔过书备受折磨而闻名士林。陈冬病逝，经他的师座——内阁大学士兼吏部尚书曾贻芬等人多方营救，永明六年，王行宜改判流放西宁卫。

之后数年，蒙古人依然扰边，马市遭破坏。

承平四年，也就是继母嫁过来的第三年，在曾贻芬的推荐下，王行祖被起用。先是调任山东新泰县令，后改任刑部主事，礼部员外郎，兵部武先司，半年内连迁四职。

此时距他流放已过去了十年，历经两朝。

其后王行宜一路平步青云，窦昭生病的时候，他已累官至东阁大学士、礼部尚书，位极人臣。

王家本是南洼小姓，世代耕读。王行宜出事后，王妻许氏为搭救丈夫，将家产变卖一空。王行宜改判流放后，王家长子王知柄服侍病弱不能行的父亲前往西宁卫，王妻带着刚嫁过来不足月余的长媳高氏、次子王知杓、女儿映雪过日子。因家无恒产，高氏主动变卖了陪嫁，获银三百两，其中三十两购得良田四亩用来度日，其他的都用来救济远在西宁卫的王行宜和王知柄的吃穿用度，日子过得十分艰难。

世人有像长媳高氏高家这样深明大义的，也有像王映雪的未婚夫家雷氏那样唯利是图的。

永明八年，雷氏见曾贻芬被迫致仕，王行宜没有起复的可能，十四岁的王映雪被退了亲。

王映雪一咬牙，索性卖了雷家的聘礼，由高氏的一个陪房出面做起了收购棉花的买卖，这才支撑起西宁卫这边的无底洞，王行宜才能活到起复。

所以当三伯母告诉母亲，父亲已经派人把那个女人接到了真定，她和大伯母商量后，决定在大伯母陪嫁的庄子里见一见那个女人的时候，窦昭大哭大闹地抓着母亲的裙裾不放手。

母亲强忍着怒意哄着她。三伯母却瞧着灵机一动，笑道："这样也好。若是别人问起，只说是带了寿姑到大嫂的庄子里玩耍。"

母亲这才作罢，心不在焉地随着三伯母去了大伯母的庄子。

大伯母早就在二门口等着。她拉着母亲的手上下打量了母亲一番，点头赞道："我还怕你应付不来，现在看来，倒是我多心了。"

母亲穿着代表正室的大红宝瓶柿蒂纹的通袖袄，乌黑的青丝梳了个堕马髻，只在髻旁簪了朵由莲子米大小的珍珠镶嵌而成的牡丹珠花，碧绿色翡翠手镯在母亲欺霜赛雪的手腕和大红色袖口间如一汪春水般鲜艳明丽，端庄典雅中不失雍容华贵。

三伯母也赞道："七弟妹一向会捯饬，今天尤为漂亮。"

母亲嘴角泛起一丝苦笑又很快隐去，她朝着大伯母和三伯母屈膝行礼："今天的事，还请两位嫂嫂帮帮我。"

"这是自然。"大伯母和三伯母不约而同地拉了母亲,看母亲的眼神很是慈爱,"我们不会任由七叔胡来的。"

母亲神色微定。

大伯母笑着抱了窦昭:"寿姑,大伯母屋后的山茶花都开了,你等会领了丫鬟帮大伯母剪几枝来插瓶可好?"目光却直接落在了跟着她的妥娘和香草身上。

窦昭紧紧搂住了大伯母的脖子:"我要,母亲,要,大伯母,要,三伯母……"哭得震天响,把大伯母吓了一大跳。

母亲忙接过窦昭,又羞又恼地红着脸道:"这孩子也不知道是怎么了,这几天总是寸步不离地跟着我,我一走开,就哭得让人不得安生……"

大伯母听着叹了口气,抚着窦昭的头发:"老一辈的人常说,母女连心。这孩子是个聪明的,知道你心里苦,她害怕呢!"

一席话说得母亲眼泪涟涟,抱着窦昭的手却紧了很多。

"就让她跟着你吧!"三伯母感慨道,"反正她还小。"

母亲"嗯"了一声。

一行人拐过厅堂,去了后院的花厅。

大雪纷飞,枝头的梅花开得正艳。

一个身段优美的女子穿了件玫红色的小袄身姿笔直地站在窗边,和窗外的寒梅相映成辉。

窦昭心中一紧。

是继母!这个身影,她永远都不会忘记!

在祖父和祖母相继去世,三伯父送自己去京都和父亲团聚的时候,她曾这样站在窗边,目光犀利地打量自己;在济宁侯府正式向窦家下聘的那天晚上,她曾这样站在窗边,面沉如水地凝视着自己;在自己把她送过去的婢女让魏廷瑜收房又让魏廷瑜把婢女送人之后,春节回娘家拜年时,她曾这样站在窗边,紧攥着双手沉默地望着自己;在她想为弟弟窦晓求娶曾贻芬的外孙女被拒绝时,她把自己叫回娘家,曾经这样满面狰狞地站在窗边看着自己……

窦昭目不转睛地盯着那个身影。

从诚惶诚恐到开怀大笑,她如赤脚在炼狱里走了一遭。

谁又怜惜过自己的伤疼与哀鸣?

母亲的脚步慢了下来。

纷雨簌簌如杨花。

那个身影转过来。光洁的额头,高挺的鼻梁,清澈的目光,如水般钟灵毓秀。

母亲像被踩了尾巴的猫般跳了起来:"怎么是你?王映雪,怎么是你?!"

她摇摇欲坠,抱着窦昭的手臂无力往下落,窦昭抱住了母亲的腰才没有被摔下去。

大伯母和三伯母面面相觑,三伯母机敏地把窦昭接在了怀里。

王映雪仪态从容地走了出来,她站在廊庑下屈膝给母亲行礼,轻声地喊着"姐姐"。

"我们赵家只有我一个女儿,我不知道什么时候我又多了位妹妹?"母亲冷笑,虽然极力保持着刚才的淡定优雅,却难掩眉宇间的狼狈,"你是不是认错人了!"

王映雪垂下眼睑,跪在廊庑下冰冷的青石砖上,表情恭谦又卑微,一如她在窦家长辈面前所表现出来的恭敬:"姐姐,我们两家比邻而居,我没有姐妹,姐姐也只有一个兄长,如手足般一起长大,我的脾气姐姐是最清楚不过的。我家虽然落魄,可我也不是那没脸没皮的。高家明知道我家落难，还把女儿嫁过来。嫂嫂和哥哥成亲不足一个月，却主动提出来让哥哥服侍父亲去西宁卫。如今侄儿楠哥儿病重，就是卖了家中赖以为生的四亩良田也凑不出看病的银子。我原想，只要有人愿意，为奴为婢我都认了，不承想，碰到的却是姐夫。"她说着，重重地给母亲磕了三个头，"大错已成，我无话可说。若是姐姐同意我进门，我定当忘却前缘，尽心尽意地服侍姐姐。姐姐……"她眼角闪动着泪光，"要怪只怪造化弄人，"她又磕了一个头，"我以后定当好好服侍姐姐！"

"哈！"母亲嗤笑一声，目光炯炯地望着王映雪，挑眉道，"要是我不同意呢？"

王映雪微愣，然后自嘲地一笑，道："那就求姐姐赏我条白绫。"

母亲一言不发，抽下腰间的大红色汗巾丢在了地上，笑着问王映雪："够不够长？"

王映雪淡定地望着母亲，慢慢地站起身，嘴角含笑地走到了母亲的面前，屈膝捡起红色的汗巾，淡淡地道了声"多谢姐姐"，转身朝花厅走去。

大雪落在她如漆的乌发间，很快就消失不见。

这是大伯母陪嫁的庄子，若是弄出人命案来，她的名声可就全完了。

大伯母害怕起来，忙道："七弟妹，这女子是谁？怎么同你认识？"

母亲望着"啪"的一声大门紧闭的花厅，失魂落魄地呐呐道："她是王又省的女儿，住在南洼……和我父亲曾是同窗，我们两家时有来往……她比我小两岁……我出嫁的时候，她还送我两方亲手绣着并蒂莲花的帕子……我没想到……我做梦也没有想到……难怪万元怎么也不肯说是谁……他们做了圈套骗我上当……"

大伯母和三伯母却吓了一大跳："王又省，是不是那个因为得罪了陈冬而被流放的王宜行？"

母亲轻轻点头，落下两行清泪。

"七叔怎么这么糊涂？她父亲可是己丑年的进士，和你五伯是同科。"大伯母急得团团转，"不行，我得去跟小叔说一声……"又吩咐三伯母，"你快拦着王小姐，我去叫人来！"

因少年纳妾不是什么光彩的事，这花厅内外服侍的仆妇早被大伯母遣散。

三伯母也意识到了事态的严重性。

窦家不怕得罪权贵，却怕背上逼死落魄同年女儿的罪名。

她失声应诺，提着裙子就朝花厅跑去。

母亲静静地站在青石板桥上，任雪花飘飘洒洒地往她身上堆砌，变成个雪人。

陪着她的，只有小小的窦昭。

没想到，母亲和王映雪竟然是旧识！

一直以来，窦昭都想不明白，为什么有的女人为了和男人双宿双栖宁愿舍弃家人，不要名声？难道男欢女爱真的这么重要吗？

一旦爱弛恩绝，男人抛弃女人回归家庭是浪子回头，那女人呢？又怎么继续在这个世上立足？

她和母亲坐在中堂后面的小厅里，听着厅堂里祖父训斥父亲的声音。

经验告诉窦昭，做什么事都不要过于高估对手，也不要过于贬低对手。

平心而论，王映雪不仅精明能干，聪慧机敏，而且善于审时度势，从来都是利益至上，决定了的事从不拖泥带水，十分的果断。

这样一个人，祖父承诺收她为义女，并为她寻门好亲事，由窦家出资，风风光光地把她嫁了。她为什么还非要跟着父亲不可呢？

窦家不是新晋官宦的浅薄人家，以她的身份，窦家是绝对不会答应让她做妾的。母亲是赵家明媒正娶的正室嫡妻，不要说没有过错，就算是有错，为了窦家的颜面，窦家也不会随随便便就休妻。

王映雪来真定的时候就没有仔细想想吗？

这不符合她的性格啊！

念头飞转中，窦昭心神一震。

妹妹！她的妹妹窦明，生于丁未年七月初三！

常言说得好，活七不活八。也就是说，若窦明是早产，王映雪最迟是正月里进的门。

按制，妻子去世，丈夫要守孝一年。也有例外的时候。丈夫出征，妻子去世，家中无人奉养双亲、抚育子女，可以于百日之内续弦。父亲虽然不是将士，但嫡祖母早逝，若母亲……家中无人主持中馈，这一条倒勉强可用。

也就是说，母亲是年前去世的。

可如果窦明不是早产呢？窦昭忍不住笑起来。

王映雪还要在窦家立足，打死她她也不会承认和父亲有私情的。父亲还想王映雪进门呢，无论如何也不会向人透露王映雪有身孕的事。

这就好比你在和人赌大小，要开牌了，却突然发现你的对手身后有面落地镜，他手里拿的什么牌你都可以看得一清二楚。

她顿时热血沸腾，只要母亲活着，拖得越久，形势对她们越有利！

可前提是，母亲必须活着！

她心情愉快地从桌上的果盆里拿了个金灿灿的橘子递给母亲："娘亲，吃橘子！"

母亲对着她勉强地笑了笑，接过了橘子，却只是拿在手里呆呆地发愣。

窦昭掰了橘子瓣塞到母亲嘴里后，又喂给陪着她们坐在小厅里的大伯母、三伯母吃。

大伯母和三伯母为了缓和气氛，笑着逗她，她叽叽喳喳地闹来闹去，咯咯地笑。

母亲的脸上渐渐有了笑容。

晚上，她牵着母亲的衣襟入睡。

第二天，在家的三伯父、六伯父、作为宗妇的大伯母、协理大伯母管家的三伯母一齐拥着东府的二太夫人，也就是祖父的二堂嫂过来了。

祖父的大堂兄、大堂嫂和二哥都已经过世了。

"事情我已经听你的侄儿和侄儿媳妇们说了。"二太夫人身材瘦小，目光却出奇的明亮，这让她看去平添了几分威严，"王家小姐呢？可曾派人前往南洼送信？"

"我让丁氏陪着。"祖父苦涩地道，"南洼那边，已连夜差人去报信了。"然后羞惭地道："二嫂，这件事都是我教子无方……"

"这些事以后再说。"二太夫人挥手打断了祖父的话，"当务之急是要问清楚他们到底走到了哪一步！"

二太夫人一语道破关键。

窦昭很是佩服。

祖父愕然，张了张嘴，可能想到父亲在这件事上的荒唐，保持了沉默。

二太夫人吩咐三伯父："万元和你情同父子，万元那边，你去问。"又吩咐大伯母："王小姐那边，你去问。"

两人齐齐应声，分头行事。

二太夫人这才朝着母亲招了招手，示意母亲坐到她身边："没有赵家，就没有窦家。赵家老爷和太太走得早，舅爷年轻脸皮子薄，不好理会这些事，可窦家的长辈还在！你放心，决不会让你受委屈的。"

窦昭只有一个舅舅，大母亲八岁。母亲是遗腹子，外祖母在母亲十岁的时候病逝，母亲跟着哥哥、嫂嫂长大。外祖母在世的时候，带着两个孩子度日虽不愁吃穿，却怕丁赋和泼皮上门闹事。那个时候窦家已富贵起来，外祖母因而常带了两个孩子来窦家串门，本就是姻亲，窦家又以宽厚立家，两家越发地亲近，舅舅赵思从小在窦家族学里读书，和窦世英、窦文昌、窦玉昌、窦华昌叔侄关系都非常的好。父母的婚事也就这样毫无波澜地定了下来。

听二太夫人提起已逝的父母，母亲扑在二太夫人怀里哭了起来。

六伯父比父亲大四岁，两人从小一起读书，一起考取了生员，又一起参加乡试落第，此时正在家闭门读书。见母亲哭得伤心，不免有些尴尬，小声道："要不，我们还是到小叔的书房里坐？有些话，我们这些做叔伯的听了也不大好！"

二太夫人一眼瞪过去，沉声道："你和万元一起去的京都，这件事你知不知道？"

六伯父吓得一缩，忙道："不关我的事，不关我的事！要不是您让我早点回来，万元怎么会惹出这样的麻烦来？"他小声嘀咕着，语气带着几分不以为然。

二太夫人气得半晌没说出话来。

六伯父窦世横是二太夫人的老来子，他出生的时候几个兄弟举业上都已有所成就，二太夫人因此对他不像其他几个儿子那样的严厉，正好父亲是独生子，祖父面上严厉，实则溺爱，从兄弟间，两人来往最密切。窦昭记得，父亲搬到京都后，还专给六伯父留了个小院子，六伯父每次进京都宿在父亲那里。两人后来又一起在翰林院任职。父亲擅讲《周易》，六伯父擅讲《左传》，翰林院的人戏称他们为"窦氏双杰"。

母亲一愣，她明白二太夫人这是要帮着六伯父消除嫌疑的，含泪道："天要下雨，娘要嫁人。万元自己起了心，六伯父就是寸步不离又有什么用？"

二太夫人脸色微霁，呵斥六伯父："还不谢谢你弟妹！"

六伯父给母亲行了个礼，母亲忙着还礼。

窦昭的眼睛闪了闪。

六伯父既然没有句道歉的话，也没有句安慰的话，可见他是站在父亲那一边的。

二太夫人可能也意识到了，起身招呼大家："我们到后面的小厅坐吧！"

这是把厅堂留给家中的男子。

大家自然没有异议。

母亲和三伯父扶了二太夫人起身，有小厮跑了进来："老太爷，济宁侯府的管事投了拜帖，说他们侯夫人和我们家七奶奶是姻亲，这次回乡省亲，特来拜会。"

众人愕然。

窦昭更是诧惊。济宁侯侯夫人，不就是婆婆吗？婆婆怎么也出来凑热闹了？

"是西留乡的田家姐姐。"母亲欢喜地向众人解释道，"他们家和我们家是汴京旧识，祖上也曾结过亲。只是田伯父官运亨通，田姐姐嫁到了京都的济宁侯府，我们两人这才少了来往。没想到她会来看我！"说完，朝祖父望去。

既然有远客来，儿子的事只好先放一放了。

祖父想了想，让那小厮请济宁侯府的管事进来。

济宁侯府的管事递上拜匣，客气一番，知道济宁侯夫人行程很紧，定下明天早上巳初来访。

母亲也不管厅堂那边的事，指使着俞嬷嬷打扫尘土，陈设房间，拟订菜单。

窦昭一个人坐在炕上掰指头。不知道魏廷瑜会不会跟着来？婆婆说他们小时候见过，

· 35 ·

难道就是这次？思忖中，她看见三伯母匆匆走了进来。

她喊妥娘："抱我，去母亲那里！"

妥娘喜极："四小姐，您会说话了！"

窦昭愣住，好一会儿才反应过来，吩咐她："快，赶在三伯母，前面进门。"

"好！"妥娘高高兴兴地应着，抱她去了母亲那里，"七奶奶大喜，四小姐会说话了！"

"哦！"母亲笑着逗窦昭，"说几句给我听听？"

窦昭大大方方地道："我要去舅舅家，玩！"

母亲呵呵地笑，窦昭也笑。

到底不是亲兄弟，二太夫人虽然帮着母亲，却更急于让儿子撇清。

这个舅舅到底怎样，总要试一试才行。

三伯母这时进了门，妥娘避了出去，窦昭依旧坐在炕上。三伯母捏着窦昭的小手，低声对母亲道："问清楚了，都说'发乎于情，止乎于理'。"

母亲嗤之以鼻。

三伯母嗔笑："你管他们是真是假！他们这样说了，我们就这样信。既然彼此清清白白的，等王家来的人来了，我们把她交给王家的人就行了。"

母亲点头："我明白。"

外面传来含笑有些慌乱的声音："七爷，七奶奶正和三太太说话呢……"话音未落，暖帘"唰"的一下被掀起，父亲面色铁青地走了进来。

"七叔回来了！"三伯母笑着，把母亲拉到了她的身后，"你三哥他们呢？"

"三嫂。"父亲冲着三伯母草草地揖了揖，额头青筋直冒，"丁姨奶奶在小花厅设了家宴，谷秋服侍我换件衣裳就来。"

三伯母有些犹豫。

母亲的手搭在了三伯母的肩头。

"三嫂，您先去吧！"母亲柔柔地道，"三伯他们该等急了。我和万元马上就来。"

三伯母朝着俞嬷嬷使了个眼色，笑着出了内室。

第五章　吵架·婆婆·未遂

三伯母一走，母亲就朝父亲瞪过去，目光如刀锋般的冰冷，父亲毫不示弱地瞪回来，如困兽般的暴躁。

屋里的气氛骤然变得剑拔弩张。

窦昭小小的身影缩在幔帐里，听着父母的互相指责。

"赵谷秋，你到底要干什么？你嫌我还不够丢脸吗？"

"我要干什么？我还想问问你，你要干什么？纳个罪臣的女儿为妾，你的圣贤书都读到哪里去了？你是不是想让窦家百年的清誉、几代人的积累都毁在你的手里啊？你不嫌丢脸，我还要脸呢！"

父亲气得面红耳赤："我们从小一起长大，我是什么人，你还不清楚吗？这个时候，你不帮我，还在拉我的后腿，请了二伯母来看我的笑话，你是怎样为人之妻的？我的名声完了，你难道就能好到哪里去了？你别忘了，夫妻一体！你还贤妻呢！还好岳母去得早，要是看到你今天这个样子，不知道怎样的伤心难过呢！"

"窦世英，你说我就说我，提我母亲做什么？"母亲气得哭了起来，"你还记得我们是一起长大的，那你还记不记得我母亲是怎样待你的？你还记不记得成亲前你是怎样跟我说的？你不要脸！想让我帮你掩饰，门都没有！"

父亲一下子像被霜打了的茄子似的蔫了，神色间闪过一丝不自在。"我，我又不是有意提及岳母的，你有必要这样得理不饶人吗？我这样，还不是被你逼的。"他说着，想起从前的旧事，又气愤起来，"保山不过是拉我去喝了顿花酒，你就对人家吹胡子瞪眼睛的，人家来我们家，连杯好茶也不给人家上，让我受尽同窗的嗤笑……"他越说越恼怒，"你只知道怪我，怎么不想想你自己！你要是脾气好一点，我至于去找三哥商量吗？"

母亲气得直哆嗦，胡乱地擦着脸上的泪水："你做错了事，还好意思说我！那冯保山是个什么好东西？除了吃喝嫖赌，他还会干什么？年末岁考，提学大人要不是看在大伯的分上，他早就被革了功名，只有你，天天和他混在一起，你也不是什么好东西！"

父亲被噎得说不出话来，半晌才喃喃地道："那，那你也不能这样啊！"

"你想我怎样？"母亲厉声质问，"敞开大门把王映雪迎进门？我有那雅量，她王映雪有这福气吗？"母亲冷笑，"窦世英，我把话说在这里，世间的女子随便你想纳谁都可以，王映雪想进门，除非我死！"

"你……我……"父亲指着母亲，手臂发抖，半天也没说出句完整的话来。

母亲不屑地笑，腰杆挺得更直了。

原来夫妻还可以这样吵架！

这是她那个总摆出副道貌岸然样子的父亲？怎么像个孩子似的！

窦昭看得目瞪口呆。

她从来没和魏廷瑜吵过架。

开始是不敢，后来是不屑。

父亲垂下了头，低声道："谷秋，我们不吵架了好不好？"他语气伤感，"这件事，全是我的错，映雪也是受了我的拖累。要不然，她好好一个清白人家的女儿，何苦要受这样的羞辱？况且我和映雪也说好了的，她以后到田庄去住，"他说着，抬起头来，目光中含着几分希冀，"我们还和从前一样，好不好？我以后什么都听你的，再也不和保山出去了……"

好！

窦昭差点忍不住从幔帐里跳出来代替母亲回答。

夫妻吵架，还有什么比丈夫主动低头更能说明妻子在丈夫心目中的地位。既然王映雪有了身孕，以父亲的为人，肯定是铁了心要纳王映雪进门，不如趁机给父亲一个台阶下，既可以在窦家众位长辈面前表现自己的宽厚贤良，还可以笼络父亲的心，甚至是以后夫妻遇到什么分歧的时候可以拿这件事拿捏父亲。

这可是一箭三雕的事！

而且破镜重圆，不管有没有裂缝，在别人眼里，总归还是面镜子，那王映雪恐怕看上一眼就会心如刀绞。

再让王映雪写下卖身契，把她丢到田庄里去。

不管父亲此刻说的是真心话还是假话，他自己承诺的事，总不能出尔反尔吧？

只要父亲一日不改口，王映雪就得在田庄里熬着。正好让大家看看，王映雪在窦家算是个什么东西！

就算父亲想反悔也不怕。到时候带着王映雪到各家各户串门去。你王映雪不是名士之后吗？自甘堕落与人为妾，看你王家到时候有何面目见人！

还有比这更解气的吗？

就算王映雪有天能说动父亲，但母亲有她的卖身契在手，有妻妾的名分在那里，有窦家的长辈帮着，她还能翻天不成？

窦昭几乎要笑出声来。

耳边却响起母亲尖声的厉叫："映雪，映雪，叫得可真是亲热！既然你们背着我什么都商量好了，那还找我干什么？'好好一个清白人家的女儿'，窦世英，这话亏你说得出口！清白人家的女儿会自己寻上门给人做妾？清白人家的女儿会恬不知耻地勾引别人的相公？她要是清白人家的女儿，这世上只怕没有不清白、不干净的人了！她觉得受不了羞辱，那她找个不羞辱她的地方好了……"

窦昭听着急得恨不得自己有三头六臂能堵着母亲的嘴才好！

吵架和说话一样，要有重点！这样反反复复地纠缠这些有什么用？快点把父亲的承诺定下来才是。

只是没等她有所行动，父亲已怒不可遏地大声喝道："你还要我怎样？这也不行，那也不行！你不就是仗着有长辈为你撑腰吗？你别以为我不敢把你怎样！我是念着我们从小一起长大的情分……"

"你要是还念着我们一起长大的情分，你就不会做出这样的龌龊事来！"母亲毫不示弱，表情鄙夷，"我就是仗着家里有长辈给我撑腰，你能把我怎样？有本事你绕过我去把王映雪娶进门啊！"

"你，你……"父亲恼羞成怒，"我，我……我要休了你！"

母亲愣住。

"你说什么？"她脸色唰的一下雪白，"你要休了我！"母亲不敢相信地望着父亲，"你为了王映雪，竟然要休了我……"

话一说出口，父亲也愣住，他不敢看母亲似的别过脸去，小声道："我好好跟你说，你一定也不通融……"

"窦世英！"母亲气得两眼发红，她大声嚷着父亲的名字，"你给我滚！给我有多远滚多远！我等着你的休书！我倒要看看，你怎么把王映雪那小贱人迎进门！"

父亲很是狼狈，强辩道："谷秋，我不是那个意思！你听我说……"

"给我滚！滚！滚！"母亲把父亲往门外推，"我等着你的休书，我等着你的休书……"她喃喃地道，"啪"的一声甩上了房门。

"谷秋，谷秋！"父亲在外面拍着门，"我没那个意思，只是随口说说而已！我是无心的……"

母亲靠在门上，泪如雨下，声若蚊蚋："无心，有时候无心说的才是真话……"

窦昭头痛欲裂，溜下炕拉着母亲的衣角："娘亲！娘亲！"

母亲蹲下身子，抓着女儿的双臂，抽泣着问她："你不是说要去舅舅家玩吗？我和你去舅舅家玩，好不好？"

"不好！"窦昭摇头，大大的眼睛灿若晨星，"这是我家，我要待在家里。过年的时候，去舅舅家！"

母亲愕然，眼泪却落得更急了。

晚上，俞嬷嬷劝母亲："……您这个时候和七爷置气，岂不是让亲者痛仇者快！"

母亲坐在镜台前，呆呆地望着镜子里那个静水照花般的女子，答非所问地道："……我小时候，每次来窦家，娘亲都吩咐我不要顽皮，不要惹得窦家伯母和姐姐们不高兴……有一次，佩慈带着我去摘玉兰花，我很害怕，不敢爬树，可想到母亲的话，我还是战战兢兢地爬了上去……佩慈利索地跳下了树，我却蹲在树上不敢下来……眼看着快到晌午吃饭的时候，佩慈急起来，跑到外院去找小厮帮忙……我一个人蹲在树上，叶子毛茸茸的，还有肉肉的虫子在上面爬来爬去的……我想哭又不敢哭，怕把别人引来，害佩慈被打手心……想着就这样跳下去好了，宁愿死了残了，也不愿意被虫子爬……我闭上眼睛，下面有人'喂'了一声，道：'你为什么蹲在树上？'那声音，像小溪里的水，又清澈，又悦耳。我睁开眼睛，看见个少年站在树下，仰头望着我。他的头发像上好的缎子，乌黑光泽，他的面庞，像美玉般莹润，他的眼睛，温和又明亮……我看得发呆。他却扑哧一笑，比园子里的花还好看……我跟他说，我在树上下不来了。他让我等着，转身就找了架梯子来，小心翼翼地把我从树上解救下来……后来我每次来窦府，他都会在那株玉兰树下等我……送我甜甜的豌豆黄吃，还有酸酸的李子，黑黑的橄榄……有一次，是朵珍珠穿成的珠花……我把它放在贴身的荷包里，片刻也不离身……"她转过头来，用哭得红肿的眼睛望着俞嬷嬷，"嬷嬷，你说，那个在玉兰树下等我的人去哪里了？我怎么找不到他了？"

"小姐！"俞嬷嬷捂着嘴哭了起来。

窦昭眼前一片模糊，什么也看不清楚。

母亲彻夜未眠，窦昭也一夜没睡。母亲在想什么，窦昭不知道，她整夜都在想魏廷瑜。

日有所思，夜有所梦。

婆婆待她一向宽厚，梦到婆婆还说得过去。她怎么会梦到魏廷瑜呢？她到底是在哪里呢？

窦昭想到自己蒙眬中曾听到的魏廷瑜的哭声和郭夫人的保证……她不由打了个寒战，紧紧地依偎在了母亲的怀里。

第二天早上，母亲好像什么也没有发生似的，梳妆打扮一新，去了厅堂。

窦昭抿着嘴，寸步不离地跟着母亲。

婆婆田氏衣饰淡雅而不失华美，笑容温柔，仪态娴静，像开在春日的木兰花，恬淡中透着几分明媚。

窦昭心一沉。

婆婆看上去年轻了三十岁。

这不是重点，重点是，她太了解婆婆的性情了。

公公活着的时候，待婆婆如珠如宝，婆婆最大的遗憾不过是春日来得太迟，她种在凉亭旁的牡丹花到了四月花期还刚刚已结了花骨朵。

所以公公一走，她顿失主意，人也如那花一样，迅速地枯萎、凋零，失去了生机……何时这样从容明丽过？

她朝婆婆身后望去，看见只有五六岁模样的魏廷瑜，白净的脸庞还带着几分婴儿肥，墨玉般温润的眼睛睁得大大的，纯粹而干净，透着不容错识的好奇打量着身边的人和事。

感觉到有人望着他，他顺势望过去。见窦昭呆呆盯着他，他扬起小脸，用鼻孔轻"哼"了一声，侧过脸去。

婆婆已一把抱住了窦昭："这就是你们家小姑娘？长得可真漂亮啊！"她笑容温和亲切，送了条赤金镶宝石的项圈和一对赤金小手镯给窦昭做了见面礼，"不过，你们家小姑娘长得一点也不像你。可见是像我那妹夫了！"她说着，眼中露出些许调侃地冲着母亲笑了笑。

母亲抿了嘴笑，笑容妩媚，带着与有荣焉的骄傲，好像女儿像丈夫让她觉得特别自豪，没有丝毫曾经和父亲大吵大闹过的痕迹。

婆婆招了魏廷瑜过来给母亲见礼。

他规规矩矩地给母亲行礼，举止得体，看得出来，是有人精心指导过的。

母亲很喜欢，送了两本前朝的孤本经书、两方古砚给魏廷瑜，然后拉着他问几岁了，启蒙了没有，平时都做些什么。

魏廷瑜一一作答，吐词清晰，有条不紊。

母亲就露出羡慕之色："我们家寿姑，到现在还不太会说话。"

"姑娘不比小子。"婆婆温声安慰着母亲，"姑娘家以后是要嫁人的，要娇着养。小子以后是要继承家业的，不严厉些不行。何况我们家瑜哥儿是长子，以后要继承爵位的，就更不能马虎了。"看魏廷瑜的目光就有些心疼。

母亲点头，奇道："怎么没把珍姐儿带回来？"

"我们家姑奶奶和景国公府的姑奶奶私交甚笃，"婆婆笑道，"她从中做媒，珍姐儿和景国公府的嫡长孙定了亲。我正拘着她在家学女红呢！"又道："这次原也没准备带瑜哥儿的。只是祖父反复交代，想看看瑜哥儿，我这才把他带在了身边。"

这次田氏回乡，是因为田氏已年过八旬的祖父病危。

"老人家年纪大了，就惦记着后辈。"母亲笑道，"还好他老人家福泽深厚，又挺了过来。"然后道："珍姐儿定了亲，姐姐也了桩心事。恭喜姐姐了！珍姐儿出嫁的时候可别忘了送份请帖给我。不然我可要埋怨姐姐的。"

"那是一定的。"婆婆笑道，"我们两家是祖辈上的交情，不比其他人。"

母亲眼珠子一转，笑道："那瑜哥儿定亲了没有？"

"他年纪还小，"婆婆提起儿子眼神平添了三分柔和，"侯爷和我的心思都放在珍姐儿身上，还没考虑他的事呢！"

母亲笑道："我们家寿姑也没有定亲呢！不知道瑜哥儿是什么时候的生辰？"

婆婆一愣。

窦昭一下脸色通红。魏廷瑜常说："凭我堂堂的济宁侯，京都怎样的名门闺秀娶不到？要不是看在两家几辈人的交情上，我又怎么会娶了你！"一面说这话，一面涎着脸搂了她上床。

她原来只当是魏廷瑜要面子，想要她顺着他一些……

窦昭当时并不以为然。

没想到他还记得，可见在他心里还是很在意这件事的。

母亲娇笑，道："我们大人说话，他们在一旁站着像木桩似的，不如让他们到隔壁书房里玩去！那边也烧了地龙，暖和。"

婆婆颔首，把魏廷瑜叫到跟前，嘱咐了几句。

魏廷瑜乖乖地点头，顺从地和窦昭一起跟着俞嬷嬷去了书房。

窦昭撇下魏廷瑜，把暖帘撩了条缝朝外瞅。

母亲笑着抬了抬茶盅，示意婆婆喝茶。

"我是看重瑜哥儿小小年纪，却有这样的教养，心里十分的喜欢。若是姐姐不愿意，就当我没有说过。"母亲表情不免露出几分黯然。

"不是，不是！"婆婆歉意道，"瑜哥儿是长子，这件事，要和侯爷商量商量才行……"

"姐姐快别说了！"母亲赧然，笑容尴尬，"是我不知道轻重。"然后拿了桌上的水果请婆婆吃，"来，尝尝这柿饼，是家里自己做的，又甜又糯。看合不合胃口？"

母亲这样强行转移了话题，让婆婆很不安。

"谷秋，"她犹豫道，"要不，等我回去和侯爷商量了再说？"

母亲讪然地笑："姐姐快别再提了！您也知道我的脾气，说风就是雨的。我就是说说而已……"

婆婆笑起来。或许是想起了从前的事，她眼神变得越发温和。"你啊，可怎么得了？都是做母亲的人了还这样毛毛躁躁的！"说着，神色微凝，道，"只要你舍得，我有什么不愿意的？只是我们两个妇孺在这里说这些不大好，你也要问问妹夫和你公公的意思才是！"

"姐姐！"母亲的眼睛都亮了起来，"我就怕委屈了瑜哥儿！"

母亲这种毫不掩饰的欢喜让婆婆也高兴起来，她笑道："窦家诗书传家，我怕委屈了寿姑才是真的。"

"哪里哪里！"母亲说着，转身回房拿了块玉佩递给婆婆，"姐姐，这是我们赵家的祖传之物，您是认识的。我送了瑜哥儿。"

"这……"婆婆接也不是，不接也不是。

母亲笑道："若是两个孩子有缘，你我皆大欢喜，若是没有缘分，我也是瑜哥儿的姨母啊！"

婆婆莞尔，想了想，从手上褪下只羊脂玉的镯子，道："这是我出嫁的时候父亲送给我的，我把它送给寿姑。"顺乎接过了玉佩。

母亲喜上眉梢，将玉镯子郑重地放在了自己怀里。

窦昭看得鼻子酸酸的，感觉到有人在拉她的衣服。

"她们在干什么？"身后传来魏廷瑜的声音。

窦昭从魏廷瑜手中夺回衣角，道："不知道！"丢下他往热炕跑去。

魏廷瑜张大了嘴巴，半响才回过神来，噔噔噔地跑了过去，赶在窦昭前面上了炕。

窦昭瞥他一眼，依在大迎枕上心不在焉地咬着蜜冬瓜条。

已经四天三夜了吧？每个细节都历历在目，栩栩如生……这是在梦中吗？如果不是在梦中，她又在哪里呢？

窦昭不喜欢这种失控的状态，很烦，偏偏又不愿意离开这个梦境。

不管怎样，就算是梦，帮母亲战胜王映雪，多多少少可以慰藉一下自己。

魏廷瑜一直盯着窦昭，窦昭看也没看他一眼。

他脸涨得通红，道："这是你家吗？"

窦昭"嗯"一声，继续想自己的心事。

在济宁侯府，魏廷瑜就是一切的中心。头一次被冷落，他愤然不平，大声道："你们家的茶真难喝！"

俞嬷嬷羞惭难堪。

窦昭抬头，轻轻地瞟了他一眼，道："你可以不喝！"

"你……"魏廷瑜小脸气得红一阵白一阵，大叫道，"你们家的东西也难吃！"

窦昭懒得理他，喊妥娘："抱我去书案！"

如果这时候出去，以母亲对魏廷瑜的重视，肯定会觉得她和魏廷瑜玩不好，是她怠慢了魏廷瑜，可她又不愿意委屈自己忍受魏廷瑜的无理取闹，索性分开，等大人们谈完事了，自然会来寻他们。

反正快午膳了，魏廷瑜就是发脾气也不会闹腾很长的时间。

果然，没一盏茶的工夫，魏廷瑜正像斗鸡似的瞪着她时，含笑进来请他们去花厅用膳。

窦昭赶快随着含笑溜了。

可能是祖父和父亲已经得了信，魏廷瑜则被小厮抱去了正厅。

窦昭自在地用着午膳，培养出来的良好习惯使她的动作如行云流水般的自然、大方。

婆婆看着不住地点头，道："不愧是窦家的女儿。"

母亲有些疑惑，但在婆婆的这句赞扬声中兴致高昂，把心中的疑惑抛在了脑后。

饭后，魏廷瑜被小厮抱了回来，得了一大堆笔墨纸砚。

窦昭却在心里暗忖，他们怎么还不走？无论如何也要想办法让王映雪签下卖身契才行！要是父亲一狠心，把王映雪养在外面，三年之后，王行宜起复，就更麻烦了。

可怎么说服母亲呢？

她皱着眉，思来想去，都找不到个比较好的办法。

如果母亲不是那么长情就好了！她这样，自己实在是不好办啊！

窦昭深深地叹了口气，对母亲骤然间涌现出些许异样的情绪。

好像有些心痛，有些怜惜，还有些……羡慕！

心念一起，她吓了一大跳。心痛母亲的处境，怜惜母亲的不易，这都是人之常情，可她为什么要羡慕呢？

羡慕母亲什么？

曾经拥有的深情？还是母亲在父亲面前所表现出来的率性？

窦昭有些困惑，也有些迷茫。

送走了魏氏母子，她坐在热炕上看着含笑和双枝帮母亲卸着钗环。

父亲走了进来，他的脸色有些难看："谷秋，我有要紧的话和你说。"

母亲转过身来，纤细如葱的手指绕着镏金水草纹靶镜柄下垂着的大红流苏，眸光幽深，静静地望着父亲。

屋里服侍的丫鬟、媳妇子悄无声息地退了下去。

父亲半蹲在了母亲的身边："谷秋，映雪……她……她……怀了身孕……"

母亲绕着流苏的手指突然停了下来。

父亲垂着头："……我只能来和你商量……我知道我对不起你……可让我当作什么事也没有，我，我实在是做不出来……"

"你们是怎么认识的？"母亲轻轻地问父亲，语气平静，手指又开始有一下，没一下地绕着流苏。

父亲精神一振，道："我到了京都，自然要去拜访观澜先生。正好映雪去那里借人参……"他说着，急急解释道："我当时并没有见到人，只因观澜先生把我当子侄似的，家里的人也没有意回避我，我是听观澜先生家里的下人说，王行宜的女儿来拜见夫人，说是侄儿生病了，需要喝独参汤，想请夫人帮着买两株百年以上的人参，偏生手中又没有多的银子。你也知道，这样品相的人参，可遇不可求。夫人想尽办法，还贴了些体己钱进去，也只帮着弄了株五十年的人参。我想到那王行宜和五哥是同年，他铁骨丹心，高氏贤明大义，竟然落得这样一个下场，不免有些同情，就让高升去帮着买了两株五十年的人参给她送去。她得了参，特意来谢我……"父亲说着，脸渐渐红了起来，"我知道她是靠着收棉花生意赚的钱，就答应帮她引荐家里的管事，又帮着她弄了些其他的药材……她问我成亲了没有……我一时口快，开了句玩笑话……"他声若蚊蚋，"她为了父亲的事，常和哥哥到京都父执辈那里走动……为人很爽快……告诉我京都有哪些好玩的……又一起饮了些酒……"

母亲闭上眼睛，深深地吸了口气，半晌才睁开，问父亲："她难道一直没有问你是谁？"

"没有！"父亲低声道，"我，我怎么会知道是这样的关系……"

母亲的手"啪"的一下拍在了镜台上，手腕上的翡翠手镯互相撞击着，铮铮作响："呸！我就不相信她不知道你是谁！这真定府方圆几百里，谁家不是仰窦家的鼻息过日子？她就是不认识你，你说了给她引荐家里的管事，她难道就猜不出来是你？她从小就在我们家走动，我嫁的是什么人，难道她不知道？她对你一无所知，仅凭着两株人参、一句承诺就敢跟你上床？她就不怕遇到的是个登徒子……"

"谷秋，谷秋！"父亲羞愧难堪，打断了母亲的话，"她是真的不知道！是事后才想起来的……要不是怀了身孕，她也不会跟我回真定了……"

"你不相信我的话？"母亲的脸阴得像快要下雨似的。

"我信，我信！"父亲连声道，"不管怎么说，她一介女流，遇到这样的事……总之，这件事全是我的错，你就帮帮我吧？"

"你……"母亲咬着唇，原本绕在指头的流苏被拽得笔直。

"谷秋，谷秋，你别生气！"父亲着急道，"这件事要是传出去了，我可真没脸见人了……你就当看在我们夫妻一场的分上，帮我过了这个难关吧！谷秋，谷秋……"他目含哀色地望着母亲。

"好！"母亲笑道，只是那笑容怎么看都透着股惨淡，"你让王映雪签了卖身契，我就让她进门。"

"这怎么能行！"父亲急得大叫，"你这样，让王家怎么做人？你这也欺人太甚了！不行，不行！"

"那你说怎么办？"母亲淡淡地道，神色间透着几分疲惫。

父亲有些扭捏："我们多给些聘礼，不要王家的陪嫁……我看冯保山纳妾的时候就是这样……冯保山说，这跟买妾是一样的，不过为了颜面上好看些，变成了聘礼……要是后悔，聘礼得全数退回的……"

"那岂不是和那些商贾之家娶平妻是一样的？"

父亲一愣，好一会才喃喃地道："这，这怎么一样？你们在一起生活，窦家的人都知道谁是大谁是小……"

"你倒是什么都想清楚了！"母亲笑道，笑意却未达眼底，"公公不是禁了你的足吗？你还是早点回去吧！这件事我和大嫂他们商量就行了。"

父亲高兴得一跃而起，拉着母亲的手道："谷秋，这么说来，你答应了！"像个终于得到了糖果的孩子。

"我答应了。"母亲嘴角上翘，反手握住了父亲的手，低下头去轻轻地吻了一下，

"快回去吧！小心公公又把你叫去教训一番！"

父亲冲着母亲直笑，温柔地抚着母亲的鬓角："谷秋，你待我真好！"

母亲咯咯地笑，笑得眼泪都流了出来。

父亲欢欢喜喜地走了。

母亲还在那里笑，只是笑容慢慢变得稀薄，泪水却越流越多。

"娘亲！"窦昭扑在了母亲的怀里。

母亲慢慢地抚着她的头，低声道："王映雪是有心的……可能一开始不是有心的，可至少后来是有心的……寿姑，你爹爹不相信我的话，你，相信娘亲的话吗？"

"我相信，我相信！"窦昭不住地点头，眼眶湿润。

"可你相信有什么用啊？"母亲笑，泪水如晨露般晶莹地挂在她白玉无瑕的面颊边，"你这个小坏蛋，什么也不懂！"她亲昵地捏了捏她的小鼻子。

我知道，我知道！我什么都知道！

窦昭忍不住泪流满面。她并不真是个两岁的孩子，父亲既然把王映雪怀孕的事说了出来，可见是被逼得没有办法，准备孤注一掷了。

"西窦"子嗣单薄，这样做可能会让王映雪背上不媒苟合的名声，但母亲要是坚持不让王映雪进门，却会让窦家的长辈对她有微词，甚至会背上不贤的名声。何况这不媒苟合的名声也不过是在窦家几位长辈的心里而已，为了窦家的颜面，窦家的人是绝不会说出去的，不仅不会说出去，而且听到什么风声还会极力地为王映雪辩护。这样的恶名，对王映雪又有什么作用呢？

王映雪使了手段算计父亲，这么明显的事，以父亲的聪明，却视而不见，可见心早就偏了。王映雪这样好的手段，等她进了门，还不知道会生出什么事来，若是每遇一件事母亲都要这样解释一番，这日子还过得有什么意思？

父亲为了让王映雪进门，先是威胁母亲要休妻，后是半跪的姿态蹲在母亲身边求情……往后，还有多少羞辱在前面等着她呢？！

玉兰树下的少年，是母亲心中的梦……梦快碎了，是醒来还是沉沦？

窦昭心中一震。

所以，母亲选择了死！

她抬起头来，震惊地望着母亲。

母亲微笑着，落着泪，目光穿过层层虚空，落在不知名的地方。

"寿姑，娘累了，要歇会儿。"她喃喃地道，"你去找俞嬷嬷玩去吧！"

"娘亲！娘亲！"窦昭抱着母亲的腿，稀里哗啦地哭了起来。

她再也不会离开母亲一步。

"好孩子！"母亲亲着她的面颊，泪水如冰地落在她的脖颈，冷得让人直打哆嗦，"难怪大嫂说你聪明……果真是母子连心……只有你知道我心里有多苦……可我实在是没力气了……你要怪就怪娘亲没用……懦弱无能……娘走了，你还有舅舅……"她颤抖着说道："说不定这样更好……他们欠娘的，都会还给你……免得我们彼此日日折磨，把一点点恩情全都消弭殆尽……让我们都变得面目可憎……"

"不是的，不是的……"窦昭含糊不清地嚷着，"只要活着，就有希望，只要活着……"

母亲紧紧地搂着她，想要把她嵌入怀中一样，好一会儿，才渐渐地放开她，大声喊着"俞嬷嬷"。

窦昭号啕大哭，厉声尖叫着："娘亲！不死！娘亲！不死！"

俞嬷嬷愕然，继而哭着跪在了母亲的膝边："您不如拿把剪子先让我去了的干净……"

"嬷嬷，嬷嬷……"母亲揽着俞嬷嬷的肩膀，"我真的支持不下去了……我在田姐姐面前，还装作夫妻恩爱……我心里像滴血似的……"

"没娘的孩子是根草，"俞嬷嬷环着窦昭，"你要是走了，四小姐可怎么办？旁人再亲，也是隔着肚皮的。老太太去得早，你难道想让四小姐也和您一样吗？"

"母亲，您别走，我听话！"窦昭哭得上气不接下气，"您别走……"

"寿姑，寿姑……"母亲伤心不已。

三个人哭得像泪人。

窦家的灯火次第亮了起来，祖父、父亲，都被惊动了。

第六章 祈求·秋扇·春暖

王映雪的家人赶来了，窦家的人正好和王家人商量王映雪进门的事。

觉得已经没自己什么事的窦昭蹲在后花园可以瞭望整个西窦的玉积亭里对着妥娘耳提面命："……我要回去了，跟你说的话，你都记住了吗？"

妥娘迷惑道："四小姐要去哪里？"

"你别管。"窦昭怅然道，"夙愿已了，纵是梦幻，也慰平生。我还有我的责任、义务，能走这一趟，已是幸运。你要记住了，千万别离开我母亲，千万别让她做什么傻事。活着，总比死好！"

妥娘郑重其事地点头："四小姐放心，我记住了。有事没事就盯着七奶奶，不让七奶奶一个人落单。"

窦昭点了点头，伸手想摸摸妥娘的头发，这才发现两人就是并肩蹲着，妥娘也比自己高出一个肩膀。

她讪讪然地笑，回房睡觉去了。

金乌坠，玉兔升，斗转星移，窦昭睁开眼睛，入目的还是那些沉重的黑漆家具和春草笑意殷勤的面孔。

"怎么会这样？怎么会这样？"她额头冒出豆大的汗珠，抓起被子就盖住了头，"我要睡觉，我要睡觉……"睡着了，就能回去了！

可她怎么也睡不着，好不容易睡着了，再睁开眼睛，她还是在原来的屋子里，还是躺在原来的热炕上。

妥娘问她："四小姐，您怎么了？快起来用晚膳吧？"

"不，不，不！"窦昭神色慌张，"我要回去。我还没有看见葳哥儿成亲，我还没有安排好茵姐儿的婚事……我得回去，我得回去！"

丫鬟们个个面面相觑，香草更是尖叫一声冲了出去："四小姐中邪了！四小姐中邪了！"

父亲、母亲都被惊动了，就是祖父，也由丁姨奶奶扶着，面色凝重地出现在了她的屋子。

"不如请了三清观的徐道长来看看吧？"丁姨奶奶小声地道。

只是话音未落，祖父就狠狠地瞪了她一眼，正要呵斥几句，眼角看见儿媳妇赵氏的眼睛一亮，话到嘴边，还是咽了下去。

窦世英知道父亲最讨厌这些怪力乱神的事，见父亲没有吱声，知道父亲已经默许，朝着妻子使了个眼色，低声道："要不，就请三清观徐道长来看看？"

赵谷秋抱着因目光呆滞而显得有些痴傻的女儿，后悔不已。

这些日子只顾着和窦世英吵架，却忽视了女儿的日常起居。若是女儿有个三长两短的……她甚至不敢往下想。

"事不宜迟！"母亲道，"不如现在就派个人去把三清观的徐道长请来。"

祖父没有说话。

父亲立刻派人唤高升进来嘱咐了一番。

母亲留下来陪着窦昭。

窦昭睡不着，她反反复复地摩挲着母亲的手。

温暖、柔软、细腻、有弹性……这不是凭空就能想象出来的。

还有糖吃到嘴里的甜味，酥饼掉在炕上的屑子！

难道，她真的回到了过去？回到了小时候？

那她从前的过往又算是什么？生产时的痛苦又算是什么？

窦昭非常茫然不知所措。

徐道长在窦家抓住了一只狐狸精。

法源寺的图印方丈说她被怨鬼缠身，要做七七四十九天的道场。

娘娘庙的法林方太说她被小人诅咒，要点九九八十一天的长明灯才能消灾减难。

母亲和丁姨奶奶甚至背着祖父和父亲请了个跳大神的彭仙姑来家里折腾了一番，窦昭的"病"才渐渐好起来，家里的人都松了口气。

母亲丢下家中的琐事，整日整夜地守着她，又怕她寂寞，拨了四个和她年纪相仿的小丫鬟陪着她玩，还叫了金匠在家里给她打首饰，请了裁缝在家里做衣裳。窦昭屋里你来我往，比过年还热闹。

窦昭第一次享受这样放纵的宠溺，眼泪都快要落下来。

母亲把她抱在怀里，轻轻地拍着她的后背："寿姑乖，你哪里不舒服？是不是想让香草陪你玩？"

自从窦昭屋里接二连三地出事，除了因为不嫌弃窦昭中邪，日夜衣不解带照顾窦昭的妥娘，其他的人全都换了，包括刚刚拨到她身边的香草。

窦昭摇头。

母亲想了想，倒了一匣子珍珠在热炕上："好不好看？给我们寿姑做件珍珠衫好不好？"

圆润的珍珠滴溜溜地在炕上转，流光四溢。窦昭捧起又撒落，珍珠滴滴答答如雨落。

她做了十五年的侯夫人，也没这样奢侈过。

母亲莞尔。

母亲抱着她去法源寺还愿。法源寺的图印方丈看见她两眼炯炯有神，劝说母亲为她康复捐资法源寺印一千本《法华经》："这也是为四小姐祈福！"

母亲毫不犹豫地答应了，道："那就印两千本吧！"

图印方丈掩不住眉间的喜色，朝着母亲双手合十，请母亲到一旁的禅房选件开过光的法器。

母亲抱了窦昭前去。

窦昭选了件背隐白丝的玛瑙挂件。

母亲很高兴，由图印方丈陪着去看法源寺刚刚破土动工不久的雁塔，并道："要是全由我捐资，能不能让菩萨庇护寿姑从此平安清泰，福寿安康？"

"能，能，能！"图印方丈笑得见牙不见眼，"怎么不能？这雁塔原来就是为了像七奶奶这样积善之人祈福的。"

母亲被图印方丈迎到厢房喝茶，讨论怎样建雁塔。

窦昭站在廊庑下，望着大门洞开的大雄宝殿里供奉的那金碧辉煌的释迦牟尼，心中涌起股莫名的激动。

她噔噔噔地跑进了大雄宝殿，轻手轻脚地跪在了蒲墩上。

"菩萨，如果这只是黄粱一梦，我求您，让我在梦中永远不要醒来！"她虔诚地伏地，"如果这是前世今生，我求您，能让我安然奉养母亲至天假之年！"

菩萨微笑着俯视众生，安宁、静谧、慈爱、悲悯。

回到家中，丫鬟玉簪进来禀道："南洼王家的奶奶过来探望四小姐！"

被母亲抱着的窦昭听着愣了愣。南洼王家的奶奶，是指王映雪的嫂子吧！

说起来，她对王映雪的两个嫂子高氏和庞氏都不陌生。

高氏的父亲高远征擅长书法，曾与王行宜是同僚，后与父亲窦世英、六伯父窦世横同在翰林院任职。高氏家学渊源，不仅写得手好字，而且四书五经均有涉猎，在丈夫王知杓陪父亲王行宜流放西宁卫的十年间，她主持中馈、奉养婆婆之外，还教养长子王楠读书启蒙。王楠十五岁中秀才，十九岁中举人，二十一岁进士及第。官宦人家的女眷说起王家的这位长媳，无不跷起大拇指称一声"贤良淑德"。

庞氏闺名玉楼，原是镇上一商户的女儿，生得美艳出众，针黹女红、管家算账，样样出色。庞父舍不得随便将女儿嫁了，见王知杓年过二十还没有娶亲，既仰慕王行宜的高洁，又羡慕王氏是读书人家，置办了五百两银子的嫁妆，主动和王家结了亲。

庞玉楼先前很瞧不起虽然相貌英俊却行事木讷的王知杓，后来王行宜起复，她这才定下心来和王知杓过日子，把那王知杓哄得团团转，让他往东不敢往西，父亲兄长的话全排在庞玉楼之后。

从前窦昭就是托了她的福，知道了王映雪的打算，才能把弟弟窦晓的婚事给搅黄的。

算算日子，这时候庞氏应该已经嫁给了王知杓。只是不知道这次来的是高氏还是庞氏？

窦昭突然有点想念庞氏了。

如果来的是她，以她的贪婪，说不定能做场好戏给王映雪看呢。

窦昭抿着嘴笑，就看见玉簪领着端庄贤淑的高氏走了进来。

她顿觉无趣。

高氏已屈膝给赵谷秋行了个福礼："七奶奶，四小姐可好些了？"

她关切地朝窦昭望去，窦昭垂下了眼帘。

母亲淡淡地道："多谢王家大奶奶关心，寿姑已经好了。"然后吩咐丫鬟给高氏端

· 47 ·

了个绣墩过来。

高氏道谢，身姿笔直地坐在了绣墩上，轻声道："我出来已经有些日子，眼看着快要过年了，家中不是老就是小，弟妹又刚进门，还有一大堆事等着我。我寻思着过两天就回去了。映雪的事，我还是原来的话，我们家既然不用陪嫁，你们家也就不用准备聘礼了。奶奶定了日子，到时候就通知我们一声，虽是路途遥远，我们这些做哥哥嫂嫂的无论如何也会来送她一程的。到时候还请奶奶多准备两桌酒席。"

一番话说得铿锵有力、光明正大。

窦昭愕然。高氏既有贤德，在王映雪的事上怎么会这样的义正词严？

母亲微微一笑，不置可否，只说了句"那我就不送王家大奶奶了"，敷衍之色昭然若揭。

高氏脸色微变，胸脯一起一伏，半晌才平静下来，若有所指地道："七奶奶，女子何苦要为难女子！我的小姑子我了解，决不是那不知礼义廉耻的人。你若是心有恨，不妨找窦万元问问，我小姑，也是迫不得已。"说完，面色黯然地转身离去。

母亲见屋里没有了旁人，立刻恢复了本性，她怒不可遏："她这是什么意思？难道王映雪有今天还是窦万元害的不成？"

窦昭在一旁"扑哧"一声，差点笑出声来。

你了解，你了解什么？你若是了解，十五年之后，为什么不答应让窦明做你的儿媳妇？要不是窦明的婚事猝然间没有了着落，王映雪又怎么会打魏廷瑜的主意？

不知道王映雪在高氏面前是怎么说的，竟然能让高氏理直气壮地为她出面。

窦昭想到那个比自己小五岁，比窦明小两岁的弟弟窦晓。

可见自己对这位继母的了解还不够深！

窦昭嘴角微撇。从前她一无所知都能让王映雪灰头土脸，现在她知道以后会发生些什么，智珠在握，难道还怕了她不成？

想到这些，窦昭心头一热。

母亲是个骄傲的人，既然已经答应了让王映雪进门，就不会在进门的时间这种小事上为难王映雪。待窦昭的"病"好一些了，她请了大伯母和三伯母过来商量王映雪进门的事，窦昭被打发到院子里和小丫鬟们一起玩跳百索。

四个小丫鬟分别叫萱草、茉莉、秋葵、海棠。母亲喜欢妥娘忠厚，给她改名素馨，和从前在母亲身边当差，现在拨到窦昭屋里的玉簪正好一对，是窦昭屋里的大丫鬟。

妥娘很喜欢这个名字，但"妥娘"这个名字对窦昭有着特别的意义，窦昭还是喜欢喊她"妥娘"，以至于窦昭屋里的丫鬟一会儿喊她素馨，一会儿喊她妥娘，因而闹出了不少的笑话。好在妥娘不在意，不管是谁喊哪个名字，她都应得欢喜。

窦昭并不真的是个两岁的小娃娃，自然对玩百索这样的游戏没什么兴趣。

她想到祖父的书房里寻几本描写怪力乱神方面的书看看——世间无奇不有，她猝然回到了小时候，宛若经历前世今生，肯定还有人和她一样，她迫切地想从那些稗史杂记中寻找到一鳞半爪。

窦昭让妥娘抱着她去祖父的书房，妥娘立刻丢下手中的百索，抱着她往鹤寿堂去。

绕过荷塘的时候，她看见俞嬷嬷站在太湖石假山旁和个穿着官绿色潞绸袍子的中年男子在说话。两人遮遮掩掩，形迹可疑。

窦昭沉思片刻，指着荷塘对妥娘道："我们去那边！"

妥娘不疑有他，穿过九曲石桥，到了太湖石假山边，俞嬷嬷和那男子已不见踪影。

窦昭藏着疑惑离开了荷塘，迎面却撞到了大伯母和三伯母。

她下地恭敬地给大伯母和三伯母行礼。

大伯母一把抱起了窦昭："寿姑越来越招人喜欢了！"

"谁说不是。"三伯母笑着摸了摸窦昭的头，"和七弟妹小时候一模一样。"

两人说着，脸上的笑容渐淡。

"唉！"大伯母可惜地叹了口气，"王映雪的出身摆在那里，她要是这胎生的是男丁，七弟妹再贤淑，恐怕也只能退避三舍了！"

原来她们都知道王映雪怀孕的事了。窦昭眉角微动。

"这就是命啊！"三伯母的表情也显得有些怅然。

或者是觉得两个长辈当着孩子的面这样唉声叹气有点不合适，大伯母强笑道："我们这是听书落泪，替古人担忧。七弟妹是平时没遇到什么事，遇到了事，自然就慢慢懂事起来。你看她现在，不是处置得挺好的吗？"

三伯母颔首，亲切地问了妥娘几句话，知道窦昭这是要去看祖父，嘱咐了妥娘几句小心地滑，不要摔跤之类的话，和大伯母出了二门。

窦昭骤然间没有了去鹤寿堂的兴致。她吩咐妥娘："我们回正屋去。"

妥娘一声不吭地照她的话办事，两人很快回到了正院。

窦昭跑进了内室，母亲正坐在临窗的热炕上和俞嬷嬷说着话。"……崔姨娘是七爷的生母，二百两银子的聘金，也不算辱没她。至于王家要不要，那是他们的事，送不送，却是我们家的事。有钱没钱，娶个媳妇好过年。虽然是妾室，可到底也是新人，腊月二十二进门，正好过小年，到了春节，也好到各房去走动走动，认认亲戚。"说着，母亲端起茶盅呷了口茶，继续道，"新房，就设在栖霞院吧……"

"七奶奶！"俞嬷嬷一惊，没等母亲的话说完，失声道，"这怎么能行！栖霞院就在七爷的书房后面……"

母亲做了个打住的手势，道："他们隔个北直隶都能搅和到一起去，难道放在我眼皮子底下就能清清白白了？"

俞嬷嬷语塞。

"何况我也懒得看他们那副郎情妾意的样子。"母亲喃喃地道，"我放过王映雪，也放过我自己。"

窦昭几乎要为母亲鼓掌。

正是如此。天下再大，大不过自己。自己若是都不心疼自己了，别人凭什么要心疼你？既然不待见王映雪，何必委屈自己佯装贤良！

她也是过了三十岁才明白这个道理。

窦昭低声对妥娘道："你等会跟着俞嬷嬷，看看她都去了些什么地方，见了些什么人。"

妥娘点头。

窦昭高高兴兴地扑到了母亲的怀里："娘亲，后院的腊梅开了，我们去赏梅。"

母亲呵呵笑，亲着窦昭的小脸："娘亲有事，让妥娘陪你去玩吧！"

窦昭只想陪在母亲身边。母亲也不嫌她烦，一面打点着家里的琐事，一面逗着她玩。

父亲突然过来了，不顾满屋服侍的仆妇，献宝似的从怀中掏出一枚赤金镶碧玉的簪子。

"好不好看？"他讨好地望着母亲，"我特意去真定府让人打的。"

簪身金灿灿，簪头绿汪汪呈水滴状，如美人腮边的一滴泪。

"好看！"母亲笑着将碧玉簪摆弄许久，吩咐俞嬷嬷收起来，"以后给寿姑做嫁妆。"

父亲讪讪然："这是送给你的……寿姑的，我以后再给她买就是了。"

母亲抿了嘴笑："你以后给她置办是你的心意，这可是我的心意。"

"我的还不是你的。"父亲小声嘀咕着，欲言又止。

母亲笑道："你是来问王映雪进门之事的吧？我刚才已经吩咐下去了……"然后把跟俞嬷嬷说的话重新对父亲说了一遍。

父亲"哦"了一声，并不是十分感兴趣的样子，又好像有很多话，不知道该怎么说似的。

一时间沉默无语。

半晌，父亲不安地站了起来，喃喃道："你既然有事，那我先走了。"

母亲笑着站起身来："那我就不送了。"然后喊了含笑，"送七爷！"坐下来低了头打着算盘。

父亲站了一会，见母亲始终没有抬头，眼神微黯，垂头走了出去。

俞嬷嬷喊了声"七奶奶"，母亲眼角也没有动一下，道："眼看着要过年了，只怕请人不易。新房那边的陈设，你还要多费费心，帮着催催外院的几个管事。"

"是！"俞嬷嬷无奈地应声退下。

母亲丢了算盘，笑着抱了窦昭："走，我们去赏梅去。"

窦昭盈盈地笑。

时间是最好的药，不管多痛的伤口，时候长了，都会慢慢结痂愈合。

娘亲，我会一直陪着您的。解您的寂寞，抚慰您的伤口。

窦昭望着母亲白玉般的脸庞在心里暗暗发誓，笑嘻嘻地牵着母亲的手，蹦蹦跳跳地去了后院。

晚上，妥娘告诉窦昭："俞嬷嬷哪里也没有去，见的都是府里的管事和管事娘子。"

那个男子是谁呢？窦昭咬着手指寻思着。

结果第二天一大早，她的舅母带着她的大表姐赵碧如来给窦家送年节礼了。

"天寒地冻的，"母亲急急地将舅母和大表姐迎进了内室，亲自扶舅母上炕坐了，接过丫鬟手中的热茶恭敬地递给舅母，"让管事跑一趟就是了，你怎么亲自来了！"

舅母三十出头的样子，穿了件遍地金的宝蓝色通袖袄，插着对赤金镶玉葫芦的簪子，中等个子，身材微腴，皮肤白净，笑起来眉眼弯弯的，非常的和善。

她朝着妥娘怀中的窦昭拍手："来，到舅母这里坐。"

母亲把窦昭抱到了炕上，赵碧如则屈膝给母亲行了个福礼。

母亲搂了赵碧如："大姐儿又长高了几分，都快赶上我了。"

舅母嗔道："只长个子不长心，有什么用啊！"

赵碧如羞涩地笑。此时的赵碧如只有十一岁，手长腿长，肌肤胜雪，已隐约可见成年后的绰约多姿。

母亲携她上了炕，大家围着炕桌吃着点心说着话。

"……你大哥已经连续两次春闱落第，这次铆足了劲要金榜题名，连我和他说话他都不理。"舅母笑道，"我在家里无聊，就带了碧如到你这里来串门。"然后道："你这些日子可好？"

母亲粉饰太平："和从前一样。每天忙得团团转，也不知道忙了些什么。"

舅母笑而不语，喝了口茶，对赵碧如道："既来了，就和你表妹去旁边玩去吧！"

赵碧如细声地应"是"，乖巧地下了炕。

母亲微愣。

舅母道："我有话和你说。"脸上露出几分凝重。

母亲应了声"是"，眼中已可见水光。

窦昭想到荷塘旁的俞嬷嬷和穿官绿色潞绸袍子的男子。

出了内室，她甩开赵碧如的手，一溜烟地朝大门跑去。

大门外，那个穿着官绿色潞绸袍子的男子正和窦家的一个管事说着话，他身后是辆平板马车，马车上装着满满一车的东西，小厮们正川流不息地将马车上的东西往家里搬。

原来那个人是赵家的管事。

窦昭噔噔噔地跑回了二门，遇到了追她追得满头大汗的赵碧如。

"你，你要干什么？"她捂着肚子喘着粗气，"怎么比兔子跑得还快？"

窦昭想到和她的第一次见面——她优雅地端着茶盅，温和而不失矜贵地笑望着她："姑母去世后，父亲和母亲原本想把你接到家里来，和我们姐妹做个伴，可你不愿意，当着窦家的人咬了母亲一口不说，还嚷着'我不去你们家'，母亲只好悻悻地回来了……"

她当时觉得赵碧如的话如冬天扇着的团扇，让人说不出来的不舒服与不合时宜。

可现在……她却有些不确定了。

赵碧如牵着窦昭的手慢慢往回走。

窦昭问赵碧如："我最喜欢吃什么东西？"

赵碧如愕然，但还是很温顺地道："只要是甜甜脆脆的东西你都喜欢吃！"

窦昭又问："你上次来我们家是什么时候？"

赵碧如看窦昭的眼神更是诧异："立冬的前一天。爹爹让我和妹妹来问姑姑，姑父有没有回来。我们顺道给姑姑送幅九寒图，姑姑赏了我们一对珠花。妹妹还陪着你翻了半天的绳。出了什么事吗？"

窦昭暗自摇头。两家的关系走得如此之近，舅母要接她去和表姐们玩，她为什么会咬舅母呢？

回到正院，屋里服侍的丫鬟们都站在廊庑下，看见窦昭和赵碧如，含笑恭敬地上前给赵碧如行礼，笑道："表小姐先请到厢房里坐会儿，舅太太正和奶奶说话呢！"

赵碧如困惑地望了一眼正屋的窗棂，柔顺地跟着含笑去了厢房，窦昭却一溜烟地跑进了内室，正好听见舅母愤懑地道："……简直是岂有此理！他们王家要是敢来人，你什么也不要说，免得低了身价，自有我出面与那高氏理论！"

母亲的声音里还带着几分哽咽："嫂嫂，何必！闹得沸反盈天，反而让那王家的人有了说话的地方。不管怎么说，都是万元的不是。"

舅母长叹了口气，好一会儿才道："妹妹就是心太软！"

母亲笑道："夫妻本是一体，他失了脸面，我面上也一样不好看。嫂嫂的心意我领了，还请嫂嫂回去不要跟哥哥说——不过是纳个小妾而已，难道还要惊动我娘家的哥哥给窦家脸上贴金不成？"

"我知道。"舅母道，"到时候我一个人悄悄过来就是了。"

"多谢嫂嫂。"母亲道，"我倒觉得，这件事越是悄无声息越好。"

舅母点头。到了腊月二十二，果真一个人来的。大伯母问起来，舅母只说舅舅要闭门读书，大伯母也不多问，携着舅母的手去了花厅，和三伯母、四伯母、六伯母等姻亲见礼，又凑两桌马吊，赌起钱来。窦家的女眷上桌的上桌，看牌的看牌，欢声笑语的，十分热闹。

外面也只请了父亲的几位兄长，大家说着话，喝着茶。

王家没有来人。抬王映雪的轿子直接停在了花厅，穿着粉红色月季花妆花褙子的王映雪由个丫鬟扶着下了轿，在花厅给母亲敬了茶，成了礼。

俞嬷嬷领着王映雪去了栖霞院，花厅里的人打牌的打牌，说笑的说笑，一直闹到了三更，才陆陆续续地散去。

王映雪松了口气，扶着王映雪的丫鬟嘴噘得老高，不满地道："小姐不该劝大奶奶，您看，这哪里是办喜事的样子？"

"休得胡说。"王映雪皱着眉头呵斥那丫鬟，"我给人做妾，难道是什么光彩的事不成？大奶奶来了，也不过是白白受辱罢了。你以后说话当心点，若是再让我听到这样僭越的话，我立刻送你回南洼。"

丫鬟听着，立刻红了眼睛，屈膝道："奴婢再也不敢了。"

王映雪还是有些不放心，反复叮嘱丫鬟："人在屋檐下，不得不低头。你老老实实给我待着，切记不可惹是生非。"

小丫鬟唯唯应是。

有人通禀道："七爷来了！"

王映雪眼睛一亮，窦世英快步走了进来。

王映雪忙迎了上去，屈膝行礼道："七奶奶……知道不知道？"

"知道！"窦世英笑道，"就是她催我过来的。"

王映雪闻言有些激动："多谢七奶奶全了我的颜面，我以后会把她当嫡亲姐姐般尊敬的。"

"难道从前你没有把谷秋当成嫡亲姐姐啊？"窦世英开玩笑道，"我早跟你说过，谷秋是很贤淑的人。"

王映雪笑容滞了滞，道："这件事，是我不厚道，我亏欠谷秋姐姐良多，怕她烦我，纵然心里把她当嫡亲姐姐一样，却不知道她是不是把我当嫡亲的妹妹……现在看来，倒是我多心了，我到底不如姐姐那样宽怀大度。"

窦世英呵呵地笑，一副与有荣焉的样子。

王映雪目光微沉，但很快恢复了笑意。

迎了灶王扫了尘，就到了大年三十，东、西两窦一起回北楼村祭祖。

王映雪低眉顺目地跟在赵谷秋身后，有人的目光落在王映雪身上时，牵着母亲裙子的窦昭就会甜甜地喊"王姨娘"，众人恍然，纷纷夸奖王映雪的模样儿好，俞嬷嬷就在一旁解释："是南洼王家的姑娘。"羞得王映雪脸皮紫涨。

母亲呵斥了俞嬷嬷几句，再有亲戚问起王映雪，俞嬷嬷也不再多说。

窦昭只恨自己年纪小。

王映雪感激地望了母亲一眼，母亲视若无睹，继续和族里的亲戚们说笑。

可王映雪的身份还是传了出去。

春节期间，王映雪躲在家里不愿意出去给亲戚们拜年："都是正经的奶奶，我跟着，不太合适。"

俞嬷嬷笑着劝道:"有什么合适不合适的?奶奶有王姨娘在身边,一来有个伴,二来也有个服侍茶水的人。"

王映雪十分尴尬,父亲不由皱眉,朝母亲望去:"这可是你的意思?"

母亲低头喝了口茶,淡淡地道:"既然如此,王姨娘就留在家里吧。也免得动了胎气!"

父亲欲言又止。

母亲抱着窦昭出了门。

父亲立刻就跟了过来,低声道:"你这样,只会让亲戚们看笑话。"

"我知道了。"母亲面无表情地道,"等孩子出生了,我要不要跟亲戚们说是早产呢?"

"你!"父亲怒目而视。

母亲已快步上了马车。

父亲跺了跺脚,半晌才不情不愿地上了马车。

窦昭把自己埋在车厢里的大迎枕间,深深地叹了口气。

母亲的担心还是有道理的。

这种事虽然琐碎,却让人心烦。好比一只落在身上的跳蚤,你不理,它咬得你浑身痒痒,你要是把它当个事,又说不出口。

父亲不是说要把王映雪送到庄子上去吗?等过完了年,得提醒父亲一句才是!

窦昭琢磨着,迎来了三岁的生辰。

父亲、母亲、王映雪、祖父、祖母、丁姨奶奶、舅母、几位伯母都送了生辰礼物给她,母亲以寿面回礼;家中的仆妇在院子里给她磕头拜寿,母亲赏了他们每人五钱银子。他们欢天喜地的,比过年还要高兴。

元宵节收了灯,风吹在脸上没有了寒意。

该春耕了,窦昭在心里道,吵着母亲要去看祖母。

母亲很惊讶:"过年的时候不是见过了吗?"

"没说成话。"窦昭道,"祭祖的时候祖母远远地站着,吃年夜饭的时候祖母一声不吭,爹爹又要我陪着祖父守夜……大年初一我去给祖母拜年,她已经回田庄了。"

"她不是给你留下压岁钱了吗?"母亲笑着从水晶盘子里拿了朵桃花插在了窦昭的丫髻上,"你又打什么鬼主意?"

"没有打鬼主意。"窦昭嘟着嘴,心里却道,祖母死后,把田庄留给了她,她安排了得力的人管着田庄,花了很多心血,才能旱涝保收,是她为数不多的颇为得意的几件事之一。

这辈子她虽然没有被送去田庄,可她对祖母、对田庄却有着极为深厚的感情。

"过几天再带你去。"母亲见窦昭不高兴,道,"等过几天各个田庄的春耕完了,你父亲会和管事去巡庄,到时候我们和你父亲一起去。"

祖父不喜欢祖母,这在窦家不是什么秘密。为了不冒犯祖父,母亲和窦家的人一样,选择了对祖母视而不见。

窦昭想到那个慈蔼的妇人,心里很难过。

母亲笑道:"我带你去舅舅家玩吧?我们有些日子没回安香了。"

窦昭注意到母亲每次说起娘家,总喜欢用"回"字,好像窦氏不是她家似的。这好像也是很多女子的通病。不过,这不包括窦昭。

她嫁到魏家后,只觉得长舒了口气,人都精神了很多,颇有些扬眉吐气的感觉。

或许是因为自己从来没有把窦家当娘家？

窦昭思忖着，和母亲去了安香。

乡下地方，没那么多规矩，舅母得了信，领着两个表姐在大门口等她们。

大表姐赵碧如窦昭已经认识了，二表姐赵琇如，今年九岁，三表姐赵璋如，今年五岁。她们姐妹长得都很像，不过赵琇如腼腆，赵璋如活泼，一看见窦昭就拉着她往屋里跑："彭嬷嬷炒了糖板栗，娘亲说要等你来了一块吃！"

窦昭被她拽得趔趄了一下，只得跟着她往里跑，妥娘连忙跟了过去。

大家嘻嘻哈哈地进了大门。

赵家在村头，黑漆铜环门进去后左首是马圈，右首是个草棚，堆着板车和家具。左右两间厢房住着几户长工，进了二门，迎面是五间的青砖瓦房，左右是三间的厢房，窗棂上糊着白色的高丽纸，台阶旁是合抱粗的老槐树，干净整洁，宽敞气派。

母亲和舅母刚刚进屋，赵璋如就拉着手端糖炒板栗的彭嬷嬷衣襟闯了进来，还回头催着窦昭："快点！板栗凉了就不好吃了。"惹得大家又是一阵笑。

好不容易坐定，赵碧如和赵琇如颇有姐姐风范地剥着板栗给窦昭和赵璋如吃。

母亲和舅母则坐在热炕上说话："算算日子，大哥应该进场了吧？"

"嗯！"舅母有些担心，"要是这次还不中，又得等三年。"

母亲听了沉吟道："我听俞大庆说，嫂嫂前些日子卖了十亩良田……"

舅母脸一红，低声道："是年前借下的，我没敢跟你哥哥说，你哥哥去了京都才卖的田，补了之前的亏空……"又快语道："妹妹不必担心。我还有些陪嫁，只是都上了册子的，怕你哥哥知道了不高兴，所以没敢动。"

第七章　婚事·逝水·争论

母亲很担心娘家的财务状况，窦昭却不以为然地啃着糖炒板栗。

上一世母亲自缢了舅舅都能考中进士，这一世什么事都瞒着他，他轻装上阵，难道还能落榜不成？只要舅舅中了进士，从前的那些花销自然就都能赚回来！

这板栗应该是放在地窖过了冬的，没有了水分，又是糖炒的，干巴巴的，可有总胜于无——她现在是个三岁的孩子，三岁的孩子能干什么？她现在有大把的空闲时间。

窦昭细细碎碎地咬着板栗，板栗屑子落了一地。

舅母和母亲说起她的婚事："毕竟只是口头约定，我看你还是和你公公商量商量，请他出面找个体面人和魏家把这件事定下来！"

窦昭咬板栗的动作一顿，过一会才开始慢慢地继续嚼着板栗。

舅母的考虑不无道理。上一世母亲猝然去世之后，父亲百日之内迎娶了王映雪，舅舅一家则匆匆忙忙去了任上。父亲潜心向学，待母亲孝期过后，他立刻参加了乡试，中了举人，紧接着他又参加了次年的春闱，中了进士，擢了庶吉士，在吏部观政。当时王家已经搬到了京都，王映雪的母亲许夫人惦记着女儿、外孙女和外孙，央求父亲带他们到京都团聚，父亲征得祖父的同意之后，带着王映雪、窦明、窦晓去了京都……谁还记得她和魏家的亲事？

直到祖父、祖母相继去世，她被送到京都，父亲这才惊觉她已经是个大姑娘，到了说亲的年纪，想起和魏家的婚事，派了人和魏家商量。魏家却期期艾艾，始终没有个明确的答复。

窦昭至今还记得自己当时惶恐不安的心情。

父亲健在，东窦的伯父们不可能收留她，舅舅远在西北，继母从来不曾短过她的吃穿用度，可目光不经意间落在她身上时候，却总透着几分阴狠，像噬人的狼，恨不得一口气将她吞下似的，可再定睛一看，她又已恢复原来的淡定从容，依旧是一副雍容华贵的模样。

常言道：反常即为妖。

她不知道王映雪到底打的什么主意，每日过得胆战心惊，只怕一个恍惚，就有灭顶之灾等着她。

偏偏祖母临终前告诫她，没有娘家的女人在夫家是站不住脚的，无论如何也要和继母保持面上的恭敬。她听了妥娘的话虽然恨王映雪逼死了母亲，但仆妇间流传着关于她母亲"善妒""无子"等种种流言又让她觉得自己没有立场去恨王映雪。而且王映雪的表面功夫做得好，她就是说出去也没有人会相信王映雪对她有异样，她心中又是委屈又是难过、又是犹豫又是矛盾，日子过得如同在油锅上煎似的，有种"天地虽大，却没有我容身之处"的感觉。

所以乍一听说母亲活着的时候曾为她定下一门亲事，她竟然生出种"逃出生天"的喜悦，恨不得马上就嫁过去。

这也是当她知道窦明的婚事落空，发誓要嫁入京都名门一洗前耻，王映雪打起了魏廷瑜的主意时，新仇旧恨交织在一起，她从此和王映雪势不两立的主要原因。

当初，她要是不想办法打听到婆婆的行踪，让婆婆和她"偶遇"，魏家承不承认这门亲事还两说。如果不是她勾起了婆婆的旧情，就算魏家愿意和窦家结亲，嫁过去的恐怕是窦明而不是她了！

窦昭嚼着板栗的动作又慢了下来。

上一辈子是迫不得已，难道这辈子还继续和魏廷瑜纠缠不清？

她想到自己刚嫁到魏家的那会儿正是腊月，眼看着就要过年了，为了讨好婆婆，也为了堵住魏廷珍的嘴，她主动帮着婆婆打理魏府过年的事宜，因为没有经验，加之陪嫁的丫鬟、媳妇子都是王映雪临时指派的，不要说帮忙，甚至连亲近都称不上，她不知道自己有了身孕，结果太过劳累小产了。

那是她的第一个孩子。

王映雪让窦明去看她。

窦明碰到了魏廷瑜。

那天阳光明媚，床前官绿色的幔帐挡住了光线，她怏怏地躺在内室镶楠木的架子床上，脸色苍白，了无生气，如搁在博古架上太久落满了灰尘的景泰蓝花瓶，呆板而沉闷。而站在幔帐旁的窦明穿了件藕色杭绸四季如意的小袄，屋内的光线照在她乌黑发间的南珠翠花上，散发出莹润的光泽，映衬得眉目如画，人如芍药，看得魏廷瑜两眼发直。

那场景，深深地刺伤了窦昭。

窦明虽然娇小玲珑，风姿绰约，却不是个温婉的人。恰恰相反，因为王家许夫人的溺爱，她不仅高傲，而且脾气很大，行事莽撞，七情六欲都摆在脸上，这也是王映雪一心想把窦明嫁给自己娘家侄儿的缘故。

她那天是有意而来，有意如此。

不过是想让魏廷瑜看看，魏家没有答应窦明嫁过来，魏廷瑜错过了怎样的美人罢了！

魏廷瑜也不负窦明所望，几次在她面前赞扬窦明温顺可人。

那时她看见魏廷瑜还会心跳如鼓，所以才特别不能容忍吧？

窦昭咔嚓咔嚓地咬着板栗，惹得赵琇如惊呼："快吐出来，那是坏板栗！"

母亲和舅母都吓了一大跳。

"这孩子，怎么这么馋！"母亲急急地扔掉了窦昭手中的板栗，端了自己面前的茶水让窦昭漱口，"好像从来没吃过板栗似的。"

"孩子哪懂这些。"舅母抱歉地道，"都怪碧如几个没有照顾好寿姑。"然后又训斥了女儿们几句。

母亲自然要拦着。

姑嫂两人自谦了半天，母亲却不敢再让窦昭跟着赵碧如她们了，把她和赵璋如都抱到了炕上玩，亲手帮两人剥着板栗，继续着刚才的话题："魏廷瑜是侯府世子，我怕田姐姐为难，准备先差个人去京都打听打听，再和公公商量这件事。"

"也好！这样稳妥些。"舅母点头，两人的话题渐渐又转移到了舅舅身上，担心他是不是安全到了京都，歇得好不好，会不会金榜题名等等，直到下午酉时，随车的护院来催"天色不早了，再不启程就赶不回去了"，母亲才依依不舍地辞了舅母。

或许是对父亲落第十分不满，整个春耕期间父亲都在祖父的指点之下练习制艺，不管是母亲还是王映雪，都不敢去打扰，去看祖母的事也就不了了之了。

作为小妾，没有亲戚串门，没有朋友来访，没有妯娌走动，后院的日子是很寂寥的。王映雪来给母亲请过安后，常常会借故在母亲的屋里多坐一会。

母亲对她始终淡淡的，常常是三言两语就把她打发了。

窦昭觉得母亲还是有点在意王映雪。要是她，就会把小妾留下来让她给自己讲讲笑话，逗个趣，否则岂不是白白养了个人？

不过，有些事得慢慢来。

窦昭现在所思所虑全是和魏廷瑜的婚事。

好比她的出现让母亲活了下来，原来是续弦的王映雪就成了妾。

她和魏廷瑜的婚事会不会也因此有所改变呢？如果不嫁魏廷瑜，她又会嫁给谁呢？

春风吹过，草木复苏，从京都传来了好消息。

她的舅舅赵思会试二甲第五名，赐进士出身。

祖父、父亲都很高兴，但最高兴的还是母亲。窦家给赵家送贺礼的时候，她带着窦昭又回了趟娘家。

这次和上一次不同，赵家披红挂彩，像过节似的，人人脸上都透着喜气。

赵璋如拉了窦昭去自己的屋里，从床板后面摸出个油纸包着的玫瑰酥饼："是镇上的陈举人家送来的，给你吃，可甜了！彭嬷嬷说，我以后想吃多少就有多少，你想吃就来我们家。"

窦昭望着手中已经碎了半边的酥饼，心里热乎乎的，鼻子一酸，眼泪就落了下来。

前一世，她甚至不知道赵璋如的名字。

不为别的，就为了这个酥饼，她决定好好地和舅舅一家相处。

母亲喝了点酒，晚上她们就歇在了舅舅家，第二天一大早才往家赶。

"这下好了，"一路上，母亲嘴角都噙着笑，"我们寿姑也有个进士舅舅了。"她的表情悠然，显得很舒畅。

窦昭为母亲高兴，她问母亲："舅舅什么时候回来？"

"还要考庶吉士，"母亲笑道，"最早也要过了五月。"

"那我们是不是还来舅舅家？"

"是啊！"

"我喜欢表姐。"

母亲高兴地捧着她的脸直亲，小声叮嘱她："姑舅亲辈辈亲，打断骨头连着筋。你和你表姐她们是最亲的，知道了吗？"

窦昭点头："比三堂姐还亲。"

母亲不住地点头，夸她聪明，到家的时候亲自抱着她进了二门。院子里的丁香、玉兰花、芍药、西番莲、紫兰都开了，姹紫嫣红，如火如荼。人行其间，蜂飞蝶舞，暗香浮动。

母亲停下脚步，深深地吸了口气："今年的花比起往年来开得格外艳丽。"

"是啊！"俞嬷嬷笑得含蓄。

母亲的面孔却冷了下来。

窦昭不禁顺着母亲的目光望过去。

荷塘旁的凉亭里，坐着一男一女。

女的穿了件鹅黄色的春裳，笑颜如花地拿了把团扇，懒懒地依在凉亭的美人靠上，秀丽中透着几分潋滟的风情。

男的清俊隽秀，笑盈盈地坐在凉亭中间铺了宣纸的石桌前，正对着美人作画，眉宇间有不容错识的欢喜……和满足。

窦昭心中一紧。

母亲已沉着脸，目不斜视地朝前走去。

俞嬷嬷慌忙跟上。

身后传来一阵银铃般的笑声。

那天之后，母亲就病了。

窦昭很担心，每天陪着母亲。母亲笑着摸她的头："娘亲没事，很快就会好的。你自己去玩吧！"脸色却一天比一天苍白。

父亲来看母亲，母亲主动握了父亲的手。

父亲的手指修长、白皙、骨节分明，玉竹般的挺拔。

"我最喜欢你笑的样子了。"母亲把父亲的手贴在自己的脸上，"每次你望着我笑的时候，我就会想，怎么有人笑得这样欢快，这样无忧无虑？仿佛春日的阳光，让人的心也跟着温暖起来。"

"大夫说你脉象平和，你好好休息，很快就会好起来的。"父亲红了眼睛，"等你好了，我每天都笑给你看。"

"傻瓜！"母亲抿了嘴笑，看他的眼神如同看个顽皮的孩子，还带着几分宠溺，"两个人在一起，是因为高兴才会笑。你不高兴，自然就笑不出来了。不必勉强自己。"

父亲一愣，母亲已笑道："我就是想你来跟我赔不是，说你离开了我过得一点也不好。"

父亲愕然，随后讪讪地笑："你不理我，我是很不习惯。"

"我不在你身边，你只是不习惯而已！"母亲笑着打趣父亲，眼神非常的宽容平和，声音却渐渐低了下去，"我还以为，只有我在你身边，你才会笑得那样欢快。原来，别人也能和我一样让你开怀大笑……"

父亲没听清楚母亲说了些什么，他伏在母亲的床头，温声问母亲："你说什么？"

"没什么！"母亲笑道，"就是有点累！"

"那你少说些话。"父亲握着母亲的手，"我在这里陪着你，等你睡着了再走。"

母亲点头，闭上了眼睛，很快睡着了。

听墙角的窦昭跑出来，将热炕上的小沙包狠狠地砸在了地上。

这算是什么？和好如初？

念头一闪，她顿觉泄气。

不和好又能怎样？她还缺个弟弟呢！

可为什么像有双手攥住了她的心似的，让她感到胸口闷闷的呢？

窦昭呆呆地坐在炕边。

父亲从内室出来，看见窦昭，他脚步微顿，转身坐到了她的身边："寿姑，大家都夸你聪明，说你现在能一口气说很长的句子，你说句给我听听？"

窦昭瞥了父亲一眼，低头玩着手中的沙包。

父亲好心情地笑道："这沙包做得很精巧，是谁帮你做的？"

窦昭还是没有理他。

父亲不以为忤，呵呵笑着抱了窦昭："走，爹爹带你写字去！"

"我不喜欢写字。"窦昭叛逆地道，"我要去荡秋千！"

"好！"父亲笑道，"我们去荡秋千。"

后花园里依旧草木竞秀。

窦昭和父亲荡了会儿秋千，心情渐渐好了起来。

母亲这样也许是对的，主动低头，把父亲笼络在自己屋里……总好过这样冷战下去，连个下的台阶也找不到。

她看父亲就顺眼了些。

"爹爹，要荡高点！"

"好！"

父亲把她荡到了半空中。

她如御风而驰，窦宅的一草一木都在她的脚下放大、缩小。她看见偏院的水井旁有人在洗衣裳，看见丁姨奶奶站在屋檐下呵斥小丫鬟，看见母亲的院子里静悄悄没有人影……仿佛周遭的一切都被她看在眼里。那感觉，非常的奇妙有趣。

窦昭的笑声如珍珠般洒落在玉盘上，清脆悦耳。

父亲也扬眉而笑。

只有妥娘，傻乎乎地跳了出来，拦在窦世英的面前："七爷，太高了，四小姐会摔下去的，您快把她放下来吧！"

窦世英认出了妥娘，笑道："没想到你还是个赤胆忠心！"没有斥责她，而是绕过她，将坐在秋千上的窦昭再次用力地推了出去。

妥娘急得满头大汗。

窦昭享受着妥娘的关心，笑得十分欢畅。

她看见俞嬷嬷急匆匆地从母亲的屋子里跑了出来，站在屋檐的台阶上喊了一声，原本不见踪影的丫鬟、媳妇子潮水般涌了过去又四下散开，场面显得有些纷乱。

出了什么事?

当秋千再次荡起来的时候,窦昭伸了脖子朝正院望去。

小丫鬟们依旧凌乱无章,俞嬷嬷却不见了踪影。

窦昭心生疑惑,吩咐父亲:"停下来,停下来。"

父亲拽住了秋千,笑道:"原来我们的寿姑是个胆小鬼。"

窦昭不和他申辩,只是脚刚落地,俞嬷嬷就脸色苍白地喘着气跑了过来。

"七爷,"她含着泪,眼睛红红的,一副快要哭出来了的样子,"七奶奶她,七奶奶她……自缢了!"

"你说什么?"父亲睁大了眼睛,笑容僵在他的脸上,"你说谁?谁自缢了?"

"七奶奶,七奶奶……"俞嬷嬷哭着,两腿一软,跪在了地上,"七奶奶自缢了……"

窦世英茫然四顾,看见了像被施了定身术般一动不动地站在他身边的女儿,这才有一点点的真实感。

"怎么会……刚才还好好的……"他喃喃地道,高大的身子骤然间仿佛矮了几分,面如金纸,嘴唇发白,颤抖不停。

窦昭已经失去了语言能力,脑海中如万马奔腾,隆隆响个不停。

母亲为什么还要死呢?

王映雪不是成了小妾吗?就算她生了儿子,也是庶长子……

母亲为什么还要死呢?

那她回来的意义又在哪里呢?

窦昭倔强地抿着嘴唇,小小的手紧紧攥成了拳。

春日的阳光和煦而温暖,静静地照在一大一小两个泥塑般的人儿身上,只有那秋千,依旧晃动不止,引来数只彩蝶围着它翩翩起舞,一竞芳菲。

窦昭穿着粗麻孝袍,表情呆滞地跪在灵前,随着唱喝声木然地磕头回礼。

母亲是自缢身亡的,算不得福寿全归,又有长辈在堂,最多只能做五七三十五天的法事。

家里没有主事的人,祖父请了三伯父和三伯母帮着操办母亲的丧事,还把给自己准备的楠木棺材拿出来给了母亲。

来吊唁的人敬了香,不免要问一番死因。

窦家的人对外一律称是暴病而亡,听者无不落泪:"……还不满二十岁呢!"

窦昭的眼圈就跟着红了起来。

是啊,她怎么就忘了,母亲虽然是她的母亲,可还不满二十岁呢!

她三十岁才懂的道理,怎么能指望二十岁的母亲就想明白呢?

有些伤,埋在心底,纵然是血肉模糊,表面上也看不出一丝痕迹。

母亲,从来不曾真正地放下,从来不曾真正地释怀吧?

窦昭朝对面望去。

一身素白的父亲面色发青,眼窝深陷,显得非常憔悴。他正跪在孝盆前,一张张地给母亲烧着纸钱,表情认真又虔诚,仿佛手里拿的是一张张符表。

眼睛通红的王映雪走了过来,她并肩跪在了父亲身边,默默地从旁边拿起一叠纸钱,一张张撕开,和父亲一起往孝盆里丢。

"七爷!"她的声音嘶哑,带着几分哽咽,"您已经在这里跪了一天一夜了,再这样下去，身体会拖垮的……姐姐的丧事还指望着您操办呢！"

父亲没有吭声，轻轻把纸钱从王映雪的手中抽走，继续烧着纸钱。

王映雪脸上闪过一丝尴尬之色，跪在那里良久，父亲都没有看她一眼，她眼神微黯，悄然退下。

六伯父走过来挽了父亲的胳膊："万元，你别这样。逝者已逝，活着的人更应该保重才是。"

父亲不肯起来。在自己的好友和从兄面前，他低声哭了起来："我和谷秋说好了，要生五男三女……她如今走了，却连个捧灵的人都没有……你就让我给她多烧几张纸钱吧……我心里实在是难受……"

六伯父跺着脚，眼中却泛着水光。"你就是伤心，现在也不是时候啊！"他说着，声音渐沉，"睿甫回来了！他没有参加庶吉士的擢选……"

窦昭抬起头来。睿甫，是她舅舅赵思的表字。

"算算时辰，他应该就快到了。"六伯父声音苦涩，"等会见了睿甫，你想好怎么说了没有？三哥他们都在小叔的书房。这件事，我们得事先商量个说法才行……"

"说法？什么说法？"父亲喃喃地道，心神显然还游离太虚，"都是我不好……那次俞嬷嬷说她要自缢，我还以为她是为了要挟我……原来她是真的对我伤心绝望了……我却一无所知，还沾沾自喜地以为自己赢了……她说，等着我给她赔不是，说要我承认，我离开了她就过得一点儿也不好……"他伏在妻子的灵前大哭了起来，"我不知道会这样，真的不知道会这样……我答应过舅兄，会好好照顾谷秋的，会一辈子对谷秋好的……我言而无信……她说我龌龊……一点儿也没有说错……"

"万元，万元！"六伯父用手背擦了擦眼角，使劲地拖父亲起来，"这些以后再说。当务之急是要给睿甫一个交代。你不能意气用事。"

父亲摇头，心灰如死地道："是我对不起谷秋，等我把谷秋的丧事办完了，他想怎样处置我就怎样处置我吧！"

六伯父气极，喊了两个小厮进来，把父亲架去了鹤寿堂。

窦昭跑了出去。

王映雪正站在灵堂外的玉兰树下望着父亲和六伯父远去的背影发呆。

窦昭喊她："王姨娘！"

王映雪回过头来，眼角瞥了瞥灵堂外面的仆妇，笑容得体地走了过来："寿姑，什么事？"语气温柔。

"你很想生个儿子吧？"窦昭抬头，乌黑的眸子定定地盯着她的眼睛，用只有两人能听得见的声音道，"不过，很可惜，你这一胎生的是女儿！等守完孝，新主母进门，不知道是不是和我母亲一样好说话？"

"你……"王映雪悚然，惊恐地连连后退，望着她的眼神仿佛看见了个怪兽。

窦昭很满意。她冷冷地撇了撇嘴，身姿如松地从王映雪身边走了过去。

鹤寿堂里正争论不休。

窦昭赶过去的时候，听见三伯父道："……这件事是由七弟纳妾引起的，怎么也称得上是'善妒'了。这样一来，赵家也不好说什么。算是顾全了两家的体面。"

她顿时气得发抖。

死者为大！

就算如此，你们也不应该为了推卸责任而让母亲死后还要背负这样一个恶名！难道你们不知道"善妒"对一个女人意味着什么吗?

母亲那样骄傲的一个人,如果知道自己死后是这样一番光景,不知道还会不会那样毅然决然地自缢?

难怪前世那些仆妇私下提起母亲都是一脸的不屑!

可见人不管遇到什么事都要想办法活下去。只有活下去,才可能有希望,有未来。

窦昭撩帘而入。

厅堂空旷宽广,大人们个个心情沉重,门外又有人守着,谁也没想到有人会无声无息地闯进来。

小小窦昭的到来,如飘落在河边的一片叶子,没有激起一个涟漪。

她捏了捏拳头,正要开口,独自一人远远地坐在旁边的父亲却一下站了起来。

"不行!不行!"他神色激动地大声嚷着,"谷秋不是这样的人,你们不能这样说她!不能让她死了还背上这样的恶名……"他说着,神色骤然间显得有些颓败,声音也低了下去,"她,她是我害死的……"

窦昭长吁了口气,看见坐在上首的二太夫人脸色一沉,厉声低喝了句"胡闹",眼角眉梢变得十分冷峻难看:"现在是什么时候?你还说这样的话?你今年都多大了,说话怎么也不仔细地想想!你是不是想看着赵家和窦家撕破脸、打起来才好?谷秋是你害死的?你倒说说看,你是打她了?骂她了?还是当着外人的面驳了她的颜面?她的死难道就和你纳妾没有一点关系?"

父亲语塞,"我,我……"了半天,也没有说出个所以然来。

窦昭突然有点明白了。

如果不是父亲纳妾,父亲和母亲之间不会闹成这样。说到底,窦家的人还是认为这件事是因王映雪引起的。

若是父亲不承认,这话说不过去。若是承认,却正好坐实了三伯父那句"善妒"的指责!

舅舅是不是因为这样在道理上站不住脚,有苦难言,最后只能忍气吞下这枚苦果呢?

窦昭神色恍惚。

二太夫人的面色却慢慢有所舒缓。

她怅然道:"谷秋是我看着长大的,她年纪轻轻就去了,难道我就不心疼?"说着,眼眶一红,"可心疼归心疼,却不能因为心疼她就儿女情长……"

"可,可也不能这样说谷秋啊!"二太夫人向来严厉,家里的人都怕她,见她示弱,父亲不敢再顶撞,但还是心有不甘地道,"这话要是传了出去,您让别人怎么看待谷秋?"

"这话不会传出去的!"二太夫人警告般的目光炯然地把在座的人看了一遍,斩钉截铁地道,"法不传六耳。只要我们不说,赵家的人难道还会到处嚷嚷不成?赵睿甫可生了三个女儿。"

"是啊!"三伯父接过话茬劝着父亲,"这句话传出去了,我们面上也无光。睿甫的脾气你是知道的,待人最为赤诚,也是最为认真的。他若是闹起来,你纳妾的事一样会被弄得尽人皆知,七弟妹还不是一样要背上'善妒'的名声。不如先安抚了睿甫,等七弟妹的丧事过后,你们郎舅再好好地絮叨絮叨,总比这气头上做些冲动的事,说些伤人的话好啊!"说完,朝着六伯父使了个眼色,示意他劝劝父亲。

谁知道六伯父却道:"三哥,您别看我,我不赞成这件事!"

满屋愕然,包括窦昭。

六伯父索性站了起来，道："我原来不大待见七弟妹，是觉得七弟妹太矫情，但凡七弟有什么事忽略她，她就不高兴，七弟就屁颠屁颠地去给她赔不是，这哪里是个贤妻的样子？可她人都死了，你们这样，就有失厚道了。君子坦荡荡。我们和赵家是几辈人的交情，把事情的来龙去脉跟睿甫说清楚了，他想怎样就怎样好了。我相信七弟也不是个孬种，"他说着，朝父亲点了点头，颇有点"我支持你"的意思，"我们无愧于心就是了……"惹得父亲满脸的感激。

窦昭不由叹息。

难怪父亲和六伯父那样的亲厚，六伯父为人磊落坦然，颇有魏晋名士之风。而父亲和六伯父齐名……或者，父亲也不是自己想象的那样糟糕！

她的目光落在父亲的身上，不禁重新审视起自己从来不曾正眼看过的父亲。

"中直！"三伯父喊着六伯父的表字，窘然地辩道，"这也不过是权宜之计……"

"人分三六九等，行事也有高低贵贱，"六伯父不以为然地道，"就算是权宜之计，也不该这样玷污别人的清誉……"

嫡亲的两兄弟起了口角。

"好了！"一直沉默不语的祖父开了口，"你们都不要吵了。事情的经过肯定是要告诉睿甫的，可'善妒'这件事却也是事实！这件事就这样定下来了。"

说到底，还是要用母亲"善妒"来堵住舅舅的嘴。

窦昭挑眉。

毕竟是隔着房头，六伯父不好再说什么，三伯父心里也知道这事做得不厚道，没有一丝的喜色。

"爹爹……"父亲焦急地喊着祖父。

祖父冷冷地"哼"了一声。

外面传来一阵急促的脚步声，高升隔着帘子禀道："赵家舅老爷过来了！"

祖父和二太夫人交换了一个眼神，二太夫人吩咐三伯父："你和中直陪着万元去迎迎赵家舅爷！"

三伯父轻叹了口气，和六伯父陪着父亲出了厅堂。

窦昭想了想，追了过去，却被二太夫人发现了。

"寿姑！你怎么在这里？"她急急地吩咐先前被打发到院子里的丫鬟，"把四小姐抱到我这里来！"

窦昭被拦腰抱住。

"放开我！放开我！"她三下两下就挣脱了不敢对她用力的丫鬟，一溜烟地跑了。

窦家的大门洞开，窦昭看见原先在厢房里歇息的舅母带着三个表姐簇拥着个穿着孝衣的男子走了进来。

中等个子，长得比女子还要精致的眉目。

虽然过去了十几年，窦昭还是一眼就认出了她的舅舅赵思。

她的眼眶立刻湿润起来。如果当初她不那么刚愎自用，好好地听听大表姐的话，仔细地思量一番，她和舅舅一家也不会一直形同陌路了。

窦昭快步跑了过去。

就看见舅舅三步并作两步地上前，朝着父亲的脸上就是一拳。

父亲被打得有些蒙，一个趔趄跌倒在地，半晌都没回过神来，白玉般的面颊立刻肿了起来。

"你这混蛋！"舅舅揪着父亲的衣襟朝着父亲又是一拳，"成亲才几年你就纳妾，你眼里还有没有谷秋？有没有寿姑？你这混蛋！"

父亲的脸上又挨一拳。

窦昭惊呼。

三伯父、六伯父、舅母、三个表姐都呼啦一下全围了过去，有的喊"睿甫"，有的喊"爹爹"，有的拉父亲，有的拉舅舅，三伯父干脆站在了舅舅和父亲中间，高声说着："君子动口不动手。"

舅舅冷笑，指着父亲道："他算哪门子君子？我和他动口，他听得懂吗？"说着，上前又要揍父亲。

父亲推开了挡在他前面的三伯父，扑通一下跪在了舅舅面前："阿兄，都是我的错，是我对不起谷秋……你打吧！你打吧……我宁愿你打我一顿……"

六伯父脸色发黑："窦世英，你给我起来，你给我起来！大丈夫只跪天地君亲师，你这算是怎么一回事！"又朝着一旁的家丁喝道："还不给我把大门关了！"

家丁蜂拥着上前去关门，看也不敢朝这边多看一眼。

舅舅却不齿地道："你是不是觉得挨了打就抵消了自己的过错？窦世英，我告诉你，门都没有……"朝着父亲就是一脚。

父亲跪在那里，硬生生地受了舅舅的一脚。

"睿甫，睿甫，你别这样！"三伯父忙架住了舅舅，"七弟妹尸骨未寒，你们郎舅就打起来了，岂不是让人看笑话吗？有什么话好好地说，又不是说不清楚……"

舅舅不理三伯父，问舅母："寿姑呢？谁看着寿姑？"

舅母忙道："寿姑在灵堂，她屋里的丫鬟看着她呢！"

舅舅拔腿就朝灵堂去。

窦昭的眼泪忍不住哗啦啦地落了下来，她站了出来，大声喊着"舅舅"。

赵思望过来，眼眶立刻就红了。"寿姑！"他紧紧地抱着窦昭，"我们去看你娘！"

"好！"窦昭点头，搂住了舅舅的脖子，第一次感觉到了前所未有的踏实。

上香，行礼，答谢。

舅甥两人肃穆地完成了祭奠。

赵思把窦昭交给舅母："你看着她，这种时候大家都忙，最容易出事了。我要去见见亲家老爷。"

脸上青一块紫一块的父亲呆呆地望着母亲的棺材，三伯父和六伯父却都有些不自在。

"我省得。"舅母抱过窦昭，明了地颔首，道，"你去忙你的吧，我会看好寿姑的。"

舅舅爱怜地摸了摸窦昭的头，转身出了灵堂。

舅母哄着窦昭："走，我们吃桂花糕去！"

第八章　舅舅·妹妹·心思

舅舅和祖父说了些什么，窦昭无从知晓，但舅舅回来的时候，脸色非常难看。

"睿甫，"舅母忧心忡忡地迎了上去，"亲家老爷怎么说？"

"他还能说出什么好话来！"舅舅冷笑，眼角的余光瞥过热炕，却看见窦昭拿着个绒球坐在炕尾，正睁着一双灿若晨星的大眼睛好奇地望着他。他心中一痛，想着那窦铎是外甥女的祖父，窦世英是她父亲，怨怼的话到了嘴边还是咽了下去，又怕自己的脸色吓着窦昭，勉强挤出个笑脸，温声问妻子，"孩子们都用过午膳了没有？"

"都用过了。"舅母应着，不由顺着舅舅的目光回头望了一眼窦昭，眼中立刻泛起了些许的水意，"这孩子，好像知道母亲不在了似的。不哭也不闹，我喂她什么就吃什么……从前可是个这也不吃，那也不吃的主……这以后还不知道要遭多少罪呢？"

舅舅难过地低下了头，道："我正想和你商量这件事……"

"你说就是。"舅母掏出帕子擦了擦眼角，"我嫁进门的时候，谷秋才五岁……我们新婚之夜，她非要和我睡，说喜欢我这个姐姐……我把她带到了十六岁，又亲自把她送嫁到窦家，她是我的小姑子，可更像我的闺女……她的事，你不用和我商量，你说怎么着就怎么着，我决不会多说一句话。"

"晓娥！"舅舅感激地握了舅母的手，"这些年，辛苦你了！"

"我们是夫妻，"舅母耳朵通红，"说这些做什么。"她有些不好意思地坐到了炕上，把窦昭抱坐在她的膝上，哄着窦昭："表姐们都去睡午觉了，你也睡个午觉好不好？睡了午觉，下午才能有精神和表姐们玩。你想不想和表姐们玩？"

窦昭一直在等舅舅回来。现在舅舅有话对舅母说，她如果装睡，舅舅和舅母说起话来肯定更无所顾忌。

窦昭轻轻点头，打了个哈欠。舅母帮她脱了外面的小袄，拉了床被子裹着她，把她抱在怀里轻轻地拍着，然后叫了自己贴身的丫鬟给舅舅倒了热茶，吩咐她："我和老爷有话要说，你在外面看着点。"

丫鬟应声而去。

舅舅和舅母并肩坐在炕上，道："我想把寿姑接到我们家长住。"

闭着眼睛的窦昭耳朵一动。

舅母没有任何异议，道："寿姑来了，正好和璋如做个伴。"

舅舅眼底闪过一丝欣慰，沉吟道："你上次说，寿姑和田姐姐家的儿子定了亲，可有信物？"

"有。"舅母一面拍着窦昭，一面道，"是田姐姐出嫁时陪嫁的一只羊脂玉的镯子。"

"谷秋刚走，窦家应该还没来得及收拾她的东西。"舅舅低声道，"谷秋的东西一向是由俞嬷嬷打点的，你这就派个体己的丫鬟悄悄去找俞嬷嬷，把寿姑的定亲信物拿在手里。"

舅母虽然一愣，但什么也没有问，叫了个丫鬟进来吩咐了一番。

舅舅解释道："如今谷秋去了，寿姑和魏家的婚事又没正式下聘，只怕到时候会有些波折。我看那窦世英就是个二百五，女人多看他几眼，他就不知道东南西北了……"说起父亲，舅舅有些激动，"他连自己有几斤几两都不知道，指望他为寿姑做主，还不如指望他早点死！他死了，我们至少可以名正言顺地插手寿姑的事……"

"你小声点！"舅母忙道，"小心吵醒了孩子。"

舅舅探过头来看了眼窦昭，见她闭着眼睛，松了口气，语气渐缓："若是以后寿姑能找个好人家，这件事不提也罢。若是没有合适的，有这信物在手，魏家想反悔，只怕也不是那么容易的事。"

窦昭眼睛涩涩的。

母亲去世了，她成了"丧妇长女"，是无教戒之人，好一点的人家都不会娶这样的姑娘做媳妇。

舅舅，什么都为她想到了……

她突然想起来了。母亲和婆婆交换信物的时候，她还以为是在梦中，所以没有在意。实际上，在原来那个不知道是不是真实的前世里，她出嫁前根本就没有看见过什么信物，是新婚之夜，魏廷瑜拿了一块玉佩和一对手镯，说是当年两家的定亲信物。她还以为是父亲交给魏家的。

难道在前世，这玉镯是在舅舅手中不成？

她的心不由怦怦乱跳起来。

耳边传来舅舅带着几分歉意的声音："晓娥，我想除了那三十亩祭田，把其他的祖产都……卖了！"

"啊！"舅母惊呼，"为，为什么要卖祖产？"

窦昭也吓了一大跳，眯了眼睛窥视舅舅。

舅舅垂着眼睑，轻声道："晓娥，你本是十指不沾阳春水的千金大小姐，可自从嫁给我，不但要伺候瘫痪在床的婆婆，抚养年幼的小姑，为我生儿育女，操持家务，农忙时节，还要到田里去巡田……里里外外，全都靠你……我心里都记得……原想好好读书考个功名，为你挣副凤冠霞帔，让你也能眉扬吐气一回……可谷秋出了这样的事，我不能为了自己的前程，连唯一的妹妹也不顾……非进士不入翰林，非翰林不入内阁……是我对不起你……"

"没有，没有。"舅母急急地道，眼睛都红了，"你待我很好，我知道，我生了璋如之后，我娘怕你嫌弃我，特意托人从江南买了个漂亮小姑娘让你带回来，你说养不起，怎么也不肯要……"

舅舅有种谎言被戳穿后的狼狈，强硬地道："是养不起嘛！"

舅母开怀地笑，温顺地附和着舅舅："是，是养不起。"眼泪却簌簌地落下来。

窦昭的眼泪也差点落下来。

秀雅俊逸的舅舅站在中年发福的舅母身边，不像夫妻，倒像姐弟，而且还是年龄相差至少五岁的姐弟。

可舅舅却始终没有忘本，始终记得舅母的好，从不愿让舅母伤心。

"说这些做什么！碧如她们再怎么也是我的亲骨肉。"舅舅不自在地道，丢了个帕子给舅母，"快把眼泪擦擦。"

舅母一边笑，一边擦着眼泪。

舅舅就道："我想进京打点打点，想办法谋个实缺。到时候我们带了寿姑去任上。"说到这里，舅舅的语气有些苦涩，"不过，我算了算，就是卖了祖上的那几亩田只怕也不够……你能不能，"舅舅的声音渐渐低了下去，脸上露出又羞又愧的神色，看也不敢看舅母一眼,"把你的陪嫁借给我……我手头一活了,就立刻还给你……"

"你说什么呢!"舅母嗔怪道,"我的不就是你的!当初爹娘给我那么多陪嫁,不就是想我们过得好?只要我们过得好,这陪嫁就尽其所长了,有什么花不得的?若你遇到这样的大事还不跟我开口,我反觉得你和我不是一条心呢!"

窦昭哭了起来。

"寿姑,寿姑,你怎么了?"舅母慌张把她抱起来,"怎么了?怎么了?"

窦昭趴在舅母的肩头,宣泄般地大哭了起来。

上一世,母亲去世,舅舅无力对抗窦家,忍着悲痛去参加了会试,然后拿着舅母的陪嫁谋了个实缺,想带她去任上,她却当着窦家的人咬了舅母一口,还嚷着不和舅母走……舅舅为了自己的妹妹,已经对不起舅母了,若是谋了实缺却不上任,舅舅会因此丢官,那就更对不起为了舅舅付出那么多的舅母了……而且赵家的产业都卖了,不走也不行。

是谁?是谁教唆着她咬的舅母?

她虽然丧母,但父亲和祖父均健在,她如果激烈地表示不愿意去舅舅家,舅舅也无可奈何。

而且在那种情况下,她的反抗,等于是狠狠地扇了舅舅和舅母一巴掌!

窦昭直起身子,停止了哭泣,挂满泪珠的小脸上满是坚毅。

她要把这个人找出来!

舅舅毫无悬念地拿到了羊脂玉手镯,他交给舅母收好:"……谷秋七七之后我就启程,你把家里的事都打点好。等我那边一有了消息,你就借口接寿姑去家里住几天,然后带了她一起去任上。等她及笄,我们再把她送回窦家出嫁。"又道:"岳母和舅兄那里,你先别声张。临走之前去看看他们,等我们安定下来再给老人家写封信赔个不是。"

舅母没有任何的迟疑:"我这两天就开始安排家里的事。"

守在门外的丫鬟重重地咳了一声,高声道:"三爷、六爷!"

舅母低声道:"你去忙你的吧,我会照顾好寿姑的。"

舅舅微微颔首,撩帘而出。

舅母帮窦昭梳头,笑道:"寿姑,以后跟着舅母好不好?"

她表情舒展,语气中透着几分快活,看得出来,对于舅舅的安排,她不仅没有芥蒂,而且还很高兴。

舅母,是个很好的女子!窦昭眉眼弯弯,笑得甜蜜如糖。

舅母亲了她一口。

赵璋如啪嗒啪嗒地跑了进来:"寿姑,寿姑,我发现你们家桂花树下有窝蚂蚁,我们去看蚂蚁搬东西。"

赵碧如稳重地走了进来,拦着妹妹:"姑姑不在了,你不要乱跑。寿姑还要去灵堂前给姑姑上香。"

赵璋如不懂这些,眨着大眼睛问母亲:"姑姑去哪里了?"

舅母摸了摸女儿的头,有些伤感地道:"姑姑去了南海。"

"哦!"赵璋如会意,"原来姑姑是去看菩萨了。"

赵碧如别过脸去。

舅母把窦昭放在了地上,柔声嘱咐她:"和姐姐们去院子里玩吧!"

"快点,快点!"赵璋如牵了窦昭的手就朝外跑。

小小的蚂蚁排着整整齐齐的队，有条不紊地把吃食拖到洞穴里去。

赵璋如满脸兴奋地朝着窦昭挥手："快点，快点！"低头把手中的白面馒头捏碎了丢在地上，蚂蚁立刻围了上来，齐心协力地把碎屑往老槐树下搬。

窦昭慢慢地走过去，蹲在了赵璋如的身边，望着她娇憨的小脸，有片刻出神。

她想起了女儿茵姐儿。

第一个孩子流产后，不管是婆婆还是魏廷瑜都对自己颇有微词，魏廷珍更是毫不客气地道："你们窦家也算是世代官宦了，怎么没个懂规矩的？"还要从景国公府派个懂得生养的嬷嬷来服侍她坐小月子。

那她岂不是丢脸丢到景国公府去了！

窦昭却只能打落了牙齿和血吞，笑着对魏廷珍说是自己不小心，眼睛却往魏廷瑜身上直瞅，指望着他出面帮她拦一拦魏廷珍。谁知道魏廷瑜那个没心没肺的竟然连连点头，极为赞同地道："姐姐这也是为你好！"

她当时气得说不出一句话来。

那时正是新婚燕尔，又知道这次是自己做得不对，她气了两天也就消了。

为了弥补婆婆的遗憾，她很快再次怀孕，并于次年元月生下长子葳哥儿，十三个月之后又生下次子蕤哥儿，蕤哥儿三个月的时候，她又一次小产……从此损了身子，看见魏廷瑜就怕，这才将胡氏抬了姨娘。

后来她在魏家站稳了脚跟，两个儿子和她之间都像隔着层纱，怎样也亲昵不起来。她有种说不出来的寂寞，这才冒险生下了茵姐儿。

或许是有了儿子的教训，茵姐儿出生后，她亲自哺育，亲自教养，孩子也因此和她格外的亲，一会儿没看见她就要高声喊着"娘亲"，让窦昭的心都酥了，看见什么好吃的好玩的好看的就惦记着给茵姐儿弄一份。

没有了自己的庇护，也不知道女儿怎样了？念头一闪，她眼睛就酸涩起来。

随后窦昭又一愣。她现在回到了从前，哪里还有什么葳哥儿、蕤哥儿和茵姐儿！

心里顿时像被什么东西挖空了一大块似的。

她抬起头来，透过半掩的窗棂，看见舅舅正和三伯父在那里争论不休，十分激烈的样子。

窦家势大，舅舅就算是争赢了又有什么用？想当初，宋墨弑父杀弟，满朝的文武弹劾他，可有皇帝护着，他还不是毫发未伤！

宋墨还有一个堂伯，两个堂叔，按律可以继承英国公爵位，但宋墨一纸奏折，就让皇上夺了英国公这个爵位。宋墨的堂伯和堂叔当时气得暴跳如雷，扬言要杀了宋墨，可见到宋墨却连屁也不敢放一个。

舅舅谋个实缺去西北也好。南方富庶，盯着那里的人多，能去的都是有背景的，因而形势复杂，一不小心就会栽跟头。西北虽然贫瘠，但胜在民风淳朴，人也相对单纯点，未尝不是件好事。

窦昭想到这些，轻轻地叹了口气。

过了两天，舅舅和舅母就带着三位表姐回了安香，除了逢七的时候来给母亲敬香，并不和窦家的人来往。等到五七做了法事，母亲的棺椁被送往祖坟安葬，她的牌位会在西窦小佛堂供奉三年，之后安放到窦家北楼的祠堂去。

外面风平浪静，并没有听到关于母亲的任何谣言，反而是舅舅，卖田卖地凑银子去京都求缺的事连窦昭都听说了。

她不由苦笑。住得近就这点不好，但凡有个风吹草动就能知道，难怪上一世舅舅会失手！

窦家派人送了两千两银子过去，舅舅分文未动地退了回来。

三伯父有些担忧："睿甫这是把我们家给恨上了。几辈人的交情就这样完了。"语气颇为唏嘘。

祖父却不以为然："天下大势，合久必分，分久必合，不必唉声叹气的。"

但三伯父还是想补救，派人以每亩高于市面价格二两银子的价钱想把舅母陪嫁的一百亩山林买下来，被舅母拒绝了。

窦昭私底下和妥娘感慨："舅舅和舅母也太老实了些，要是我，田照卖，人照恨。"

妥娘在灯下给窦昭做袜子，闻言睁大了眼睛："那岂不是个无赖！"

窦昭愕然，继而失笑："可见我骨子里还是个窦家人！"

妥娘听不懂，窦昭也不和她解释，问她："王姨娘这些日子都在做什么呢？"

她通过妥娘用着母亲留下来的人，十分顺手。

"和从前一样。"妥娘道，"每天关在屋子里，早早地就歇了，吃饭喝水什么都由身边那个叫琼芳的丫鬟尝过才入口。"

窦昭"哦"了一声。

萱草跑了进来："素馨姐，素馨姐，栖霞院那边出事了。"

窦昭还是个小娃娃，丫鬟们说话从来不避着她。

妥娘不太关心，敷衍地道："出了什么事？"

"不知道谁在王姨娘内室的花瓢里放了块麝香，要不是王姨娘身边的胡嬷嬷发现得早，可就要出大事了。"

妥娘望了眼窦昭，窦昭睁着双大眼睛正听得有趣。

妥娘只好道："能出什么大事？我听人说，麝香是最好的香料呢！"

"胡嬷嬷说，麝香能让人滑胎。"萱草低声道，"王姨娘不让人说，可胡嬷嬷那么大的嗓门，我们都听见了。"

"哦！"妥娘本来就话少，这个时候更加不会说什么了。

萱草趴在热炕边，意犹未尽地道："素馨姐，您说，真的有人要害王姨娘吗？前些日子胡嬷嬷也嚷着说有人在王姨娘的饭菜里下毒，可大太太和三太太亲自过来查了半天，不过是黄芩粉罢了。现在又发现了麝香……谁会害王姨娘啊？为什么要害她啊？"

"我怎么知道！"妥娘不感兴趣地道。

萱草十分的失望，说了几句话，就跑去和秋葵她们嘀咕去了。

妥娘望着窦昭，窦昭道："王姨娘那边是非太多了，你还是跟丁香的娘说一声，丁香年纪不小了，又定了亲，不如早点接出去。"

妥娘应了声，望着窦昭的目光忍不住露出些许的狐疑。

"唉！"窦昭在心里叹了口气。

年纪小，有利也有弊。还好她身边的人是妥娘，要是其他人，恐怕早就吓得撒腿就跑了吧！

不过，王映雪还真沉得住气，这样子都能坚持下去。要不要再吓吓她？

窦昭思忖着，第二天早上醒来就传出王映雪生了个女儿的消息。

她望着窗外开得正艳的石榴花，满意地点了点头，问妥娘："今天几号？"

"五月十二。"

原来，窦明的生辰是七月初三，看来现在窦明得五月十二过生辰了。

那时候，窦明早产了。

现在，王映雪会怎么解释窦明的出生呢？

窦昭很期待。

她吩咐妥娘："你给我换身漂亮的衣裳，我要去看看妹妹。"

妥娘喊了玉簪进来，帮窦昭换了件月白色银条纱的夏裳，陪着她去了王映雪那里。

三伯母和丁姨奶奶早已经到了，还有一大堆服侍王映雪的人，把屋里挤得满满的。

窦世英正抱着孩子瞧，看见窦昭，窦世英带着几分郁色的脸上难得地露出一丝笑意："寿姑，这是你妹妹！"说着，蹲了身子，让她看看他怀里的孩子。

皱巴巴的，猴子一样，有什么好看的！窦昭小声地腹诽，但还是笑眯眯地凑了上去："妹妹好小！"她说着，看了眼王映雪。

王映雪笑着依在大迎枕上，因为生产，脸色很苍白，却有种纤柔羸弱之美。

见窦昭望过来，她不禁紧紧地抓住了被角。自从那天窦昭和她说过话后，她就一直避着窦昭。

窦昭微微一笑，问父亲："我能抱抱妹妹吗？"

"好！"窦世英笑着摸了摸长女的头。

"不行！"王映雪却紧张地道，坐直了身子。

众人的目光都落在了她的身上。

"我是说，寿姑的年纪还太小，"王雪映急急地解释道，"怕她抱不稳……"

"那我能每天来看看妹妹吗？"窦昭打断了王映雪的话，歪着小脑袋，眨着大眼睛望着王映雪。

"寿姑不和萱草她们玩跳百索吗？"王映雪笑容勉强，"来看妹妹，就不能玩了！"

"妹妹比跳百索有趣多了！"窦昭不假思索地道，然后仰了头望着身边的父亲，"爹爹，我能来看妹妹吗？"

"能！怎么不能！你以后想什么时候来看妹妹，就什么时候过来！"窦世英觉得长女十分乖巧、纯善，他把孩子交给了乳娘，抱了窦昭，"你现在是姐姐了，以后要好好照顾妹妹，知道了吗？"

"知道了！"窦昭大声地道，眉眼弯弯，笑得十分甜美。

窦世英忍不住夸奖女儿："寿姑真乖！"

窦昭笑吟吟地望向王映雪。

王映雪望着笑得天真无邪的窦昭，心却不断地往下沉。那天窦昭和她说话时的眼神和表情根本不是个三岁的孩子的样子，而且她果然生了个女儿。

这一切实在是太惊骇、太诡异了！窦昭就好像，好像披着孩子皮的……什么怪物似的……揭了那层皮，却是个噬人的东西……偏偏其他人却一无所察。

王映雪指尖发凉，看见窦昭从窦世英怀里挣扎着下了地，飞快地跑到了乳娘身边，一把就揪住了妹妹细软的胎发。一边揪，还一边道："爹爹，您看，妹妹的头发没我多！"

乳娘猝不及防，急得不得了，低声哀求窦昭："四小姐，快松手！"

窦昭不理她，朝着父亲笑。

窦世英走过去，仔细看了看次女，又看了看窦昭，认真地道："嗯，是没有你的多！"

窦昭高兴地咧了嘴。

乳娘只好朝着王映雪求助。

王映雪早吓得全身僵直，半晌强忍着露出个笑容，柔声地对窦昭道："妹妹还小，不能揪头发！"

窦昭在心里冷哼。

她当然知道孩子还小，不能揪头发了。此时的窦明还没有战斗力，胜之不武，她不会伤着窦明的。她不过是虚张声势地吓唬吓唬王映雪罢了，想当初，王映雪让她有苦难言，现在，她也让王映雪尝尝这滋味。

窦昭笑嘻嘻地放开了窦明的头发，却戳了戳窦明的脸。

王映雪的心提到了嗓子眼，忙道："妹妹还小，不能戳脸！"声音不免有些尖锐。

窦昭就去玩妹妹的小手。

她一定是故意的！王映雪气极。

与其背后伤害孩子被大人责骂"顽皮"，不如当着大家的面行事，一句"不懂事"就可以把责任全推脱掉……

赵谷秋生的哪是个孩子，分明是个妖孽！念头闪过，王映雪就是想保持风度神色间也难掩一丝僵硬："寿姑，也不能玩妹妹的手！"

窦世英听着心中生出些许的不悦来。寿姑不过是想亲近亲近妹妹，若是因为不懂事而手脚重了些，孩子自然会不舒服地哭闹。可此时孩子舒舒服服地躺在乳娘的怀里，可见寿姑动作是很小心的。

他觉得王映雪把自己生的孩子看得太重了些，待寿姑有些苛刻。

三伯母和丁姨奶奶也有同感。不过，两人都不好说什么——前者不过是受了窦铎之托临时帮着主持西窦的中馈，这样的家务事不方便插手；后者的身份摆在这里，还轮不到她说话。可这并不表明两人就没有想法和立场。特别是三伯母，她毕竟是正妻。对着赵家的时候，自然要帮着窦家说话。可关起门来，却是极瞧不起王映雪这种靠使下流手段进门的妾室。

她在心里冷哼一声，笑盈盈地上前抱了窦昭，不动声色地把窦昭从窦明身边带走："傻孩子，可不能顽皮，小心碰坏了你妹妹！"

过犹不及。

王映雪今天已经够紧张的了，她毕竟只是个三岁的孩子，要是真把王映雪逼急了，万一不管不顾地对她用强可就不划算了！

窦昭笑眯眯地揽了三伯母的脖子。

三伯母赞了她一声"乖"，对窦世英道："王姨娘这边都安顿好了，我就先回去了。有什么事，你差人跟我说一声就是了。"

王映雪是昨天半夜发作的，三伯母和丁姨奶奶一直忙到现在。

窦世英连声道谢，和丁姨奶奶一起送了三伯母出门。

王映雪吩咐贴身的胡嬷嬷："以后不许寿姑靠近姐儿，更不能让寿姑单独和姐儿在一起。"

胡嬷嬷愕然，迟疑道："这样不好吧？四小姐毕竟是窦府正正经经的嫡小姐，若是能和姐儿玩到一块去，再好不过了……"

"你不懂！"王映雪心有余悸地道，"那孩子……有些邪门。你以后遇到她，也要多留个心眼才是。"见胡嬷嬷有些不以为意，想到自己屋里的事都是胡嬷嬷帮着打点，她略一思忖，把窦昭的话告诉了胡嬷嬷，"……你说她一个三岁的孩子，怎么就知道这些呢？"

胡嬷嬷沉吟道:"或许是,有人告诉她的?"

"不可能!"王映雪道,"赵谷秋已经不在了,家里还有谁会这样的无聊!"

思绪却回到了从前。

她被退婚,赵谷秋却要出嫁了。家里已经回不起赵家的礼了,母亲不好意思去,让她带了十两银子做贺礼。她觉得太寒酸,从雷家的聘礼中找出一红一黄两匹好绫布,赶着绣了两方帕子带过去。

赵谷秋眼角眉梢都是藏不住的喜悦,没有一点点即将出嫁的担忧和不舍。

大伙儿打趣赵谷秋,赵谷秋却毫不羞赧地道:"我天天盼着能嫁给他,如今得偿所愿,实在是伤心不起来!"把大家笑得前仰后合,让她于羡慕中又带着几分好奇。

等到窦家来接亲了,她悄悄跑去观礼。

高大的枣红马驮着一身红衣的新郎官,面如白玉,目若晨星,欢喜的神情挡也挡不住地扑面而来,深深地烙在了她的心底。

再后来,家里的日子越发地艰难,哥哥的婚事没有着落,上门给她提亲的不是死了老婆的鳏夫,就是无业的浪荡子,或是身体有疾的病秧子……她想起赵谷秋出嫁的那一幕,越发觉得自己不堪,心里就越发悲凉。

直到有一天,镇上的何举人为了他那个年过二十还尿床的傻儿子请了县尊为媒人上门求娶她,她却遇到了窦世英……

他和她想象中的一样,温文尔雅,体贴周到。

她的心止不住怦怦乱跳起来。

与其嫁给那样一个让她看着就想吐的人,不如跟了窦世英。至少窦世英一表人才,心肠又软,她跟了他,不用担心被始乱终弃,而赵谷秋被哥哥嫂嫂捧在手心里长大,少不经事,不是那阴险毒辣之人,加之西窦子嗣单薄,内院又没有老于世故的婆婆管着,只要她能生下男嗣,好好地教养,求取个功名,以她的出身和教养,就能和赵谷秋分庭抗礼,到时候她和那正经的太太又有什么两样?

什么都想好了,什么都算好了,却不曾料到赵谷秋如此的刚烈!

更没有想到的是,赵谷秋死后她身边反而怪事连连,闹得她每日如坐针毡,惴惴不安,以至于孩子早产,她和窦世英的事也如纸包不住火般暴露在众人的目光之中……

以后怎么办?

想到这些,王映雪就觉得太阳穴仿佛有一千根针在扎似的。

那个人到底是谁呢?

王映雪脑海里突然浮现出窦昭那双明亮却带着几分讥讽的眸子。

难道,是寿姑?

不会的,不会的!

王映雪摇着头。

她还只是个三岁的孩子……或者是,赵谷秋指使那孩子干的?

不可能,不可能!

王映雪喃喃自语。

父亲曾经说过,怪力乱神,都是心神不定的妄念。

胡嬷嬷觉得王映雪的样子像是被吓着了似的,有些难看,忙道:"姨娘,您是不是想起什么来了?知道是谁要害您?"

王映雪神色一凛。

赵谷秋已经死了,她怎么自己吓起自己来!

想到这些，她忙收敛了心神，道："这种话不要乱说。反正，我嘱咐你的话你一定要记住了。千万不要让寿姑和姐儿搅在了一起。"

胡嬷嬷疑惑地点了点头。

窦世英折了回来，王映雪换上了副温柔的笑容："三太太和丁姨奶奶走了？"

窦世英"嗯"了一声，道："寿姑还小，只知道喜欢了就要去摸了一摸，抱一抱，你以后别再这样大惊小怪了。"

"我……"王映雪欲言又止。

窦世英从小到大没有受过什么挫折，这样的人只能顺毛摸。

"是妾身太紧张了。"她大方地认错，让乳娘抱了女儿过来，"七爷您看，姐儿的眉毛长得像不像您？"

窦世英仔细地看了看，微笑道："是有点像。"

王映雪就叹了口气，轻轻地抚了抚女儿稀疏的头发，红着眼睛道："您不知道刚才有多凶险……姐儿差点活不下来了！还好有三太太……七爷请老太爷给姐儿娶个乳名吧？让姐儿也沾沾老太爷的福气。"

窦世英点了点头，语气温和："我知道了。这些事你都不用操心，好生休养，身体要紧。姐儿这边不仅有三伯母派来的人，还有丁姨娘，不会有什么事的！"

王映雪温顺地颔首。

窦世英站了起来："你也累了，先歇着吧！我回书房了。"

王映雪微愣："您，您不在这里多待一会儿？"

"我还有功课没做完，等会再来看你。"

王映雪只得让胡嬷嬷送窦世英出门。

窦世英站在栖霞院的门口，不知道去哪里好。看见王映雪，他就会想到谷秋是怎么死的，他就没有办法若无其事地和王映雪说笑。

那就去父亲那里给次女讨个乳名吧！

窦世英去了鹤寿堂。

窦铎躺在书房的醉翁椅上，手里拿着卷书发着呆。

知道了窦世英的来意，他蘸了笔，写了两个大字："寿姑就取名叫'昭'，小的就取名为'明'吧！"他说着，深深地叹了口气。

窦世英没有说话，让人把写着"明"字的宣纸送去了栖霞院，他则拿着写了"昭"字的宣纸去了正房。

窦昭不在。

玉簪道："四小姐去了小佛堂。"怕窦世英责怪她没有在窦昭身边服侍，忙解释道："妥娘跟在四小姐的身边。"

窦世英去了小佛堂。

窦昭一个人坐在小佛堂高高的门槛上，托腮望着母亲的牌位，夕阳把她的影子投射在屋里，拉得老长。

窦世英眼睛发涩，胸口像被人揍了一拳似的，又痛又闷。

"寿姑！"他挨着女儿坐了下来，"你怎么坐在这里？"

窦世英的声音，温柔如三月的春风。

窦昭转过头来，凝视着父亲："我想娘亲了！"

她从前不懂母亲为什么要自尽，现在她有些懂了。

母亲看见父亲和王映雪其乐融融地在一起时的心情，应该和她听见魏廷瑜扬赞窦明时的心情一样吧？

女儿清澈澄净的眼睛，倒映着窦世英的影子，窦世英突然间自惭形秽，有点不敢直视女儿。

既然父亲不说话，窦昭也没兴趣彩衣娱亲。

她的心情十分郁闷。

看到刚刚出生的窦明，她想到了过两年即将出生的窦晓。

自己已经努力挽救了，母亲最终还是自缢了，难道这世间的事是早已注定无法改变的？

在前世，母亲去世，父亲即刻续弦，其后和王映雪生儿育女，母亲的死，对于他来说又是什么呢？

风轻轻吹过，小佛堂廊庑下挂着的铜铃当当作响，悠远而宁静。

窦昭想到身边的这人曾经做过的事，一刻也待不下去了。

她烦躁地站了起来，耳边却传来父亲低沉的声音："寿姑，我也想你娘亲，很想……很想……"然后她看见父亲把脸埋在膝间，无声地哭了起来。

第九章　挑唆·临行·意外

回到正房，父亲教窦昭写自己的名字。

窦昭前一世跟着祖父请来的一位老儒读过几年《烈女传》《女诫》，看账本还可以，学问却谈不上。

看见父亲端正秀丽的小楷，她很是羡慕。父亲呵呵地笑，弯腰在多宝阁格子底层找了几张描红的纸铺在了书案上，握着窦昭的手告诉她怎样运笔。

含笑进来禀道："王姨娘那边的琼芳过来，问七爷什么时候过去用晚膳？"

父亲看了看窗外的夕阳的余晖，笑道："王姨娘在月子里头，五小姐也要静养，我一过去，又要重新摆桌，麻烦得很……我就不过去了，晚膳就在正房和四小姐一起用。"

含笑笑着退了下去。

窦昭有些意外，但也没有放在心上。陪父亲用过晚膳，含笑移了灯进来，两人又写了会儿字，父亲就在正房内室歇了。

过了两天，冯保山来拜访父亲。

他二十四五岁的样子，剑眉星目，乌黑的头发用羊脂玉簪子绾着，穿了件墨绿色菖蒲纹的杭绸直裰，清雅中透着几分矜贵。

这就是母亲口中那个吃喝嫖赌无所不为的冯保山？

坐在大书案旁描红的窦昭张大了嘴巴，片刻后才合拢。

冯保山是来找父亲玩的："……应城家的荷花全都开了。你在孝期，我们也不惊动旁人，就你、我和应城三个，赏赏花，聊聊天，你也出去透透气，散散心。"

父亲摇头："天气太热，不想出去。你的心意我领了。"

"这还没进入六月，热什么热？"冯保山说话，像突然间想起了什么似的，语气一顿，目光疑惑地望着父亲，"你，你不会是想为赵氏守一年吧？"

父亲没有作声，垂下了眼帘。

"真是这样啊！"冯保山非常没有形象地跳了起来，眼睛瞪得像铜铃，半响，气呼呼地在屋子里转了几个圈，道，"算了，我懒得理你了。我去找中直玩去。"然后"啪"的一声甩了竹帘出了门。

父亲不恼不怒，面色如常地温声喊着"寿姑"，叮嘱她："不要东张西望，练字！"

窦昭忙低下头，小心翼翼地描着红。

整整一个月，父亲都没有踏出家门半步，在家里读书作文章，教窦昭写字。

窦明的满月礼因为在母亲的孝期里，只在家里摆了两桌。

王家送了些小孩的衣饰作为满月礼，没有派人到贺，而作为外家的赵氏，既没有来喝满月酒，也没有来送满月礼。

窦家的人有些尴尬，王映雪则是又气又恼、又羞又怨。

等到蝉鸣匝地的时候，从京都传来消息，舅舅赵思谋了延安府甘泉县县令一职。

前世，舅舅做到了庆阳府知府，正四品。

这一世，舅舅还是谋了西北的缺。

窦昭既为舅舅高兴，心里隐隐又有几分失落。

祖父评价舅舅："看不出来，还有这样的手段。甘泉县虽然贫瘠，可一去就是主政官，虽然没有入选庶吉士，但起点还是很高的。"

三伯父更为不安："元吉也这么说。"

元吉是窦昭的五伯父窦世枢，这个消息就是他从京都传回来的。

三代看穿四代看吃五代看文章，窦家几代人苦心经营的光芒全集中在了窦世枢的身上。

他十三岁进学，十六岁中举人，二十二岁中进士，入选庶吉士在吏部观政，之后从吏部给事中做起，窦昭生病前，他已官至武英殿大学士兼吏部尚书，是窦家第一个入阁拜相的人。

窦世枢又因和东阁大学士兼礼部尚书王行宜、文渊阁大学士兼刑部尚书的陈荣均是北直隶人，被人戏称"北半边"。

祖父淡淡地笑了笑，笑容里带着几分倨傲："非进士不入翰林，非翰林不入内阁。元吉和你一母同胞，你有什么好害怕的？"

三伯父擦了擦额间的汗，苦笑道："我这不是因为自己读书少，在进士面前就有些心虚吗？"

祖父大笑。

窦昭则吩咐妥娘清点自己屋里的东西。

看样子，舅母很快就会来接她了。按照前一世的经验，事情会很快暴露，到时候肯定有番周折，她还是未雨绸缪的好。

父亲笑她："寿姑小小年纪就知道藏东西了。"

窦昭趁机将父亲书案上的翡翠笔洗抱在了怀里："这也是我的。"

反正到时候新继母进门，这些公中的东西都会重新登记造册，以便和母亲的陪嫁区别开来，还不如把自己喜欢的东西收起来，混淆视听，变成自己的。

父亲笑得不行，指了自己多宝阁上的两件玉石器皿："这个喜不喜欢？"

"喜欢！"窦昭不住地点头。

父亲大手一挥："也给你搬去藏起来！"

窦昭笑得眼儿弯弯如月牙，指了父亲炕几上的锦盒："我还要那个红色的石头！"

那里面是两方上好的鸡血石，颜色鲜艳，自成山川雾峦的模样，窦昭很喜欢，琢磨着以后找个名家帮着刻方印章。

父亲刮着窦昭的鼻子："你这个小机灵鬼，那可是爹爹的私藏，你要来干什么？等你嫁人的时候，我亲手雕块闲章送给女婿，当作是你的陪嫁好了。还有几方好砚，到时候一并都给了你。"

窦昭嘻嘻笑，心里却打着鼓：难道还要嫁给魏廷瑜不成？他可不是读书人，只怕那几方好砚给了他也只是收进了库房。

正想着，外面传来一阵喧哗。父亲并不理会，把窦昭抱到了书案前的太师椅前让她练字："我已经吩咐下去了，按照你的身量给你做套花梨木的书案和椅子，就放在爹爹的旁边，到时候你就可以坐在椅子上练字了。"

话音未落，含笑神色慌张地跑了进来："七爷，舅太太来了！"

父亲一愣，道："舅太太来了，有什么好慌张的？"

窦昭心里却隐隐猜出几分来。

事情最终还是败露了，不知道是谁泄露出去的？又是谁给窦家通风报信的？

"舅太太说，要把四小姐接过去住几天，老爷不答应，让丁姨奶奶出面跟舅太太说。刚说了两句话，三太太赶了过来，不让舅太太把四小姐接回去，还说什么四小姐是窦家的姑娘，没了娘亲还有爹和祖父，没有道理寄人篱下给舅舅抚养的。"含笑神色惶恐，窦赵两家翻脸，最倒霉的就是她们这些陪嫁了。赵谷秋的陪嫁按律是留给窦昭的，窦昭是窦家的女儿，自然归窦家养育。窦昭太小，根本当不了家，做不了主，他们留在窦家，窦家的人不会给他们好脸色看；他们若想回赵家，也得看窦家答应不答应。"三太太还说，四小姐长大以后还要嫁人的，是赵家的表小姐体面还是窦家的嫡小姐体面？赵家要是真为四小姐好，就不会想出这样的馊主意。舅太太不能因为赵家和窦家有嫌隙，为了打窦家的脸，就不顾外甥女的颜面！"她顿了顿，又道，"大太太早得了信，说赵家准备全家都去任上，东西都收拾好了，单等接了四小姐就启程。舅太太却矢口否认。老爷说了，四小姐是无论如何也不能跟着舅太太去安香的……"

窦世英眉头紧锁地打断了含笑的话，吩咐妥娘："你在这里看着四小姐。"然后对含笑道："你带我去看看！"

含笑慌慌张张地应了一声，陪着窦世英出了门。

窦昭静静地坐在太师椅上，等着人来找她。

阳光透过窗棂射进来，微尘在空中飞舞。

女子细细的说话声温柔如风。

脚步声渐行渐近。

竹帘被撩起，一个穿着淡绿色褶子的女人脚步轻盈地走了进来，她柔声喊着窦昭："寿姑，你舅母来了。我帮你梳洗打扮一番，我们去见你舅母，好不好？"

窦昭定定地望着她，面带嘲讽地笑着喊了声"丁姨奶奶"。

"哎！"她笑盈盈地应着，喊了玉簪和妥娘，"叫小丫鬟打水进来，我帮着四小姐梳洗一番，换件衣裳，好去见客。"

玉簪忙将丁姨奶奶的话吩咐了下去。

丁姨奶奶帮着窦昭洗脸，一会支使着妥娘递这个，一会支使着玉簪拿那个，两个丫鬟都忙得团团转。

她温声问窦昭："寿姑想娘亲吗？"

窦昭笑："想！"

丁姨奶奶道："那你想见娘亲吗？"

"想！"窦昭高声地道。

"我们寿姑真乖！"丁姨奶奶亲了亲窦昭的面颊，抱着窦昭往厅堂去。

她身边的丫鬟簇拥着她和窦昭，把玉簪和妥娘远远地隔开。转过那棵亭亭如盖的大槐树，就是厅堂了。丁姨奶奶轻声地道："寿姑，你舅母来接你了。你等会千万别和她走，要不然，她会把你卖到老山沟里去的，你就再也见不到你娘亲，吃不着桂花酥了，也见不着妥娘、玉簪还有你祖父、你父亲了。"

窦昭点头。

丁姨奶奶有些意外，没想到寿姑这么好哄！

她笑着摸了摸窦昭的头发："乖，等会见过了你舅母，丁姨奶奶就带你找你娘亲去，好不好？"

"好！"窦昭应道。

丁姨奶奶转过大槐树，进了厅堂。

如两军对峙，舅母和彭嬷嬷站在厅堂的中间，三伯母和几个陌生的妇人站在厅堂的中堂下。

听到动静，双方的目光都转了过来。

三伯母笑盈盈地朝着窦昭招手："来，寿姑，到三伯母这里来！"

舅母的笑容则有些勉强。她柔声喊着窦昭："寿姑，让舅母抱抱！"

丁姨奶奶把窦昭放在了地上，同时在她耳边低声地道："卖到老山沟里去了每天都会挨打的，快去你三伯母那里！"

窦昭避过舅母，噔噔噔地朝三伯母跑去。

舅母愕然。

三伯母满脸笑容地抱起了窦昭："舅太太，孩子还太小，什么事也不懂，更离不开常在身边服侍的丫鬟、婆子，要是吓着了可就麻烦了。我看，还是让她待在自己熟悉的地方好，您说呢？"语气里忍不住带上了几分讥讽。

舅母脸上红一阵子白一阵子的，心里却把家里的小丫鬟骂了个狗血淋头。

跟丈夫去任上的真正原因她连自己的母亲都没有说，谁知道却让璋如这个小丫头鹦鹉学舌般地告诉了平时陪她玩的小丫鬟，小丫鬟又告诉了自己的表哥……一来二去，也不知道是谁给窦家通风报信，结果她人还没到，窦家早就摆好了阵势。

他们原本就没有立场把寿姑带走，如今窦家请了真定县几家大户人家的主母做证，寿姑不知道听了些什么，又对她避之不及，这次，恐怕是难以如愿了。

她的眼圈不由一红，声音也变得有些哽咽："寿姑，舅母来接你去家里玩的。"她做着最后的努力，"你还记不记得璋如表姐啊？她们都在家等着你去玩呢！"

窦昭点头，人却躲进了三伯母的怀里，睁着双黑白分明的大眼睛畏惧地望着舅母，磕磕巴巴地道："我想和表姐玩……可丁姨奶奶说了，我要是跟您走，您会把我卖到老山沟去……"

全场哗然。

丁姨奶奶更是满脸慌张地辩道："我，我什么时候说了这样的话？小孩子家家，不要乱说。"

三伯母的脸色十分难看，但还是强露出个笑颜："寿姑，可不能乱说话哦！"
　　"小孩子说真话。我就说，寿姑平日和我母女般亲近，怎么今天见了我就要躲？"舅母气得满脸通红，"你们这样糟蹋一个不懂事的孩子，小心遭报应！"
　　有妇人笑着劝道："都是一场误会，都是一场误会！说清楚就好了，说清楚就好了！赵太太，您远道而来，先进屋歇歇，喝口茶……"
　　"什么误会？"舅母毫不客气地反击，"有这样的误会吗？我们家姑奶奶尸骨未寒，你们就这样离间寿姑和她舅舅，是不是看上了哪位大户人家的闺女想娶了给我们家姑爷做续弦，怕我们赵家坏了你们两家的好事啊？"
　　这话说得就有点听头了。
　　几位主母避之不及，没人敢出面搭话。
　　舅母见状气势更盛，冷冷地哼了一声，道："我也知道，窦家家大业大，跺一跺脚，真定县就得抖三抖。可也不能这样欺负人！"想悄悄地带走寿姑是不可能的了，窦家已经有了防备，就算是能趁着窦家一时不备出了真定县，半路上给窦家的人追上了，他们一样得把寿姑交给窦家的人，既然如此，不如干脆大闹一场，算是给窦家一点颜色，也免得他们以为赵家没人，给寿姑脸色看。舅母打定主意，说话就更尖锐了，"说什么我们想把寿姑带到任上去，也不知道你们是从哪里听说的？寿姑父亲、祖父都在世，她虽没了母亲，也没有寄养到舅舅家的道理。你们窦家好歹也是官宦世家，读书、做官的不知凡几，连我这妇孺都知道的事，难道你们不知道？你们就算是想栽赃陷害，也想个好点的理由……"
　　窦昭听着大为佩服。
　　倒打一耙啊！舅舅那样看重舅母，果然不是没有道理的。
　　三伯母已经被骂得面皮发紫，但事到如今，不服软也不行了。可她代表的是窦家，她若是服了软，岂不是承认了赵太太的指责。
　　念头闪过，她瞥了眼脸色发白的丁姨奶奶。
　　如今之计，只能让她去背黑锅了。反正只是个妾室，上不了台面，做出这样的事也在情理之中。
　　"亲家太太，"三伯母把窦昭交给身后的丫鬟抱了，屈膝给舅母行礼赔不是，"都是我，听风就是雨的，您大人不计小人过，看在亲戚的分上，就原谅我这个老姐姐一次。"说完，脸色一板，吩咐丁姨奶奶："还不快给亲家太太赔个不是！"
　　丁姨奶奶的脸又白了几分。让她教唆寿姑的是他们，出了事让她背黑锅的也是他们……可她又能说什么呢？除非她不想在窦家待了。
　　"赵太太，"她强忍着心中的屈辱，略一思忖，低头含泪跪在了舅母的跟前，"都是我的错！"伏在地上给舅母"咚咚咚"地磕起头来。
　　舅母长叹了口气。明知道这件事丁姨奶奶不过是受命行事，她又能说什么呢？寿姑年纪小，不能自保，赵窦两家翻脸，受牵连、受迁怒的只可能是寿姑。
　　不看僧面看佛面，她只能息事宁人。
　　尽管如此，她还是对三伯母道："这女人搬弄口舌可不是什么好事，寿姑还不懂事，放着这样的人在身边，可真让人担心。这件事只怕要和亲家老爷说说才好。寿姑身边，也得放个规矩的人才能让人放心！"
　　这是要窦家惩罚丁姨奶奶。
　　三伯母只能硬着头皮说了句"亲家太太说的是"，然后和着稀泥："看我们，只顾着说话。亲家太太就要跟着亲家老爷去任上，三五年恐怕都不会回安香了。相请不如偶遇,正好几位太太来家里做客,我就借着这个机会在花厅里摆上两桌,算是给亲家太太送行了。"一面说,一面上前挽了舅母的胳膊,吩咐身边的丫鬟,"去跟大太太说一声,我要给赵家舅太太送行,请她过来作陪。"

丫鬟急匆匆应声而去。

舅母没有拒绝,笑道:"这一大早的赶过来,还真想讨杯茶喝。"

几位主母中立刻有人接了话茬,笑道:"赵太太什么时候启程?到时候我们也好凑个热闹,给您送送行。"

"就这两天吧!"舅母笑道,"怎么好麻烦郑太太……"

一群人说说笑笑,亲亲热热去了旁边的花厅。

没有人再提及刚才所发生的事。

窦昭从丫鬟的肩头眺望大厅。无人的大厅,空旷、宽敞、冷清,丁姨奶奶瑟瑟地趴在地上,如萎蔫的秋叶,仿佛一阵风就能把她吹走。

窦昭转过头来,眼底平静无波。

敢被别人当枪使,就要有鸟尽弓藏的觉悟!

晚上,舅母歇在窦家,她请了俞嬷嬷去说话。

窦昭不用猜也知道舅母会说些什么。

不外是把她托付给俞嬷嬷。

可惜,母亲嫁进来的时候虽然带来了赵家一半的家财,但与窦家相比,却是微不足道的。

锦帛动人心。想靠几句话就笼络人,一时尚可,没有比较的时候也可以,可若是时间长了,又有窦家这样的荣华富贵在身边,人不免化了心智。前世所发生的事就是最好的佐证。

她没有兴趣知道。能找到妥娘,对她已是幸运。

窦昭安安稳稳地睡觉,第二天起了个大早,天还没有亮就让妥娘抱着她去了舅母安歇的客房。

舅母还没有起床,听说窦昭来了,她很是意外。

窦昭已跑了进来,手脚并用地往炕上爬:"舅母,舅母,我要和您睡!"

舅母呵呵地笑,把她抱上了炕,用被子裹着搂在了怀里。

舅母身上有好闻的玉兰花香,她跟舅母道:"舅母,我以后给您写信,好不好?"

舅母讶然。

窦昭笑道:"我知道写信,就是把想说的话写在纸上,这样舅母就知道我做了些什么。"

舅母紧紧地抱了她:"寿姑真乖!你母亲要是活着,不知道有多高兴呢!"心里十分怅然。

彭嬷嬷就劝舅母:"当着孩子的面,您可不能再说这样的话。"

"不说了,不说了。"舅母笑着,让彭嬷嬷去喊玉簪过来。

窦昭眼珠子一转就明白过来。"玉簪不在。"她笑嘻嘻地道,"丁姨奶奶要把她许配人。"

舅母神色一紧,温声问道:"丁姨奶奶要把她许配给谁啊?"

"不知道!"窦昭没心没肺地摇头。

舅母想了想,对彭嬷嬷道:"那就叫妥娘吧!"

彭嬷嬷应诺，喊了妥娘进来。

舅母让彭嬷嬷赏了她二十两银子，"四小姐要是有什么事，你就跟俞嬷嬷说，要是俞嬷嬷也办不好，你就请人写封信告诉我。"

彭嬷嬷拿了个小纸条给妥娘："这是老爷和太太的住址。等会我告诉你怎么念，你背下来。"

妥娘连连点头，贴身收了小纸条，却不肯接那二十两银子。

"你拿着。"舅母道，"我吩咐过俞嬷嬷，让她以后每个月给你五两银子，这是给四小姐的花销。我知道窦家也会给四小姐月例，但你们手里有些银子，心里总踏实些。再就是遇到什么急事，也得花银子请人去给我们报信。"

妥娘点头，把两个银元宝揣在了怀里。

窦昭依在舅母怀里和舅母说着话："我想和表姐玩，可我又不想去安香，"她很苦恼的样子，"娘亲去南海拜菩萨了，要是她回来找不到寿姑怎么办？我要在家里等她。要是爹爹忘了娘亲怎么办？要是俞嬷嬷把娘亲的漂亮衣裳赏给了别人怎么办？娘亲回来就没人和她玩，也没衣裳穿了……"

舅母愣住，随后激动起来。

"枉我活了这么大的岁数，还不如一个三岁的孩子。"舅母捧着窦昭的脸，"叭"地亲了一口，"寿姑说得对，这是寿姑的家，窦家就应该好好地养着寿姑！凭什么要跟着我们偷偷摸摸地去西北，把这个家让给别人作威作福！好孩子，我们不去西北了。过两年舅母就回来看你。要是窦家敢对你有一点不好，我和他们窦家决不善罢甘休。"

窦昭笑眯眯地不住点着头。

她从来没想过要和舅舅一家去任上。这是她的家，她为什么要不战而退，为什么要把本应该是自己的东西让给别人？！

她不会走的。

要走，也是她在窦家待腻了，想换个地方，却不是像这样不得已地离开窦家。

窦昭从客房出来，朝霞满天，染红了碧空。

仙人抚我顶，结发受长生。

她站在屋檐下，安静地望着天空。

不管前世是不是梦，她现在清楚地知道自己回到了从前。既然回到从前这样的事都能在她身上发生，还有什么事是不可以的？！

她要选择生活，再也不要被生活选择。

舅母走后没多久，江南那边传来消息，大伯父窦世样病逝了。

家里立刻乱了套。大伯母受不了这个打击卧病在床，三伯母主持东窦的中馈。三伯父领了二堂兄窦玉昌去扬州料理大伯父的后事，四堂兄窦荣昌协理六伯父管理家中的庶务，祖父好像也老了十岁似的，每天躺在书房的醉翁椅上发呆。

东、西两窦的气氛都很沉闷。这些却影响不了窦昭。她还是每天看见什么喜欢的东西就往自己住的屋里拖。窦世英笑她："不去看妹妹了？"

"王姨娘不喜欢我去看妹妹。"窦昭嘟着嘴，满脸的不以为意，眼中却有小小的伤心。

窦世英心头一跳，没有说什么，只是伸手轻轻地抚了抚窦昭乌黑的头发，低声道："也好，爹爹教你写字。"

窦昭问窦世英："祖母什么时候来？"

马上要过中秋节了，她希望中秋节的时候能和祖母说上话。

窦世英眉头微蹙，道："谁告诉你喊崔姨奶奶作'祖母'的？"

窦昭暗暗叫苦。

祖母应该是在窦晓出生之后才被称"祖母"的，可前世她自懂事起就和祖母生活在一起，记忆中一直称祖母为"祖母"，倒把这茬儿给忘了。

她只好含糊地道："不喊祖母喊什么？"

"要喊崔姨奶奶！"窦世英耐心地教导女儿，"你大伯父病逝了，大家的心情都不好，今年的中秋节恐怕不会大操大办，崔姨奶奶可能会留在田庄里过节。"又问她，"你为什么想见崔姨奶奶？"

窦昭道："她们说崔姨奶奶会种田！"

窦世英大笑起来："不错，你崔姨奶奶很会伺候庄稼，她的田庄，一直是我们家几个田庄里收益最好的。"说这话的时候，他目光有些茫然。

或许，这就是妾生子的悲哀。

窦昭不再和父亲说这些，拉着父亲去书房里练字。

那年的八月十五，大家只是分食了月饼，比起往年又是赏月又是观灯的，冷清了很多。

丫鬟们都在私底下议论："这孝期也不知道什么时候是个头！"

到了九月底，大伯父的棺椁运回了真定县。

窦家披麻戴孝，半个真定县都是白色的。

真定县的县令和六伯父、父亲亲自在城门口迎了大伯父的棺椁，祖父和二太夫人作为长辈没有参加葬礼，治丧之事全由三伯父主持。

窦昭见到了乳名"兰哥儿"的九堂哥窦环昌。

他今年十六岁，瘦弱而苍白，在大伯父灵前颤颤巍巍地答谢吊唁之人，转过身却扑到祖父怀里大哭："爹爹吐了好多血……"

祖父眼里立刻含满了泪水，揽了他的肩膀轻声安慰他："好孩子，以后就跟着叔祖父读书。"

窦环昌点头，望着祖父的目光中充满了孺慕之色。

窦昭冷笑：祖父把父亲教歪了，现在又来祸害大伯父的孩子了。

难怪窦环昌考了快二十年的进士也没个影子！

她每天咬紧牙关坚持练三百个大字。

窦环昌却对窦昭非常友好——家里就他们俩穿着重孝。他常把大伯母给他做的好吃的送给窦昭品尝，窦昭对他的态度也渐渐柔和起来。

很快就到了腊月，窦昭的母亲要举行小祥祭礼。父亲将除服，窦昭还要穿十五个月的孝服。

三伯母上门，和祖父商量给父亲续弦的事。

自从大伯父去世后，大伯母不再是窦家的宗妇，按理应由二伯母主持中馈，但二伯母随二伯父在任上，要打点好了二伯父身边的事才能携子女回乡，家里的事暂由三伯母打理。

祖父问三伯母："你有没有什么好人家？"

三伯母斟酌道："大嫂那边有个小堂妹，小时候常来我们家走动，人品、相貌都好，大嫂也有这个意思。再就是城东诸举人家的五小姐和南楼乡陈大人家的孙女，诸小姐性情柔顺，跟着哥哥们读过几年书，诗琴书画都略有涉猎，想必和七叔叔能说到一块去。

陈大人曾做过淞江知府，说亲的这位小姐行三，人我没见过，却素有贤名。其他几家不是家世略差一点，就是出身不太好，是庶出的，我觉得用不着相看。"

祖父点头，对三伯母的办事能力非常的赞赏："你考虑得很周到。万元是庶出，万万不可再娶庶女。我看就定下诸举人家的小姐吧！大侄媳妇娘家的人，隔得太近了，有时候未必是件好事。陈大人总觉得自己是读书人，行事有些酸儒，这样人家教养出来的小姐多半有些呆板。"

三伯母笑着起身："那我就跟诸家的人打声招呼。您看您这边派谁去相看为好？"

丁姨奶奶自从在大厅出了丑之后，就称病不出，祖父身边由原来服侍丁姨奶奶的大丫鬟秋芬伺候。

祖父也有些为难起来，想了半天，道："你帮着拿主意就行了。"

三伯母笑盈盈地走了。

窦昭听到这个消息的时候正伏在自己的花梨木书案上描红。

这个家里很快就会迎来新主母了，她也得从正房搬出来了。以后，母亲的气息会在她生活中越来越稀薄。想到这些，她心里有些怆然。

只是不知道父亲会把她安置到什么地方？等会回去就让妥娘她们开始收拾东西吧！

西窦现在缺少主持中馈的主母，两家的婚事一旦说定，诸小姐应该会很快就嫁进来。

窦昭放下笔，轻轻地活动着发酸的手腕。

父亲却皱着眉头去了祖父那里："我不想续弦。"他目光直直地望着祖父，眉宇间充满了毅然决然的坚持，"我想给谷秋守三年。"

"荒唐！"祖父大怒，"你都几岁了，怎么还不晓事！你可是家中的独子，不想着尽快为窦家开枝散叶，竟然学那些风流浪荡子为妻守制……你到底知不知道什么是责任？什么是担当？"祖父气得胡子一撅一撅的，"这件事没得商量！我会尽快让你三嫂和诸家把日子定下来的，你只管等着成亲就行了！"

扒在门缝上偷听的窦昭差点跌倒。

明年五月，王行宜就将起复。

王家以后还要在官场上做人，绝不会让自己的女儿做小妾。

如果父亲在明年五月之前续弦，王家要么会把窦明留在窦家，让王映雪大归；要么会送王映雪三尺白绫，逼王映雪自缢；要么把王映雪送到庵堂，古佛青灯了此残生。

若父亲在明年五月之前没有续弦……

前一世，王行宜一直觉得自己亏欠妻子、子女良多，他富贵后只守着老妻过日子，从不沾染女色，对儿女也都十分的爱护，尽己所能地满足他们的任何要求。特别是王映雪，不仅被未婚夫退亲，而且还抛头露面帮着维系家中的生活，耽搁了自己的婚事，因而对窦明和窦晓比自己的孙子还要宠溺。

她要是料得不错，王行宜肯定会想办法让窦家把王映雪扶正。

那王映雪岂不又成了她的继母！

不行，不行！

绝不能让这种事情发生！父亲必须赶在明年五月之前续弦。

让王映雪滚蛋！

父亲的态度却无比的坚定："爹，您要是不怕和诸家撕破脸，你就只管和诸家定日子好了。反正到了那天我是不会出现在礼堂上的，诸小姐嫁过来，我也不会理睬她的。"

"你还反了！"祖父脸色涨得紫红，"啪"的一声将手中的茶盅砸在了地上，"你只管不出现，看诸家的小姐能不能进门！"

"爹爹！"父亲突然跪在了祖父的面前，哽咽道，"我以后什么都听您的，您就答应我这一次吧！我知道我是家中的独子，你年过四旬才得了我，就盼着含饴弄孙、家业有承，你就让我再任性最后一次吧！从今以后，我一定循规蹈矩，好好地读书，考取功名，为窦家光耀门楣，繁衍后嗣。爹，您就答应我这一次吧！"

父亲"咚咚咚"地给祖父磕着头。

那声音，如同敲打在窦昭的心尖，让她心中一滞，有片刻的酸软。

为什么是这个时候？早不为母亲守，晚不为母亲守，偏偏赶在王行宜即将起复的时候！上一世你不是没等母亲满百日就迫不及待地娶了王映雪吗？这一世为什么要做好人？早知今日，何必当初！

现在她什么都安排好了，父亲却跳了出来！这算是怎么一回事？

窦昭又急又气。

耳边传来祖父带着几分迟疑的声音："你已经为她守了一年……也算得上仁至义尽了……"

"爹爹，爹爹，"父亲磕着头，声音更响亮了，"我只求您这一件事，我只求您这一件事！"

窦铎望着儿子乌青的额头，长长地叹了口气："你要守，就守吧！不过，明年的乡试得给我考过才行……"

"多谢爹爹，多谢爹爹！"父亲满脸的惊喜。

窦昭脸上冰冷冰冷的，一摸，满手是水。

没几日，诸家让人带信给三伯母，说诸家五小姐觉得父亲是个重情重义之人，愿意等父亲三年。

祖父大喜，亲自从库房挑了几刀玉版纸，两方端砚，一匣子湖笔让管事送给诸举人，并赞三伯母看人看得准。

三伯母抿了嘴笑，问父亲："这八字是对还是不对？"

父亲没有作声，紧绷的神色却松弛下来。

三伯母带着写了父亲生辰八字的庚帖去了诸家。

第十章　过年·说话·选择

这样下去，父亲和诸家五小姐的婚事肯定会拖到两年以后，那时候可就说什么也晚了。

窦昭觉得自己应该做点什么让两家的婚事加快进度才行。

只是还没有等她拿定主意，春节到了。

按照惯例，大年三十的早上，东、西两窦阖府前往窦家位于北楼乡的祠堂祭祖，中午在祠堂的后院吃团年饭，然后各自回家小团年、守岁。

姨娘是没有资格祭祖的，但一样要去吃团年饭。窦明因为是早产，身子一直弱弱的，很少出门，祖父怕她生病，让王映雪和丁姨奶奶留在家里照顾她。

窦昭一大早就被俞嬷嬷从热被窝里揪了起来。她一边给窦昭穿衣裳，一边吩咐玉簪和妥娘："今天的人多，你们可千万不要为了看热闹把四小姐给跟丢了。"

俞嬷嬷要准备晚上自家的团年饭，不能服侍窦昭去北楼。

两人纷纷应是。

窦昭不由多看了妥娘两眼。

今天玉簪和妥娘都倒饬一新，换上了衣褶子笔直的蓝绿色茧绸棉袍不说，鬓角还戴了枣红色的绒花，人显得格外的精神。

玉簪从小跟着母亲，母亲本身就是个爱打扮的，她受母亲的影响，走出来从来都是干干净净妆容得体的，大过年的，换件新衣裳打扮打扮倒也平常。而妥娘自幼父母双亡，寄养在舅舅家，饥一顿饱一顿的，吃饭穿衣只求温饱，像今天这样仔细地打扮还是头一遭。

妥娘不自在地拉了拉衣角，喃喃地道："是玉簪帮我梳的头，她说，今天是大年三十，大家都穿红着绿的，就我一个人穿素……七爷已经和诸家五小姐定了亲，让别人看见了还以为是有意的，会给四小姐惹麻烦的……"

这话也在理。

她穿孝是守制。可身边的丫鬟也跟着穿孝，有心人不免会生出些别的心思来。

窦昭笑眯眯地点头，说她们"很漂亮"，然后从妆匣里挑了两朵模样朴素的珠花，一朵赏了玉簪，一朵赏了妥娘。

两人都有些意外，犹豫着要不要接受。

一旁的俞嬷嬷笑道："既然是四小姐赏的，你们收下就是了。戴在头上，别人问起来，也是四小姐的恩典。"

两人不再推辞，笑着互相簪了珠花，服侍窦昭用过早膳，抱着粉团似的窦昭去了鹤寿堂。

祖父和父亲正坐在炕上说话。

窦昭上前行了礼。

窦世英把窦昭抱在自己膝上坐下，温声问她："冷不冷？"

"不冷！"窦昭摇了摇头，问窦铎，"祖父，祖父，他们说我爹爹要娶诸家的五小姐，是真的吗？"

窦世英脸色微红，窘然地阻止窦昭："不要胡说！"

"我没有胡说。"窦昭睁大了眼睛，不悦地瞪着父亲，"他们说诸小姐是好人，不怕王姨娘生庶长子。"

"啊！"窦世英张大了嘴巴。

窦铎却眼底闪过一丝精光，随后从炕几前的攒盒里拿了块芝麻饼递给了窦昭，温声问她："是谁跟你说的这些啊？"

窦昭歪着脑袋啃着芝麻饼，道："有好多人，大伯母的丫鬟，三伯母的嬷嬷，还有……九堂哥的小厮……"

祖父没有继续问下去，而是若有所思地望了一眼父亲。

父亲神色尴尬，还好有小厮进来禀道："环九爷过来了。"

祖父笑道："快让他进来！"

瘦瘦高高的窦环昌快步走了进来。他恭敬地先给祖父和父亲行礼，然后笑着和窦昭打招呼。

祖父颔首，站起身来："走吧！"

窦环昌应"是"，上前扶了祖父，不紧不慢地出了鹤寿堂。

他是来约祖父和父亲一起回北楼的。

父亲抱着窦昭慢慢地跟在后面，等彼此拉开一个距离，父亲轻轻地捏了捏窦昭的小脸："你这个小东西，是来讨债的吧？"举止亲昵，语气无奈。

窦昭嘻嘻笑，问父亲："讨债是做什么的？"父亲绷不住笑起来。

一行人出了大门。

三伯父和三伯母昨天就去了北楼准备祭祖的事，和他们同行的除了大伯母和窦环昌，还有二太夫人、六伯父一家、二堂兄一家、三堂兄一家、五堂兄一家。

看见祖父，除了二太夫人，其他人都下车给祖父行礼，因为停了马车而显得有些狭窄的巷子变得拥挤起来。

祖父拉住了五堂兄只有三岁的小儿子，不让他给自己磕头："天寒地冻的，又没有旁的人，不用这样多礼。有什么话，到了祠堂再说。"

祠堂那边有十几间厢房，四角都放着大火盆，燃了无烟的银霜炭，温暖如春。

"还是小叔心疼人！"二堂兄呵呵笑着。

二太夫人从马车里探出头来："寿姑，到伯祖母这里来！"

窦昭不喜欢这个冷酷的伯祖母，抓着父亲衣袖的手紧了紧。

父亲略一犹豫，抱着窦昭笑着走了过去："她顽皮得很，您年纪大了，哪里经得住她折腾。我看，还是让她跟着我吧？"

二太夫人微愣，望了眼安静地依偎在窦世英怀里的窦昭，笑着点了点头，道："也好！她没了母亲，你能多亲近她些就再好不过了！"她说着，放了车帘。

父亲有些意外。

那边三堂兄高声喊着父亲："七叔父，您那边还有位子没有，帮我捎两个丫鬟过去。"

三堂兄子嗣最多，有三个儿子一个女儿，公中的东西却是按房头分配的，他总是最紧张的一个。

"有，有，有。"父亲抱着窦昭走了过去，"要是挤，你让芝哥儿随我们一起过去吧！"

芝哥儿是三堂兄的长子，今年十一岁，学名叫窦启俊，这家伙后来做了御史，因参倒了长兴侯石端兰而名震士林。五堂伯窦世枢入阁后，他为了避嫌，去保定府做了知府。

而此时他不过是个腿长脚长、声音像鸭子的青葱少年。

知道自己不用和母亲、妹妹挤在一辆马车上，他立刻跳下了自家的马车，笑嘻嘻地跑了过来。

"七叔祖父！"窦启俊给父亲行了礼，然后伸手去摸窦昭的头，"四姑姑！"

窦昭身体里有个成年人的灵魂，祖父、父亲摸她的头，她勉强可以忍受，十一岁的侄儿窦启俊摸她的头……她偏了偏头就避开了窦启俊的手。

"咦？"窦启俊有片刻的困惑。

窦世英已抱着窦昭往自己的马车去，一面走，还一面问窦启俊："听说你前些日子在族学引经据典，让杜老夫子都甘拜下风？"

窦启俊干笑，把窦昭的异样抛到了脑后，紧跟着窦世英上了马车，挨着窦世英坐下，嬉笑道："七叔祖父不是在家闭门读书吗？怎么连下辈们在学堂上的一些玩笑之举也了如指掌？"

言下之意是指窦世英不够专注，果然嘴皮子很利索。

窦昭感兴趣地打量着窦启俊。

"每次只知道逞口舌之快，小心祸从口出。"父亲笑道，"难怪你父亲每隔些日子就要去给杜夫子赔礼道歉！"

杜夫子是窦家族学的西席。

窦启俊嘿嘿地笑，用肩膀顶了顶父亲，道："七叔祖父，跟您商量个事？"模样有些痞。

父亲挑了挑眉。

窦启俊笑道："我和同窗约好了，元宵节的时候去真定府看花灯。您支援我几个路费如何？"

父亲笑道："你父亲可知道？"

"知道，知道。"窦启俊一听有谱，眉飞色舞地道，"他也答应了。不过只肯给我三两银子，还不够买盏好一点的花灯呢！七叔祖父，我们知道您是最大方慷慨的，借二十两银子给我，您再去福方斋买古玩的时候，我帮您打下手！"

"我有小厮，要你打什么下手？再说了，你也未必就有小厮做得好！"

"那，那我给您抄经书。"窦启俊一点也不脸红，眼珠子一转，立刻道，"我知道您要给过世的七叔祖母抄一千卷《法华经》，等七叔祖母大祥的时候烧给她……"

窦昭惊讶地望着父亲。

父亲并没有注意到她，笑道："抄经书贵在心诚，你帮我抄，算是怎么一回事？行了，行了，二十两银子没有，十两银子倒可以考虑……"

"七叔祖父，十两银子也太少了点！"窦启俊磨着牙，"说出去岂不是弱了七叔祖父的名头！"

"我不知道我还有个'散财童子'的名头？"父亲不为所动，"你小小年纪，吃家里的，用家里的，要那么多银子做什么？就十两，你要还是不要？"

"要，要，要！"窦启俊怕再说下去连这十两银子也没了。

父亲笑道："不过，我会跟三哥和六哥说一声的，免得你从我这里要了十两银子又去别处打秋风！"

"七叔祖父！"窦启俊哀号着倒在了大迎枕上。

窦世英哈哈大笑，觉得这些日子压在心头的沉闷突然间消弭了不少。

窦昭看着父亲大笑的样子，心底五味俱全。

前世，她对父亲是有怨气的，因而从来不曾正眼看父亲。

她总觉得他除了研究他的《周易》就什么也不管……任由窦明嚣张跋扈窦晓惹是生非，任由她，自生自灭！

没想到，他还有这一面！

马车车轮骨碌碌的声音夹杂着窦启俊的插科打诨，他们很快就到了北楼。

窦家祠堂前面已疏疏落落停了七八辆马车，管事、小厮正进进出出地忙碌着，听到动静，有人飞奔着去禀告三伯父，有的则围了上来，或帮着稳了马车，或帮着摆了脚凳，一时间窦家祠堂门前人声鼎沸，热闹非常。

窦昭一下车，就看见了站在人群外的祖母。

祖母和她记忆中的一样，穿了件丁香色素面茧绸袄，乌黑的头发整整齐齐地绾了个圆髻，插了根灯笼银簪，戴着对银手镯，神色自若地围着祠堂台阶前那株酒盅粗的腊梅树打着转，如同很多年前，她一觉醒来，正是茫然不知所措之时，抬眼却看见祖母悠闲自在地蹲在田畦里打量着瓜菜的长势，她的心就立刻宁静下来。

祖母！

窦昭眼眶湿润，强忍着才没有大声地喊出来。

祖父和父亲他们被三伯父迎进了祠堂，她则被交给了妥娘和玉簪照顾。

三堂兄六岁的女儿跑过来，拉着妥娘的裤腿："四姑姑，四姑姑，我们去玩翻绳吧？"上一世，她和自己的这位侄女并没有什么接触，她甚至不知道她叫什么名字。

窦昭含含糊糊地应了一声。

妥娘把她放在了地上，她一溜烟地跑到了祖母身边。

是喊崔姨奶奶还是喊祖母呢？窦昭有片刻的犹豫。

她想喊祖母，可又怕旁人听了给祖母惹出事端来。

五堂兄五岁的小女儿追了过来："四姑姑，四姑姑！"

祖母听到动静望过来，看见了目光好奇的窦昭。

她笑着半蹲着身子，笑容亲切："你，你是寿姑？"

窦昭点头，眼泪止不住地落下来。

祖母微愣，忙上前抱了她："不哭，不哭！"帮她擦着眼泪，指尖的茧子刮得她有些痛，心里却是那么的踏实。

玉簪跑了过来，神色有些不安地喊了声"崔姨奶奶"，抢也似的把窦昭抱了过去，喃喃地说着："七爷让我们好好照看四小姐的……"

窦昭不悦。

祖母嘴角闪过一丝苦笑，什么也没有说，从怀里掏出来一个大红色绣着对黄鹂鸟的荷包递给窦昭："给你当零嘴吃！"说着，快步转身离开。

"祖母！"窦昭忙喊她。

她高大的身影微微一顿，然后毫不犹豫地走上了一旁的夹巷，去了祠堂的后院。

玉簪忙道："四小姐您小声点。老太爷不喜欢崔姨奶奶跟七爷、跟您多说话！"

窦昭冷笑，感觉到了深深的羞辱。

既然不喜欢，还和祖母生下父亲……

她想去找祖母，五堂兄的小女儿却拉着她不放："您得了什么好东西？"说这话的时候，口水都要流出来了。

跟着的丫鬟深感羞惭，搂了她的腰就往五堂嫂那里走。一边走，还一边红着脸帮五堂兄的小女儿道歉："四小姐，我们家小小姐就是好奇！"

窦昭失笑，心头的愤懑消弭了不少。

她打开荷包，里面是一小袋桂圆。祖母曾说过，她第一次吃零嘴，是在她被抬进窦家的那天晚上，祖父和嫡祖母在外面应酬客人，原来在屋里服侍的人也不知道跑到哪里去了，她一个人孤零零地坐在床上，因为怕路上要如厕，她起床后就水米未进，又饥又渴，却不敢动弹，无意间在床上摸到两粒桂圆，也不管它是什么，咬了壳就匆匆地塞到了嘴里……所以祖母一直觉得桂圆是世上最好吃的东西。

每当窦昭生病或是摔跤之类的，祖母就会拿了桂圆或桂圆干哄她。

荷包上还残留着祖母身体的余温。祖母是不是早早就准备好了这个荷包，一直想找机会给她？

窦昭慢慢地剥了个桂圆，轻轻地放在了嘴里。

清甜甘冽的味道，从喉咙滑到心尖。

她挣扎着从玉簪怀里下了地，一溜烟地跑到了后院的花厅。

窦家的女眷都凑在二太夫人跟前说话。

窦昭一眼就看见了独自一人在花厅角落烤火的祖母。

她朝着火盆里丢了个桂圆核。

火盆"嘭"地蹿出团火苗，把祖母吓了一大跳，不禁循迹望过来。

窦昭向她招着小手，转身跑到了花厅后面的冬青树下猫了起来。

不一会，祖母走了出来，站在台阶上张望。

窦昭站起身来，祖母望着她宠溺地微笑，无奈地摇头，三步并作两步地走过去。

窦昭问她："您是我祖母吗？"

祖母蹲下来，轻轻地摩挲着她的头："不是，我是你崔姨奶奶。"

窦昭心痛如绞，强忍着不让眼泪落下来："那过些日子您能让我去田庄玩吗？"

祖母的手微微一僵，半晌才道："田庄到处是灰尘，不好玩。"

"那我能去看您？"窦昭不死心地道。

"我要下地做活，你去看我，我也没空领你玩。"祖母再一次拒绝了她。

她扑在祖母的怀里，紧紧地抱住了祖母的脖子。

难道这就是她改变命运的代价？两人相依为命的那些温馨时刻从此以后只是她一个人的记忆……窦昭滚烫的泪水无声地落在了祖母的肩头。

或者，她主动去田庄生活？不过，去之前怎么也要把王映雪的事解决了！窦昭在心里盘算着。

春节很快就过去了。

祖母让人给窦昭送来了一麻袋榆钱芽，说是混了鸡蛋炒给窦昭吃，可以清热润肺。

这是祖母第一次派人给城里的窦家送东西。

祖父知道后勃然大怒："谁让她送来的？全给我扔掉，扔掉！"

窦昭得到信后赶来，管事正提着那麻袋榆钱芽出二门。她上前就抱住那袋榆钱芽："我要吃炒鸡蛋，我要吃炒鸡蛋。"管事不敢不扔，又不敢强行把窦昭赶走。

窦昭大吵大闹，惊动了窦世英。

窦世英沉思良久，吩咐管事："把这袋榆钱芽送到厨房去吧！"

管事松了口气。

窦世英拎着窦昭回了书房。窦昭以为父亲会和她说什么，结果父亲一整天都在书案前练字，连午膳也没有吃。

王映雪抱了窦明过来。

窦明咯咯笑着去抓窦世英的笔，窦世英笑着把窦明抱在了怀里。

王映雪柔声问："七爷是不是有什么心事？要不要跟妾身说说？"

窦世英沉默半晌，低声道："没什么事！"

王映雪也不追问，笑盈盈地道："我记得七爷很喜欢吃我做的油泼面，要不，我下厨给七爷做碗油泼面？"

"不用了！"窦世英快快地道，"马上就要用晚膳了。"

"很快就好！"王映雪不容父亲拒绝，一面笑着吩咐乳娘看好窦明，一面风风火火地去了小厨房。

在书房练字的窦昭嘴角微撇。

父亲抱了窦明凑到她跟前："寿姑，你看妹妹长得漂不漂亮？"

"不漂亮！"窦昭面无表情地道。

父亲愕然。

窦昭板着脸问父亲："妹妹有我漂亮吗？"

父亲愣住，随后哈哈大笑起来，道："没有，没有。我们寿姑最漂亮。"然后把窦昭交给了身边的乳娘，捏了捏她的小脸，道："你这性子，倒随了你母亲。"说完这句话，像想起什么似的，顿时神色黯然地叹了口气，道："你好好练字，我出去走走。"

等王映雪笑吟吟地端着碗面条回来的时候，只看见被乳娘抱在怀里呼呼大睡的窦明。

王映雪脸色微沉。

窦昭却感觉到了前所未有的危机感。

王映雪有太多的机会。而父亲和魏廷瑜一样，在这种事上都不太靠谱。

如果这时候王映雪怀上了窦晓，为母亲守制三年就成了句笑话，和诸家的婚事肯定也会告吹。

等到王行宜起复的消息传来，王映雪有了王家的支持，窦家自会有所权衡——窦家已经和赵家有了嫌隙，舅舅又只是个七品的县令，就算窦家不答应王映雪扶正，舅舅也不会感谢窦家一分。而王家则不同，若是窦家顺势承认王映雪，王家对窦家只有感激涕零的份，窦家也会因此在朝中得到一个有力的盟友。

窦家会怎样选择，已是一目了然。

除非王行宜没能起复，或者是，王行宜起复之后没得重用！

窦昭努力地回忆着以前发生的事。

王行宜起复是靠了师座曾贻芬。如果曾贻芬不推荐王行宜，王行宜自然就没戏了。可怎样能阻止曾贻芬呢？

窦昭咬着指甲。

她发现，别说她现在是个小孩子，就算她是从前的济宁侯府的侯夫人，也一定没有办法！

窦昭非常苦恼，她问窦环昌："你知道曾贻芬吗？"

窦环昌想了半天，歉意地摇头，困惑道："你问这个人干什么？"

"我听爹爹说他很厉害，就想知道他是谁。"

"要不，我们去问问芝哥儿？"窦环昌腼腆地道，"他认识的人多，说不定听说过这个人！"

窦昭跟着窦环昌去了东窦。

大人们只当她是来串门的。二太夫人和大伯母、三伯母、六伯母都赏了她很多好吃的。

窦环昌领她去了书房，让小厮去叫了窦启俊。

窦启俊穿着件粗布短褐，满头大汗地跑了进来。

窦环昌骇然："你又去做什么了？"窦启俊嘿嘿地笑，提起桌边的凉水壶先给自己倒了杯水一饮而尽，这才道："九叔，你别管我去干什么了，你只说你找我有什么事吧。"

窦环昌问他："你知不知道曾贻芬这个人？"

窦启俊眼睛一亮，道："你也知道曾贻芬吗？他是五叔祖父的师座，这个人很厉害，历经四朝，三起三落而不倒！他前些日子又被皇上召进了宫，如今做了首辅。一朝天子一朝臣，这次五叔祖父要挪个地方了……"

窦昭苦笑。

王行宜，恐怕也要挪个地方了！

虽然重来一次，窦昭能影响的，也不过是身边的一些人和事，该来的还是会来。

四月中旬，一直跟着窦世枢在京都读书的窦文昌带回来了一封窦世枢的家书。

窦世枢在家书中不仅说了自己即将擢升吏部侍郎的事，还提到了王行宜的起复，并在信中很委婉地问起窦世英的婚事，说自己和王行宜是同科，曾贻芬被迫致仕，王行宜流放，自己这几年在京中的日子也很不好，窦世英的婚事若是还没有定下来，还是早点定下来的好。如今皇上年事已高，记性一日不如一日，前些日子和内阁集议，突然吩咐小太监宣早已过世五六年的司礼监秉笔太监陈冬来伺候笔墨。现在最年轻的内阁大学士是淞江的陈季舟，如果明年他主持会试的话，还请窦铎和窦世棋早早商议，是否让窦家有资格参加会试的子弟都去试一试。

窦铎接到这封信脸色大变，立刻写了封信给窦世棋，让窦文昌连夜赶往福州，他则带着窦世英去了东窦。

窦昭虽然不知道信的内容，但心里一直惦记着王行宜起复的事，祖父和父亲的异样立刻让她警觉起来，她打发身边的丫鬟歇下，只留下妥娘："你去跟二门的婆子说一声，若是祖父和父亲回来了，让她立刻来报一声。"

妥娘去二门传了窦昭的话，守在床前做针线活。

亥时，二门有消息过来。

妥娘喊了窦昭起来。

窦昭穿衣，去了鹤寿堂。

祖父身边服侍的两个小厮机敏地守在门口，看见窦昭，两人错愕地齐喊"四小姐"。

父亲听到动静满脸诧异地走了出来："寿姑，这么晚了，你怎么还没有睡？"目光却严厉地瞪着妥娘，妥娘小腿肚子发颤，喃喃半晌不知道该怎么说。

窦昭已笑着扑到了父亲的怀里："您和祖父去串门，为什么不带着我？"

父亲哑然失笑，抱着窦昭进了屋。

祖父面色凝重地坐在炕头，见他们进来，眉头紧紧地拧在了一起，道："你若是能早点成亲，寿姑也有个人管。你看家里现在都成什么样子了？半夜三更的，寿姑还在院子里乱窜。你这样意气用事，除了让你自己心安，还能怎样？一面说自己长大了，知道自己身上的责任了，一面却还做些不负责任的事。"

父亲唯唯诺诺，有些说不出话来。

窦昭从祖父话里、父亲的态度中看到了转机。她心情顿时前所未有的明媚，决定恶心恶心祖父："祖父，我有人管。崔姨奶奶是我祖母。"

祖父脸色铁青，目光刀锋般朝窦昭砍去，偏偏窦昭眨着双大眼睛，笑眯眯地啃着手指头，一副不谙世事的样子。

他气得浑身发抖，呵斥父亲："这件事由不得你，明天你三嫂就会亲自去诸家商量婚期，以后你好好读书，内宅的事，就交由诸氏打理。"然后道："寿姑身边是哪些人在服侍？统统给我打发了。"

父亲道："是俞嬷嬷在照顾寿姑。这是我答应了舅兄的。"语气有些倔强。

祖父语塞，气得甩帘而去。

窦昭很想提醒他：这可是您的书房！要走也是把我们赶走，怎么您先气跑了？

父亲叹气，抱着窦昭出了鹤寿堂。

四月的夜风还微微有些寒意，皎洁的月光洒落亭台楼阁，静谧如画。

父亲脚步越来越慢，最后停在了荷塘边。

"寿姑，你知道吗？你五伯父……"他喃喃地道，"你五伯父给家里来了封信，王行宜，就是你王姨娘的父亲，要起复了……"

窦昭的心怦怦乱跳，这才知道窦世枢信中的内容。

不愧是未来的内阁大学士，心肠真是冷酷。

她倒吸了口凉气。一直以来，她都以为五伯父和王行宜既有同科之谊，又利益一致，关系必定十分密切而牢固，王映雪在窦家最大的靠山就是窦世枢，却忘了窦世枢始终是窦家的人，忘了政局的风谲云诡。

荷塘边遍植的玉簪花洁白如玉，在月光中莹莹生辉，散发着馥郁的花香。

父亲和她并肩坐在了荷塘边的石椅上。

"寿姑，你说这都是怎么了？"他愣愣地望着荷塘里才露尖尖角的荷花，道，"我努力读书，考取功名，不就是为了光宗耀祖，为了让窦家更加昌盛显赫，为了让窦家的人过得比别人都好吗？可现在，你母亲自缢，我和你舅舅翻了脸，想为你母亲守制三年也不行，还可能把诸家五小姐拖进来，甚至是让你妹妹没有了母亲……我不仅没让身边的人过得安心舒适，反而因为我的缘故让他们处境变得更加艰难，我所做的一切又是为了什么呢？我已经对不起你母亲，我不能再对不起诸家五小姐，对不起王映雪了……"

父亲忧郁的目光，如那淡淡的月色，仿佛很近，又仿佛很远，让窦昭心里酸酸的。

父亲，是如此的寂寞，他的心思，只能在夜深人静的时候说给不懂事的女儿听。

她突然有点同情父亲。

父亲回到正房就写了封信，天没有亮就让小厮叫了高升进来："……赶在三太太出门之前送到城东的诸家。"

高升很是意外，但还是照着父亲的吩咐出了门。

中午，三伯母面有难色地从诸家回来。

"小叔父，诸家的人说，赶在端午节之前成亲，太急了。别人听了，还以为他们家五小姐是要去冲喜呢！"

祖父很不高兴。

只有那些没有把媳妇放在眼里的人家才会做出冲喜这样的事来，诸家这话说得太不好听。

三伯母也有同感，却叹息道："也不怪诸家生气，等三年是我们说的，现在赶在端午节成亲也是我们说的。诸家也是大户人家了，不要说这样急赶急地准备嫁妆，就是通知亲朋好友，只怕也来不及。"

"我也知道。只是事急从权，只能这样了。"祖父道，"我记得诸举人有个姐姐嫁到了隔壁新乐县的陈家，要不，请诸家的姑奶奶出面帮着说说？"

"那我用了午膳就启程去新乐。"三伯母没有推辞，立刻道。

祖父说了几句感谢的话，留了三伯母用午膳。"东、西两窦原本是一家，七叔的事，就和我自己的事是一样的。"三伯母客气了一番，道，"今天晚上恐怕要在新乐过夜了，家里的事我还要安排安排。小叔父不用和我客气，把这件事办好了才最为要紧。"

祖父没有再留她，让秋芬送了三伯母出了二门。

但之后不管三伯母搬了谁到诸家去说项，诸家一口咬定了就是不松口。

三伯母急得嘴上都起了水疱，非常后悔："早知如此，就应该和大嫂家的小堂妹结亲的。现在就是想换人，也得拿了诸家的退亲书，只怕时间上一样来不及。"

祖父迁怒于父亲，大热天的，让父亲在无树遮阳的前院跪了整整一个下午，以至于父亲的膝盖又红又肿，连走路都很困难，又找了大夫来看病。

这个时候，王映雪的大哥王知柄突然登门拜访。

王知柄今年不过三十出头，可能是因为这些年生活的艰难，让他看上去像四十岁般的苍老。

他身姿笔直地站在王家的大厅上，有如青松苍翠般的挺拔坚毅。

"我家小妹受了我这个做哥哥的拖累，这才抛头露面做些营生买卖。原来我是不知道，现在既然知道了，我来接了我家小妹回去。"他语气铮铮，"你们家的聘礼我们没收，也没有钱物上的牵扯，你写纸放妾书，你我两家从此揭过，桥归桥，路归路。"

祖父沉默了半天，让人请了王映雪。

王映雪看见哥哥，又惊又喜："大哥，您怎么回来了！"她情不自禁地抓住了王知柄的胳臂，随即脸色突然一变，上上下下打量起王知柄来了，"是不是爹爹……出了什么事？"一句话未完，眼泪已簌簌落下。

"没有，没有！"王知柄的眼圈也跟着红了起来，忙道，"爹爹受诏任山东新泰县令，写信回家，这才知道你、你入了窦府，爹爹又悔又恨，连扇了自己三个耳光，只说是家里连累了你，让我赶回来，带你回家。"

"您说什么？"王映雪呆呆地望着王知柄，"爹爹，爹爹他老人家，起复了？"

"嗯！"王知柄连连点头，"爹爹他老人家起复了，过些日子就会接了娘和你去任上团圆，你再也不用为家里每天吃什么喝什么伤脑筋了……以后这些事，都交给大哥操心！"

"大哥！"王映雪抓着王知柄的衣袖失声痛哭了起来。

王知柄转过头去，不敢看妹妹的样子，直到王映雪哭湿了他的衣袖，他心情这才平静下来。

"你别哭了，有什么话，我们回家再说。"王知柄说着，朝祖父望去，"要是窦老爷没有什么吩咐，我们这就告辞了。"连王映雪换洗的衣裳都不准备要。

祖父自然不能让王映雪就这样走，笑道："令尊和我们家元吉是同科，也不是什么外人。既然来了，不如坐下来喝杯茶。令妹进门，屋里安排了服侍她的嬷嬷、丫鬟，还添了些东西，我让那嬷嬷、丫鬟收拾收拾，到时候你们连人带东西一并带走好了。令尊刚刚起复，千头万绪，总得一桩桩理顺。王氏能进我们家的门，说起来都是阴差阳错，你总不能让她空着手走吧？别人说起来，也不好听！"

"不用了！"王知柄刚应了一句，耳边就传来妹妹因为高亢而显得有些尖锐的声音："您说什么？让我跟着您回去，那明姐儿怎么办？她才刚刚一岁！"

第十一章　偷听·异样·不知

"自然是要留在窦家！"王知柄和窦铎不约而同地道。

"不行，不行！"王映雪摇着头，神色慌张，"她还那么小，我不能把她留在窦家……"

难道带回王家不成？就算王家答应窦家也不可能答应啊！

王知柄望着一副护犊子模样的妹妹，颇为头痛。

他们家出了这样的事，乡亲四邻早就在背后议论纷纷了。现在父亲起复，知道他们家的人更多了，到时候不仅仅是小小的南洼乡，恐怕整个真定府的人都会在他们家背后指指点点，父亲面上无光不说，以后孩子们恐怕也难以在南洼乡挺起脊背做人。所以来的时候，父亲就和他商量好了，悄无声息地把妹妹接回去，等父亲安顿好了，他们举家随父亲赴任上，以后再也不回南洼了。

他还寻思着过几年风平浪静了再给妹妹说门好亲事，把这孩子带在身边算是怎么一回事？妹妹以后还嫁人不嫁人？

退一万步说，窦家愿意把这孩子让妹妹带走，父亲也答应把这孩子养大，可如果亲戚朋友问起，他们又该怎么解释这孩子的身世呢？

他们原本就是怕那些流言蜚语才离开南洼的，若说这孩子是妹妹生的，妹妹的往事就兜不住了，他们这家岂不是白搬了？

想撇清，就只能说是他的孩子或是弟弟王知杓的孩子。偏偏这孩子来得不是时候：说是他的，他这几年都不在家；说是弟弟的，弟媳生了个大胖小子，刚刚满月……难道说是捡的？

这些念头不过一闪而过，但毕竟是自己的家事，不好当着窦铎的面讨论。

王知柄只好低声对王映雪道："有些事我们回家再商量。"

王映雪不敢跟哥哥回去。像她这样的情况，大归不是被送进庵堂就是异地远嫁，只怕以后再没有看见女儿的机会。

窦昭还有舅舅、母亲留下来的管事嬷嬷照应，她的女儿却是孤零零什么也没有，她不能把女儿的未来寄托在那个从未曾谋面也未曾打过交道的诸家五小姐手里。

窦世英呢？王映雪举目四顾。

他怎么不在场？他心肠一向软，决不会眼睁睁看着她们母女生离的。

"不！"她朝后退了两步，和哥哥拉开了一个距离，望着哥哥的目光中流露出几分警惕，"不商量好明姐儿的事，我是不会跟着大哥回家的！"她说着，朝站在厅堂门口的琼芳使了个眼色，然后含泪求着窦铎："老太爷，明姐儿生下来就身子弱，连吃奶的力气都没有，大夫和那些经年的老嬷嬷都说明姐儿可能活不长了，是我，一把屎一把尿，小心翼翼地把她养到了这么大，我怎么能把她随随便便就交给别人？求您看在明姐儿的分上，就让我带着她吧！"

"明姐儿的名字还是我给取的呢！"窦铎语气温和地笑道，"儿女是母亲身上掉下来的一块肉，你担心明姐儿的心情我们都知道，可明姐儿是窦家的孩子，总不能这样不明不白地跟着你去王家吧？你不是刚到我们家，我们家是怎样一个情况，你也是知道的，你刚进门，就派了一个老成的嬷嬷、两个丫鬟、几个粗使的婆子在你屋里服侍，等你生了明姐儿，除了明姐儿的乳娘和明姐儿屋里服侍的人，又给你添了两个丫鬟……你不用担心。诸家五小姐幼承庭训，性情温和，贤良敦厚，会好好照顾明姐儿的……"

"别人再好，怎比得上自己的生母？"王映雪看着琼芳快步离开了鹤寿堂，心中微安，嘴里却不住地求着窦铎，"求老太爷您就成全了我们母女吧！"

窦铎笑道："万元也是在他嫡母面前长大的，明姐儿你就不用担心了！"

两人你一言，我一语，都不愿意让步。

窦昭很快得了消息，她想了想，对妥娘道："走，我们去看看爹爹。"

窦昭想知道父亲是怎么想的，对这件事有什么打算。

妥娘应诺，丢下手中的针线，和窦昭去了窦世英的书房。

窦世英不在书房，窦昭想了想，去了厅堂后的花厅。

祖父和王知柄在花厅里喝茶，父亲和王映雪在花厅后面的竹丛旁说话。

窦昭朝着妥娘做了个止步的手势，自己仗着人小身矮绕过花厅，躲在竹子后面偷听。

"……不管怎么说，是我对不起你。"父亲的声音里透着淡淡的悲伤，"我比你大，又是成过亲的人，就算你倾心于我，我也应该义正词严地拒绝你才是，而不是顺水推舟，做出羞辱你的事，事后还责怪谷秋不愿意帮我遮掩，甚至是因为这件事而对谷秋恶语相加，让谷秋颜面尽失，自缢而亡。"

"不是，不是！"王映雪忙道，"这怎么能怪七爷！是谷秋姐，待人待己都太苛刻……"

"从前我也这么想。"父亲微笑着打断了王映雪的话，"可想起谷秋临死前对我说的那些话……"父亲语气微顿，"我就觉得，谷秋说得还真对。是我自己心思龌龊，做错了事，却只知道一味地责怪别人，指望着别人给我收拾烂摊子……"

"七爷！"王映雪一副不忍父亲责怪自己的样子，"你别这么说！你这么说，我心里更难受了……"

"好了，好了，不说了！"父亲闻言笑了笑，道，"说来说去，谷秋也不可能回来了。"他说着，从衣袖里掏出了一个宝蓝色绣着玉兰花的荷包，"这里面有三千两银票，你拿着，跟着你大哥回家去吧！以后若是有什么事要我帮忙，给我带个信，只要我能做到的，决不会推辞。明姐儿我会好好照顾她的，不会对她和寿姑厚此薄彼的。你就放心回去吧！别学着那些尖酸妇人，去什么庙里修行，若是遇到好人家，你就嫁吧！哪天想明姐儿了，悄悄地派人来跟我说一声，我让寿姑带着她去寺里上香或是到五哥家里走亲戚，你远远地看上一眼，也算是全了你们母女的缘分。若是明姐儿长大了，你还想认她，我就把她的身世告诉她……"

原来父亲是要劝王映雪大归啊！

窦昭笑眯眯地望着两人，然后看见王映雪泪流满面地扑到了父亲的怀里，紧紧地搂住了父亲的腰："我哪里也不去，我就想在您身边，哪怕是为奴为婢我也愿意……"

"你别这样！"父亲动作轻柔地掰开围着自己的手臂，柔声道，"你这样，让王大人怎么办？"他退后几步，看着王映雪的目光透着真诚，"令尊和令兄待你很好，你要珍惜才是，不要再惹他们伤心了……"

王映雪望着两人之间的距离，眼底浮现出苦楚，问父亲："是不是因为诸家五小姐？"

父亲愕然："什么？"

"是不是因为诸家五小姐？"王映雪又问了一句，眼泪顿时纷飞如雨，"你是不是喜欢上了诸家五小姐？我听人说，她相貌十分出众……"

"你想到哪里去了？"父亲失笑，"我从未见过诸家五小姐。"

"那你为什么让高升给诸家送信？"王映雪的目光有些逼人。

看来并不只是她一个人关心窦、诸两家的婚事啊！窦昭支起了耳朵。

"你们知道我让高升给诸家送信了？"父亲很惊讶。

王映雪见自己说漏了嘴，心虚地道："那天晚上明姐儿吵闹不休，我一直哄着她到了天亮，正要上床睡觉，听见丫鬟们说高升奉您之命往诸家送信……"

・93・

满口胡言！窦昭撇了撇嘴。高升是父亲的心腹，他要是嘴把不住门，父亲早就换人了！分明是王映雪想办法打听到的！

父亲并没有在这件事上过多地纠缠，坦言道："我给诸举人送了封信，把我们家的一些事告诉了他，请他等我把家里的事理顺了再提成亲的事……"

"为什么？"王映雪目光如炬地望着父亲，"你为什么要这么做？"

难道她认为父亲是为了她不成？窦昭冷笑。

父亲则沉默良久，低声道："映雪，我有我的责任！西窦需要一个继承人，父亲也等着抱嫡孙。我不想把诸家五小姐拖进来，她没有责任承担我所犯下的错误，没有义务一进门就面对这些纷争……"

"我对你来说，是一场错误？"王映雪霎时面白如雪，尖锐地问。

"你不要想歪了。"父亲和煦地道，"我只是希望不要因为我的原因，再伤害到别人！"

"那我呢？我算什么？"王映雪质问着父亲，"你不希望伤害诸家五小姐，难道就忍心让我和明姐儿从此天各一方？忍心让明姐儿从小就没有了母亲？"

"映雪，并不是我心肠狠。"父亲长长地叹了口气，道，"明姐儿在王家身份不明，她在窦家，好歹也是窦家的五小姐。她现在年纪还小，什么也不记得，养在谁身边就会跟谁亲，也就不会有那么多的伤心难过……"

"她是我的女儿，我的女儿！"王映雪低声嚷着，愤愤地把荷包砸在了父亲的身上，"我不要你的银票，我要我女儿。"说完，昂首挺胸地转身，进了花厅。

父亲苦笑，摇着头跟着进了花厅。

窦昭望着地上的荷包，寻思要是自己把这三千两银票据为己有，不知道会不会连累那些在花厅里当值的丫鬟、小厮们。

窦昭最终还是把那荷包捡了起来。

好歹是三千两银子，可以买一千多亩田或是一座四进的宅子呢！要是被谁捡了去，只怕眨眼的工夫就会连人带银票都不见了。与其给别人，不如给她。

她打开了荷包，里面全是一百、二百甚至是几十两的面额，见票即兑的那种。

父亲想得还挺周到的。

窦昭把银票重新放回荷包，就听见花厅里传来一阵哭闹："哥哥，你们这样逼我，还不如给我三尺白绫让我自缢算了，也免得我牵肠挂肚，生不如死……"

那就给她三尺白绫好了！窦昭腹诽着。当初母亲不是如她所愿给了她一条汗巾，结果她怎么还活得好好的？王行宜怎么生了个这样不知道廉耻的东西？真是有辱他一世英名。

花厅里传来王知柄低沉的声音，含含糊糊，听不清楚。

窦昭寻思着要不要再听听壁角，结果看见花厅的隔扇一动，父亲陪着王知柄走了出来，她忙躲到了一旁的太湖石后面。

父亲劝着王知柄："……你也不用着急上火，事情来得这么突然，她可能一时接受不了。这样说来说去，也说不出个结果。今天你先回去，让她的嫂嫂们来看看她，看她还有些什么想法，我们到时候再坐下来商量。只要窦家能办到的，一定尽力满足她。"

王知柄脸黑黑的，听到这话额头上冒出几根青筋来，沉声道："窦七爷这是什么意思？以为我妹妹是要讹你们家的银子不成？"

"你不要误会。"父亲声音温和，"我只是想，你虽说是她哥哥，但毕竟男女有别，又分开了这么多年，她有什么心事恐怕也不好说给你听，不如缓两天，等她的心情平静下来再做打算。"又道:"她要是舍不得明姐儿,随时可以来看看她。只是明姐儿年纪小,怕就怕到时候有什么话传到明姐儿的耳朵里,让那孩子难受。她要是同意,让明姐儿拜她做了干娘或是干姨也都可以。等明姐儿懂事了,再把当年的事告诉明姐儿也不迟。不过,具体怎样个说法,能不能这样,还要请你们家帮着拿个主意,我一切依照行事。"

一席话说得妥帖又诚挚,让王知柄脸色大霁。他仔细地打量了父亲一眼,道:"没想到你做事这样沉稳厚道,倒是我小瞧了你。"

父亲汗颜,支吾道:"天色不早,我就不留你了。等下次过来,我请你喝茶——我那里还有二堂兄从福建捎来的大红袍,颇值得一尝。"

王知柄满意地走了。

父亲擦着额头的汗水,转身朝着窦昭躲藏的太湖石喊道:"还不快出来?太阳这么大,小心晒着!"

窦昭笑嘻嘻地走了出来,道:"我躲得好好的,爹爹是怎么发现我的?"

父亲笑着指了指窦昭头上的金环。

早知如此,就应该扎头绳的。窦昭在心里嘀咕着,想到那三千两银子,亮出手里拎着的荷包笑道:"爹爹,我捡了一个荷包……"

不要说她现在只有五岁,就是她十五岁,三千银子想不着痕迹地私藏了也不是件容易的事,最好的办法就是把它摊开,光明正大地据为己有。

父亲笑道:"原来是被你捡了去。"一面说,一面伸手去拿那个荷包。

窦昭手一晃,把荷包藏在了身后:"是我捡到的,就是我的。"

父亲一愣,笑道:"可这荷包是我的。失主找来了,你难道还想赖不成?"

"那您得谢谢我。"窦昭道,"要分我一半。"

父亲忍俊不禁,刮了刮她的鼻子:"你这都是跟谁学的?"然后打开荷包,从里面挑了张十两的银票给她,"给你的谢礼。"

"不行,不行,"窦昭和他来混的,瞅着那些一百两、二百两的抓了一把在手里,"这些都是我的……"

正说着,祖父走了出来,父亲有些慌张地把银票全塞进了荷包。

祖父皱了皱眉,道:"这是做什么呢?"声音很冷淡。

"没事,没事。"父亲连忙道,"寿姑的荷包松了,我帮她挂上。"

啊!窦昭忍不住咧了嘴笑,这银票是父亲的私房钱,所以连祖父也要瞒着。

祖父不悦地道:"这些丫鬟、婆子做的事,你一个大男人,跟着掺和些什么?"然后道:"你跟我来,我有话要跟你说。"

父亲应诺,招了妥娘过来,指着窦昭低声说了几句话,便和祖父去了鹤寿堂。

窦昭笑眯眯地往正房去,妥娘一路上盯着她腰间的荷包,每逢过桥穿径她的脸色就紧一紧,嘴里不停地念叨着:"四小姐,您小心点,您小心点。"恨不得把那荷包捧在手里。

窦昭问她:"你知道这里面装的是什么?"

妥娘不住地点头,窦昭从荷包里翻了张十两的银票:"赏给你的!"

"我不要,我不要。"妥娘的脸色发白,"小姐快收起来吧!要是被人看见揪了去,我就是死一百回也赔不起啊!"急得都快哭起来。

窦昭叹气,将荷包递给了妥娘:"你帮我收起来吧!"

妥娘应了一声,小心地将荷包揣进了怀里,一直用手捂着装荷包的地方回到了正屋。

晚上,父亲回到屋里,问她:"荷包呢?"

窦昭从床头的挡板里抱了个匣子出来："在这里。"

父亲哈哈大笑，窦昭趁机把匣子放了回去。

父亲叫了俞嬷嬷进来："四小姐屋里多了三千两银票，你登记在册。"

俞嬷嬷脸色大变，不安道："这么多的银子，放在四小姐屋里，妥吗？"

父亲一向大手大脚惯了，不以为意地道："没事，三千两银子而已。"

俞嬷嬷不好再说什么，窦昭却笑弯了眼睛。

这银子，她还有大用处呢！

第二天傍晚，王映雪的嫂嫂们来了，姑嫂三人关在屋里说话。

高氏是个严肃的妇人，说起话来也不怎么客气："这里没有外人，你有什么打算就直说吧！"

庞氏坐在墨漆描金的绣墩上，姿态悠闲地喝着茶，一双杏眼却精明无比地把王映雪屋里的陈设扫了个遍：玫瑰红的湘被，景泰蓝的花觚，丁香色的漳绒坐褥，官绿色的茧绸帐子，还有手中官窑的粉彩茶盅。没有一万两银子，恐怕是布置不起来吧！难怪她不想走。

庞玉楼抿着嘴笑了笑，听见她的小姑哽咽道："要是我带了明姐儿回去，爹爹可答应？"

"你若是觉得好，我就替爹爹做主答应你了。"多年艰辛生活让高氏从一个只知道顺从的女子变成了个处事果断的人，她沉声道，"若是别人问起，就说是亲戚的孩子，父母双亡，没人照顾，由我收为养女。所有的官文你大哥都会想办法办妥的，你不用担心。"

当务之急是把王映雪接回去。

王映雪没想到事情会这样，她情不自禁地咬了咬唇，道："可这样一来，到底是养女……"

高氏闻言心痛如绞。那个纯真善良、高洁如兰的王映雪哪里去了？难道贫困的生活就真的这么可怕？自己也是千金小姐，嫁入王家后主持中馈，伺候婆婆，照顾小姑，抚育子女，想到出嫁前父亲"君子当安贫乐道，恬于进取"的教导，她就能静下心来做好自己的本分。

可王映雪呢？是什么时候开始变的？是雷家退亲的时候？是她开始营生养家的时候？还是自己怜惜她一时失足昧着良心为她出面的时候？

高氏不知道该说什么好。

出身商贾的庞氏却眼睛珠子一转。她是从小听着算盘珠的响声长大的，王映雪的言下之意她怎么听不懂？何况她平日最是烦这个嫌弃她出身、总把她和大嫂高氏相比较的小姑，因而有些看戏不怕台高地笑道："小姑这话说的也有道理。不过我们家现在不同往昔，给人家做妾是不能的。要不，让爹爹出面跟窦家说说，把诸家的婚事退了，把你扶正算了……"

"你别乱说，小心让窦家的人听见了笑话。"高氏忍不住喝道，心里暗暗后悔没能顶住婆婆的说项，带了庞氏来窦家。

"大嫂，您说这话我就不爱听了。"庞玉楼懒懒地道，"合着您是王家的媳妇，我就不是王家的媳妇了？您是高门大户，我比不得。可我是王家落魄的时候嫁进来的，贫贱不能移，也未必就那样的上不得台面。"

出身大家的高氏遇到出身市井的庞玉楼，颇有些秀才遇到兵的感觉，因此如果不是什么原则上的大事，高氏通常都会忍让庞氏几分，但王映雪流露出不想离开窦家的意思，这就是原则上的大事了。

高氏耐着性子道:"你也不是那没有见过世面的人,谁家会随随便便就把妾室扶正的?"

庞玉楼当然知道,只是不想让那高氏压过自己一头,嘟哝道:"我们镇上的陶秀才不就把妾室扶正了吗?"

"那是因为陶秀才正经娘子病逝了,那妾给他生了唯一的儿子,陶秀才娘家兄弟写了同意书,认了那妾做妹子,"高氏眼底闪过一丝不悦,道,"那能一样吗?"

"不就是儿子吗?"庞玉楼朝着王映雪眨了眨眼睛。

王映雪顿时面上红一阵白一阵的。庞玉楼看着有些不对,低声道:"怎么?明姐儿都一岁多了,又是乳娘带着,你身上还没有动静吗?"

"二嫂胡说些什么?"王映雪的脸上有些挂不住,道,"七爷说了,要为赵谷秋守三年的。"

"啊!"庞玉楼张大了嘴巴,望着王映雪嘴角动了动,最后还是什么也没有说。

高氏则在心里叹了口气,这样好的人,遇到得却不是时候。

窦昭当然不知道王映雪姑嫂在屋里都说了些什么,她被父亲窦世英拉了去钓鱼。

六月的真定,天气还是很热的,但马车跑起来,有风从竹帘穿过,还是让人感觉很舒适的。

父亲的随从高升这次充当了车夫。他一边赶着车,一边和父亲说着话:"……还是两年前和您一起去钓了鱼的,山上的野葛又粉又甜,再也没有吃过那么好吃的野葛。不过这次去得不是季节,只怕吃不上了。"

"不过山上有半坡野艾蒿,"父亲微笑道,"到时候摘点回去做艾叶茶或是煮艾叶粥,清热解火,也不错啊!"

窦昭望着只有三个人的马车,奇道:"爹爹为什么不带几个小厮、丫鬟,到时候也有人帮着做事啊!"

高升呵呵地笑,专心地赶着车,父亲则摸了摸她的头,没有作声,好像她说错了什么话似的。

窦昭心里有些犯嘀咕,再一看,这路边的景致怎么这么熟悉!

她扒在车窗上朝外望:密密匝匝的蜀黍地仿佛一望无际,几户小巧的农家小院点缀其间,远处油绿色的山丘此起彼伏,偶尔道路两旁全是郁郁葱葱的杨树。

这,这不是去祖母田庄的路吗?窦昭错愕地回头朝父亲望去。

父亲还以为她是被眼前的景色所震惊,笑指着蜀黍地:"看见那黄色的须须没有,那就是蜀黍。等会我让高升下去看看,要是熟了,就掰几个我们带着去山上烤着吃。"

高升再次呵呵地笑,窦昭则不置可否。

马车很快上了条岔路,穿过一片蜀黍地,朝一个小山丘驰去。

莫名的,窦昭松了口气。这片蜀黍地是郎家种的,祖母的田庄在郎家的隔壁,界碑是块人高的青石,刻了大大的窦字。

不一会儿,马车停了下来,他们下了车,高升拴了马,手提肩扛地拿着钓鱼的东西跟在他们身后。

绕过一棵老松树,窦昭听到了潺潺的流水声,她脸上的表情变得有些古怪。

这个地方她太熟悉了。这是条位于郎家和窦家交界之处的小河,河水清澈透明,河床很浅,里面的鹅卵石清晰可见。每到六月,河里的一种像梭子似的小银鱼就会在河边食青草。她常和农庄上的孩子挽了裤脚下河网鱼。

河对岸是个斜坡,品字形长着三株野桃树,每到春暖花开时,桃花盛开,娇嫩如粉,十分的漂亮。等到夏天,野桃树会结了小小的青桃,又苦又涩,根本不能吃。这个时候,他们就会跑到野桃树旁的洼地去摘野菜。珍珠菜、黄秋葵、酸浆草、南苜蓿……春天的时候采了嫩叶做菜,夏天的时候采果实卖到真定的药铺,换几个铜子补贴家里,总能换来大人的一声称赞,赏两文钱买零嘴吃。

她自然不用为了零嘴去做这些,不过她走到哪里身边都带着两个像小尾巴似的丫鬟,两个丫鬟或是摘了野菜或是采了野果,她就分给同伴,时间长了,大家越来越喜欢和她一起玩。

父亲怎么也知道这个地方?

窦昭脑子有些打结,等她回过神来的时候,已经和父亲站在了小溪边的大槐树下。高升在大槐树下支开胡凳,摆上凉茶,父亲带着窦昭在大槐树下的胡凳上坐下。高升则选了水草丰盛的地方站好,拿出鱼竿,挂上鱼饵,开始钓鱼。

这就是父亲所谓的钓鱼?窦昭有些瞠目结舌。

父亲却悠然地喝着茶,还叮嘱她:"不要跑到太阳下面去,小心晒伤了皮肤。"

窦昭无聊地望着对岸的青桃子。风吹过,树枝哗哗作响,青桃随风晃动。

父亲笑道:"那桃子又苦又涩,吃不得。等来年开春,我让人到真定府给你买京都的水蜜桃回来吃。"

父亲连这个都知道!窦昭瞪大了眼睛。

那边高升已经钓了一条小鱼起来,他将小鱼丢到小桶里,笑道:"照今天这样,七爷和四小姐晚上有鱼吃了!"

父亲笑道:"今天我们去保山家蹭饭吃去!"

高升有些奇怪地"哦"了一句,但并没有多问,窦昭却没有顾忌,道:"我们为什么要去冯家蹭饭?"

父亲犹豫了片刻,笑道:"王姨娘的嫂嫂们过来了,他们家今非昔比,又和五哥有些渊源,按理说,我应该好好招待招待的,可王姨娘毕竟是妾室,我出面招待名不正言不顺。待我们在你冯伯伯家用过晚膳再回去,她们也应该回南洼了。"

难怪大热天的出来钓鱼!窦昭恍然。

父亲笑道:"走,我们去山坡上看看!"说着,抱着窦昭就爬到了坡顶。

放眼望去,祖母的宅子历历在目,窦昭甚至能看见站在前院和仆妇说话的祖母。

窦昭十分惊讶。不知是不是她的错觉,祖母好像能感觉到他们的存在似的,一直望着他们在的方向。

窦昭回头看去,父亲正目不转睛地望着祖母的宅子,表情认真。

窦昭脑子里"嗡"的一声——原来,父亲一直是通过这种方式来表达对祖母的思念!她从来不知道!父亲,还有什么秘密呢?

窦昭思忖着,耳边传来父亲喃喃的自语:"我九岁的时候才知道自己不是娘亲亲生的,我就是想知道,生我的是个怎样的人?我不想让娘亲伤心,可想到她这么多年一个人孤零零地待在这田庄,我又觉得心里很难受……"

窦昭只觉得心里堵得慌,难道是因为这个原因,所以前世她才被送到田庄的?

那天父亲对王映雪说,他需要一个嫡子。难道是因为这个原因,所以前世才有的窦晓?

原来,父亲有两个小妾,却很少在小妾屋里过夜,她以为是父亲喜欢王映雪的缘故,可现在看来，父亲当时正值壮年，父亲和王映雪却只生了窦明和窦晓两个……

她很想问问父亲在那个如梦似真的世界里发生的事情——可这些现在都没有发生过。

她心里乱糟糟的。

高氏的心里也乱糟糟的。

她知道庞氏这个人心眼多，说话行事没有规矩，可怎么也没有想到，她竟然说出这样的话来，更没有想到的是，小姑竟然还一脸的意动。她忍不住怒火中烧，厉声呵斥庞氏："己所不欲，勿施于人。你这样说，也太……"她想说"太无耻"，可想到以后还要在一个屋里进出，无奈地改口道："太过分了！"

庞玉楼看见高氏变了脸心里就高兴，说起话来夹枪带棍毫不含糊："大嫂，我不像您，读过圣贤书，说起话来大道理一套一套的，我只知道，人不为己，天诛地灭！小姑落得如此下场，到底是为什么？还不是为了我们这个家！现在家里略有些起色了，怎么，就嫌小姑丢人，就翻脸不认人了？你们做得出来，我可做不出来！我知道，这人要知道好歹。当初小姑一个姑娘家，为了家里的营生抛头露面的时候哪个人不在背后对我们家指指点点的，那个时候你们怎么不跳出来讲什么礼义廉耻啊？说到底，还不是因为要靠着小姑吃饭……"

高氏不由瞥了眼王映雪，就看见王映雪正几不可察地微微颔首，她顿时如坠冰窟，心里都透着几丝冷意。

"你给我住嘴！"高氏厉声喝道，打断了庞玉楼的话，"靠自己的劳作吃饭，天公地道，何惧那些小人的那些流言蜚语！窦七爷已经定亲，你却为了私心去破坏窦诸两家的婚事，行事卑劣，人人皆可唾弃，怎可相提并论……"

庞玉楼冷笑："什么是私心？什么是公心？想吃好穿好过好日子就是私心？把自己的东西全给别人就是公心？小姑是相貌不及那诸家五小姐？还是出身不及那诸家五小姐？何况当初是那窦世英骗小姑说他没有成亲，小姑这才一时大意着了他的道，怎么就不能扶正？怎么就不能把本该属于自己的东西拿回来？大嫂你可别忘了，你是王家的人。当初小姑是为了你的儿子求药才遇到窦世英的！"

高氏脸色发白，胸脯剧烈地起伏，半晌说不出一句话来。

"小姑，这件事我支持你。"庞玉楼坐到了床头，立刻换了副温柔如水的模样，安慰着王映雪，"别人既没有吃你的又没有喝你的，说你不好，那是应该的。可那些吃了你的，喝了你的，还道貌岸然地在那里指责你的人，比那外面的人还要狠毒……"

"二嫂！"王映雪哭着，靠在了庞玉楼的肩头。

"别哭，别哭。"庞玉楼掏出帕子帮王映雪擦着眼泪，"你听我的，我保证让那诸家乖乖地退婚……"

高氏闭上了眼睛，好一会才睁开，神色平和了许多。

她柔声喊着"映雪"，道："当初的事，是大嫂对不起你，我跟你赔个不是。我嫁到王家这么多年，说是我在主持中馈，实际上没有你，这个家我根本撑不下去。你一向聪明，有些话不用大嫂说，你也应该明白。妾室扶正，是要赵家写一份同意书的。窦家和赵家搞得这样僵，赵家怎么可能会写同意书？而且窦家的态度你也看见了，要是有意把你扶正，诸家不同意婚期的时候就正好可以趁机和诸家解除婚约了，怎么会等到这个时候？何况那诸家也不是什么小门小户，窦家不可能为了我们得罪诸家。父亲虽然起复，不过是个小小的七品县令而已。以后该怎么样，你要好好想想才是。"

王映雪伏在庞玉楼肩头，细声道："大嫂，从前你不是总告诉我，有些事，要试试才知道吗？"

高氏被堵得透不过气来，最后说了句"你再仔细想想吧"，拂袖而去。

第十二章 混乱·处置·暂居

高氏走出门，她的乳娘立刻迎了上来，看见她脸色铁青，乳娘心中一跳，急急地低声问道："出了什么事？"

"疯了，疯了！"高氏气得直哆嗦，"她们全都疯了！"说话间，已把院子瞅了一遍。

院子里悄无声息，屋檐下的大红灯笼照在台阶旁盛开的玉簪花上，玉簪花都平添了几分明丽。她是大家出身，很清楚院子里看不到人就并不代表院子里没有人。

"你去叫了车夫，赏他一两银子，"高氏吩咐乳娘，"我们现在就启程回南洼。"

马车和马车夫都是同村李举人家的，李举人听说王行宜起复后强行借给他们家用的。原来说好了明天晚上回去的，现在要人家车夫连夜赶路，打赏是少不了的。

乳娘知道事情有了变故，但她是从高家出来的，懂规矩，什么也没有问，喊了马车夫，借口说家里有急事，先行离开了窦家。

路上，他们碰到窦家的马车。乳娘"咦"了一声，笑道："可能是窦家七爷回来了！"言下之意是要不要打个招呼。

高氏却拉了乳娘，吩咐马车夫："不要停！"声音有些急促。

两辆车错身而过，高氏长长地吁了口气，喃喃地道："我现在哪还有脸和窦家的人打招呼！"乳娘这才凑到高氏的耳边悄声道："怎么了？"

高氏生下来就由这乳娘照顾，后来又跟着她在王家苦熬了十年，于高氏像亲人一样，她没有隐瞒，一五一十地将事情的经过说了一遍。

乳娘听得目瞪口呆，着急道："这可怎么好？这可怎么好？"想到高氏连夜要往南洼赶，拉了高氏的手不停地嘱咐她，"您和大爷成亲第十九天大爷就跟着老爷去了西宁卫，说起来，您和大爷之间只有恩，没有情，您可不要犯糊涂，这是他们兄妹的事，您劝劝也就罢了，千万不要一个人在那里硬顶着。老太太的性子您是知道的，这些年要不是您，王家怎么买得起田，姑奶奶怎么做得了生意？您待老太太比亲娘还要亲，可老太太说起家里事来，总要把姑奶奶放在您前面。庞氏不情不愿地嫁了进来，家无余财的时候尚瞧着你不顺眼，仗着二爷对她千依百顺，非要和你争个高下，现在老爷起复了，她还不知道打的什么主意呢！可别到时候让全家人都瞧着您不顺眼。"

"做娘的都心疼女儿，我娘还不是心疼我。"高氏无力地辩了两句，道，"我之所以要赶回去，就是想说服大爷请公爹出面，强行把小姑接回去。不然让庞氏这样搅和下去，就算是把小姑接了回来，只怕到时候也会闹得沸沸扬扬、尽人皆知，那可就丢死人了！"神色有些无奈。

乳娘不住地点头："您心里有数我就放心了。"

那边窦昭看见辆马车从身边过去，不由回头望了一眼。这半边街都是西窦的宅子，谁这个时候从这里经过？念头闪过，听见高升道："七爷，好像是王家的马车。"

窦世英一愣，随后释然道："可能是有什么事要和王知柄商量，我们装作不知道就行了。"

高升笑着应了声"是"，马车直到进了二门才停下。管家、小厮纷纷上前，管事更是笑道："七爷，六爷酉时就过来了，一直在书房等您等到现在。"

窦世英抱着窦昭就去了书房。

窦世横正悠闲地坐在醉翁椅上看书，旁边的小几上摆放着茶水、瓜果。听见动静，他抬起头来朝着父亲说了句"回来了"，道："你又去钓鱼了？"语气自然，不知道的人还以为他才是书房的主人。

父亲笑着没有作声，六伯父欲言又止。

父亲轻声道："我知道我在做什么！"

"你知道就好。"

两人像打哑谜似的，很快转移了话题。

"你找我什么事？"父亲道，"一直等我等到现在，连留个条子都不行？"

"就是想问问你参不参加今年的乡试了。"六伯父给父亲倒了杯茶，"要是去参加乡试，这就要准备启程了。"然后揪了揪窦昭的发梢，笑道："小尾巴，跟着你父亲去钓鱼了？冯伯伯家的饭菜好吃不好吃？"顺手给了她一杯茶。

看样子，六伯父不仅知道父亲偷偷去看望祖母的事，而且连父亲去看过祖母之后就会找冯保山谈心的事也心知肚明！

窦昭客气地喊了声"六伯父"，回了声"好吃"，端着茶盅安静地坐在那里喝茶。

父亲很犹豫："我去了，寿姑怎么办？内院没个主事的人，我有些不放心。"

六伯父不以为意："把她送我那里去，让你六嫂帮忙带着。"

"到时候再说吧！"父亲还有些迟疑。

六伯也不催促，指了指书案上几大卷书籍："今年新出的时文，五哥让人带回来的，家里进了学的一人一份。"

父亲道："这么说来，五哥是打定主意让我们家中了举的人都去参加会试了？"

六伯父笑道："子君说他不去。他怕中个同进士回来！"

子君是二堂兄窦玉昌的表字，他后来还就真的中了个同进士，因怕被人笑，他无论如何也不愿意出仕，最后在家帮着三伯父管理窦家的庶务。

父亲哈哈大笑，吩咐丫鬟喊了妥娘过来，让妥娘服侍窦昭回去睡觉，自己则和六伯父看起时文来。

窦昭努力地回忆着以前的事。父亲和六伯父一起去京都参加乡试，一起中了举人，然后就留在了京都，直到第二年的六月才回来。会试父亲是二甲第十三名，六伯父却名落孙山。

她记得父亲的师座是当时的内阁大学士何文道，他做了二十年的内阁大学士，先后主持过两届会试，经历两朝，是官场中有名的不倒翁。反而是陈季舟这个名字，她从来没有听说过。不过，她嫁的是勋贵之家，认识的文人有限，没有听说过也是很正常的。

想到这里，她猛地坐了起来。

窦晓是庚戌年，也就是明年三月十六出世的，他做满月的时候，正好传来父亲金榜题名的消息，王映雪后来常拿这个说事，以此证明窦晓是如何的有旺家之运。

算算日子，王映雪应该就是在这段时间怀的孕。

她有些心浮气躁，却什么也没有做。

天要下雨，娘要嫁人。她就是拦得了一次，难道拦得了两次、三次不成？

窦昭想到了母亲。就算那次她没有死成，看见王映雪怀孕生子，恐怕一样会做傻事吧！

窦昭怒其不争，可更多的，却是心痛，心痛母亲的痴情。

她在床上翻了半天才混混沌沌地睡着。

第二天醒来，淅淅沥沥地下起了雨，庭院里的树叶被洗得碧绿，透着股清新的味道。

妥娘领着茉莉和海棠给窦昭做冬袜，玉簪冲了进来。"外面的雨好大！"她拧着湿透了的裙裾对妥娘道，"我等会要给俞家嫂子送点丝线过去，你把上次四小姐赏你的杭绸挑线裙借我穿穿，我回来就还给你。"

俞家嫂子，是大家对俞大庆媳妇的称号，俞大庆是俞嬷嬷的儿子。

妥娘有些不悦，道："俞家嫂子要用丝线为何不自己买？你这样拿四小姐屋里的东西送人情，小心七爷知道了发脾气。"

玉簪恼羞成怒，冷笑道："只要你不说，七爷就不会知道。"又道："你以为人人都和你一样，怀里揣了十两银子就以为自己是有钱人了！七爷可是窦家的爷，三千两银子，说给四小姐就给四小姐，几根丝线而已，说不定你去说，七爷看见我是受了前头奶奶之托照顾四小姐的，还会赏我几匣子丝线呢！你舍不得裙子就直说，用不着拿了四小姐的名头作践我。"

茉莉吓得躲在墙角发抖，海棠却不甘示弱地道："那我们就去七爷面前说去，看七爷是赏你几板子还是赏你几匣子丝线？"

"小贱人，你还反了天了！"玉簪上前就扇了海棠一耳光，正准备反手再给海棠一耳光的时候，妥娘冲上前捏住了她的手使劲一拽，玉簪一个趔趄，差点就跌倒在地。

"你再动手试试！"妥娘横眉怒目地盯着玉簪，"我立马告诉七爷去。"

玉簪想着妥娘是浆洗房的粗使丫鬟出身，怕吃眼前亏，狠狠地瞪了妥娘一眼，"哐当"一声甩了帘子出了门。

茉莉急得快要哭出来了："素馨姐，你快给玉簪道个歉吧，她肯定是去俞嬷嬷面前告你的状去了。"

妥娘却冷冷地一哼，倔强地道："我行得正，坐得直，明明是她打人不对，凭什么让我给玉簪道歉！"

"可是……"比海棠大一岁的茉莉很是担心，"俞家嫂子是俞嬷嬷的儿媳妇……"

"儿媳妇怎么了？"海棠不服气地道，"儿媳妇就更不应该拿四小姐屋里的东西了。"她支持妥娘："素馨姐，上次东府那边的二太太从福建回来的时候，特意让人给四小姐送了些福建的特产过来，我看见玉簪把那些零嘴每样捡了两件送去了俞家嫂子那里。要是七爷问起来，我给你做证！"

她们把窦昭当成不懂事的孩子，玉簪打人，海棠告状，并没有避着窦昭。

窦昭不由在心里叹了口气，这就是没有当家主母的麻烦。

不过，玉簪不能再留在她屋里了，上行下效，会带坏她屋里的小丫鬟们。至于俞嬷嬷，暂且先看她如何处置这件事吧！

俞嬷嬷很快就带着几个有头有脸的管事妈妈过来，玉簪垂头丧气地跟在她们身后。

俞嬷嬷先是当着众人的面狠狠地训斥了玉簪一顿，表扬妥娘一番，然后问妥娘几个："她还拿了些什么给大庆的媳妇？"

妥娘是个直肠子，什么针头线脑的事全说了，海棠还在一旁补充，把个俞嬷嬷听得脸色越来越难看，待她们说完，已是勃然大怒，吩咐身边一个姓霍的妈妈："你去把大庆的媳妇找来。"

霍妈妈犹豫了一会儿，还是出了门。

俞大庆的媳妇穿着件茧绸夏衫，戴着镏金的耳环，市侩外露。她一看这架势就把责任全推到了玉簪的身上："……她说要认我做干姐姐。这干姐妹之间互相馈赠些东西也是常事，何况都是些小东西，我也就没有放在心上。谁知道竟然是玉簪背着四小姐偷偷拿的。"说着，拔腿就要跑，"我这就把她送给我的东西都还回来。"

"你给我站住！"俞嬷嬷冷着脸呵斥她，"七爷把内宅的事托付给我，那是我们这些做下人的体面。你不要仗着是我的儿媳妇，就在这府里胡作非为……"

窦昭无意再听下去。她只要知道俞嬷嬷对这件事的处置结果就知道俞嬷嬷对这件事的态度了。

窦昭回了内室，茉莉立刻跟了过去。她铺了宣纸练字，茉莉就在一旁磨墨。

外面喧闹了一阵子，也就安静下来。

妥娘和愤愤抱怨不停的海棠撩帘而入："……玉簪竟然只被罚了两个月的月例，照窦家的规矩，这样的人是要当着众人打了板子撵出府的。还有俞家嫂子，她早就扬言说不想在窦家当差了，俞嬷嬷现在免了她的差事，不让她进府，说不定正中她的下怀呢！"

妥娘道："说这些做什么。我们只要照顾好四小姐就行了。你以后也要机灵点，别让人再占四小姐的便宜了。"

海棠连连点头。

窦昭却是听着笔锋一顿。

前世，她用的是田庄和崔家的人。他们跟着她从真定到济宁侯府，最后能站在她身边的，都是对她忠心耿耿、机敏通透的人。这一世，她还准备用原来的旧人。只是她年纪还小，贸贸然把这些人招在身边，说不定还会弄巧成拙，还不如等个两三年，她就是有什么让人生疑之处，一句"早慧"就能搪塞过去。

她压根儿就没有指望母亲的这些人，想着前世王映雪是她的继母，清理后院，打压拉拢，是每个继室都会干的事，而她那时候懵懵懂懂不懂事，又没有个胞弟撑腰，母亲身边的人看不到希望，时间长了，有了自己的打算，都是可以理解的。

可理解归理解，却并不代表她就能原谅，因此窦昭有点放任自流的味道。

只要大家能把这两三年糊弄过去，在她的人接手之前，她愿意睁只眼闭只眼的，全当是感谢她们服侍过她母亲。

可现在看来，却是她的错。俞嬷嬷一家不过是仆妇，那俞大庆的媳妇凭什么扬言不想在窦家当差了？不过是借着帮母亲打理庶务中饱私囊瞧不起在窦家当差的这点银子罢了。

她心里顿时烧起股无名之火。

母亲去世的时候，俞嬷嬷哭得痛不欲生，她相信俞嬷嬷对母亲的感情，但想到俞嬷嬷对玉簪、对自己儿媳妇的处置，她也相信自己的判断。说不定，前世王映雪能拿捏住母亲的人，就是因为抓住了俞大庆的把柄也不一定。

想到这些，窦昭放下笔，吩咐妥娘："你把那个描了牡丹花的匣子拿过来。"

妥娘去拿匣子，窦昭问茉莉和海棠："你们可分得清什么是蜜蜡？什么是黄玉？"

茉莉和海棠都有些惊讶，四小姐很少和她们说话的。

沉默片刻，茉莉摇了摇头，海棠迟疑了几息的工夫，也摇了摇头。

就知道会这样！窦昭眉头微蹙。

母亲猝然去世，内宅乱了套，这些新进的小丫鬟都没能得到足够的指导，而她的年纪又是个致命伤，她就是有心用她们，她们也无法胜任，何况在这个家里，她除了妥娘，谁也不信任！偏偏妥娘还是跟了她之后才勉强认识了几个字，这样一来，能读会写的玉簪就成了她屋里管事丫鬟的不二人选。

妥娘拿了匣子过来。窦昭拿出放在匣子里的一叠礼单。前世的经历养成了她大胆却谨慎的行事做派，她习惯性地把礼单都收了起来，如今却派上了用场。

仆妇们若是有了异心，最直接有效的手段是阳奉阴违，东西不上册，偷了根本就不知道。她屋里吃穿用度都是公中的，账册在三伯父那里。母亲的东西舅母亲自督促上的账，父亲那里一本，舅母手里一本，俞嬷嬷手里一本。玉簪唯一能动的就是这些日子她得的赏赐了。

看样子，她只能自己清点这些赏赐了。

"你们都散了吧！"窦昭对妥娘等人道，"别让玉簪闯进来就行了。"

妥娘应诺，去了外间。和茉莉跟在妥娘身后的海棠走到门口却停住了脚步。"四小姐，您是不是要清点东西？"她忐忐不安地道，"我祖母曾经服侍过老太太，我们家有几件老太太赏赐的旧物，我祖母常拿出来擦拭……"

窦昭道："那你就过来帮忙吧！"

海棠兴高采烈地应了，坐在旁边帮窦昭清着东西。窦昭略一指点，她就立刻学会了分辨什么是玛瑙，什么是琥珀。

多历练历练，将就着也能用了，窦昭在心里暗暗点头。

其间有窦世英身边的小厮过来禀道："七爷说他这几天和六爷有事，让四小姐自己练字。"窦昭正好也不想见父亲，点头让茉莉打赏了小厮几个铜子，继续和妥娘她们找东西。

到了下午，清点出少了一支镏金镶石榴石多子多福簪子，一串沉香木佛珠。

窦昭吩咐妥娘："你去跟俞嬷嬷说，让她把这两件东西找回来。"

妥娘气得跳脚，道："玉簪的胆子也太大了。只有千日捉贼的，哪有千日防贼的，我看这事应该跟七爷说一声……"

"不用了。"窦昭道，"东西找回来就行了。"

妥娘见窦昭这么说了，只好放过玉簪，拿着礼单气呼呼地去了俞嬷嬷那里。

窦昭另有打算。玉簪之所以这么大的胆子，还不是因为欺她年纪小，而俞嬷嬷管着内宅的事务。这件事捅到父亲那里，以父亲的为人，最多把玉簪打几板子赶出去，哪里会想那么多。好像男人都是这样的，对内宅的那些钩心斗角都看不见似的，她还不如自己想办法。

窦昭和海棠收拾着东西，萱草跑了进来。

见屋里只有她们三个人，她立刻眉飞色舞起来："我告诉你们，栖霞院那边打起来了！"

窦昭愣住，茉莉和海棠已迫不及待地道："出了什么事？萱草姐，你快说说！"

萱草很喜欢东家长西家短的，为这件事妥娘平日里没有少说她。见大家都眼巴巴地望着她，她很有些得意，道："刚才王姨娘的大哥和大嫂来接她，她不回去，王姨娘的大哥就给了她一耳光，打得王姨娘半边脸都肿了。王姨娘的二嫂就说王姨娘的大嫂心肠狠毒，怂恿着王姨娘的大哥打王姨娘，王姨娘的大嫂气得和王姨娘的二嫂吵了起来，王姨娘又抱了明姐儿要寻死……"她啧啧地道，"那边可热闹了，七爷不在家，老太爷只好过去劝架。"

"不会吧！"茉莉和海棠齐齐惊呼，"你怎么知道的？"

萱草得意洋洋地道："何止是我，丁姨奶奶身边的婉儿，七爷身边的青海，都躲在那里看热闹呢！青海还被老太爷给逮了个正着，还好他机灵，说是七爷走的时候交代过，栖霞院有什么动静就过去看看，老太爷又急着赶去栖霞院，他这才蒙混过关，被老太爷派去东府那边找七爷去了。"

窦昭张口结舌："王姨娘当着老太爷的面，就这样和自己的大哥大嫂吵了起来？"萱草连连点头。

窦昭冷笑，见过蠢的，还没有见过比王映雪更蠢的，上一世她怎么就把王映雪当成了对手？她吩咐萱草："那你再去看看还有什么热闹。"这话正中了萱草的下怀，她应了一声，一溜烟地跑了。

那边直到掌灯时分才消停。

萱草感慨道："……王姨娘那么漂亮温柔的一个人，没想到从前受了那么多的苦。"茉莉和海棠不由把她团团围住，就连窦昭也"哦"了一声，非常感兴趣地听她往下说。

萱草就学了一遍王映雪如何哭诉自己被雷家退婚时的痛苦，如何感激大嫂能嫁到王家来，如何在心里暗暗发誓自己以后就算是吃糠咽菜也不能少了大嫂和侄儿的一口粥，自己这些年在外面抛头露面地做生意又是如何的艰难……直把王知柄和高氏说得哑口无言。

"她二嫂好厉害啊！"萱草后怕地道，"不仅帮着王姨娘说话，还把七爷、老太爷一起都骂了。说什么要去告七爷和老太爷，让七爷做不成官，让老太爷颜面扫地……把老太爷气得话都说不出来了。王姨娘的二嫂还让自己身边的嬷嬷去把自己娘家的兄弟都叫来，说要和窦家打官司呢！"

窦昭哈哈大笑，庞玉楼，一向都这么可爱！

当天晚上，王知柄和高氏歇在了窦家。窦昭并不关心这些，她一直等着妥娘回来。

"俞嬷嬷说，明天一早她就把东西送过来。"妥娘回来得有点晚。

窦昭松了口气，吩咐妥娘："把我们平常惯用的东西都收拾收拾，过几天我们可能要去东府的六伯父那边住几天。"

"为什么要去六老爷家住？"妥娘张大了嘴巴，"是不是因为王姨娘在家里闹腾得不像话？"

连她都知道了，可见窦家上上下下的人都听说了。

窦昭笑道："不是。是父亲要去京都参加乡试，怕我没人照顾，可能会送我们去六伯父那里住些日子。"

不管发生了什么事，举业最大，父亲肯定会去京都参加乡试。

在那个前世般的梦里，丁姨奶奶很成功地离间了窦昭和舅母，她安然无恙地待在窦家，由窦世英帮着养老送终。这一世，她失去了管理内宅的权力，窦昭也没了长辈的照拂，在祖父不待见祖母的情况下，六伯父的提议正好为父亲解难，她十之八九会被送到六伯父家暂居。

窦昭也愿意去六伯父家暂居。

六伯母姓纪，南直隶常州府宜兴县人，她的祖父纪年是己丑年的状元，祖上还曾出过一位帝师，一位阁老，是江南屈指可数的官宦世家。

二太夫人当年就是看中了六伯母的家世，仗着二伯祖做御史的时候曾经给过纪年方便，涎着脸为六伯父求来了这桩亲事。

相比纪家而言，窦家此时不管是声望还是财力都远远不如，何况那江南人家过日子本就比北边的人精细，六伯母嫁进来以后，二太夫人在这个儿媳妇面前颇有些珠玉在侧的感觉，说话、行事都有点顾忌。

好在六伯母大家出身，大方沉静，并没因为下嫁而倨傲，不管是对婆婆还是妯娌小姑都恭逊有礼，加之六伯母进门有喜，先后诞下两个儿子，一来二去，六伯母就成了二太夫人的心头肉。

前世，窦昭和这个六伯母接触不多。但她出嫁前，父亲却请了六伯母告诉她闺房之事。她还记得，六伯母临走前拉了她的手低声嘱咐她："记住了，你嫁人之后最要紧的是生儿子，其次是奉承婆婆，至于丈夫，你只要在他面前保持颜色常新就行了……"

这是第一次有人掀开妇言妇德的面纱这样直白地向她讲述为妻之道。

窦昭非常震惊，可震惊之余，她不免仔细地思索六伯母的话，而且是越想越觉得有道理，越觉得有道理就越照着行事。

那时候，她忙着自己的事无暇顾及旁人，此时回想起来，她不禁对六伯母和六伯父之间的关系十分好奇，加上她还有事要求六伯母，不免有些期待着去六伯父家暂居的事来。

第二天中午，庞家浩浩荡荡地来了一群人。

或许是已经决定了让纪氏照顾窦昭一段时间，或许是觉得家里的气氛不好，下午，窦世英就亲自把窦昭送去了东府。

二伯母和六伯母在二门迎接他们父女。窦昭不由打量起六伯母来。纪氏此时不过二十四五的年纪，白净娟丽，乌黑的青丝绾了个纂儿，插两根金包玉的簪子，藕荷色的夏衫，白纱裙，通身再无其他饰物，十分的素雅。

她笑着上前抱了窦昭。

窦昭闻到若有若无的蔷薇花香。这香味她识得，并不是寻常的熏香，是大食来的蔷薇花露，五十两银子一小瓶，价比黄金，而且只有京都最大的几家商行有售。

二伯母则笑着摸了摸她的头，对窦世英道："你也和我们一起去见见太夫人吧！"

女儿要麻烦东府的女眷帮着照料，窦世英谢了又谢，一行人去了二太夫人那里。

二太夫人屋里的布置很简单，却件件古朴大方，低调中透着奢华，让人想起放置古玩的库房，没有什么生气，处处透着冷意。

这屋子和二太夫人倒很相配，窦昭想着她对母亲的冷酷无情，腹诽道。

行过礼，二夫人抓了把糖给窦昭，然后问窦世英："听说王家闹得有些不像话？"漫不经心的口气中透着几分严厉。

窦世英红了脸，低声道："我很快就会处理好的。"

二太夫人道："你马上要去参加乡试了，我看这件事就让你二嫂出面帮你和王家的人交涉吧？"

是命令的口吻，而不是询问。窦世英赧然点头。

二太夫人满意地"嗯"了一声，望向窦昭时就换上了一张慈爱的笑脸："来，寿姑，到二伯祖母这里来！让二伯祖母看看你有没有长高。"

窦昭觉得二太夫人像千年老妖似的，祖父去世后又过了十年，她才去世。

她无意和二太夫人亲近，听到二太夫人的招呼，并没有走过去，而是拉着六伯母的手大声地道："我今年都五岁了，自然长高了。"声音清脆响亮，让众人怔愣之余大笑起来。

二伯母凑趣道："二婶，您失算了！您应该先把糖拿在手里再喊寿姑过去的。现在您手里什么也没有，寿姑怎么会跑到您那里去？"大家又是一阵笑。

二伯母站起身来，对窦世英笑道："你就放心把寿姑交给六弟妹好了，我们都会帮你照看她的。时候不早了，我和你回去看看吧？真定一巴掌大，这样闹起来，大家脸上都不好看。"

窦世英摸了摸女儿的头，叮嘱了她几句"听话"之类的话，然后和二伯母回了西窦。

二太夫人则仔细地询问了六伯母怎样安置窦昭，这才放她们离开。

六伯母带她去给大伯母问安。作为和二太夫人一样的孀居妇人，她就住在二太夫人隔壁的院子。

悄无声息的宅子，青色的帐子，黑漆家具，松荫遮了外头的阳光，大伯母憔悴的面孔雪般的惨白。窦昭想起她从前笑语殷殷的样子，很是唏嘘。

大伯母微笑着将窦昭抱了怀里，让丫鬟端了瓜果糖食进来招待窦昭："没事就来看大伯母。"窦昭笑眯眯地应了。

六伯母和大伯母闲聊了几句，就带着窦昭辞了大伯母。

出了门，晒着外面的太阳，听着嘈杂的蝉鸣，窦昭莫名地就松了口气。

六伯母温柔地问她："累不累？"窦昭摇头。

六伯母笑道："那好，我们去给你三伯母问安。"又哄着她，"给你三伯母问过安，我们就回去吃冰镇西瓜，好不好？"

窦昭笑着点头。

三伯母和六伯母比邻而居，她们进去的时候三伯母正在训斥刚过弱冠之年的七堂兄窦繁昌："……你能和启俊比？他能问得倒先生，你呢，你是被先生问倒……"他是三伯母的长子，在窦繁昌之前，三伯母生了三个女儿。

纪氏和窦昭进来，这话当然也就训不成了。窦繁昌笑容尴尬地和纪氏、窦昭打了个招呼，悻悻地走了。

三伯母抚着额吩咐丫鬟上了茶点，然后和六伯母抱怨道："也不知道得罪了哪路神仙，好不容易生了两个儿子，大的二十岁了还不晓事，天天只知道玩，小的倒是聪明，可就是不喜欢读书，让他读书就像要他的命似的……"

在窦昭的记忆中，三伯父的两个儿子在读书上还就真没什么出息。

窦繁昌中了秀才之后就一直在读书、科举、落第，窦华昌年过三旬时转行做起了古玩生意，窦昭还介绍了几个重量级的客户给窦华昌。

六伯母安慰着三伯母："他年纪还小，未定性，娶了媳妇就好了。"

窦繁昌和自己的表妹定了亲，婚期定在了明年的三月。

三伯母叹气："但愿如此！"

六伯母带着窦昭告辞，三伯母送她们到门口，抬头却看见三伯父神色匆匆地走了过来。

"寿姑过来了！"他远远地笑着，朝着六伯母拱了拱手，喊了声"六弟妹"，道："我有要紧事见娘，晚上你们过来吃饭吧？算是我给寿姑接风！"

三伯母忙道："是啊，是啊！你们到我们这边来用晚膳吧！"

东窦本是二房住在一起，除了节气、祭祀，平时各家吃各家的。他们请的是窦昭，纪氏没有客气，笑着应了，然后抱着窦昭回了屋。

纪氏的乳娘王氏已经将窦昭的东西和丫鬟都安顿好了，见窦照脸晒得通红，喊了妥娘一起服侍窦昭洗了个温水澡，又帮着窦昭拍了冰片粉，换了身白纱小衫，戴了银项圈和银手镯，这才领着她去见纪氏。

纪氏也洗了澡换了衣裳，两个丫鬟正一左一右地给她摇着扇子。她拉着窦昭的手上下打量了一番，笑盈盈地点头，抱着窦昭上了炕："这才像个姑娘家的样子！"随手拿了把扇子，一面帮窦昭打起扇来，一面吩咐王嬷嬷："今天我们去三伯那里吃饭，要是六爷赶得回来，就让他去三伯那里，要是赶不回来，你们就单给六爷做晚膳。"

窦昭猜六伯父肯定是和父亲去了她家。

王嬷嬷笑着应是。

有个杏眼桃腮的丫鬟走了进来，王嬷嬷一见，立刻把屋里服侍的几个丫鬟都带了下去。那丫鬟接过六伯母手中的扇子，帮窦昭打着扇，低声对六伯母道："三爷接了五爷的信，说是陈季舟被迫致仕，曾阁老推荐何文道阁老主持这次的会试。五老爷在吏部侍郎任上甚得曾阁才器重。太夫人听了，立刻让人带信给西府的老太爷。我过来的时候，送信的人刚刚出门。"

六伯母"嗯"了一声，丫鬟就去撩了帘子，王嬷嬷和几个服侍的丫鬟鱼贯着走了进来，原来干什么的继续干什么，要不是那个丫鬟还在帮窦昭打着扇，窦昭还以为她刚才是在做梦呢！

六伯母果然是深藏不露的高手。窦昭汗颜，情不自禁地想起刚才听到的话来。

曾贻芬逼走了陈季舟，而五伯父得曾贻芬器重，这是好事啊！为何二太夫人一听就急急地把祖父叫了过来？她百思不得其解。

第十三章　夜语·纪氏·连环

一轮明亮的满月孤寂地挂在天空，皎洁的月光水银般地泻下，庭院里到处是斑驳的树影。

纪氏坐在临窗的炕头，望着睡着了的窦昭，几不可闻地叹了口气："这孩子，长得可真漂亮！"说话间，顺手将垂落在窦昭腮边的几缕青丝拂在了窦昭的耳后。

从三爷窦世榜家出来，她又带着窦昭去给几个侄媳妇问安，回来的时候已是夜深人静，洗漱了一番，窦昭倒在床上就睡着了。

王嬷嬷正坐在床边给窦昭打扇，听了这话不由朝窦昭望去。屋里没有点灯，月光下的窦昭粉妆玉琢，红红的小嘴微微翘着，流露出一丝笑意，好像做了什么美梦似的，让人看了立刻软到心底去。

"是啊！"王嬷嬷情不自禁地道，"七奶奶怎么就舍得丢下四小姐就这样去了！"

纪氏没有作声，王嬷嬷继续道："说来说去，都是王姨娘不好。明明是故交旧识，还要沾惹七爷，这让七奶奶的颜面往哪里搁啊？不怪七奶奶要走这条路。"

"她并不是因为脸面上过不去才自缢的。"纪氏听着，怅然地道，"是她把七叔看得太重了。就算不是王姨娘，换了别的女子，哪怕是个低贱的娼妓，只要能得七叔的欢心，于她都是天崩地裂般的事，宁愿死也不愿意看到。却不承想她这一走，孩子怎么办？扶养她长大的娘家兄弟怎么办？她这样，简直就是亲者痛仇者快，唉，我都不知道该说什么好！如果她有个母亲帮她拿主意或是有个闺中密友说说话，事情也许不会走到这一步。'丧妇长女不娶'，不是没有道理的。只苦了寿姑，以后怕是日子艰难！"

王嬷嬷不以为然："不是说四小姐和济宁侯府的世子爷定了亲吗？"

"不过是口头说说罢了。"纪氏感慨道，"要是魏家真的想认了这门亲事，赵氏死的时候就不会只派了个管事来了。"

王嬷嬷有点替窦昭担心。

"我们还是别在背后议论这些事了。"纪氏道，"婆婆那边，散了没有？"

她早就发下话去，二太夫人那边一散，就立刻禀了她。

王嬷嬷忙起身道："我去看看！"纪氏颔首，接过王嬷嬷的扇子帮窦昭打着扇。

王嬷嬷探了消息回来："说还没有散。"

纪氏眉头紧锁，显得有些忐忑不安，王嬷嬷犹豫道："可是……出了什么事？"

纪氏轻声道："婆婆只怕正为七叔的婚事和西府的老太爷在争执！"

王嬷嬷愣住。

睡着的窦昭翻了个身，纪氏轻轻地拍了拍窦昭，见她没什么动静，这才低声道："曾阁老踢走了陈季舟，举荐了何文道，这说明什么？说明曾阁老已经在朝中站稳了脚跟。"她的声音冷静而理智，比洒落在窗台上的月光还要清冷，"曾阁老已过耳顺之年，身体、精力大不如前，最多能撑个五六年。到时候谁来接曾阁老的手呢？"她语气微顿，"要是我猜得不错，王行宜应该已擢升至六部京官了。"

王嬷嬷想了好一会，脸色突变："您是说，王姨娘，要扶正？"她声音都颤抖起来。

纪氏点了点头，表情严肃而冷峻："我婆婆这个人，最是见机。这次西府的老太爷要头痛了。"

王嬷嬷呆了半晌脸上的震惊之色也没能消弭，她喃喃地在那里自言自语道："曾阁老被迫致仕后，曾阁老的门生都受了冷落，只有五老爷尚能自保。曾阁老起复之前，他们都依附在五老爷身边……现在王行宜起复了，如果只是个小小的县令也就不足为道，可半年之内升到了六部京官，那就是也很得曾阁老的器重了……五老爷再厉害，却没有王大人的名声，照这样下去，到时候不免要吃亏……要是把王姨娘扶正了，那王家就欠了窦家一个人情，王大人肯定不好意思跟五老爷争这个党首，说不定，还要帮着五老爷争党首……可王姨娘的人品太差了，这样的人就算能生儿子恐怕也教不好……那西府可就全毁了……老太爷无论如何也不会答应的……"她说着，猛地摇头，"不对，不对，连我都能想明白的事，太夫人和老太爷肯定也知道，太夫人凭什么说服老太爷答应把王姨娘扶正啊？"她想不明白。

"所以我才担心啊！"纪氏长长地吁了口气，目光落在了窦昭的身上，"我怕六爷好心办了坏事！"

王嬷嬷不解。

"现在西府那边的确有点乱，寿姑这孩子，小小年纪就没了母亲，我看着也心痛。"纪氏徐徐地道，"六爷让我照顾寿姑，我想也没想就答应了。原是件好事，可现在形势大变，如果太夫人以此为由，让我帮着教养西府的长孙……当年窦家的家产是平分的，后来又一起经营，七叔一个人就能得窦家一半的产业，有几个人能看着不动心？不要说王家的人了，就是窦家的人，说不定都要眼红。到时候我们可就里外不是人，家无宁日了！"

"那怎么办啊？"王嬷嬷急道，"若是真让您带西府的长子，那王姨娘是生母，总不能一年四季不让她看一眼吧？我只要一想到要和她这种卑鄙无耻的小人打交道，我心

· 109 ·

里就腻味。何况龙生龙，凤生凤，老鼠生的儿子会打洞，她能养出什么样的好东西来！可别到时候把我们家的蕙哥儿和芷哥儿带坏就糟糕了。六太太，要是太夫人跟您说这件事，您可千万不能答应啊！就是四小姐，"她朝窦昭望去，"我看也不能留——您就说天气太热，身子骨不舒服，把她送到太夫人那里，谁愿意带谁带去，反正也不会少了她的吃穿。"

蕙哥儿和芷哥儿是六房的长子和次子。

"这种话以后不要再说了！"纪氏不悦地道，"她又不是小猫小狗，喜欢的时候就养着，不喜欢的时候就随便丢在哪。她可是个活生生的孩子！"

"可是……"王嬷嬷踌躇道。

"这也只是我的猜测而已。"纪氏打断了她的话，道，"就算我猜对了，这件事也不是能一蹴而就的——诸家的婚事要给个交代吧？赵家舅爷那里要讨个同意书吧？王行宜那里要想办法让他领情吧？"

"也是哦！"王嬷嬷情绪慢慢平静下来，"不说别的，诸家在真定县也是有头有脸的人家，窦家不说出个三六九来，诸家断然不会同意退亲的。"

"你恰恰说错了。"纪氏笑道，"这三件事里，最容易、最简单的就是和诸家的婚事。你想想，先前诸家不知道从哪里听到消息，说七叔和小妾之间有些事没有理顺，三嫂找了那么多人说项，诸家就是不同意五月里成亲，可见诸家是心疼女儿的人家。若是知道王家闹得这样凶，定然舍不得让捧在手心里长大的娇娇女儿受这样的罪，不用窦家去提，诸家就会主动退亲的。"她说着，喝了口茶。"最难的却是让赵家舅爷同意把王姨娘扶正。"她的声音低了下去，"赵家舅爷此时只怕恨死了窦家，要不是顾忌着寿姑，只怕杀了窦世英的心都有。窦家不去求那扶正的同意书则罢，若是去求，肯定是求不到的。求不到不说，恐怕还会趁机弄些让窦家脸上无光的事出来。"

"那老太爷有什么伤脑筋的？"王嬷嬷笑道，"到时候只说赵家舅爷不答应将王姨娘扶正，另行再娶就是了。太夫人难道还能逼着赵家舅爷写同意书不成？"

"说不定这正中了太夫人的下怀！"纪氏说着，目光再次落在了窦昭的身上，"太夫人不能逼着赵家舅爷写同意书，却能让赵家舅爷在西北永远不能挪窝。山高水长，除非赵家舅爷不做官回来和窦家打官司，否则有窦家撑腰，王姨娘就能光明正大地顶着继室的名头生儿育女。可如果赵家舅爷辞官回来和窦家打官司……一个没有了官身的人，你说，他能打得赢窦家吗？不仅打不赢，多半还会倾家荡产，一贫如洗。就算是子孙聪明，也无力再供养其读书入仕……"

王嬷嬷打了个寒战："太夫人，这也太、太狠了点吧！"

"这未必就全是太夫人的主意，"纪氏透着气，"我们家这位五伯，说话总喜欢说一半，留一半。"

王嬷嬷同情起窦昭来："手心手背都是肉。还好四小姐不懂事，不必夹在中间左右为难。"

"你以为寿姑有好日子过啊！"纪氏爱怜地摸了摸窦昭的头，"你如果是寿姑，如果有一天，有人告诉你，王姨娘是害死赵氏的凶手，你会怎么做？"

"我肯定是要为生母讨个公道的。"王嬷嬷想也没想地道。

"就是。"纪氏的声音幽长而低沉，仿佛把旧胡琴，悲凉而苍茫，"赵家舅爷不写同意书，就这样和窦家对峙着。若是王行宜一心一意追随五伯则罢，若是王行宜三心二意，等寿姑长大了，窦家只要告诉寿姑真相，寿姑若是嫁得金龟婿，说服夫婿帮她出头，一纸状书告到官府，王姨娘名不正言不顺，立刻可以把她从云端打落泥沼；若是寿姑嫁了个平凡普通的人家，窦家这么多子弟，总有人会站在寿姑那边吧？一样可以让王姨娘由妻成妾……寿姑递了这纸状书，七叔一个'以妾为妻'的罪名逃不了。不递这纸状书，寿姑只怕是意难平……果真到了那一步，王家是锥心之痛，窦家是疥癣之症，别人只会说窦家顾及同僚的情面，王家却是养女不教……再说了，七老爷毕竟不是东窦的人……"

"我们老太爷怎么把您嫁到了这样一户人家！"王嬷嬷脸色发白，炎炎夏季，她竟然觉得骨子里都凉飕飕的，"我们纪家可没有这样的事。"

"哪家高门大户不是外面看着繁华似锦，里面千疮百孔？"纪氏道，"你不过是不知道纪家的事罢了。"王嬷嬷默然。

有小丫鬟禀道："六爷回来了！"

纪氏朝王嬷嬷使了个眼色："千万不要在六爷面前透了口风，让他高高兴兴地去乡试了再说。"

"老奴省得。"王嬷嬷沉声道，跟着纪氏出了门。

内室悄无声息，安宁静谧。月光照在窦昭的脸上，眼角的水珠如滚落在昙花花瓣上的夜露，晶莹剔透，如梦似幻。

窦昭托腮趴在窗台上，看着天空一点点地泛白。进来服侍纪氏起床的丫鬟们吓了一大跳，低声惊呼道："四小姐，您怎么这么早就起来了？"

纪氏被惊醒，忙撩了素色白纱帐子："寿姑，你醒了怎么也不叫醒六伯母？"说着，她忍不住捂着嘴打了一个哈欠。昨天晚上，她和窦世横说了大半夜的话，确定了王行宜的擢升。

正酣睡的窦世横也被惊醒了，睡眼惺忪地道："昨天晚上是谁值夜啊？怎么寿姑醒了也没人知道？"然后强打起精神坐了起来，"还好寿姑听话，这要是跑到哪里去了，我们可怎么向七弟交代啊！"他数落着纪氏。

值夜的是那个杏眼桃腮的丫鬟，名叫采蓝，是六伯母身边的大丫鬟。她也不知道为什么一觉醒来，原本和她一起睡在碧纱橱的窦昭就不见了踪影。

"是奴婢当值。"她战战兢兢地立在纪氏的床头，"奴婢睡糊涂了，没有发现四小姐醒了。"

六伯父歇在六伯母屋里时她能在夜里当值，多半是六伯父的通房丫鬟。

窦昭思忖着，笑嘻嘻地道："我悄悄下了床，采蓝姐姐不知道。"采蓝如释重负，望着窦昭的目光比昨天柔和了不少。

纪氏训斥了采蓝几句，让她下去歇了。

丫鬟们进来服侍纪氏、窦世横和窦昭洗漱。

纪氏就道："要不这几天你睡书房吧？晚上我也好安排寿姑的丫鬟当值。"

六伯父有些不悦，道："我后天就启程了。"

纪氏脸色微红。六伯父道："要不，让寿姑和蕙哥儿们睡在一起？"

蕙哥儿是六伯父的长子。

"那怎么能行！"纪氏反对，"寿姑刚过来又搬地方，她会害怕的。"

"那你说怎么办？"六伯父有些不耐烦。窦昭很想说我不害怕，我想要间单独的屋子，可她什么也不能说，只能装作听不懂的样子任丫鬟们给她穿衣。

"那我跟你去书房好了。"六伯母小声地道，"先让寿姑在正房安歇。"

六伯父就喊了丫鬟："去问问，西府的老太爷什么时候走的？"昨天晚上，直到他们歇下了二太夫人那边还没有散。

丫鬟应声而去，六伯母另一个大丫鬟叫采菽的指使着媳妇子摆早膳，两个浓眉大眼的孩子在丫鬟、婆子的簇拥下走了进来。

大的是蕙哥儿，学名窦政昌，今年九岁，小的乳名芷哥儿，学名窦德昌，今年七岁。

窦昭瞥了一眼窦德昌。

在那个梦里，窦德昌是窦家的异类。别人读书的时候，他到处闯祸；别人成家的时候，他拐了纪家大归的表姐；别人立业的时候，他早在翰林院里养蝈蝈了，是京都城里有名的顽主。

给父母行过礼后，窦德昌不顾恭立在旁的哥哥，撒着娇扑到了母亲的怀里。纪氏宠溺地笑着，把小儿子从怀里拉开："都已经上学了，可不是小孩子了，小心四妹妹笑你。"

昨天他们已经见过面了，还一起去了三伯父家吃饭。路上，窦德昌偷偷地揪她的辫子，被窦政昌狠狠地瞪了一眼才作罢。

他不以为意，冲着窦昭喊了声"四妹妹"，又嬉笑着依偎在了母亲的怀里，纪氏哭笑不得。

窦昭侧过脸去，她想起了梦中自己的两个儿子……

那边六伯父问起窦政昌的功课："先生昨天讲了些什么？"

窦政昌毕恭毕敬地道："子曰：不患人之不己知，患不知人也。"

"作何解？"

窦政昌道："人不知我，于我无损；我不知人，则贤愚不分，善恶无别，足以败事败身。"

六伯父满意地点了点头，望向窦德昌，窦德昌乖巧地站直了身子。

尽管如此，六伯父的脸色还是有些难看。他沉声问道："先生昨天都讲了些什么？"

"苏明允，二十七，始发愤，读书籍。"他答得飞快，一看就知道熟读于心。

"作何解？"

"我们可以到了二十七岁再读书也不迟。"

六伯父手"啪"的一声拍在了桌子上，脸色铁青。窦政昌则低了头，肩膀一耸一耸的。

窦德昌求助似的朝纪氏望去，纪氏的脸色比窦世横还要严峻。

窦德昌缩了缩头，乖乖地道："苏明允，名苏洵，号老泉，眉州眉山人……"

六伯父面色微霁。

先前六伯父派去问事的丫鬟回来了，禀道："太夫人那里一直没有散。"六伯父愕然，对六伯母道："我去看看！"

"先用了早膳再去吧？"六伯母道，六伯父已摆了摆手，匆匆出了门。

窦政昌、窦德昌的表情都松懈下来，窦德昌更是三下两下蹿到了椅上，还朝着窦昭招手："四妹妹快来，今天有韭菜盒子。我们家厨娘做的韭菜盒子可好吃了。她是我娘从宜兴带来的，她做的韭菜盒子和祖母、三伯母她们做的都不一样，你肯定没吃过。"

六伯母是南方人，用不惯炕桌，六房吃饭都用桌椅。

"你怎么像个猴子似的，一刻也安静不下来！"纪氏笑着呵斥他，把窦昭抱放在了桌前的圈椅上，又怕窦昭不习惯，指了个丫鬟专门扶着窦昭。

窦德昌冲着母亲做鬼脸，纪氏和窦政昌都哈哈地笑。

用早膳时大家虽然都遵循着"食不言寝不语"的礼仪，但都笑盈盈的，气氛很好。用完膳，兄弟俩恭敬地给母亲行礼告退，去了族学。

纪氏则带着窦昭去给二太夫人问安。

窦昭望着一路参天的大树，想着昨天晚上听到的话。再过两个月，王行宜将擢兵部右侍郎兼金都御史、甘肃巡抚，负责马市之事。一年后，蒙古人进犯，王行宜击退蒙古可汗鲁都，俘获战马五千匹，杀敌三万余人，晋陕西巡抚。之后王行宜多次击退蒙古人，战功赫赫，王知杓因此被荫封密云卫四品指挥佥事。

而她的五伯父，还在吏部侍郎的位置上苦苦挣扎，直到七年后曾贻芬病逝，他才在何文道的支持下进入内阁，掌管吏部。可相比王行宜，他的声望不止差了一星半点，以至于资历比王行宜老，管的堂部比王行宜重要，排名却一直在王行宜之下。

这一次，她打破了既有的轨道，事情会不会又有所不同呢？

窦昭微笑着，和六伯母一起止步于二太夫人门前。二太夫人面前最得力的柳嬷嬷朝着六伯母使眼色："太夫人有事和西府的老太爷商量，今天就免了几位太太、奶奶的晨昏定省。"

六伯母和碰到一起的二堂嫂一家笑着离开了二太夫人居住的院子。

二堂嫂悄声问六伯母："您知道出了什么事吗？"

六伯母摇头，道："你要是听到了什么音，记得跟我说说。"

"那是自然。"二堂嫂笑着点头，朝窦昭伸出双手，"来，寿姑，给二堂嫂抱抱。"

窦昭从六伯母怀里挪到了二堂嫂怀里，两人说了会话，六伯母牵了窦昭的手："我们还要去大嫂那里问安，等会再去你那里串门。"

二堂嫂笑着应好，和她们在东跨院那株百年的桂花树下分了手。

六伯母抱着她慢慢地朝自己居住的方向走去。

六伯母突然停住了脚步，跟在她们身后的丫鬟顿时都站定不动，窦昭有些奇怪。

六伯母只身抱着她去了不远处的水榭。"寿姑，"她把窦昭放在水榭铺着水磨石方砖的地上，蹲下身来，神色严肃地望着窦昭，轻声问道，"你想不想读书？"

窦昭愣住了，六伯母的那位探花祖父，是文坛鸿儒。六伯母家学渊源，不仅精通音律，而且写得一手好字，据说有时候还会和六伯父讨论制艺之技。江南的男女大防胜于北方，家中精通文墨的千家闺秀都是跟着自己的母亲或是嫂嫂、姑姑读书，只有那些新晋之家才会请了老儒做西席。

难道六伯母想教她读书不成？从前她只是觉得自己的字不如那些读了书的大家闺秀好，昨天听了六伯母的话，她才知道自己和那些真正有学识的女子差得远了。如果能跟着六伯母读书，就再好不过了。

她使劲地点了两下头。

纪氏笑起来，目光柔柔的，温声道："好孩子，你要记住了，人从书里乖。"

她是可怜自己被人当成了棋子还要对那些摆布她的人感激涕零吧？窦昭心里涩涩的。

她们回了屋，几个婆子正等着六伯母示下，六伯母却没有理会。

她仔细地看了看窦昭的描红，吩咐采荻："你把我书房里那本《茂松阁》法帖拿过来。"回头看见窦昭睁大了眼睛望着她，笑道："《茂松阁》法帖是我姑姑当年写给我的，比较适合女孩子练习，你先照着描红，下午我再仔细地告诉你怎样运笔。"

这把父亲的那套全否定了，窦昭讪笑。

六伯母这才让等在廊庑下的婆子进来禀事。

窦昭则被采荻带去了纪氏的书房。那书房靠墙的俱是一人多高的书架，密密麻麻垒满了诗书，只在书房的正中放了张大画案，两把圈椅。

画案旁摆了个极大的旧瓷缸，插满了各式各样的画卷，画案上则摆了个旧瓷筒，插了一大把用过的笔，边上一个镶莲纹的珐琅盒子，颜色艳丽，做工精致，却放着块用了大半的旧砚，一小截指头般粗细的黑墨横在砚上。

窦昭坐在画案前，未曾磨墨已闻见淡淡的茉莉香。

她不禁在心里暗赞了一声。宜兴纪氏，不愧是耕读传家的百年大族，仅就这陈设，就不知道比二太夫人那里要高出几个档次，难怪二太夫人在六伯母面前有些心虚了。

采荻笑着帮窦昭将描红的纸蒙在法帖上，然后拿了把扇子在一旁轻轻地帮她打扇。

"采荻姐姐，"窦昭笑道，"天气这么热，你去歇着吧！这里有妥娘服侍就行了。你在这里，我写不出来。"

采荻抿了嘴笑，道："那好，我就在门外候着，您有什么事，就叫我一声。"

窦昭笑眯眯地点头，低声吩咐妥娘："你到门口看着，有人来就咳一声。"

妥娘颔首，轻手轻脚地走到了书房门口，支着耳边听着外面的动静。

窦昭抽出一张纸，给舅舅写了封信："……二太夫人说，要是把王姨娘扶正，王姨娘的爹就不会和五伯父争党首了。您要是不写同意书，就让我长大以后去告王姨娘。"

不过几句话，她没什么手劲，写了快两炷香的工夫，还好字迹尚算工整。用细沙吸了墨，窦昭将纸折成了个小纸条，然后朝妥娘招着手，悄声问她："你还记得彭嬷嬷要你背的地址吗？"

"记得。"妥娘小声地背了一遍。

窦昭很是欣慰，把纸条交给妥娘："等会你去找六伯母告假……"她把自己的计划告诉妥娘。

妥娘不住地点头。"您放心，我一定会闹起来的。"然后指着小纸条提醒她，"四小姐，送一次信要十两银子。您写个小纸条他们也算一封信，您写十张纸他们也算一封信，您不如多写几个字吧，这样算起来也便宜些。"

窦昭忍俊不禁，随后感慨地道："要是舅舅还不明白应该怎么办，只知道一味地和窦家、王家置气，我写得再多也没有用，还不如就此把他择出来，免得让那些自以为是的狡诈小人得意。"

妥娘听不懂。"你只要照我的吩咐行事就行了。"窦昭笑道，"其他的，就不用担心了。"

妥娘小心翼翼地将纸条贴身藏好，服侍窦昭用过午膳，照窦昭的吩咐向纪氏告假："小姐让我回去把她惯用的兰草枕拿过来。"

纪氏让采荻去叫辆马车陪她走一趟。

"不用了，不用了。"妥娘忙道，"就这一会儿的工夫，我走过去就行了。"百般地推辞。

纪氏起了疑心。只是她一向不愿意多事，笑着点了点头，抬头却看见满头大汗在那里写字的窦昭，小小的脸热得通红，却依旧照着她的嘱咐坐得笔直，认真仔细，丝毫不见半点的懈怠。刹那间她心中一软，若是芷哥儿，只怕早就扑到她怀里撒娇了。没娘的孩子像根草，就是再苦再累，也只能忍着吧？

她一改往日的脾气，等妥娘一转身，立刻叫了个叫采薇的丫鬟过来，低声道："去，看看这个素馨要干什么。"

采薇应声而去。

纪氏就坐在窦昭身边看着她描红，不时告诉她应该注意些什么。

写完两张大字，纪氏让采荻端了绿豆汤进来："寿姑，歇歇，消消暑。"

窦昭也有些累了，坐在那里正和纪氏喝着绿豆汤，六伯父回来了。六伯母还没来得及问候一声，六伯父已沉声道："屋里服侍的都站到外面的院子里去。"

屋里一阵窸窸窣窣，瞬间只剩下窦世横、纪氏、窦昭。

这时候，做孩子的好处就显现出来了。六伯父不以为意地摸了摸窦昭的头，径直对六伯母道："诸家请了周学正出面，要退还七弟的庚帖，母亲和小叔还在屋里僵持着，三哥让我先去看看情况，晚膳你们就不要等我了。"

这么快！窦昭讶然。

六伯母也很吃惊，道："诸家怎么突然说要退亲？"

"王家的二奶奶庞氏纠集了娘家的兄弟到诸家去闹事，诸举人丢不起这个脸，闭门不出，等庞家的人一走，他连夜去州里请了周学正过来。"六伯父说着，叹了口气，"周学正和诸举人是好友，看样子，诸举人是铁了心要退亲了。"

"那你快过去吧！"六伯母皱了皱眉，"能不退亲，就最好不退亲。不然王家会更闹腾。"

"我也是这么想的。"六伯父道，"我已经派了管事去找庞老爷，他要是再这样不知深浅地闹下去，以后别想在北直隶做生意了。"

六伯母显然也赞同六伯父的主意，道："你小心点，别让人抓住把柄就是。"然后又叮嘱了六伯父几句，送六伯父出了门。

窦昭慢慢地喝着绿豆汤，看见六伯母送走六伯父之后，在院子里发了好一会呆，这才回屋。

"寿姑，想不想和我去串门啊？"六伯母正问她，采薇却折了回来。

"六太太，"她小声禀道，"素馨回了西府，和四小姐身边的另一个大丫鬟玉簪吵了起来，听那口气，好像是她要把四小姐屋里的东西全部清点一遍，玉簪说她多管闲事，她说玉簪是贼。两人就打了起来……我没敢多留，赶紧赶了回来。"

窦昭只说让妥娘去闹一番，借机把玉簪偷东西的事告诉纪氏，没想到玉簪这么大的反应，两人竟然还打了起来。不过，妥娘身板有劲儿，玉簪根本不是她的对手，加上妥娘是陪她来东府的人，俞嬷嬷就是知道了也不敢把妥娘留在西府，更不要说处罚妥娘了，否则玉簪偷了自己屋里的东西讨好大庆媳妇的事就会露馅。

仆妇欺负到主家头上来了，同是主家的东府太太们、奶奶们为了杀鸡给猴看也不能就这样算了，到时候就不是打几板子撵出府的事了。

窦昭并不担心。

纪氏一听就知道是怎么一回事，她脸色大变，道："这件事你不要作声，素馨一回来你立刻来禀了我。"

采薇应声退了下去。

纪氏像什么事也没有发生似的拿了本《三字经》出来，开始让她背诵。

夕阳西下的时候，妥娘回来了，还装模作样地拿了个兰草枕头。纪氏单刀直入问妥娘："你和玉簪打架，俞嬷嬷怎么说？"妥娘喃喃半晌，一副不知道该怎么说的样子。

纪氏没有再问下去，而是沉吟道："这件事我不好插手，不过，你可以写信给寿姑的舅母，让寿姑的舅母请我们府里的随便哪位太太帮着管管，我想我们府里的人都不会坐视寿姑被这样欺负的。至于玉簪，你明天一早就跟俞嬷嬷说，四小姐惯用自己的丫鬟，这两天我又要帮着六爷收拾箱笼，让她过来帮把手。我自有主意。"

妥娘见事情果然如窦昭预料的一样，心中实在欢喜，忍不住咧着嘴笑了起来。

纪氏看着也跟着笑了起来，道："你是个忠厚老实的，我很喜欢。以后只要你一如既往地好好服侍寿姑，自有你的好日子。"

妥娘觉得现在她过得就很好，但能得到六太太的赞赏，还是件让人高兴的事，她连连点头，笑得更灿烂了。

纪氏见太阳下了山，想着窦昭在家里关了一天，就牵了她的手在院子里遛弯，信手指了院子里的花花草草告诉窦昭都是些什么。

二堂嫂和三堂嫂、五堂嫂一起来看窦昭。纪氏正吩咐丫鬟摆瓜果，窦政昌和窦德昌下了学，白净高瘦的窦环昌和阳光四射的窦启俊也跟了过来。

"我们是来看四妹妹（四姑姑）的。"

纪氏把两人好好地夸奖了一番，三堂嫂脸上有光，拉着儿子笑得合不拢嘴。

窦环昌则笑容温柔地和窦昭打着招呼："四妹妹，你住得可习惯？东府好不好玩？"

窦昭无意和他们拉关系，佯装着腼腆的样子笑了笑。

东府的小一辈都在六房吃的晚饭。

晚上，六伯父没有回来，祖父却赶了回去。

第二天中午，传来了诸家和窦家解除婚约的消息。窦昭并不觉得可惜。一个女人，仅仅凭着这个男人愿意为妻子守制三年就觉得他是个好人，可见见识也十分有限。

她轻轻地哼了一声，很快把这件事抛到了脑后，没有去想其中深层次的原因——母亲在她的心中，是个如水般纯粹、如火般刚烈的女子，这世上，没有哪个女子能比她的母亲更至真至纯，更不是谁能取而代之的。

窦昭问着妥娘的去向，采蓝笑着告诉她："素馨和王管事去了真定州，明天下午就回来了。"

按照窦昭的推测，纪氏知道这件事之后，肯定会悄悄地帮她，为了不引起窦家人的注意，她多半会托付纪家在真定府的商铺帮着送信，而王管事正是纪氏的陪房。

她嘴角弯弯。

玉簪忐忑不安地挽着个包袱跟着采薇走了进来。窦昭正在描红，纪氏坐在窦昭身边，像没有听见禀告似的，眼皮子也没抬一下，一边帮窦昭打扇，一边低声细语地夸窦昭的字写得好，就这样把玉簪晾了大半个时辰，待窦昭描完了红，纪氏亲自帮窦昭净了手，又端了丫鬟们送上的莲子汤喂了窦昭几口，这才道："你是服侍四小姐的玉簪？"好像这时才看见她似的。

玉簪两腿站得直哆嗦，热得汗透衣襟，却连动都不敢动一下，听见纪氏的问话，忙道："回六太太的话，奴婢正是玉簪。"态度十分恭谨。

纪氏却只是轻描淡写地说了句"下去吧"，然后满脸笑容地舀了勺莲子汤递到了窦昭的嘴边，耐心温柔地哄道："我们寿姑真乖，一碗莲子汤都快吃完了！"

东府里的太太们什么时候和七奶奶的关系这么好了？七奶奶都不在了，还把四小姐捧在手心里当成宝似的。

玉簪看着，有半晌的茫然。已有丫鬟上前轻轻地拉了拉她的衣角："还不快退下去。"

她回过神来，慌慌张张地出了内室，耳边传来不知道谁低低的讥讽："不是说服侍过前头的七奶奶的吗？怎么我看着呆头呆脑的，莫不是浑水摸鱼混进去的？"

第十四章　敲山·震虎·反应

窦昭看着纪氏的一举一动，强忍着才没有笑出来。

她刚进侯府的时候，没少给魏家那些管事妈妈或是管事们这样的脸色看。

玉簪一个因机缘巧合才上位的小丫鬟，哪里经得住这样的场面？无所事事地被晾在一旁，听着纪氏身边丫鬟的冷嘲热讽、看着纪氏身边婆子的冷眼的玉簪决定去找妥娘。

没想到妥娘不在！

她见住在妥娘隔壁那个穿着绿裳的丫鬟面相和善，问道："姐姐，您知道四小姐身边的素馨去哪里了吗？"

那丫鬟正对着妆镜在戴耳环，闻言道："玉簪和王管事去了真定州。"

玉簪愣住了。

丫鬟收起妆镜，笑着走了过来，道："你是新来的？我怎么瞧着面生。王管事是我们太太的陪房管事，我们太太吃不惯北直隶的饭菜，纪府的老太太就常让纪家的铺子给太太送些东西过来。王管事要去州里给太太拿东西，正巧前几天玉二奶奶娘家的侄儿、侄女过来走亲戚，太太见四小姐很喜欢邹家七小姐的玩偶，素馨又是四小姐跟前最讨四小姐喜欢的，想来知道四小姐的喜好，就让素馨跟着王管事去州里纪氏的铺子里挑一个。她明天下午应该可以回来了。"

玉簪妒忌得两眼发红。纪氏在真定州的铺子还卖西洋的玩意。大庆媳妇去过一次，花了二十几两银子买了个小小的镏金胭脂盒，上面画着个西洋的美人，大庆媳妇当成宝贝似的藏着，过年的时候才拿出来显摆显摆，还说以后要是发了财，怎么也要好好地再去逛逛。

素馨竟然能由六太太的陪房管事陪着去逛纪氏的铺子，那纪氏铺子的伙计们看在六太太的面子上，肯定会对她迎进奉出的，比起大庆媳妇来不知道要威风多少倍。

她怎么就交了这样的狗屎运呢？说来说去，她哪点比得上自己？不过就是会巴着四小姐不放而已……玉簪想着，脑子里灵光一闪。

对啊，素馨那个呆头呆脑的都能讨了四小姐的欢心，凭自己的机灵，四小姐还不是手到擒来？想到这里，她朝那丫鬟道了声谢，把包袱丢在了妥娘屋里，自己打水洗了把脸，匆匆去了正房。

纪氏正带着窦昭站在树荫下，指挥着小丫鬟采凤仙花："……用小碗捣碎了，加点明矾，放一夜，明天就可以给我们寿姑染指甲了。"她说着，蹲下身来托起窦昭的小手。

带着婴儿肥的小手白白嫩嫩的，肌肤仿佛吹弹可破，小小的指甲精致秀气，摊开了，手背上就出现了几个小窝，纪氏心里软得滴出水来。

玉簪忙上前给纪氏和窦昭行礼："六太太，四小姐！"

"哦，你过来了。"纪氏语气和蔼，相比刚才的冷淡，简直是天壤之别，玉簪有种受宠若惊的感觉，忙应了声"是"，讨好地道："奴婢看着素馨不在屋里，想着四小姐身边缺人，放下包袱就赶了过来。"

纪氏点头，窦昭则朝着她笑了笑。玉簪悬着的心终于落了地。人人都说东府的六太太为人和善，刚才可能是有什么不顺心的事正好让自己碰到了。

有小丫鬟捧了装着凤仙花的琉璃盅过来："六太太，您看行吗？"

纪氏面露犹豫，好像有点拿不定主意的样子。

玉簪立刻殷勤地道："六太太，从前我们奶奶在的时候，我常帮着摘凤仙花。"一面说，一面去拨弄着琉璃盅里的凤仙花，"您瞧，这个就嫩了些……"

"看样子你还真有几分眼力。"纪氏笑着赞了她一句。

玉簪心花怒放。

挑好了凤仙花，纪氏带着窦昭回屋，玉簪连忙跟上。

三伯母过来了："六弟妹，忙啊！"站在门口和纪氏打招呼，并不进去。

纪氏看了窦昭一眼，犹豫片刻，吩咐那小丫鬟："领了四小姐屋里去。"然后整了整鬓角，笑着朝三伯母走去。

窦昭和小丫鬟、玉簪进了屋。小丫鬟把琉璃盅放炕桌上，笑着对站在炕边的窦昭道："四小姐，我去把装明矾的罐子拿过来，您站在这里不要动。"又拜托玉簪："姐姐看着点四小姐。"

"你放心去吧，这里有我呢！"玉簪满脸笑容。

小丫鬟噔噔噔地跑去了后面的套间。

玉簪蹲下来和窦昭说着话："四小姐，你想不想去荡秋千？你让素馨回府，我就带你去荡秋千，还每天都和你玩翻绳、丢沙包，好不好？"

窦昭懒得理她。玉簪自顾自地说了半天窦昭都没有反应，她很是无趣，又因为先前站了半天，此时一直蹲着，起身的时候腿有点发软，手就扶在了炕桌上，炕桌一翘，"哐咚"一声翻在了炕上，搁在炕桌上的琉璃盅骨碌碌从炕上落到地上，"啪"的一声碎成了几块，里面装着的凤仙花瓣也散落得到处都是。

她一下子傻了眼。

"怎么了？"听到动静的小丫鬟抱着个景泰蓝的小瓷罐就冲了进来，看见摔破的琉璃盅吓得脸都白了，"怎么会这样？"

原本立在廊庑下的丫鬟也都冲了进来，大家的目光都落在了玉簪的身上。

"不是我，不是我！"玉簪下意识地否定，眼角的余光不经意间掠过站在一旁的窦昭，她顿时如抓到了根救命稻草，"是四小姐……对，是四小姐失手打翻的！"

纪氏脸色铁青，吩咐采蓝："去请了西府的俞嬷嬷过来。"

屋里服侍的大气也不敢出一声，见王嬷嬷打了个手势，纷纷松了口气，鱼贯着退了下去。

纪氏这才发起脾气来："这个玉簪，死不足惜！"

她先抑后扬，就是想让玉簪得意之下出错，好找个借口教训玉簪，谁知道她还没有下手，玉簪就做出这等腌臜事来。

"也难怪素馨和她打了起来。"王嬷嬷也颇为感慨，但还是劝着纪氏，"还好发现得早，不然四小姐还不知道要吃多少暗亏呢！"

纪氏想起窦昭那软软的小手，眼眶微红，轻声道："寿姑呢？"

"采菽和采蓝陪着四小姐在院子里摘凤仙花呢！"王嬷嬷笑道，"玩得可高兴了。"

纪氏眼底就有了几分笑意，踌躇道："你说，把寿姑养到我屋里，怎样？"

王嬷嬷眼皮子一跳，道："三太太过来，就是和您商量这事？"

纪氏沉默半晌，微微颔首。

王嬷嬷倒吸了口冷气，道："我们能不能不管这件事？"

采蓝过去的时候，俞嬷嬷正焦头烂额。

栖霞院吵成了一锅粥，诸家的人又赶过来说要退亲，庞家的人狐假虎威地在那里使唤这个指使那个，偏生老太爷和七爷都不见了踪影，她不过是个仆妇而已，哪一件、哪一桩是她能够当家做主的？那些管事、管事妈妈能躲则躲，能推则推，都把她推上前，偏生她背着七爷的托付，想避都避不了，只好硬着头皮上前，安抚了这个安抚那个，总算是没有出什么事。好不容易等老太爷回了府，东府的六太太又差了人让她过去。

别人叫她，她都可以推辞，四小姐如今在东府的六房，六太太叫她，她却是一刻也不能耽搁。她抚着额问来禀告的小丫鬟："说了是什么事吗？"

小丫鬟摇头："只说是让您快点过去。"

俞嬷嬷只好交代了霍妈妈几句，带着两个小丫鬟去了东府。

迎她的是王嬷嬷。王嬷嬷并没有直接把她领去正房，而是请她到一旁的耳房坐了。

"老姐姐，"她拉着俞嬷嬷的手道，"我知道你这些日子忙得脚不沾地，要不是事情急，我们太太也不会请了姐姐过来。"她把玉簪的事告诉了俞嬷嬷，"……不过是打碎了东西，最多被我们太太教训一顿，可她却栽赃到了四小姐头上，可见她平日有多嚣张。要不是顾着前头奶奶的名声，我们太太当时就要发作她了……"

俞嬷嬷还没有听完，脑袋里就"嗡"的一声。

她就知道会出事！府里的那些丫鬟婆子见大庆媳妇没有把四小姐放在眼里，就有样学样，跟着张狂起来，特别是像玉簪这样眼皮子浅的，简直就有些不知天高地厚了。

归根到底，全是儿子惹出来的祸。

可儿大不由娘。她主内，儿子主外，有些事等她知道的时候木已成舟，她教训了儿子几次，开始儿子只是听着，后来索性和她顶起嘴来："我们是前头奶奶的人，不管是谁做了七爷的填房都容不下我们，还不如趁着现在给自己留条后路。"

她知道儿子说得有道理，可她服侍了赵、窦两家的人一辈子，离开了赵、窦两家，她还能去哪里？

儿子道："你放心，我不会动四小姐的东西，只不过是借着赵、窦两家的名义，借着四小姐的银子做几桩买卖，等积攒些本钱和声誉了，您就借口年纪大了，我们求新太太一个恩典，让我们回老家去。那新太太只怕高兴得要笑起来，哪里还会阻挡？"

如今六太太对她不满，这件事只怕就没这么容易了。俞嬷嬷有些惶恐地抓住了王嬷嬷的手："十个手指有长短，我现在按下了这个就浮起来了那个，头都是晕的，还请姐姐告诉我该怎么做！"

"姐姐也是主家身边的老人了，仔细想想，自然就有了主意。"虽然这么说，王嬷嬷却笑道，"玉簪这样的丫鬟我见得多了，是个不省心的，留在身边总是个祸害。"然后带她去见了纪氏。

纪氏也只说玉簪不适合留在窦昭身边服侍，让她另换个丫鬟过来。

俞嬷嬷知道，这是纪氏逼着她处置玉簪。

西府的那些丫鬟、婆子之所以巴结奉承她，不就是想从她手里捞点好处。结果犯了事她不仅没办法把人保下，还要亲手惩戒这些曾经阿谀奉承过她的人，以后谁还会靠过来？

但她若是装作没听懂，六太太会不会觉得失了颜面，把这件事捅到二太夫人那里呢？

想到二太夫人，俞嬷嬷就不禁心里发寒。

先把眼前这个难关过了再说吧。俞嬷嬷咬了咬牙，把玉簪领了回去，当着众人的面结结实实地打了她二十板，直打得她皮开肉绽，进气多，出气少。想着老太爷不知道正为了什么暴跳如雷，谁靠近谁遭殃，因而怕玉簪死了触了老太爷的霉头，一面请了大夫过来给她用药，一面让人给玉簪找户人家嫁了。

"最要紧的是嫁得远远的，"她嘱咐媒人，"也不要她的赎身银子，我们还倒送十两银子的嫁妆。"

这样好的事，媒人自己动了心："我有个远房的亲戚，是个挑夫，在淮安漕运上谋生，刚死了老婆，若是能成，还有几封茶叶的谢礼。只是年纪有些大，有两个儿子……"

俞嬷嬷才不管那些，只要能把人远远地弄走，多的一句话没有问，就应了这门亲事："我去跟七爷说一声。"

媒人欢天喜地地坐在那里一面喝茶一面等着。

窦世英在鹤寿堂，俞嬷嬷赶过去的时候却被拦在了门外。"老太爷正和七爷说事，"小厮与她小声地道，"吩咐了谁也不许打扰。"俞嬷嬷就站在院子里等。

书房中，躺在醉翁椅上的窦铎像一下子老了十岁似的，疲倦而憔悴。

"万元，这次你一定要考个举人回来！"他手背搁在额头上，挡住了眼睛，低沉的声音里透着几分无奈和愤懑，"现在的窦家，已不是你伯祖父当家时的窦家了，你想保住家业，就要争气。知道吗？"

窦世英直直地站在那里，没有作声。

窦铎猛地坐了起来，暴躁地大声呵斥道："你到底听见了没有？"

"听见了。"窦世英平静地应着，问道，"王家的事，您准备怎么办？"

窦铎冷笑，森然地道："这件事你不用管了，西窦有我，就不会任东窦搓圆捏扁！你只要安安心心地去参加乡试就行了。"然后大声道："谁在外面当差？"

"是小的杜安。"

"你去请了王家的大爷过来。"

杜安应声而去。

窦铎回头对沉静地站在那里的儿子道："你回去收拾行李吧，明天一早就启程去京都。"

窦世英恭敬地向父亲行了个礼，出了鹤寿堂。

俞嬷嬷急急地迎了上去，把去东府的事说了，最后道："……六太太的意思，这样的人是留不得了，为着从前奶奶的名声，最好还是远远地嫁了。"她怕再生波澜，把纪氏搬了出来。

窦世英错愕，半晌才道："既然是六太太的意思，你就按着六太太的意思办吧！"

俞嬷嬷得了话，急急地去回了媒人，当天晚上就一副门板抬了玉簪出去。

窦世英在原地呆立半天，吩咐身后的高升："你去帮我收拾东西吧，我去趟六爷那里，看看寿姑。"高升忙道："那您早去早回，明天一大早还要祭拜祖先。"

窦世英点了点头，去了东府。

窦世横正在收拾要带到京都去的书卷，书房里有些狼藉，见窦世英过来，和窦世英到厅堂里坐下。

"寿姑和你六嫂去老二媳妇家串门去了，"他给窦世英倒了杯茶，道，"看时辰应该快回来了。"

窦世英轻轻地说了声"麻烦六嫂了"，端着茶盅沉默良久。

窦世横笑道："怎么了？嫌家里烦？"

窦世英淡淡地一笑，答非所问地道："六哥，诸家要退亲的时候，你为什么要给诸家说好话？"

窦世横有些意外，半是玩笑半是调侃地道："你的名声已经够差的了，要是再被诸家退亲，以后恐怕找不到什么好媳妇了。"

窦世英听着想了想，突然展颜一笑，眉目舒展开来，如一幅缓缓打开的画卷，有种自然写意的流畅与随意。

窦世横看着一愣，窦世英已抬了抬端着茶盅的手，笑道："六哥，我敬你一杯。"

"哟！"窦世横压下心底的异样，笑道，"你又是为哪一出？"

"就是想跟六哥说一声'多谢'！"窦世英嘴角噙着笑，目光却认真又郑重，让窦世横微微有些惊讶，正想问他出了什么事，外面传来一阵嬉笑声。

"是寿姑回来了。"窦世横道，和窦世英一起出了耳房。

大红灯笼照得院子一片红彤彤的，一群丫鬟婆子簇拥着纪氏和窦昭走了进来，纪氏低着头，不知道和窦昭说了句什么，窦昭仰着脸，望着她咯咯地笑，耳边坠着的小小赤金丁香忽闪忽闪的，像夜空中忽明忽暗的星子般顽皮可爱。

窦世英鼻子一酸，如果谷秋还活着……不知道有多高兴！

他不由蹲下身，张开手臂冲着窦昭喊了声"寿姑"。

窦昭抬头，看见剑眉星目的窦世英，她静静地站在纪氏的身边，徐徐地喊了声"爹爹"。

窦世英的笑容僵在脸上，手臂仿佛托着千斤力，慢慢地垂落下来。

纪氏忙推了推窦昭，笑道："你爹爹明天就要走了，他今天特意来看你的。"

窦昭佯装不懂，屈膝给窦世英行礼，脆生生地和父亲道别："爹爹一路平安！"

窦世英失笑。自己和一个孩子计较什么？他笑着上前摸了摸女儿的头，笑道："寿姑在六伯母这里，要听话，知道不？"

窦昭笑嘻嘻地点头。

窦世英给纪氏行礼："寿姑就请六嫂多多费心了。"

纪氏忙还礼："七叔客气了。寿姑乖巧懂事，我们都很喜欢。"

窦世英笑着告辞。

窦世横要送他，被窦世英拦住："明天大家都要起早，就不用这么客气了。"

窦世横是个爽快人，笑着朝窦世英挥了挥手："那我们明天见。"他和纪氏并肩而立，望着窦世英离开。

清风明月下，繁枝婆娑，窦世英的背影孤单而寂寥。窦昭扭过头去，啪嗒啪嗒地跑进了内室。

高氏站在栖霞院东厢的台阶上，玉簪花浓郁的香味热烘烘地扑面而来，从正屋隐约传来庞氏娇滴滴的笑声，仿佛针尖刺在她的心上，是那么地令人难以忍受。

她顿时心浮气躁，忍不住在院子里打起转来。自己怎么就和庞氏做了妯娌？见过不要脸的，可从来没见过这么不要脸的，自己的脸都给庞氏丢光了。想她从小到大行得端、走得正，不管什么时候都堂堂正正毫不畏惧，何曾像现在这样，走路都要看着脚尖……

高氏气呼呼地在廊庑前站定。不管王知柄是怎么想的，反正她明天一早就回南洼，然后带着儿子去京都看望父亲，再也不蹚这摊浑水。王知柄丢得起这个脸，她可丢不起这个脸！

拿定了主意，她心中略微好受了些，就看见一个黑影从旁边的树林拐了过来。她吓了一大跳，定睛一看，是丈夫王知柄。他低着头，高一脚低一脚的，一副魂不守舍的模样。

· 121 ·

不知道窦家老太爷跟他说了些什么。高氏思忖着，想到昨天自己劝王知柄不要住在窦家，随便到哪里窝一夜都行，王知柄不听，结果今天早膳的时候，窦家的丫鬟看他们的眼神就像他们是来打秋风的穷亲戚，她硬是一口气堵在胸口直到了下午才渐渐散去，高氏就不想理睬丈夫。

她转身回了厢房。

王知柄望着从半开的房门内泻出来的昏黄灯光，不由苦笑。他何尝不知道他们住在这里言不正名不顺，可若是他不住在这里，庞氏没有人压着，谁知道还会做出什么泼皮事来？

也不知道这门亲事是谁做的媒人，这哪里是在给他们家做媒，这简直是在害他们家。偏生他弟弟又懦弱无能，被这个弟媳掐得死死的，他一个做大伯子的，总不能越过弟弟去管弟媳吧？

王知柄头痛欲裂地进了屋。高氏一句话也没有和王知柄说，默默地打了水给王知柄洗漱。

王知柄知道自家的事让妻子受了委屈，十分过意不去，拉了妻子衣袖，故作高深地道："你知道窦老爷叫我去是为什么事吗？"

高氏敷衍地道："什么事？"

"窦老爷问我，是想让爹做个名留青史的贤臣？还是想让爹做个昙花一现的诤臣？"

高氏骇然："窦家老太爷都对您说了些什么？"

"说了一些我们不知道的事。"王知柄迟疑了片刻，把赵谷秋的死告诉了高氏。

高氏面白如雪，捂住胸口，嘴角微颤，好一会才颤颤巍巍地道："会，会不会，弄错了？"却猛然间想起有一次婆婆说是故旧人家嫁女儿，没有钱随礼，不想去。还是她当了自己的一根金簪子才让王映雪去喝的喜酒……心里却已经信了几分，眼泪就忍不住扑簌簌落下来："这是造的什么孽啊！"

"我也没有想到。"王知柄的眼睛也红了，"窦老太爷说，他要不是钦佩父亲的为人，是决不会让映雪进门的。原来只当是照顾旧识的女儿，却没想到惹出这样的祸事来。映雪想什么，窦老太爷清楚，可窦老太爷也说了，出了赵氏这件事，赵家是绝对不会答应扶正映雪的。你也知道，没有赵家的同意书，就算是窦家承认映雪，也是没有用的……"

不知道为什么，高氏听了这话脑海里却突然浮现出"祸水东引"这句话来。

第二天用过早膳，王知柄向窦铎告辞："……家父只嘱咐我把妹妹接回去，有些事情还不知道，我要跟父亲说一声才好。"

在西北的那些年，王知柄不仅服侍父亲的饮食起居，尽了做儿子的责任，还帮着因在狱中备受折磨而不能长时间伏案写字的父亲整理书籍，抄写邸报，书信旧友，把幕僚该做的事也做了，早就习惯了父亲交给他去办一件事，他不管遇到什么困难，只管把事情漂漂亮亮地完成就是了，而不是遇到困难就向父亲诉苦或是抱怨甚至是称功。

王映雪的事也是如此。他以为虽有波折，但最终还是能把妹妹带回去。可现在，事情早已偏离了方向，他已没有办法做决定。

窦铎笑道："那是应该。"亲自送王知柄到了门口，转身却听到王知柄的小厮向王知柄低声禀着谁来了，王知柄听了脸色微变，急匆匆往外走。

窦铎心中一动，悄声吩咐杜安："你去看看！"

杜安应声而去，过了约莫两炷香的工夫才回来禀道："来的是王大人的一个随从，听那口气，好像是说王大人要到什么甘肃去做官了，让王大爷立刻启程前往西安……"

窦铎腾地从椅子上站了起来。

"难道，皇上要禁止马市了？"他皱着眉头，望向了栖霞院的方向。

与此同时，二太夫人也得到了消息。她摩挲着手中的纸笺，沉思了半晌，叫了贴身的柳妈妈进来："天天待在家里也没意思，我们去六太太那里串串门。"

柳妈妈忙笑着应是，帮着二太夫人捯饬了一番，安排好近身服侍的丫鬟、婆子，扶二太夫人上了小竹轿，亲自打了把青绸桐油伞，去了纪氏那里。

纪氏正和王嬷嬷说着体己话："……边关马市有利有弊，曾阁老新晋，就算想禁了边关的马市，按理应该徐徐图之才是，否则一个不慎，就可能全盘皆输，未免太急了些。"又道："不过这招也走得妙。人人都知道王大人是铁了心要禁马市的，那些下面的人纵然反对，想到王大人的决心，也会思量一二，想必很快就打开局面，这马市想要禁，还真得王大人不可。"

听说二太夫人过来了，两人都很意外，互相使了个眼色，纪氏带着王嬷嬷笑吟吟地迎上前去。

二太夫人眼睛扫了一圈，笑道："怎么不见寿姑？"

纪氏眼皮子微跳，笑道："蕙哥儿已经开始学《论语》了，芷哥儿跟着我读了两天书，上学没几天，《三字经》已经快学完了，比起族学里同龄的孩子都要快很多，不免有些翘尾巴，我寻思着一时还好，长此以往，只会骄傲自满，得想个法子暗暗挫挫他们的锐气才行，"她说着，挽了二太夫人胳膊，"寿姑那里，不免有些照顾不过来，可受人之托，忠人之事，我看她先前跟着七叔每天练字，就找了本法帖，把她拘在家里练字，一来遵了西府那边的规矩，二来也免得她乱跑，省得碰到哪里或是撞到了哪里我没办法向七叔交代。"

二太夫人听得连连点头，把窦昭放到了一边，仔细地问起两个孙儿的学业来。

纪氏一边服侍二太夫人在厅堂坐下，一边把两个儿子在学堂的事讲给二太夫人听，把个二太夫人欢喜得眼睛都眯成了一道缝，不停地拍着纪氏的手："都是你教得好，都是你教得好。"然后叹道："我们窦家这么多的儿媳妇、孙媳妇，要说比你会说话的，有；要说比你会服侍丈夫、孩子的，也有；可要说比你会管教孩子的，你若自谦是第二，却是没人敢自称是第一的！"说得纪氏满头冷汗，自己本想从这摊浑水里拔出来，不承想三言两语的，又被二太夫人绕了进去。心里明白的，知道二太夫人这是给她搭台子，到时候好把西府那边的孩子送到她身边教养，不知道的，还以为她自认为是江南名门之后，傲慢张狂，没有把窦家的这些媳妇、孙媳妇看在眼里。

若是以后两个儿子都比别人早早地就金榜题名了也就罢了，若是有哪家的儿子在蕙哥儿和芷哥儿之前中了进士，冷嘲热讽的话只怕听也听不完。她一时间不知道婆婆这是在抬举她呢，还是要把她架在火上烤？

好在二太夫人并没有在这个话题上多打转，说是要去看看窦昭，由一大群人簇拥着去了书房。

窦昭正坐在画案前练字，虽然有妥娘和采蓝帮着打扇，小脸还是红红的，鼻尖全是汗。

感觉到有人进来，她还是把最后一笔写完，这才抬头打量。见是二太夫人，她笑着将笔交给了旁边服侍的小丫鬟海棠，由妥娘抱着下了太师椅，给二太夫人行了礼。

二太夫人呵呵地笑，对身旁的人道："看这小人儿，这才跟着六太太过了几天，就规规矩矩的像个小大人似的了。"

旁边的人都跟着哈哈地笑，纪氏的眼底闪过一丝无奈，窦昭则似笑非笑地望着二太夫人。

如梦的前世，父亲懵懵懂懂地娶了王映雪，两家成了姻亲，五伯父为了得到王行宜的支持，成了王映雪在窦家最大的靠山，她成了个让人看了就不舒服的绊脚石，她若想平平安安地长大，最好别惹王映雪，所以她被送到了田庄和祖母生活。这一世，王映雪成了父亲的妾室，五伯父为了让王行宜俯首让路，就要利用她对付王映雪，她成了窦家的香饽饽，为了拿捏她，所以二太夫人就要把她养在东府，养在眼前。

一生一死一念间，人生却颠了个个儿！真是让人说不出来的可笑。

七月中旬，父亲和六伯父顺利抵达京都，各送了封平安信回来。

而远在延安府甘泉县的赵思，也接到了外甥女窦昭的一张纸条。他气得将纸条揉成了一团狠狠地丢在了地上："窦家欺人太甚！我倒要看看，我不写同意书，他们两家怎么结亲家！"

赵太太轻手轻脚地走了进来，看着被丢在书房正中的纸团，俯身捡起，慢慢地展开，摩挲着抚平了放在了丈夫的书案上。

"我刚问过送信的人了，"她给赵思倒了杯茶，柔声道，"窦世英去京都参加乡试了，把寿姑托付给了六太太照看，他们是纪氏铺子里的伙计。"

"你是说？"赵思的目光不由落在了那张被他揉得皱巴巴的纸条上。

"寿姑不过是个五岁的孩子，笔都拿不稳，"赵太太道，"怎么会知道哪些话该说，哪些话不该说？"

赵思的目光顿时变得明亮而犀利起来："你是说，这信封是六太太借寿姑的笔写的。"

"是不是，现在还不知道。"赵太太斟酌地道，"我只是觉得这几句话大有深意。"

赵思冷静下来，坐在了书案前，将只写了短短几行字的纸条迎着日光举了起来……

王行宜中等个子，狱中的酷刑、十年的流放，让他华发早生，憔悴苍老。此时他穿了件粗布葛衣站在花圃前，若不是双目开合间神采奕奕，看上去就如同一个风烛残年的农夫。

"窦铎，"他喃喃地道，"他这是在逼我……赐死映雪啊！"

王知柄骇然，吓得惊出一身冷汗来。"爹爹，"他高叫道，"您不会……"

王行宜狠狠地瞪了儿子一眼："我王行宜是有女不教，可他们窦家难道就一点责任也没有吗？说映雪害死了赵氏，映雪是顶撞了赵氏？还是在赵氏的碗里投了毒？不愿意映雪进门，她咬着牙不答应就是了，难道映雪还能绕过她进窦家的门不成？既然答应了映雪进门，那赵氏就应该谨守妻妾之道，该管的管，该罚的罚，该赏的赏，偏偏又做出这等姿态来。难道那窦万元纳个妾她就要死一回吗？到底是那窦万元害死了赵氏还是你妹妹害死了赵氏，我看只怕还两说。你不要听风就是雨！她可是你妹妹，是供你吃，供你穿，帮你照顾妻儿的妹妹！"

王知柄噤若寒蝉，王行宜却依然怒气难消，道："映雪若是有错，该怎样就怎样，我这个做父亲的绝不推诿，我也能保证映雪不推诿，可他窦铎如果想把赵氏之死栽到映雪头上，我也是绝不会答应的。"

王知柄不由苦笑，道："爹，我不是那个意思。我是觉得，映雪这样，总归是有些不妥当……"

"文蔚，是我对不起你们！"王行宜喊着长子的表字，神色突然间颓然，"你自幼聪明伶俐，到今天却连个秀才的功名也没有；你弟弟从小在众人的白眼中长大，胆小懦弱，没有主心骨；你妹妹小小年纪为了营生抛头露面，怎比得上被父母捧在手心里长大的千金闺秀心思单纯？这些我都知道，我都知道，"他别过脸去，怕儿子看到他湿润的眼眶，"一将功成万骨枯。我为了自己，害了你们！"他说着，猛地回过头来，目光如鹰地盯着王知柄，"你们若是有什么错，我愿意千倍万倍地补偿别人，可若是想让我为了自己的虚名置你们于死地，那就让他们先取了我的性命吧！"铿锵有力的声音回荡在花圃里。

王知柄"扑通"一声跪在了父亲的跟前，泪水瞬间模糊了他的视线："爹爹，不与您相干，是我们不争气，丢了您的脸……"

第十五章　改弦·快刀·同意

王行宜的手，重若千斤地搭在了王知柄的肩上。

有小厮在花圃外探头探脑的，王行宜脸色微沉，自有股凛然之气："什么事？"小厮战战兢兢地跑了过来："大人，有个姓杜的，说是真定窦家的管事，他们家的五老爷和您是同年，他奉他们家老太爷之命给您送了封信来。"

"难道是窦振之？"王知柄困惑地道。振之是窦铎的表字。

"应该是他。"王行宜冷笑，"他不是说映雪害死了他的儿媳妇吗？血仇不共戴天，不知道他找我们有什么事？"说着，命令那小厮，"把信拿过来。"

小厮一路小跑着拿了信过来。王行宜看了一眼，把信递给了儿子。

王知柄满腹狐疑地接过了信，一目十行，很快就读完了："窦振之竟然要您和他们家的管事一起去求赵睿甫同意将映雪扶正？"他完全摸不清楚状况，半天反应不过来。

王行宜冷笑一声，对儿子道："现在知道我为什么那么说吧？"

王知柄不知道。

王行宜无奈地叹了口气，耐心地教导儿子。"窦家如果诚心不想把映雪扶正，不要说庞家去闹了，就是映雪赖着不走，他们也能强行地把人架了送走。事情拖到今天，不过是窦家有自己的打算罢了。你回来跟我说的时候，我还有点拿不准，现在却能猜个八九不离十了。多半是窦元吉看着恩师重用于我，怕我抢了他的风头，想用映雪扶正这件事卖我个人情。结果窦铎和赵家的人都不同意。那窦铎不仅不同意，还希望通过你激怒我，让映雪死，给窦元吉来个釜底抽薪。"王行宜说着，连连冷哼了数声，这才道，"但窦振之突然改变了主意，把责任推到赵家人的身上——不是他不同意，而是赵睿甫不同意。"他沉吟道："如果我猜得不错，东窦和西窦只怕是面和心不和，窦铎之所以临时变卦，不过是因为西窦只有窦世英一根独苗，又无举业，势单力薄，看着我现在做了甘肃巡抚，想和我们家结亲，借我之势联手对付窦元吉。"

· 125 ·

王知柄看父亲的目光充满了钦佩，诚服地道："那我们现在该怎么办？"

王行宜好像没有听见似的，自言自语地道："难道映雪，真的害死赵氏？"

王知柄错愕不已，王行宜已高声道："窦振之信上说，他已两次派人与赵睿甫协商映雪扶正的事，赵睿甫都避而不见，想请我会会那赵睿甫。不管那窦振之是想绕过窦元吉让我承他这个人情，还是想让我看看他为了映雪扶正的事花费了多少精力，或是想向我证实赵氏之死确与映雪有关，还是想用我的官威压着那赵睿甫同意，你都代我走一趟吧，顺便看看那赵睿甫葫芦里卖的是什么药。"好像刚才那句话只是一时的失言。

王知柄颇为犹豫："爹爹，窦家一面说是妹妹害死了赵氏，一面又要在爹爹受曾阁老器重的分上要把映雪扶正……凉薄寡义……不是可交之人啊……妹妹日后未必有好日子过……"他吞吞吐吐地望着父亲。

"我知道。"王行宜不齿道，"我倒要看看，他们都想算计我些什么！"说到这里，他语气一顿，"至于映雪那里，再帮我劝劝她，把这些利害关系都讲给她听，她若还是执意要和那窦世英在一起……她的苦，就只能她自己吃了……"意思是不再帮她。

王知柄惊讶地望着父亲。

"公正公平易，不偏不倚难。"王行宜喃喃地道，"我虽然盼着她能过得好，却不能代替她过日子。有些事，还得她自己能明白。"

王知柄重重地点了点头："爹爹，我知道了。我去见过那赵睿甫之后，立刻启程去真定。"

而当二太夫人知道窦铎私下联系了王行宜，请王行宜帮着说服赵思同意将王映雪扶正的事时，已是桂子飘香、菊黄蟹肥之时，与这个消息一同传来的，还有窦世英、窦世横双双桂榜有名。

窦府上下欢天喜地，窦铎更是兑了一箩筐承平元年的铜钱，派了两个管事站在自家的门口，遇人就发，整个真定县的人都涌到了西窦的门口。

纪氏亲手给窦昭梳了个丫髻，戴了珍珠发箍，换了身大红色十样锦的妆花夹衫，眼里流淌着挡也挡不住的笑意，问她："寿姑高兴吗？"

所有的事重新经历一遍，再高兴的事也会少了几分惊喜，但她还是按着自己的身份笑盈盈地答了句"高兴"。

纪氏"叭"地在她脸上亲了一下，牵了她的手："走，我们去给你伯祖母道喜去，给你讨个红包。"

窦昭笑眯眯地点头，和纪氏去了二太夫人那边。只是她们刚撩帘而入，就听见内室传来"哐当"一声碎瓷的声音，接着就传来了二太夫人怒不可遏地咆哮："他这是什么意思？怕我们把他外甥女害死了？三十岁，他怎么不说让我们保她活过五十岁？"

纪氏知道自己来得不是时候，忙拉着窦昭去了大伯母那里。

窦昭很好奇二太夫人说的是谁，又是什么事让她发这么大的火，但她不着急，六伯母应该很快就能弄明白，她只要一直待在六伯母身边就行了。

想到这里，她又有些犯愁。随着她的年纪渐长，这种得来全不费功夫的消息恐怕也没几年享受了。

在大伯母那里喝了盅茶，她们回了屋，站在廊庑里的采蓝也跟了进来。她先看了窦昭一眼，屈膝给纪氏行礼，才低声道："五老爷来信，说是赵家舅爷答应将王姨娘扶正了……"

"啊？"六伯母大吃一惊。

窦昭却是松了口气。看来舅舅并不是有勇无谋之辈，这种吃力不讨好的事，谁想干

· 126 ·

让谁干去，犯不着把自己给拖下水。前一世，舅舅为她付出的太多了，这一世，她宁愿自己受些委屈，也不想舅舅重蹈前一世的覆辙。

王映雪想扶正，那就把她扶正好了。前世，王映雪还可以勉强装作进门得喜，这一世，她进门五个月产子，就算是扶正，那些正室自持身份，也不会和她交往。而窦明的婚事，只怕比上一世更艰难。

"不过，"采蓝又看了窦昭一眼，"赵家舅爷却提了两个条件。一是四小姐的婚事，王家不得插手。二是将西府的财产划一半给四小姐做陪嫁，王家拿到扶正同意书之日起，即由专门的管事打理四小姐的陪嫁；若是四小姐三十岁之后去世，陪嫁由四小姐自行处置；若是四小姐三十岁之前去世，有子嗣，陪嫁则留给子嗣，没子嗣，四小姐的陪嫁将作为赔偿，归赵家所有。"

"你说什么？"六伯母倒吸了口冷气。

采蓝再次看了窦昭一眼，重复了一遍。

"怎么会这样？"六伯母头痛道，"赵睿甫也真敢想啊！"

窦昭却早就傻了眼。怕王家随便把她嫁了，她能理解；可分西窦一半财产……不要说是祖父了，就是东窦的二太夫人只怕也不会答应。难怪二太夫人叫嚣着什么"五十年"了！

不过，她很快就从茫然中清醒、冷静下来。

窦家能提要求，舅舅为什么不能提条件？和窦家把王映雪扶正的要求一样，舅舅提出来将西窦的财产分给她一半做陪嫁同样的匪夷所思，可你窦家能做得出来，凭什么舅舅就想不出来？

漫天要价，坐地还钱嘛！有这样意识的舅舅，才能自保，才能不被窦、王两家给生吞活剥了！

她的嘴角情不自禁地弯成了个愉悦的弧度。这件事，就让窦家的人去伤脑筋吧！

纪氏青葱般的手指就点到了她的额头。"傻丫头，还笑！你知道不知道你舅舅都为你做了些什么？"她叹道，"你舅舅，放弃了升官发财的机会，一心一意只求你平平安安地长大，嫁个如意郎君，你以后，可要好好地孝顺你舅舅才是！"

窦昭不住地点头，甜甜地道："我长大了也会孝顺六伯母的。"

她说的是真心话。梦中的前一世，要不是临出嫁前听了六伯母那席话，她肯定会走更多的弯路。只可惜那时的六伯母在她眼里是个待人温和有礼骨子里却始终透着几分疏离、冷淡的窦家媳妇，她无意热脸去贴人家的冷脸作践自己，她和六伯母的关系，也始终停留在见面点头微笑上。

而现在，尽管她是个懵懂无知的小儿，六伯母却不在乎她是否记得自己的好，不仅细心照顾她，还帮她谋划着以后怎么在群狼环伺的窦家生存下来……授之以鱼，不如授之以渔。这份恩情，她永远都不会忘的。

六伯母哪里会想到这些，她笑眯眯地道："哎哟，我们寿姑的嘴可真甜。"

窦昭却看得出来，六伯母很高兴。

晚上，六伯母和王嬷嬷说着悄悄话："……我一直担心赵睿甫会和王、窦两家硬碰硬，现在看来，我们都小瞧了赵睿甫。三叔父背着五伯找王行宜，就是想把这个球踢给赵睿甫——不是我不同意将王映雪扶正，是赵家从中作梗。现在赵睿甫干净利落地又把球给踢了回来——不是我不同意将王映雪扶正，是窦家舍不得银子。三叔父这次也算得上是搬起石头砸了自己的脚！"

"可不是。"王嬷嬷笑道，"听说老太爷气得两眼一黑，当场就闭过气去。要不是杜安手疾眼快地扶住了三老太爷，三老太爷恐怕要一头栽进荷花池子里了。不过，我们太夫人砸完了茶盅倒是高兴起来，还陪着兰哥儿说了半天的话呢。"

"那是，"纪氏笑道，"照我说，要是我们太夫人再通透些，就应该出面劝三叔父答应赵睿甫的条件。反正那些银子不给寿姑也轮不到东府，还不如做个顺水人情给赵家，还可以恶心恶心王映雪，你不是要扶正吗？那就拿出西窦的一半财产送给赵谷秋的女儿。要是那王映雪知道了，恐怕今天晚上被子都要蹬烂了。"

什么事情一旦涉及自己的利益，那消息就会像长了翅膀似的，关也关不住地到处乱飞。不过一夜的工夫，窦家上上下下的人都知道了这件事。

有人暗地里骂王映雪是祸根，有人指责赵思异想天开，有人盘算着自己的利益，还有的人看戏不怕台高，等着看笑话。可不管是抱着怎样的心态，谁都不愿意做第一个说话的人。一时间，原来热热闹闹的东窦突然间沉寂下来，院子里除了几个粗使的丫鬟、婆子走动之外，各房各屋的人都不知道猫到哪里去了。

窦昭有些幸灾乐祸，纪氏却带着她去了西府。

"你祖父病了，"给她换衣裳的时候，纪氏告诉她，"我们去看看你祖父。"

祖父当着赵家作出一副王家现在官大势大，非要把王映雪扶正，我也没有办法的姿态；当着王家却是一副我虽然不满意王映雪，但事已至此，为了两家的颜面，我还是会想办法让王映雪扶正的样子。想两边讨好，左右逢源，现在却变成左右为难，进退维谷。

怕是急病的吧？她腹诽着，和纪氏进了鹤寿堂。

窦铎戴着青色的网巾躺在床上，面色很差，丁姨奶奶在一旁服侍着。听说窦昭来看他，他眼皮子也没有撩一下，丁姨奶奶神色尴尬。

纪氏倒了杯茶递给窦昭示意她端给祖父，窦铎"嗯"了声，转过身去。

窦昭端着茶盅，眨着眼睛回头望着纪氏。纪氏眉头几不可察地蹙了蹙，上前两步揽了窦昭的肩膀，笑着安慰她："祖父病了，精神不好，你把茶水放到小几上就行了。"

窦昭听着，小心翼翼地去放了茶杯。

窦铎依旧不理不睬，纪氏就笑着对丁姨奶奶道："既然三叔父歇下了，我们就不打扰，先回去了，明天再过来探望。"然后客气地朝着丁姨奶奶颔首，牵着窦昭的手出了门。

路上，窦昭看见庞氏的身影在花树间一闪而过，她装作没有看见的样子上了马车。

庞氏一路急行回了栖霞院。

王映雪瘦得厉害，神色怏怏地在给窦明做秋衣。哥哥来了又走了，说了些她从前从未曾想到过的事。

她之所以到今天还能安然无恙地住在栖霞院，说白了，不过是因为父亲起复，她娘家有力罢了。如果父亲因为她的事受了牵连……王映雪有些不敢往下想。可若是她就这样带着窦明回了王家，她以后的日子又该怎么过呢？

王映雪只要一想到温柔体贴的窦世英，就心痛如绞，只盼着这日子能拖一天是一天……如若能等到窦世英回来，那就再好不过了。

见庞氏进来，她勉强朝着庞氏笑了笑："二嫂走得这么急，是有什么事吗？"

庞氏自己给自己斟了杯茶，一饮而尽，这才坐到她身边低声地道："我刚才看见窦昭了！"

王映雪不由"啊"了一声，坐直了身子。

昨天晚上她们已经听说了赵思的条件，王映雪觉得赵思疯了，庞氏却两眼发光，一个晚上都有些魂不守舍的。

"你别慌，"庞氏笑道，"看样子，窦昭是跟着六太太来探病的。"她说着，"啧啧"两声道："你别说，窦昭长得可真是漂亮，仅脚下那双缀着珍珠的绣鞋最少也得十几两银子。他们窦家可真是有钱。"

王映雪很不喜欢她二嫂看什么东西都以银子的多少来论好坏，可她又不好说她。这些日子，她的事多亏有二嫂帮助，她总不好在这些细枝末节的事上和二嫂较真吧？

"映雪，你拿定主意了没有？"庞氏见王映雪不说话，心中微哂，又要做婊子又要立牌坊，哪有这么好的事？"你可别说我这个做嫂子的没提醒你，没有赵家的同意书，公爹是无论如何也不会让你这样不明不白地待在窦家的，你也不想你哥哥嫂子侄儿都因此而抬不起头来吧？你扶正了，好歹还能得那一半的家财；你要是回去了，窦家的财产可是与你没有半点干系了。"

"我自己又不是养活不了自己。"王映雪不悦道，"我只是觉得窦老太爷肯定是不会答应这件事……"

"这是后话。"庞氏挤对着王映雪，"你就说你想不想扶正吧？"

王映雪低着头没有说话。

"我这是听评书掉眼泪——替古人担忧啊！"庞氏道，"得，是我多管闲事。我这就回南洼去，你的事，我也再不管了！"

王映雪猛地抓住了庞氏的衣袖。庞氏不由挑了挑眉，笑起来。

窦昭和纪氏刚下马车，就看见采蓝急匆匆地走了过来。"六太太，"她屈膝行礼，小声地道，"五爷和六爷、七爷一起回来了！"

窦昭和纪氏都大吃一惊，纪氏更是神色凝重："知道三位爷是为什么回来的吗？"

"不知道。"采蓝摇头，"只听说五爷请了几天假，就和六爷、七爷一起回来了。"又道："七爷已经回了府，六爷刚刚被太夫人叫了过去，太夫人还嘱咐，您要是回了府，立刻过去一趟。"

纪氏沉思了片刻，问："除了我和六爷，还有谁？"

"还有三爷和三太太。"

纪氏又思索了一会，道："我知道了。"把窦昭交给了妥娘和采菽，"你们照看好寿姑，等我回来了再送寿姑回府。"

两人齐齐应是，抱着窦昭回了纪氏的宅子，纪氏则带着采蓝去了太夫人那里。

太夫人的院子里悄无声息，服侍的丫鬟、婆子都屏气凝神地立在院子中间。见了纪氏，立在正屋台阶前的柳嬷嬷忙迎上前来，一面笑着陪纪氏进了屋，一面声若蚊蚋地道："五爷一回来就和太夫人在内室说了半天话，出来就让请几位过来。"

纪氏见再走两步就是内室了，朝着柳嬷嬷使了个眼色就笑着由柳嬷嬷撩帘走了进去。

大家早已坐定，就等着她来，纪氏忙上前给众人行礼。

二太夫人呵呵笑道："不必多礼，又没有外人。"然后指了窦世横身边空着的绣墩，"挨着中直坐吧！"

纪氏笑着坐了下来，却趁机飞快地瞥了眼三太太。三太太眼观鼻、鼻观心地坐在那里，看不出表情。

"大家都到齐了！"和二太夫人并肩而坐的窦世枢笑着开了口，"我这次回来，是有要紧的事请三哥和六弟帮忙的。"

他是典型的窦家人样貌，身材高大挺拔，皮肤白皙细腻，眼睛明亮有神，说话让人如沐春风。

窦世榜忙欠了欠身，窦世枢就道："王行宜在甘肃查禁马市之事，偏偏又出了王氏这件事，如果他被弹劾，会让曾阁老变得很被动。王氏的事，必须快刀斩乱麻。我有个想法，说出来大家商量商量，看可行不可行？"他语气微顿，目光在哥哥嫂子、弟弟弟媳的脸上缓缓而过，"赵睿甫提让三叔划拨一半财产给寿姑做陪嫁，我想三叔是决不会答应。因而我大致估算了一下，现在窦家的财产一半是东府的，一半是西府的。东府的又分为六份，其中大房、二房和四房占了一半，三哥、我和六弟占了一半……"

纪氏听到这里已隐隐知道窦世枢的打算，她心中怦怦乱跳，不由朝二太夫人望去。

二太夫人坐得笔直，目光沉稳。

她又想到采蓝的话。看样子，五伯已经得到了婆婆的支持！

纪氏睃了窦世榜一眼。窦世榜微张着嘴，显然也隐隐猜到窦世枢接下来会说什么。但他很快就恢复了平静，依旧如刚才那样认真听着窦世枢的话。

再看丈夫满脸的不以为意，显然已经知道窦世枢会说些什么了。

纪氏叹了口气，耳边传来窦世枢的声音："……我们三房加起来，正好是西府一半的财产，达到了睿甫的要求。如果三哥和六弟妹同意，我想把我们三房应得的那份财产划给寿姑好了。至于三哥和六弟的损失，请三哥和六弟给我点时间，由我打个欠条，慢慢地还。"

他的话音刚落，没等三房和六房有所反应，二太夫人已道："若是你们有急用，也报个数字给我，我还有些贴己银子，贴补这家里三五年的开销还是拿得出来的。"

窦世榜最敬重的就是自己的母亲，何况这是为了自己胞弟的前程，他没话说。只是他也不好表态，免得六弟和六弟妹觉得他多事。

窦世横本就有"好女不穿嫁时衣，好男不吃爹娘饭"的志气，而且他回来之前就已经知道了这件事，他只怕纪氏觉得委屈，不由朝纪氏望去。

窦世枢什么都盘算好了，她能说反对吗？她朝着丈夫点了点头。

窦世横沉声道："我同意。"

窦世榜本是提得起放得下的人，见大事已定，再无顾忌，道："我也同意。"随后又觉得这气氛有些压抑，故作语气轻快地道："我们也不用五弟打什么欠条，娘的体己银子呢，还是留给自己打赏那些孙子、孙女，这日常的嚼用不管是我还是六弟，都是拿得出来的。要是真到了山穷水尽那一天，我自会带了儿子媳妇孙子孙女去京都找五哥的。"

窦世枢微微地笑，笑容亲切而真诚："三哥放心，我定当倒履相迎！"

窦世横哈哈大笑。

二太夫人由衷地高兴，脸上的褶子仿佛都少了几道："好，好，好。兄弟齐心，其利断金。你们能这样，我就是死也能瞑目了。你们放心，只要有你五哥的一口，就有你们的一口。我把话说在这里，老五，你当着你哥哥嫂子、弟弟弟媳发个誓……"

"不用，不用。"三太太此时也反应过来，满脸笑容地道，"这又不是哪一个人的事，是我们家的事，怎么能让五弟一个人担着？"然后调侃道："娘，您这么说，可是挑拨我们兄弟妯娌间不和！"

"是我不对，是我不对！"二太夫人笑得像吃了长生果似的，"我不说了，我不说了。"

窦世枢就笑着站了起来："既然如此，多的话我也不说了。我已经请了兰哥儿、大嫂、二嫂去花厅里说话。这个时候，想必他们都已经到了，我们也一起过去吧！"

窦昭目送六伯母离开，心里却想着五伯父请假的事。

五伯父是吏部侍郎，他请假，会向谁请？当然是他的顶头上司，吏部尚书兼师座的曾贻芬了。

哈！窦昭忍不住笑起来。不知道王行宜听到这个消息，会不会赶回京都向同是他师座的曾贻芬解释一下为什么五伯父要请假？

妥娘看着窦昭莫明其妙地就笑了起来，诧异地喊了一声"小姐"。

"没事，没事。"窦昭笑得更欢快了，她摇着采菽的胳膊，"采菽，我要回家，我要见爹爹！"

"可六太太吩咐过了，等她回来再送您回府。"采菽很为难。

窦昭不管，一个劲地要回去，她现在还是孩子，吵闹任性都是正常的。

采菽没有办法，只好叫了个小丫鬟去请纪氏示下。

纪氏在花厅。她望了一眼坐在主位上的二太夫人，又望了一眼坐在自己对面的兰哥儿、大嫂和二嫂，心情有些微妙。

而二太太望着坐在自己对面的窦世枢、窦世榜、三太太、窦世横和纪氏，心中却充满了愤怒：说什么商量，老三、老五、老六这一母同胞的三兄弟早商量好了，她们这三房却是赶鸭子上架，之前根本不知道二太夫人把他们叫过来是为什么，怎么商量？

覆巢之下没有完卵，这个道理她是懂的，可就这样被迫为西府收拾残局，她却怒意难消。如果她反对，以老五的心性，只怕早就有一大堆道理在那里等着她，她说得过老五吗？一个不慎，还可能给众人留下她趋利避害、不敢担当的印象，她是窦府的宗妇，以后在窦家还有什么威信可言？

二太太看了大太太一眼。

大太太脸色苍白，眼睛浮肿，表情却很平静。这个做了十几年宗妇，现在又死了丈夫、孩子还小的孀居妇人有自己的打算。叔伯兄弟里，老五窦世枢的前程最好，兰哥儿以后还要靠这位五叔帮衬，他们是万万不能和窦世枢翻脸的。

大爷在世时，在江南任官多年，他们颇有些积蓄，不说这些，就算东府分一半的财产给寿姑，其他的六房平均分下的一半，节省些，也足以够他们过两、三代人了，何必为了钱闹得不好看。

只要有人，还怕没有钱？！不过二房的儿子最多，如果自己提出来六房共摊，只怕二房会不答应。好在她现在卸下了宗妇的责任，这些事也就不用自己出头了。

大太太紧紧地抿着嘴。

二太太怨念丛生。早知这样，她当初就不应该听二太夫人的话跟着丈夫去任上了。

为了让儿子们能好好读书，又怕背上个"不孝"的罪名，她把四个儿子全都留在了真定。如今除了长子窦文昌跟着老五在京都读书、历练，次子窦玉昌、三子窦秀昌还有从兄弟中排行第五的四子窦广昌则在家中族学里上学。文昌已过而立之年，却还只是个秀才；玉昌书读得虽好，但比起两个叔叔窦世横、窦世英却又差了很多；秀昌就不用说了，早早成了亲，儿子倒是生了好几个，可读起书来还不如自己的儿子芝哥儿；广昌也就比秀昌强一点点……

想到这些，她把心一横，笑道："四弟怎么说？"

窦家的四老爷窦世杼在举人的功名上止步不前，前几年终于断了金榜题名的念头，经窦世枢的推荐，在就藩信阳的皇长子信阳王府上做了名长史，听说很得信阳王的喜欢，前两年举家搬到了信阳。

窦世枢听着，犹豫半晌，从衣袖中掏出封信来示意丫鬟递给二太太："这是四哥给我的回信，我原先觉得有些不妥，所以没拿出来……"

二太太在心里把窦世枢骂了一百遍：信阳离京都千里之遥，我口一开你就能拿出老四的信……你若不是早有预谋，我就一头撞死在这大厅里！

心里却明白，大势已去！老四早就和老五串通一气……她不用看信，已经知道信上都写了些什么，但她还是忍不住打开了信。果然，窦世抒不仅同意窦世枢对东府的财产分配，而且还建议寿姑的嫁妆由六家平摊。

二太太索性把信给了大太太，大太太看着嘴角就流露出淡淡的笑意来。

二太太在心里暗暗叹了口气，就听见大太太笑道："四叔倒和我想到一块去了。我看就照着四叔说的办好了。这并不是哪一家一房的事，这关系到五伯父的前程，窦家的兴衰。"

"我先前没把四哥的信拿出来，就是怕两位嫂嫂误会。"窦世枢听着忙笑道，"这件事认真说起来，都是我没有处理好，才会有今天的局面。两位嫂嫂的好意我心领了。这事既然是我决定的，就由我来担着吧。总不能把大家都拖下水。"

二太太还要说什么，二太夫人已笑道："这件事，他先和我商量过，我也是同意的。你们就不要再争了，就这样决定了。"二太夫人拍了板，吩咐柳妈妈："你去跟窦管事说一声，让他把西府的老太爷请过来，就说我有要紧事和他商量。"又对窦世榜道："你一向管着两家的庶务，这几天就抽空把账目整理整理，到时候赵家来人，也好商量着到底把哪些产业划到寿姑的名下。"

窦世榜忙站起身来恭谨地应"是"。

请纪氏示下的小丫鬟看了这等阵势，哪里还敢凑上前去，跑回去只说没办法凑到六太太跟前去。采荻只好不停地哄着窦昭。

正好柳嬷嬷出来传话，见状不由笑道："这是怎么了？"采荻忙把事情的经过告诉了柳嬷嬷。

柳嬷嬷是二太夫人贴身的老仆，就是窦世枢，也要给她几分面子。若是平时，她关心地问过几句也就算了，决不会把事揽到自己身上去。可想到刚才花厅里发生的一切，以她对窦家五爷的了解，只要是窦五爷要做的事，就没有做不成的，西府的这位四小姐在她心目中的分量也就骤然间直线上升到了一个让人不能不重视的地步。

她不禁笑道："我奉了太夫人之命，正要请窦管事往西府走一趟。不如让窦管事送你们过去，你们给六太太留个口讯就是了。骨肉至亲，哪有不想念的？也不怪四小姐吵着非要回去不可。"

有了柳嬷嬷的话，采荻胆子也大起来，叮嘱了身边的小丫鬟几句，和妥娘一起陪着窦昭回了西府。

高升正指使着小厮在搬窦世英的箱笼，见窦昭回来了，忙上前行礼。

窦昭问他："我爹爹呢？"

高升笑道："七爷去了栖霞院。"

窦昭转身想走，略一思忖，让海棠陪着采荻，自己带着妥娘去了栖霞院。

远远地，她就看见了趾高气扬地站在院子里指使着丫鬟、婆子端茶倒水的庞氏。窦昭绕道往窦世英的书房去。

栖霞院后院的角门，斜对着窦世英的书房。角门虚掩着，无人看守，她一路畅通无阻地进了栖霞院的后院。

栖霞院后院种着几株木兰，花开的时候，灿若霞锦，所以这院子才取名栖霞院。

窦昭在内室后面的暖阁里听父亲和王映雪说话。

"……我只是个平凡普通的男子，自私地想过得快活一点，想把从前的事都忘记，"说话的是父亲，"可每当我看到你的时候，我就会想起谷秋是怎么死的，心里像刀扎一样难受……映雪，我们都重新开始吧！"

王映雪愣住："你，你这是什么意思？"

"映雪，难道你还不明白？"窦世英神色复杂地望着王映雪，喃喃地道，"如果我们在一起，除了名分，其他的，我什么也给不了你……"

暖阁里的窦昭气得咬牙切齿。

什么叫重新开始？什么叫除了名分，其他的什么也给不了？

一个女人，你愿意给她一个名分，还有什么比这更重要的！

她再也听不下去，气呼呼地从暖阁里出来，径直去了栖霞院的前院。

庞氏像壁虎似的，正趴在窗棂上偷听，她的丫鬟在一旁望风。窦家的仆妇远远地站在庑下廊角，神色里都带着几分鄙夷。

窦昭静静地站在那里，似笑非笑地望着庞氏。

庞氏的丫鬟突然间发现了窦昭，她脸涨得通红，不停地拉着庞氏的衣角："二奶奶，二奶奶……"

"别吵！"庞氏不耐烦地道，"你一说话，我就听不见了！"

"不是，"那丫鬟在窦昭的目光中急得都快哭出来了，"是四小姐，窦家的四小姐过来了……"

"谁？"庞氏回头，一眼就看见了不远处的窦昭，"哦，原来是四小姐啊！"她若无其事地拍了拍衣襟，整了整鬓角，笑道："四小姐，您怎么来了？是谁陪您来的？"

前世今生，窦昭都佩服她的自说自话。

屋里的人听到动静却冲了出来。

"寿姑？"窦世英张口结舌地望着女儿，"你怎么过来了？你不是在你六伯母那里吗？谁带你过来的？"一面说，一面四处张望，看见妥娘，面色一沉，正要开口教训，窦昭已道："是采菽陪我来的。"说着，转身就朝外走，"我等会还要跟着窦管事的车回去呢！"这个地方，她一刻钟也不想待了。

"你慢点！"窦世英在后面追着女儿，"我和你一起去给祖父问安……"

跟着出来的王映雪站在台阶上，看着窦氏父女的身影渐行渐远，慢慢地消失在自己的视线中。

第十六章　一半·盘算·清算

窦昭是坐着自家的车回的东窦。车上，窦铎问儿子："元吉都对你说了些什么？"

刚才窦管事在场，他不好深问，只知道窦世枢回来了，而且猜测窦世枢多半是为了赵家提出的条件而来，但他想不通窦世枢回来有什么用——赵家提出这样的条件，分明就是为难他，为了把责任推到他的身上。赵睿甫拿不到西窦的一半财产，是决不会答应写同意书的。赵睿甫胜券在握，不可能因为窦世枢的几句话就放弃；他不可能因为窦世枢的几句承诺就把西窦的一半财产划归窦昭；王家更不可能在没有赵家同意书的情况之

· 133 ·

下让王映雪继续待在窦家。他想来想去，这都是个死局！

窦世英直言道："五哥把这段时间家里发生的事都告诉了我。"说完，再无二言，以至于窦铎空等了半晌，只好又道："那元吉是怎么对你说的？"

"五哥说，舅兄的要求合情，但不合理。"窦世英道，"可谷秋出了这样的事，舅兄气愤难消，要求窦家补偿寿姑，换个位置，我们恐怕做得更过分。如果不是正好赶上王大人巡抚甘肃，我们三家完全可以坐下来好好说说话，重新商定一个赵家觉得合理、您也能接受的数目，甚至是完全不答应舅兄的要求，由王大人将女儿接回去，想必王大人也是可以理解的。可现在时机不对，赵家无所谓，朝中大事却拖不得——王大人若是被弹劾，只怕再也无人有这样的威望和魄力查禁边关马市了，皇上想安定西北也成了空谈，曾大人也会再一次面临着被迫致仕的危险。五哥让我劝劝你，为大局着想，请您三思而后行。"

窦昭撇嘴。前世，王行宜最终也只是关闭了边关的马市，并没有能禁止马市的交易。朝廷不让，难道那些九边的总兵们就没有办法了？五军都督府的那些都督们都吃什么，喝什么？

说到底，马市难禁，是因为马市是整个西北武将们的私库，这也是王行宜反对开马市的主要原因。而石端兰飞扬跋扈，御史们始终都参不倒他，也是这个原因。这已不是单纯的开不开马市的问题，而是涉及文官和武将之间的明争暗斗。最终窦启俊能参倒石端兰，还是因为新皇登基，决定将边关马市掌握在自己手里，派了司礼监秉笔太监韩谓兼任陕西行都司监军，常驻西安，负责边关马市……

窦铎冷笑："我们又不用靠着东府吃饭，大局？关我们什么事？我们哪有那样的见识。"还在为被二太夫人僵在东府一天一夜而气恼。

抱怨了还不解气，又指了窦昭："她要是个儿子，不要说一半的家产，就是全部的家产给了她，我也欣然允诺。可你让我把祖宗留下的产业让个丫头片子带到别人家去，我宁愿整个窦家都跟着曾贻芬一起倒霉。"

窦世英闭口不言，只是轻轻地摩挲着窦昭的头，好像在安慰她不要害怕似的。

三人一路沉默着到了东府。五伯父亲自在大门口迎接他们。

"小叔，"他彬彬有礼，"本应该过去给您问安，可这不是私事，也要听听大嫂和二嫂她们的意思，我就先公后私了。等过了这件事，我再到府上去给您赔不是，听您的教诲。"

五伯父开门见山地笑着，目光坦荡，态度诚恳，让祖父挑不出一点毛病，满腔的闷气只能硬生生地压在心底，神色不快地由五伯父陪着去了正厅。

窦世英把女儿交给了妥娘："乖，一边玩去。爹爹等会去六伯母那里接你。"

窦昭点头，等祖父和父亲都进了厅堂，她在外面转了一圈，找了个机会又溜了进去。

五伯父正在说话："……所以我想来想去，寿姑的陪嫁，就由我们东窦出吧！"

"你疯了！"祖父和父亲都难掩惊愕，特别是祖父，脸色铁青，"你知不知道你在说什么？你知不知道西窦的一半产业是多少钱？这可是祖宗留下来的！"他说着，朝二太夫人望去。二太夫人低头喝着茶，面无表情，好像刚才儿子送出去的不是她这一支应得的全部祖产，而是她手里端着的霁红瓷茶盅。

"我知道！"五伯父温声道，神态暖如春色，"祖宗辛辛苦苦地留下了偌大一份财产，不就是为了让我们这些后代子孙的日子越过越好？如果这份产业反成了累赘，我们放弃也无所谓。世上之事，有德者居之。我相信，就算我们舍了祖宗的产业，有我，"他的目光逐一地落在了在座的每个窦氏子孙的脸上，"有兰哥儿，有芝哥儿，我们的日子只会越过越兴旺，越过越昌盛。"

窦昭不由暗暗点头。

兰哥儿是大房的，芝哥儿是二房的。自己的这个五伯父，难怪能进内阁，不说别的，就凭这手滴水不漏的说话功夫，也不是常人能及的。

窦铎半天都说不出一句话来。这个窦世枢，可真能想，真能干啊！难怪他会接手这件事。难怪窦家这么多子孙里，只有他的官做得最大！

他不仅对别人狠，对自己也一样的狠。东窦四分之一的产业，他说不要就不要了。

想到这里，窦铎不由眉头一皱。

等等……自己的儿子要把小妾扶正，自己放着大把的银子不用，却要自己的侄儿们帮着出钱……老五这哪里是不要祖上的产业，他这是在要挟他！这是在赤裸裸地要挟他！

窦铎顿时红了眼。他绝不能让老五得逞！

窦铎朝几个侄儿、侄儿媳妇望去。

大太太垂着眼帘，手指不停地拨弄着紫红色的小叶檀佛珠；二太太端容坐在那里，如神龛里祖先的画像；平日里未语先笑的窦世榜此时也是正襟危坐，满脸的严肃；只有窦世横大模大样地坐在那里，显得有些不着调。

窦铎问窦世横："你也同意？"

"我也同意。"六伯父坐直了身子，正色道，"我本不赞成把王氏扶正，但现在王氏扶正已成了定局，让寿姑有些体己银子傍身，我觉得挺好。睿甫这次总算做了件靠谱的事。"他说话从来不含糊。

窦铎冷笑："那好，你们出钱给赵睿甫吧！反正我是一分钱也不会拿出来的。"你想给我添堵，好，我看你们怎么下台。

谁知道窦世枢听了笑着长吁了口气，整个人仿佛如释重负般地轻松起来，道："我还担心小叔不同意……既然如此，三哥，就麻烦你把账簿搬出来，我们当面把财产划分清，也让小叔心里有个数！"

窦世榜立刻拿了一大摞账簿进来："小叔，我觉得，既然是给寿姑的陪嫁，还是应该以田亩和房屋为主。"他说着，找出其中的一本账簿，翻开后摊到了窦铎的面前，"你看，这是我们在行唐的一个田庄，有两千多亩，都连在一起，每年也有三四百两银子的收益。再就是曲阳的田庄了，也有一千五百多亩，每年能收三四百两银子……"

窦铎虽然不管庶务，但并不表示他不看账簿。窦世榜指的这几个地方，都是东府的产业，难道他们真的准备用自己的银子贴补窦昭？窦铎眼底闪过浓浓的困惑。

窦世枢微微一笑，对窦世榜道："三哥，这个以后你再和小叔慢慢协商。当务之急是要写个契约——大家都同意寿姑的陪嫁由我们六房共同平摊，口说无凭，总得有个凭证吧？"

"看我，"窦世榜笑道，"忘了你还要赶回京都了。"他回头问窦铎，"小叔，这契约您看谁写合适？"

"不是说你们三房合担的吗？"窦铎奇道，"怎么又由你们六房平摊了？"

窦世枢笑道："我原意是由我们三房拿出来的，可大嫂和二嫂、四哥怎么也不同意，我想了想，有大嫂、二嫂他们帮衬，我也更有底气些，就答应了。"

窦铎额头顿时冒出汗来。他只有一个儿子，得罪二哥一支他不怕，还有大哥那一支。这从兄弟也和内阁一样，利益之下，今天你拉拢了我打击他，明天我拉拢了他打击你……分分合合，不过就是那回事。

可现在，他为了保住自己的产业，让另外六家共同受损，这就好比是把另外六家绑到一根绳子上联合起来对付占了他们利益的自己,东府六房的任何一家都永远不可能和他们这一房走到一起,他们这一房将彻底地被孤立。

不要说万元此时不过是个新晋的举人,就算他是个进士,难道不要择官?难道不要候缺?难道仕途中就没有个为难的时候?

窦铎思忖着,窦世榜已三下两下写好了文书:"小叔,您看看有没有什么遗漏的地方?如果没有,我们就把手印按了吧!"

不过是张薄薄的纸笺,窦铎拿在手里,却觉得有千斤重。他到现在还不相信窦世枢会把自己的钱拿出来,可眼前的这纸文书却又让他不能不相信。一旦指印按下去,事情就再也无法收拾了。

窦铎想着,额间的汗就落在了文书上,渐渐洇开,像一滴泪。

有黑影在他眼前一晃,手中的文书突然被人抽走。

"我知道爹爹是怕我不同意。"窦世英把契约撕得稀烂,然后揉成一团丢在了墙角,"五哥不用多说了,寿姑是我女儿,陪嫁理应由我出,这一半财产,我答应了。"

晚上,被留在东府的窦昭睡在六伯母内室的碧纱橱里,怎么也睡不着。

西窦的一半财产,就这样归她了?她脑海里反复地浮现出父亲将文书揉成一团时那温文中带着坚毅的样子。

窦家四分之一的产业,父亲知不知道自己在做什么?俞大庆不过管了母亲那么点陪嫁,母亲一死,就有了别样的心思。她一个五岁的稚童,谁会忠心耿耿地帮她打理这些产业而在财帛面前不动心?要不要联系崔家的人呢?

窦昭已经经历过太多,早已不敢用金钱去考验一个人的心性。

而在碧纱橱的另一边,纪氏也没有睡,她在想今天的事。有心和丈夫说几句体己的话,转头却看见丈夫酣睡的脸庞,千言万语就这样堵在了心里。

她轻手轻脚地披衣起床,先去看了看"睡着"了的窦昭,然后一个人坐在了临窗的大炕上。

现在的窦昭,好比褓褓中的婴儿手里攥着袋金元宝,虽然金元宝可以保证她衣食无忧,可她却无力保管,只会让觊觎它的人生出抢夺之心。

这对窦昭来说,弊大于利吧!纪氏想到她熟睡时静谧的面孔,写字时认真的表情,还有偶尔眼中闪过的一丝狡黠,突然间心痛不已。

这么好的一个孩子,难道就让她这样毁了不成?她不由朝自己婆婆居住的方向望去。

至于送走了窦铎父子的二太夫人,正和次子窦世枢在内室说着悄悄话。

"要是你三叔最终也不答应分西窦一半的财产给寿姑,你难道真的准备把老三、老六应得的那一份连同你自己的一起送给寿姑啊?"

服侍的仆妇已被遣散,屋里只有二太夫人和窦世枢两个人。

窦世枢笑着亲手给母亲沏了杯茶,二太夫人又气又急,嗔道:"你啊,也太激进了些!还好今天有万元顶了一杠子,要不然,这件事看你怎么收场?"

"我也没想到。"窦世枢坐在了母亲的对面,"万元比起从前来,稳重多了。"又道:"家里的事,还要请您多多费心,我明天一早就回京都去了。"

"我省得。"二太夫人说着,唏嘘道,"花了这么大的力气,我看那王行宜未必就会领你这个情,说不定还会觉得这件事闹成这样,全是你没有尽力的原因。"

"娘,"窦世枢失笑,"您觉得,我能和王又省吃到一个碗里去吗?"

二太夫人微愕,窦世枢就道:"我们窦家,到我这代,已经是第三代了吧?"

自从窦家有人进学以来，窦世枢是第三代。二太夫人点了点头。

"可不管我们家出了多少个举人、进士，只要没有人入阁拜相，就始终只是个平常的官宦人家，在官场中名声不显，在朝廷里说话无力，"窦世枢说着，脸色渐肃，五官也都如刀刻般分明起来，"而我现在，有了这样的机会，看到了这样的前景，有可能哪天自己的画像会挂在窦家北楼的祠堂里，名字会写进窦家家谱的首页，您说，我能放弃吗？我会放弃吗？"

二太夫人坚定地道："那自然是不能！"

"王行宜，选择了给房师做先锋，整整十年，他自己在西北餐风露宿，妻子儿女穷困潦倒，"窦世枢眼睛微眯，犀利明亮的眼神如刀锋一闪，"如今，他好不容易重返仕途，所受的委屈房师都会补偿他，您说，他会安于现状，不思进取，让自己所受的苦难毫无代价吗？"

"不能！"二太夫人若有所思。

"既然我们两个人都不可能退让，我又何必讨好他呢？"窦世枢微笑道，"而且现在的局面对我们更有利——修身齐家治国平天下，他连家务事都理不清，竟然要我们家花这么大力气为他收拾残局，房师对他，恐怕要重新估量估量。"

"不错！"二太夫人精神一振，"一个连家务事都管不好的人，又怎么能让人放心地把朝中大事托付给他呢？纸包不住火，这件事就算我们闭口不谈，迟迟早早也会传到你的那些同年、同僚们耳朵中去。做官的，谁不想再进一步？就算是曾大人对他青眼有加，恐怕也会有人不服。"她说着，笑起来，"这样看来，我们要多谢那庞氏这么一闹才是，否则事情还走不到这一步。"

"不过，让王氏这样的女子进门，终归是有些不妥。"窦世枢沉吟道，"就怕后辈们有样学样，坏了窦家的家风。我看，西府那边的事，您要多多留意才是——三叔家里已经许久无人主持中馈，想必要做的事很多，寿姑最好还是养在我们府上，还有王氏生的那个女儿，如果也能接到您身边来长住，那就最好不过了。"

二太夫人很鄙视王氏，连带着也就不喜欢窦明，道："我们现在和你三叔翻了脸，如果仅仅是为了教养她，我看就算了吧！"

"但她总归是窦家的姑娘，"窦世枢道，"若是嫁到别人家言行有失，丢的还是我们家的脸。"二太夫人无奈地颔首。

窦世枢又嘱咐："寿姑得了西府一半产业的事，还请您叮嘱家里人，不要乱说话。"

二太夫人不解，窦世枢含蓄地道："我怕有人打寿姑的主意。"

二太夫人明白过来。西窦的一半财产，是多少银子？谁家要是娶了这样的媳妇，子孙几辈子都可以不事生产，躺着吃睡着喝就行了。

"总得给寿姑找个和我们家亲近的人才行。"二太夫人思忖道。

"若是她的心向着东府，那就更好了。"窦世枢见母亲明白了自己的意思，眼底充满了笑意，"这两天赵太太会拿了赵大人的同意书回来。赵太太毕竟年轻，她有什么事，您就帮衬她一把，免得分割财产的事又生出什么波折来——我们既然答应了赵家的条件，何不做得漂亮些？"

二太夫人诧异窦昭的舅母来得这样快，窦世枢含笑道："我一得到消息，说睿甫要西窦一半的财产给寿姑做陪嫁，就知道他的意思，立刻就派人去了趟甘泉县，也是怕夜长梦多，三叔临到要把财产交出来的时候又反悔了。"

"还是你考虑得周详。"二太夫人望着温文尔雅，却自信飞扬的儿子，忍不住连声称赞。

窦铎的悔意，要比窦世枢预料的来得快。

回到家中，他拿起书案上的笔洗就朝窦世英扔去。窦世英不躲不闪，等父亲发完了脾气，静静地道："我明天会和五哥一起回京都……"

"你还嫌今天不够丢脸？"窦铎气得打断了他的话。

"我还要参加明年的春闱。"窦世英道，"想让五哥帮我介绍个老翰林帮着讲讲制艺。"

窦铎顿时气遏，随后又道："也好，等你春闱回来再行扶正之礼，正好可以把那王氏晾一晾。"

何必如此？窦世英想劝父亲几句，想到父亲的怨怼，想到自己不可能不去参加春闱，他欲言又止。

窦铎却拉着儿子说起制艺来。父子两人一问一答，渐渐说到天空中泛起鱼肚白。窦世英揉着红通通的眼睛回去梳洗后，重回鹤寿堂陪着父亲用了早膳，等高升过来禀箱笼已经装上了车，窦铎把儿子送到了大门口。

父子两人正说着话，呼啦啦一大群人敲锣打鼓地朝他们涌来。

窦铎皱了皱眉，刚叫了声"杜安"，对面人群中已传来一声男子高亢的哭喊："窦家老太爷，都是我那兄弟不懂事，冲撞了您，我们兄弟三人给您负荆请罪了。还请您大人大量，不要和我们计较，原谅则个。"

窦家的人大吃一惊，齐齐朝那群人望过去。

只见人群中间走着三个穿着丁香色绸裤的男子，赤着上身，背着荆条。

这不是那庞氏三兄弟吗？杜安惊讶得张大了嘴巴。

窦铎却是气得太阳穴突突直跳，厉声问身边的人："他们来干什么？"

"不……不知道。"小厮道，"我这就去问问。"还没等他跑到庞氏三兄弟面前，庞氏三兄弟已推金山倒玉柱般地"扑通"一声跪在了大街街心。

"窦老爷，我们给您磕头了！"说完，三个人"咚咚咚"地磕起头来，额头上很快一片青紫。

"出了什么事？"

"这三个人是谁啊？"

也有人认出庞氏老三庞锡楼的："这不是隔壁灵寿县的庞三爷吗？他可是灵寿县有名的泼皮，没想到也有今天？不知道庞家是为什么事得罪了窦家？"

看热闹的街坊四邻议论纷纷，还有庞家的人不住地向众人解释："我们家三爷有眼不识金镶玉，得罪了窦老太爷，这是来赔礼道歉的。"

"活该！"人群中传来解恨的唾弃，"他庞一霸也有今天！"

"庞家老太爷应该狠狠地治治他才是。"

"肯定是庞一霸敲诈到窦老太爷的头上来了！"

说什么的都有。窦铎气得手指发抖。

庞玉楼的二哥庞银楼听着不免有些得意，低声对大哥庞金楼、弟弟庞锡楼小声地道："怎么样？听我的不会错吧！那天小弟若是亲自去找诸家的麻烦，今天我们怎么下台？这家长里短地扯皮，最忌把人一棒子打死不留余地了。你们以后再遇到这样的事，要多个心眼才行！"

庞玉楼有三个哥哥，分别是庞金楼、庞银楼、庞锡楼。

庞金楼能干，两个弟弟还是懵懂无知的时候就已经把庞家的铺子抓在了手里；庞银楼精明，知道自己在庞家的铺子里帮忙也讨不了好，哄了庞父私底下拿了体己银子给他，自己开了个茶楼；庞锡楼从小就是个混人，喜欢拳脚，在县里的武馆里学了几招，铺子里的事他插不上手，又不愿像庞银楼那样低眉顺眼地服侍人，每个月只落得干巴巴的那几个月例钱，吃了没有喝的，喝了没有吃的，索性和武馆里玩得好的几个师兄弟做起了收账放债的营生。

窦世枢一听就知道庞氏兄弟要干什么。为了巴结上王家，他们迫不及待地给王家当了刀使。现在王家要和窦家结亲了，他们又怕因为先前的所作所为被窦家记恨，而被王家放弃，干脆演起了负荆请罪的戏文——我都已经当着左邻右舍的人低头认输了，你们王、窦两家总不能把我们一棒子打死吧？

尽管心里明白，但庞氏兄弟对时局的准备把握，当机立断的果敢和不顾名声的厚颜无耻还是让窦世枢有些意外。他无意再插手西府和王家的事，但对庞家这么快就得到了窦、王两家即将联姻的消息有些不悦。他若有所指地对带着家中女眷为他送行的二太夫人笑道："也不知道庞家怎么突然间就前倨后恭起来？"

二太夫人把儿子的话在心里转了转，就明白了儿子的意思。

她笑道："有果必有因，有因必有果。"意思是自己会去追查这件事的。

窦世枢就笑道："不知道七弟那边还会闹腾多久，宫大人还在驿站等着给我送行，我就在驿站等七弟吧！正好还可以和宫大人说说话。"

宫大人是真定县新上任的父母官。

窦世枢虽不是窦家的族长，可他是窦家官位最高的人。现在有人在窦家闹事，按理说窦世枢应该前去调解才是。但想到庞家兄弟是为什么和西府生的嫌隙……二太夫人不禁在心里嘀咕，难道让她堂堂正三品的儿子去过问这种破事不成？她自然是希望儿子越早离开这是非之地越好。

她忙不迭地点头，道："虽说你已官至三品，可现官不如现管，家里的事还得靠宫大人照应，千万不可心生骄纵得罪了宫大人，让宫大人等你，那就更不应该了！"说完，催了窦世枢快去见宫大人。

窦世枢想了想，道："六弟，你带着六弟妹和寿姑和我一起去驿站吧？"

窦世英不过来了，窦昭却不能不给窦世英送行。窦世枢既然打定了主意要让窦昭更亲近东府的人，窦昭和西府的接触当然是越少越好。

纪氏则是不想窦昭卷到这些大人们的纷争中去。她抱着窦昭笑盈盈地望着窦世横，一副你要是同意我现在就可以抱着窦昭启程的样子。

窦世横觉得这毕竟是东府的事，如果窦世英有需要，自会让管事来求助，如果窦世英没有需要，他也不应该贸然地前去助阵。见妻子望着他，他笑着抱过窦昭，道："寿姑，我们跟着你五伯父去见识一下真定县的驿站好不好？"

窦昭咯咯地笑，她才懒得理会王、窦两家的破事。

窦德昌也吵着要去，却被二太夫人指使着柳嬷嬷把他拦腰抱住："你爹和你娘有要紧的事，你去凑什么热闹？"

窦德昌委屈地嘟着嘴，窦世横和纪氏都不理他，带着窦昭上了马车。

宫县令是个和窦世枢年纪差不多的男子，相貌堂堂，气宇不凡，他自称是辛丑科的进士，比窦世枢低四科，对窦世枢非常尊敬。

窦世枢的态度很谦和。

众人见过礼，宫县令、窦世枢和窦世横在驿站的厅堂说话，纪氏回避，带了窦昭在驿站的后院里看花草。

直到晌午，窦世英才赶过来，他团团地给窦世枢等人行礼赔不是，窦世枢不以为意，向窦世英介绍宫县令。

宫县令夸着窦世英一表人才："不愧是谢堂子弟。"

窦世枢和窦世英一番谦逊过后，宫县令设宴给窦世枢、窦世英送行，窦世横作陪。窦世横决定在家读三年书后再去参加春闱，这次只有窦世英跟着窦世枢去京都。这和窦昭记忆中的一样。

在后堂用饭的纪氏见端上来的菜多油多酱，只拣了几样清淡的菜喂着窦昭："忍着点，回去六伯母给你做荷叶汤喝。"

窦昭从来不挑食，吃完了菜又吃了一个馒头，心满意足，昏昏欲睡，什么时候回了东府都不知道。下了马车，采菽满面笑容地迎了上来："六爷，六太太，安香的赵太太从甘泉回来了，正陪着太夫人说话。太夫人让您和六太太一回来就带着四小姐过去。"

窦昭和窦世横、纪氏都大吃一惊，窦昭更兴高采烈地道："我舅母来了？是什么时候的事？谁陪着她一起回来的？"

采菽忙道："来了快一个时辰，刚太夫人屋里用的饭。赵太太一个人回来的，此时应该和太夫人在宴息室喝茶。"

窦昭拉着纪氏的手："我们快去！"

纪氏呵呵地笑，抱了窦昭："先给你洗把脸，换身衣裳，免得你舅母抱得满身尘土。"

窦昭讪讪地笑，跟着纪氏盥洗后去了二太夫人那里。

舅母比起在安香的时候瘦了些，人却精神了很多。她扑到赵太太怀里喊着"舅母"，又问她："舅舅可好？三位表姐可好？您怎么突然回了真定？"一句接一句，言辞恳切，惹得舅母眼泪都快出来了："不过两三年不见，我们寿姑突然就变成了大姑娘，知道问候人了。"

二太夫人笑道："这大半年寿姑都跟着她六伯母——她六伯母你是知道的，出身江南的名门，最最贤德不过的一个人了，平日里到哪里都带着她，为了晚上照看好她，还把她安排在自己的碧纱橱里歇息。你就不用担心了。"

语气中带着几分夸张，赵太太听着心中生疑，抬眼看见窦昭的小脸粉白可人，过了一个夏天，连个蚊叮虫咬的印痕都没有，想来那位纪氏的确是把窦昭照顾得很好，人家称称功也是人之常情。

她屈膝就给纪氏行了个礼："让六太太费心了。"

纪氏连忙回礼，心里却琢磨着二太夫人的话，看样子婆婆还是想让她帮着西府带孩子！

窦昭也听出点音来。陪着舅母在东府的客房安顿下来，她对舅母道："……伯祖母问我喜不喜欢六伯母，还问我要不要让六伯母永远陪着我！"

赵太太不想见西窦的人，二太夫人留她在东窦的客房歇息，她立刻就应允了。

听了窦昭的话，她只留了彭嬷嬷在身边，然后拉着窦昭的手认真地问道："那你喜不喜欢六伯母？"

"喜欢！"窦昭笑道，"她给我买好看的木偶，给我做新衣裳、新袜子，晚上给我打扇，还给我染指甲。"说着，她把小手伸给赵太太看，"舅母，好不好看？"

赵太太听着心里无比酸楚。这些本都应该是谷秋做的事，现在却由个堂伯母做了。

彭嬷嬷就在一旁小声地道："若是表小姐能跟着那位六太太也不错，总比在王映雪面前做小伏低的好。"

"呸！"舅母愤愤地道，"任她也敢给寿姑脸色看！"心里却知道彭嬷嬷说的有道理，"谁养大的像谁，东府里就是随便找一个也比那王映雪要好。不过，这件事还要从长计议，太夫人是什么意思，我还要仔细看看。有了西窦一半的财产作陪嫁，寿姑可不是从前的寿姑了。"

彭嬷嬷听着就叹了口气："老爷这招也走得太险了些，我真怕表小姐被养歪了。"

"这也是没有办法的办法！"赵太太也叹气，"我们也没有想到窦家竟然真的会同意。"她语气微顿，又道："当时老爷接到寿姑她五伯父的信时就说糟了，还说，寿姑她五伯父这个人从不打诳语，既然让我们拿了同意书赶回来，就是有十足的把握让寿姑的祖父答应我们的条件……果不其然。还好我们也是做了两手打算的，老爷把县里的钱谷师爷带了过来，否则就凭我们这几个妇孺，哪里弄得清楚窦家到底有多少钱？哪些田庄的收成好？哪些铺子赚钱？他们要是拿那颗粒无收的田庄糊弄我们，只怕我们也难以发现。这几天我们就好生生地和窦家的人磨磨牙，让那汤师爷也好暗中把窦家的财产摸一摸，免得我们两眼一抹黑，任窦家说什么就是什么，寿姑白白担了个'分了西窦一半财产'的名声。"

正说着，有小丫鬟隔着帘子道："亲家太太，西府那边高升媳妇领着几个丫鬟、婆子过来给您问安。"

赵太太很奇怪："就是来问安，也应该是俞嬷嬷来给我们问安，她来凑什么热闹？"自从赵谷秋去世后，赵家对西窦的人都非常反感。

鼓嬷嬷劝道："还是见见吧！喜欢就听听，不喜欢就不听嘛。"

赵太太点了点头。

鼓嬷嬷去领了高升的媳妇过来。高升的媳妇是个白白净净的小妇人，模样儿周正，看模样不过十七八岁的样子。她有些腼腆地给赵太太和窦昭行了礼，然后从怀里掏出封厚厚的信来："这是七爷走的时候特意叮嘱我家那口子让我带给您的。"

窦昭听了不由一愣，父亲早就知道五伯父的安排吗？她伏在舅母的肩膀上，想看看信里都写了些什么。

第十七章　分割·帮忙·规矩

窦世英在信里先交代了玉簪出嫁的事，然后把自己准备将哪些田庄、房舍划分给窦昭长长地列了一大串，最后给赵太太说："……如何还有什么异议，您可以和六爷商量。"把这件事托付给了窦世横。

赵太太拿着信不由皱眉，问彭嬷嬷："你看，窦世英的话能相信吗？"窦昭也满心的狐疑。

"能不能相信不好说。"彭嬷嬷沉吟道，"可若是让汤师爷照着去查查这些田庄、房舍的底细，肯定比我们这样瞎子摸象要节省时间。"

赵太太颔首,把窦世英的信誊了一份交给了彭嬷嬷:"你把这个给汤师爷送去。"

汤师爷接到单子,连夜和人去查实,赵太太则每天领着窦昭或和二太夫人聊天,或去探望大太太,或和纪氏喝茶……不像是来和窦家协商窦昭陪嫁之事的,反而像是来走亲戚的。若是有人问起,也只说"老爷请了人来帮着订契约,这些我不懂,请的人还在路上"。

分的又不是东窦的财产,扶正的又不是东窦的姜氏,东窦的人自然是谁也不急,趁着赵太太在家里做客,二太夫人待赵太太又十分的热情,二堂嫂和三堂嫂趁机怂恿着二太夫人请说书的女先生到家里来说书。二太夫人得了次子的暗示,寻思着若是赵太太也同意将窦昭养在东府,这件事就好办了,因而不仅请了说书的女先生在家里说书,隔了几天还请了个戏班子在家里唱戏,并把真定县富绅之家的主母都请了来作陪,家里人来人往,语笑喧阗,比过年还要热闹几分,倒把王映雪、庞氏等人弄得惶惶不安,不知道发生了什么事。

这样过了大半个月,汤师爷那边有消息过来,说窦世英列的这几处地方都是极好的,特别是位于清苑县南街、北街的房舍,临街是铺面,全连成了片,占了两条街的一半还多,每年仅租金就有一万多两银子。

清苑县是保定府的府城,南街又是清苑县最繁华的正街。

赵太太不由感慨:"我知道窦家有钱,没想到这么有钱。"

彭嬷嬷笑道:"这次多亏了王家。"

赵太太再不待见王家也忍不住笑起来。

第二天赵太太将汤师爷引见给窦世榜,窦世榜领了汤师爷去窦铎那里商定窦昭的陪嫁。

窦铎已有准备,拿了厚厚一摞纸出来:"这些给寿姑。"

汤师爷看了看,笑道:"我们家大人的意思,表小姐乃女流之辈,不会经营,这些榨油坊、竹器铺什么的,就不要了,还是多要些田舍。"说完,把和赵太太商量好的单子递了过去。

窦铎看过后脸色阴沉得像要下雨似的,冷冷地瞥了窦世榜一眼。

窦世榜受了这无妄之灾,忍不住拿起汤师爷写的单子,顿时就在心里骂起来,这是谁给赵家报的信?几处坐着数钱的营生都在这里面,难怪三叔会瞪他了。

可这真不是他干的!他有些欲哭无泪,却也只能陪在一旁继续熬着。

两家磨叽了十来天,赵家放弃了一些田产,接手了几个作坊,西窦也让出了几处房产,事情大致就这样定了下来。

赵太太封了几个金元宝,十匹新式的妆花尺头,还有些珠花头饰去拜访三伯母:"……这些日子麻烦三爷了。以后寿姑的事,还要请她三伯多多帮衬帮衬。"

看着眼前快一千两银子的东西,三伯母的笑容情不自禁地又多了些。

从三房出来,赵太太去了二太夫人那里:"您看,孩子这么小,什么也不懂。打虎亲兄弟,上阵父子兵。照我们老爷的意思,还是想请了孩子的叔伯兄弟帮着管理这份产业。"

二太夫人眼睛一亮。

龙生九子,各有不同。窦家有像窦世枢那样早早就金榜题名的,也有像窦世榜这样考到了年过四旬还只是个秀才。若是让窦家的人帮着窦昭打点产业,好歹是份营生,说出去也好听。

可让窦家的人管,赵家能放心吗?她想起那个让她气得吐血的"年过三十"的条款。

"只怕窦家的人管不好。"二太夫人含蓄地道,"辜负了赵太太的一番美意!"

"怎么可能管不好!"赵太太笑道,"现在帮着打点的,本就是窦家的人。好在寿姑得的都是些田庄房舍什么的,生意上的事我不懂,可这田里的事却很清楚。遇到个丰年,多收几斤,遇到个灾年,少收几斤,不过这多多少少的,以十年为期,均下来每年也有个数字。照我看,不如就取近十年的收益为准,算算每年的收益是多少,以后就以每年收益为准,多的呢,由管事的先收着,年成不好的时候拿出来贴上。要是连着十年都是好年成,那肯定是菩萨要酬谢他的辛苦,自然是要全归他的。"

"啊!"这下子连二太夫人也坐不住了,那一半的产业太大了,就算是多出一点点,也不是个小数目。

她喊了几房的媳妇商量这事。大太太笑着在一旁听——兰哥儿不可能放弃举业去帮人打理庶务;三房的孩子还小,没有经验,除非窦世榜暗中管起来,不然没这能力;四房在信阳;五房在京都;六房只有个窦世横。算来算去,这事只可能落在二房的头上。

纪氏不由暗叹一声。

不知道这主意是谁想出来的?真是厉害!

窦昭毕竟是窦家的姑娘,她还要在窦家生活,出嫁以后还要靠窦家的这些叔伯兄弟帮衬。而赵家因为赵谷秋之死和窦家闹得很不愉快,现在还分了西窦一半的产业,窦家已经有人在私底下抱怨赵家多事。赵家人口简单,不说别的,只要二太夫人一句话,窦家把从前管着窦昭陪嫁的那些管事、伙计全抽回来,那边就要乱套,赵家根本就没有能力、也没有人手能在很短的时间接手那些产业。如今赵太太提出让窦家的人帮窦昭打点产业,又开出了如此丰厚的条件,谁接手管理窦昭的产业,谁就和窦昭拴到了一条绳上,成了窦昭在窦家最牢固的帮衬。若是这个人出自二房,二太太又是窦家的宗妇……窦昭在窦家的日子就更容易了。

她瞥了一眼二太太,二太太眼底闪过怦然心动的明亮。

赵家这次,果然是有备而来啊!

纪氏笑道:"我们家六爷今年刚中了举人,一心一意惦记着参加春闱。蕙哥儿和芷哥儿还要人照料呢,这件事我们这房就不参与了。"

大太太听了也忙表态:"明天开春兰哥儿就要下场了,每天勤读到半夜,我们恐怕是有心无力。"

三太太犹豫了半晌,最后还是道:"我们三爷管着窦府的产业,不要说他每日忙得团团转,就是避嫌,也不方便帮着寿姑管理产业。"

二太夫人问二太太:"你的意思呢?"

二太太当仁不让,道:"老大跟着五叔在京都,老二、老三、老五都在家,能不能从他们之中选一个。"

"也好。"二太夫人笑道,"你决定了,就来跟我说一声,我也好给赵太太一个交代。"这也算是对二太太在窦昭事件中支持儿子的报酬。

二太太心知肚明,回屋后就叫了儿子、媳妇商量此事。

窦昭知道后,选了三堂兄窦秀昌。

前一世,大堂兄一直跟在五伯父身边,后来五伯父为大堂兄走了荫封这条路;二堂兄一直考中了同进士才罢休;三堂兄和五堂兄和她没有什么来往,但她记得三伯父去世后,三堂兄一直帮着二堂兄管理窦家的庶务,可见三堂兄在这方面还是当堪重任的,而且,三堂兄的长子窦启俊,是"启"字辈中最有出息的一个。

她在和舅母聊天的时候说:"……三伯母骂三堂哥,说他读书还不如芝哥儿。"

赵太太立刻就记在了心里，让人去打听窦启俊。

等到二太夫人请舅母过去商议的时候，舅母在三堂兄和五堂兄之间选了三堂兄："……秀三爷年长些，又是几个孩子的父亲，想必更沉稳些。"

二太太无所谓，都是她的儿子，窦秀昌一家却欢天喜地。对于靠月例吃饭的他们来说，有了额外的一份收益，孩子们就能吃得好一点，穿得体面一点。

就是窦铎，也没有办法反对。他和窦秀昌的父亲，也就是窦昭的二伯父窦世棋的关系非常之好。

窦秀昌非常顺利地接管了窦昭的陪嫁，舅母也将同意书交给了二太夫人。

忙完这些，已是冬至，家家户户吃饺子。舅母和窦秀昌商量："您不如也把寿姑母亲留给她的产业一并管起来吧？王氏就要进门了，俞嬷嬷继续留在西府也不太好，不如趁这个机会让她荣养，儿子、媳妇都脱了籍，也算是服侍了我们家姑奶奶一场。"

若是别人，多半会顾忌这样一来会不会让人误会自己刚接手窦昭的产业就铲除异己，可窦秀昌是窦家正经的爷，怎么会在乎那些仆妇说什么？

"行啊！"他毫不在乎地答应了，"反正一只羊也是放，一群羊也是放。"

舅母遣人召了俞嬷嬷过来说话，让俞大庆下午就将账目交给窦秀昌。

事情来得太突然，俞大庆当了老婆的一些首饰才勉强把账目做平了。

窦秀昌安排了窦府账房的查账，见账实相符，让俞大庆画了押。舅母送了二百两银子的仪程，还有一些瓷器、屏风等赏赐，选了个吉日，摆了酒席为俞嬷嬷一家送行。

真定县里就传出窦家七爷要娶新妇了，前头七奶奶的贴身妈妈荣养，窦家赏了很多银子给她养老。俞嬷嬷的马车出城门的时候，就有人悄悄地丈量马车碾出来的印子深浅。

后来窦家就有人听说俞嬷嬷一家回乡的路上遇到了强盗，不仅财物被洗劫一空，而且俞嬷嬷受了惊吓，不几日就去世了。俞大庆也被砍伤，虽然保住了一条性命，却落下了残疾，从此生活不能自理……

而舅母见事情已经处理得差不多了，向窦府的女眷辞行："……寿姑她舅舅还等着我回去过年，寿姑就拜托你们了。"不管是二太夫人还是几位太太，都高兴地应了。

待送走了舅母，窦家开始准备过年。

赵谷秋去世后，西府那边的年事都由窦世榜夫妻打理，今年因为有窦昭的事隔在中间，冬至节请窦铎过来吃饺子，窦铎都以天寒地冻、身体不适为由推了。窦世榜有些拿不准，特意请二太夫人示下。

二太夫人去了西府："……虽说同意书拿到了手，但没有举行仪式，王氏毕竟名不正言不顺。我看，今年不妨让她跟着老三媳妇帮个手，也算是学学怎么主持中馈，明年过年，我们两家就各过各的吧！"

窦铎淡淡地应了。

王映雪被叫到三太太身边帮忙。她自然是喜出望外，想着自己初经这事，既不能太过寒酸，也不能太过华贵，将头发整整齐齐地绾了个圆髻，穿了件半新不旧的茜红色玉堂春的妆花褙子，只在耳朵上戴了枚赤金一点油的耳钉，打扮得干净利索又谦和得体地去了东府。

三太太正在和管事的妈妈对账，见她进来只是抬头说了声"你来了"，就让丫鬟端了个绣墩给她："你先在旁边看看，有什么不懂的，再问我。"说话间，已有管事的妈妈、体面的大丫鬟来了又走，走了又来，小小一间厢房，人来人往，络绎不绝。

王映雪小时候在京都住过一段时间，也曾随着母亲到些高门大户走动，那些人家过年也像现在似的。她不以为忤，温声说了句"三太太您忙您的，不用管我"，坐在了绣墩上，眼观六路、耳听八方地看着三太太示下。

有管事的妈妈账目不对，和三太太争辩："西府赵家舅太太过来的时候，家中连着开筵席，茶酒的开销也跟着比往日要多……"

王映雪听到"西府"两个字，立刻竖了耳朵。

"比往日多是正常的，"三太太道，"可比往日多出三成来，是不是太多了些？"三太太说着，翻着账，"你看，这是六爷中举时家里的开销，你再看赵家舅太太过来时的……"

"六爷那个时候还是仲秋，赵家舅太太却是过了冬至才走，冬至一过，这鸡鸭鱼肉都涨了价……"

"冬至之前，各个田庄不是要送东西过来吗？"三太太不为所动，"怎么你们还到外面去买？"

"赵家的舅太太可是从仲秋住到了小雪。"管事的妈妈急得嘴角冒泡，见王映雪一身半新不旧的衣裳，又很是面生，只当她是哪个管事的媳妇，一面和三太太说着话，一面指了王映雪："去，给我倒杯茶来！"

"我？"王映雪愕然，朝三太太望去，三太太却和那管事妈妈像斗鸡似的互相瞪着。王映雪再看三太太的丫鬟、婆子，没一个作声的，只好慢吞吞地起身去给那管事妈妈倒了杯茶。可心里到底愤懑难消，她悄悄地问小丫鬟："这管事妈妈是做什么的啊？"

"你说窦妈妈啊，"小丫鬟顺着她的手望过去，笑道，"她是我们窦管事的老婆，人最耿直不过，从前是太夫人身边的贴身丫鬟，就是我们府上几位爷见了，也要给她几分体面的。"然后好奇地问她，"你是哪个房头的？我怎么从来没有见过你？是新晋的管事娘子吗？"

王映雪后悔自己穿得太朴素，第二天梳了个堕马髻，戴了翡翠大花，穿了件葱绿色的妆花小袄，艳光四射。

进来禀事的人都笑着朝她点头，问三太太这是什么人。

"是东府的王姨娘。"

那些人再看她，就多了几分好奇，几分探索，甚至隐隐有几分不屑，吃饭的时候那些丫鬟婆子三三两两地朝她望过来，她一转身，那些人就发出一阵暧昧不清的嬉笑。

王映雪又羞又恼，后悔自己穿得太打眼，一整天如坐针毡般地过去了。

回到栖霞院，胡嬷嬷告诉她："二太夫人打发柳嬷嬷把明姐儿接了过去。说是快过年了，您要跟着三太太学管家，明姐儿没人照顾，正好抱过去和四小姐做个伴。"

窦明长这么大从来没有离开过王映雪，王映雪如被割了肉似的，这个时候了，又不好再去东府把人接回来，埋怨胡嬷嬷："你怎么也不打发人跟我说一声？我也好回来的时候抱了明姐儿回来。"

胡嬷嬷在心里道，谁知道东府没人知会您啊！可这话却不敢说，只得诚惶诚恐地认错。

王映雪一会儿担心窦明离开了她不习惯，半夜里吵闹不休；一会儿担心二太夫人屋里的人趾高气扬，对窦明照顾不周；一会儿又担心窦昭欺负窦明，翻来覆去，一夜未睡，第二天大清早梳洗了一番就去了窦铎那里。

"我去东府了。"她恭谨地向窦铎交代自己的去向，然后以一种随意的口吻笑道，"二太夫人把明姐儿接了过去，说是让她和寿姑做个伴，您看，我们什么时候把寿姑和明姐儿接回来好？"

这件事二太夫人给窦铎打过招呼，窦铎心知所谓的"忙"是借口，二太夫人这是看

· 145 ·

不上王氏，怕她把孩子教坏了，而他则是不想看见这两个丫头片子——一个分了他一半的家产，一个是奸生子，全都不是什么好东西！看见心里就烦。又想着王氏要不是这么闹一场，正正经经地娶进了门，再给他添个孙子，有个王行宜这样的外祖父，走到哪里也不含糊，他也就心满意足了。偏偏天不顺人愿……他连带着看见王映雪也很烦，语气不善地道："你先把你自己的事做好了，不要净操些瞎心。家里乱成这个样子了，你让两个孩子往哪里站？"

王映雪话没有讨到反而受了一顿呵斥，心里十分委屈，咬着唇去了东府。

到了中午，三太太留她一起用午膳，并问她："你可有什么不懂的？"

她原想去二太夫人那里看看窦明的，三太太留她，她怎么好拒绝，以小辈的身份站在一旁服侍三太太用午膳，见三太太问她，她笑道："我看家里的事都是旧例，找本从前的账目看看，想来能事半功倍。"然后谦逊道："也不知道说得对不对，还请三太太指正。"

"到底是官宦人家出身，"三太太笑道，"一看就懂，一点就透。不像我那会，什么也不懂，看了半天也没有记住。后来还是三爷告诉我，我这才摸到了些门路……"对她倒是很和气。

王映雪就陪着三太太说话，到了下午，又陪三太太去了库房清点过年的贮藏。

忙完，已到了亥时。她的丫鬟琼芳过来回话："二太夫人那里戌正就下了钥匙。"

王映雪疲倦地回了西府，翌日又跟着三太太去了几家寺院，送了明年的香火钱。

这样今天这事明天那事地忙了几天，她突然发现自己已经有七八天没有见到窦明了，也没有人告诉她窦明怎样了。她急起来，隐隐觉得东府的人是故意的，丢下了清点了一半的库房，她去了二太夫人那里。

丫鬟、婆子倒没有拦她，笑盈盈地把她迎了进去。

纪氏和窦昭都在。见她进来，纪氏笑着点了点头，倒是窦昭，亲亲热热地喊了声王姨娘。

王映雪上前给二太夫人行了礼。

二太夫人戴了个灰鼠皮的兔儿卧，斜斜地歪在临窗热炕的大迎枕上，手里拿着个西番莲纹掐丝珐琅的盒儿，笑着问她："怎么，老三那里歇下了？"

别说此时三太太正忙得焦头烂额，就是三太太没事在家歇了，当着二太夫人的面，王映雪也不敢说啊！

"三太太忙得脚不沾地的，"她撇清似的忙道，"是我想着有几天没见着寿姑和明姐儿了，特意过来看看。"

二太夫人听着，满意地点了点头，道："邬家过来送年节礼，邬家的五少爷和七小姐也过来，我让她们带着明姐儿过去串门了。"

邬家，是指玉二奶奶的娘家。

王映雪闻言心下稍安。

玉二奶奶也是官宦人家出身，她的祖父曾做过县令，叔叔邬松年如今是翰林院修撰，邬家的五少爷和七小姐是指邬松年的长子邬善和长女邬雅。

念头闪过，王映雪又心生狐疑。那邬善今年七岁，邬雅四岁，和窦昭的年纪也差不多，为何明姐儿去了窦昭却没有去？

王映雪正寻思着这话该怎么问才好，那边二太夫人已笑呵呵地朝着窦昭招手："来，到伯祖母这里来！"

窦昭笑嘻嘻地躲在纪氏的身后，纪氏则轻轻地推了推窦昭。

窦昭不为所动，纪氏只好笑着对二太夫人道："这孩子，也不知道随了谁？买东西的时候这个那个都要念到，送东西的时候却腼腆起来。"

"这样好，这样好！这样实在。"二太夫人不以为忤，依旧转身从炕几下摸出个印着大红色五蝠临门图样的纸匣子递给窦昭，"这是你五伯父差人从京都带回来的带骨鲍螺，拿去吃吧！"

王映雪大吃一惊。带骨鲍螺是江南名点，据说是用乳酪做成的，玉液珠胶、雪腴霜腻，没有半点乳酪的腥味，号称人间至味。她在京都的时候听那些高门大户人家的孩子吹嘘过，却从来不曾见过，更不要说品尝了。

纪氏也有些惊讶。带骨鲍螺做工复杂，江南会做这个的也不多。或者是应了物以稀为贵这句话，二太夫人非常喜欢吃这个，窦世枢只要有机会就会给二太夫人弄些。这次过年，窦世枢也不过捎回来了两匣子，没想到二太夫人竟然赏了一匣子给窦昭。

她忙对窦昭笑道："寿姑，这可是你五伯父孝敬你伯祖母的，一共只有两匣子，你还不快向你伯祖母道谢。"

窦昭很意外。带骨鲍螺，前世她在廷安侯汪清淮家的家宴上吃到过，当时汪家太夫人轻描淡写下隐隐透出的得意还曾被魏廷珍私底下嘲讽了一番。

她不过是陪着六伯母去纪家铺子拿东西，看到满街置办年货的人，觉得自己也应该给六伯父一家买点什么东西才是，又怕厚此薄彼反而引起一些不必要的麻烦，这才人人一份，买了一大堆小东西回来。给二太夫人的，就是她手里拿着的西番莲纹掐丝珐琅的小盒子，不承想二太夫人赏了一匣子带骨鲍螺给她。

她虽然不喜欢二太夫人，却不会因此随意曲解她的善意。

窦昭笑着上前给二太夫人道谢，笑眯眯地接过了匣子。

二太夫人笑着颔首。

有小丫鬟进来禀道："二太夫人，玉二奶奶领着邬家的少爷、小姐来给您请安了。明姐儿和仪姐儿也一道过来了。"

"快请他们进来，快请他们进来。"二太夫人迭声道。

邬家在新乐，窦家在真定，同朝为官，两人也称得上是同乡。只是邬松年这个人比较孤傲，加之一个在翰林院，一个在吏部，两人虽是姻亲，但来往并不密切。后来窦世枢不得意，邬松年反而常请了窦世枢去家里喝酒，两人这才越走越近。二太夫人因此特别地看重邬松年的两个孩子，这也是邬善和邬雅常到家里来做客的缘故。

前世，窦昭只听说过邬善的名字。他擅长书画，和窦德昌是知己。窦德昌拐了纪家的表姐后，是邬善陪着他在纪、窦两家奔波，一个唱红脸，一个唱白脸，不仅说动纪、窦两家承认了这桩婚事，还把桩丑闻变成了一时的佳话。

窦昭对此印象很深刻。

她一向觉得能舌灿莲花颠倒黑白的人都不是个简单的人。因而当一大群人簇拥着几个孩子走进来的时候，她好好地打量了其中唯一的男孩子邬善两眼。

邬善感觉到有人在看自己，回过头来，窦昭就朝着他礼貌地笑了笑，邬善回了她一个笑。和所有受过良好教育的七岁小男孩一样，他的笑容干净又真诚。

窦昭不由在心里感慨，再过十年，不知道这些孩子都会变成什么模样？

已经三岁的窦明却是一进门就看见了低头站在一旁的母亲。

她又惊又喜，挣扎着从乳娘的怀里下来，高声喊着"娘亲"，冲过去抱住了王映雪。王映雪脸色微变，声音急促地低声道："我是怎么跟你说的？"窦明吐了吐舌头，娇憨地喊了声"姨娘"。

二太夫人、纪氏和玉二奶奶都是经过事的人，一听就知道是王映雪教窦明当着别人喊她"姨娘"，背着人却让窦明喊她"娘亲"，顿时眉头俱是一蹙。

如果是从前，二太夫人早就训斥起来，现在窦铎正气恼窦世枢压着他分了一半财产给窦昭，有些事情东府倒不好插手了，但这并不表示她就能容忍这种事在自己的眼皮子底下发生。

"明姐儿，"二太夫人正色喊着窦明，"柳嬷嬷是怎么教你的？"

窦明忙放开了王映雪，跑到二太夫人面前，恭恭敬敬地给二太夫人和纪氏行了福礼。

二太夫人"嗯"了一声，对王映雪道："明姐儿是不是规矩了很多？"

这话很有些听头。王映雪心里咯噔一下，知道刚才女儿的称呼出了问题，但当着二太夫人的面，正经的孙媳妇都没有说话的份，何况她一个身份未明的妾室？

她不敢多说，忙恭谨笑道："明姐儿能在您面前学规矩，那可是她的造化！"

"你能这么想最好。"二太夫人毫不客气地收下了王映雪的恭维，道，"明姐儿就留在我身边吧！"

王映雪一脸错愕，二太夫人已转过脸去对窦明道："还有你姐姐呢！"再也没看王映雪一眼。

窦明倒不是成心不给窦昭行礼，她长年生活在王映雪身边，除了王映雪，就再也没有什么人管她，到了二太夫人这边才开始学着给长辈行礼，不过她年纪还小，分不清尊卑，还只停留在年纪大的人就行礼，年纪轻的只需要喊姐姐或是哥哥。

她乖巧地喊着窦昭"姐姐"，像给二太夫人那样给窦昭行礼。

窦昭还了礼，吩咐妥娘将刚才二太夫人打赏她的带骨鲍螺用水晶碟子装了："……不知道邬家哥哥和妹妹会来，我就借花献佛，大家一起尝尝伯祖母的好东西。"一席话说得满屋生春，丫鬟们或找碟子或拿箸，气氛立刻热闹起来。

二堂嫂更是笑道："还是我们六婶婶有学问，寿姑跟了您几天，连'借花献佛'这样的话都会说了。"

纪氏心里很是诧异，但她娘家的侄儿纪咏不过比窦昭大两岁，却已经学完了《三字经》，她倒没觉得特别惊奇。

"你看我们家的芷哥儿，我教了七年，也没见他有这样的心，"她谦虚道，"可见这是个好孩子。"

"你们也都不用在我面前说客气话。"东西毕竟是二太夫人的，窦昭能拿出来给邬氏兄妹吃，二太夫人不仅觉得窦昭大气，而且觉得很有面子，她笑容满面地道，"我们寿姑呢，不吃独食，是个好孩子；我们芷哥儿呢，小小年纪就知道用功读书，也是个好孩子。"说着，抱了邬雅，"我们雅姐儿，又乖巧又听话，也是好孩子。"

大家都笑。仪姐儿很不满意，嘟了嘴道："我呢？我呢？"

"哎哟，把我们仪姐儿给忘了，"二太夫人笑道，"我们仪姐儿也是个好孩子。"说着，像想起什么似的，朝着窦明道："我们明姐儿也是好孩子！"

仪姐儿捂了嘴笑，很满意的样子，窦明则跟着仪姐儿笑。

被冷落在一旁的王映雪心里又酸又涩。二太夫人身边这么多的孩子，有出身好的，有聪明的，有厉害的，她的明姐儿才三岁，东窦又一向没将西窦放在眼里，明姐儿在二太夫人身边能讨什么好去？

她一心一意想着怎么把孩子接到自己身边来。

二太夫人存心要教训王映雪，安排了得力的婆子、丫鬟照顾窦明，还特意从世仆中找了几个和窦明年纪相当的孩子陪她玩。孩子就是孩子，没几天工夫，窦明就不嚷着找自己的乳娘了。

大年三十窦家的人回北楼祭祖，跟在三太太身边的王映雪好不容易瞅了个机会找到了窦明。

窦明正和仪姐儿几个站在灶前等着新熬出来的麦芽糖。

听到有人喊"明姐儿"，几个孩子都回过头来，仪姐儿还问："这是谁啊？"

窦明迟疑了片刻，踌躇地道："她是我姨娘……"

仪姐儿立刻拉着窦明的手，道："不过是个姨娘，理睬她干什么？我们走开了，就抢不到麦芽糖了。"

窦明还有些犹豫，仪姐儿不高兴了："那好，你走吧！走了就再也不要和我玩了。"窦明闻言忙道："好吧，好吧，我和你一起抢麦芽糖。"

仪姐儿高兴地笑了："等会我和你一起去找寿姑玩。六伯母那里，有很多窝丝糖。"

窦明听得直流口水，扭了头对王映雪道："姨娘，我等会儿和你玩。"

王映雪的眼泪忍不住落下来。

庞氏来给她拜年的时候，她忍不住向庞氏抱怨。庞氏不以为然，道："你现在有什么资格和窦家叫板，他们想养着明姐儿，你就让他们养着好了。正好趁着这机会好好地养养身子，想办法生个儿子。"又道："七爷应该回来了吧？"

王映雪脸色微红，赧然道："还早呢！"却把庞氏的话听了进去，悄悄请了个大夫，开始调养身子。

到了四月份，京都那边传来消息，窦世英中了二甲第十六名，入选庶吉士。

第十八章　拒绝·田庄·旧人

前世，父亲春闱二甲十三名，今生，是第十六名，没有上一世的成绩好。是不是因为这一世王映雪的事牵扯了他更多的精力呢？窦昭胡乱猜想。

二太夫人却很遗憾。她对窦世横道："万元的运气真好！如果你今年也去参加春闱，说不定也能金榜题名。"

自从出了王映雪的事之后，窦世英在窦家人的眼里就是个不学无术的无能之辈。他虽然考中了进士，擢选了庶吉士，但二太夫人还是觉得他靠的是运气而不是才学。

窦家有这种想法的，并不止二太夫人一个人。

窦世横不免有些恼怒，道："万元读书向来聪明，只是没有像别人那样读死书，死读书。有谁单靠着运气就能考过了会试、殿试又入选了庶吉士的？"

二太夫人默然，但心中却始终不以为然。

窦铎则是喜出望外。他将喜报张贴在了自家的大门上，享受着行人仰视带来的得意与自豪，同时写了封信给王行宜报喜。

王行宜的日子却过得有些苦闷。

去冬今春，他先后几次击退了蒙古人的进犯，在西北，威望一时无二，房师也很高兴，皇上甚至提出让他任陕西巡抚，可不知道为什么，这件事就这样搁置下来。他怀疑是因为上次窦世枢回乡的事让房师觉得他还不够沉稳，还需要磨炼两年。

　　王知柄嘟囔道："早知道这样，当时您就应该赶往京都跟曾大人解释一番的。"

　　"事实俱在，一解释，我们就落了下乘。还不如就这样，让大家都知道我王行宜磊落坦诚，敢做敢当。"

　　话虽如此，他还是写信给自己在京都最好的朋友，同时又是曾贻芬女婿的翰林院侍讲郭颜："……家贫至此，女儿失足，每每想起，泣不成声。万幸归于北楼窦氏七子，嫡妻病逝后，有意将女儿扶正，我虽觉不妥，但想起女儿受我不教之苦，纵是苦胆，我亦甘愿饮之。"

　　现在看来，这封信虽然起到了一定的作用，但效果并不是很明显。想到这些，王行宜不由背着手在屋里走了两圈，吩咐儿子："就把日子就定在这个月吧！"

　　扶正和娶亲不同，不用采征纳名，也不用下聘订期，在家里摆上几桌酒，请了亲戚，让姜室穿了代表正室的正红色吉服给来喝酒的亲戚敬酒，重新定下名分即可。

　　王知柄应诺，代父亲回了封信，盖上了王行宜的私章。

　　窦铎将日子定在了五月二十二。

　　窦昭压根没准备给王映雪磕头敬茶喊母亲。她让妥娘给祖母带信，说要去看祖母，祖母那边却迟迟没给回信。

　　窦昭手里有银子，让妥娘悄悄地雇了辆车："……吩咐车夫五月二十二日的卯时在西府后面的巷子口等，那个时候三堂嫂正好带着东府帮忙的人过去，王映雪的正日子，她不能随意出门，丁姨奶奶、胡嬷嬷都会出面接待三堂嫂等人，我们就趁着那个机会走。"

　　妥娘点头，道："我帮小姐收拾箱笼。"

　　"收拾什么箱笼？"窦昭道，"只贴身带几张银票和几两碎银子就行了。到时候安顿下来再回来搬箱笼也不迟。"

　　妥娘总觉得少了些什么。

　　窦世英回来了。给六伯父带了几坛董酒，给六伯母带了几匣子京式点心，给窦政昌、窦德昌兄弟带了几方砚台，窦昭和窦明则是两个一模一样的玩偶。

　　窦明欢喜得不得了，抱在怀里不放手。

　　窦昭觉得这个玩偶还没有六伯母送给她的精致，道了声"多谢"，让妥娘收了。

　　长女懂事却疏离的样子，让窦世英有些难受。给二太夫人问过安后，他专程来看窦昭。

　　窦昭正在纪氏的指导下描红。见窦世英折了回来，纪氏借口去给窦世英沏茶，把书房让给了窦昭父女。

　　窦昭从书案后面走出来，直直地站在那里对窦世英道："二十二日那天，我想去看崔姨奶奶。"

　　窦世英愣住，窦昭目不转睛地望着窦世英的眼睛。

　　屋子里一片静寂。良久，窦世英声音有些嘶哑地问女儿："为什么？"

　　"我不想叫一个姨娘做母亲。"窦昭正色地道。

　　窦世英沉默了半晌，说了句"知道了"，面无表情，看不出喜怒。

　　窦昭没有琢磨父亲的想法。如果父亲同意她去祖母那里，对她而言，不过是事情变得简单些；如果父亲不同意，她也一样能达到目的。

　　就凭祖母给她送的那袋子榆钱芽，她笃定只要她到了田庄，祖母就会收留她。

窦世英神情有些恍惚地回到了家中，高升在门口等他。

"七爷！"他上前给窦世英行着礼，低声道，"崔姨奶奶刚才差人来报信，说她病了，想让四小姐去田庄陪陪她。"

窦世英非常意外，忙道："送信的人呢？"声音紧绷，显得有些慌张。

"我留了他在厨房里吃饭。"高升道，"老太爷，没有答应。"

窦世英"嗯"了一声，匆匆去了厨房。

昏暗的厨房里，崔大正捧着碗呼啦啦地吃着面条，他是崔氏的大侄儿，今年刚刚二十岁。

"七爷，"他丢下了碗筷站了起来，神色比较拘谨，喃喃地道，"崔姨奶奶说，要是遇到了七爷，就跟您说一声，她没什么事，就是想把四小姐接过去住几天。"然后强调，"住几天就送回来！"

在窦世英的心目中，崔姨娘是个非常好强的人。自从父亲把她送到了田庄，她就再也没有主动和窦家的人说过一句话，更不要说插手窦家的家务事了。他强压下心中的困惑，对崔大道："那好，你今天就在这里歇了，明天一早护送四小姐去田庄。"

崔大"哎"了一声，咧了嘴笑，笑容憨厚。

眼睛好像被刺痛了般，窦世英下意识地闭了闭眼睛。

他去见了窦铎。窦铎正兴高采烈地摆弄着一盆文竹，看见窦世英，他放下手中的喷壶，笑容更盛了："见过你二伯母了？"

"见过了。"窦世英道，"我还碰到了崔大。"

窦铎的笑容僵在脸上。

"我让他住下了，"窦世英像没有看见一样，语气依旧温和地道，"明天一早护送寿姑去田庄。"

"咚"的一声，喷盆被掷在了地上，水溅得四处都是，有几滴落在了窦世英的衣角。

窦世英毫不在意，道："爹爹，这件事就这样决定了。我只请了十天的假，为了赶路，有两天都没有合眼了，我先去睡了。有什么事我们明天再说吧！"弯腰行礼，退了下去。

窦铎望着儿子远去的背影，半天也没有回过神来。

※

窦昭知道祖母"病"了，心里很愧疚。她知道，如果祖母真的病了，父亲的表情不会这样轻松。祖母完全是为了她才装的病。

窦昭给菩萨上了三炷香，求菩萨保佑祖母长命百岁。窦世英听着女儿的喃喃自语，很是震惊，半晌才道："你，你是不是……"望着女儿稚嫩的脸庞，他一时不知道该怎么问好。

王映雪一旦成了她的继母，就会占了大义，她若是继续装聋作哑，只会被王映雪摆布，窦昭决定慢慢地露点锋芒，逼迫王映雪对她的事退避三舍，所以见窦世英起了疑心，她索性道："是我请崔姨奶奶接我去田庄的。"

窦世英张口结舌。窦昭懒得理他，指挥海棠把她很喜欢的那尊福禄寿喜的瓷像装进箱笼。那瓷像寓意喜庆，颜色艳丽，祖母肯定会喜欢。

她又去看了给祖母的桂圆干，个顶个的又大又甜。窦昭满意地颔首，赏了办事的小丫鬟几块碎银子，小丫鬟喜出望外，谢了又谢。

窦世英看着眼前这个沉稳大方、淡定从容的女儿，心里升起一股怪异之感。女儿好像剑兰，本应养在温室里精心照料，慢慢长大。可突然间，她被丢到了一场疾风骤雨中，

· 151 ·

只好随着身边的野草一起在暴风雨中挣扎，并在挣扎中很快长高、长大……而自己，就是那场疾风骤雨……

"寿姑，"他问窦昭，"你想不想回家？"他想让女儿重回温室。

"不想。"窦昭很干脆地道，"那个家里乱七八糟的，看着就让人心烦，我还不如在六伯母、崔姨奶奶两边住着。"

窦世英语塞。

父女俩一路无语地到了田庄。祖母站在路边翘首以盼，看见父亲，她的眼眶湿润起来。

"听说你中了进士，"祖母笑道，"你真行！"

父亲微微地笑，一副不知道该说些什么好的模样。

祖母低头和窦昭打着招呼："寿姑。"那慈爱的表情，曾伴着窦昭度过了无数个漆黑的长夜，窦昭鼻子一酸，眼泪忍不住簌簌落下。

"崔姨奶奶，"她抱住了祖母，"桂圆干，很好吃！"祖母一愣，随后紧紧地抱住了窦昭。

祖母的田庄，和记忆中的一样：绿油油的庄稼，平整的土路，村头合抱粗的老槐树树冠如伞，坐着三三两两的妇人，说说笑笑地做着针线活，还有几个孩子在一旁打闹。

看见有人进村，大家都停下手中的活，好奇地打量着。窦昭亦盯着那些人看，想在其中找到一个熟悉的面孔。不过很可惜，这些人看上去都是那么的陌生。

马车很快在祖母的青砖瓦房前停了下来。一个干净利索的妇人上前撩了车帘，祖母亲自抱着窦昭下了车。

铺着青石的院子，糊着白纸贴着窗花的窗棂，还有牲口棚里安安静静地嚼着青草的小马驹，都是这样的熟悉，只是墙角少了一株她亲手种的李子树。

祖母和父亲见面，并没有话题可以说，祖母只是不停地朝着父亲手里塞着瓜果点心："……这是从城里李记炒货店买回来的……这是家里自己种的，我春季的时候特意肥了一遍，结出来的瓜又香又甜，城里就是有卖的，也没有这个新鲜……"

父亲讪讪地笑，这些东西他都不喜欢吃。

他是由嫡母养大的，除了天然的血缘关系，生活习惯、饮食爱好和生母没有半点的相同，但他还是接过把瓜子在手里慢慢地嗑着。

祖母也感觉到了父亲的不自在，她笑容里掠过几分不自然，道："你什么时候来接寿姑？"问完，又觉得这话不妥，补充道："我是说，我没读过书，也不懂那些大户人家的规矩，寿姑偶尔到我这里来玩还行，长时间住在我这里，恐怕要耽搁了她。"

父亲道："等我那边安排好了，我就来接寿姑。"说着，想到这也算是有了共同的话题，又道："我也觉得她跟着王氏不太好，那边的六嫂为人很好，和寿姑也投缘，我还要在京都待几年，寻思着还是让她跟着六嫂。"

祖母点头："这样也好！我听人说，六太太是江南的大户人家出身，有时候二太夫人都拿不准的事也会去问六太太，却又人人夸赞，可见六太太这人是很有本事的，寿姑跟着她，多多少少也能长些见识。"说话间就提到了父亲的嫡母，"……你若不是在她跟前长大，哪有今天？"

父亲低了头笑，道："母亲待我是极好的。"

"我知道。"祖母道，"有次我偷偷去瞧你，见太太正拿着竹条打你的手心，一边打，还一边问，'还敢不敢？'你含着眼泪说不敢了。可太太一放下竹条，你就冲着太太做鬼脸，还问太太，'可不可以出去玩了？'……从那以后，我就真正地放心了。"

窦世英和窦昭都不知道这件事，听得有些目瞪口呆。

祖母感慨道："若是太太能多活几年就好了！"

父亲眼睛一红，祖母忙笑道："看我，说这些做什么？你难得来一趟，中午就留在这里吃饭吧？我让人把那只老母鸡杀了……"

"不了，不了。"父亲忙道，"家里还有一堆事，我得早点回去。等过几天再来看您。"

祖母想了想，没有再说什么挽留的话，道："那我送你出去吧！"

父亲没再拒绝，祖母牵着窦昭的手送走了窦世英。

村里的人都好奇父亲的身份，躲在门后或是墙角打量着父亲，也有仗着和祖母关系好的，挑了空无一物的竹筐迎面走来，佯装偶遇的样子笑着给祖母弯腰行礼："东家，有客来？"

整个村子的人都靠帮祖母种田为生，在窦家，祖母是上不了台面的，可在这里，她的一句话就能决定这些人的生死。祖母腰杆挺得笔直地"嗯"了一声，再无其他的话。

窦昭从前听崔大的媳妇说过，祖母刚到田庄的时候，说什么话的都有，崔家的人为祖母抱不平，祖母却把人给拦住了，还说"咱们都做了，还不让人家说说"，态度坦然，既不对那些巴结奉承她的人另眼相看，也不对那些说过她坏话的人刻意为难，好坏全凭谁的庄稼种得好，时间长了，有时候年成不好，祖母还会减免了他们的租子，哪家孩子想读书，她会出钱资助；哪家的孩子想找个铺子当学徒，她也会想办法安排。祖母渐渐赢得了这些人的尊敬。后来崔家和田庄上的一些人最终决定跟着前途未明的窦昭去京都，完全是看在祖母的分上。认真地说起来，窦昭是受了祖母余荫的。

上山打鸟，下河摸鱼，明媚的五月，窦昭把记忆中的田庄生活重温了一遍。可她到底不是那个懵懂的孩子了，不过两三天的工夫，就累得动动胳膊都全身酸痛。

妥娘急得直问祖母："怎么办？"

"多动动就好了。"祖母笑道，"她这是动少了。"然后拉了窦昭，"走，和我去给瓜秧抓虫去。"

窦昭不想去，妥娘自然是护着她。祖母笑道："她是姑娘家，现在不好好劳作，这身子骨怎么能长得结实？以后怎么生儿育女？你看那富户人家的小姐，那么多难产死的，就是因为怀了孩子就不动，生怕有个三长两短的损了子嗣，结果是越怕什么越来什么。你再看我们庄户人家，有几个难产的，只有养不活的！"说到这里，祖母无限唏嘘。

窦昭想起自己的前世……还真就像祖母说的，身体虽然受了损伤，却没有因此而香消玉殒。

人生重来一次，若不好好地珍惜，前一世的优势未必就会无缘无故地降临到你的身上。而你若是因此而错估了自己，将是件很可怕的事。

她挣扎着从炕上起来，有气无力地道："我跟着您去捉虫。"祖母满意地笑。

妥娘、海棠、秋葵、茉莉、萱草，还有祖母的那个仆妇，就是那个扶祖母下马车的红姑，像串粽子似的跟在她们的身后。她们这次是去捉样子最好看的青虫。

海棠几个吓得尖声厉叫，就是妥娘，也脸色大变。窦昭咯咯地笑，找了双筷子，见着一个逮一个，不一会就装了满满一碟子青虫。

她吓唬海棠："等会用油炸了吃！"

海棠扶着墙狂吐起来。

祖母呵呵地笑着说窦昭："再不许说这样的话。"

红姑却赞道："真不愧是东家的孙女。"

祖母脸一沉，道："这次我就当是没听见，要是再让我听见这样的话，你就回自己家去吧！"

红姑吓得脸色发白。

祖母道："没有规矩怎么能成方圆！四小姐年纪还小，你们说什么，她就以为是什么，等她回到窦家，说法又不一样，你让她听谁的？只会苦了孩子。"她说着，声音渐渐低了下去，"而且她祖父一直嫌弃她父亲出身不好，她若是再出什么差错，只会让她祖父更嫌弃她父亲。"

"东家，都是我不好。"红姑说着，屈膝就要跪下去请罪。

祖母一把携起她："我也不过是窦家的一个小妾罢了，和你半斤对八两，你也不用这样，只是以后说话要小心点。"

红姑连连点头："我知道了。"

窦昭看着，想起了窦明。同样的一件事，祖母和王映雪的反应截然不同。前世，她一直觉得窦明比她幸福。这一世，她重新审视自己，第一次觉得自己比窦明幸福。

前世，窦明有个处处维护她的母亲，只要她想，王映雪就会为她争取，不管付出怎样的代价和作出怎样的牺牲，却养成了窦明飞扬跋扈的性格，可一旦失去了王映雪的庇护，她除了大嚷大叫，乱发脾气，什么也不会。好好的一桩姻缘，被她弄得乱七八糟，惨不忍睹，她却不知道问题出在哪里，只知道一味地指责别人。

自己虽然没有了母亲，却有个疼爱她的祖母。用最朴实的方法，言传身教地影响着她的人生，让她能在逆境中不绝望，在顺境中不骄傲，学会了怎样保护自己，怎样去争取幸福。

她不由深深地吸了口气，顿时心中再无怨怼，甚至有些感激送她来田庄的父亲。

前一世不管他是出于什么目的，她都因此而得益。

突然间，窦昭心中涌起海阔天高的云舒云卷。她诚心地跪在小小的观世音神龛前，衷心地感谢观世音对自己的眷顾。

一旁的海棠就小声地问着妥娘："我们什么时候回去？"声音带着哭腔，妥娘狠狠地瞪了她一眼："你想回去，我明天就跟崔姨奶奶说，把你一个人送回去。"海棠缩在旁边不敢说话。

窦昭忍俊不禁。她已经见过前世帮着自己管田庄的崔大了，还没有见到后来济宁侯府鼎鼎大名的回事处管事、号称"百事通"的崔十三，还有帮她管铺子，原名叫赵狗剩，后来改名叫赵良璧的大管事，贴身的大丫鬟甘露、素绢……

但这些都不急。窦昭在想妥娘的婚事。原来，妥娘被卖到了一户姓李的人家做媳妇，男的比她大十多岁，是个残疾。妥娘嫁过去第二年就生了个儿子，过了三年，村里发瘟疫，丈夫和孩子都死了，婆婆说她克夫，要卖了她。她连夜逃了出来，想到窦家讨口饭吃。

走了一年，她才走到真定，听到的，全是关于母亲不好的流言。她这才愤然找到了自己，也是因为这样，她身体亏损得太厉害，三十七岁就病逝了。

这一世，妥娘留在了窦家，还改了个文雅的名字叫"素馨"。

可翻过了年，她已经二十岁了。在窦家，这个年纪早就应该嫁，但因为是自己最喜欢的大丫鬟，家里的长辈都装作不知道似的，任她默默地在自己身边服侍。

窦昭拜托祖母："您帮妥娘找个人家吧？玉馨都嫁了。"

祖母哈哈地笑，说她"人小鬼大"。

这就是祖母和窦家那些人的区别。如果是窦家的人，恐怕第一句就会问她"是谁让你说的这话"。

祖母从不恶意地去猜测别人的心思，她觉得，就算是妥娘的意思，妥娘的这种要求也是合情合理的，所以应该给予重视。

祖母观察了妥娘一段时间，见妥娘为人忠厚老实，心里生出几分喜欢，倒真心想为她说门好亲事。因而没事的时候就带着窦昭在村里转悠，遇到适龄的小伙子不免会多看两眼，多问两句，没几天，村里的人就说，窦家七爷托了祖母给他找个实诚可靠的随从，祖母和窦昭再出门的时候，就会不时遇到带了儿子和她们偶遇的人。

祖母啼笑皆非，却又不好说是为什么，只好不停地解释"没有这回事，没有这回事"，大家自然是不相信的。

就在这个时候，窦昭遇到了赵良璧。

赵家和崔家是亲戚，可具体是什么亲戚，她从来没有弄清楚过。

那天，他们正在院子里用晚膳，赵良璧的父亲双手拢袖，佝偻着身子，慢悠悠地走进了院子，八岁的赵良璧，垂着头，怏怏地跟在父亲身后。

"他大姑，"赵良璧的父亲远远地就站在了那里，黑瘦的脸上挤出略带殷勤的笑容，"您吃饭呢？"赵良璧则蹲在了门口。

祖母忙放下了碗，喊了声"三哥"，热情地招呼他："吃过饭没有？添点吧！"然后喊了丫鬟端凳子，添碗筷。

赵良璧的父亲连连摇手。"我们已经吃过了，已经吃过了！"然后望着窦昭道，"这是四小姐吧？长得可真是白净，像年画上的人似的。"

祖母呵呵地笑，吩咐丫鬟上茶点。

赵良璧的父亲就冲着赵良璧吼道："狗东西，蹲在那里做什么？还不快过来给四小姐和你大姑磕头！"

赵良璧阴着张脸走了过来。

"这是？"祖母困惑地望着赵良璧的父亲。

"他大姑，"赵良璧的父亲讪讪然笑道，"半大小子，吃穷老子。您也知道，我那婆娘，一年三百六十五天，就有三百六十天躺在床上，庄稼地里的那点收成还不够她吃药的。狗剩，我们实在是养不活了。听说窦七爷要找随从……"他满脸恳切地望着祖母，祖母愣住了。

窦昭也愣住了。上一世，赵良璧在她十岁的时候才出现。那时候，赵良璧的母亲病逝，赵良璧的父亲决定和人到福建去做木工，把十三岁的赵良璧托付给了祖母，赵良璧九岁的妹妹则送人做了童养媳……这一世，因为妥娘的缘故，他提前五年出现在了田庄。

命运会不会因此而改变呢？窦昭思忖着，就听见赵良璧的父亲吞吞吐吐地道："我也知道，狗剩这样子，又没长相，又没人才，窦七爷肯定是瞧不上眼的，可看在我们是亲戚的分上，您就帮着说句话吧……"

他的一句话还没有说完，别别扭扭地站在旁边的赵良璧已大声地道："爹，我跟您说过多少回了，越是亲戚，大姑越不会把我介绍到窦家去的，您怎么就是听不进去……"

赵良璧的父亲非常生气地踹了他一脚："大人说话，小孩子一边待着去。"又换了副讨好的笑脸对祖母道："他大姑，您别听这小子胡说八道。我知道，您是怕有人说您占了窦家的便宜……"

"大姑，"被踹到一旁的赵良璧高声打断了父亲的话，"我爹养活不了我的，你把我留在田庄吧？！我什么活都能干，您给碗饭吃就行了。"

父亲怒视着儿子，儿子毫不示弱地瞪着父亲。祖母笑起来，道："三哥，您要是信得过我，就把孩子交给我好了。到窦家当差肯定是不行的，但能管吃饱穿暖。"

赵良璧的父亲还要说什么，赵良璧已大声应"好"。

祖母快刀斩乱麻，安排赵良璧父子下去歇了，又吩咐红姑："三哥他们肯定还没有用晚膳，寿姑在我这里，我怕她嫌三哥他们脏，也没敢留他们吃饭。你这就去厨房给他们做一大碗肉片面，肉片要多，七分肥三分瘦，厚厚地码在面上，知道了吗？"

红姑笑着点头，去了厨房。

第二天一大早，赵良璧的父亲提着祖母给的一篮子烙饼回家去了，赵良璧不用人吩咐就把院子前前后后都扫了个干干净净，放下扫帚，又去割草喂马。

窦昭在屋里练字，心里却想着崔十三。

回事处，只有公卿之家才有这样一个地方，专司各府的应酬和平时的迎来送往。若是官宦人家，则由经年的幕僚负责，而官宦人家的幕僚，多是落第的秀才或是举人……如果这一世她没有嫁入济宁侯府，崔十三的前程又在哪里呢？

上一世，崔十三可是崔家的主心骨。如果崔十三最终不过是留在家乡成了一个默默无闻的农夫，那崔家的未来又会发生怎样的变化呢？自己要不要帮帮崔十三呢？又该怎样帮他呢？窦昭低头沉思。

外面传来赵良璧甜甜的声音："姐姐，这茶壶有些重，我帮您提进去吧？"

"你看你的手，脏死了。"说话的是海棠，"这茶壶要是让你给提进去了，我们家小姐还能喝吗？"

"那，那我去洗手去。"赵良璧噔噔噔地跑走了。

窦昭再看见他时，他指甲缝里都是干干净净的，整个人都变得清爽起来。他手脚麻利地帮海棠她们收拾屋子。

海棠问他："院子扫干净了没？"

"扫干净了！"

"小马驹喂了没有？"

"喂了！"

"草割了没有？"

"割了。"

这些事都变成了赵良璧的责任。

他捡到了窦昭写坏的字，正看了反看，满脸羡慕地道："四小姐写的字可真漂亮啊！"

海棠几个掩了嘴笑："你认识？"

"不，不认识。"脸皮厚得你说什么他都能和你笑嘻嘻的赵良璧第一次又羞又愧脸色通红。

窦昭心中一动。问他："你想不想识字？"

他的脸庞都亮了起来："想，当然想。"说着，神色又黯淡下去，"不过，我爹没钱。"

"那我教你认字吧！"窦昭笑道，"你要是学得好，我跟祖母说，送你去学堂。"

赵良璧抓住了窦昭的衣袖："四小姐，您说话要算话。"

窦昭抿了嘴笑。

以后不知会怎样，但从识字开始，从读书开始，总会比前世的路要容易些吧！

从那以后，赵良璧每天做完了事就趴在正屋的廊庑下写字。

祖母知道后，让人去真定城挑了两筐描红纸回来，亲自动手裁了放在堂屋的神龛下面，谁要用，谁就拿。

难怪田庄里的人感谢祖母的好，窦昭仔细地思索着祖母的所作所为。

很快到了二十二日。窦昭和平常一样，一大清早起来和祖母在菜园子里转了一圈，摘了些瓜果回来，洗个澡，用了早膳，开始练字。

真定县城西头的窦家虽没有张灯结彩，但上下人等都换上了新衣裳，看着让人精神一振。

纪氏看着时辰不早了，去了二太夫人屋里，见二太夫人还歪在炕上听贴身的大丫鬟读《五侠演义》，笑道："还是您稳得住。我怕耽搁了时辰，早早就换好了衣裳。"

二太夫人笑着抬头看了她一眼，道："你们是平辈，西府又人丁单薄，是得去凑热闹。我年纪大了，又是孀居，人家的好日子，不吉利。我就不去了。"然后吩咐大丫鬟，"去把我匣子里头的那赤金镶青玉的福寿簪子拿出来，用匣子装了，请六太太带过去。就算是我的贺礼了。"最后一句，是对着纪氏说的，"明姐儿呢？就让她留在我这里，等万元回了京都，再来接明姐儿也不迟。"

这样一来，寿姑和明姐儿岂不是都不用给王氏磕头敬茶？纪氏见二太夫人语气虽然轻描淡写，目光却冷若冰霜，知道二太夫人这是铁了心要给王映雪下马威，她不想牵扯进去，笑着接过匣子，出了门。

那边大太太早就妆扮好了，正要清点给王映雪的见面礼，听心腹的大丫鬟说二太夫人不去，还说"孀居"之类的话，想了想，叫了小丫鬟进来卸钗环，只留了对东珠珠花做见面礼，让大丫鬟托二太太一并带过去。

三爷窦世榜和三太太受了窦铎之托帮着打点家里的事，见东府女眷过来，忙上前迎接。

领头的二太太笑道："能来的都来了，不能来的，也都带了见面礼过来。"

三太太是极机敏的人，眼睛一瞥，就知道哪几个人没来，也不多问，笑着和大家去了花厅，男宾则在前面的正厅坐下。

到了吉时，王映雪头戴攒珠累丝金凤，身穿大红吉服，光彩照人地由三太太这个全福人扶着和窦世英祭拜了祖先，酒过三巡，众人移到花厅坐下，窦世英和王映雪敬茶，认亲。之后王映雪被扶回了栖霞院，窦世英等人则去了鹤寿堂。

二太太等人只坐在大花厅里喝茶聊天，三太太只好求助似的望着六太太。按道理，她们这些女眷应该去新人屋里说说话，算是给新人暖房。

六太太只当没看见，她可不想出这风头。

三太太没办法，喊了二堂嫂："我们去看看王氏。"

二堂嫂是个随大流的，笑着应好，三堂嫂、五堂嫂等和几个有体面的嬷嬷一起去了栖霞院。

这个时候，二太太才道："怎么王氏还住在栖霞院？"

"是七爷的意思。"自有西窦想巴结二太太的丫鬟答话，"说正屋那边还留着从前七奶奶和四小姐的东西，四小姐去田庄上侍疾了，这一时半会来不及收，等过些日子四小姐回来了再说。"

二太太"哦"了一声，等三太太几个回来，借口太夫人那边没人服侍，打道回府了。

第十九章　进门·端午·祖父

栖霞院里，大红的喜烛噼啪爆出一朵烛花，王映雪的手紧紧地绞在了一起。

"真是欺人太甚，欺人太甚！"她满脸怒容地站在屋子中间，"东府凭什么事事都要压着西府？我已经是万元正正经经的妻子了，她凭什么还把明姐儿留在她屋里不放？"

"太太，您小声点，小声点！"胡嬷嬷忙提醒她，目光在周围睃了一眼，见没有旁人，这才低声道，"现在还不是发脾气的时候——七爷还需要五爷帮衬，您刚刚扶正，又没有儿子傍身……忍得一时之气，免得百日之忧！"

"我知道！"王映雪神色微缓，"要不是这么想，我今天就不会忍气吞声了。"

胡嬷嬷松了口气，笑着岔开了话题："今天可是您的好日子，时候不早了，七爷差不多也该来了，不如我服侍您把妆卸了，再喝盅百合莲子汤……"

王映雪赧然。

琼芳抱着个匣子笑吟吟地走了进来："七太太，这是今天收的见面礼，您看放哪里好？"

说起这个，王映雪又是怒火中烧。窦氏膏粱锦绣，平日打赏体面的仆妇都是绫罗绸缎，金环银簪，二太夫人等人的见面礼竟然均是些金镶玉簪子这样普通的饰物，一副没把她放在眼里的样子。

"又不是什么好东西，难道还藏着掖着不成？"她的声音有些尖锐。

琼芳的马屁拍在了马腿上，不仅没得了赏，反得了一顿训斥。胡嬷嬷忙朝着琼芳使眼色，笑着安慰王映雪："窦家可不是乍富人家，越是这场面上的事，越是低调内敛，您也不要小看这些东西，说不定个个都是有些年头有讲究的物件呢？只是我们今天没空，等哪天闲下来了，太太拿出来再仔细瞧瞧。"

自从赵谷秋去世之后，西窦就没有了主持中馈的人，几年下来，已经乱成了一锅粥，各怀着各自的心思，加之前些日子又被窦昭分走了一半的财产，那些原本一心一意巴结她的人也有些开始等待观望，这个时候，府里只怕是长了眼睛的人都盯着栖霞院，她要是有丁点的异样，恐怕就会被无限地夸大……不如就着这个说法顺势下了台阶！

王映雪想着，轻轻地"嗯"了一声，正想再教训琼芳两句，有小丫鬟禀道："高升过来了！"

屋里的人俱是一愣，王映雪狐疑道："请他进来！"

高升站在内室的梅花纹隔扇外，声音温和而恭谨地道："七太太，七爷说，今天太晚了，他就歇在正房，让您也早点歇了，明天卯正去给老太爷请安，辰正三太太会过来，把西府的对牌交给您，让您别迟了。"说完，拱手作揖退了下去。

王映雪张大了嘴巴半晌也没有合拢，随即脸色涨得通红，眼泪也在眼眶里打着转："他这是什么意思？他要找借口，何必说时辰太晚？现在才戌初……还歇在了正屋……岂不是让我白白遭人笑话？"

胡嬷嬷也感觉到了窦世英的异样，她迟疑道："太太，要不要我去看看？"

"不用！"王映雪一咬牙，道，"我亲自去请。"

进门的第一天，窦世英就歇在了别处，这让她以后在窦家怎么抬得起头来。

胡嬷嬷陪着王映雪匆匆去了正房。

窦世英已换了家常的衣裳，正在画案前写字。看见王映雪，并不惊讶，而是淡淡地笑着说了声"你来了"。

王映雪望着灯光下窦世英英俊的面庞，在路上就想好的那些责问突然间烟消云散了，她有些不安地整了整衣袖，声音也变得柔和起来："今天很累了吗？怎么一个人待在正房里写字？"一面说，一面走了过去，鼻子里闻到了由窦世英身上散发出来的酒意，她笑道："七爷喝了多少酒？怎么满身的酒气？妾身让人给您送碗醒酒汤来吧？"一面说，一面挽了衣袖要帮他磨墨。

窦世英阻止了她："我这边有高升服侍，你去歇了吧，明天还有你忙的。"声音比窗外吹进来的晚风还要和煦，人却低下了头，心无旁骛地继续写着他的字。

拒绝的意思这样明显，让王映雪羞红了脸，可她从来不是个等候的人，她思忖半晌，猛地上前侧抱住了窦世英的腰："万元……"灯光下，她目光柔得能滴出水来。

窦世英身子一僵，慢慢地放下了手中的笔，温柔，却又十分坚定地将绕着他腰身的手臂一点点地掰开："映雪，我说过，除了名分，其他的，我都给不了你……你也是知道的……我们相敬如宾不好吗？"

他转身，墨如点漆的眸子静静地凝视着她，表情是如此的认真。

王映雪愕然。她当然知道……可她以为，时间会冲淡一切……千里相思，怎如暖玉在怀……

窦世英大步走了出去。

窦府的玉簪花已经开了，浓郁的香气扑面而来。

他骤然间想起自己和谷秋成亲的时候，也是这样的天气。玉簪花肆意怒放，在月光下晶莹如玉。

妻子声音清脆地喊"万元"，问他"我漂不漂亮"……他不记得自己是怎样回答的了，只记得妻子又惊又喜地扑到他的身上，像团火似的在他心上烧了起来……耳边是妻子银铃般的笑声："他们都说我不害臊，可我就是喜欢你，就是想嫁给你嘛！"娇娇憨憨的声音，透着毋庸置疑的欢喜和满足……

花香是如此的浓烈，犹如开到尽时的颓败，让人心悸又恐惧。

他拔腿朝外跑去……

轰隆隆一声雷响，雨哗哗地落了下来。

窦昭被身边的动静惊醒，蒙眬中听见祖母吩咐红姑的声音："……看看马棚里的马驹有没有受惊吓？厨房的窗户有没有关？柴房里的稻草也要捡一捡，免得被雨水溅湿了。"

红姑打着哈欠应诺着，披衣走了出去。

祖母回头，看见在被子里拱来拱去的窦昭，笑着轻轻地拍了拍她："寿姑不怕，崔姨奶奶在这里呢！"

窦昭反而醒了过来，她望着屋梁，有片刻的茫然。

外面传来"啪啪啪"的拍门声，响彻院落。

祖母惊愕，住在西厢房的长工刘四海已拿了根闩大门的木棍走到了大门前。

"是谁？"他警惕地问。

"是七爷。"外面的人高声道，"快开门。"

刘四海忙丢下手中的木棍，"吱呀"一声开了大门，窦世英和高升冒雨走了进来。

· 159 ·

"出了什么事？"披衣站在正房门口的祖母顾不得大雨，急匆匆地迎了上去。

"没事，没事。"窦世英的衣裳已经被淋得湿透，仲夏的天气虽然炎热，但夜晚的雨水淋在身上还是很凉，他的嘴唇有点发白，"我来看看寿姑。"

祖母眼底露出深深的怀疑，但她什么也没有问，吩咐婆子烧水，让红姑去隔壁富户郎家借两件换洗的衣裳来。

等父亲收拾干净的时候，雨势更大了，天阴沉沉的，仿佛无法承受重量，随时会坍塌似的。

窦昭坐在炕上，昏昏欲睡，脑袋像钓鱼似的一点一点的。

她对父亲的出现不以为然。半夜三更的，下着这么大的雨，一不小心就会伤风感冒甚至是暴病而亡，还拖累得你去拜访的人家兵荒马乱地帮你找到换洗的衣裳、安排热水茶点……幼稚、任性，这么不体贴人，哪里像个做父亲的人。

更重要的是，她觉得不管父亲和王映雪有怎样的矛盾，这样如同落荒而逃似的跑了出来，太软弱无能了。

父亲却没有这样的自觉性，他笑着揉着窦昭的脑袋，柔声问她："你在田庄还住得习惯吗？"

"习惯！"窦昭偏过头去，打掉父亲的手，"大家都待我很好。"

窦世英望了望屋里粗糙简单的陈设，觉得长女有点没心没肺。他站在炕前沉默良久，窦昭很想睡觉，父亲不作声，她只好道："爹爹，您不睡觉吗？"

窦世英没有作声，过了一会，他慢慢坐在了窦昭的身边，沉声问她："你，还记得你母亲吗？"

窦昭讶然，脸色渐正。

"我还记得你母亲。"他喃喃地道，眼角有水光闪动，"她嫁给我的那一天，手上戴着个祖母绿的戒指，黄金的托，做成海棠花的模样……"

窦昭别过脸去，悲伤慢慢地从心底溢了出来。

父亲天没有亮就走了，窦昭望着雨后澄净如水的天空，有片刻的怔愣。

伤感过后，人更有勇气去面对生活中的那些不如意吧！

她回到屋里练字，赵良璧殷勤地帮她收拾书房。

她对赵良璧道："我给你取个名字吧？"

赵良璧既高兴又担心。高兴的是自己不用叫狗剩了，担心的是怕窦昭一时兴起，给他取个类似于狗剩的名字……以后改都不能改了！

"'良璧'如何？"窦昭把他的名字写在纸上，"是美玉的意思。希望你做人像美玉般美好、谦逊。"

赵良璧喜出望外，拿着窦昭写了他名字的那张纸到处显摆。不过一天的工夫，田庄里的人都知道狗剩叫赵良璧了。

祖母也夸这个名字取得好，还说过几天带她到庙里玩，可惜父亲的假期完了，他来接窦昭回去，并告诉祖母："您有什么事，可以让人带信给六哥，我在京都的时候，他会照顾您和寿姑的。"

祖母点头，没有把这句话放在心上。她一个人在田庄生活了二十几年都没有什么事，她相信她以后有什么事也不会找到窦家去。

窦昭却向父亲提要求："我能不能把赵良璧带回去？"

父亲问赵良璧是谁，祖母把他的来历告诉了父亲。

父亲听说赵良璧这个名字是窦昭帮着取的，点了点头："那就带回去吧！"

就这样，赵良璧提前出现在了窦家。

承平八年，窦昭九岁，六伯父窦世横杏榜有名，得中二甲三十六名，去年九月，大伯父家的九堂兄窦环昌中了举人，这也算得上是双喜临门，全家人都喜出望外，特别是二太夫人，她的三个儿子有两个是进士，恰应了人逢喜事精神爽那句话，二太夫人决定端午节的时候大肆庆祝一番。

窦昭这几年都住在东府，盛夏的时候则借口避暑去田庄和祖母住些日子。

五堂嫂家的仪姐儿来找窦昭："您说我们要不要做几个荷包？"端午节，有做了荷包装艾叶等送人的习俗。

"你和淑姐儿商量就是了。"窦昭笑道，"我总是随你们。"

她既不是东窦的人，又不愿回西窦。她把自己当成寄居在窦家的客人，因而对谁都客客气气，对谁都平和有礼，又有钱应酬那些亲戚、打点那些仆妇，窦家上上下下说起她，无不跷大拇指。

淑姐儿是三堂嫂家的长女，也就是窦启俊的妹妹，比仪姐儿大两个月，比窦昭小两个月。

仪姐儿就感慨道："要是五姑姑还在就好了！"

五姑姑，就是窦明。

王映雪进门后，二太夫人还是把窦明留在身边。窦明渐渐和王映雪疏远起来。承平七年，王行宜依旧在陕西巡抚任上，王家却搬到了京都。王映雪没有办法，只好写信给自己的母亲许夫人，许夫人借口思念外孙女，派了人来接窦明去京都小住。祖父答应了，二太夫人没有再留的道理。算一算，窦明已经在京都待了大半年了。

仪姐儿一向和窦明玩得到一起去，反而觉得窦昭太过精明，和窦昭走得不近。前世的经验告诉窦昭，你不可能让所有的人喜欢，既然如此，就更不应该去讨好那些不喜欢你的人。

她淡淡地笑道："要不你写封信给窦明，看她什么时候回真定？"

家里只有仪姐儿发现窦昭喊窦明的时候总是连名带姓，她有一次半开玩笑半是质问地当着二太夫人的面提及，窦昭的解释是："喊明姐儿，别人还以为她和你们是一辈的。"

可为什么不能喊妹妹呢？她想问，却被自己的乳娘拉了拉衣襟，回家里后乳娘就悄悄告诉她："七太太是妾室扶正的，四小姐是嫡小姐。"

仪姐儿不以为然。妾室生的怎样？难道就不是窦家的小姐？

窦家只有在外做官，妻子又不能跟过去的才会纳妾，因而她很好奇："为什么我们家只有七叔祖的妾室生了孩子？"

乳娘支支吾吾地道："那是因为只有七叔祖没有儿子。"

她总觉得乳娘还有什么话没有告诉她，只是当时邬雅过来了，她高兴地跑去见邬雅，倒把这件事给忘了。

不过，邬雅不太喜欢和窦明玩。她总说窦明木木的，傻傻的，像脑袋少了根筋似的。但她也不喜欢和窦昭玩。她觉得窦昭为人倨傲，不好相处："……我有什么好东西，六伯母立刻买给她，她又做出副无所谓的样子，把淑姐儿也给带坏了。"

淑姐儿从前总是抱着邬雅的玩偶、靶镜、牙梳睁大了眼睛求邬雅："给我玩会儿。"自从她拿了窦昭的东西不还，窦昭也不要她还之后，淑姐儿眼里就只有窦昭，有什么体

· 161 ·

己的话也只跟窦昭说，她们要说窦昭什么不对，她一定第一个跳出来为窦昭辩护。

邬雅说："她们家挺奇怪的，一个跟着六太太住，一个跟着太夫人住，她们母亲一个人守着偌大的一个西窦，既不管孩子了，也不跟她父亲去京都……反正，她们两姐妹我都不喜欢。"

窦昭一眼就能看出这几个孩子之间说复杂又不复杂、说不复杂还挺复杂的关系，可她并不放在心上——等她们长大，想法又会不同。

她去了三堂兄那里。

大表姐赵碧如已经十八岁，舅母写信给她，说大表姐订于八月十二日出阁，她想给大表姐送点贺礼。

三堂兄笑呵呵地问她："你准备送些什么？"

窦昭拥有西窦的一半财产，但每笔超过十两银子的开销都需要帮她管理产业的三堂兄同意，为此她很不习惯，也很苦恼，把赵良璧塞给了三堂兄。三堂兄见他姓"赵"，还以为他是窦昭外家的亲戚，因此格外地照顾赵良璧，而赵良璧向来是个惜福的人，不分昼夜地跟着那账房学，不过一年的工夫就能打好算盘了。

不知道赵良璧什么时候才有能力坐上账房总管的位置？

她思忖着，笑着请三堂兄帮着拿主意。

三堂兄沉吟道："我们送些金银首饰之类的东西你看怎样？其他的东西，舅太太多半早已备齐了。"

窦秀昌毕竟出身窦府，眼孔颇大，只要合理，一二千两的银子在他眼里不算大的开销。窦昭连连点头，托了三堂兄去办这件事。

出来的时候遇到淑姐儿，她拉了窦昭："二姐说做五毒荷包，我有新样子，四姑姑要不要？"

前世她和几个堂姐、侄女的关系都很冷淡，这一世淑姐儿却像个小尾巴似的总喜欢跟着她。

"行啊！"窦昭笑道，"我到时候让海棠来找你的大丫鬟拿。"

妥娘两年前嫁给了崔四，前几天刚刚生了个儿子，还没有满月。她屋里的事则交给了海棠。

淑姐儿点头，悄悄告诉她："阿七又来了。"阿七是邬雅的小名。

窦昭不以为意，笑道："快过端午节了嘛！"

淑姐儿叹气，道："五姑姑回不回来？"

她是个甜姐儿，和身边的人都玩得好。

"你很想她啊？"

"是啊！"她嘟囔道，"我们想跳人双的百索，人数不够。阿七又不愿和丫鬟们一起玩。"

窦昭从来不和她们玩这些。

她笑道："那是因为她们家同龄的姐妹很多。"

淑姐儿咯咯地笑了起来。

窦昭回了六伯母处。她现在大了，自然不能继续住在六伯母内室的碧纱橱里，四年前，她被父亲从祖母的田庄接回来之后，就住在了正院的西厢房，窦政昌和窦德昌住在东厢房。

刚刚踏进正院的大门，她就听到东厢房"轰"地响起一阵大笑。

窦昭莞尔。

既然邬雅来了，又怎么少得了邬善？和前世一样，邬善和他同年的窦德昌非常投缘，每次来都住在窦德昌处，因而和窦政昌、窦启俊关系也都非常的好。

　　定是几个人在一起吹牛！

　　她正准备进屋，对面的厢房门突然打开，邬善和窦德昌几个一起走了出来。

　　"四妹妹！"他和窦昭打着招呼，耳朵微红。

　　窦昭客气地朝着他点头："邬四哥过来了。"

　　她随着窦德昌兄弟称呼邬善，又和窦政昌几个打了声招呼。

　　邬善就问窦昭："我们准备出去给六叔买件贺礼，你要不要我们给你带什么？"

　　他随着窦家的子侄辈称呼窦世横。

　　"多谢你，"窦昭笑道，"我已经准备好给六伯父的贺礼了。"

　　是她从前从父亲那里搜刮来的一块青田石，上面雕着个骑马的猴子，寓意马上封侯，正好送给六伯父雕枚印章。

　　邬善笑道："我妹妹也来了，正在和我堂姐说话，你碰到她了吗？"

　　这不是废话吗？如果她也在二堂嫂那里，二堂嫂怎么会放她走？

　　窦昭还是笑着回答："阿七也来了？我还没有碰见她呢！"

　　邬善又道："十二说端午节你们家要请人来唱戏，是真的吗？"

　　窦德昌排行十二，大家都喜欢叫他十二。

　　窦昭笑道："既然是十二哥说的，想必确有其事了。"

　　邬善道："可惜我那个时候已经回新东了。"

　　"总有机会看到的。"

　　"也不知道是什么时候。"邬善很向往地道，"听说这次请了周清芬来唱戏……"

　　话就像那藕，明明已经切断了，他又能连上去变成藕断丝连的局面。

　　窦昭耐着性子听他把一句话说完，歉意地朝他笑了笑，道："邬四哥有事忙去吧！我马上要去趟太夫人那里。"

　　邬善顿时脸色通红，说话都有些磕磕巴巴起来："四妹妹快回屋去吧，我们也要出门了。"

　　窦昭进了屋，身后传来窦政昌不解的声音："你怎么每次遇到四妹妹都那么多的话？"

　　邬善嚷道："不是你说我的话太少了吗？"

　　"我是说你每次遇到仪姐儿她们总是'哼哼哈哈'的……"

　　"我是长辈，总得有点长辈的样子吧？"

　　"行，这次我们就让你摆足长辈款，"说话的是窦启俊，"这次我们买东西你付账……"

　　"你们这是敲诈……"邬善和他们嬉笑着，声音渐渐远去。

　　窦昭笑着摇头。少年人，总是充满了朝气，生机勃勃，让人看了精神都跟着振奋起来。

　　到了端午节那天，二太夫人果然请了周清芬来唱大戏。戏台搭在窦家北楼的祠堂前，方圆十里的村民都携家带口地前来听戏。窦昭跟着六伯母陪二太夫人在祠堂旁的厢房里喝茶。

　　王映雪进来给二太夫人问过安，她朝着窦昭招手："寿姑，上次我让琼芬送去的菊花酥好吃吗？是宫中赏赐给我父亲的，明姐儿特意让人送了一匣子回来，说是要让姐姐尝尝。"

"原来是宫中赏赐的，难怪我瞧着那样子和市面上的大不相同。"窦昭微笑道，"我就孝敬了太夫人。"说着，朝二太夫人望去。

二太夫人笑眯眯地拉了窦昭的手："还是我们寿姑有心。"

王映雪的脸红了又白，白了又红。这几年窦昭把王映雪交给二太夫人收拾——她才懒得和王映雪计较。

有小丫鬟慌慌张张地跑了进来，语无伦次地道："太夫人，太太，不好了，三老太爷他老人家不好了……"

祖父正陪着新来的真定县父母官鲁大人看戏，小厮们端了福橘饼、丰城脯等点心上来，祖父原准备吃块福橘饼，因眼睛一直盯着台上，竟然抓了颗咸花生就丢在了嘴里，等发现吃错东西的时候，咸花生已经卡在了嗓子眼里咳个不停，旁边的人忙端了茶让祖父润喉咙，谁知道越喝咳得越厉害，最后一口气堵在了那里闭过气去。

窦昭坐在窦铎的床头，望着昏迷不醒的祖父，心中说不出是伤感还是怅然。

上一世，祖父入殓之后她才回到西窦，那个时候已经是八月份了，她又是懵懂的年纪，初入西府，慌张、惶恐、不安，哪里还知道问祖父的死因。难道这一世祖父也是昏迷三个月之后就会去世？

父亲很快从京都赶了回来，同行的，还有窦明。她和在东窦的时候有了很大的区别。人显得活泼了不少，说话的声音也大了起来。她一下车就高声地喊着高升："我给仪姐儿、淑姐儿他们带了很多东西回来，你小心点，把东西都送到我屋里去。"

她的屋里？她的屋里在哪里？是二太夫人那边的暖阁？还是王映雪给她安排的东厢房？

暖阁，在东府。东厢房，她一天也没有住过。

高升有些为难，窦明已不满地大声嚷道："你个狗奴才，小心我告诉父亲把你给卖了。"

窦昭闭上了眼睛。事情还是毫无逆转地重新回归了原来的方向。

她出门呵斥着窦明："高升是服侍父亲的人，就是有错，也轮不到你发落。你若是胆敢再说这样的话，我先把你拎到柴房里关三天。"

窦明从小就怕这个对她有些冷漠的姐姐，闻言不由表情微变，但她很快就克服心中的恐惧，道："我，我又不是有意的。"但声音小了下去，到底不敢和窦昭顶嘴。

窦耀成很喜欢享受，早早就在京都静安寺旁边的胡同里买下了一幢三进的宅子。那宅子虽然不大，但布置得花团锦簇，陈设器皿无一不精致，住着十分舒服。

血缘是个很可怕的东西。不管是窦铎还是窦世英，都和他们祖上窦耀成一样喜欢舒适。

在京都的时候，窦世英就住在那里。窦明虽然也在京都，但他一个人带着个孩子不方便，何况王许氏看见窦明那呆头呆脑的样子，又听了女儿的话，知道窦世枢和自己的丈夫不和，总觉得东窦是想借此压着西窦，会把窦明给养废了，心疼得不得了。窦明到了京都，她对窦明就像眼睛珠子似的，自己的孙子全都靠边站了，一心一意只疼着这个外孙女。窦世英去看过窦明几次，见她面色红润，身边一大堆丫鬟、婆子服侍，片刻也不愿意离开王许氏，却和他有些陌生，知道王家待她不错，他也落得个轻松，和窦明一个住在静安寺胡同，一个住在柳叶巷胡同，父女俩接触并不多。

见窦明这样待高升，窦世英心中不悦，但因没和女儿在一起的经验，他一时愣住，不知道说些什么好。

现在窦昭出面，而且窦明熄了火，窦世英不由松了口气。

而王映雪见窦明受了窦昭的训斥而窦世英却一句话也没有说，知道窦世英这是向着窦昭，怕窦明因此不如窦昭得窦世英的喜欢，忙笑着出来打圆场，对窦昭道："你父亲和你妹妹都惦记你祖父的病，风尘仆仆地从京都赶回来，又急又累，难免脾气大些，说话有些不周全。"又对高升道："把五小姐的箱笼都搬到栖霞院的东厢房吧。"女儿好不容易回来了，她无论如何也不能让她再进东府。然后对窦世英道："七爷一路辛苦，妾身已经吩咐灶上的婆子烧了热水，您先去梳洗一番再去探望父亲吧，免得让父亲也沾染上了尘土。"

窦昭在心里冷笑，想着：你亲娘都不管你，我一个同父异母的姐姐难道还多嘴多舌地管头管脚不成？遂也不多说，回了祖父的卧室。

丁姨奶奶自从祖父病后就一直不眠不休地在祖父床前服侍，两天前终于挺不过去也病倒了。祖父身边如今由丁姨奶奶身边的大丫鬟秋芬主事，看见窦昭进来，她忙恭手立在了一旁。

窦昭吩咐她："我父亲回来了，最多三炷香的工夫就会过来看祖父，你让丫鬟们准备些茶水，然后把给祖父看病的大夫请过来，父亲恐怕有话要问他。"

自从窦铎倒下后，窦昭就回了西府，住进了一直空着的正房，平日只在祖父床前侍疾，家里的其他事，一应仍由王映雪打理，只有来了诸如像二太夫人这样的长辈探病时，她才会出来应酬几句，偶尔也会指使丫鬟或管事的妈妈做些事，却事事都在点子上，全是王映雪没有想到的或是疏忽的，渐渐地，家里有头有脸的丫鬟、管事妈妈在她面前行事都多了几分谨慎。

秋芬恭敬地应是，派了丫鬟、婆子听差。

不一会，盥洗完毕的窦世英和窦明由王映雪陪着走了进来，窦昭退到一旁，将床头的位置让给父亲。窦世英握了窦铎的手，眼眶瞬间就红了起来。

秋芬进来禀道："四小姐，大夫过来了。"

窦昭轻声对父亲道："您有什么事就问大夫吧！"

窦世英知道是女儿的安排，感激地看了女儿一眼，心中大慰，觉得把长女交给纪氏抚养是件再正确不过的事了。

大夫细细地给窦世英解释着窦铎的病情，大意是如若过了七月还没有醒，家里就应该准备后事了。

这个判断还是很准确的。窦世英听着哭了起来，屋里的气氛顿时变得悲伤起来，大家都跟着抹眼泪，就是窦昭，也跟着落了几滴泪。

父亲在祖父床边支了张榻，亲自帮祖父擦背洗澡、端屎端尿、喂水喂药。窦昭按自己平日的作息时间陪着父亲，中午依旧小睡一会，晚上到了亥时就回房休息，卯时过来帮父亲照顾祖父，在祖父昏迷、父亲呆坐的时候就在心里默默背着新近跟着六伯母学的《论语》。

窦明毕竟只有六岁，哪里耐得住，在屋里待一会就扭来扭去的。

父亲嫌她闹腾，让王映雪把她交给二太夫人照看，王映雪哪里敢，又不能把二太夫人的用意跟父亲说，只好把窦明带在身边，一面主持府里的中馈，一面照顾窦明，窦明又在京都带了很多真定州都没有的小玩意回来，不时招了仪姐儿和淑姐儿过来玩耍，祖父这边就有点顾不过来。

来探病的二太夫人见了，就对父亲提议："你看，要不要把崔姨奶奶接回来侍疾？不管怎么说，她也是小叔正正经经的妾室，是你的生母。"

父亲自然是愿意的。

窦昭却不愿意。凭什么祖父好生生的时候就把祖母丢在田庄里任其自生自灭，现在病得不能动弹了，就把祖母接回来服侍祖父？

她插言道："不如再等些日子……丁姨奶奶管着祖父屋里的事，是祖父的心愿……若是实在不行了，再派人去接崔姨奶奶也不迟。"

对二太夫人来说，这些都是小事："也好！"她点了点头，问起祖父的病情来。

父亲事后满腹狐疑地问窦昭："你不想接崔姨奶奶回来吗？"

他以为窦昭是这个家里和自己生母最亲近的人，没想到提出反对的也是窦昭。

等祖父要咽气了，窦家的人就算不同意她也会把祖母接回来，却不是这个时候！

窦昭在心里想着，却道："总要先跟丁姨奶奶商量一声，何必把崔姨奶奶接来受别人的闲气。"

父亲再无二话。

窦昭却叫了赵良璧："崔十三这些日子有没有找你？"

崔十三这个时候十四岁，过了县试，正在县学里读书，他和赵良璧前世是好友，这一世私交也很好。因为祖母不愿意沾惹窦家，崔家的人从来不和窦家的人打交道。他们两人都在县里，窦昭猜测崔十三肯定会悄悄来找赵良璧，虽然她一次也没有发现过。

赵良璧顿时像参了毛的猫似的跳了起来："您，您怎么知道的？"眼神有些惊惧不安。

窦昭要的就是这种效果，自然不会和他解释什么，而是肃然地道："你立刻叫崔十三来见我。"

她知道，崔十三是个有能力、有野心、有毅力的人，他平生最大的夙愿就是让崔家改门换第，成为耕读传世的诗礼大家。

赵良璧吓得脸色发白，一溜烟地跑了。

下午，他领着崔十三从侧门进了西窦。

窦昭问崔十三："你想不想让崔姨奶奶堂堂正正地从窦家的大门走进来？"

崔十三眼睛一亮，看着窦昭目光却还是带着些许的警惕。

窦昭吩咐他："你这些日子住到崔姨奶奶的田庄去，我会让赵良璧给你带信的。我让崔姨奶奶来，你再护送崔姨奶奶过来。可若是没有我的口讯，任谁去接崔姨奶奶，你也要把崔姨奶奶给我拖住了。你能做得到吗？"

崔十三嗅到了阴谋的味道，他迟疑地道："您，想干什么？我们崔家，可不想给人当枪使！"

窦昭为祖母抱不平，不愿看见祖母被窦家的人招之则来挥之则去。"你有什么好担心的？"她不屑地望着崔十三，"崔姨奶奶是我父亲的生母，她难道就没有资格踏进窦家的大门？至于崔姨奶奶来之后是想留在窦家还是想回田庄，我想就是二太夫人出面也拦不住她吧？"

那眼神，刺伤了崔十三，但他还是沉思良久，缓缓地点了点头。

第二十章　丧事·吊唁·守制

祖父是八月十二日丑时逝世的。在此之前，他一直昏迷不醒，没有留下一句遗言。父亲哭得不能自已，全靠东窦的人过来帮着小殓。

窦昭静静地站在廊庑上，听着父亲的哭声，想着祖母。三年之后，祖母也会去了。她能不能做些什么，让祖母能多活两年呢？

祖母是去后院给瓜秧浇水的时候突然倒在田里的……祖母的身体一向很好，谁也没有想到……

王映雪走过来，用吩咐的口吻对窦昭道："寿姑，这几天会有很多人来吊丧，你妹妹不懂事，母亲只有靠你了。你帮着看着点灶上的事。"

祖父的丧礼，亲戚朋友、乡亲近邻都会来祭拜，她见自己这些日子行事有法有度，是怕自己在丧礼上出了风头，得了那些长辈的青眼，以后更加没办法制约自己吧？

窦昭挑了挑眉："母亲？"她用一种挑剔的目光上上下下地打量着王映雪，"太太是不是忙糊涂了？您什么时候改姓赵了？祖父刚去，报丧的日子都没有定就有人来吊丧？太太是不是从来没有主持过丧事，不懂这些？如果真不懂，就请了三太太来帮忙吧！祖父是进士及第，窦家在北直隶也是有头有脸的人家，到时候恐怕有祖父的故旧前来送祖父最后一程，若是弄出笑话来，窦家实在是丢不起这个脸！至于灶上的事，如果现在管厨房的管事妈妈拿不起，就换个人吧！"说着，她喊了海棠："去请高升过来。"自从王映雪扶正，祖父不管内宅，窦昭又长年住在东府，内宅管事的即便不是王映雪的人也是不敢得罪她的人。高升是父亲的人，在前世的记忆中，他只忠于父亲一个人，只要父亲没有明确地表示，作为父亲的女儿，高升会同尊敬父亲一样地尊敬她，就像他尊敬窦明一样。

王映雪已脸色大变，沉声道："寿姑，我不知道东府的太太们在你面前是怎样说的，可你总归是西府的人……"

窦昭打断了她的话："太太，我看有些事你自己要考虑清楚才是。祖父这才刚死，别以为自己头上就没人管了，想干什么就干什么！"

正说着，高升过来了。窦昭打住了话题，刚把王映雪的话说了个开头，王映雪已急急地道："我这几天忙糊涂了，说话不免急躁了些，寿姑不要放在心上……"

要怪只能怪王映雪的运气不好。窦昭正为祖母的事烦心，王映雪这样挑衅她一番，还在她面前自称是什么"母亲"，她铁了心要收拾王映雪，也不管王映雪在一旁说什么，径直将话说完，并道："……太太没有管家的经验，这个时候若是闹出什么笑话来，西府恐怕要被别人说一辈子。家里的人事你都熟悉，如果没有能当大任的人，就把这几天的筵席包给外面的酒楼饭馆，真定县找不出这样的人，就去真定州找，别人知道了，不会想到是我们家没人，只会说我们孝顺，要热热闹闹地把祖父送上山。"又道："这个时候，最忌自家人乱套，你就多担待点，若有什么纰漏，就把事情先压下去，等把祖父的事办完了再说。"

她不知道真定有没有专给人做红白喜事的铺子，但她在做侯夫人的时候，京都有很多这样的铺子，而且还有几家规模做得相当大。

高升猜到是王映雪想给窦昭下马威，但窦昭的提议太让人心动了。不要说真定，就是北直隶，也没有哪家这样大手笔地给老人送终的。所谓的死后哀荣，看的就是子嗣的孝心和本事。这件事如果办好了，只会对七爷的前程和名声有好处。

　　他立刻道："我这就去办这件事。"说完，果断地转身，看也没看王映雪一眼。

　　窦昭对他的表现很满意，说了声"高管事暂且留步"，问王映雪："太太还有什么事没把握的？现在说出来，我和高管事一起帮你想办法。如果等到丧事的中途有什么事出了差错，那时候每天要接待来吊唁的人，恐怕我们也会有心无力。"

　　高升果然就站定了，躬身等着王映雪说话。

　　王映雪气得心头发痛，脸上红一阵白一阵的。

　　窦昭就冷笑着看看她，她只得咬牙切齿地说了声"没有了"。

　　窦昭冷笑道："那就好！太太不要过两天又想起什么事没办就好。"沉稳大方地转身离去。

　　高升自然没有继续留在这里的道理，朝着王映雪揖了揖，自去找那能包筵席的酒楼饭馆不提。

　　王映雪扶了胡嬷嬷的手，直嚷着"气死我了，气死我了"。

　　胡嬷嬷却担心窦家的那些仆妇。

　　因七爷一直没有吩咐把正房清理出来，前头七奶奶和四小姐还有些东西留在那里，老太爷也不发句话，太太不好贸然地搬进去，加上东府又一直压着西府，以至于那些仆妇对太太也少了应有的尊敬。她们好不容易才把那些人给压下去，四小姐这样一番举动，会不会让那些仆妇又不安分起来？

　　如果能让七爷说句话就好了！她在心里感慨着，嘴里却劝着王映雪："太太，大局为重。"

　　"我知道。"王映雪点头，问道，"我娘家谁来吊丧？"

　　窦铎不能进食的时候她就差人给母亲王许氏报了信，希望娘家能派了得力的人来吊唁，这样也有利于她在窦家站稳脚跟。

　　胡嬷嬷低声道："老太太说，让大爷和大奶奶来。"

　　王映雪皱了皱眉，道："二嫂不来吗？"这种时候，只有二嫂庞玉楼能明白她的心意。

　　胡嬷嬷道："要不要我给二奶奶带个信去？"王映雪说了句"快去"，就看见一个面生的小厮四处张望了一下，飞快地闪身进了窦昭歇息的厢房。

　　她心中一动，指了那小厮低声对胡嬷嬷道："你派个机灵的人盯着那小厮。"胡嬷嬷应声而去。

　　赵良璧进了厢房，小声禀道："崔姨奶奶已经知道窦老太爷病逝了，她等会就会赶过来。"

　　窦昭奇道："这边给崔姨奶奶报信了？"

　　"没有。"赵良璧道，"崔姨奶奶说，不知道是不知道，知道了，怎么也得来上炷香……"

　　"那是自然。"窦昭道，"可怎么来、什么时候来却是有讲究的。她老人家不在乎，可看在别人眼里就不是那回事了。你跟崔十三说声，让他拦着崔姨奶奶。窦家的人什么时候去接崔姨奶奶，他什么时候再陪着崔姨奶奶过来。窦家的人要是不去接，就不来。"

　　"崔十三也这么说。"赵良璧很是苦恼，"说有些架子，该端的时候就得端，不然会让人瞧不起的，还以为老太爷去世了，崔姨奶奶就迫不及待地跑回来了……可崔姨奶奶说，谁想说让谁说去，她非要来不可。"

"你们想办法拦着。"窦昭笑道，"崔十三一定有办法的。"

赵良璧只好去给崔十三回话。

府里人人都知道王映雪想为难窦昭反被窦昭将了一军，厨房里管事的人可能会被窦昭一锅端了。

一时间西府里人心惶惶，丫鬟、婆子在窦昭面前都战战兢兢的，比在王映雪前面还要恭谨。

窦昭不管这些，看着到了中午，去了鹤寿堂的厢房服侍二太太和几位长辈用午膳。

第二天清早，窦世榜亲自去接了祖母过来。丁姨奶奶拉着祖母的手，哭得格外的伤心。

窦昭的表情就有些怪异。前世，祖父去世的时候窦晓已经有五岁了，三伯父将她们从田庄里接了回来，丁姨奶奶见到祖母的时候，虽然双眼红肿，却只是淡淡地和祖母打了个招呼就帮着王映雪待客去了。

她阻止了母亲的第一次自缢，虽然没有能阻止第二次，却让事情有了很大的偏差：窦晓现在还不知道在哪里。祖父到死也没有看见念念不忘的嫡长孙出生，祖母至今也还是崔姨奶奶。

丁姨奶奶前世靠上了继母王映雪，这一世，由姜室扶正的王映雪自顾不暇，她又在窦昭的事情上扮演了那样的一个角色，随着父亲的当家，等待她的，决不会是什么好事，她只得寻求祖母的同情和怜悯。

从最后一点上来讲，窦昭觉得这种改变还是让她挺高兴的。

可她能不能想办法延长祖母的元寿呢？哪怕只是短短的几个月或是几年，让她和祖母能多相处一段时间呢？

祭拜过祖父，婉拒了丁姨奶奶，窦昭把祖母安排在了西窦的客房。祖母拉了她的手，有些惭愧地道："我原以为我早点来，能帮一帮你，现在看来我不拖累你都是好的了。"

没有了祖父这个公公，还有祖母这个庶婆婆，王映雪就得以待庶母的礼仪敬着祖母，就别想为所欲为，她完全可以说服祖母在西窦住下，甚至是利用祖母来压制王映雪。

可窦昭不想把祖母扯进来。祖母一生都不想和窦家扯上关系，如今已到晚年，她希望祖母能按照自己的意愿过日子。

"您为什么这么说？"她拧了帕子给祖母擦脸。

祖母有些不好意思地道："就像你要我等窦家的人来接我一样。我只想着我和你祖父毕竟生了你父亲，他去世了，我也该来祭拜祭拜他……其他的却没有多考虑。"

窦昭笑道："那您肯定也不愿意住在窦家了？"

"这又不是我的地方。"祖母笑道，"我住不习惯。"

"等祖父的葬礼过去，我就送您回田庄吧！"窦昭笑道，"不过，您就不用总待在田庄上了。要是想我或是父亲了，就让崔十三送您过来住几天。"

"这样也好。"祖母笑道，"不过，还是你们去我那里住几天吧！"

窦昭凝视着祖母微微地笑。

父亲还要守孝三年，祖母会不会因此而永远只是"崔姨奶奶"呢？她心里隐隐有些不安。

小殓后第三天，窦家向亲戚朋友报丧，一时间窦家人声鼎沸，来祭拜的人络绎不绝。

窦世英、王映雪、窦昭、窦明作为孝子、孝媳、孝孙在灵前答谢，家里的事全交给了高升。

伺候茶水的，陪侍吊客的，管理孝账的，甚至是打云板捧香纸的都去他那里示下，他从来没有经过这种事，不过是这几年陪着窦世英在京都增长了些见识，办起事来又用心，比西窦的其他人更沉稳、可靠而已，一番忙碌下来，顾此失彼，颇有些力不从心。

窦昭就不时在旁边指点他两句，他没几天就摸清楚了门道，行事越发的稳妥，东窦的一些老管事见了纷纷夸奖他"能堪大用"，高升这才松了口气，再看窦昭的时候，眼光不免有些不一样。

这正是窦昭的打算：三年的孝期，她肯定得住在西窦，她需要一个有力臂膀。

过了两天，王知柄和庞玉楼来吊唁。大伯和弟媳妇，这样的组合很奇怪。王知柄解释道："楠哥儿他娘有了身孕，因是头几个月，年纪又有些大，受不得奔波，正好弟妹有些日子没见着小妹了，檀哥儿又惦记着表姐，我就带着他们一起过来给老太爷上炷香。"

王檀，是庞玉楼的长子，比窦明小一岁。或是两人在京都柳叶胡同的时候就玩得很好，王檀一进屋就拉着窦明的手不放，喊着："明姐姐，你什么时候回家？都没有人陪我玩。"

窦明道："我要给祖父守孝，守完孝了就去京都看你。"

王檀就道："那你快点守完孝，到时候我让爹爹领着我们一起去大相国寺吃羊肉面。"

窦明不住地点头，庞玉楼就推了儿子一下，指了窦昭道："还不快叫大表姐！"

王檀长得像庞家的人，白皙的皮肤，水汪汪的大眼睛，比姑娘家还要漂亮、清秀，他甜甜地喊窦昭"姐姐"。

窦昭还记得自己上一世在蔷薇花旁撞到他跪在窦明的脚下苦苦地哀求窦明："好姐姐，大哥心里只有他那个表妹高明珠，他就是娶了你，也不会对你好的。我不一样，我从小就喜欢你，你若是嫁给了我，我会一辈子待你好的，你要做什么我都帮你……"

可惜，窦明目光似春水般柔软、缠绵，仿佛能把人溺死，看王檀的眼神却透着算计。

她娇笑道："那我要你当着外祖母的面说要娶高明珠，你敢不敢？"

王檀说了。

王家的人只当高明珠在王楠、王檀兄弟间暧昧不清，她再无做王家媳妇的可能；高氏宁愿和离也不愿意让窦明做她的儿媳妇；王楠再也没有和窦明说过一句话……

窦昭再看见王檀时，心里就对他充满了怜悯，她朝着王檀淡淡地笑。

庞玉楼就将儿子推到了窦昭的面前："你们表兄妹，得多多亲近亲近才是！"

窦昭没有作声。

窦明却跑过来拉了王檀："我们去和仪姐儿、淑姐儿一起玩。"

王檀嘻嘻地应"好"，庞玉楼瞪了儿子一眼，道："你好好在这里待着。"

王檀不敢动弹，可怜兮兮地望着窦明。

窦明哭起来："我要和檀哥儿一起玩，我要和檀哥儿一起玩！"

窦世英直皱眉。王映雪不悦地看了庞玉楼一眼，哄了王檀和窦明："好了，好了，不哭了，仪姐儿和淑姐儿都在花厅，你们去找她们玩去吧！"

王檀和窦明手牵着手去了花厅。庞玉楼在心里暗暗叹了口气，笑着对窦世英道："我娘家的两个侄儿修哥儿和昆哥儿也过来了，想进来给姑爷问个安。"

窦铎去世，庞玉楼的三个哥哥都亲自来吊唁，却不知道她娘家的侄儿也跟了来。

来者是客，窦世英没有拒绝。

庞寄修是庞金楼的儿子，今年十五岁，庞昆白是庞银楼的儿子，今年十二岁。两个孩子都长得一表人才，举手投足间彬彬有礼，若不是一个目光太过飘忽，一个目光太过精明，倒也是副翩翩佳公子的模样。

庞玉楼就给两人介绍窦昭："这是你们的大表妹。"

两人给窦昭行礼。窦昭无意应酬庞家的人，淡然地点了点头，没有还礼，显得有些孤傲。

窦世英没有想到庞玉楼的两个侄儿这么大了，见庞玉楼这般行事，心中不喜，自然不会觉得窦昭失礼。

他冷淡地和庞寄修、庞昆白寒暄了两句，就带着窦昭去了灵堂。

王映雪将庞玉楼拉到了一旁的耳房，低声道："你这是要干什么？"

庞玉楼一副无可奈何的样子："你也知道，我娘家的哥哥们如今还在灵璧县做生意，一心想搭上窦家，听说四小姐和修哥儿、昆哥儿年纪相当，就有了求凰之意。我也知道，修哥儿和昆哥儿配不上四小姐，可不管我怎么说，他们也听不进去，反而怪我从中作梗。我没有办法，只好把两个侄儿带了过来，看能不能得了姑爷的青眼。"又道："不过，我仔细想想，如果四小姐嫁到了庞家，对你也好啊——我嫂嫂就成了她的婆婆，我就成了她的姑奶奶，她总不能忤逆长辈吧！"

"你难道忘记了？王家不能插手窦昭的婚事！"

"父母之命，媒妁之言。"庞玉楼不以为然，"我们又不是直接给四小姐订婚。"

王映雪心头一跳："你是说？"

"要是四小姐自己相中了呢？"庞玉楼捂了嘴笑，"赵家又没有说四小姐不能嫁给庞家的人！"

那窦昭有什么好，二嫂要这样费尽心机地把她娶入庞家……念头一闪而过，王映雪想到了窦昭的陪嫁，她的表情立刻变得有些晦涩不明。

如果窦昭嫁到了庞家，这份产业就是庞家的了。虽然二太夫人下了封口令，可当年当事的这些人心里却是清楚的。王映雪再看庞玉楼的时候，就多了几分警惕——她可真有心计啊！

王映雪想着，窦世英正在和邬家来吊唁的人说着话："……走得太突然了，大家都没有想到……翰林院那边，我报了丁忧，正好在家里好好地读些书……"

跟在伯父身边的邬善悄悄地递给了窦昭一个荷包："你节哀顺变！"

可这与荷包有什么关系？她不解地望着邬善。

邬善趁着大人们没注意低低地道："是我在大方寺求的平安符。"声音急促，耳朵通红。

窦昭微微一愣，笑着说了声"多谢"，言辞恳切、真诚。

邬善眯着眼睛笑，耳朵红得更厉害了，之后眼观鼻、鼻观心地立在邬家伯父身边，再也没看窦昭一眼。

窦昭隐隐感觉到邬善对她的心意，不由陷入了沉思。

七七过后，祖父葬在了北楼的窦家祖坟里，家里的客人也渐渐散去。

庞玉楼和王映雪商量："能不能让修哥儿和昆哥儿在窦家的族学里读书。"

王映雪不喜欢庞玉楼的贪婪，不想帮这个忙，但又怕自己以后有什么事要求庞氏，因而不愿意和庞氏翻脸，她把这件事推到了窦世英的身上，窦世英觉得两个孩子看上去都比较世故，有些不喜，把责任推到了三伯父身上："……一直是三爷管着的，也不知道去族学里读书有些什么要求，你不如去问问三爷好了。"

两人答应得都很勉强。庞玉楼听过比这更难听的话，并不放在心上，提了八色礼盒亲自找到了窦世榜。窦家族学在真定州都颇有名气，常有亲戚朋友的孩子来窦氏族附学，窦世榜二话没说就应了。

就这样，庞寄修和庞昆白进了窦氏族学，很快就认识了窦政昌、窦德昌、窦启俊等人，偶尔还会想办法跟着他们回东府吃饭，只是一次也没有碰到窦昭。

庞昆白忍不住向父亲抱怨："根本就没有用。"

庞银楼拍了儿子一巴掌："你老子我做了十几年生意，也就赚下了两三万两银子，人家那么一大笔银子，你想得来全不费功夫，哪有那么便宜的事？"然后又教训他，"你给我争气点，窦家的银子不仅你大伯父盯着，就是你姑姑也有自己的小算盘，可别到时候让王檀那小子得了便宜，你哭都哭不出来了。"

"真的？"庞昆白非常的惊讶，"王檀比窦家四小姐要小四岁呢！"

"小四岁怎么了？"庞银楼道，"庞寄修还比四小姐大六岁呢！"

庞昆白闭上了嘴巴。

庞寄修比庞昆白沉得住气，他花了大把的银子请人调查窦昭未果后，不仅认真地跟着窦家族学的西席杜夫子读书写字，还极力交好窦氏族学里的人。

窦启俊等人被人巴结奉承惯了，并未把这些放在心上，庞寄修却因此从窦启俊几个人的随从中打听到窦昭每年的夏天都会到田庄去住些日子。

第二年的夏季，他早早就做好了准备，一听说窦昭启程去了田庄，他就邀窦政昌等人去乡下玩。

窦政昌几个都不愿意去："晒死人了，乡下地方有什么好玩的？"说这话的时候，窦德昌正端着碗冰镇酸梅汤。庞寄修也觉得没什么好玩的，只好道："我们能下河摸鱼啊！"

"我在塘边垂钓还不是一样的。"窦政昌懒懒地道。

邬善过来了，窦政昌给他们引荐，奇道："我还以为你端午节会来，结果你端午节没来，这么热的天却跑了过来，有什么要紧事吗？"

邬善道："我端午节时随着母亲去京都探望父亲，想着有些日子没见着你们，这不，一回来就跑到你们家来串门了。"然后又道，"六叔父如今在刑部观政，端午节的时候还一起吃了粽子。"

窦世横也考取了庶吉士。

窦德昌忙道："我爹爹可好？"

"挺好的。"邬善笑道，"我瞧着好像比在家的时候还胖了点。"说完，眼珠子一转，表情狡黠道："我还有件好事要告诉你们……"尾音拖得长长的，卖着关子。

窦德昌不理他，窦政昌却笑道："什么好事？莫非是你要去京都？"

"这怎算好事！"邬善不以为然地道，"我现在在家里不知道多逍遥快活，若是到了爹爹的眼皮子底下，每天不练五千个大字休想搁笔。"

庞寄修咂舌："这么多！"

邬善这才笑道："从明天起，我也要到你们窦氏族学来读书了！"

窦政昌几个愣了愣才反应过来。

"你怎么突然要到我们家来读书？"窦德昌奇道，"伯母舍得你离家吗？"

邬善的母亲是续弦。邬松年嫡妻早逝，没有孩子，邬松年考中了进士才续娶了邬善的母亲毕氏。毕氏也是官宦人家出身，年轻的时候发誓非举人不嫁。出阁时已二十有三，又过了三年才生下邬善，因而对两个孩子格外的疼爱，为了让邬善能跟着自家的举人伯伯读书，宁愿留在家乡也不愿意跟着邬松年去京都任上。

"家父有腿疾，"邬善道，"现在年纪大了，走路都有些不便。母亲很担心，想去京都照顾父亲，又放心不下我。正好端午节的时候在五叔父家遇到了六叔父，六叔父说若是父亲放心，可以让我跟着你们一起读书，由六婶婶照顾。父亲和母亲都觉得好，五叔父又写了封信给太夫人。这次母亲来，就是送我来读书的。"

他们这才知道邬太太也来了。

"这敢情好，这敢情好。"窦政昌笑呵呵地说道，窦德昌却一把搂住了邬善的脖子："你这家伙，终于落到我的地盘了！"

邬善哈哈地笑，拱手作揖，佯作出求饶的样子："大侠，手下留情！"

大家哄堂大笑。

窦启俊和胞弟窦启泰一前一后地走了进来。"这是干什么呢？"两人笑道。

庞寄修忙将邬善要在窦氏族学读书的事说了，窦启俊和窦启泰闹着要邬善请客。

邬善大手一挥："今天见者有份。"

庞寄修家是开茶楼的，傍上了王家之后，又开起了酒楼、当铺。他自幼在这些地方厮混，家里又养了群闲帮，吃喝玩乐他最拿手。闻言立刻道："就去景福春，他们那里每到夏季就会做河鲜冰碗，莲子、藕、菱角、鲜鸡头米都是自家河塘里种的，普通的鸡头，都是等老了才采来挑担下街吆喝着卖，卖不完往药铺一送，刚刚壮粒的鸡头，不但不出分量，药铺也不收，所以谁也舍不得采，景福春冰碗里的鸡头却是越嫩越好，不惜工本，煮出来是浅黄色，再配上鲜核桃仁、鲜杏仁、鲜榛子，底下用嫩荷叶一托，红是红，白是白，绿是绿，不要说吃了，看着就让人心畅神怡……"炎炎夏日，他的话还没有说完，几个人已经开始流口水。

窦启泰忙道："我去叫了四哥来。"

启字辈里，窦启俊行五，窦启泰行六，行四的是窦启光，窦玉昌的次子，邬善是他的表叔。按血脉，邬善与窦启光是最亲的。邬善请客，怎么能少得了他？

窦政昌去禀了太夫人。太夫人毕氏是个白净丰腴的妇人，面如银盘，笑起来非常和善。她有些担心，二太夫人笑道："不要紧，有芝哥儿跟着，又在真定县，不会有什么事的。"

窦启俊去年中了秀才。

毕氏心下稍安。

二太夫人让管事安排了几个老实可靠的家丁陪着窦政昌等人去了景福春。

景福春的掌柜见是窦家的人，忙将最好的雅间让了出来，亲自在一旁介绍菜单，又有庞寄修插科打诨，气氛活跃得很。

上河鲜冰碗的时候邬善道："我们明天去田庄看四妹妹吧？"

雅间里的嘈杂戛然而止，众人的目光都落在了他的身上。

邬善目光闪了闪，疾声道："这么热的天，听说崔姨奶奶的田庄上什么都有，我们借口去看四妹妹，到田庄去钓鱼、泅水、吃新鲜的荷叶饭……多有意思啊！总好过这样天天被关在家里。"

庞寄修的心怦怦乱跳，就听见窦德昌咧了嘴笑："好主意！我们去崔姨奶奶那里泅水去。"

窦启光除了读书，哪里也不去。今天要不是邬善请客，他肯定不会来。望着外头刺目的阳光，连他都心动了，何况是其他人。

"那就这么决定了。"窦启俊道，"你们谁去禀了太夫人，反正我是不能去说的，我去说，这事准得黄。"

众人忍俊不禁。

"我也不能去说。"邬善道，"我母亲还要在窦家住好几天。"

"那我去说吧！"窦启光踌躇道，"就怕太夫人不答应。"

"四哥是老实人。"窦启泰嬉笑道，"四哥要去说，太夫人肯定会答应。"

果不其然，窦启光一说，太夫人立刻应了，一群人浩浩荡荡地去了田庄。

窦昭正伏在案上给祖母画新式的鞋样子，听到动静，所有的人都吓了一大跳。

崔姨奶奶拦了众人："不许下河，就在院子里歇歇，我让丫鬟给你们做荷叶饭吃。"

几个小子谁坐得住啊，闹腾着就要下河。眼看着拦不住了，窦昭把跟过来的随从叫了进来："你们都去河边上守着，每隔几步站一个人。"又叫了红姑，"去村里找几个善泅的守在河边，一天给一两银子的工钱，若是几个爷都平安无事，完了每人再赏二两银子，若是有人溺水，救一个人给二十两银子。"

红姑立刻去村里找了几个身强体健的汉子。窦政昌几个见有人守在旁边，玩得更加肆无忌惮。

庞寄修瞅了个空悄悄上了岸，只说是累了，要到屋里去讨口水喝，那些家丁自然不会防备。

庞寄修见院子里静悄悄的，正寻思着是直接进屋还是站在隔扇大开的窗棂前喊一声——他知道怎样和那些倚门卖笑的欢场女子打交道，却不知道怎样让一个只有十岁的女童对他倾心，特别是这个女童身家不菲，不论是家世还是金钱他在她面前都没有任何的优势的时候。

敞开的窗棂里突然传来说话的声音："……我妹妹最喜欢，我想四妹妹肯定也会喜欢，就让随身的小厮也买了一瓶。你闻闻好不好闻？"

庞寄修忙蹑手蹑脚地靠了过去，只见炕几上放着个鸡蛋大小的琉璃瓶子，镏金的瓶盖，琥珀色的瓶身，华丽中透着奢侈。

他骇然：这可是西洋的香露！

他忙朝里张望，看见了邬善那张还带着几分童稚的笑脸。

他妈的，他这才几岁，就知道打女人的主意了！难怪他要来崔姨奶奶的田庄玩！

庞寄修腹诽着，就听见窦昭道："多谢邬四哥了，这香露很好闻。"然后落落大方地收下了香露，问起邬善去京都的情形。

"京都不愧是天子脚下，京畿重地，不仅人烟繁阜，物华天宝，而且街道宽敞，能并行四辆马车……"邬善兴奋地向窦昭讲着京都，窦昭微笑地坐在那里安静地听着，思绪却飞得老远。

明年夏天的时候最好能找个借口把祖母接到窦家去住些日子，这样祖母就不用大清早地起来给瓜秧浇水了，也许就可以避免猝然而亡。这次来田庄就把甘露和素绢带回东府吧！还要去看看妥娘，听说她和崔四过得很好，崔家的人也很喜欢这个老实本分的媳妇，她现在已经在崔家站稳了脚跟……

外面突然传来一阵喧哗，窦昭惦记着河里的那群人，忙从窗棂里伸了脑袋喊着红姑："出了什么事？"

红姑一手拿着刀，一手提着鸡，从厨房里走了出来，急急地道："我去看看。"

窦昭催着邬善："你也快去看看吧！"

邬善"哦"了一声，跑了出去。

过了大约半个时辰，红姑回来了。"小姐，还好您让我找了几个善泅的汉子站在河边，"她的脸色有些苍白，心有余悸地道，"光少爷不会泅水，和泰少爷打闹的时候脚一滑，溜到水里去了……要不是河边的人眼疾手快，光少爷差点起不来。"

窦昭吁了口气，由衷地道："希望他们有了这个教训能不再来泅水了。"

红姑迭声应是。

一群人乘兴而来，败兴而归，草草地在田庄里用了晚膳就回了窦府。

晚上祖母指着炕桌上的玫瑰香露问："这是哪里来的？"

"邬家四哥送的。"窦昭坦然地道，"说是去了京都，带回来的礼品。"

祖母拿在手里观看了好一会，一言不发地放在了原处，径直去歇了。

过了两天，窦启俊来拜访窦昭："多亏那天四姑姑安排了人手，否则肯定会出事。"

他虽是晚辈，年龄却是最大的，又是里面唯一有功名的人，如果出了什么事，他的责任将是最大的。

"不过是小心行事罢了。"窦昭笑道，"你不必放在心上。"

窦启俊还是郑重地向窦昭道了谢。

又过了几天，邬善和窦启光来向窦昭道谢："这件事是我提议的，要是老四有个三长两短，我可怎么见堂姐！"

窦昭只好又谦逊了一番。

邬善打着道谢的旗号又来了几次，祖母每次都留他吃饭，细细地问他家里的事。有一次，窦昭还听见红姑跟祖母道："毕竟是有大志向的人，待人温煦有礼，十分的宽和……"

觉察到祖母的意图，窦昭有些啼笑皆非。

第二十一章　姐妹·三年·风波

几个上次来泅水的男孩分批地给来窦昭道谢，包括庞寄修在内，而窦家的长辈却没有出现，窦昭知道他们怕被长辈责备，几个人商量着把这件事给隐瞒了下来。

窦昭觉得这样也好。事情发生在祖母的田庄，窦家的人对祖母又有偏见，说不定会把责任推到祖母的身上。

她吩咐红姑："若是还有人来泅水，你就照我说的那样去村里找几个人在河边守着。有备无患！"

红姑迭声应诺。

窦昭去看过妥娘后，请祖母帮她找几个丫鬟带回去："……我那边没有一个得力的人。"

祖母想了想，喊了四五个适龄的小丫头。

窦昭认出了甘露和素绢，此时两人一个叫二丫，一个叫招弟。窦昭留下了她们两个，改了名，亲自教她们两人规矩。

· 175 ·

和原来一样，甘露机敏，学什么东西都非常快。素绢沉稳，做什么事情都很周到。前世，素绢管着自己的箱笼，甘露跟在自己身边贴身服侍。

窦昭暗暗点头。

进了八月，西府派人来接窦昭。窦昭劝祖母："您和我一起回去吧？过几天就是中秋节了。"

"我不习惯住。"窦昭已经数不清楚祖母是第几次拒绝她了，"你别让我不自在。"

窦昭只好又吩咐红姑，不要让祖母一个人，不要让祖母那么早起来去浇菜园子，不要让祖母中午的时候去巡田……林林总总，啰唆了半晌才启程。

红姑就对祖母道："四小姐是真心想孝敬您，您这样，会让四小姐伤心的。"

"你知道些什么？"崔氏不悦道，"寿姑如今还住在正房呢，我去了，住哪里好？"

红姑默然。

窦昭回到家里，洗漱了一番，去给父亲问安。

窦世英住在书房，窦明跟着王映雪住在栖霞院。

她去的时候，窦世英正躬身打理着院子里的菊花，王映雪拿了个装了剪刀等物的托盘在一旁服侍，窦明则躺在廊庑下窦世英的醉翁椅上吃着桂花糕，看见窦昭，她侧过脸去，装作没有看见的样子。

窦世英满脸笑容地朝着她直招手："回来了，崔姨奶奶可好？用过饭了没有？"

"崔姨奶奶挺好的。"窦昭说着，朝王映雪点头，喊了声"太太"，然后瞥了一眼父亲精心养着的几株菊花，笑道，"没想到您这几株菊花竟然都挂了蕾，中秋节的时候应该可以开吧？"说着，弯腰抚了抚其中的一株，"这是不是墨菊，可以开出黑色菊花的那种？"

"你怎么认出来的？"父亲奇道。

窦昭忍不住笑起来，指了花盆："您用绘了玉兰花的羡阳瓷盆养着。"

父亲也笑起来，伸手从王映雪捧着的托盘里拿帕子擦了擦手，和窦昭往屋里去："东跨院里真的只种几株银杏树？"

窦昭的高祖父起这宅子的时候，窦焕成和窦耀成刚刚成家立业，他盼着家业兴旺，子孙昌盛，盖了十几个大大小小的院子。宅子传到窦铎手里，除了中路的厅堂和正房、西边的鹤寿堂和前面的书房、栖霞院等院子还住着人，东跨院全都空着，几十年下来，保养得再好也透着股腐朽的味道。窦世英闲在家里没什么事做，就寻思着孝期过后把东跨院推倒了重起。窦昭却觉得到时候父亲去了京都候缺，这件事不是丢给留在家里的王映雪，就是有可能王映雪跟着他去了京都，把事情丢给自己。丢给自己，自己实在没兴趣；丢给王映雪，以王映雪的眼光，还不知道要起成什么样子，还不如保持原样不动，因而建议父亲只把东跨院修缮一番，重新种几株花草树木。

窦世英听了窦昭的想法觉得女儿好像在营造方面很有天赋，不时拉了窦昭讨论东跨院的修缮之事，写写画画了快一年，还没有一点动工的迹象，这让窦昭更加肯定自己阻止父亲重造东跨院的决定再正确不过了。

路过廊庑时，窦世英停了下来，喊装睡的窦明："你姐姐回来了！"

窦明只得睁开眼睛，怕被窦昭看出来，还装模作样地揉了揉眼睛，做出副睡眼惺忪的样子含含糊糊地喊了声"姐姐"。

窦昭全当没看见，笑道："我给你带了些新鲜的枣子回来，等下海棠会送到你屋里去的。"

窦明不情不愿地站了起来，屈膝行礼，给窦昭道谢。窦世英看着很满意地"嗯"了一声，和窦昭进了书房。

窦明就跳了起来，拉着王映雪道："娘，娘，您看窦昭，是什么态度？见到您既不行礼，也不问安……"

王映雪别过脸去，声音哽咽地道："谁让我是填房呢？"说着，用手背擦了擦眼角，再转过头来的时候，脸上虽已没有了泪水，眼睛却红红的，"明姐儿，你爹爹最喜欢你姐姐乖巧懂事了，你以后要跟你姐姐多学着点……"

"她休想！"窦明咬牙切齿地道，不知道是说休想她像窦昭学得乖巧懂事，还是说窦昭休想讨了父亲的好。

王映雪暗叹了口气。这些年不管她怎么讨好窦世英，窦世英都油盐不进，只是一味地敷衍她，但对两个女儿却是十分的疼爱。她实在是没办法了，只好把窦明推上前，希望窦世英看在窦明的分上能待她好一点。

窦明话说得狠，可真的想和窦昭别苗头的时候，却是一点办法也没有。

她听身边的丫鬟议论，知道母亲想让窦昭在祖父的丧事期间管着灶上的事，结果窦昭一句话，灶上从管事的妈妈到择菜的小丫鬟都给撵了出去，现在灶上的那帮人全看窦昭的眼色行事，只要窦昭往哪碗菜里多夹了几筷子，第二天全家人都得跟着她吃这碗菜。

窦昭还跑到三堂哥那里去要银子，说母亲四季的赏赐太少，她要拿自己的银子打赏身边的丫鬟、婆子，闹得二太夫人叫了父亲去问话，结果弄得现在母亲一拿到外院拨进来的银子，第一件事就是结算窦昭屋里丫鬟、婆子的月例，以至于窦昭屋里的丫鬟、婆子个个趾高气扬的，根本不把府里的其他丫鬟、婆子放在眼里，窦昭一句话，府里的丫鬟、婆子跑得比什么都快，就差摇着尾巴在窦昭身边打转了。

她想到这里就气得不行，冲着身边的丫鬟嚷着："我要去找仪姐儿玩！"

府里的人自然不敢拦她，立刻套了马车送她去了东府。

仪姐儿正在屋里换衣裳，几个丫鬟围着她团团转，淑姐儿则抱着个木偶坐在堆满了衣裳的炕上等着仪姐儿。

见窦明进来，仪姐儿拉着窦明道："你看我这身衣裳怎样？"

她穿着月白色的银条纱夏衫，葱绿色的马面裙上镶着绣青竹的襕边，耳朵上戴了朵小小的赤金丁香。

窦明不由睁大了眼睛："窦昭也有这样的衣裳和首饰。"

仪姐儿顿时脸色通红，强辩道："她什么时候有件这样的衣裳，我怎么不知道？"

淑姐儿也道："五姑姑看错了。四姑姑的赤金丁香送给我了。四姑姑的马面裙是水蓝色的，绣着玉兰花。"

这有什么区别？不过是换了个颜色，变了个花样而已！窦明目瞪口呆。

仪姐儿却道："是啊，是啊，我怎么会和四姑姑穿一样的衣裳。"

淑姐儿已不耐烦地道："二姐，你还要多久？我都等你快半个时辰了。"

"好了，好了。"仪姐儿说着，最后在镜台前照了照，对窦明道，"阿七来了，我们要去六伯母那里，你去不去？"

她们都去，她当然也只能去啦！

窦明闷闷不乐道："阿七来了，你们去六伯母那里做什么？"

"阿七过了中秋节就会和邬太太去京都了。"仪姐儿把前因后果讲给窦明听。

窦明听着精神振奋，道："京都可好玩了。到处都是人……"

三个小姑娘叽叽喳喳地去了纪氏那里。不仅毕氏在，邬善和邬雅兄妹俩也在，她们恭敬地给毕氏行礼，和邬氏兄妹互相见礼。

毕氏还是第一次见到窦明，笑着问道："这位是？"

"是七叔的次女。"纪氏道，"乳名叫明姐儿。"

"原来是明姐儿。"毕氏笑盈盈地点头，让身边的丫鬟赏了窦明一块玉牌。

仪姐儿、淑姐儿和毕氏第一次见面，也得了这样的一块玉牌，因此并不在意。

窦明却觉得毕氏很喜欢自己，不然也不会赏东西给她了。遂笑着对六伯母道："我姐姐也回来了！"

六伯母温柔地笑道："我知道。她刚才差人给我送了些新鲜的鸡蛋和瓜菜。"

窦明气馁，窦昭好像从来没有出错的时候！

仪姐儿牵了邬雅的手："邬祖母，我想邀了阿七姑姑去院子里玩。"

毕氏望着窦明，有片刻的犹豫。

纪氏忙道："明姐儿原来是养在二太夫人屋里的，后来七叔回来守孝，才接了回去。"

毕氏听了笑道："可不要跑远了，也不要到处乱钻，仔细磕着、碰着哪里了。"

仪姐儿几个连声应是，跑了出去。

窦明远远地跟在后面，想着邬雅母亲说的话。她能感觉到毕氏是因为她才不愿意让邬雅和她们一起玩的。可是为什么呢？母亲说她养在二太夫人那里是寄人篱下，很可怜，为什么邬雅的母亲听说她养在二太夫人屋里后反而答应了让邬雅和她们一起玩呢？

晚上，窦昭过来给六伯母请安，纪氏正和毕氏坐在廊庑里乘凉。

"这是七爷的长女吧？"毕氏笑望着窦昭，目光中多了几分看窦明时没有的好奇，"长得可真是漂亮。"

"邬太太过奖了。"窦昭落落大方地笑着，和毕氏应酬道，"怎么没看见阿七？"

邬太太笑道："她和明姐儿几个去太夫人那里去了。"

窦昭笑道："太夫人那里总有好吃的，也不怪我们都惦记着。"

"正是，正是。"邬太太和窦昭说了几句话，窦昭见礼仪已到，又没有机会和纪氏说话，就起身告辞了。

采菽送她出门，迎面碰见邬善。

窦昭笑着和他打招呼："邬四哥怎么一个人？"

邬善笑道："他们几个都在水榭那边商量着给庞寄修送行。"

窦昭奇道："送行？"

或许是应了那句"最了解你的人是你的对手"那句话，窦昭对庞家的事比对自家的事还要清楚。

前世庞寄修也在窦家族学里读书，取得了秀才功名后就继承了家业，把当铺、药铺之类的生意全都盘了出去，专心做酒楼，依靠王家的势力，分店一直开到了京都，成为在京都商界颇为知名的人物。这一世他怎么突然要离开窦家？

邬善就朝着身边服侍的人使眼色，窦昭和他身边的人都远远地避开了。

邬善这才小声道："杜先生说，庞寄修年纪大了，但底子太薄，这两年蕙哥儿、芷哥儿、老四几个都要下场，他又不能分心为庞寄修单独开课，这样下去会耽搁庞寄修的学业，推荐庞寄修去州里的精云学舍读书，又说庞昆白读书不用功，考核月月居末，最好是请个西席先生在家里专门教导。"

窦昭抿了嘴笑。

前一世，她对庞家的印象是灵活而不拘小节，今世却觉得庞家的脸皮之厚，身姿之低，完全到了厚颜无耻的地步，能不打交道还是不打交道的好。

不过，这样一来，庞家就算是想赖在窦家族学也没有办法了！可见庞家在王映雪扶正之事上的一番闹腾让窦家对其伤透了脑筋。

她笑着问邬善："你不下场吗？"

邬善和窦德昌同岁。

邬善摸着脑袋："我也要下场的。不过不如有十一哥有把握。"

想到前世邬善就是进士，窦昭笑道："你应该也能过县试。"

邬善霎时红了脸，喃喃地道："你，你真的觉得我能行……"望着她的眼睛充满了希冀，好像她说他能过县试他就必定能过似的。

窦昭汗颜。前一世，她对邬善真没什么印象，根本不知道他是哪年中的进士，更不要说县试、府试了。这一世他要是没中，邬善岂不是要空欢喜一场？

可事已至此，她只好硬着头皮道："十一哥和十二哥都说你的书读得好，我想你应该能行的。"希望他县试顺利。

邬善就冲着她咧了嘴笑，十分欢快的样子。

不知道为什么，窦昭顿时有种自己说错了话的感觉。

她忙转移了话题："庞寄修什么时候去精云学舍读书？"

"过了中秋节就去。"邬善笑道，"我们准备在景福春给他送行……"

两人站在院子中间你一句我一句的，毕氏抬头，从半开的窗棂间看见去而复返的儿子，眼睛眨也不眨地盯着窦昭，不知道说了什么话，窦昭微微一笑，儿子咧了嘴跟着笑，傻乎乎的，全然不见平日的半分聪慧机敏。

她心中一跳，眼角的余光朝纪氏望去，纪氏正在嘱咐小丫鬟："……把夏天酿的梅子酒取出来，送一坛给老太太，送一坛给寿姑，其他的送到茶酒司去，中秋节家宴时拿出来用……"

毕氏松了口气，和纪氏说了几句闲话便起身告辞了，回到客房就叫了儿子贴身的大丫鬟过来："四少爷和西府的四小姐很熟吗？"

大丫鬟一愣，斟酌道："四小姐跟着六太太长大的，四少爷和十一爷、十二爷说得到一块去，常到六太太屋里找十一爷和十二爷玩，偶尔会碰到四小姐。和四小姐倒比和窦家其他的小姐要熟悉得多。"

毕氏看这丫鬟慎重的样子，更是起疑，把儿子身边服侍的都问了个遍，香露的事也被问了出来。

毕氏气得半晌说不出话来，扶着贴身嬷嬷的手去了儿子的厢房。

没踏进院子，就听见了儿子琅琅的读书声。毕氏愕然，儿子虽然聪明，却从不是个刻苦用功的。

待进了院子，院子里静悄悄不见个人影，毕氏不由放轻了脚步。

儿子的读书声停了下来，响起小厮的声音："四少爷，您歇会吧！时辰不早了，往日这个时候您都歇下了……"

"我过两年要和十一他们一起下场，"邬善笑道，"要是十一他们都过了，我没有过，寿姑只怕会觉得我愚笨不堪的。"

小厮还要劝他，他笑："无论如何，也要比窦家的人考得好才行。"

毕氏听着无声地笑起来，低声对那贴身的嬷嬷道："我们回去！"脚步轻快地出了儿子的院子，嘱咐贴身的嬷嬷，"今天的事，不要让四少爷知道。"贴身的嬷嬷连声应诺。

那边纪氏却有些担心，问王嬷嬷："邬太太那边，都说了些什么？"

王嬷嬷把毕氏怎样叫了邬善身边的人问话，又怎么盼咐不让人传出去的事都告诉了纪氏。

纪氏表情松懈下来。

王嬷嬷笑道："您可是觉得那邬家四少爷和我们家四小姐……"

纪氏笑道："邬家虽不是什么大富大贵之家，却也世代诗书，礼仪传家。邬大人和邬太太又都是那品行高洁之人，寿姑命运多舛，若是能嫁到他们家，必能得邬大人和邬太太的庇护，总比远嫁京都让人放心得多。"

王嬷嬷知道纪氏指的是济宁侯魏家，因而笑道："三老太爷逝世，那魏家连三牲祭品都未送，这桩婚事多半是不成了。"

"不成更好。"纪氏笑道，"等寿姑出嫁的时候，有他们后悔的。"

王嬷嬷想起窦昭那厚厚的陪嫁册子，"扑哧"笑了起来，主仆两人说了半天的体己话。

待过了中秋节，庞寄修突然来拜访窦昭。

窦世英眉头紧锁，问王映雪："他来做什么？"

王映雪也摸不着头脑，忙道："妾身去看看是什么事！"不一会转了回来，捧了个雕红漆的匣子进来："说是多谢上次寿姑的救命之恩，他要去州里的精云学舍读书了，特送了件礼品酬谢寿姑。"

窦世英打开匣子，里面是个镏金的万花筒。西洋的玩意，价值千两。

王映雪看着两眼发红，强笑道："您看要不要找寿姑来问问？"

窦世英想了想，道："我去问问。"亲自把东西带去了正房。

窦昭把万花筒拿在手里把玩好一会，悄声将他们去田庄泗水的事告诉了父亲，并道："……我还收到了芝哥儿的一本《冷香堂》画谱，邬四哥的一方寿山石，不过是庞寄修的东西要更稀罕点。"又叮嘱父亲，"这件事您可千万别说出去，他们好不容易才瞒过了大人，若是从我嘴里说了出去，以后只怕避我如虎。"

窦世英呵呵地笑，保证道："决不告诉其他人。"又道："崔姨奶奶那天岂不是被吓坏了？"

"嗯。"窦昭笑道，"男孩子都是好了伤疤忘了痛，我怕他们明年还去那边泗水。您看要不要想个法子把崔姨奶奶接到家里来住几天？"

窦世英道："是应该把崔姨奶奶接回来住几天。另外，到了明年的夏天也跟太夫人提一提。"说着，调侃道："明年才传到大人的耳朵里，他们应该想不到是你说的吧？"

窦昭咯咯咯地笑。

王映雪站在正房的廊庑下，心里乱得像开了锅似的。

庞寄修就不时地送些稀奇古怪的小东西来，而且个个价值不菲。无事献殷勤，非奸即盗。时间一长，窦昭心生疑惑，却怎么也想不通庞寄修为何如此，暗中对庞寄修生出几分警惕，他送来的东西也另置了箱笼存放，叮嘱素绢收好钥匙："不可遗失一件。"

素绢不敢马虎，将箱笼的钥匙用红绳串了挂在脖子上，日夜不离身。

到了十一月，给祖父举行了禫祭，又过一个月，除了服，正好过年。

东西两窦张灯结彩，鞭炮齐鸣，鼓乐喧天，热闹非常。

邬善送了一盏兔子灯给窦昭，庞寄修则送了盏八仙过海的彩色琉璃走马灯，那灯呼啦啦地转动，闪着璀璨五彩的光芒。

窦明看了稀罕得不得了，怂恿着淑姐儿："你不说姐姐待你最好吗？你向姐姐借来玩几天。"

窦昭第一次拒绝了淑姐儿，道："这是别人送的，不好再转赠给你。你若是喜欢，我让人给你买一盏。"

"不用了，不用了。我只是想借着玩几天。"淑姐儿脸儿涨得通红回了东府，嗔怪窦明不该让她去要灯，"你明知道那是别人送给四姑姑的，你还让我去。"

窦明嗤笑道："从前那些东西哪样不是别人送她的？她怎么没说'不好转赠'，分明是不想给你。你要不到灯，冲我发什么脾气！"

淑姐儿气得"哇"的一声就哭了起来。

仪姐儿就训斥她："你天天惦记着四姑姑的东西，拿了还不还，若不是四姑姑自持是长辈，不好和你计较，谁还会这样纵容你？你做错了事不知道反省，别人说几句就号啕大哭，也不怪五姑姑要瞧不起你！"

淑姐儿在窦昭那里碰了壁，被窦明嘲笑了一番，如今又被仪姐儿训斥，心里又急又气，推开身边的丫鬟就朝外跑，迎面却碰到了海棠。

"淑姐儿，"她笑盈盈地朝淑姐儿行礼，身后的小丫鬟手里还提了盏四美迎春的琉璃走马灯，"我们家四小姐说，那八仙过海的走马灯卖完了，只得了这盏四美迎春灯，您先拿着玩，等来年，四小姐一早就让人去买。"

淑姐儿心里这才好过了些。

可大宅院里的事，到底瞒不过去。五堂嫂问仪姐儿："要淑姐儿向寿姑要灯，真是明姐儿的主意？"

"应该是吧？"窦明怂恿淑姐儿要灯的时候，仪姐儿并不在场，她有些迟疑地道，"淑姐儿虽然有些没脑子，可她惯向四姑姑要东西，若是自己的主意，也没什么不好承认的，犯不着赖到五姑姑身上去。"话说到这里，她好像这才察觉到，奇道："五姑姑自打从京都回来，人就好像有些不一样了，话里话外总是京都如何的好，她外家如何的好……"

这让仪姐儿隐隐有些不舒服。

五堂嫂听着皱眉，叮嘱女儿："她毕竟是长辈，你以后遇到她要恭敬些。别有事没事总拉着她，要玩就找淑姐儿玩——你和淑姐儿才是一辈的。"

仪姐儿年纪越长，性子越好强，偏生她的父亲却是昌字辈里最无能的一个，窦明在她面前不时流露出来的优越感早就让她心生不悦，母亲的提醒又让她意识到那个比自己小三岁的小丫头还是自己的姑姑，是自己遇到了应该要向对方行晚辈礼的人，心里不免有些悻悻然，无精打采地应了声"知道了"。

那边三堂嫂在呵斥淑姐儿："别人说什么你就信什么？别人要你去偷太夫人的东西，你是不是也去偷？还好遇到的是寿姑，若是第二个人，会怎么说你？你小小年纪就不学好，拿了东西竟然不还。我原先只当你年纪小，大些就懂事了，谁知道你却是越大越不知道轻重，别人不给，你竟然还心生怨怼……哭，就知道哭！现在知道丢脸了，早先干什么去了？"又吩咐淑姐儿屋里的管事妈妈，"把她从寿姑那里顺来的东西给我清出来，我亲自给寿姑还回去。"

东西太多，时间太长，连淑姐儿都不知道哪些是自己的哪些是窦昭的了，气得三堂嫂直捶炕："我怎么就养了你这样一个不上心的！"

窦启俊三兄弟下学回来吓了一大跳，一个安慰母亲，一个问妹妹出了什么事，最小的窦启顺眨巴着眼睛道："四姑姑可不是这样的人，你们也不用小里小气地还什么东西……"

· 181 ·

屋里四双眼睛全都朝他瞪去，他忙道："上次你们去田庄……"

窦启泰一个箭步上前就捂了幼弟的嘴巴，一面把他往外拖，一面笑着朝母亲和妹妹点头哈腰："这事可大可小，往大了说，会坏了妹妹的名声；往小了说，会坏了我们家和四姑姑的情分，我和弟弟这就去请了父亲回来……"

三堂嫂和淑姐儿满脸的怀疑，窦启俊只好轻轻地咳嗽了一声，沉稳地道："五弟说得有道理，这件事还是与爹爹商议商议为好。"

体贴可靠的长子都这么说了，三堂嫂疑惑尽消。

门外的窦启顺却扒开哥哥捂着自己的手不服地嘟囔道："我又没有说错。你们上次闯了那么大的祸，四姑姑可一声都没有吭，还帮你们打掩护，你们别以为我不知道……"

"知道我们闯了大祸你还到处嚷嚷？"窦启泰咬牙切齿地道，"你是不是怕别人不知道啊？"

窦启顺蔫了。

窦启泰道："走，我们去找四姑姑去。"

"不是说去找爹吗？"窦启顺奇道，"找四姑姑干什么？"

"你这傻子。"窦启泰气得恨不得打弟弟一巴掌，"这么一闹，现在府里的人恐怕都知道。若是四姑姑肯出现帮妹妹说句话，这些东西就是四姑姑打赏给妹妹的，那又不同了……"

这下窦启顺听懂了，不住地点头，连车也没坐，两兄弟一路小跑地去了西府。

窦昭听了沉思了半晌。

说起来，这件事她也有错。每当她看到淑姐儿看到什么喜欢的东西就两眼发光的时候，她就会想到前世梦中的女儿茵姐儿，顿时心里就会一软。想着不过是些小东西，淑姐儿喜欢拿走就是了，却没有仔细想想这件事对淑姐儿的名声会有什么不好的。

"我跟你们去趟东府。"窦昭换了件衣裳，跟着两兄弟去了三房。

三堂嫂见了她又羞又愧，窦昭没等她开口，已笑道："三堂嫂莫非是要我也把淑姐儿的东西还回来？"

窦启俊几个一愣，窦昭笑道："你们只看到我送给淑姐儿的东西，却没有看见淑姐儿送给我的东西。"她说着，长叹了口气，佯作出一副后悔的样子道："年前淑姐儿还送了我一个荷包，我瞧着好看，戴了去给太夫人请安，回来的时候不知道落哪里了，到今天也没有找到。你可让我拿什么还给淑姐儿啊？"

三堂嫂知道窦昭这是在为女儿解围，喊了声"寿姑"，眼圈一红。

窦昭趁机扶了三堂嫂的胳膊，示意窦启俊几个带淑姐儿退下去，然后和三堂嫂并肩坐在了炕上，诚恳地道："说起来，这件事我也有错。要不是我这样惯着淑姐儿，淑姐儿也不会得寸进尺了。可若说淑姐儿因此就养成了不好的习惯，我却不这么看——她为什么不拿别人的东西，单单拿我的东西？可见她心里还是有亲有疏，知道轻重的。"

做父母的，没有不偏心的。窦昭这话说得妥帖，三堂嫂听着就像大冬天里喝了杯热茶似的，面露感激之色："我也觉得淑姐儿不是有意的。"

生了淑姐儿之后，三堂嫂又接连生了四子窦启远，五子窦启安，哪有时间照顾淑姐儿。

窦昭笑道："这误会解开就好。不然我这个做姑姑的也难辞其咎。"

话既然说开了，气氛也就好起来。

窦昭和三堂嫂说了半天闲话，这才告辞。

不过事后她却仔细地问了问淑姐儿的月例，知道她不是银子不够用，而是月例一拿到手里就赏了这个赏了那个，手里没有余银，看到什么好东西自己没钱买，就只好拿窦昭的了。窦昭就告诉她怎样使唤丫鬟，怎样储蓄银子，还告诉她怎样开源节流，带了她去田庄里转悠，告诉她怎么管理田庄，淑姐儿后来成了个理财的高手。这当然都是后话。

三堂嫂去了太夫人那里，她要为自己的女儿正名。

把事情的经过说了一遍后，她感慨道："……本是窦明惹出来的祸，寿姑却没有一句责怪的话，把错都揽到了自己的身上。到底是七婶婶的亲闺女，流着安香赵氏的血脉。"

二太夫人一句话都没有说，待三堂嫂走后，骂了一句"自作孽"。

而邬善知道这件事的时候，已过了元宵节。他像烙饼似的在床上翻了几个晚上，实在是忍不住了，拉了窦德昌："你陪我去西府向七叔父借本书吧？"

窦德昌还很懵懂，最后迷上了古玩，天天和窦启俊往古玩店里跑。

"什么书？我们家没有吗？"

邬善诓他："一本写金石收藏的书，我不记得名字了，在你们家没有找到，想去七叔父那里看看。"

窦德昌立刻来精神："把伯彦叫上，我们一起去。"

窦启俊今年及冠，五伯父赐他表字"伯彦"。

邬善窃喜，三个人去了西府。

窦世英正指挥着人修缮东跨院，听说邬善来借书，清洗了手脸，换了件衣裳，在书房见邬善和窦德昌、窦启俊。

"伯彦这些日子都在读什么书？"

窦启俊去年乡试落第了。

"重读《四书注解》。"说起了正经事，他在窦世英面前还是很恭敬的。

窦世英点了点头，道："也不要总盯着《四书注解》，《春秋》《史记》也要多读。"

窦启俊笑道："五叔祖也是这么说，还问我想不想去国子监看看。"

"哦，"窦世英笑道，"那你怎么说？"

"听说京都藏龙卧虎，我也想去见识见识。"

两人说起举业上的事来，窦德昌听得津津有味，邬善的一双眼睛却骨碌碌直转，只不过连个丫鬟的人影都没有看见。好不容易窦世英问完了话，放他们去了书房，窦德昌和窦启俊又缠着他问到底是什么书，他只好东扯西拉地找书，忙了快半个时辰也没能摆脱这两个家伙，邬善渐渐有些心浮气躁起来。

书房外面突然传来窦昭清朗的声音："不是说爹爹回书房了吗？又跑哪里去了？"

邬善霎时通体舒畅，顾不得窦德昌和窦启俊就在身边，急匆匆地走了出去。

"四妹妹！"他目不转睛地望着窦昭，"你怎么过来了？"

"是邬四哥啊，"面对一个和她儿子差不多的男孩子，又是通家之好，窦昭很难时刻谨守男女大防，她笑道，"你怎么在这里？"

"我来借本书。"邬善说着，扬了扬手中的书，有心想把话说得婉转些，可这样说话的机会却是稍纵即逝，他不得不把握时机，"我不知道你喜欢走马灯，要不我就送盏走马灯给你了。"

窦昭讶然，看着邬善漆黑，又透着无比认真的眸子。

第二十二章 戳穿·后果·做伴

这一刻，邬善的心意无所遁形，让窦昭不得不认真面对。

有时候，她偶尔也会想到自己的未来——是重新开始？还是继续嫁给魏廷瑜？

嫁给魏廷瑜，把所有的事再重新经历一遍，虽然没有什么惊喜，可也没有什么好担忧的。

重新开始，不管看上去多么花团锦簇的姻缘，都会有这样、那样的不如意，自己再嫁一个人，未必就一定会比和魏廷瑜在一起更好。

想来想去，都是一团乱麻。

直到有一天，西窦的一半财产划归到了她的名下，而且舅舅和窦家约定，她三十岁以后可以任意处置这一半的财产。

她突然间心中一动。上一世，她不嫁人就没有出路。这一世，她有舅舅可以依仗，有银子可以傍身，有窦家的矛盾可以利用，为什么一定要嫁人呢？就这样自由自在、无牵无挂地过着自己的小日子，偶尔挽回一下前世遗留的憾事不好吗？

刹那间，她仿佛看到了一个新天地，整个人都振奋起来，前途也似乎变得明晰可见。

邬善的好意，她很感激，却不会接受。

只是此时不是拒绝的时候。一是邬善并没有把话挑明，拒绝的话无从说起；二是邬家的规矩很大，邬家的长辈未必愿意邬善娶她这样的一个女子进门，邬善到时候是放弃还是坚持还不好说，自己这样早早地就跳了出来，不免有自作多情的嫌疑，让人觉得有些好笑。

既然邬善这个时候提到了庞寄修送给她的那盏走马灯，不如就索性借着邬善给庞寄修传个话吧，也免得那庞寄修像只蚊蝇似的，有事没事就跑过来"嗡嗡"两声，让人烦不胜烦。

"谁说我喜欢走马灯了？"窦昭笑道。

"可我听他们说，"邬善望着窦昭因坦荡而显得格外明亮的眼睛，有些不确定起来，"你得了盏走马灯，淑姐儿向你要你都舍不得给……"

窦昭笑起来，道："说起来，都是你们惹的祸。"

邬善诧异，窦昭接着又道："因为上次泗水的事，庞寄修隔三岔五地就送些东西来向我道谢，这走马灯就是他送我的。我们两家虽是姻亲，却是道不同不相为谋，我怎么好受了他的东西？想退回去，又没个退的地方，只好把他送的东西都收起来，哪天找个机会还给他——若是把他送的东西转赠给了其他人，到时候拿什么还给他？"

邬善听着，就情不自禁地咧着嘴笑了起来："四妹妹说得在理。"然后急急地道："不如我帮你还给庞寄修吧？"

"怎好麻烦你！"窦昭暗示他，"我还是托了伯彦帮我还给庞寄修吧！"

她不希望邬善误会自己拒绝庞寄修与他有关，也怕邬善把事给办砸了，反而连累着她名声受损，若是因此而闹出什么风波来就更麻烦了。伯彦好歹名声在外，今年已及弱冠，又有前世的干练印象，比十三岁的邬善办事更让她放心。

邬善却像没有听懂似的，忙道："不麻烦，不麻烦，我帮你去还吧！"

窦昭就望着他微笑不语，邬善顿时满脸通红，声若蚊蚋："那，那我去跟伯彦说一声。"竟然一副迫不及待的样子。

他这样完全没明白自己的拒绝，窦昭更不想让他扯进来，正想说几句厉害的话让他死心，窦德昌和窦启俊并肩走了出来。

"我就纳闷，你怎么一去不复返了，"窦德昌笑道，"原来碰见了四妹妹。"

窦启俊年长些，又刚刚定了亲，刚才久翻不到要找的书已经起疑，现在再看邬善那面红耳赤的模样，他隐隐有些明白，不禁朝窦昭望去。

窦昭却是一脸风平浪静，没有半点异样。

他一时间有些怀疑起自己的感觉来。

邬善本就心虚，被窦德昌这么一说，就越发慌张了，撇清似的忙道："四妹妹有事求我们……那庞寄修常借口上次泗水的事给四妹妹送东西，说是谢礼……"有些口不择言起来。

窦政昌和窦启俊立刻脸色大变，特别是窦启俊，深知这件事一个大意就有可能会害了窦昭一辈子，忙道："邬四舅快快打住，有些话不能乱说的。"

邬善一个激灵，马上反应过来，悔恨自己说话不加思索，不敢看窦昭一眼。

窦启俊哪里有功夫注意这些，忙道："十二叔，麻烦你到门口看着点。"然后低声问窦昭："到底怎么一回事？除了送东西，他还送了些别的什么没有？东西都是由哪些人送进来的？这些人可靠不可靠？"

窦昭见他一开口就问到了点子上，不由长长地松了口气，把事情的经过一一跟窦启俊说了，最后道："我没有直接接手，除了些小东西，倒没有其他的什么。只是这件事我不好跟别人说……"

"我知道。"窦启俊脑筋转得很快，他脸色阴沉地道，"那个庞寄修，和你继母是姻亲。这件事你不要管了，就装作不知道，我来处置。"

窦昭当然不是因为这个原因才会姑息庞寄修，她只是一时没弄明白庞寄修的用意，还是邬善的出现提醒了她。有些事，不仅要靠前世的记忆，还要相信今世的直觉才行。

窦昭连连点头。

窦启俊让窦德昌和邬善先回去，自己去见了窦世英。

大约过了半个时辰，窦世英铁青着脸和窦启俊去了正房，问窦昭："东西呢？"

窦昭让素绢开了箱笼，窦世英看了一眼，叫了两个小厮进来，抬着箱笼跟窦启俊走了。

屋里只留下窦昭和两个面面相觑的丫鬟。

窦世英气得在屋里直打转转，良久才质问她："你为什么不跟我说？"

窦昭道："我不想吵吵闹闹地让人看笑话。"

窦世英眼眶微红，袖子一甩，朝门外走去。

窦昭喊着："爹爹，您是想去找太太说这件事吧？若是太太说，事已至此，不如让我嫁给庞寄修……"

"她吃了熊心豹子胆！"窦世英暴跳如雷。

窦昭冷笑："庞家倒没吃熊心豹子胆，可人家敢不要脸地闹腾。"

窦世英微滞。

窦昭道："这件事，您就让伯彦帮着处置吧，我相信他能处置好。"然后道："您什么时候去京都？我想在您去京都之前把崔姨奶奶接过来和我做伴。"

窦世英愕然。

· 185 ·

窦昭道："东府那边有个邬善,我不方便再住在六伯母那里;这边太太当家,谁知道庞家会使出什么龌龊的手段,田庄人心纯朴,路不拾遗,连个护院都没有,更不安全……"

"不用了。"没等她说完,父亲已额头冒着青筋地打断了她的话,"你好生生地在家里住着,我倒要看谁敢动你半分。"说完,甩袖而去。

窦昭对父亲的处事能力很怀疑,决定不管父亲答应不答应,他若是去了京都,她用这件事做借口让祖母搬进来住一段时间,也许可以让祖母逃过一劫。至于说庞寄修,他若还敢打她的主意,她自有办法收拾他。

不一会,窦明被两个婆子送到了正屋,窦明一下地就提着裙裾往外跑。

窦昭一个眼神,自有丫鬟拦了她。

她张牙舞爪地朝窦昭扑过来："都是你,都是你!是你挑唆着爹爹和娘亲不和!"

送窦明来的婆子立刻拦住了窦明——相比王映雪和窦明,家里的仆妇更在乎窦昭的感受。

窦昭吩咐海棠："让她抄十遍《女诫》,什么时候抄完了,什么时候放出来吃饭。"

海棠应是,两个婆子在窦明的叫嚣声中将窦明架到了后面的暖阁——窦昭吩咐过,不许王映雪和窦明进她的书房。

窦昭随手拿了本书,靠在临窗的大迎枕上看起来。

半个时辰之后,窦世英满脸不悦地走了进来,看见窦昭在看书,他道："明姐儿呢?"

"在暖阁里抄书。"窦昭站起来,给父亲沏了杯茶。

窦世英喝了两口热茶,神色微霁,去看窦明。

窦明一边哭,一边抄着《女诫》,海棠捧着瓜果和两个婆子在旁边服侍。窦世英轻手轻脚地退出了暖阁,拉了窦昭："走,我们去看看那两株银杏树种在哪里好。"

窦昭陪着窦世英去了东跨院。

晚上王映雪笑容僵硬地服侍窦世英父女用晚膳。抄完了十遍《女诫》才被放出来的窦明一看见王映雪,立刻扑到了母亲的怀里,一面含泪喊着"娘亲",一面偷窥窦世英和窦昭的表情。

窦世英面无表情,窦昭视若无睹。

窦明的心不断地往下沉,聪明地将告状的话给咽了下去。

王映雪抱了抱女儿,笑容勉强地低声吩咐窦明坐好,帮她盛了碗肉丝面。

窦世英铁了心不和王映雪说话。

用过晚膳,他和窦昭下围棋。窦昭才不想卷入他和王映雪之间的纠葛里去,下了一盘,就打起哈欠来："让高升来陪您下吧,我要去睡了。"她掩着嘴,含糊不清地说了告退,回了屋。

海棠一面服侍她洗漱,一面低声地道："七爷问七太太,庞寄修给您送灯的事七太太知道不知道,七太太说知道,七爷就把七太太呵斥了一顿,七太太很委屈,说东西是送给您的,她哪里敢拦?七爷就说七太太和庞家沆瀣一气,七太太气得哭了起来,五小姐听到动静跑了过去,七爷就让两个粗使婆子把五小姐送到您这里来了……"

"好了,我知道了。"窦昭不感兴趣地应着,上了炕。

这种事,果然还是交给窦启俊更让人放心。

发生了庞寄修这件事之后,父亲的目光一下子转移到了内宅,他开始事无巨细地过问家中的一些琐事。可惜家里有窦昭坐镇，王映雪打理，他问来问去也没有问出什么能让他插得上手的事，气馁之余，他开始把全部的精力都放在了东跨院的修缮上，原本初夏就应该完成的营造，一直拖到了仲夏还在继续，倒惹得窦启俊没事就往西府跑，和父亲蹲在树荫下讨论梁上画什么彩画，门前立什么石雕，每次都说得热火朝天，不亦乐乎。

王映雪不免嘀咕："父亲说京都工部和刑部都还有缺，他已经写信给在工部和刑部任职的好友……时不待人，您是不是给父亲回个话。"

窦世英不以为然，一面喝着冰镇绿豆汤看着图纸，一面心不在焉地道："不管是去工部还是刑部，总得经过吏部。这件事你就别管了，我自有主张。"

靠岳父，在别人眼中是吃软饭；靠族兄，那是应该的。

王映雪不好再多问，就算是窦昭，也以为父亲早和五伯父商量好了，没有放在心上，反而兴致勃勃地听父亲和窦启俊讨论怎样借景，怎样堆垒假山，一副要把东跨院建成江南庭院的架势。

高升不得不来找窦昭："短短五个月，已经花了六万两银子。"

窦昭问他："家里可因此而捉襟见肘？"

"那倒不至于。"高升小声道，"也花得太快了点，去年一年的收益都没了。"

"等他花光了西窦的储蓄你再来跟我说。"窦昭淡然地，"你总得让他有点事忙吧？"高升听了，只好苦笑。

窦昭望着院子里和父亲勾肩搭背的窦启俊，突然间眼睛酸涩。

母亲去世已经九年了，父亲一个人孤零零地过了九年。养子不教父之过，养女不教母之过。如果有个儿子，父亲会不会行事稳重些呢？

念头闪过，窦晓那无精打采的样子浮现在她的心头，她顿时一阵腻味，决定还是不管这件事。

可没想到，六月底，五伯父来了一封信，问父亲为何不上京候缺，还道，祖父已经去世，父亲应该支应起门庭来。这世间锦上添花的多，雪中送炭的少。窦家的人更应该紧紧地抱成一团才是，父亲不应放弃十年寒窗苦读的艰辛。然后还隐晦地问起父亲的子嗣来，说，若是王映雪不育，他可以托五伯母留心，给父亲纳房身世清白的妾室，这样一来，等将来儿子入仕，父亲就可以安安心心地回乡做老太爷了。

父亲惊得一身冷汗，连夜回信给五伯父，说纳妾之事就不烦他操心了，候缺的事却提也没提。

窦昭这才知道父亲不去京都候缺完全是自己的主意。她有意堵父亲："您若是放心不下太太和窦明，大可带着她们一起去京都，我正好把崔姨奶奶接过来，让她老人家也享几天清福。"

父亲竟然认真地考虑道："你说的有道理。不如我们一起去京都，把家里的事全交给崔姨奶奶帮着照看。"

和王映雪在一个宅子里同喝一口井里的水三年，已是窦昭的极限，让她继续和王映雪搅在一起？想都别想！

"我去京都，庞家的人恐怕更有借口到我们家走动吧？"

窦世英哑然。

窦昭趁机问起妾室的事："……您身边也应该有个人照顾日常起居了。"

作为父亲，窦世英怎么好和女儿讨论这个问题。他红着脸呵斥窦昭："胡说八道些什么？是谁告诉你的这些？"

"五伯父不是在信里写了吗？"窦昭坦然而大方，"西窦总不能没有个儿子吧？"

父亲能为母亲孤身九年，再多的怨气，窦昭都消了。

窦世英赧然道："你也看见了，我哪有时间天天盯着内宅？如果再纳一个人进门，不是糟蹋别人吗？再说了，就算是生下了庶长子，谁来教养？你看明姐儿，都成什么样子了！"

窦昭默然，想起之前发生的一桩事来。

四月底庶吉士散馆，六伯父窦世横去了行人司，成了天子近臣。二太夫人十分高兴，端午节的时候资助县衙办灯市，还把真定县略有头有脸的人都请到了家里来听戏。窦世英作为窦家的两榜进士，自然少不了他。

他带着一家人去了东窦。不知道怎的，窦明和郎家只有七岁的八小姐打了起来，还把人家八小姐的头发揪落了一缕……事后，不管窦世英怎么问窦明，窦明的嘴巴紧抿，像紧闭的蚌壳，一句话也不说，郎家的八小姐也只知道哭，窦世英没有办法，只好亲自登门道歉，到今天也没有弄清楚窦明为什么和郎家的八小姐打架。

窦昭却觉得王映雪应该知道。不仅王映雪知道，估计东窦的女眷大部分都知道。

诸家的五小姐，最后嫁给了郎家的十五爷。

窦明和郎家的八小姐为了这事一言不合争了起来，郎家的八小姐跳起来就骂窦明是"小娘养的"……

窦世英说到这里不禁后悔起来："早知道你这么懂事，应该把你妹妹交给你带。现在却晚了，你今年已经十二岁，过两三年就要出嫁了……"

窦昭听得冷汗直冒，想到家里没有个男丁到底行事不方便，笑道："您要是现在给我添个弟弟我就帮您带，妹妹就别指望我了。"

窦世英讪讪然地笑。

窦启俊来找父亲，窦昭奇道："咦，怎么不见十一哥和十二哥？"

窦启俊嘿嘿地笑，道："他们明年都准备下场，现在个个在家悬梁刺股呢！"

窦昭咯咯地笑。

窦启俊和父亲去了东跨院。王映雪接到了母亲许氏的信，说几年未见窦明，非常想念，想接窦明去京都外家住些日子，她去找窦世英商量，窦启俊就跑到书房和窦昭说话。

"我们过几天要去趟庞家。"他说着，朝窦昭眨眼睛。

窦昭愣住，忙道："你们去做什么？"

窦启俊哈哈地笑，道："你猜？"

心急如焚的时候，窦昭最讨厌猜来猜去的，想也没有想，径直道："我猜不出来。"

窦启俊有些失望，道："庞寄修要成亲了。"

窦启大吃一惊。

窦启俊狡黠地笑道："庞寄修不是想找媳妇吗？我们几个觉得这种事情凭一己之力太单薄，所以发动家里的兄弟姊妹帮庞寄修找了一个。这不，人家一眼就瞧中了庞寄修，纳吉纳征不过三个月就完成了……"

窦昭一听就知道这其中有故事，忙笑："快说，不然下次来再也没有冰镇绿豆水喝！"

窦启俊见左右无人，促狭地低声笑道："灵璧县的陈捕头家，世代为胥，有五个儿子一个女儿，个个生得膀大腰圆，从小跟着陈捕头习武，等闲之人不得近身。那陈氏年过二十还没有说亲，不承想庞寄修去人家家里开的炒货店买东西，竟然偷偷地摸陈氏的手，那陈氏知道庞寄修还没有成亲，立刻就对上了眼，不仅任他摸，还要请了媒人去庞家提亲。说，与其嫁个窝窝囊囊的人过一辈子，宁愿嫁了庞寄修……他们庞家不是无赖吗？可人家陈家却是泼皮，脚踏黑白两道。陈家早发出话来，庞寄修不娶可以，只要把两只手卸下来给陈氏赔个不是，这件事就可以算了……"

窦昭忍不住哈哈大笑，问窦启俊："是谁摸的陈氏？"

"当然是蔻哥儿。"窦启俊大义凛然地道，"难道我们还会坏了那陈氏的名声不成？"

蔻哥儿是七堂哥窦繁昌的长子，今年只有五岁。

窦昭笑得不行，知道这陈氏是趁机赖上了庞寄修。

她问窦启俊："'你们'是哪些人？"

窦启俊左顾右盼，就是不说。

窦昭也不追问，想到庞家的无耻嘴脸，觉得这桩婚事还是挺好的。

吃晚饭的时候，她说给窦世英听，窦世英和王映雪都有些惊讶。

"到时候我们也要随份礼才是。"窦世英道。

窦昭笑盈盈地点头。

一直坐在旁边没有吭声的窦明却突然大声地问窦世英："我们什么时候去京都？"

窦世英眉头微蹙，温声道："吃饭的时候不要说话。"

窦明霎时激动起来，"砰"的一声将筷子甩到了地上，大声地嚷起来："我要去京都外祖母家！我不要住在这里！我不要待在真定……"她说着，眼泪簌簌地往下落。

一旁的王映雪别过脸去，眼眶里也满是泪水。

窦世英气得直哆嗦，第一次对窦明板了脸："你不要忘记了，你姓窦，不姓王！这是你家，你不待在自己家里，你想去哪里？"

王映雪欲言又止，窦明把碗一推，噔噔噔地跑了。

窦世英冷眼望着王映雪，道："从明天开始，让她跟着二太夫人学规矩。还和别人打架，我们窦家还从未出过这样的小姐！这些毛毛糙糙的毛病不改掉，哪里也不准去！"

王映雪顿时脸色大变，道："七爷太不通人情了。我母亲不过是想念明姐儿了，想接明姐儿去住几天，七爷这么说，好像我们王家要和窦家争女儿似的……父亲什么都为您打点好了，您爱理不理的，我们王家哪点对不起您了，您要这样给我和明姐儿脸色看……"说着，含怨带怒地瞪了窦世英一眼，转身离开了厅堂。

厅堂里只剩下窦世英和窦昭两个人。窦世英瘫坐在了太师椅上，窦昭却身姿笔挺，举止优雅地继续吃着饭，仿佛什么也没有发生似的。

窦明开始不吃不喝搞绝食。

窦世英来和窦昭商量："你说怎么办？"

长女虽然年纪小，但说话时那种成竹在胸的口吻往往能给他无比的信心。

窦昭也不知道怎么样对窦明更好。留在二太夫人身边学规矩，就免不了那些冷言冷语；去京都王家长住，上一世，窦明就是被许夫人养歪了，最后还搭上了王楠。

她头痛道："要不您问问太太。她是窦明的生母。"

有王映雪在，谁也不好插手，就算是为了窦明好，母子天性，最终说不定还会被窦明记恨。

窦世英正犹豫着，有小丫鬟气喘吁吁地跑了进来，见窦世英在，又要蹑手蹑脚地退下去。

窦世英喝道："什么事？"

小丫鬟求助似的望着窦昭，窦昭想不出自己有什么事要瞒着窦世英的，朝那小丫鬟颔首。

小丫鬟喃喃地道:"七太太在收拾箱笼,说是要带五小姐去京都。"

窦世英勃然大怒,匆匆而去。

窦昭喊了海棠进来:"拿上我前几日做的针线,再给我换件衣裳,我们去看看九堂嫂。"

今年二月,窦环昌娶了淮安黄氏的女儿。这门亲事是大伯父在世时定下的,黄氏的祖父和大伯父是同年,黄氏有一个族叔,如今在大理寺任寺正。

黄氏和窦环昌同龄,相貌温婉,性情敦和,做得一手好女红,深得大伯母的喜欢,大伯母不止一次地当着窦家众人的面称赞自己的媳妇。

同是江南嫁过来的媳妇,大家不免把她和纪氏相比较。

纪氏娴静,黄氏温柔,都透着江南水乡的雅致。

二堂嫂自我调侃道:"把六婶婶和九弟妹一看,我们这些人都成了烧火婆子了。"

纪氏和黄氏自然要谦虚一番,不过两人也因此而走得很近,连带着黄氏对窦昭也比其他人亲近。

前些日子传出黄氏怀了身孕的消息。窦昭就想到她那里去躲一躲——大伯母孀居,黄氏坐胎还没有满三个月,等闲不会有人去打扰大房,那里最清静不过。

有人做伴,又是极懂事、体贴人的窦昭,黄氏自然是倒履相迎。

窦昭在大房混到了下午,用过了晚膳,才回到西窦。一进门,就看见马房的小厮正蹲在那里敲打着车轮。

窦昭暗暗叹了一口气。看样子父亲已经同意窦明去京都了,以她上一世的经验,王许氏只要是见着了窦明,就会留窦明在王家长住下去的。

她回到正屋,父亲正满脸不高兴地拿着本书在那里发呆。

"听说你去集馨那里了。"窦世英和女儿打着招呼,"怎样?可有收获?"

集馨是九堂哥窦环昌的表字。

"九堂嫂告诉我怎么绣小鸟的眼睛,"窦昭笑着进屋换了件衣裳,梳洗了一番,和父亲坐在临窗的炕上说话,"我觉得和画画的技巧差不多,难怪六伯母的那个姑姑还绣长画。"

一席话说得窦世英心情好了很多,说起窦明来:"……京都的繁华景致大人都爱,何况是孩子。你要不要和窦明一起去京都住些日子?"

然后让她给王家的人行晚辈礼?还是免了吧!

窦昭笑道:"她舍不得她的外祖母,我舍不得我的崔姨奶奶。"

窦世英失笑,思索半晌,试探地问她:"你和崔姨奶奶在家,会不会害怕?"

窦昭立刻高兴起来,看样子,父亲准备和王映雪、窦明一起去京都了。

或许是因为没有了怨恨,她现在的心态很平和,不像上一世,看见父亲和王映雪、窦明、窦晓在一起就怒火中烧,气得半死。

她此刻心里只有祖母。

"这么说来,您同意我把崔姨奶奶接回来住一阵子了?"窦昭笑吟吟地问父亲。

"我什么时候不同意了?"窦世英笑道,然后神色开始有些沮丧,"我只是觉得没有崔姨奶奶,庞家也一样不敢上门。"

所以才赌气不去京都候缺?窦昭有些啼笑皆非。好在这件事已经解决了,她不想在这个话题上和父亲争论,问起父亲什么时候起程。

"后天吧!"窦世英笑道,"明天我们去接你崔姨奶奶。"

窦昭笑着连连点头，和父亲商量："东跨院不是刚刚修缮了一番吗？不如让崔姨奶奶就住在东跨院的清爽轩吧？那里树木葱郁，最凉快不过。"

"走，"父亲兴致勃勃地起身，"我们去看看。"

两人晚饭也没有吃，一起把清爽轩转了个遍，哪里做内室，哪里做宴息室，哪里放箱笼，哪里睡丫鬟……都一一安排好了，这才回正房，翌日一大清早套了马车往田庄里去。

和王映雪一起收拾箱笼的胡嬷嬷有些担心："请神容易送神难。您看这事……"

王映雪听着心情立刻变得浮躁起来。

她知道赵谷秋的死是窦世英心里的一个疙瘩，可逝者已逝，这活着的人总要继续过日子。原以为时间长了，自己再温柔安慰，这疙瘩自然也就解开了。

谁知道却事与愿违。这么多年过去了，窦世英不仅没有忘记赵谷秋，而且和自己渐行渐远，再不复从前的亲密。

机会从来都是给那些有准备的人。

就像窦明的伤心一样。在真定，在窦家，窦明嫡庶不明，她，永远是个小妾扶正的继室。

想到这些，她不由咬了咬牙，她和窦世英必须重新开始。

京都是个外省之人如过江之鲫的地方，谁也不清楚谁的底细。他们去了京都，窦世英入朝为官，又有窦世枢这样的族人，王氏这样的亲戚，他们完全可以在京都定居，不再回真定，而窦明也可以在京都快快活活地长大，清清白白地嫁人。

"现在不是计较这些的时候。"王映雪低声地对胡嬷嬷道，"七爷正值壮年，我们就是回真定，至少也是十几年以后的事了，崔姨奶奶难道还能活到那个时候不成？"

最终能不能长住京都，王映雪还没有十分的把握，不敢把话说满了。

胡嬷嬷想想也是，笑了起来："倒是老奴多虑了。"

"哪里，"王映雪握了胡嬷嬷的手，真诚地道，"这些年若不是有你在我身边，我哪能支撑得下去。"

"太太可折煞老奴了。"胡嬷嬷连声不敢。

主仆说着，心情都有些激动，胡嬷嬷虚扶着王映雪进了内室，就看见窦明抱着个大迎枕，目光呆滞地坐在临窗的大炕上，屋里收拾东西的丫鬟、婆子来来去去，她却视若无睹。

王映雪心里"咯噔"一下，忙上前搂了女儿："明姐儿，明姐儿！"窦明回过头来，光彩也一点点地回到了眼眸中。

王映雪松了口气，引了她说话："你要不要去看看还有哪些东西要一并带去京都的……"

"什么也不要！"窦明的声音非常高亢，显得特别尖锐，"外祖母都会买给我的，我什么也不要！"

王映雪眼睛一湿，抱了女儿，半晌说不出一句话来。

祖母请窦世英到堂屋里坐下，亲自给他沏了杯茶，困惑地道："你要接我去城里住些日子？"

窦世英有些尴尬，含蓄而委婉地将庞寄修和邬善的事告诉了祖母。

祖母呵呵地笑，道："一家有女百家求。我们寿姑长得漂亮，性情又好，以后有你头痛的时候。"然后很爽快地吩咐红姑收拾东西，事情顺利得让窦世英和窦昭都有片刻的怔愣。窦昭更是在心里暗暗感慨，祖母听到庞寄修的用心都能笑而对之，不知道是赤子纯心呢，还是看破了世事？

回到真定，不过酉时，王映雪在二门迎接祖母和窦世英、窦昭。

窦世英问："明姐儿呢？"

王映雪忙道："她有些不舒服，像是中了暑的样子，我给她喝了点藿香正气露，她刚歇下。想等会再给她请个大夫来瞧瞧。"

祖母听了就要去看窦明，王映雪忙道："天气热，您赶路辛苦了，还是先歇会，免得把您也给热病了。"

祖母想了想，哂然一笑，不再坚持，跟着窦昭去了清爽轩。

清爽轩院墙上爬着藤萝，台阶旁长着厚厚的苔藓，石畔边开着不知名的小花，野趣丛生，祖母非常喜欢。

晚上，窦昭就搬了过来和祖母同住。

海棠悄悄跟她说："七爷在训斥太太和五小姐。"

他们想怎样闹腾就怎样闹腾去，只要不打扰到她的生活。

"不要告诉祖母。"窦昭嘱咐海棠，海棠点头。

窦昭高声喊着甘露，让她把镇在井里的西瓜切了。

第二天，父亲辞别祖母和二太夫人，回北楼祭了祖，带着王映雪和窦明去了京都。

晚上，二太夫人请祖母过去用晚饭。

祖母问窦昭的意思："你说我过去还是不过去？"

上一世都是祖母像座山似的挡在她的前面，这一世换她为祖母遮风挡雨，窦昭觉得非常新鲜，又隐隐有担当大任的压力与自豪。

"我陪您一起过去。"窦昭笑道，"家里的亲戚总是要打个招呼的。喜欢就多来往，不喜欢就少来住。横竖我们住在两处。"

祖母听着有道理，就和窦昭一起过去用晚膳。席间只有大伯母作陪，大家用过饭，吃着瓜果说了些从前的旧事就散了。

祖母很喜欢，安安心心地在清爽轩住下，每天早上起来围着假山走七八圈，直到满头大汗才歇下。

窦昭看得胆战心惊，每天陪着祖母走路。开始是祖母走两圈她走一圈，渐渐地祖母走一圈她也能走一圈了。开始满身的酸痛，举手抬足都吃力，渐渐地神清气爽，动作轻敏。

祖母看了不住地点头："看这小脸，红红的，看上去多精神啊！"

窦昭抿了嘴笑。

到了秋天，她发现春天做的马面裙都吊了起来，露出鹅黄的绫鞋。

第二十三章 挽回·遇见·菊宴

祖母笑着叨念着我们寿姑要做新衣裳了，窦昭却抱着祖母泪流满面。

夏天过去了，祖母还好生生地在她的身边，是不是说，只要努力，有些事就能改变？

窦昭想到庙里去上香，祖母笑道："那就去大慈寺好了，那里的斋菜不错。"一整个夏天，窦昭都在家陪着她，没有出过门。她以为窦昭是在家里关久了，想出去玩耍。

大慈寺是座庵堂，母亲生前礼佛就常去那里。

窦昭自然是笑着点头应允。

和祖母一起看着黄历挑了个日子，她派人提前告知了大慈寺的住持，带了贴身的丫鬟、婆子、家丁，前呼后拥地去了大慈寺。

大慈寺古柏参天，苍树环绕，景色清宜。主殿佛香阁供奉着一尊高约丈余的千手千眼观音，金箔贴身，在香烛的映照之下，煌煌粲然，满殿生辉。

窦昭和祖母诚心俯拜，磕了三个头。

出了大殿，风过树林，凉意十足。住持请了窦昭和祖母到殿后香房坐下，说了会闲话，就有知客师傅来问斋席摆在哪里。

"就摆在这里吧！"祖母自幼就被教导有事自己动手，因而最怕麻烦别人。

知客师傅笑着应声而去。

海棠却笑容满面地走了进来："崔姨奶奶，四小姐，政十一爷、德十二爷和四少爷、五少爷、六少爷，还有邬家的四爷听说您在这里礼佛，特意过来给您问安。"

"真是来得早不如来得巧。"祖母听了呵呵直笑，欣然请他们一起用斋饭，"……也没有别人，不嫌弃的话就一起用午膳吧？"

海棠笑着去传话。

窦政昌几个笑嘻嘻地涌了进来，给祖母行礼，和窦昭打招呼，七嘴八舌地谢谢祖母的赐饭，厢房里你未说完我开口，热闹得像集市。

窦昭就问窦启俊："你们怎么知道我们在大慈寺？"

窦启俊笑道："我们去大方寺看了日出的，想着大慈寺的斋饭好吃，就准备在这里蹭顿饭，谁知道你们也在这里。"

大慈寺受窦家供奉，虽然男女有别，但窦家的子弟路过，无论如何也会赠一席斋饭的。

窦昭哈哈地笑："可见来得早不如来得巧。"

窦启泰称功道："要不是我催你们早点回来，怎么可能遇得上四姑姑。"

窦德昌就朝着邬善挤眼，邬善却一改往日在窦昭面前的聒噪，沉默地退了一步，好像要把自己湮没在人群中似的。

窦昭愕然，随即心里又隐隐有几分明白。邬善此时还是少年心性，敦厚纯善，那天猝不及防之下不假思索地挑明了庞寄修的意图，到底对她不利，觉得做了对不起她的事，再见她，不免心中羞愧，有些不敢面对。

清楚了邬善的心思，窦昭开始有些不安。认真地说起来，这件事与邬善没有任何关系。是她，想赶走庞寄修，又想让邬善死心，才做下这一箭双雕之事……

之后她再也没有见过邬善，也不知道他过得好不好。念头一起，窦昭不由打量起邬善来。

只见他穿了件竹叶青的杭绸直裰，乌黑的头发用根湘妃竹做的簪子绾着，腰间玄色的宫绦上挂了块通体润白的玉佩，人比去年长高了很多，也瘦了很多，原本清秀的面庞少了孩童的稚气，多了少年的锐利，像早春的小树苗，仿佛一眨眼的工夫就枝叶舒展，长大了。

窦昭不禁十分感慨。

而邬善见窦昭的目光落在了自己的身上，不禁又惊又喜。惊的是这么多人站在窦昭的面前，她还能注意到自己。喜的是他做出了那样的事窦昭还愿意理睬自己。

也许，事情并不像他想象的那样严重……

邬善思忖着，就想上前和窦昭说几句话，谁知道还没有等他开口，窦昭已笑着喊他："邬四哥，原来十一哥他们是去你家打秋风了！"

大方寺在新乐县。

邬善顿时激动起来。窦家三太爷去世的时候，他曾在大方寺求了枚平安符送给窦昭。

"没有，没有。"他有些语无伦次地道，"没有去打秋风，倒是我，天天住在六婶婶家里，六婶婶给我安排的吃穿用度都一如十一哥和十二哥……"

窦德昌听了哈哈地笑，在他耳边低声道："你倒承认我是你的十二哥了！"

邬善脸涨得通红。他比窦德昌大三个月，除非是跟着窦昭排行，否则怎么也轮不到他喊窦德昌做"哥哥"。

窦启泰不明所以，凑过来急急地追问道："邬四舅为什么脸红？这又是什么典故？"

邬善不怕别人笑话，但怕窦昭知道了嫌弃自己轻佻。他急得直跳脚，口不择言地嚷道："窦十二，你要是敢胡说八道，休怪我不客气，把你的事说出来……"

"喂，喂，喂！"这下轮到窦德昌着急了，"小人长戚戚，君子坦荡荡……"

"这与君子、小人有什么关系？"窦政昌茫然地望着胞弟，奇道，"你们有什么事瞒着我们？"

"没有，没有！"邬善和窦德昌不约而同地齐声道，"没有什么事瞒着你们。"

窦政昌不相信。

祖母哈哈大笑，这些孩子如早起初升的太阳，充满了生气，让人看着就觉得精神抖擞，窦德昌、邬善只会让她觉得有趣。

"好了，好了，"她笑着吩咐红姑摆箸，"时候不早了，你们再不坐下来，斋菜就凉了。"

窦德昌、邬善大眼瞪小眼地并肩坐了，惹得众人又是一阵笑。

食不言，寝不语，窦、邬两家的孩子幼承庭训，午膳在只听到轻轻的碰瓷声中结束。

红姑带着海棠、秋葵沏了大慈寺自炒的茶叶进来给大家清口，祖母就问起窦启俊的功课来："……难不难？先生讲的懂不懂？后年是不是还要下场？"和家中长辈的考校完全不一样，虽然问题浅白，却透着浓浓温情。

窦启俊开始还只是礼貌地应着，慢慢地就端容敛色，语气中充满了恭谨，如同在答二太夫人的话一样。

窦昭莞尔，耳边传来邬善轻若晓风的声音："那天的事，我不是故意的……"他喃喃地道，语气急促。

"你说的是哪件事？"窦昭故作不知地小声回着他的话。

"就是庞寄修的事……"邬善踌躇了片刻，声音有些沉重，"我一直想给妹妹赔个不是……"

"你说的是那件事啊！"窦昭笑道，"我为什么要怪你？要不是你，我还不知道怎么把那样的事告诉家里的人，说起来，我应该谢谢你才是……"

邬善张大了嘴巴。

窦昭笑着朝他点了点头。

邬善的嘴角就抑制不住地翘了起来，露出雪白的牙齿，显得傻傻的。

窦昭强忍着笑意别过脸去。

邬善笑得更欢畅了。

坐在他们对面的窦德昌盯着他们直瞅。

窦昭就问邬善："十二哥做了什么事，被你当成把柄抓在了手里？"

邬善望着窦德昌嘻嘻直笑："他和人斗鸡，赢了陈家六公子的一千两银子。"

窦昭吓了一大跳。

邬善忙道："你别担心，我没有跟着他一起赌博，我只是借了一百两银子给十二哥作本钱。"

这真给点颜色就开染坊。她不过是觉得邬善既然没有表明态度，她就没有必要和邬善做出一副老死不相往来的模样，平日里该怎样还是怎样的好。谁知道邬善立刻就跳到了什么"你不要担心"的份上去了。

窦昭顿时觉得如坐针毡，早知这样，就不应该和他多说一句闲话的。

窦昭朝着他笑了笑，然后正襟危坐着听祖母和窦启俊说话。

邬善却误会她是在生气了，十分的后悔，把两人的对话想了又想，觉得不管自己怎样解释都难逃嫌疑，只好眼睛眨也不眨地望着窦昭，盼着窦昭能转过脸来，他也好给窦昭再赔个不是。

窦昭被邬善这样看着，一举一动都仿佛在炎夏的日光之下，说有多不自在就有多不自在。

她不由想起自己前世的经历。怎么前世从来就没有人这样对待过自己？若是自己前世遇到了这样的一个人，还会嫁给魏廷瑜吗？

她的心顿时像脱了缰的野马似的胡思乱想起来。

那边祖母听着窦启俊的话，击掌称赞："你这个孩子以后前途不可限量。世人都说读书好，可没有个好身体，那些书里写的东西怎么记得住？三天三夜的科考又怎么熬得过去？少年的时候就应该到处走走，到处看看，既能知道经济，也能知道稼穑，等年长些，再沉下心来读书，写出来的文章才能言之有物，做官才知道为民做主……"

"正是，正是。"窦启俊兴致勃勃，仿佛找到了知己，滔滔不绝地和祖母道，"我每每看到那些当县令的离开了谷粮师爷就不知道今年的收成是多少，就觉得很不可思议——那岂不是授人以柄？官威何在？所以我决定用一年的时间走遍真定，摸清楚真定一共有多少地，有多少农户，每年的收成是多少，税赋是多少。"

祖母就冲着窦昭道："寿姑，狗剩现在在干什么？他从小在田里长大，这些事都熟，人又机灵，不如让他暂时跟着伯彦好了……"

窦昭忍不住在心里直嘀咕，人家狗剩现在已经叫赵良璧了，好不容易从账房一个打杂的爬到了二等管事，成了窦家最年轻、最有前途的管事，眼看着就要放出去做掌柜了，您竟然让他给伯彦做随从，我的那些铺子以后靠谁帮着打理啊？

"这种事得找个能写会算的人吧？"窦昭笑道，"狗剩只会写自己的名字，我看还不如让崔十三帮着伯彦打打下手，他不是在县学里读书吗？"

她知道，祖母不喜欢崔家的人沾上窦家的事，怕别人说崔家得寸进尺，占窦家的便宜。可相比赵良璧，崔十三更合适，何况她今生决定不再嫁人，总得给崔十三找条出路吧！

　　祖母听了，果然很犹豫。

　　窦启俊是个十分灵活的人，脑筋一转就明白过来，知道窦昭这是想抬举崔家的人，自然没有拒绝的道理。

　　"那就这样好了。"他笑道，"还要麻烦四姑姑这两天差个人把崔十三领到我那里去。过了重阳节，我就要着手这件事了。"

　　窦昭笑着应了，祖母再反对，就显得小家子气了，遂不再提这件事。大家说起去大方寺看日出的情景："……半夜被锣鼓声惊醒，竟然有人带了戏童在大殿前唱《韩蕲王》，我们和寺里的师傅、香客一起观看。天色发白时，又和那人一前一后到大方寺双雁塔观看日出。只是等我们下塔的时候，那人已不见踪影。若是能结交一番就好了。"

　　窦启俊非常的遗憾，邬善却不以为然："那人衣饰华美，携童带妓，我看不是什么好路数，不认识也罢。"

　　窦启俊却道："那人语言诙谐，谈吐高雅，举止洒脱，我看是个性情中人。"

　　"好了，好了，何必为一个不认识的人伤了和气。"窦政昌出言相劝，笑道，"我们明天还去法源寺吗？"

　　窦昭奇道："你们去法源寺做什么？"

　　窦政昌道："法源寺里有株百年的老桂，去年因雷火被毁，听说近日又生出新枝，我们想去看看。"

　　窦昭大笑："前几日伯彦当着我父亲吹牛，说你们都在家悬梁刺股，原来是用来应付大人的？"

　　"前些日子的确是在家里读书。"邬善忙道，"这几天杜夫子出门访友去了，放了我们七天的假，我们这才四处逛逛的。"

　　窦昭很羡慕。

　　祖母道："那我们明天也去法源寺吧！"

　　"法源寺建在山顶，"邬善忙道，"从山门到大殿有九百九十九级台阶，您明天若是要去，我给您雇顶滑轿吧？"

　　"不用，不用。"祖母笑眯眯地道，"不过是九百九十九级台阶罢了，我还爬得动。"

　　窦启俊等人不免将信将疑，第二天还是叫了两顶滑轿跟着。

　　窦昭跟着祖母一口气爬到了山顶，邬善几个还在转角处喘着粗气。

　　她不由大笑，如大珠小珠落玉盘般清脆悦耳的声音让等在大殿前的图印方丈也不由多看了窦昭两眼。

　　旁边就有人"咦"了一声。窦昭不禁循声望去，顿时觉得眼前一亮。

　　不远处的柏树下站着个少年，十五六岁的年纪，面如冠玉，一双眸子又清又亮，穿了件青竹色遍地锦的直裰，头上簪着白玉簪，腰间坠着荷包、玉佩、香囊、折扇等物，就那样静静站在那里，风姿照人。

　　他身后还跟着两个小童，都不过十二三岁的年纪，却均长得眉目清秀，透着股浓浓的书卷气，让人不敢轻视。

　　见窦昭望过来，他微笑着拱手行礼，气度雍容。

　　窦昭不由微微地笑着朝他点了点头。

祖母却有些不悦。

图印忙道:"昨天接到贵府的书信时这位公子已经歇下。"言下之意是不好将人赶出去。

好在祖母并不是苛刻之人,笑着点了点头,揭过不提,和窦昭站在一旁等着窦启俊等人。

那位公子就问图印方丈:"不知道那株枯枝重发的百年老桂在什么地方?"

原来他也是来看那株桂树的。

"就在大雄宝殿的后面。"图印方丈笑道,"我这就让人带檀越过去。"

公子道了声谢,和两个童子跟着知客师傅去了后殿。

窦启俊等人弯身扶腰地爬了上来。

"崔姨奶奶每天伺弄庄稼,我认输。"窦德昌道,"可四妹妹每天不是坐在炕上绣花就是伏在书案前写字,怎么也爬这么快?"

窦昭得意地笑:"你以为做针线、写字就不用力气?"心里却感激祖母每天拉着她走步。

窦德昌几个当然不相信。

窦昭笑道:"那你们到底去不去看桂树?刚才已经有人在我们前面去了大雄宝殿后面。"

"谁啊?"窦政昌几个议论纷纷,"能和我们想到一块去,可见也不是个俗人。不如邀了他一块午膳。"

他们自带了窦府厨娘做的素菜上山。

邬善道:"还有四妹妹呢。"

众人顿时气馁。

窦昭也觉得有些败兴。

窦启俊道:"四妹妹再跟着我们出来,不如打扮成小厮的模样好了。"

窦昭心动,飞快地瞥了祖母一眼,祖母好像没有听到似的,笑吟吟地站在一旁打量着一株青松。窦昭恨不得上前紧紧地抱住祖母。

他们一行人去了大雄宝殿的后面。枯萎的老树枝丫中间生出一枝新芽,枝叶碧绿,生机盎然,用木栏栅围着,已生出点点的嫩黄色的花蕾,并不见一个人。

"你不是说有人赶在了我们前面吗?"窦德昌边四处张望着边问窦昭。

窦昭也满腹困惑:"你若不相信,可以问崔姨奶奶。"

图印方丈就笑道:"可能是从旁边的小径下山去了。"

窦昭这才发现大殿旁边有条小径。

这人也算是有礼了,她心里暗忖,和窦政昌等人听着图印方丈讲着这树的来历。

连着两天在外游玩,虽然祖母精神依旧很好,但窦昭还是很担心,没有参加第三天的游湖,而是和祖母歇在了家里。

祖母踌躇道:"真的让崔十三跟着伯彦啊?"

"不过是打个下手。"窦昭笑道,"又不是要投靠他!"又道:"伯彦志向远大,崔十三能和他牵上关系,以后对他也有好处。"

祖母还要说什么,窦昭已笑道:"伯彦每个月不过五两银子的月例,崔十三跟着他,到底是谁帮谁我看还未必。"

窦氏的子弟,成了亲后月例才会涨到二十两。

祖母呵呵地笑起来。

窦昭就叫了崔十三进府，把这件事跟他说了一遍。崔十三的眼睛当时就亮了起来，问什么时候去见窦启俊。

窦昭叫了个丫鬟去看窦启俊在不在家，留了崔十三和祖母说话。不一会，丫鬟来回话："五少爷去游湖还没有回来，不过交代了下面的人，说若是崔十三来了，就让他等一会，他晚膳前定会回府。"

窦昭想着崔十三毕竟是祖母的侄儿，这件事又是自己提出来的，送佛送上天，不如自己陪着崔十三走一趟，那些仆妇见了，就算想给崔十三脸色看，也要先掂量掂量，她也正好趁着这个机会去看看六伯母——父亲走的时候，她正跟着六伯母学画画，因为担心祖母，就停了学业。如今已经入秋，课业也要渐渐恢复过来才是。

她带着崔十三去了东府。二门当值的婆子一见是窦昭的马车，一路小跑着就迎了上来。

"四小姐，您可一个夏天都没有来了。"她殷勤地帮窦昭放了脚凳，"可把我们府上的几位太太、奶奶想坏了。"说着，一眼看见了崔十三，见他穿着身细布道袍，不像小厮的模样，立马谄媚地笑道："哎哟，这位小哥是谁啊？"

窦昭朝着她微微地笑了笑，言简意赅地道："他是崔十三，五少爷请他过来帮帮忙。"

婆子眼睛微瞪。

崔？西府崔姨奶奶的娘家人？

"我说是谁呢？长得一表人才，原来是崔家的小哥。"婆子奉承道。

窦昭已笑着走了进去。

崔十三跟在她身后，悄声道："平时看你不声不响的，没想到你在窦家混得还挺不错的。"

窦昭笑着没有作声。

她能得到二太夫人的器重，谁敢不巴结奉承她？可惜她无意整顿西府，不然在西府称王称霸，日子一定过得比现在更逍遥——西府不知道有多少人捧着西府的碗奉承着东府的人。

想到这里，她心中一动。

不如提早将祖母的田庄接管过来，她也可以安置一些人在那里。前世，她和甘露、素绢从小一起长大，虽有主仆的名分，却情同手足，祖母过世后，更是相依为命，苦苦挣扎，才有了之后的局面。可这一世，她在东窦长大，找到甘露和素绢的时候，她们都已略谙世事，虽然做起事来不用她操心，可不管她对两人如何亲昵，两人对她始终谨守着主仆的名分，有时候她的话说深了，两人还会流露出些许的惶恐，哪还有前世的亲密？

有得必有失！

思忖间，到了三房，三堂嫂亲自在门口迎接她。

"你怎么过来了？"她笑盈盈地牵了窦昭的手，"不是说要陪崔姨奶奶吗？有什么事差人来说一声就是了，还亲自跑过来了。"

"是伯彦交代的。"窦昭简略地把来意说了，笑道，"淑姐儿呢？"

"和仪姐儿跟着九弟妹在学女红呢！"三堂嫂笑着，和窦昭在正房临窗的炕上坐下，"她们两个也不小了，二太夫人说，家里有现成的师傅，何必去请外面的人？未必就有九弟妹这样的技艺。"

窦昭略一思考才听懂。

· 198 ·

仪姐儿、淑姐儿和她同年，今年都十二岁了，按着大户人家的规矩，应该说亲了。

窦昭仔细地回忆着仪姐儿和淑姐儿的婚姻。前世她们两个都嫁给了读书人，好像一个姓孙，一个姓吴，但两人都功名不显，仕途上没什么建树。

不知道是哪两户人家？她思忖着，去了六伯母处。

纪氏也正为窦昭的课业头痛，她对窦昭道："读书、写字都是急不得、也急不了的事，每天读半个时辰的书，写半个时辰的字，自然会日渐精进。我倒发愁你的女红针黹、管家算账。黄氏眼看着就要生了，总不能叫你也过去凑热闹。你跟着我学做针线，虽比不得那些针线上的人，可这居家过日子的缝缝补补也不用求人，只是管家算账，不能纸上谈兵，最好还是跟着二嫂学——她主持中馈，经的事多，你跟在她身边才能学到东西，我这里毕竟遇到的事少，就是想告诉你，也没有实例，就怕我越说你越糊涂。"

六伯母事事都为她打算，窦昭很感激。

只是她情况特殊，六伯母担心的，恰恰是她最擅长，而且根本不用学的。六伯母觉得她可以慢慢来的，恰恰是她最缺乏，也是她这一世最希望学好的。

她笑道："我看还是先好好读书吧！您不是说，人从书里乖吗？我书读好了，等到要学针线管家的时候，肯定能事半功倍。"

对于窦昭带着几分天真的乐观，纪氏只能在心里苦笑，想到她那几年跟着自己的时候也曾摸过针线，遂道："我看不如这样。你每天辰正过来，读一个时辰的书，写一个时辰的字，下午未正到酉初学做针线，管家的事，等开了年之后我看仪姐儿、淑姐儿是怎样打算的，你们三个在一块儿做个伴。"

窦昭可不敢在纪氏面前拿针线，她就是想模仿仪姐儿她们，也模仿不出那种初学者的歪斜针脚，一准要露馅。

"不如上午跟着您读书写字，下午我在家里练习针线。"窦昭笑道，"西府也有针线很好的仆妇。"

纪氏同意了。窦昭开始每天早上往返于东、西两窦。

没几天，窦世英有信回来，说他候了翰林院检讨之职。

祖母问窦昭："检讨是做什么的？"

窦昭只知道这是七品小官，笑道："大概像县衙里的胥吏一般。"

祖母笑道："难怪你祖父不愿意为官，他也曾做过翰林院的检讨。"

二太夫人却对窦世英能到翰林院去很满意，笑道："和中直又到一块去了，两兄弟，以后也有个照应。"

纪氏就趁机说起窦昭的事来："……听说仪姐儿、淑姐儿都跟着黄氏学针线，她也想去。我见黄氏不方便，没有答应。家里的孩子都渐渐大了，有些事也要早做打算，要不到时候就让寿姑跟着仪姐儿和淑姐儿一起学规矩，您看如何？"

"这件事以后再说吧。"二太夫人说着，问起九月初九重阳节的事来，"……我寻思着还是要请了各家的主母来家里赏赏菊。这重阳节不赏菊，哪里像重阳节？"

纪氏不好再在这个话题上打转，但窦昭从小跟着她长大，她没有女儿，一直把窦昭当成自己的女儿一样养着，琴棋书画都有涉猎，虽谈不上精通，应酬文人雅士却也不至于怯场，眼看着在针黹女红上点拨一番，再学些管家的本事就功德圆满了，偏生找不到好的人指点。女人最终还是要善于管家，闲情雅致都是锦上添花，不学着管家，从前的那些辛苦岂不是白费了？

她犹不死心，顺着二太夫人的话笑道："去年七叔的墨菊拔了头筹，听说今年比去年开得更好，您看要不要搬过来应应景？"

窦世英走后，他的花房交给了窦昭。

二太夫人笑着点头，道："一事不烦二主。这花去年是你帮着借的，今年也依旧由你去搬吧！"

纪氏笑着应了，却有点摸不清楚二太夫人的意思。若是想抬举窦昭，让窦昭跟着二太太身边学着管家，顺水的人情为何不做？若说想压着窦昭，却又搬了窦昭养的墨菊做花魁，真定县的主母们恐怕都要知道窦昭了。

王嬷嬷知道纪氏为着窦昭的事去见二太夫人了，见她回来却神色恍惚，心立刻跟着悬了起来，紧张地道："怎么了？太夫人都说了些什么？"

纪氏接过王嬷嬷捧上的热茶喝了一口，这才把见二太夫人的经过跟王嬷嬷说了一遍。

王嬷嬷心惊道："难道太夫人想把四小姐留在家里不成？"

"那倒不至于。"纪氏道，"就算是太夫人想，也得留得住才行。"

王嬷嬷想了想，沉吟道："您还记不记得我们府上的十三小姐，嫁的时候跟过去的都是九太太的人，结果十三小姐想和姑爷……都得看嬷嬷们的脸色，十三姑爷一气之下索性抬了身边的通房做了姨娘。十三小姐害臊，不好意思说，要不是那位姨娘生下了庶长子，家里有谁知道这件事！"

纪氏顿时脸色大变，急得在屋里走来走去的，半晌才冷静下来。

她吩咐王嬷嬷："你给我磨墨，我给中直写封信。"

王嬷嬷犹豫道："六爷性子急，您何不给七爷写封信？"

"七爷身边有王氏，"纪氏无奈地道，"只怕事情没办成，我反成了众矢之的。"

王嬷嬷不由叹了口气。

窦昭不知道纪氏的担忧，早上听纪氏讲完了《诗经》，下午练了一个时辰的字，然后陪着祖母在东跨院里散步。

她和祖母商量："六伯母说，讲完了《诗经》，我就不用去她那里读书了。"

祖母很高兴，道："那你岂不是把书都读完了？"

"书怎么能读得完。"窦昭笑道，"只不过是六伯母说，《史记》《左传》这样的功课，非大儒不可开讲，她从前也不过是跟着哥哥们听祖父讲过一遍，照本宣科可以，若是授课，却不敢。"

祖母很可惜。

窦昭道："您说，我们请个老儒在家里教我怎样？"

祖母有些迟疑："你父亲怎么说？"

"若是您同意了，我就写封信给爹爹。"窦昭笑道，"要不然，只怕二太夫人那边就通不过。"

"我就吃亏在没有读过书。"祖母沉声道，"你跟你父亲写信吧！他要是不同意，我们就回田庄，难道他们的手还能伸到田庄去不成？"

当初祖母搬到田庄去的时候，祖父就写下了契纸，把田庄送给了祖母作为养老田，祖母去世后窦家才能收回来。

窦昭高兴得不得了，她就知道，不管她做什么，祖母都会无条件地支持她。

窦昭拉着祖母回屋给父亲写了封信，刚刚放下笔，秋葵进来禀告，说纪氏过来了。

窦昭和祖母忙迎了出去，纪氏不住地给祖母赔不是："哪能让您迎出来！"

祖母却笑道："寿姑自小得您照顾，我们都感激不尽。您若是和我客气，那就太见外了。"

自纪氏嫁进来，虽然每年都能见到祖母，也会笑着客套两句话，对祖母却不了解。

直到窦昭要把祖母接到家里来住，纪氏这才差人仔细地打听了祖母的为人，放心地让窦昭陪着她。因而说了几句闲话，纪氏就说明了来意。

祖母听说是借墨菊，立刻热情地陪纪氏去了花房："您看什么时候要？提前一天我就让人给您搬过去——这花花草草的晚上要受了露水才长得好。"

纪氏笑道："寿姑的花种得这样好，是受了您的指点吧？"

"是寿姑这孩子聪明。"祖母说着，露出与有荣焉的骄傲，"我从前告诉她用鳌骨引火蚊，她看着花枝不长，就知道在花枝旁丢两块鳌骨，我都没有想到！"

纪氏呵呵地笑，祖母就指了花房里开得正艳的剪秋纱、雁来红、老少年："您看这些花，开得多好啊！"然后要送一盆秋海棠给纪氏，"走到哪里都是菊花，破破颜色。"

纪氏看那海棠娇柔粉嫩，层层密密地开在翠绿色的叶片之间，未经风雨已有种楚楚可怜之色，十分惹人喜欢，她心中一动，道："寿姑，你这里还种了些什么？"

窦昭到了京都之后就再也没有事过稼穑，嫁到济宁侯府后，每逢心中烦躁不安的时候，就喜欢莳花弄草，曾经亲手养出过二色牡丹，这些寻常的草花对她而言不过是雕虫小技而已。

她笑道："您是为了重阳节的菊宴吗？我这边还有盆建兰还在花期，虽然是寻常品种，但摆在厅堂里迎客倒也看得过去。"

纪氏不禁睁大了眼睛打量窦昭："没想到你还会种花？"

窦昭汗颜，忙道："不过是胆子大，不怕麻烦，今年种不好，明年再来而已。"

"能屡败屡试，已是极好。"纪氏不停地赞扬窦昭，听得祖母心花怒放，非要把用紫砂盆种的一株茶花送给纪氏："……听说能开出各种颜色的花来。"

纪氏骇然："十八学士？"

窦昭谦虚地笑道："去年才移栽过来的，还没有开过花，也不知道能不能开出十八朵来。"

纪氏忙吩咐抬盆的粗使嬷嬷："你们小心点！"又问窦昭："怎么养？"

"最好放在镶琉璃的窗棂前，每两三天视土的湿润程度浇水，水不可积陈，澄上一两天最好，"窦昭说着，就觉得有很多的事都需要交代，干脆道，"我每天早上不是要去您那里上课吗？到时候我帮您照看就是了。"

"那最好不过了。"纪氏喜笑颜开，"我正好跟你学学怎样照顾这十八学士——家祖最喜欢茶花了，我宜兴的娘家，种满了各式各样的茶花，一年四季花开不败。"

茶花的品种不一样，花期不一样，窦昭听着就能想象出盛况。

第二十四章　求助·相逢·插手

人和人之间的关系，有时候很奇妙。

窦昭自认为看透世情，为人冷漠；纪氏谨言慎行，行事缜密，又是长辈，受窦世英委托照顾窦昭，在窦昭面前不免要正身率下，两人之前关系虽好，却称不上亲密。可自从得了那盆十八学士的茶花后，纪氏再看窦昭，就少了几分长辈对晚辈的矜持，多了几分志趣相投的亲昵。

每次授完课，她总会留窦昭说几句话："这十八学士你是从哪里得来的？"

"上次爹爹修缮东跨院的时候，派人到江南采买花木，有人拿了这十八学士重金兜售，我瞧着是真的，就买下来了。"前世，她身边都是喜欢赏花、簪花的人，却没有谁喜欢种花，这一世，窦昭好不容易遇到个也对莳花弄草感兴趣的人，她很喜欢谈论这些，"我还托他给我找了两株六角大红，一株赤丹，一株粉丹，一株茶梅。"又道："六伯母喜不喜欢建兰？我还让他帮我寻几株实生苗来。"

"你还会养建兰？"纪氏杏目圆瞪，"你怎么会养建兰？"

窦昭这才惊觉自己说漏了嘴，忙道："我不会养兰。不过，我在爹爹的书房里看到过一本兰谱，觉得很有意思，就想照着那上面的方子试着种几株建兰，看能不能成。"然后娇笑道："不试试怎么知道行不行？说不定能养出窦氏建兰呢！"

前世，她最喜欢建兰，特别是素心建兰，觉得它花容端庄秀美，素雅高洁，又随遇而安，到哪里都能养活，略微用些心，甚至能开两三季花。

纪氏很想看看这本兰谱，话到嘴边，又忙咽了下去——兰花名贵，在一些世代养兰的人家里，养兰的技巧如传家的手艺，甚至是传男不传女的，谁知道西窦的这本兰谱是怎么得来的？与其不顾廉耻地从不懂事的窦昭那里窥视西窦的兰谱，还不如让窦昭送自己几株兰花。

"我等着你的窦氏建兰。"她笑道，"只是到时候可别忘了送几株给你六伯母。"

窦昭见纪氏不再追问养兰的事，舒了口气，连声保证："一定，一定！"

纪氏和她去看那两株还在花期的建兰："你是怎么让它一直开到现在的？"

窦昭再不敢卖弄，笑道："我就是试着将它养在了暖房里，没想到能一直开到现在。现在还不知道为什么能开这么长的时间，我派了得力的丫鬟每日照应，记录下每日的变化，应该能找到缘由。"

纪氏大为赞叹："从前只知道你读书用心，没想到你养花也能这样下功夫。"

"反正都要花功夫，何不尽心尽力地做到最好？"窦昭笑道。

纪氏不住地点头，赞扬之色溢于言表。

有小丫鬟急匆匆地跑了进来："六太太，四小姐，环九奶奶生了。"

窦昭和纪氏都露出惊喜的表情，异口同声地问那小丫鬟："生了个小姐还是少爷？环九奶奶可平安顺利？"

小丫鬟忙笑道："环九奶奶生了位公子，母子平安。"

两人不约而同地双手合十念了声阿弥陀佛，念完，又觉得有趣，不禁相视而笑。

纪氏建议窦昭分一盆建兰给黄氏做贺礼："是长房长孙，到时候肯定很多亲友去道贺。说不定淮安窦家也会来人。江南爱兰的人比较多。"

窦昭有些意外，纪氏一向低调，可这些日子却一反常态，事事都把她推到前头去。

她直到晚上临睡前听到海棠嘀咕"四小姐冬衣恐怕要全部重做"时才明白过来，自己也到了说亲的年纪。

她最终送了几匹锦缎作贺礼。

纪氏怒其不争，暗暗自省，觉得是自己把窦昭教成了这个样子。

王嬷嬷就笑道："四小姐这才是宠辱不惊，太太应该高兴才是。"

"是啊！"纪氏沮丧地应道，"可她越是如此，我就越是舍不得让她就这样被埋没了。"

九九重阳节窦府花宴时,她一直把窦昭带在身边,偶尔会让她给德高望重的长辈沏个茶,递个帕子什么的。

窦昭明知道纪氏在干什么,但生性好强惯了,实在是做不出那自毁声誉的事来,只好笑盈盈地接受那些长辈"稳重大方""聪明伶俐"之类的称赞,仪姐儿、淑姐儿和她相比,就显得一个太过浮躁,一个太过木讷。

二太夫人在一旁但笑不语。

柳嬷嬷就低声道:"您看,要不要请六太太去帮忙看看那菊山扎得妥不妥——六太太是江南来的,肯定比我们见得多。"

二太夫人很不高兴,但纪氏是她的儿媳妇,就算是最贴心的老仆,她也不想让纪氏在柳嬷嬷面前没脸。

"这是寿姑的本事,"二太夫人瞥了柳嬷嬷一眼,道,"要怪,就怪那些人没把仪姐儿、淑姐儿教好。"

柳嬷嬷忙低头应是。

二太夫人扶着三堂嫂的手去了筵请的花厅,平时都是由六伯母扶着二太夫人的。

窦昭见纪氏水波不兴的面孔,在心里暗暗叹息了一声。如果说她从前不知道二太夫人的用意,今天目睹了二太夫人和纪氏之间不见烟火的剑拔弩张之后,她隐隐猜到几分。

王家不能插手她的婚事,赵家远在千里之外,不可能把她嫁到西北去,父亲毕竟是男子,她的婚事多半还是会求了东窦帮忙。而二太夫人明显地不想让她抢了仪姐儿和淑姐儿的风头,不想她嫁出去的样子。

想到记在她名下的西窦的那一半财产,她也是做过宗妇的人,很能明白二太夫人的考虑——与其拒绝踏破门槛的媒人得罪了人,还不如静悄悄地把她嫁给对窦家有利的人,或者是把她留在窦家,好吃好喝地供着她,哄了她把名下的财产分给窦家的子侄。

好在虽然二太夫人有她的张良计,她也有自己的过墙梯,不必让纪氏夹在她和二太夫人之间左右为难。

送走了客人,窦昭请二太夫人帮她说项:"……我想像六伯母那样,做个学识渊博的人,六伯母也说好。因而我写了信给父亲,请他同意让我继续读书,请个西席在家里坐馆。父亲到今天还没有回信,我怕太太从中阻拦……"

二太夫人看了眼面上闪过一丝错愕的纪氏,笑道:"你年纪还小,正是读书的时候。你放心,这件事有我做主,王氏不会说什么的。"

窦昭高兴地向二太夫人道了谢。

纪氏叹着气轻轻地拍了拍她的手,亲自送她上了马车。

二太夫人不想张扬,没等窦世英回信,已吩咐窦世榜悄悄给窦昭找个先生:"……不能是真定附近的人,学问一定要好,要能让寿姑有兴趣一直学下去。"

窦世榜不解:"寿姑又不用去考状元。"

二太夫人道:"我们花了银子难道还请个不学无术之人回来不成?让别人知道了窦家的颜面何在?窦家族学的名声何在?"

可也不必请个不知根底的人回来吧?窦世榜在心里嘀咕着,却不敢多问,恭声应"是",找了几个可靠的管事帮着给窦昭找西席。

尽管如此,窦昭相貌出众、举止大方、稳重得体的名声还是传了出去。很快就有人家来说亲,二太夫人以"年纪太小,最少也要等到及笄"为借口全推了。

祖母听着有些担心,私下对红姑道:"及笄,是不是太晚了?适龄的公子只怕都已经定了亲。"

红姑宽慰祖母："我们寿姑这样漂亮能干，还怕找不到好婆家。真定县没有，难道京都还没有吗？"

"这倒也是。"祖母安下心来。

窦昭知道了暗暗好笑。

好像没有一个人提及魏廷瑜。若是能想个办法从舅舅手里拿回当初的信物就好了……这样一来，她和魏家的婚事就算是彻底告吹了。

窦昭想起自己的儿女，他们好像永远存留在记忆里，还是十四五岁模样，她的心情骤然间就低落下来。

去纪氏那里上学的时候窦昭怏怏地靠在车厢里的大迎枕上。走得好好的马车突然在呵斥声中猛地停了下来，窦昭和海棠、秋葵等人一个趔趄，滚成了一团，外面就传来一个女孩子清亮又带着几丝颤抖的声音："窦小姐，求您救救我爹爹！"

窦昭听得心中一颤：既然说是"救"，肯定很危险。安分守己的百姓能有什么危险？素不相识，她无意揽事，吩咐海棠："让车夫快点赶路，别耽搁了功课。"

海棠忙将窦昭的话传给车夫，车夫扬鞭就要赶路，拦车的小姑娘却双臂大张，站在巷子中央不让。

车夫只好小声地劝那个小姑娘："我们家小姐还未及笄，自己的事都要家里的长辈做主。你有什么冤情，直接到衙门前击鼓就是了，我们小姐能帮你什么忙？"

小姑娘倔强地站在那里，跟车的婆子跳下去拉那小姑娘，小姑娘却纹丝不动。

婆子脸色涨得通红，喊人帮忙，车夫和另一个跟车的婆子都下了车。

小姑娘朝着窦昭的马车直嚷："四小姐，我求求您了，我爹是被冤枉的，他们说我们通匪，可我爹根本就不认识那么个人，我爹的朋友来家里做客的时候，都是我帮着沏茶沽酒，我爹的朋友我都认识。四小姐，我求求您了！"说着，她"咚咚咚"地给窦昭磕起头来，任三个大人怎么拉也拉不起来。

坐在马车里的窦昭满腹疑惑。

窦家在真定很显赫，上门求助的人如过江之鲫，而独木不成林，窦家想在此牢牢地扎下根，繁衍生息，不仅要结交当地的官吏和四邻八乡的富绅，还要应酬那些泼皮、闲帮。等闲之事找上门来求助，只要不损害窦家的利益，窦家都是能帮则帮，不能帮的，也会送些银两给对方应急，这才有了如今乐善好施的好名声。

自己不过是个深闺弱女子，这小姑娘既然有冤情，不找当家理事的三伯父，不找常在外行走的三堂兄，找自己做什么？如果不是这小姑娘所言不实，就是这件事窦家不方便插手。

她吩咐海棠："不要理睬，我们回府。"难道有人堵她，她就一定得停在这里和人对峙吗？

海棠还是第一次遇到这样的情景，早吓得瑟瑟发抖，撩开帘子高声吩咐了车夫一声，就朝窦昭靠过去。

窦昭看了不由暗暗叹气。

上一世的旧人都联系上了。再过几年，崔大帮着她管田庄，赵良璧帮着她管买卖，外院的事，她可以放下心来，可这内院的事……甘露和素绢不能和她心贴心，海棠几个又不堪大用，只怕还得费些功夫。

想到这里，就听见拦车的小姑娘道："四小姐，我给您磕头了，求求您救救我爹爹吧！我给您立长生牌，我做牛做马地报答您……他们说，只要窦家愿意担保我爹爹没有通匪，我爹爹立刻就能放出来了……求您跟鲁大人说句话……"说着，放声大哭起来。

那哭声，撕心裂肺，让人听着心生不忍。

窦昭皱眉，对海棠道："让她别哭了。你领着她去见三伯父。"

海棠应声下了车。

小姑娘却死死抱着车辕不放手，道："我求过三爷了，可三爷说，这件事证据确凿……我爹爹明明就是被冤枉的……都是单杰那个死胖子，想纳我姐姐为妾，我姐姐不同意，他就诬陷我爹爹，逼我爹将我姐姐卖与他……四小姐，我没骗您！我要是骗您，让我天打五雷轰，不得好死！不，就算是我说了一句假话，都让我死后不得投胎转世……"

竟然立下这么恶毒的誓言！窦昭不由动容。

不管这个小姑娘的父亲是否被诬陷，至少在这个小姑娘的心里，她父亲是清白无辜的。

这世上不知道有多少做子女的因孺慕之情始终相信自己的父亲是个品德高洁的正人君子，可实际上，他们却是无恶不作的卑鄙小人……

不知道为什么，窦昭突然想到了窦世英。她顿时有些气闷，深深地吸了一口气，才对被挡在车帘外的小姑娘温声道："你说你父亲是被诬陷的，又说我三伯父说你父亲的事'证据确凿'，你让我相信谁？"

小姑娘一愣，随即语气急促地道："四小姐，是不是我能找到证据，您就能帮我父亲做保了？"

这个小姑娘举一反三，倒十分的机灵。可惜连三伯父都说她父亲的事"证据确凿"，恐怕不是那么好办的！

窦昭沉吟道："单杰是谁？"

"是真定州单老爷的独子。"小姑娘忙道，"单老爷从前做过淞江知府，他们家很有钱。我爹爹是开武馆的，有个弟子陈晓风在单老爷家里做护院。去年我爹做寿，陈晓风来给爹爹祝寿，单杰闲着无事，也跟着来了。我爹爹好酒好菜地款待他，他却看中了我姐姐。我爹爹怎么会答应让姐姐给人做妾？单杰觉得被下了面子，正巧真定州有户人家被抢了，他就诬陷那抢匪是我爹爹的朋友，还说那匪人抢劫，是我爹爹通风报信，事后也是我爹爹安排车马让那人逃脱的。我爹爹知道冒犯了单杰，把家里的祖产都卖了，凑了三千两银子送给单杰，单杰收了银子却不认账，非要我爹爹将我姐姐送与他做妾不可。我爹爹怎么舍得让我姐姐给单杰做妾？当着那么多的人给他磕头认错，他都不答应帮我爹爹说句话……"小姑娘哭起来，"四小姐，我真的没骗您！您要是不相信，可以随便找个人去真定州打听，大家都知道这件事……隔壁的陈大爷说，鲁大人从前做过真定县的父母官，窦家肯定能在他面前说得上话，我就悄悄跑了来，谁知道窦三爷却不愿意出面。"她说着，又跪在地上给窦昭磕起头来。

窦昭面色微沉。

那单老爷既然做过淞江知府，窦家肯定和他有来往，难怪三伯父不愿意管。

窦昭心里已隐隐有几分相信。她两世为人，前世还是在京都生活，不知道听说过多少冤假错案，可这样欺男霸女、逼良为妾的事还是第一次遇到。

同为女子，她十分的气愤。

窦昭让海棠把小姑娘扶起来，沉吟道："你怎么找到我这里来的？"

小姑娘不安地道："窦三爷不愿意帮我，我只好打听哪些人能在窦三爷面前说得上话。就有人提到您。说您不仅端庄秀美，沉稳大方，而且为人敦厚，最愿意帮人。不仅窦家的太夫人爱若掌珠，就是几位太太也都十分喜欢，我就想请您帮个忙……"她喃喃地道。

窦昭皱眉。

这说的是自己吗？她怎么觉得自己冷心冷肺的，油瓶子若不是倒在了她面前挡了她的道，她扶都不会扶一下……

不过，三伯父不愿意出面，可见这件事对窦家还是有点影响，她可不能仅凭着几分热血就把这件事给揽到自己身上来。

"你可知道，你就算找到了我，我恐怕也没有办法帮你。"窦昭说着，掀开车帘，露出张犹带着几分稚气的面孔。

那小姑娘站在海棠的身边，看上去不过十二三岁的样子，皮肤微黑，浓眉大眼，身材结实，穿了件丁香色的细布夹衫，乍眼一看，像个男孩子。

不知道她姐姐长得一副什么模样？窦昭脑中念头一闪。

那小姑娘已跳了起来："你，你怎么这么小？"

"您"也换成了"你"。

窦昭反而奇怪起来："你来找我的时候，就没有打听清楚吗？"

小姑娘讪讪然地道："我听他们说起你都很敬重的样子，还以为你已是及笄了……"说着，她精神一振，道："四小姐，您要是自己不方便出面，能不能请窦家的长辈帮我爹爹在窦三爷面前说句话啊？我可以再去找窦三爷。"然后像想起什么似的，忙道："我这次去见窦三爷就不空着手了，而是把四小姐说的证据请个讼师写好了带给窦三爷，窦三爷看了，说不定会改变主意呢！"

小小年纪，难为她如此的灵敏，一事不成，立刻再想个点子，抓住机会就不放，窦昭不由暗暗称赞。

这让她想起自己刚到济宁侯府的时候，眼看着春季只落了两场雨，怀疑京都会有旱灾，想到宣宁侯郭海青的舅兄在漕运总督府当差，三番两次上门拜访郭夫人，说动了郭夫人和她一起做粮食买卖，赚了一大笔，这才有了阻止魏廷珍插手济宁侯府庶务的底气。

她对这小姑娘生出几分同情来。

"你爹爹叫什么名字？"她问小姑娘，"你们家的武馆在哪里？叫什么名字？"

"我爹爹姓别，名大勇，字刚毅。"小姑娘道，"武馆就开在我家里，在城东的东巷街，叫别氏武馆，您进城一问就知道了。"又补充道："我叫素兰。"

窦昭就指了海棠："你到时候找她就行了。"

别素兰闻言顿时喜出望外，不大的眼睛笑得弯成了月牙儿，忙拉了海棠的手甜甜地叫姐姐，问海棠叫什么名字。

那喜悦的情绪，不要说窦昭了，就是跟车的婆子们都感觉到了。

别素兰恭敬地给窦昭磕了三个头："四小姐，您的大恩大德，我永生都不会忘记的。"

窦昭朝着她微微地笑，回了西府，然后让人传了赵良璧过来，道："你去趟真定州，打听一下别氏武馆的事，尽快地给我回话。"

赵良璧应诺退下。

窦昭若无其事地去了六伯母那里，却意外地见到了邬善，他笑着解释道："夫子讲的有些不明白，这两天正自己在家里琢磨呢。四妹妹今天怎么这么晚才来？"

她为了避开邬善，特意选了他去上学的时间来六伯母这里上课。

"遇到了点事。"窦昭笑道，"明年邬四哥就要下场了，不知道准备得怎么样了？"

· 206 ·

"还行吧！"邬善笑道，很自信的样子。

两人又说了两句闲话，邬善回了东厢房。

在纪氏那里用了午膳，歇了个午觉，纪氏和窦昭一起回了西窦。窦昭找人买的建兰原生苗到了，她这些日子忙着处理兰苗。纪氏帮她打下手，小心翼翼地将晒软了的兰根种到盆里。祖母在一旁观看，顺便打了水给她们洗手。

大家说说笑笑，又去看了那几株长势喜人的茶花，直到天黑，纪氏才起身告辞。

一直等在外面的赵良璧这才进来给窦昭回话："……单杰放出话来，只要别刚毅愿意把女儿卖给他为妾，他立刻出面担保别刚毅。别刚毅却是死活不肯，听说已经被打得只有进气没有出气。我特意换了身衣裳去牢里看了看，传言不虚。我看要是没有人担保，他也就是这几天的事了。"

窦昭眼底闪过一丝愤然，道："别刚毅和那个案子到底有没有关系？"

"别刚毅从前在京都做过教头，太太死后，带着两个女儿回了真定州。"赵良璧婉转地道，"他是真定州的人，住的宅子、家里的田庄，都是祖产。"

兔子不吃窝边草。不管在外面怎么横的人，回到了自己的家乡，都会老老实实、规规矩矩地做人，不然失去了根基，就不过只是片浮萍罢了，别刚毅是无论如何也不会做出这等自毁长城之事的。

或许是别刚毅的事让赵良璧也颇有些感触，他唏嘘道："说起来，别家姊妹也是可怜人。小小年纪母亲就病逝了，别刚毅是个粗人，又怕委屈了女儿，故而不愿意续弦，姊妹俩也没有个照顾的，缝联补缀，摩锅洗镶，全都靠自己跟着街坊邻里学的，大些了，还要照顾别刚毅。要不然那别家大姐怎么就会入了单杰的眼呢？"

窦昭决定插手这件事。她无言颔首，端了茶盅，本应该退下的赵良璧却神色犹豫地站在那里没有动。

窦昭挑眉。赵良璧踌躇半响，吞吞吐吐地道："我还打听到一件事……别刚毅出事后，特别嘱咐要瞒着别家大姐，前几天别家大姐还是知道了，绞了一缕头发供在了母亲的牌位前，要去给那单杰做妾，还是隔壁的陈大爷看着不对劲，强行将别家大姐留了下来……四小姐，您……"他哀求地望着窦昭，一副希望窦昭能帮忙的样子。

窦昭讶然。没想到别家两姐妹都是个遇事有主见的人。

她道："你别急，我禀了祖母就去见三伯父。"

赵良璧见窦昭连夜去见窦世榜，惊讶之余很是感动，道："天色不早了，我反正也要回东府，我陪着您一起过去吧！"

十四岁的赵良璧如今还在东窦的账房里当差，等到十六岁才有机会放出去做二掌柜。他要是不知道结果，恐怕今天晚上都睡不着吧？

窦昭笑着应了，去禀了祖母。祖母听闻此事对单杰深恶痛绝，连声催她："快去！快去！"又道："救人一命，胜造七级浮屠。若是你三伯不答应为那别刚毅担保，你跟我说，我和郎家还有几分交情，到时候我请郎家的人出面给别刚毅担保。"

窦昭更有把握了，连声应"是"，就去了东窦。

窦世榜已经睡下，听说窦昭求见，吓了一大跳，披衣趿鞋就跑了出来，焦急地道："出了什么事？出了什么事？"反让窦昭一惊，暗暗后悔自己来得太晚，打扰了三伯父休息。

她把别素兰半路拦车的事告诉了三伯父，然后道："那单家可曾派人来打招呼？或是放出什么话来？"

"那倒没有。"窦世榜知道了窦昭的来意，长吁了口气，道，"只是那单杰心胸狭

· 207 ·

窄，脾气暴躁，行事鲁莽，多一事不如少一事。"

"我原也这么想。"窦昭笑道，"不过既然求到我面前来了，又是件救人的善事，眼睁睁看着不管总不大好。既然那单家没有派人来打招呼，又没有放出什么话，三伯父不如出面为那别家担个保吧！就算是单家问起，我们也可以推脱干净。"

"可整个真定州都知道别刚毅是因为得罪了单杰才入的狱，"窦世榜不太愿意出这个头，"我们略一打听就能知道。事后推脱，不过是掩耳盗铃，我们和单家的嫌隙恐怕还是难以避免。"

"如果是这样，那窦家就更应该出面才是。"窦昭笑道，"不然遇到那鸡蛋里挑骨头的，不是会说我们窦家怕了单家，单家做出这等龌龊之事窦家都不敢出面；就是会说我们窦家和那单家一样，狼狈为奸，都不是什么好人。我们窦家几辈人积攒起来的好名声可就这样完了。"

窦世榜严肃地考虑着这个问题。

窦昭有些感慨。家族声誉，何尝不是个沉重的负担。可有时候，它又会变成一把伞，庇护着那些在伞下避风躲雨的人。

窦世榜决定和二太夫人商量商量再作决定。

窦昭道："听说那别刚毅伤得很严重，活不了几天了，可别到时候我们保也担了，他却不在了，白白得罪了那单杰。"

窦世榜听着有道理，哪里还坐得住，换了件衣裳就和窦昭去了二太夫人那里。

二太夫人眉头直蹙，问窦世榜："单杰是个怎样的人？"

窦世榜把什么暴躁鲁莽又说了一遍。

二太夫人眉头蹙得更紧了，窦昭却明白二太夫人的用意。二太夫人这是怕单家有杰出的晚辈，到时候把这过节记到了窦家头上，若是为了个无亲无故的别刚毅得罪人，未免得不偿失。

她笑道："听说那单杰是独生子，不学无术，就依仗着单老爷从前的威名过日子呢！"

二太夫人就道："寿姑的话有道理。我们这样不作声，那些不知道的人还以为我们和单家同流合污呢！"也就是说，同意为别家担保。

窦昭忙起身向二太夫人行福礼，道："多谢太夫人成全！"

二太夫人笑呵呵地道："我们家寿姑这敦厚的名声只怕会更响亮了！"

"这也是托了太夫人的福。"窦昭和她寒暄几句之后，窦世榜站了起来，"那我明天一大早就安排人去给别家担保吧？"

二太夫人点了头，窦昭和窦世榜方告退出了二太夫人的屋子。

窦昭朝一直等在门口的赵良璧笑着点了头，赵良璧的嘴立刻咧到了耳根。

祖母也等着窦昭，焦急地问她怎么样了，窦昭把事情的经过说了一遍，祖母这才放下心来。

第二天天刚刚亮，窦世榜指派的管事就去了真定州，当天下午，别刚毅就被放了出来。

别素兰连夜赶过来道谢："……本来爹爹和姐姐都应该来的，不过爹爹伤得很严重，姐姐要照顾他，就让我先来了，等过几天，爹爹伤好些了，我们再来给您磕头谢恩。"

"我小小年纪，可当不起你们的大礼。"窦昭笑道，"你们要是想我长命百岁，就不要为难我了。"然后让素绢将早就准备好的二百两银票递给别素兰，"你们家刚遭大难，要用银子的地方多，你也不要和我客气，等以后有了钱，再还我就是了。"

别素兰连声笑着称"是",眼角却噙着泪水,大大方方地接过了银票,赶回了真定。不过两天,别素兰又来见她,说是别刚毅请她前往真定州一趟:"……我也不知道是为什么事。"她说着,眼圈发红,"爹爹这几天粒米未进,喝药都用灌的,我好害怕。"说完,像想到什么事似的,嘴唇都有些发白起来。

窦昭觉得自己该做的已经做了,不想再和别家有过多的交往,因而笑着婉拒道:"我让海棠随你去吧!有什么话,让她带给我也是一样的。"

别素兰很失望。祖母看着不忍,把她拉到一旁道:"你还是去一趟的好。素兰不是说她爹喝药都得用灌的吗?说不定那别刚毅有什么遗言要交代。"

"那我就更不应该去了。"窦昭道,"他要是让我帮他报复,我是答应还是不答应呢?"

祖母道:"那就更应该去——若是他提出这样的要求,以后别家姊妹的事,你就再也不要管了。"

窦昭叹气,道:"人之将死,其言也善。我就怕到时候我脱不了身啊!"话虽如此,但祖母的话也有道理,她还是去了真定州。

别氏武馆早已卖给了别人,买主是别刚毅的朋友,当时买武馆也是为了救急,别刚毅出狱后,依旧住在别氏武馆,不过在他的坚持下从正房搬到了后面的柴房。

别素兰红着眼睛跟窦昭解释着,窦昭点了点头,打量着别氏武馆。不过两进,但前院非常的阔大,铺了青砖,可以轻轻松松地容下百来人,是开武馆的好地方。

九月的天气已经有些寒冷,别家的先祖为人厚道,砌柴房的时候也是用青砖砌的,因而柴房虽然简陋,却能遮风挡雨。别刚毅双目紧闭,面如金纸地躺在门板搭成的床上,盖着厚实的靛蓝色粗布被褥,瘦得皮包骨,粗大的骨架依稀显露出从前的健硕模样。

见窦昭进来,坐在门板前的男子立刻站了起来。

窦昭的目光落在门板前那个拿着空碗的少女身上,她不过十五六岁的样子,穿了件洗得发白的沉香色夹袄,虽两眼红肿,神色憔悴,却皮肤白净,眉目清丽,难掩其秀美。

窦昭错愕:如果这就是别素兰的姐姐,难怪那单杰要起歪心眼了。不过,这两姐妹的差别也太大了些吧?

好像知道窦昭的心情似的,别素兰挽了那女孩子的胳膊,与有荣焉地对窦昭道:"四小姐,这是我姐姐素心。"

别素心已猜到来人是谁,慌忙放下手中的空碗给窦昭行礼。

窦昭笑着说了声"不必多礼",走到了别刚毅的床前。床边的男子悄声让到了一旁,窦昭瞥了那男子一眼。

那男子穿着件旧色的粗布玄袍,袖口打着补丁,却很干净,鬓角花白,清瘦矍铄,目光清明,竟然是位气质儒雅的老者。

窦昭一愣。

别素心已上前轻声喊着"爹爹",别刚毅艰难地睁开了眼睛:"窦小姐。"他声如刀锯,吃力地绽开一个笑容,"多谢您的救命之恩。"

窦昭看着心里一酸,泪水猝然聚在了眼眶中。别刚毅已望向站在一旁的男子,喊了声"陈大爷",窦昭这才明白过来,这老者原来就是指点别素兰找上窦家、阻止了别素心自卖的人。

第二十五章　所求·收留·坦诚

大家都朝陈大叔望去，陈大叔表情踌躇。

别刚毅看着眼神微黯，又艰难地喊了声"陈大叔"，语气诚恳，带着几分乞求。

陈大叔闻言轻轻地叹了口气，温声对窦昭道："窦四小姐，这么远把您请过来，别馆主是有要事想和您商议。但他现在伤势严重，说话很吃力，想委托我来和您说，不知您意下如何？"

窦昭有些惊讶。在来的路上，她设想了很多种可能，早已打定主意，如果别刚毅的要求合理，看在别素兰的分上，她再出手帮一把也无妨；如果别刚毅的主意不合情理，无论别刚毅如何哀求，她都不会含含糊糊应承下来的。

她只是没有想到别刚毅会托付其他的人来和她说事，可见别刚毅对这位陈大叔是如何的信任了！

她顺着别刚毅喊了声"陈大叔"，笑道："您但说无妨。"

陈大叔面色微凝，对别氏姐妹道："素心、素兰，你们上街去买点菜，等会也好整桌酒席招待窦四小姐。"这就是要支开两姐妹了。

别素心和别素兰面面相觑，都在对方的眼里看到浓浓的担忧，但两姐妹略一思忖，还是顺从地屈膝行礼，退了下去。

窦昭想了想，也遣了身边服侍的。

陈大叔看着，眼底就流露出一丝暖意。"不瞒窦四小姐，别馆主的情形，很不好。"他轻声地道，"而单杰这个人，心胸狭窄，傲慢自大，别氏父女虽然得您相助侥幸逃过了这一劫，以单杰的为人，肯定不会善罢甘休，必然还有下一次。别太太是家中的独女，父母已逝，别馆主虽然有个族弟，但已出五服，此次别馆主被陷入狱，别馆主的族弟畏惧单杰之势，别家二姐上门求助，别馆主的族弟竟然闭门不见，"他说到这里，语气一顿，原来温和的面容骤然一端，露出几分与其年龄、气质均不相符的义愤填膺来，"比我等比邻而居之人还不如，实非可托之人！"

窦昭不由点头。

陈大叔面色微缓，道："别馆主怕他去后别氏姐妹无人可依，又落入那单杰之手，"说着，他站了起来，神色恭敬地双手抱拳朝窦昭低头弯腰行着礼，"还请窦四小姐仗义解难，收留别氏姐妹。"他直起身，目光炯炯地凝望着窦昭，好像要看到窦昭心底去般，"窦四小姐的大恩大德，别氏姐妹定当永记在心，终身不忘。"

窦昭半响才回过神来，她张大了嘴巴，望着这位被别馆主称为"陈大叔"的老者久久无语。

这人是干什么的？

先说别馆主的病情博取她的同情之心，然后愤怒地说起别馆主族弟的势利冷漠，让她气愤之余生出和他同仇敌忾之心，再提出来将别氏姐妹托付给她，有了之前的同情和认同，她自然会欣然同意。

真是厉害啊！

窦昭忍不住仔细地打量他，笑容温雅，目光诚恳，的确很有说服力。

可她怎么照顾别氏姐妹？她今年才十二岁！上有二太夫人，下有父亲，旁边还有一大堆的叔伯婶娘。窦家和别家非亲非故，她又凭什么让太夫人和家里的人答应？

"陈大叔，"窦昭笑道，"您应该知道，单家和窦家是故交吧？"

陈大叔眸子一凛。

"单杰之事因为不占道理，所以单家没有把这件事拿到台面上说。"窦昭淡淡地道，"窦家乃是真定首善，别馆主求到窦家，窦家在不知道别、单两家纠纷的情况下帮别馆主做了保人，就算是单家怀疑窦家不齿他所为，也不能说什么，旁边的人也都可以装糊涂，于单家颜面无损，单、窦两家依旧可以你来我往，如同没有发生任何事的。可若是收留了别氏姐妹，这层窗户纸就捅穿了，单家脸上不好看不说，只怕还会有人说窦家盛气凌人，不把旧僚放在眼里吧？"

她静静地望着眼前的老者。

陈大叔心神俱震，好不容易才强压下了心底的激荡，没有露出异样的表情来。

他一世飘零，知天命之年才在这三教九流出没的东巷街定居下来。别刚毅为人坦荡赤诚，豪爽开朗，见他孤身一人，不仅主动帮他解决不少难事，而且还常拉了他喝酒，说些市井趣事给他听，家里做了什么好吃的，也会让别氏姐妹给他送一份。他手无缚鸡之力，无以回报，别刚毅出事后，只能帮着出出主意。

关于窦家的人事他都曾仔细打听过。只知道这位西窦的嫡小姐在窦家地位特殊，和她接触过的人都对她赞不绝口，他就知道她不简单，这才指点别家二姐去找她，算着她不管是欺世盗名为了声誉，还是真正温柔敦厚的善良之辈，听了别家二姐的遭遇十之八九都会帮忙。

她的确帮忙了。

如今别馆主却要把别氏姐妹托付给她。

他不同意。别氏姐妹都是坚强柔韧而又心底纯善的好孩子，怎能低眉顺目地去服侍别人？可若不托付给窦家小姐，又能托付给谁呢？又有谁能让单杰打消祸害别家大姐的念头呢？

除了窦家四小姐，以他们现在认识的那些人，还真找不出第二人。

他不得不考虑如果窦家四小姐拒绝……这才使了些手段，想让别氏姐妹有个依托。

不承想，这位窦四小姐年纪虽小，却冰雪聪明，虽然对别家的遭遇心生怜悯，对单杰的行为愤然不满，紧急关头却依旧淡定从容，冷静自制。

北直隶的人都说北楼窦氏厚积薄发，几代经营，人才辈出。之前他还有些不以为然，现在见识了窦家四小姐行事，他心服口服，不由泄气地想：难怪他事事精明最后却落得一事无成，别刚毅粗俗疏落却朋友满天下，遇难之时不乏朋友相助，就凭他这份识人的本领，自己就已远远不及的！

陈大叔在心里暗暗叹了口气，随后心中凛然：自己不会坏了别刚毅的事吧？他顿时不安起来。

"窦四小姐，"他心中虽然急切，但语气却很平常，道，"听说令尊、令堂和令妹都去了京都，却独独留下你一人在真定？"

窦昭望着笑容中满是笃定的陈大叔，眼睛微闪，掠过刀锋般的雪光。

陈大叔的笑容越发从容起来："我还听说，窦四小姐的母亲是续弦，而窦四小姐自生母去世后，就一直养在东窦的六太太屋里。如若窦四小姐能收留别氏姐妹，我想，东巷街这一带的人肯定会对窦四小姐的善举赞不绝口的，时间长了，说的人多了，窦四小姐肯定能得个扶危济困的好名声，到时候恐怕就是窦家的二太夫人也要对窦四小姐另眼

· 211 ·

相看吧？等窦四小姐到了说亲的年纪，这真定方圆百里的媒婆岂不是要把窦家的门槛都踏破？窦四小姐，您说，我的话在不在理？"

陈大叔的话让窦昭突然想到了那个月明星稀的夜晚，她听到纪氏和王嬷嬷说体己话也是这样，通过一些小小的细节，抽丝剥茧，把只言片语还原成了事情的经过。这就是人们常说的走一步，看三步吧？

她衣袖里的手紧紧地攥成了拳，看着陈大叔的目光熠熠生辉。

重活一世，她最缺的是什么？是个能帮她谋划算计的人。这个陈大叔，正是她想找的人。

一时间，窦昭心中充满了斗志，她要把这个人收在麾下，为己所用。

窦昭笑道："不知先生怎样称呼？"

这是种正视的表现，陈大叔心中一喜，面上却不动声色，凝声道："在下姓陈，名波，字曲水，号越川。"

"越川先生，"窦昭道，"您可知道，我继母乃陕西巡抚王又省之女？"

陈曲水有些意外。他不是意外王映雪的身份，他是有些摸不清楚窦昭说这话的用意。

"我的五伯父和王又省是同年，"窦昭淡然地道，"自从王又省两年前生擒了蒙古可汗图木尔之后，声望已达顶点，满朝文武无人望其项背，让他入阁的呼声也越来越高。可您知道为什么他一直不能如愿以偿吗？"

陈曲水嘴角微翕，欲言又止。

窦昭抿着嘴，了解地笑了笑，道："我五伯父和王行宜好比一个碗里吃饭的兄弟，在没有旁人的时候，他们可能会各凭手段地抢肉吃，可如果有外人想抢他们吃饭的碗，他们就能联合起来一起对付那个外人了。不然这碗打碎了，他们可就全都没吃的了。可若是他们有谁想独占这个碗，就得先把那些觊觎这碗的人打得不敢伸手了，才有可能互相厮杀。我想，如果没有十年，恐怕他们都没有这个胆子抢这个碗吧？既然如此，我有什么好担心的？越川先生，您说，我的话在不在理？"

陈曲水脸色微变。

不错，现在窦家四小姐处境微妙而尴尬，可只要王、窦两人没有分出胜负，不管是王家也好，窦家也好，都不可能为难这位四小姐。而以目前情况来看，她一开口窦家就立刻保了别刚毅出来，可见她在窦家不仅高枕无忧，而且游刃有余，根本不需要利用名声来保护自己。

他望着窦昭的神态多了几分郑重。

屋里突然响起一阵剧烈的咳嗽声，窦昭和陈曲水不禁朝别刚毅望去，就看见别刚毅大口地喘着粗气，直直地望着窦、陈两人。

"你们，你们别争了。"别刚毅声音干涩地道，"你们都是为我的事……不值得……"他说着，将目光移向窦昭，"四小姐，我知道这件事让您挺为难的，可我没有其他可托之人……她们母亲去世的时候，我曾经答应过她，会好好地照顾两个孩子的……"他眼角开始闪动着水光，"我不能把孩子往火坑里推……"

窦昭听着，忍不住心头酸楚。

"我不求别的，只求我走后，这两个孩子能堂堂正正地活着，"别刚毅像风箱似的，声音里夹杂着呼哧呼哧的呼吸声，"我也知道，窦家不是寻常人家，可这两个孩子，都乖巧听话，不会给您惹什么麻烦的……"

"我知道，我知道。"窦昭忙走了过去，坐在了刚才陈曲水坐的地方，低声道，"你要是信得过我，我让她们认了我亲生祖母——也就是西窦的崔姨奶奶娘家的人做干亲，到时候让她们两姐妹搬到崔姨奶奶的田庄去住，那是窦家的产业，受窦家的庇护……"

陈曲水不由错愕，刚才这位窦家四小姐还推三阻四的，怎么转眼的工夫就改变主意了呢？

窦昭早在陈曲水提及别氏两姐妹的身世时就有心想帮她们一把，免得明珠暗投，被单杰这种人羞辱。她只是不喜欢陈曲水把她当成无知小儿般算计，这才有意和陈曲水斗斗嘴而已。

"这么说，您同意了？"别刚毅又惊又喜，望着窦昭的目光充满了感激之情。

窦昭笑着点头。这世上有几个父亲能为了孩子，而且还是两个女孩子做到别刚毅的份上！就凭这一点，她也应该帮帮别氏姐妹。

"如果你要是不放心，也可以让她们跟我住在西窦。"她道，"横竖这几年家里都没有人，她们姐妹去了，正好和我做个伴……"

别刚毅却摇头，道："我知道小姐是好心，可窦家家大业大，四小姐上有长辈，下有兄妹，她们两姐妹就这样跟过去了，说她们两姐妹占窦家便宜的闲言闲语多，说四小姐流言蜚语的只怕也不会少。您救了我们全家，我应该好好报答您才是。可惜我身子骨不争气，不仅没能报答您，还给您添了这么多的麻烦，哪还能让您再受委屈……"他说着，喊了声"陈大叔"，咧着干枯的嘴唇笑了笑，道："您是有学问的人，字也写得好，我就请您给她们姐妹写份投靠文书吧……"

"别馆主！"窦昭和陈曲水两人齐齐惊呼，又不约而同地看了对方一眼。

"不写投靠文书，名不正，言不顺。"别刚毅无视他们的惊呼，道，"与其让她们姐妹不上不下地就这样跟着四小姐，还不如定下名分，她们也知道哪些事能做，哪些事是僭越，于四小姐和她们，都有好处。"

窦昭默然。

别刚毅的话不无道理。人有的时候就怕找不到自己的位置，努力错了方向。签了卖身契的，生不归祠，死不归宗，婚配、生死都由东家做主。写了投靠文书的，则是"义仆"，东家不能将他们发卖，他们既可以自己婚配，也可以有私产，只要是不加害、谩骂东家，就算是触犯了律法，也和平民一样的处置。虽然两者有所区别，可不管怎样，写了投靠文书之后，和东家就有了"主仆"的名分，到底是服侍人的事。

她想到刚才陈曲水支了别氏姐妹出去，沉吟道："素兰她们知道这件事吗？"

"还不知道。"别刚毅的回答不出窦昭的意料，"可她们两个都是脚踏实地的孩子，只要能清清白白地做人，我想她们肯定愿意跟着四小姐的。"

陈曲水道："还是先问问她们两姐妹的意思吧？"

窦昭也觉得这样比较好。

别刚毅就请了陈曲水把两个女儿叫进来。

别素心和别素兰自然是无比震惊。她们猜到父亲可能是怕自己死后她们姐妹无依无靠，想把她们姐妹托付给窦家四小姐，却没有想到父亲会让她们写投靠文书。

别素兰还有些懵懵懂懂不知所措，别素心想到那几日父亲入狱的日夜煎熬，想到单杰的无耻嘴脸，想到妹妹的四处奔走，又看到眼前父亲死不瞑目的担忧，她把心一横，跪在窦昭的面前，对陈曲水道："陈大爷，您就帮我们姐妹写份投靠文书吧！"

窦昭伸手拉她，她却跪而不起，还拉了愣愣站在旁边的别素兰一起跪在了窦昭面前："四小姐，我知道窦氏乃富贵之家，想投靠的人不知凡几，哪里还用得着像我们这样写投靠文书的。您能收留我们，全是您可怜我们姐妹没个去处，我们姐妹不是那不知道感恩戴德的人。若能跟着您进府，以后定当好好服侍您，受您屋里的嬷嬷们管束，和众位

· 213 ·

姐妹好好相处……"说到这里，已泪流满面。

别素兰大哭起来，她膝行着爬到了别刚毅的面前喊着"爹爹"，别刚毅抚着小女儿的头，豆大的泪珠从深陷的眼眶里无声地滑入鬓角。

屋里的人都哭了起来。

赵良璧撩帘一看，也跟着鼻头一酸，用衣袖抹起眼睛来。

良久，屋里的哭声才渐渐低了下去。

窦昭红着眼睛对陈曲水道："那就请陈先生写份投靠文书吧，也好让别馆主安心。"

陈曲水不再说什么，见别家没有笔墨纸砚，回家去写了别氏姐妹的投靠文书送了过来。

窦昭对别刚毅道："这文书就放在素心手里，你好好养病，能不用到这文书就是最好的了。"话说到最后，压下心头的悲伤露出个爽朗的笑容，"到时候有什么事，我也不会撒手不管的。"

"多谢四小姐。"别刚毅知道窦四小姐这是在安抚他，但窦四小姐能说出这样的话，他对两个女儿的未来又多了一分踏实。

窦昭喊了赵良璧进来，指了他让别素心认人："这些日子他都会在真定州窦家东街的粮油铺里，你若是有什么事，就让他去办。"

别素心忙屈膝向赵良璧行了个福礼。

赵良璧没想到窦昭会突然把他安置到窦家的粮油铺里，那是东窦的产业，因而愣了愣才给别素心行礼，显是有些手忙脚乱的。

窦昭又说了些让别素心好好照顾父亲之类的话就起身告辞了。

陈曲水和别素心送窦昭出门。窦昭走到前院，停住了脚步，她先是吩咐海棠把事先准备的二百两银票给别素心："不要让你父亲担心，大夫出诊，只管买了好药给你父亲用，如果要人参，跟赵良璧说，让他帮着去买。"

别刚毅能多活几天，对她们姐妹来说，也可以少些遗憾吧？窦昭不无感慨地想。

别素心什么话也没有说，含着眼泪给窦昭磕了三个头，接过了银票。

窦昭望向了陈曲水："我那里还缺个西席，不知道先生有没有兴趣？"

陈曲水愣住了。

窦昭笑着吩咐赵良璧："陈先生能不能屈就教我，就看你了。"言下之意是让赵良璧想办法请动陈曲水。

赵良璧满脑子想着刚才窦昭的话——真定州的粮油铺子，也不知道三爷会不会答应？哪里还有心思认真思索窦昭的话，忙躬身行礼应"是"。

而对陈曲水来说，窦昭让一个仆人来请他去做西席，这对他来说是种莫大的侮辱，可他又注意到窦昭说的是"我"，而不是西窦或是窦家。

他心中一紧，等窦昭走后，好好地查了查窦家的事。不查还不知道，一查，他顿时满身的冷汗：窦家四小姐，是运气太好，还是灵心慧性，是个不出世的天才呢？

他陷入了久久的沉思中。

窦昭当然不知道这些，但她知道，陈曲水这样的人，肯定不会贸贸然地就答应做谁家的西席，她丢出了"我的西席"这个诱饵，就是想看看陈曲水会不会感兴趣。

她回到真定之后，先去见了三伯父，要把赵良璧安排到真定州的粮油铺子。赵良璧有能力，窦昭又不是让赵良璧去做粮油铺子的大掌柜，窦世榜没有道理为这点小事得罪一个名下有四分之一窦氏财产的人。

然后她去见了崔十三，一是让他帮忙查查陈曲水这个人，二是让他留心有没有人查自己。

崔十三却觉得她行事有些鲁莽："为何不先查清楚了这个人再请七爷帮您把人请回来？"

人虽然落魄了，却还穿得整整齐齐，干干净净，可见是个性情高傲的人。那样做只会换来陈曲水直截了当的拒绝。

窦昭笑而不答，去见了祖母，祖母听了别家的事很是唏嘘，趁机教导窦昭："所以说人要学会惜福。"

窦昭连连笑着称是。

祖母私底下又让红姑给别氏姐妹送去了五十两银子和一些吃食。

窦昭权当不知道，坐在临窗的大书案前拿着崔十三送来的纸笺发着呆。

陈曲水乃真定州无极县人，十五岁中秀才，二十二岁中了举人，之后十年屡试不第，家中一贫如洗，妻子和唯一的儿子相继病逝，他谋了个坐馆的差事，提前支取了银子才得以安葬了儿子，之后他没了音讯，据说是在京都坐馆，五年前买下了东巷街别家武馆隔壁的两间小屋，在真定州安顿下来。

这期间的十几年他去了哪里，干了些什么，没有人知道。

窦昭抿了嘴笑：真是个有意思的人。

海棠笑盈盈地走了进来，双手捧着封信："小姐，七爷来信了，说是给您找了个西席先生，这两天就会到。"

窦世英给女儿请的西席姓姜，名礼，字有恭，是个年过六旬的老举人，曾在内阁大学士——也就是窦世英的师座何文道家做过十五年的西席，因年老体衰精力不济请求辞馆回乡，被窦世英说动，到窦家坐馆三年。

"……窦修撰说，是个女童，也不拘学什么，知道些大道理就行了。"姜有恭言辞客气，语气里却透着倨傲，"又有窦侍郎说项，我碍于脸面不过，虽然知道自己才疏学浅，也只好硬着头皮来了。"

窦家仅京官就有三个，他只好以官职相称。

窦世榜连声道谢，请了杜夫子出面相陪，又亲自安排姜有恭在西窦的外书房住下，拨了两个小厮、两个丫鬟、两个粗使的婆子给他用，请了窦昭出来给姜有恭行了礼，定下了开课的日子，这才回了东窦。

二太夫人问儿子："这人如何？"

窦世榜苦笑："学问倒是一等一的好，可这脾气……也不知道留不留得住？"

二太夫人皱眉。

窦昭则是气得想骂人。父亲为什么就不能好好地待着，这个姓姜的哪里是来给她做西席的，分明是来敷衍了事的！

明明已是耳顺的人了，还在谨守什么男女大防，讲课的时候要支个屏风将自己和窦昭隔开，还动不动就说他在何阁老家如何如何。讲课的时候也不管窦昭听不听得懂，自顾自地坐在那里讲，讲完就走人，仿佛窦昭是个榆木疙瘩，他讲得再好窦昭也没办法领会，他讲得再差窦昭也不知道，因此课讲得十分勉强，偏偏窦世英许了他一年一百两银子的束脩之外，还有一年四季的衣裳各两套。

不过欺她是女孩子罢了。

正好那天窦启俊在家，姜有恭给窦昭讲《孟子·滕文公下》，窦昭叫了崔十三过来，请窦启俊以"周公兼夷狄，驱猛兽，而百姓宁"作了一篇制艺，第二天早上放在姜有恭的案头。姜有恭先是匆匆地瞥了一眼,随即"咦"了一声,拿起来细细地读了半响,问窦昭:"这是谁作的?"

窦昭面不改色心不跳地道:"是学生戏作。"

姜有恭"嗤"了一声,把文章丢到了一旁,然后借着《滕文公》给她讲起妾妇之道来。

窦昭一声不吭,每天上学下学,一刻钟也不耽搁。

陈曲水听说窦家七爷给女儿从京都请了位西席,不由哈哈大笑,写了封信给窦昭,说承蒙她看得起,他决定即日起就前往真定县,在窦家坐馆。

窦昭将陈曲水安置在田庄。陈曲水看着马车绕过真定县城往郊外的田庄驰去,难掩惊讶,问来接他的赵良璧:"我们这是要去哪里?"

赵良璧笑道:"自然是崔姨奶奶的田庄了!"又怕陈曲水不明白,解释道:"崔姨奶奶早就发下话来,这田庄是要留给四小姐的,七爷也答应了,以后这田庄就是四小姐的了。"

陈曲水默然。难怪窦四小姐说请他给她自己做西席,莫非窦四小姐早就知道窦七爷会给她从京都请个西席回来?

他原只是想小小地为难一下窦昭,让窦昭知道,窦家未必就轮到她说话。许诺,也是要讲实力的!现在看来,自己的这点调侃之意在窦家四小姐面前简直不值一提。

窦家四小姐为什么要找个讲经史的西席呢?陈曲水第一次认真思考窦昭找他的目的。

窦昭请了一天假,在田庄的宅子门口迎接陈曲水。

陈曲水没有看见大人,有些诧异。窦昭只当没看见,笑着将陈曲水请到早已准备好的书房。

三间的青砖瓦房,一明两暗。东边是内室,后面带个暖阁;西边是书房,后面带个套房。门前种着一株海棠,一株杏树,屋后种着一片竹子。青砖铺地,高丽纸糊窗,黑漆家具上摆着青花瓷的茶盅,宋白瓷的花觚里插着一高一低两枝大红芙蓉花,有股清怡之气扑面而来。

陈曲水顿时眼睛一亮。待端起茶盅,见那茶水汤色灿黄,香味清雅,喝到嘴里,滋味醇厚,回甘悠久,竟然是今年秋天刚上的铁观音,喜悦之情跃于眉上,他高声赞了声"好茶"。

窦昭微微一笑。

人无癖不可与交,以其无深情也;人无疵不可与交,以其无真气也。陈曲水半世坷坎,还能被一片景、一杯茶打动,可见其真性情。

她低头喝了口茶,让铁观音甘鲜的味道在心肺间打了个滚,这才笑道:"不知先生以后有何打算?"

陈曲水眉角微扬,似在询问她的用意。

窦昭也不隐瞒,坦然地道:"久入芝兰之室不闻其香,久入鲍鱼之肆不闻其臭。东巷街少了别馆主,只怕非陈先生久居之地,我欲请先生在田庄住下,随时请教学问,不知道先生意下如何?"

陈曲水目光微凛,窦四小姐的话是有深意的。他刚到东巷街的时候,曾遇闲帮敲诈,若不是别刚毅出手,他哪能毫发无伤地脱身!

陈曲水想到了大限在即的别刚毅和即将投靠窦昭的别氏姐妹,隐隐有些动心。他早已认命,现在别无所求,只希望能平平静静、安安稳稳地走完余生。而且他还有些放心不下别氏姐妹,希望能报答别刚毅这些年对他的照顾之情。

陈曲水沉思良久,正色地问窦昭:"女子无才便是德,不知道窦四小姐为何执意要请坐馆先生在家讲经史？"

既然有些事要托付给陈曲水，有些事还是开诚布公的好，这是窦昭用人的原则。

"我的事，陈先生想必都打听清楚了。"她沉吟道，"从前我很肯定，王氏既然已经为妾，窦家为着名声，无论如何也不会把她扶正的。结果我错了。因为曾贻芬的起复，王行宜的得势，五伯父的野心，王氏不仅被扶正，我，也成为了王、窦两家较量的棋子。"说到这里，她端起茶盅来慢慢地喝了一口，声音也显得有些黯然，"我常常想，年幼时我无力挣扎，现在我已经长大了，难道还要继续过着那种'人为刀俎，我为鱼肉'的日子不成？而且最多十年，王、窦两家就会分出胜负，到时候我又将何去何从呢？"

前世，王行宜和窦世枢只用了九年，就分出了胜负。这一世，虽然情况有变，但谁又能保证窦世枢一定能改变历史，成为赢家呢？

前世，她只是个可有可无的草芥尚被王映雪嫉恨，这一世，她名下有西窦一半的财产⋯⋯

窦昭放下茶盅，茶盖和茶碗轻轻撞击，响起清脆悦耳的碰瓷声，在这寂静的书房里显得格外的响亮。

"从前，我只知道窦家待我不好，王氏和我有不共戴天之仇，可我从来没有仔细想过，事情怎么会变成这样的？"她声音清亮，"现在我才看清楚，庙堂虽远，可一个小小的风浪打过来，都会演变成惊涛骇浪，顷刻间就能让我陷入灭顶之灾。从前我只盯着身边的一些人和事，看着风生浪起也不知道与自己有什么关系，更不要说如何躲避了⋯⋯"

前一世，她直到做了侯夫人才慢慢了解到庙堂和内宅的关系。这一世，王、窦两家的恩怨让她有了更深的体会。她受闺阁女子身份的限制，注定只能通过其他的人来了解外面所发生的一切，这让她萌生了找一个人来做她的眼睛替她观察的想法，陈曲水无疑是她目前能找到的最好人选了。

陈曲水恍然，道："以铜为鉴，可以正衣冠，以人为鉴，可以知得失，以史为鉴，可以知兴替⋯⋯"

"不，不，不。"窦昭笑道，"我还没有那么大的野心，我只是想保住我现在的所有，不被人窥视，不被人觊觎，不被人利用，不被人出卖，不被人摆布⋯⋯而已。"

陈曲水不解，含蓄地道："可四小姐今天所拥有的一切，不就是窦家给的吗？"

"陈先生可能还不知道，"窦昭含笑地望着陈曲水，"王氏扶正之前，我舅舅替我做主，西窦将一半的财产划到了我的名下作为陪嫁，目前由东窦二房的三堂哥帮我打理。"她将赵、窦两家的协议告诉了陈曲水。

豆大汗珠从陈曲水的额头滴落。他住的地方是东巷街，泼皮闲帮的聚集地，却从来没有听说过半点风声。

这说明什么？他骇然睁大了眼睛。

有人不希望这件事传出去。没有人知道这件事，会对哪些人有好处？

"窦四小姐，"陈曲水自诩是个冷静的人，此时也忍不住用手擦了擦额头，"你的处境⋯⋯实在是⋯⋯堪忧⋯⋯"

"这就看你怎么看，怎么想了。"窦昭不以为然，轻松地笑道，"福兮祸所依，祸兮福所至。好事有时候可以变成坏事，坏事有时候呢，也可以变成好事。把那笔财产握在手里，再培养一批能顶得上事的人，我们大可黄鹤楼上看翻船，不管是王家赢了还是窦家赢了，他们恐怕都奈何不了我吧？"她朝着陈曲水盈盈地笑着，"我与其是想请陈先生做我的西席，不如说是想请陈先生当我的老师，教我如何避凶趋吉，过上舒心

· 217 ·

畅快的小日子。"

如果窦昭是个男孩子，陈曲水肯定毫不犹豫就答应了。可窦昭是个女孩子……

他犹豫道："不知道窦四小姐定亲了没有？"

窦昭笑道："我没准备嫁人！"

陈曲水愕然。

窦昭笑道："窦家人丁兴旺，我目前已经有十一个侄儿了，而且以后还会越来越多，我又何必嫁人？"

嫁了人，她会生儿育女，是某一个人的妻子和母亲，能依靠的只有丈夫和儿子；不嫁人，她永远是窦家的姑娘，能依靠窦家所有的人，选择更大！

"但是……"陈曲水没有办法赞同，"你总不能一辈子孤零零的吧？"

她已经嫁过人，已经生儿育女，不过如此。但这些事，窦昭没办法向人解释，她只能说："目前为止，这是最好的办法吧？天下的事哪有一成不变的呢？等我们站住了脚跟再说吧！昂首挺胸地活着，可比嫁人更重要。"

第二十六章　商定·进府·生意

天下的事哪有一成不变的。

窦昭的这句话陈曲水很有体会。

十五岁的时候，他做梦也不会想到自己会在举人的功名前止步；三十三岁的时候，他怎么也没有想到自己竟然连个幕僚也做不好；五十六岁的时候，他以为自己会泯然众人，孤单寂寞地老死在东巷街那间矮小逼仄的屋子里，却怎么也没有想到自己会搬到这个宁静祥和的小村庄，在风雪交加的天气里，坐在窗扇上镶着玻璃、烧着地龙、温暖如春的屋子里，和一个十二岁的小姑娘一起喝着铁观音。

"这么说来，那些财产虽然在您的名下，您却不能动用？"喝了口茶色清澈的茶水，陈曲水问道。

"除非我远嫁，"窦昭笑道，"管事需要随我到夫家去，不然换人就会得罪二房。"

"太可惜了。"陈曲水叹道，"我仔细看了您名下的财产清单，店铺分布大江南北，如果能定个章程，这些铺子的掌柜和伙计假以时日就会成为我们的耳目，到时候天下间发生的事都逃不过我们的眼睛。"

窦昭听得心中一惊，笑道："做生意的人未必就擅长斥候，斥候未必擅长做生意，要找两者兼顾的人，太难了，而且恐怕维系起来也花费甚巨，得不偿失。"但陈曲水的话也提醒了她，她沉吟道，"所以我想，我们能不能在窦家的产业之外另做一门生意，资金不要太大，最好是能开分店，从京都到真定——我们需要盯着王行宜以及京都的动向，免得有什么事，我们反应迟缓，变得很被动。"

陈曲水想了想，道："我发现小姐祖上是靠放印子钱起的家……"

窦昭脸色微红，陈曲水忙道："小姐不要误会，我的意思是，如果想知道京都的动态，最好的办法是做一门与那些堂部的大人们能随时说得上话的生意，而堂部的那些大人们无一不是读书人，我看我们不如开个笔墨店，兼着卖些时文、官绅录、同年录等等，"说到这里，他怪异地一笑，"若是有人需要，我们也可以借些银子给他们临时周转周转，您看如何？"

窦昭认真思考起来，不得不承认这是个好主意。

"可让谁去管这个笔墨店呢？"她思索道，"赵良璧年纪太轻，镇不住，何况窦家的人一直误以为他是赵家的人，猜测他可能是我舅舅的耳目，因而有什么事都会跟他说一声，我才能随时知道那边的情况，我也有心让赵良璧跟着那边窦家经验老到的管事们多学些本事，万一哪天和窦家翻脸，也有人帮着主持那边的大局，不至于手忙脚乱被人拿捏。他是万万动不得的，至于其他的人……崔大不行，崔十三我准备让他跟着窦启俊……"竟然找不出合适的人来，或者，不是找不出来，是她一直没能敞开心扉，在这一世里找几个信得过的人。

陈曲水道："小姐好像很信任秀三爷？"

"他们家需要银子，"窦昭道，"而且他们家的男孩子最多，要是家里有了分歧，能说话的人也相对的多一些。"当然，主要原因是窦启俊，十五年之后，他的锋芒直逼窦世枢，她思忖着，如果窦世枢没能斗过王行宜，要不要支持窦启俊和王行宜斗呢？

从前她不敢想，可现在，她在外事上有人帮忙，说不定可以试试。不是说撑死胆大的，饿死胆小的吗？

窦昭想着，就听见陈曲水道："小姐，不管是家里也好，庙堂上也好，能让别人臣服的，不一定是那个说话声音最大的，而是那个说话最有分量的。您既然打定主意要依靠家里的侄儿，我们不如从现在开始就在您侄儿里面挑几个重点交往……"

"那这件事就麻烦陈先生了。"她挑选的人是窦启俊，不过，这一世和上一世有了很大的改变，多挑几个到时候对她更有力，正好也考考陈曲水的眼力，窦昭笑道，"我从小在东窦长大，这些人在我看来个个都很好，只怕难得不偏不倚。"

窦氏是怎样的一个家族？前前后后出过十个进士，就是江南的那些百年传世的望族也不敢小视，他能在窦氏的子弟里挑选支援的人，陈曲水早已冷却的心又开始怦怦怦地跳起来，仿佛即将迎来一个热火朝天的夏日。

"好。"他毫不迟疑地道，"我过几天把人选交给您，您看哪些合适，哪些不合适。"

窦昭很满意，道："我看这样好了。我们就开笔墨店，大掌柜找个正经的生意人，二掌柜，就由崔十三担任好了。他主要的任务就是结交朝中贵人，然后把京都的一些事及时地反馈给我们，"说到这里，她不由"扑哧"一声笑了起来，"这种事他最拿手，也最喜欢了。"

转了一个圈，最终崔十三还是回到了她手里，不过从让人尊敬的济宁侯府回事处的大管事变成了一个小小商铺的二掌柜，如果他要是知道前世今生，不知道会不会气得跳起来？

陈曲水迟疑道："要不要写投靠文书？"

"不要！"窦昭几乎是尖锐地回答。

前世，崔家怕她为难，主动写了投靠文书，让崔十三随她进了济宁侯府。崔十三忠心耿耿地扶助她，却不时被魏廷珍耻笑，这是她心里的痛。

"如果崔家的子孙还有人想投靠我们，"但她也冷静地道，"就让他们写投靠文书。"

陈曲水欣慰地点了点头。

窦昭冒着风雪回到了西窦，秋葵神色焦虑地在二门等她："姜先生说，您要是再不回来上课，他就要辞馆回乡了。"

"那就让他辞馆回乡好了。"窦昭冷淡地道，"你给我打热水，我要洗个澡，然后陪崔姨奶奶说说话。"明确地告诉秋葵她今天依旧不会去上课。

秋葵不敢违逆，照着窦昭的吩咐服侍她盥洗。

姜有恭坐在书房里，等到掌灯也没有看见窦昭，气得拿书的指尖都发白了，他让小厮给窦昭传话："眼看着要到春节，老夫已经有七八年没有回乡了，想早几天闭馆，回乡过年。"之后也不等窦昭的回话，径直吩咐小厮、小丫鬟帮他收拾东西。

窦昭让海棠送了二十两银子的程仪："山高路远，开了春，正是化雪的时候，先生留在乡里含饴弄孙就是了。"

姜有恭当时就摔破了一个茶盅。

既然撕破了脸，海棠也不客气，一面往外走，一面用姜有恭能听得到的声音嘀咕道："也不看看这里是哪里，那个茶盅是官窑新出的粉彩，一套就要十两银子，还是读书人呢，怎么一点眼力也没有。"

那些来服侍的小厮、丫鬟、婆子也变了脸，做起事来拖拖拉拉的，两天的工夫还没有把东西收拾好，大冬天的，端来的饭菜不是冷的就是太咸太油，让人难以下咽。

姜有恭自从到何府坐馆，何曾有这样的待遇。他一日也待不下去了，在外面找了两个人帮着收拾行李，自己雇了辆车回了老家。

等回到家中，他才想起应该给何文道和窦世英写封信。只是等他的信送到何府的时候，何文道已得了窦世英亲自上门道歉："……小女才学浅薄，姜先生讲的十之八九听不懂，加之是弱质女流，无法坚持每日上学，不敬之处，还请姜先生多多包涵。我已着人送了五百两纹银的程仪给姜先生。"

何文道十分不安，又给窦世英推荐了一个："此人在制艺上平常，不过琴棋书画样样精通，吟诗作画也是高手，教令媛些怡情养性的东西倒是十分的合适。"

窦世英连连道谢，写了信回去给窦昭："这次万万不可再将人气走了。一次是别人的错，二次、三次难道也是别人的错？有些事不用太认真，就当是家里养了个闲帮。"

这是父亲该说的话吗？她要闲帮做什么？窦昭把信丢到了一旁。

祖母招了她过去："快过年了，别家那边又没个亲戚，一定很冷清，你让人带些年货去看看他们。再就看看能不能把别家武馆买下来。能死在祖宅里，到了黄泉见到先人，也不至于蒙羞。"

窦昭正气着窦世英，看着天气刚霁，就带了甘露和素绢去了真定州。甘露和素绢还是第一次出远门，见窦昭闭目养神，一路上都悄悄撩了车帘朝外望，交头接耳地说着体己话，十分的快活。

到了别家，她们在门口遇到了陈曲水，他大包小包的，也是来送年货的。

别氏姐妹十分的感激，忙将窦昭和陈曲水迎到了柴房，别素兰则在旁边的厨房招待甘露、素绢喝茶。

别刚毅已经昏迷不醒，他能拖这么长的时间，全仗着能用好药，而这些买药的银子，大半都是窦昭给的。

她将别氏武馆的地契交给了别氏姐妹，别氏姐妹顿时哭了起来。

窦昭笑道："你们要感谢那位刘子壮才是。"

刘子壮就是那个在别刚毅困难之时买下别氏武馆的人。赵良璧想赎回别氏武馆的时候，他二话没说，照着原价卖给了赵良璧。

别氏姐妹不住地点头，甘露和素绢好奇地望着她们。

别素兰去做饭的时候，甘露就在一旁帮着烧火，悄声问起她怎么回事来。

外面传来年轻男子高亮的声音："师妹，我来看看师傅。"

一听到那个声音，别素兰抄起砧板上的菜刀就冲了出去，对着院子里提着两刀腊肉的褐衣男子就是一通乱砍。

"师妹，师妹。"褐衣男子慌张地喊着别素兰，却身轻如燕，任别素兰怎么砍也难以沾到他的衣角。

别素心走了出来，低声喝住妹妹："还不快快住手。"

别素兰收起菜刀，委屈地站在姐姐身边，嘟着嘴低声道："都是他！要不是他，爹爹怎么会被关到牢里……"说着，眼圈一红，用衣袖擦起眼睛来。

褐衣男子又羞又愧："师妹，是我对不起你们，我知道我说什么都没用，我，我就是来看看师父他老人家，然后给你们送点东西。"说着，将两刀腊肉放在了一旁的石凳上，又从怀里抱出个鼓鼓的靛蓝色粗布钱袋放在了腊肉旁，扭头就走。

"陈师兄，你等等。"别素心上前拿了钱袋，"你的好意我们心领了。爹爹也没有责怪你的意思。肉我们收下了，钱你拿回去。你家里也不宽裕，还有伯母幼妹要赡养，我们怎好使你的银子。"说着，就将那钱袋抛给了陈师兄。

陈师兄手忙脚乱地接过钱袋，一言不发地放在地上扭头就走。别素心捡起钱袋，几步就追上了陈师兄，让陈师兄把钱带走，陈师兄执意不肯，这个要把钱袋往那个的衣袖里塞，那个用手肘拦了不让塞，你来我往，就动起手来。

陈师兄迅捷有力，动作却如流水般自然流畅，别素心轻巧翩跹，仿佛飞花落叶，两人腾挪转跃间煞是赏心悦目。

早在别素心推门而出的时候屋里的人也跟着走了出来，此时站在屋檐下观看，不由得都瞠目结舌，特别是窦昭。"没想到素心还会功夫，"她喃喃地道，"我看她白白净净的，素兰身材壮实，又有把力气，还以为只有素兰是跟着别馆主习了武的……"

陈曲水笑着："她们两姐妹都跟着别馆主习过武，别馆主说过，女孩子学两手功夫，纵然是夫妻打架，也能占了先手，不至于吃亏。要不然那单杰何必要利用官府的势力逼别馆主低头呢？"说着，想到了别家的遭遇，不由长叹了口气。

学得文武艺，货与帝王家。

窦昭也跟着叹了口气。

陈曲水上前两步，大喝了一声"住手"，两个人迅速分开。

窦昭这才发现那个陈师兄英气勃发，相貌不俗。

他上前几步，朝着陈曲水行礼，恭敬地喊了声"陈大叔"，看样子和陈曲水很熟悉。

陈曲水看了一眼他衣袖里垂下的一截钱袋络子，笑道："别馆主的事，你虽有识人不清之过，但也不要过于自责。归根到底，还是那单杰太过卑鄙无耻。你如果心中不安，得闲的时候过来帮她们姐妹做些粗活就是了，不必送钱，你家中也不宽裕。"

陈师兄脸涨得通红，道："我已从单家辞工，开了年就会跟陈瘸子走镖，恐怕这几年都不会在家……"

别素心脸色微变，道："你要跟陈瘸子去关外走镖？你知不知道陈瘸子走的是什么镖？跟他去的没几个能活着回来的，你可是家中的独子！"说着，她手如电掣般地将钱袋从陈师兄的衣袖里揪了出来，"难怪你突然有钱了……"松开钱袋络子，露出白花花的四个银元宝。

"不是跟着陈瘸子，"陈师兄窘然地辩道，"是跟着其他的人……"

别素心却不让他糊弄过去，端色道："不是跟着陈瘸子，你哪来的这么多钱？你跟陈瘸子签了几年生死契？"说着，神色一肃，道："陈师兄，我们若是知道你送给我们的钱是你的卖命钱，你觉得我们能安心吗？"

陈师兄低下了头，喃喃地道："我知道……我没别的本事……师父说过，不许以武犯人，我除了会些拳脚功夫，其他的，都不会……"

别素心索性告诉他："爹爹已经将我和妹妹托付给了窦家四小姐，师兄不必为我们担心。"

"托付给了窦家四小姐？"陈师兄呆住，随即失声道，"托付？怎么个托付法？"

别素心含蓄地道："投靠四小姐。"

"这怎么能行，这怎么能行！"陈师兄听了急得面红耳赤，"师父怎么能让你们去给人做奴婢！"

别素心怕窦昭多心，忙看了她一眼，见窦昭了然地对她微笑，这才放下心来。

那边陈师兄已大嚷道："师妹，你不能去，你，你……要不你嫁我算了，我娘会好好照顾你和小师妹的，我也会好好保护你和小师妹，再也不让人觊觎你们……"满院子的人都张口结舌。

窦昭忍不住腹诽：这个陈师兄，看上去也有二十二三岁了，怎么这么天真，以为女子成了亲就没有人动歪脑筋了！说不定那单杰见别素心嫁的是个无权无势的平头百姓，更要折腾折腾呢。要不京都的一些勋贵子弟怎么会以勾搭上了有夫之妇为荣呢？

别素心尴尬得不行，别素兰直接跳了起来："陈晓风，你发什么疯？我姐姐才不会嫁给你呢！你连我姐姐都打不过……"

原来这个人就是陈晓风啊！窦昭饶有兴趣地看着他的脸霎时红成了一块布，"我，我……"了半天也没有说出一句话来，还是陈曲水帮他解围："婚姻乃终身大事，岂可儿戏？你既然来了，就进来喝杯茶吧！"

陈晓风不敢看别氏姐妹一眼，低着头跟陈曲水进了柴房。

别刚毅一动不动地躺在床上，要不是胸口还有微微的起伏，看上去像死了似的。

陈晓风给别刚毅磕了头。

别素心显然有些担心陈晓风剃头挑子一头热闹得她下不了台，等陈晓风给父亲磕了头后，郑重地向他引荐窦昭："这是窦家的四小姐，爹爹能出狱，全仗着四小姐在家里的长辈面前给爹爹说话，爹爹才得以脱险，爹爹又怕那单杰不死心，依旧来纠缠，就把我们姐妹托付给了四小姐。四小姐心地纯厚，有心保我们姐妹周全，这才收留了我们两姐妹。"

陈晓风先前就看见了窦昭，只觉得这个小姑娘穿戴简单却气度不凡，令人不敢小视，不知道是别家的什么人，因而别素心和陈曲水没有引荐，他也不敢多看，此时不由望了过去。

只见窦昭长眉入鬓，小小年纪，一双妙目黑白分明，灿若寒星，姿容逼人，如珠玉在侧，让他自惭形秽，嘴角翕合，满腹的心思不知道该怎么说好。

窦昭本意是帮别氏姐妹，如果别素心和陈晓风互相有好感，撮合了这桩姻缘也无妨，到时候让陈晓风随便做个什么小买卖挂在窦家的名下就行了，倒不一定非要别氏姐妹进府给她端茶倒水。

她临走的时候就问别素兰："陈晓风和你们家很熟吗？"

别素兰"嗯"了一声，情绪有些低落地道："他爹从前也是拳师，在他七岁的时候去世了，我爹可怜他，就收了他做徒弟，还推荐他去京都做教头，他怕他走了母亲和妹妹没人照顾，就去了单家做护院。唉，要不是他去单家做护院，又怎么会惹出这些事来？"很苦恼的样子。

窦昭莞尔，道："从前你们关系很好吧？"

别素兰点头："他就像我们的哥哥一样……"话音一落，她瞪大了眼睛，"四小姐，您不会是要给他和我姐姐做媒吧？您可千万别答应他！我爹爹说，他就是个愣头青，做事想到一出是一出，要不然，我爹爹早把姐姐许配给他了！"

窦昭有些意外。不过，既然别刚毅觉得不好，想必那陈晓风确实有不合适别素心的地方，她自然不会自以为是。

"你放心好了，以后你们姐妹嫁人，都听你们自己的。"

别素兰红了脸。

窦昭回到家里，先去给祖母问安，说起了去别家的事，祖母听得津津有味："那别素心还会拳脚功夫？你到时候领来给我看看！"十分好奇。

一向对窦昭心有敬畏，在窦昭面前谨小慎微的甘露听到祖母提及别氏姐妹，忍不住笑道："别素兰也会功夫。"

"是吗？"祖母的兴致更高了，道，"她们长什么样？是不是五大三粗、膀大腰圆的？"

甘露和素绢见窦昭笑盈盈地坐在那里听着，都放开了胆子，一个笑道："您见了就知道了！"一个道："保管让您吓一大跳。"

两个人叽叽喳喳的，活泼开朗了很多。

这才是她们原来的性子，窦昭感慨道，觉得自己把她们带去倒是对了。

用过晚膳，她去了三堂哥那里。

"银子放着也是放着，不如做些小买卖。"窦昭把从真定州带回来的香粉给了淑姐儿，和三堂哥、三堂嫂在宴息室里喝茶。

三堂哥听了不禁和三堂嫂交换了一个眼神，三堂嫂有些小心翼翼地道："四妹妹想做什么生意？谁帮着打点啊？"

窦昭当作没看见，笑道："我看见我们家每年要用那么多的笔墨纸砚，就想开个卖笔墨的铺子，至于谁来打点，还没有想好，到时候请三伯父帮着介绍个大掌柜好了。"

看来是窦昭自己突发奇想，并不是谁挑唆了她插手产业上的事，三堂哥松懈下来，笑着问她："要多少银子？"

"一万两应该够了！"窦昭笑道。

窦秀昌吓得手一抖，手中的茶水泼在了衣衫上。

送走了窦昭，窦秀昌立刻去了窦世榜那里，把窦昭要开笔墨铺子的事告诉了窦世榜，并道："若是钱不多，本又都是四妹妹的，我不过是帮着看管而已，可她开口就是一万两，我怕她被人诓骗，偏偏这话我又不好直说，怕四妹妹多心，只好含含糊糊地应了，可这真要是被人诓了，我可怎么向窦、赵两家的人交代啊？别人还以为是我从中做手脚，贪了四妹妹的钱。"

"寿姑怎么突然想到要开铺子？"窦世榜闻言很意外，但他经历的事多，稍一思忖就有了对策，笑道，"寿姑不可能亲自去选铺面、订笔墨，你让管事的人到你手里报账不就行了。"

"对啊！"窦秀昌拊掌，"我怎么没有想到！万一是有人打四妹妹的主意，也不至于一下子全亏进去，那些帮四妹妹管事的人也能混个脸熟，有什么蛛丝马迹或许能早点发现。"

窦世榜笑着点头。

窦秀昌把窦世榜的意思委婉地传到了窦昭的耳朵里，窦昭笑笑没有说话：西窦的一半产业，也不是那么好管的!

她请窦世榜帮她请个大掌柜。

窦昭名下产业的大掌柜一个萝卜一个坑，大家都做得好好的，她何必乱动。而大掌柜又不是谁都能胜任的。从学徒到伙计到掌柜到大掌柜，没有二十年的历练是不可能的，不管是谁家花二十年培养出了一个大掌柜，都轻易不会让他离开，而不管谁在一个地方待了二十年，成了大掌柜还要另谋高就，这其中肯定有问题了，并且你想打听都很难打听到真实的情况。与其费尽心机还不知道会找个怎样的人，不如直接从窦家找一个，知根知底，忠心可靠。

窦世榜笑道："你要做多大的规模，还要找大掌柜？我看，找个掌柜就差不多了。"

"既然向三伯父开了一次口，自然是要最好的了。"窦昭娇笑道，"我不管三伯父用什么法子，反正我的铺子年后就开张，到时候我只管来要人，要不然，我就把您在京都钱庄的大掌柜揪到真定来。"

这当然是不可能的。

窦世榜捏着胡须哈哈大笑，几经筛选，从家里的掌柜里给她找了一个："……叫范文书，八岁做学徒，今年才三十二岁，已经是积芬阁的二掌柜了。"

积芬阁是窦家在京都的古玩店，窦昭很勉强地点了点头："虽然不是做笔墨的，好歹也算得上搭边，那就他吧！"

窦世榜只能摇头，这样的人还嫌弃，难怪家里的那些大、小掌柜一听是窦昭在要人，都不愿意去。宝剑赠名士。窦昭哪里知道能做到掌柜是多少的不容易。

他只好许诺范文书："若是铺子倒了，我让你到积芬阁南京的分店做大掌柜。"

范文书苦笑：大掌柜是这么好做的？他也要拿得起啊！

离开古玩界几年，到时候就算是回到积芬阁，自己少了那几年的见识，只怕眼力大不如前。何况窦家四小姐是个未出阁的姑娘家，过几年不知道会嫁到哪里，可窦三爷已经把话说到这个份上了，他还能说什么？交了账册，佯装出满面笑容的样子去西府。

甘露就嘀咕道："不是说给个大掌柜吗？"

"你就知足吧！"窦昭笑道，"窦家一共有几个大掌柜？我们这点家当，人家根本就瞧不上眼。"她本就留了余地让三伯父和她讨价还价的。

甘露讪讪然地去领了范文书进来。

窦昭见他中等身材，五官周正，未语先露一团和气，一副典型的生意人模样，先生了三分好感，把事情略略地交代了一下，就让他去找三堂哥拿银子。

范文书愣了半晌。

总店在京都，之后五年，要在真定和京都之间开十家分店。但规模有多大，资金有多少，除了他还有哪些人，一律没有交代。

"四小姐还有什么吩咐？"他恭谨地道。

"我只有这个要求，其他的，你是掌柜，你看着办就行了。"窦昭笑着，"哦"了一声，道，"你还有个二掌柜，姓崔，名十三。他明年九月才能来铺子帮忙。"

范文书退下去之后去打听崔十三，窦家的那些管事和掌柜都是人精，立刻全都知道了。有人笑道："原来四小姐是要抬举崔姨奶奶的娘家人，范文书，你这可是陪太子读书啊！"

"陪太子读书无所谓，"范文书郁闷地道，"就怕太子不懂装懂，指手画脚。"

众人笑道："你一个卖古玩的，难道就懂笔墨了？"

崔十三也在问，不过是问窦昭："您让个古玩店的卖笔墨，还让我去给您当二掌柜？"

和崔十三争辩，窦昭前世就不做这种吃力不讨好的事，她直截了当地道："这是崔姨奶奶同意了的。"

"您糊弄我吧？"崔十三眼珠子转了转，道，"那我去找崔姨奶奶问一声。"

窦昭优哉游哉地喝茶，崔十三立马泄气了。

窦昭就问他："伯彦那边怎样了？"

"我们发现了很多别人都不知道的事。"崔十三闻言眉飞色舞，"西平那边有个村里的人一起悄悄地开了二百多亩荒地，六年了，都没有被人发现。还有曲阳桥，鱼鳞册上记着只有两百亩良田，可看那样子，好像不止两百亩……"

窦昭骇然："这都让你们发现了。"忙叮嘱崔十三，"你可不能乱说，小心祸从口出。"

"我知道。"崔十三不以为然地道，"你断了别人的财路，别人就要断了你的活路。这些轻重我还是知道的，不过是您问起来，所以我说给您解解闷。"

窦昭想到窦启俊那个家伙是御史出身，哪里能放下心来，趁着过去给六伯母请安的时候，拐到三堂嫂那里交代窦启俊。

"四姑姑就放心好了，我又不是十七八岁的小伙子，只凭满腔热血就不管不顾地冲上去。"

你不过只比十七八岁的小伙子大个两三岁好不好，窦昭腹诽着，起身告辞。

路上遇到邬善和窦政昌。两个人一边走，一边交头接耳地不知道在说些什么，表情都有些沮丧。

窦昭走上前去和他们打招呼，两人吓了一大跳，勉强笑着和窦昭说了几句，就匆匆去了学堂。

窦昭满心困惑，但也仅仅困惑了一下，还不至于赶上去追问。

回到家里，看见祖母和甘露、素绢几个都在擦眼泪。

"寿姑，那个别刚毅过世了。"祖母红着眼睛，"两个小姑娘家的，懂什么？你还是差个人过去帮帮忙吧！"

窦昭心里有些闷闷的，让人带话给真定的赵良璧，让他帮着别素心、别素兰姐妹料理丧事，又邀了陈先生，第二天一起去了真定州。

别氏武馆已挂了白，很多人进出，有孔武有力的男子，也有身材瘦小的老者，还有几个刚去送了鱼的小贩，大家都神色沉重，或送了三牲祭品，或只是拿了副挽联，到灵堂给别刚毅上香。看得出来，别刚毅的人缘关系很好。

管事送上了祭品，窦昭上了三炷香，在灵前答谢来客的别素心陪着窦昭去了正房。

"小姐，"她人很憔悴，给窦昭沏了杯热茶，"天气这么冷，您派个人过来就是了，何必亲自跑这一趟。"又道："等父亲过了头七，我就和妹妹进府。"

进了府，就要守窦家的规矩，大过年的，她们两姐妹总不能穿孝吧？"还是等别馆主过了七七，开了春，你们再进府吧！"窦昭道，"也不急在这一时。"

别素心感激地向窦昭道谢。

外面有人喊着"开席了",窦昭不由望过去,就看见赵良璧和陈晓风正忙着帮别家招呼客人。窦昭微微地笑了笑,没有留下来用饭,提前回了真定。

二太夫人正在和窦世榜说话。

"二掌柜是崔家的人,"二太夫人沉吟道,"可总店在京都……难道她要和王家打擂台不成?"二太夫人困惑道:"可当初是她自己不去京都的……或者,她是不肯向王家的那些人磕头认亲?"

窦世榜也是这么想的,他问母亲:"那您说现在该怎么办好?"

"有什么不好办的?"二太夫人笑道,"银子是寿姑的,她想给家里多谋份收益,这是好事,我们要帮她才是!"

曾贻芬因为王行宜没有处理好家事,差点被人抓住把柄,冷了王行宜好几年。可王行宜的运气太好了,在陕西屡战屡胜,就是皇上,提起来也赞了一声"不错",朝中的位置只有那几个,你曾贻芬的人立了这样的功劳你都不提拔,可也不能挡着别人提拔。到时候好位置都被别人占了,对曾贻芬来说,也是个打击。

窦世榜也知道弟弟的处境,他笑道:"范文书来找我,说看中了京都南大街翰林胡同的一个铺面,寿姑的意思是想买下来,正好我们在那里有个两间的绸缎铺子,因为格局有点小,生意一直不温不火的,我看不如就卖给寿姑好了。他们做个笔墨铺子倒挺合适的。"

"你做主就行了。"二太夫人笑着,转移话题,问起过年的事来,"都准备得怎样了?"

"都准备好了。"窦世榜笑道,"今年田庄上的收益很好,比往年多送了四千斤粮食过来了。"

二太夫人笑盈盈地点头,有小丫鬟进来禀道:"四小姐过来了。"

第二十七章　拜见·喜悦·邬善

"今天怎么想到来看伯祖母?"二太夫人笑盈盈地拉着手问窦昭,二太夫人屋里当值的几个大丫鬟或端了瓜果,或端了茶水,或端了点心,都笑容可掬地招待着窦昭。

窦昭朝着几个大丫鬟点头打招呼,把到真定州给别刚毅上香的事告诉了二太夫人:"……送佛送到西。我看着别家的两位大姐无依无靠的,就答应了那别刚毅,若是他病逝,就让他的两个女儿投靠我。之前那别刚毅还好好的,这件事就没有声张,不吉利。"

东、西两窦的产业还在一块儿管着,并没有正式分开,二太夫人是窦家地位最高的女性,给她打一声招呼,既是礼节,以后别素心、别素兰姐妹在内宅行走,也会少些麻烦。

二太夫人有些意外,沉吟道:"你父亲可知道?"

窦昭笑道:"先给您说一声,您同意了,我再跟父亲说一声也不迟。还有六伯母那里,人进了府,只怕还要请六伯母帮着讲讲规矩。"

二太夫人听了就很满意了，她笑道："这是好事，是积福的好事，我有什么不同意的？就照你说的，等到那别刚毅满了七七，就让那两个小姑娘进府吧！到时候你领了我看看。"

　　窦昭笑着应"是"，和二太夫人说了些闲话，就起身告辞了。

　　"先是要自己开铺子，然后把崔家的人安置到了铺子里，现在又收了两个'义仆'，"窦世榜问母亲，"您看这事……"

　　二太夫人用茶盅盖拂着茶盅里的茶叶，淡淡地道："不管是谁撺掇的她，一间铺子，几个人只怕满足不了她，还会有后招，我们也不要心急，暂且看看再说。"窦世榜在一旁恭谨地点头。

　　窦昭去了纪氏那里。

　　邬善被家里人接回去过年了，太阳暖洋洋地晒在院子里，窦政昌一个人由贴身的小厮服侍着在院子里写春联，这是从窦焕成那辈传下来的规矩。

　　窦焕成六十岁时致仕回家。在别人看来，他少年中举，子孙满堂，耳顺之年依旧耳不聋眼不花，是个有福之人。因而每到春节，就有很多亲朋故旧来求春联，想沾沾窦焕成的福气，求个好兆头，窦焕成本是个热心乡邻之人，自然是有求必应，自备纸墨为别人写春联。时间一长，来求春联的人越来越多，窦焕成精神不济，两个儿子、三个孙子都帮着写春联，后来发展到窦家的子弟只要字练到了有所小成，就可以在春节的时候给乡亲们写春联，这也成为窦家子弟学业是否有成的一个重要标志。去年窦政昌、窦德昌兄弟俩就有资格写春联了。

　　窦昭奇道："十二哥呢？"

　　窦政昌满头大汗，趁抬头答话的空当拽了块帕子擦着额头："四妹妹来得正好，快帮我去找找芷哥儿——我们两个今天要写四百副春联呢？我一个人怎么写得完？"

　　那汗也不知道是急出来的还是热出来的。

　　窦昭笑道："等我去给六伯母请了安就帮十一哥去找人吧？反正十一哥也不急在这一时。"

　　正屋暖帘一晃，采菽笑着走了出来，她屈膝给窦昭行了个礼，笑道："太太说好像听到四小姐的声音，我们还都道是太太听错了，没想到真是四小姐来了。"一面说，一面转身掀了暖帘请她进去，"崔姨奶奶可好？四小姐上次送给我们太太的水仙和腊梅全都开了，满室的清香，太太不知道多喜欢呢！"

　　因为纪氏的缘故，六房的丫鬟、婆子都很尊敬崔姨奶奶。

　　"她老人家挺好的。"窦昭说着，和采菽进了厅堂，迎面就看见了自己上次送来的两盆腊梅，黄色的花朵晶莹剔透，像上等的黄玉雕成，透着清冷幽静之感。

　　内室的暖帘大开，采蓝服侍穿了桃红色宝瓶纹妆花褙子的纪氏笑着从里面走了出来。见她只披了件青莲呢的斗篷，握了她的手嗔道："这孩子，也不多穿点。手冷冰冰的。"叫丫鬟把自己的手炉拿给窦昭，然后和窦昭进了内室，"我正要去你那里。"然后问道，"你们那边的年货可准备齐全了？"

　　"有崔姨奶奶，自然是早就准备齐全了。"窦昭笑着，和纪氏上了炕，把这些日子发生的事一一跟纪氏讲了。

　　纪氏笑道："你这孩子，倒是个有福气的。收留了她们姐妹，于你的名声有好处，这样的事，你以后要多做才是。纵然一时收进来的人不省心，过了那风头，也有办法打发出去。不必担心。"又道："至于铺子，开始倒贴几千两银子也无妨，只要你出嫁之前能保本就行了。我们也不图那个收益。"

倒全图名声了，窦昭不禁汗颜。

纪氏呵呵地笑，问她："二太夫人那里，你可曾亲自去禀一声？"

"先去的二太夫人那里，才来的您这里。"

"那就好。"纪氏笑道，"年纪大的人，最忌讳小辈不把她放在眼里，你以后有什么事只管多跟二太夫人说。"

窦昭早明白这个道理，但还是笑吟吟地点着头。

等她从纪氏的屋里出来，窦德昌已经回来了，正埋头和窦政昌一起写春联。

"十二哥是从什么地方溜回来的？"窦昭看着阳光和煦地照在他们身上，过去帮他们磨墨，顺便也晒晒太阳。

"我去茅房了。"窦德昌道，"哪也没有去。"

真的？窦昭朝窦政昌望去。

窦政昌脸上还残留着几分怒气，却道："他早回来了！"

这家伙搞什么鬼？这些日子都神神叨叨的。不过，有窦启俊看着，应该不会出什么大事。窦昭在心里嘀咕着回了西府。

过了元宵节，别刚毅也过了七七，别氏姐妹收拾了一番去了西窦，甘露和素绢忙过来帮她们收拾东西。

窦昭见她们虽然没有着红，却也没有戴孝，道："东府那边的二太夫人规矩有点大，其他的你们倒不用太在意。"

当时求窦昭帮忙的时候陈曲水曾打听过窦昭，她们对窦家的情况也有些了解。

别素心和别素兰连声应诺，两人换了月白色细布小袄，去了崔姨奶奶那里。

崔姨奶奶先是拉着两人的手嘘寒问暖了一番，然后指了别素心对窦昭道："长得这么标致，哪里像练过拳脚的人。"又拉了别素兰："这孩子，长得可真好！"语气十分真诚。

窦昭抿了嘴笑，祖母喜欢身板结实的孩子。

别素兰却有些受宠若惊，她和姐姐站在一起，别人都是夸姐姐长得好，从来没有人夸过她。虽然是第一次打交道，但别素兰立刻喜欢上了祖母。

别素心也觉得祖母和蔼可亲，她不由得长长舒了口气，来之前的一些担忧全都烟消云散。她将别氏武馆的钥匙交给窦昭："……您是为了让我爹爹走的时候能有个地方，我们已经感激不尽了，如今爹爹的后事已经办好，这宅子也应该交还给您了。"

窦昭是以别刚毅的名义赎回来的，她一开始就没打算要这宅子，但别素心表明放弃那间宅子，还是让她挺欣慰的，她收回了钥匙。

祖母就小声说她："那是人家的祖宅，你就送给人家好了，你也不缺那点点的银子。"

窦昭笑道："肯定是要还给她们的，却不是这个时候。"

祖母还要问，窦昭已道："好了，好了，您快去换件衣裳吧，等会妥娘和崔四要带着孩子来看您。"

因为祖父的原因，崔家的人都是过完了年才来给崔姨奶奶拜年，如今虽然崔姨奶奶搬进了窦家，崔家的人已经习惯了，依旧是过完了年才来给崔姨奶奶拜年。

祖母笑得十分欢畅，窦昭趁着崔家的人还没有到，领着别氏姐妹去见二太夫人。

二太夫人问了几句话，见两姐妹对答有礼，不卑不亢，很满意，嘱咐了几句要好好服侍窦昭的话，每人赏了根喜上梅梢的银簪，就端了茶。

窦昭又带着两人去了六伯母那里。六伯母那里满院子人，大家或抬着箱笼，或抱着瓷瓶，或拎着些小玩意，川流不息地往东厢房去。

别素心和别素兰吓了一大跳。

窦昭笑道："是邬家的四爷回来了！"她的话音刚落，邬善就不知道从什么地方冒了出来。

"四妹妹，你过年可好啊？"他朝着窦昭作揖行礼。

窦昭笑着还了礼："挺好的！邬家的老太君可还好？"

邬善的曾祖母还活着。

"挺好，挺好。"邬善笑着，叫着贴身的小厮，"把我从家里带的那副沉香木围棋拿过来。"然后对窦昭道："那围棋子上刻着罗汉，衣饰鲜明，栩栩如生，十分有趣，四妹妹肯定会喜欢。"

他经常送些小东西给窦昭，窦昭把它们都收在箱笼里。

她笑着道谢，指了别氏姐妹给他认识，他打赏了两块水头极好的翡翠玉牌给别素心和别素兰。

别素兰高兴得不得了，把玉牌藏在了自己箱笼里，还对别素心道："那邬公子好大方啊！这玉牌只怕值四五十两银子。"

别素心笑着摸了摸妹妹的头，没有作声，心里却想着邬善看窦昭的眼神，可谓是片刻也不离，只是不知道这邬善和四小姐是什么关系，看着十分和善……正想着，甘露推门而入："素心姐，有个叫陈晓风的，说是你的亲戚，有事找你。"

别素心在窦家外院的门房见了陈晓风。

陈晓风垂头丧气地问别素心："你真的投靠了窦家四小姐？"

别素心笑道："这种事，难道我还哄你不成？"

陈晓风半晌未语。

别素心道："若是师兄没有什么事，我就先回去了，我这些日子正跟着东府那边的六太太学规矩。"然后道："窦家人多口杂，家里多为世仆，我们姐妹这么大了才进府，本来就打眼，要是大家听到我们以师兄妹相称，只怕会对我们姐妹更好奇了，以后我还是称师兄做大哥吧！"又问："陈大哥什么时候跟着陈瘸子出关？若是家里有什么事，可以让伯母差人跟我们说一声，窦家四小姐为人很好，我们可以抽空去看看伯母。"

听她这么说，陈晓风就更惭愧了："我跟着陈瘸子出关，也是图他出的银子多，想帮衬你们一下。现在你们都有了依靠，母亲又不愿意我离家，陈瘸子那里，我已经辞了。"

别素心"哦"了一声，不置可否。

大门那边传来一阵喧哗声，陈晓风和别素心都望了过去，就看见两辆风尘仆仆的黑漆齐头平顶马车停在了西窦的门口，管事杜安撩帘，扶着个年约五旬的男子下了马车。

那男子中等个子，面白无须，穿了件宝蓝色的团花直裰，有股读书人的文雅。他抬头打量着窦家的大门，杜安则在一旁介绍："这就是我们老爷的祖宅了。宋先生请！"

被称为宋先生的男子笑了笑，随着杜安进了府。

那边窦昭已经得了信，说窦世英新给她请的西席宋先生到了。

窦昭让高兴去安置宋先生。

高兴是高升的弟弟。窦世英去京都的时候，高升随行服侍，家里的事原本准备交给服侍过窦铎的杜安，可王映雪却觉得杜安办事精心妥帖，想让杜安也跟着去京都，提出让杜安堂哥杜宁做总管。家里的仆妇成群，提携杜安，也是因为杜安在窦铎身边服侍过。

窦世英对这种事根本不会放在心上，他想也没想就点了头。窦世英还没有走，窦昭就借口自己的田庄上缺管事，将几个忠于王映雪的管事踢到了自己的田庄做管事，另外提拔了新人管事。窦世英走后，窦昭又事事都吩咐在窦家管门房的高兴去办，立刻就把杜宁给架空了，没多时，又借口那几个管事不懂田庄上的事，把人打发回家闲了起来。

窦家就是扫院子的仆妇也知道这是怎么一回事，没人敢吭声，只是遇到窦昭时态度更殷勤了，笑容更谄媚了。

杜宁也不敢说窦昭，只敢在醉酒后大骂高兴："……他是个什么玩意？连账本都看不明白，还做总管，不要把人大牙都给笑掉了！"

窦昭知道后传出话来："我说谁行他就行，不行也行；我说谁不行他就不行，行也不行！"听得西窦上下下下的人胆战心惊，就有有心人把这话传到了东府，二太夫人听了直皱眉，私下里说窦昭狂妄自大了，原本想帮窦昭一把的，结果袖手旁观地保持了沉默。又有人把这话传给窦昭知道，窦昭只当没听见，私下里告诉高兴怎样抓大放小，高兴一丝不苟地照着窦昭的话做，虽然做事拘泥，但一年多了，却也没出什么大错，倒让二太夫人很是惊讶地"咦"了一声。

高兴去了不过半炷香的工夫就折了回来。"四小姐，"他恭恭敬敬地禀道，"杜管事回来了，宋先生由杜管事陪着呢！"

窦昭挑了挑眉，不知道这杜安回来做什么？

她问高兴："是你自己回来的还是杜管事让你不要插手这件事？"

高兴老老实实地道："是我插不上手，又觉着应该跟四小姐说一声，就回来了。"

窦昭道："既然如此，你就传我的话下去，宋先生的事，你们都不要管。"

高兴知道所谓的"不要管"是什么意思，踌躇道："可宋先生是七爷给您请的西席，万一要是像那个姜有恭似的被气跑了……"

"关我们什么事？"窦昭奇道，"不是杜安在招待宋先生吗？宋先生被气跑了，我爹也应该找杜安算账吧？"

高兴想一想，觉得窦昭这话在理，憨厚地笑了笑，把窦昭的话吩咐下去。

杜安那边立刻连个递帕子的人都没有了，他气得暴跳如雷，把杜宁叫来狠狠地训了一顿。

杜宁委屈地道："我早跟你说过，你应该留在窦家……"

"放你的狗屁！"杜安忍不住道，"四小姐再厉害，过几年也是要嫁人的。我就是再殷勤，七爷喜欢的还是从小服侍他长大的高升。"然后叹道："要是四小姐是个公子，我还有什么好犹豫的，一心一意巴结着四小姐过日子就行了！"

"可要是得罪了四小姐，她不知道什么时候想起来就把你给打发了。得罪了太太，还可以求四小姐，到四小姐的田庄或铺子里去当差……"

要是四小姐没得到西窦那一半财产，她还横得起来吗？杜安在心里叹了口气，沉默了半晌。

杜宁小心翼翼地问他："你说这事该怎么办？"

杜安狠狠地瞪了杜宁一眼，道："怎么办，你想办法找几个人来把眼前的局面应付过去再说。"又道："这次太太让我回来，是有要紧的事办，家里的事你暂时不要管了，到时候听我的差遣就是了。只要这件事办成了，以后你就是西窦名符其实的总管了。"话说到最后，已经有些咬牙切齿。

杜宁连连点头，把自己在窦府当差的老婆、侄女、侄儿都叫过来帮忙。

宋先生也是惯在大户人家走动的，带了自己的一个族侄宋炎随身服侍，见这情景不由暗暗后悔，对族侄道："先前只说家里有个女公子要学些诗琴书画怡情的学问，谁知道这家的人事这样的复杂。唉，要不是有事求何大人，我怎么会来这里坐馆？"

宋炎不过十五六岁，为人却很沉稳，笑着安慰宋先生道："伯父不必沮丧，您只管教那位女公子就行了，难道他们还能少了我们的吃穿用度不成？再不济，我们把今年教完了明年不再教就是了。何大人那边，也能有个交代。"

宋先生点头。

那宋炎和杜安的侄儿一起帮着扛箱笼。

到了晚膳的时候，窦世榜受了窦昭之托给宋先生接风："辛苦宋先生了，失礼之处还请宋先生海涵。"然后把宋氏伯侄请去了景福春。

结果是杜安的晚饭没着落，气得杜安抓了高兴的衣襟就要打，旁边的人好容易把两人劝开，偏偏高兴还憨憨地道："家里的饭菜都是有定数的，你回来不去给四小姐问安，四小姐不知道，没有吩咐下来，灶上也没有办法。你还是去给四小姐问个安吧！"

窦家每天泼那么多的剩饭剩菜，难道就多了他一口？杜安气得面孔发紫，却一句话也说不出来，想到来时太太的吩咐，只好乖乖去给窦昭问安。

二门的婆子却把他拦在了门外，皮笑肉不笑地道："杜管事，小姐如今大了，不比从前，您再进内院，不太合适。您有什么事，我们帮您通禀一声就是。"

这一等，就等了两个时辰，连个板凳都没得坐的，杜安的腿都站麻了才有小丫鬟来回话："时候不早了，四小姐请杜管事明天一早过来说话。"

杜安忍不住问："四小姐刚才在干什么？"

那小丫鬟抿了嘴笑："四小姐刚才在给花剪枝呢！"

把杜安又是一顿气。

窦昭懒得理杜安，她让甘露几个赶着做了几个荷包，然后去大慈寺给窦政昌、窦德昌、窦启光、窦启泰和邬善几个今年参加童子试的每人求了个万事如意符装在荷包里送了过去。

窦政昌几个都让身边的丫鬟带了几句感激的话，只有邬善，送了一匣子荷叶李的白扇面过来："过些日子花开了，四妹妹正好可以画几个扇面送人。"

窦昭莞尔，不禁心动。待宋先生讲完了《孟子·万章上》中的"娶妻如之何？必告父母"，她问宋先生："我从前跟着家中的长辈习过花鸟，想画几幅扇面，先生可否教我？"

除了第一天有些不和之音外，窦家很平静，窦昭在功课上也很认真，宋先生对此都很满意。

他笑道："你先画个初稿，我帮你看看。"

窦昭欣然应诺。

宋先生名怀，字与民，精通杂学，为人也比较散漫，可能是江南人的缘故，没有因为窦昭是女孩子而有所怠慢，窦昭有什么听不明白的问他，他常常会引经据典讲上一大堆，窦昭听得津津有味，常常是说着说着不知道原来要问的是什么了。这几天看着春风吹拂，他还教窦昭做了个风筝。像现在这样窦昭主动要学什么，他的兴致更高。

窦昭回到家里就找了些扇面的画册临摹。

县学里传来消息，窦政昌、窦德昌、窦启光、窦启泰和邬善都通过了县试，到了四月，几个人又都通过了府试，六月，除了窦启泰，其他人通过了院试，特别是邬善，院试时考了案首。窦家族学名声大振。

邬太太带着邬雅特意从京都赶了回来。

邬太太对窦家非常感激。儿子能取了案首，一来是儿子聪明，刻苦攻读了；二来也说明窦家没有亏待儿子，对儿子和窦家的那些子弟一视同仁，仅这份胸襟，用邬松年的话来说"就应该结为通家之好才是"。

窦家的人也非常高兴。这些年来窦家族学求学的人不少，可功课名列前茅的都是窦氏子弟，那些天资过人的寒门子弟不免心里嘀咕，如今出了个邬善，势必有更多的人来求学，窦家族学也能挑选到更多的青年才俊培养，这对窦家来说，是一笔无法用金钱来衡量的巨大财富。

窦世枢为此事专门派了个幕僚和二太夫人、窦世榜商量这件事："……把住在族学周围的几家都迁走，将族学扩大一倍，请几个名儒来教学，学生却不必急着多招，要保证窦家族学里出来的大部分都能考中秀才。"

二太夫人连连点头，由窦世榜具体操办此事，二太夫人则在窦家门口搭了戏台，请了京都的戏班子来，连唱十出戏，整个六月，真定县如同过年，热闹非常。

窦家的后院却绿意匝地，隐隐传来的锣鼓声和哄然的叫好声让这方天地更显静谧。

晒成了个黑炭的窦启俊在窦政昌的书房里大发雷霆："……简直是败坏朝纲！一群蛀虫！尸位素餐！"

他的声音惊动了廊庑下的画眉鸟，吓得它扑扑地扇动着翅膀。

窦德昌则眨了眨眼睛，递了碗冰镇的酸梅汤给窦启俊："消消暑吧！"

窦启俊接过酸梅汤，一饮而尽，冰凉的汤汁让他顿时火气大减。

他坐在了窦德昌对面的太师椅上，倾身对窦德昌道："不是亲眼所见，真不敢相信，南沟那边，竟然有六百多黑户躲在那里开荒，多半都是青壮年。六百多啊！还好这几年风调雨顺，若是灾年，那些人没吃的了，可什么事都干得出来，甚至是会引起民变的！"

窦启俊说着，打了个寒战。

再看自己的几个好友，个个目瞪口呆地望着他，好像在看一个怪物。

窦启俊不由长叹了口气。和他们说这些干什么？他们也不懂。就算是懂，也未必有自己的体会和感触。

他顿时觉得怏然，无精打采地问他们："你们以后有何打算？"

院试结束了，他们也可以放松放松了。

屋里坐着的窦政昌、窦德昌、窦启光、窦启泰都感觉到了窦启俊的情绪，可窦启俊刚才否定了把这件事告诉县太爷的建议，大家也不知道如何安慰他才好，现在他转移了话题，窦政昌忙将话题接了过去："父亲写了信回来，让我们先歇个夏，过了中秋节去京都见识一番，再顺便拜访几位前辈。"然后他问窦启光，"你要不要跟着我们一起去？"

这是要为他们参加会试做准备，窦启俊暗暗点头。

窦启光却连连摇头："我不去，我和杜夫子说好了，他以后单独指导我制艺。"

窦启泰听着"唉"了一声，无限向往地道："我倒是想去，只可惜我爹说了，我要是考不中秀才，哪里也不准去。"

他的话音刚落，屋里就响起一个不属于他们的声音："你们要去哪里？"

众人回头，就看见邬善穿了件象牙色素面杭绸直裰容光焕发地走了进来。

屋里的人齐齐"哦"了一声，七嘴八舌地喊着"邬案首"，语气促狭。

邬善实在是太高兴了，不以为意地笑眯眯地点头，四处作揖："承让了！承让了！"

"你这家伙！"窦政昌忍不住哂笑，"一点也不谦虚！"

"人生得意须尽欢,莫使金樽空对月。"邬善"唰"的一下打开了手中的折扇,摇了两下,毫不客气地坐在了窦政昌对面的太师椅上,对窦启俊道,"天气这么热,外头又吵,我们去大慈寺吃斋菜去吧?"脸上竟然露出几分期盼。

窦德昌不屑地"嗤"了一声,道:"大慈寺的斋菜有什么好吃的,不如去景福春吃冰碗。"

窦政昌几个连连点头,只有窦启俊,紧紧地盯着邬善,慢条斯理地道:"想吃斋菜啊?令堂可同意你去?"

他的语气极其冷漠,看邬善的目光炯炯有神,透着几分犀利,窦政昌几个俱是一愣,不由安静下来。

"我中了案首,就是希望母亲能同意我去大慈寺吃斋菜,"邬善轻轻地收着折扇,笑容从脸上一点点地褪去,表情变得严肃而认真,"如果母亲不同意,我早想好了七八种说服母亲的说辞。好在母亲同意了。"他说着,嘴角不受控制地翘了起来,而且越翘越高,最后咧着嘴笑了起来。

窦启俊哼了一声,道:"你有把握你母亲同意了?"

邬善笑得欢畅:"当然!"

窦启俊面色微缓。

窦启光丈二和尚摸不着头脑,茫然地问:"你们这是怎么了?不过是吃个斋菜而已……还用得着舅奶奶同意吗?"

窦政昌若有所思,窦德昌眼睛珠子骨碌碌直转,透着几分狡黠。

邬善就笑着对窦启光道:"我是觉着,既然要出去玩,不如把四妹妹几个也一起请出去玩……"目光却看着窦启俊。

"哦!"窦启光恍然道,"独乐乐不如众乐乐,您是想把四姑姑她们一起请去吃斋菜,所以才选了大慈寺,才要禀了舅奶奶。若是舅奶奶愿意带着四姑姑和几位妹妹一起去,那不更好了!"

"正是这个道理。"邬善无比灿烂地笑道,笑容比外面的夏日还要耀眼。

而邬雅却气得嘴巴嘟得老高,她愤愤不平地道:"既然是去大慈寺吃斋菜,寿姑能去,为什么我就不能去?哥哥太偏心了!不过是在窦家住了两年而已,对窦家的人竟然比对我还要好,我可是他一母同胞的亲妹妹……"说着,眼泪啪嗒啪嗒地落了下来,"太气人了!"

"好了!"邬太太的脸色也不大好看,她低声地呵斥了邬雅一声,沉声道,"你也知道你和你哥哥是一母同胞的,他在窦家住了这几年,肯定欠了别人不少人情,你跟着母亲在京都好吃好喝的,还好意思责怪你哥哥?天气太热,我精神有些不济,你也去歇个午觉吧,等会还要去给二太夫人问安,你小心失礼。"

邬雅红着眼睛,委委屈屈地给母亲行礼,退了下去。

邬太太霎时颓然地靠在了身后的大迎枕上,邬太太贴身的毕嬷嬷慌张地喊了声"太太",担忧地道:"您这是怎么了?要不要老奴将那藿香正气水滴几滴在茶水里?"

"不用了。"邬太太抚着额,想到刚才儿子那倔强的面孔,太阳穴隐隐发疼,"你也看见了,他刚才那副样子,好像我要是不答应,他就要和我拼命似的……那窦昭除了漂亮还有什么好?"

毕嬷嬷笑道:"这世上哪有不喜欢漂亮的人?这已经是顶好的一桩了。"

邬太太愣住,半晌才道:"花无百日红,人无百日好。他小小年纪就知道指了佛堂墙上画的头陀说色即是空,怎么到他大了的时候,就全都变了呢?窦家自然是很好的,可那王氏，太不堪了，难道让我和她做亲家不成？那么以后还有什么面目见人啊！"

"嫁出去的女儿泼出去的水。"毕嬷嬷劝道，"四少爷也说了，他悬梁刺股地考了个案首回来，就是希望您能让他得偿所愿。以后四少爷还要考举人、考进士，若是四少爷能像现在这样一直刻苦用功读，未尝不是件好事。"

"我何尝不知！"邬太太眼里闪过一道寒光，"要不是看着那孩子还老实本分，我岂能容他这样胡来！可世上哪有不走娘家的人……"

"太太，"毕嬷嬷笑道，"难道六太太不是四小姐的娘家人？难道我们姑奶奶不是四小姐的娘家人？"

邬太太默然。

毕嬷嬷道："和娘家的人不亲，自然就亲婆家的人了。您膝下只有四少爷一个，有个和您贴心的儿媳妇不好吗？"

"那倒也是！"邬太太颔首。

有小丫鬟禀道："太太，西府那边的四小姐差了身边的大丫鬟过来，说十一少爷、十二少爷几个要去大慈寺吃斋菜，也请了四小姐和东府的仪小姐、淑小姐，四小姐就想请我们家七小姐也一道出去走走，特意过来问太太和七小姐的意思。"

"哦！"邬太太眉角高高挑了起来。

毕嬷嬷忙笑道："太太，怎样？我们四小姐到底是在窦家六太太跟前长大的，可不是孟浪之人，规矩着呢！"

邬太太"嗯"了一声，忍不住就笑起来，对那小丫鬟道："你去问问七小姐，若是她想去，"说着，看了毕嬷嬷一眼，"你就陪着她一起去吧！"

毕嬷嬷笑着应"是"，出了厅堂。

外面一个目光灵活的小厮急急迎了上来，低声道："太太怎么说？"

毕嬷嬷露出个略带几分傲然的笑容："跟四少爷说，老奴幸不辱命！"

小厮喜笑颜开，奉承道："难怪人人都说嬷嬷是太太眼前的第一红人，没有嬷嬷办不到的事！"

毕嬷嬷脸色一沉："小兔崽子，再敢胡说八道，小心我撕了你那张嘴！"笑意却忍不住从眼底溢出来。

"小的再也不敢了！"小厮嘻嘻笑着，"小的这就去禀告四少爷。"一溜烟地跑了。

第二十八章　游玩·婚事·暗涌

夏天的大慈寺，古树盎然，清风爽朗，却无论如何也比不得窦家的后院安静秀致，可对窦品仪这样一年也难得出几次门的闺阁小姐而言，却是处处好玩，处处充满了妙趣。

她拉着邬雅指了不远处的一块假石道："你看，像不像个正等着梳妆的姑娘？"

邬雅不感兴趣地瞥了一眼，道："那是灵璧石，小块的用来作摆设还好，这竹林边却应该放太湖石才好！"说完，目光又落在了走在她们前面的窦昭和窦品淑身上。

两个人正嘀嘀咕咕地说着悄悄话，多半是窦品淑在说，窦昭在听，偶尔窦昭回答她两句，她就咯咯地笑，像个不谙世事的七八岁的小姑娘。

真是没心没肺！邬雅在心里嘟囔着。

窦品仪有些不高兴了："邬雅，你这是怎么了？一整天都板着个脸，说什么你都要冷冷地回两句，你若是瞧不起大慈寺这样的乡下地方，只管说就是了，这样没一句好话，真是让人败兴！"说着，甩开了邬雅的手。

"哎哟，我不是生你的气。"邬雅忙补救般地拉了窦品仪的手，却又不好直说是在嫉妒窦昭，只得道，"我就是觉得天气太热，这样走来走去的，汗透衣襟，很不舒服。"

"还好吧！"窦品仪望了望头顶郁郁葱葱的枝叶，"我怎么觉得这里比家里要凉快多了？"

"或者是我太怕热了吧！"邬雅敷衍着，忙转移了话题，"我在京都，遇到了你五姑姑。"

"真的？"窦品仪对京都一直很向往，她父亲窦广昌既没有帮着家里做事，也没有个功名，她去京都的机会很渺茫，因而听说是京都发生的事，她立刻兴致勃勃地问道，"她怎么样了？"

"我是在何阁老家娶媳妇，和母亲去吃喜酒时遇见的。"邬雅道，"她住在她外祖母家，个子长得和我差不多高了，说话秀声秀气的，一笑两个梨涡，和何家的姐妹都玩得很好，遇到我，也规规矩矩地打招呼，看样子还不错。"

窦品仪愣道："七叔祖父的宅子不是在静安寺胡同吗？她怎么住在她外祖父家？她母亲呢？没和她住在一起？"

"听说王老夫人很喜欢她，"邬雅道，"非要把她留在身边不可。她母亲样子有点憔悴，看上去精神不太好。"说着，和窦品仪附耳道："我听席间有位夫人说，她生不出儿子，还不让你七叔祖父纳妾。"

窦品仪吓了一大跳，邬雅忙道："你可千万不要告诉别人！"

"我知道，我知道！"窦品仪连连点头，"我娘要是听到我说出这样的话来，会把我活活打死的。"

邬雅松了口气。

窦品仪望着前面正和窦品淑观竹的窦昭好一阵犹豫："七姑姑，你说我们要不要把这件事告诉四姑姑？"

"告诉她干什么？"邬雅连忙阻止，"要是她告诉了你太祖母怎么办？"

也是，窦品仪点头，再看窦昭的目光，就多了几分同情和怜惜。窦昭却没有注意，一路上和窦品淑说着闲话，爬上了大慈寺后面盖了座八角凉亭的小山丘。

窦政昌他们几个早到了，十来个八九岁的童子正在那里或收拾着石桌石凳，或烧着红泥小炉，或摆弄着笔墨纸砚、围棋双陆。

见窦昭拖着窦品淑进了凉亭，邬善看着被两个粗使婆子搀扶着还落在半路的邬雅和窦品仪，微笑着递了个天青釉的荷叶杯过去："你尝尝看，大慈寺住持收藏的陈年梅花雪水。"

窦昭不接，笑道："你给我喝了，你们拿什么煮茶？"

邬善回头看了一眼正凑在一起说话的窦政昌等人，朝着她眨眼睛，低声道："一杯而已，他们不知道的。"

窦昭忍着笑，却被身边的窦品淑一把夺去了荷叶杯，嗔道："你们推来让去，旁边

· 235 ·

还站着个嘴里冒火的呢！"说完，小口小口地把那雪水给喝了，然后长长地吁了口气，"真舒服！"

邬善和窦昭面面相觑，忍不住笑起来。

笑声惊动了窦启俊，他快步走了过来："你们笑什么呢？"

邬善朝着窦品淑使眼色，道："没什么，没什么，淑姐儿说了句笑话。"

窦品淑望着手中空空如也的杯子，冲着窦俊启嘻嘻地笑。

邬雅和窦品仪终于爬了上来，邬雅看见哥哥脸上那温柔的笑，心里直冒酸水，娇嗔地喊了声："哥哥，我好累啊！"

"所以我让你不要来啊！"邬善毫不怜香惜玉地道，"四妹妹每天都绕着东跨院走好几圈，还帮着崔姨奶奶除草捉虫，你怎比得上四妹妹？"

邬雅气得泪珠儿在眼眶里直打转。

窦昭忙出面打圆场："我们都渴了，茶水还没有烧好吗？"

邬善家的童子端着个茶盅小跑过来："好了，好了，四小姐，好了！"抬头看见邬雅等人，愣了愣，又端着茶盅跑了回去。

众人看着不解，他又拿了几杯茶端着小跑了过来，满头大汗地说着："少爷，小姐，请喝茶。"大家哄堂大笑，气氛变得欢快起来。

窦昭几个女孩子坐在凉亭铺了竹席的美人靠上喝茶，窦启光对着远处的山丘丛林画着画，渐渐地，窦政昌和窦品仪几个都被吸引过去。

邬雅正寻思着要不要过去看看，就见哥哥走了过来。

"四妹妹，你这些日子在做什么？"他坐在了邬雅的旁边，"我这个月月底会和母亲、阿七一起去趟京都，可能要过了年之后才能回来，你有没有什么书信或是东西让我带给七叔？"态度磊落，自然大方。

窦昭笑道："平时家里常有人去京都，也没什么特别要带过去的。"

邬善道："那有没有什么让我带回来的呢？京都的大相国寺、白云观每逢庙会，天南地北的人都会会聚到那里，什么东西都有卖的。"

"我想不起自己缺什么，"窦昭笑道，"要是想起来了，再让邬四哥带也不迟。"

邬善就问："我听六婶婶说，你在缸里种荷花，怎么种？能活吗？"

说起自己喜欢的东西，窦昭的笑容显得格外明艳，声音也变得柔和而充满了耐心："我种的是睡莲。你见过吗？它和荷花很相似，不过荷花的叶子和花都露出水面，睡莲却是浮在水面的，在江南很常见，我们这边种得少一些。我也是今年刚刚试着种种……"

"真的吗？"邬善睁大了眼睛，"还有这种花……"

坐在他们中间的邬雅突然"腾"地站了起来，指着邬善就是一通噼里啪啦地说："我们家后院就种着两株睡莲，其中一株还是白仙子。你没见过吗？你把白仙子给弄死了，祖父发脾气，还是太祖父护着你，只让你抄了十遍《三字经》，你，你敢说你不认识什么睡莲！"

凉亭内外顿时静若万古，只有风吹过衣襟的猎猎声。

"我真不知道那是睡莲！"邬善的目光如泉水般清澈见底的澄净，"你说的那不是子午花吗？"说着，他恍然地拍着脑袋，望着窦昭道："难道你说的睡莲就是子午花？"

窦昭实在是忍不住，转过身去无声地大笑起来。

邬雅的脸上红一阵白一阵的，转身就朝凉亭外跑去，邬善忙追了过去，在一棵大树下拉住了妹妹，肃然地问道："你为什么看窦家四妹妹不顺眼？"

"我，我……"邬雅的眼泪立刻涌了出来，"我才是你妹妹！"说着，大声地哭了起来。

邬善错愕,半响才掏出帕子帮邬雅擦着眼泪,温声道:"傻妹妹,你什么时候不是我妹妹了?你不仅是我妹妹,而且还永远都是我的好妹妹,是我最疼爱的妹妹,可不能因为你是我妹妹,我在任何时候都只能对你好,你想想看,是不是这个道理?"又道:"你看,你回来,我很高兴,专程让人给你从真定州纪氏的铺子里带了块西洋的挂表回来,我没有给窦家四妹妹买吧?那是因为你喜欢。窦家四妹妹喜欢那些笔墨纸砚的,我就给窦家四妹妹买了一匣子白扇面,我没有给你买吧?那是因为你不喜欢。"他说着,取下腰间挂着的折扇打开,"你看,人家四妹妹还给我和芷哥儿几个每人送了把折扇,你呢,我送了你那么多好东西,你可什么也没有送我!"然后喝道:"我告诉你,你要是再这样,我以后只送四妹妹东西,再也不送你东西了。"

邬雅泪眼汪汪地望着邬善:"真,真的?"

邬善严肃地道:"真的!"

邬雅低了头,邬善又道:"快去给窦家四妹妹赔个不是。"又自言自语道:"我送你那么多东西,你送给了我什么啊?可四妹妹呢,我送她一件小小的东西,她都知道回赠我……还说我对你不好……你小时候闯祸哪次不是我帮你背黑锅啊!你怎么越大越不讨人喜欢了……"

邬雅狠狠地瞪了哥哥一眼,想着哥哥从前对自己的好,倒把对窦昭越来越浓的嫉妒消减了不少。

窦启俊见邬氏兄妹走了过来,笑道:"好了,好了,别在这里看热闹了,吃西瓜去,再不吃,都要晒得和外面的石头一样烫了。"

从家里出来的时候,窦德昌冰镇了两个西瓜带上山。

窦品仪和窦品淑心中还有困惑,可在窦德昌几个人的说笑声中也没多想,大家或坐在石桌前,或坐在美人靠上等着吃西瓜。

邬雅红着脸,走到窦昭面前小声地说了句:"都是我不好,不该乱发脾气。"

窦昭惊讶地抬头,看见了一旁的邬善闪闪发亮的眼睛。

少年的心,宛若水晶,纯粹而透明,带着无畏的真诚与勇气坦然地摆放在窦昭的面前。

窦昭感慨万分,突然间有些不敢直视,她站起来,微侧着身子挡住了那道目光,笑盈盈地对邬雅道:"自家姐妹,不用这样客气。"然后和善地问她,"你喜欢下围棋还是下双陆?我们不如来下盘棋吧?"

邬雅长长地透了口气。她刚才太失礼了,在场的又都是哥哥的知交好友,不要说哥哥的那番话打动了她,就是哥哥什么也没有说,为了挽回哥哥的颜面,她也应该给窦昭赔礼道歉才是。不过窦昭在她的心中一向是个得理不饶人的人,她也做好了被窦昭奚落或是冷嘲热讽一番而绝不回嘴的准备,没想到窦昭竟然给了她一个台阶下。

"我喜欢下双陆。"她笑着点头,窦品淑忙凑趣似的叫丫鬟摆了棋盘,支肘托腮地在一旁观战。

邬善如释重负地松了口气,肩膀却突然被人重重地拍了一下:"行啊!从前倒是我小瞧了你。"

他回头,看见窦启俊站在他的背后。"我说过,我会把事情办妥的。"邬善笑着,笑容越发耀眼起来。

他们直到掌灯时分才回到窦家。门外挑在竹竿上的大红灯笼将四周照得通明,戏台的戏班已换了一个，戏却依旧在唱，听戏的人潮把窦家大门堵得水泄不通。

窦启俊等人从侧门进了府。

邬善护送妹妹去了客房。邬太太坐在厅堂前铺着凉簟的罗汉床上等着他们，见一双儿女回来，笑着问他们："今天好玩吗？"

邬雅开心地点头："我在后山的凉亭里下棋，十二哥还给我画了幅画像。"然后让丫鬟将画像拿给邬太太看，画中的女子穿了件嫩黄色的夏裳，簪了朵雪白的玉兰花，亭亭如玉地站在太湖石旁。

"像吧？"她娇笑着挽了母亲的胳膊。

邬雅指了那太湖石，道："这就是六婶婶屋后的那块太湖石。"

"嗯！"邬太太赞赏地点头，"画得真好。"

"十二哥说，等过两天得了闲，再帮我一幅春景，一幅秋景，一幅冬景，正好凑成一年四季……"邬雅叽叽喳喳地说着，邬善直到走出客房也没能和母亲说上一句体己的话。

他郁闷不已。

邬太太则是眉头紧锁："为了窦家四小姐，把自己的妹妹也教训了一顿？"

毕嬷嬷忙劝道："当时窦家的几位少爷、小姐都在场，七小姐的声音也的确高了些，四少爷这也是顾全大局……"

一句话没说完，邬太太已挥手示意她退下去，毕嬷嬷不敢多说，轻手轻脚地退了下去。

邬太太辗转反侧地睡不着。虽说这婚姻是父母之命、媒妁之言，可天下的父母又有哪个不希望子女过得幸福美满？她想到儿子从小就喜欢往窦昭跟前凑，却直到得了案首才跟她说这事，坚韧隐忍都是为了这一天，他这是铁了心要娶窦昭啊！又想到自己年轻的时候……不由得就长长地叹了口气。

窦昭自然不知道邬善为自己所做的一切。

回到家中，洗去身上的尘埃，她去给祖母问安。祖母早让人做了绿豆汤用水桶浸在井里，忙吩咐红姑给窦昭盛一碗，并道："那寒冰太冷了，吃多了不好，还是用井水浸过的温和些。"然后坐在窦昭的身后帮她打着扇，问她，"邬家的七小姐也去了，你们有没有一起下双陆？"

窦昭知道祖母的心意，可她已立志不嫁人。

希望越大，失望越大。她不想祖母伤心，因而笑道："我们玩不到一块去。她和仪姐儿更对脾气些。"

祖母"唉"了一声，失望之意溢于言表。

窦昭脑海里浮现出邬善的面孔。她摇了摇头，浮光掠影很快散去。

窦昭躺在散发着青竹芳香的凉床上，很快就睡着了。

第二天一大早，邬太太顶着两个黑眼圈出了内室，来问安的邬善和邬雅吓了一大跳，忐忑不安地喊着"娘亲"。

"没事。"邬太太揉了揉太阳穴，道，"是外面太吵了。"

戏已经连着唱了三天三夜了。

邬善乖巧地给母亲按着太阳穴，母亲却道："不用了，你有什么事就去忙吧！这里有阿七陪着我就行了。"

邬善深知欲速则不达的道理，笑着应是，朝着毕嬷嬷使了个眼色，出了厅堂。

邬雅笑嘻嘻地扑到了母亲的怀里，邬太太抚了抚她的头发，笑道："你也去找你的小姐妹玩吧！娘要再眯一会。"邬雅就带着丫鬟去找窦品仪了。

邬太太站起身来，对毕嬷嬷道："走，我们去六太太那里坐坐去。"

毕嬷嬷一惊："您，您找六太太什么事？"

邬太太看着又好气又好笑，道："你害怕什么？我自己的儿子迷上了人家，难道我还要找人家理论不成？你们合着伙地算计我，难道就不能让我去探探六太太的口风？要是窦家四小姐已经定亲了，我们还请了媒人上门说和，岂不让人笑掉了大牙！"又道："如果窦家四小姐的婚事太夫人能做主就好了，也免得我和那王氏打交道。"

毕嬷嬷听着大惊，哪里还想到其他，连声奉承着邬太太："这也是我们四少爷知道，天底下最疼爱他的就是我们太太了，所以才敢这样胡来，要是换了别人，我们四少爷哪里会这样低声下气……"

"行了，行了。"邬太太挥手打断了毕嬷嬷的话，笑道，"你也不用帮他说话，我自己的儿子，我还不知道。他给了你多少好处？"

"冤枉啊，太太。"毕嬷嬷当然看得出来邬太太不是真的生气，嬉皮笑脸地和邬太太凑趣，"老奴哪里敢？家和万事兴，不过是想太太和少爷不要生隙罢了，大家和和气气地过日子……"两人边说，边去了纪氏那里。

纪氏身边服侍的丫鬟、婆子立了半院子。邬太太"哎哟"一声，喃喃地说了句"来得不巧"，转身就要走，却被撩帘而出的采菽看见，她忙喊了声"邬太太"，笑道："我们太太刚好说完事，我给您通禀一声吧？"

邬太太说了声多谢。

采菽进去禀了一声，纪氏出门来迎接邬太太，满院子的丫鬟、婆子也都散了。

邬太太自然不会去问纪氏出了什么事，待丫鬟们上了茶点，两人寒暄了几句，邬太太委婉地问起自己来的目的来："……昨天和秀三奶奶说起来才知道仪姐儿已经定了亲，四小姐比仪姐儿只小几个月吧？这侄女都定了亲，不知道什么时候能喝四小姐的喜酒？"

纪氏是什么人，立刻听出了邬太太的言下之意。她望着邬太太那隐隐含着几分期待的眸子，心里涌起股"吾家有女初长成"的骄傲、境况。

邬家是知根知底的，比远嫁到济宁侯府不知道强多少！只是窦昭的情况特殊，不管邬太太听到了些什么，有些话却不应该从她的嘴里说出去。

纪氏立刻有了主意，她笑着喝了口茶，含糊地道："您也是知道的，寿姑的生母不在了，她的婚事恐怕还要问问她舅舅的意思，所以就这样耽搁下来了。"

邬太太得了准信，心中大定，端起茶盅来连声夸"好茶"，和纪氏说了几句闲话，就起身告辞，去了二堂嫂玉二奶奶那里。

"您想娶寿姑为媳？"玉二奶奶听到邬太太委托她给邬善提亲，惊愕地睁大了双眼。

邬太太微微有些不悦。

窦昭固然有不好的地方，但她既然已经开口为邬善求娶窦昭，作为邬家嫁出去的女儿，玉二奶奶就不应该是这种态度。

而玉二奶奶在看见邬太太坚定地点了点头的时候，顿时有些不知所措。

她婶婶怎么突然相中了窦昭？难道是她婶婶这几天在窦家做客，听到了什么风声不成？虽然当年二太夫人下了封口令，说是为了窦昭的安全，不让人谈论这件事。若是窦昭有个三长两短，谁走漏的风声谁负责，是生是死窦家都不会管的。可窦家人多口杂，窦昭又到了谈婚论嫁的年纪，有人走漏了风声也是有的……

念头闪过，她立刻否定了自己的这个想法。她的这个婶婶向来清高，不遇到这种事罢了，若是遇到了这种事，肯定会躲得远远的，更不要说托她为儿子提亲了。

想到这里，她不由一阵兴奋。如果窦昭能嫁到邬家去，那邬家财力倍增，邬家的人虽然不会打窦昭嫁妆的主意，可有这样个有钱的亲戚总归是好的，她们这些嫁出去的姑娘在婆家脸上也有光啊！"

玉二奶奶不由笑道："没想妯娌竟然相中了寿姑？"

窦昭如果嫁到了邬家，就是邬家的儿媳妇了。邬善爱慕窦昭的话是万万不可以说的，知道的，说是两情相悦，不知道的，还以为他们授受不亲！窦昭的名声受损，邬家的脸上也无光！

邬太太笑道："是我这几天在你们家做客，见寿姑小小年纪，行事却十分的稳妥。你也知道，善儿性子柔和，我就想找个能管得住他的。"

这件事，只怕还得二太夫人点头，玉二奶奶笑道："那我先问问太夫人的意思吧？"

邬太太闻言喜道："不用跟王氏说吗？"

玉二奶奶笑道："寿姑毕竟是西府那边的，由太夫人出面问问七叔父的意思更好。"

"也是！"邬太太笑道，"这件事就拜托你了。"

"能亲上加亲，我也高兴啊！"玉二奶奶笑道。

送走了邬太太，她去了二太夫人那里。

而纪氏则去了西府。

窦昭上课去了，祖母笑着把纪氏迎进了屋。纪氏让红姑给她找几盆适合摆放在厅堂和客房的花草："也不拘名贵品种与否，好看就行！"

红姑笑着应是。

纪氏把祖母拉到了后院葡萄架下的石桌旁坐下。"我是来找您的。"她把邬太太来找她的事告诉了祖母，"……邬家人口简单，小有恒产，邬大人和邬太太也都是实在人，最难得的是邬善对寿姑用心良苦，这么多年来始终如一。邬太太又亲自来问，颇有诚意，我觉得这门亲事不错。若是您也觉得好，我寻思着要不要请寿姑的舅母回来看看人，到时候也好把婚事定下来。"

祖母在知道了纪氏的来意时已经笑得两眼眯成了一道缝，此时纪氏问起，她连连点头："自然是要请寿姑的舅母回来看看孩子，她舅母是有眼光的人，看人不会有错的。"又道："邬善这孩子算是我们看着长大的，寿姑若是嫁了他，不会吃亏的。"

"我也是这么想的。"纪氏笑道，"不过，您暂时可别跟寿姑说，还不知道寿姑的舅舅同意还是不同意呢？"

"我知道，我知道。"祖母笑眯眯地道，正好看见红姑指使着几个粗使婆子搬了几盆花进来，忙道，"要是别人问起，我就说你是来搬花草的。"

纪氏笑道："您和我想到一块去了。"

窦昭最信任祖母，自然不会在祖母身边安插什么人，听说纪氏来搬了几盆花树，还傻傻地问："够不够，若是不够，让他们再来搬就是了。"

邬善却是时刻关注着母亲，知道玉二奶奶去了二太夫人那里，他欣喜若狂。母亲一回到客房，他又是端茶又是倒水，又是捶腿又是打扇地奉承着邬太太，惹得邬雅在一旁道："无事献殷勤，非奸即盗。哥哥又想向娘亲讨什么？娘亲，您不能太偏心了。哥哥有的，我也要有！"

一席话把邬善说得呵呵直笑。

邬太太啼笑皆非，一指点在了女儿的额头中间："你这孩子，乱嚷嚷些什么？什么叫哥哥有的你就要有？都这么大的人了，怎么总像个不懂事的小孩子？以后你嫂嫂进了门，你也这么和你嫂嫂说话不成？"

"有了嫂嫂，我当然不会这样和哥哥说话喽！"邬雅嘟着嘴道，"这不是还没有嫂嫂嘛？"话音刚落，她突然睁大了眼睛，"娘亲，难道哥哥要娶嫂嫂了？"然后大声地叫起来，"不行，不行，哥哥要是娶嫂嫂，一定要我喜欢的人。要不然她不让我回娘家怎么办？"

"越说越不像话了！"邬太太佯装恼怒地拍了女儿一下。

邬雅吓得缩了缩肩，躲到了毕嬷嬷身后，屋里的人看了哄堂大笑。

在二太夫人那里的玉二奶奶却笑得有些勉强。

"……当初发生的事，你们都最清楚不过了。"二太夫人拉着她的手叹着气，"寿姑的婚事，只怕我们窦家也做不了主。若是别人来求亲，我肯定怀疑他是冲着寿姑的陪嫁来的。可求亲的既然是邬家，先不说邬大人的为人品性，就凭我们两家的交情，这也是门顶好的亲事，我是乐见其成的。可现在，赵家防我们像防贼似的，我们若是还插手寿姑的婚事，只怕到时候会……"说到这里，二太夫人颇为无奈地摇了摇头。

玉二奶奶何尝不知？可那是西窦的一半财产。如果邬太太不提也罢，可现在邬太太分明是看中了窦昭，怎么都要争一争吧？

她不愿放弃，道："那您说，我应该怎么做才好？"她把球抛给了太夫人，一副十分苦恼的样子，道："我之前不知轻重，已经答应了婶婶……总得把这话说圆满吧？"

二太夫人望着玉二奶奶那貌似无辜的表情，怒火中烧。

不知道该怎么好？恐怕是早就打定主意了吧？原来看邬家还挺不错的，没想到也是道貌岸然的伪君子！想娶窦昭，那也要看看你们邬家有几斤几两才行！

既然有一个动了，只怕接下来几家都会起心思。得想办法早做打算，防微杜渐才是。现在和玉二奶奶撕破了脸，打草惊蛇，恐怕会把其他几家得罪了，到时候群起而攻之，自己未必能压得下去。

二太夫人想到这里，深深地吸了口气，笑容多了几分温和，道："你也不要着急，这说亲说亲嘛，就是要说，没有几个回合哪能定下来？何况万元在京都，赵家舅爷在西北，那就更急不得了。"说着，语气一顿，"好在邬先生不是别人，你七叔祖也认识，我先给你七叔祖写封信，等他答应了，再和赵家的舅爷商量。你既是窦家的媳妇，又是邬家的姑奶奶，邬太太那边，你好好向她解释解释，别把亲戚得罪了。"

这正是玉二奶奶来的目的。她欣然道谢，去给邬太太回话。

二太夫人沉着脸，喊了窦世榜过来。"你给老五写封信。"她把邬家求娶窦昭的事告诉了窦世榜，"他若是觉得这门亲事可行，我们再跟老七商量也不迟。"

窦世榜听母亲这口气，并不看好邬家，他不由得道："我看那邬善小小年纪却学识过人，行事内敛又机敏善变，是个能成大事的人……"

"那又有何用？"二太夫人苦笑道，"等他有能力帮元吉的时候，元吉和那王行宜早已分出胜负。"

窦世榜默然。

二太夫人吩咐他："你派个体己的人去送信，如果有人问起来，就说信是给京都七爷的，在信封外面再套个信封，写上万元的名字。"

窦世榜应诺。

玉二奶奶果如二太夫人所想，派了个人盯着送往京都的信，直到亲眼看到写着"窦万元亲启"五个字的信封，这才放下心来。

那边纪氏托了纪氏铺子的伙计给赵思送了封信过去。

而作为当事人的窦昭和邬善对发生在他们身上的风谲波诡却一无所知——窦昭这些

日子跟着宋为民在学弹琴。宫商角徵羽，认得她头大如斗。邬善则春风得意马蹄疾，看见谁都是一脸的笑，趁着还有几天逍遥日子，和窦政德几个去了趟保定府，并且给窦昭带回来个打着如意结的大红色琴穗。

和窦昭一起跟着宋为民学琴的宋炎嘴角微抽，别过脸去。

的确有些浮华，但邬善不以为意，他怀里，兜着大红色缂丝的荷包，里面装了个小小的同心结金钗，仿佛燃烧着的火焰，让他胸口发烫。

那才是他想送给窦昭的。

窦昭拿着大红琴穗，望了望站在自己面前笑得有些傻的邬善，又望了望陪着邬善一起过来却远远地站在水榭外面像根木桩似的窦德昌，满头的雾水，感觉到好像有什么事发生了，大家都知道，却只瞒着她一个人似的。

她把大红的琴穗交给了身边服侍的别素心，笑着向邬善说了声多谢。

有小厮远远地跑过来。"十二少爷，四小姐，"他满头大汗，"六太太让你们快点回去，纪家的表少爷来了。"

水榭的人都愣住了。"纪家的表少爷，谁啊？"窦德昌茫然地道，"纪家和我同辈的有二十几个呢！"

小厮擦着汗："是纪家的十六少爷。"

窦德昌吓了一大跳："什么，是纪咏来了？他什么时候来的？和谁一起来的？"那样子，如同碰到了债主似的。

这下轮到窦昭和邬善好奇了。

"怎么了？"邬善问他，"这个纪咏和你有过节吗？"

"没有！"窦德昌咧着嘴，牙痛似的，"我只是久仰大名而已。"

窦昭则道："我也要去吗？六伯母让我也去？"

小厮连连点头："六太太是这么交代的。"

窦昭望着窦德昌、窦德昌拖拖拉拉的，一副不愿意回去的样子。

窦昭感觉到有些不对劲，肃然道："到底怎么一回事？"

"没事，没事，"窦德昌说着，不由挺直了身子，"我们快点过去吧，免得让客人等。"那表情，如刺秦王的荆轲，带着一去不复返的悲壮。

邬善不由和窦昭交换了个眼神："我陪着你们一起过去。"

窦昭点头，窦德昌却连声道着"不用了"，对邬善道："你回来还没有去给伯母请安呢，你先回去看看伯母吧，等会我们再聚。"

邬善看了窦昭一眼，把窦德昌拉到了一旁，低声道："你老实跟我说，你是不是欠了那个纪咏的钱？我屋里还有四百两银子，你如果要用，先拿去，不够我再想办法。"

"没有，真没有！"窦德昌有些哭笑不得，道，"自从上次斗鸡我赢了那个姓何的王八蛋之后，就把养的铁将军送了人，这件事你是知道的，我不可能做出那种食言之事，你应该相信我才是。"

邬善将信将疑："斗鸡的事我相信你。可你为什么怕纪咏？"

窦德昌脸色微变："我没有怕纪咏，我只是不喜欢见这个人。"

邬善还要说什么，在旁边大大方方偷听的窦昭轻轻地咳了一声——就算是知己，也各人有各人不想说的秘密。她笑道："十二哥，你等我一会，我去换件衣裳，和你一起回府。"

窦德昌点头，眉头却紧紧地蹙成了一个"川"字。

第二十九章　纪咏·田庄·劫持

窦家大门口依旧人潮汹涌，开了侧门的夹道却很安静，停了两辆黑漆平顶齐头的马车，挂着湘妃竹的帘子，有几个面生的健仆在卸箱笼。那箱笼呈琥珀色，半新不旧，却木纹流畅清晰，四角包青铜云纹，看上去古朴沉静，透着几分厚重。

"真是奢侈，竟然全部用的是花梨木。"窦昭听见走在身边的窦德昌小声嘀咕着，她不由抿嘴一笑，多看了两眼。

搬箱笼的健仆年长的不过二十七八，年轻的十八九岁，神色肃穆，动作敏捷，偌大的箱笼抬在手上，脸不红气不喘，一看就是习过武的。在外行走，身边带着习过武的随从，这在大户人家并不稀罕，可像眼前这样高矮胖瘦都差不多，衣饰打扮都一模一样的，却很少见。

的确很奢侈！他难道不怕有人打劫吗？

窦昭笑着，和窦德昌、邬善绕过花厅，去了六伯母那里。

黑漆如意门大开，青石甬道特别的干净，好像用水洗过的似的，挂在屋檐下的鹩哥扑扑地扇着翅膀，旁边的石榴树开得艳丽似火。

丫鬟、婆子屏气凝神地垂手静立在廊庑里，动也不敢动，看见他们进来，朝着他们眨眼睛。

"看见没有？"窦德昌在窦昭耳边道，"我们家来的不是表少爷，是皇帝！"

窦昭扑哧一声，好不容易才忍住了笑，和窦德昌、邬善一前一后地进了厅堂。

窦政昌垂手恭立于纪氏身边，纪氏和一个穿着月白色细布道袍的少年并肩坐在镶着云母石的罗汉床上，正笑容满脸地拉着那少年的手说着话。

听到动静，两人都抬起头来。

纪氏的笑容特别的灿烂，仿佛从心底流淌出来似的，带着毫不掩饰的喜悦，与她平时的内敛低调截然不同，让窦昭很是意外。再看她身边的少年，不过十五六岁的样子，虽然身材高挑，相貌俊朗，却也寻常，只是他含笑而坐，表情恬淡宁静，一双眸子却流光溢彩，灿若星石，给人一种"他虽然看起来性格温和，可你若怠慢了他，他也不是那么好说话"的感觉，这种自相矛盾的气质，让人见之难忘，甚至有种想一窥究竟的好奇。

窦昭暗暗心惊，这应该就是那个纪咏了。

她突然想到在法源寺见到的那个美少年。

一个，两个……竟然比她前世见到的还要多。

窦昭不禁瞥了一眼窦德昌。

窦德昌和邬善都瞪大了眼睛望着纪咏，显然没有想到纪咏是这样出色的一个人物。

那边纪氏已热情地招呼他们："邬善也来了！芷哥儿、寿姑，快来见过你们的十六表哥。"

纪咏微笑着站了起来，举止优雅地朝着几个人行礼："在下宜兴纪见明，纪咏。"

纪咏已经有表字……他不过和窦德昌差不多的年纪……只有在举业上特别优秀的少年才可能由长辈或是师座提前赠予表字，难道这个纪咏在课业上很出色吗？

窦昭屈膝还礼，就见纪氏笑盈盈地指着邬善道："这是邬翰林家的公子，今年北直隶院试的案首。"然后指了纪咏,"我娘家的侄儿,乙卯年南直隶乡试的解元,当年他十三岁。"

十三岁的解元!她前世怎么没有听说过?难道这世有了什么变化?她虽嫁的是勋贵之家,但状元或是名臣的名字还是听说过的。或许是这个人长大之后资质平平?

窦昭思忖着,感觉窦政昌和窦德昌的脸色都有点发青,就是邬善,笑容也变得勉强起来。

纪见明好像一无所知,或者是,他早已习惯了别人这样的表情,淡淡地笑道:"姑姑过奖了,我不过是侥幸罢了。"然后很快转移了话题,向窦政昌和窦德昌拱了拱手,笑道:"早就听说窦家的表哥和表弟喜游历,见识广博,这次我到真定,只怕要打扰两位了。"

窦政昌和窦德昌听了忙拱手还礼,但还没有来得及说话,纪氏已笑道:"都是自家人,你也不用给他们两人脸上贴金,他们两个,就是喜欢玩,你有什么想去的地方,只管问他们就是了。"

窦昭就看见窦政昌和窦德昌露出十分尴尬的神情。她心中一动,想到前世自己教训儿子时的口吻,也是这样,夸奖别人,贬低儿子,结果儿子不要说向别人学了,一听到那人的名字就会远远地躲开。

窦昭心里隐隐有点明白。窦政昌和窦德昌都不是那心胸狭窄之人,看六伯母的样子,只怕没少在儿子面前夸奖纪咏贬低两人,以至于两人还没见到纪咏就先对纪咏起了反感。

以后一定要引以为戒!窦昭告诫自己。

等纪咏和邬善寒暄了几句之后,纪氏把窦昭拉到了自己的身边,笑道:"这是你窦家表妹,家里排行第四,在我身边长大的,如同蕙哥儿、芷哥儿一样,和我最亲,你也见见。"

纪咏大方地看了窦昭一眼,笑着喊了声"四表妹"。

窦昭很感激纪氏,她定是觉得自己没有嫡亲的兄弟,能结交些像纪咏这样的姻亲,她以后也能有个依靠。

窦昭很诚心地喊了声"纪表哥"。

大家坐下来喝茶。

纪氏继续和纪咏说着话。听那口气,纪家分内五房外八房,仅嫡系子孙就有近百人,不知道比窦家复杂多少,难怪纪氏嫁到窦家后能举重若轻了。

窦昭听得直咋舌。不一会儿,就有小丫鬟过来禀道:"太夫人在绿茵阁设宴,给表少爷接风洗尘,叫了几房的少爷、小姐一起作陪。"

绿茵阁在窦氏正厅旁边,只有达官显贵来了,才会打开绿茵阁的隔扇。

纪氏红光满面,领着他们往绿茵阁去。

路上,窦德昌小声地和邬善嘟囔:"这么厉害,怎么不继续会试考个三元及第啊!跑到我们家来显摆什么?"

窦昭紧紧地抿了嘴,怕自己笑出声来。

绿茵阁里,不仅昌字辈在家的人都到了,就是启字辈的,在族学上课的全都来了,用十二扇黑漆镶钿立屏隔着,女眷坐到了西边的小厅,纪咏由窦玉昌陪着,和其他人坐到了东边的大厅,热菜一上,赞扬纪咏的话就不断地飘进西厅,相比之下,邬善的案首好像变得轻飘飘的,不值一提。

邬太太母女也在座,她不动声色,低声向玉二奶奶问着纪咏,在得知纪咏十三岁就中了解元之后,她不得不对纪咏另眼相看,等到纪咏过来敬酒,在众女眷夸奖纪咏人才出众时，她笑着看了女儿一眼，好奇地问同桌的纪氏："这样的才情相貌，只怕说媒的人把门槛都踏薄了吧？"

纪氏与有荣焉地笑望着被二太夫人拉着不放的纪咏，呵呵地笑道："家祖不想见明那么早成亲。"委婉地承认了很多人跟纪咏说亲。

众人纷纷点头，秀三奶奶更是道："这样的人才，就是换成了我这个愚钝的，也要细细地给他挑门好亲事才是。"

大家笑了起来，话题转到了刚刚嫁进来的威氏身上。她是窦启俊的妻子。父亲威宝成是隔壁曲阳县的大地主，和窦秀昌是同窗好友，家里出了好几个秀才，也算是耕读世家。

威氏相貌清丽，性情也温婉，进门就帮着秀三奶奶管着几个弟妹，颇有长嫂风范，得到了家中长辈的一致称赞。她家中有个小她五岁的胞妹，上次来家里做客的时候被广五奶奶看中，想给自己娘家的侄儿保媒，大家少不得一阵问。

邬太太静静地坐在一旁喝着茶，望着纪咏走出西厅的背影眼神微黯，轻轻地叹了口气。

窦昭看在眼里，没有作声。

接下来的几天，窦政昌和窦德昌兄弟带着纪咏走遍了真定县。窦昭却忧心忡忡地在家里服侍着祖母的汤药——不知怎的，祖母染了风寒，咳得厉害，连吃几服药都不见好转。

东窦那边的人听说了，都过来探病。纪氏也带了纪咏过来。"他略通医理，"她解释道，"让他给崔姨奶奶把把脉，我们心里踏实些。"

窦昭连连点头，请纪氏姑侄进了祖母的内室。

纪咏给祖母诊了脉，看几个大夫开的药方，笑道："没事，就是普通的风寒，吃几服药发发热就好了。你们太急了，这个大夫的药刚吃了两剂不见好就立刻换个大夫，反而把她老人家的病给耽搁了。现在这个大夫开的药方就很好，照着吃几服应该能痊愈。"

祖母被窦昭限制躺在屋里休息，好几天没下床，身子骨都僵了。听了纪咏的话，和纪氏开着玩笑："我说我没事，寿姑非不相信。我看那些富贵人家的老太太都是这样给折腾没的。"

大家哈哈地笑。

窦昭不禁汗颜。她一直担心着祖母的寿元，只是这话却不能告诉别人。

她低垂着眼睑，纪咏就道："四表妹，这熬药也是很有技巧的，我来帮崔姨奶奶熬服药，你派个小丫鬟看着，以后就照我教的给她老人家熬药。"

窦家又不是那暴发户，怎么会不知道怎样熬药？不过纪咏的话已经说出口了，她也不好意思直接反驳，而且纪咏是客，人家是看情面来给崔姨奶奶诊脉的，不能当寻常的大夫看待，他虽然说让她派个丫鬟跟着就行了，她怎能真的就派个丫鬟跟着？窦昭少不得亲自陪着他前往熬药的小耳房。

进了耳房，纪咏却站住了脚，他温声地问窦昭："我看你刚才欲言又止，可是有什么话不好当着我姑姑和崔姨奶奶说？"

窦昭惊讶地望着纪咏，没想到他这样的细心！

纪咏促狭地笑道："你放心好了，我一定帮你保密，决不告诉我姑姑。"

窦昭也笑起来，她斟酌道："崔姨奶奶的身子骨一向都很好。可两年前，她去菜地里摘瓜，突然倒在了菜地里，要不是身边有人服侍，只怕是……"

纪咏听了沉吟道："你把当时大夫开的药方给我看看。"

窦昭只好歉意地道："当时崔姨奶奶住在田庄，等我们知道，把崔姨奶奶接到县里来的时候，药方早就不知去向了。"

纪咏背着手在耳房里走了几圈，道："我依稀记得有这样一个药典，说一个身体强健的农妇，没有任何征兆地骤然暴毙，和崔姨奶奶的病征很像，最后诊断是风热邪气，侵袭肌表……"

窦昭精神一振，道："可有什么疗法？"

"心境平和，饮食有度。"纪咏道，"要以养为主，食疗为辅。"然后道："崔姨奶奶平日都喜欢吃些什么？太过油腻的东西对她不好，还有，不要惹她生气，最忌大喜大怒。"

窦昭一一应了。

纪咏又和窦昭去了一趟厨房，把祖母不能吃的东西都挑了出来，两人忙了半个时辰才回屋。

纪氏望着他们空空如也的手，奇道："你们熬的药呢？"

糟糕，把这件事给忘了！两人面面相觑，但窦昭立刻想到了"打翻碗"之类的借口，只是还没有等她开口，纪咏已道："那熬药的方法是我从书里看到的，一直没能派得上用场，这次好不容易找到机会用，谁知道还不如寻常的办法，药全都给熬煳了。"

纪氏和祖母哈哈大笑，窦昭却在心里嘀咕着：这样一个人，前世我怎么没有一点印象呢？他到底发生了什么事？还是自己忽略了什么？

一时间，她对纪咏为何没有继续参加会试好奇起来。

纪氏悄悄告诉她："我这个侄儿，人还不会走就会说话了，没力气拿笔就已经会背文了。祖父爱若珍宝，亲自教他读书写字，他也不负祖父所望，小小年纪已有文名。正因如此，他对世事却一窍不通，衣食住行都离不开身边服侍的人。世事洞明皆学问，人情练达即文章。祖父说，他这样的性子，读书还行，若是入仕，只怕连那小吏也不如。何况我们家既出过帝师也出过阁老，已是人人侧目，这状元的名头，不要也罢。让他出来历练历练，学会了人情世故再去做学问，文章才会有豪情，才会有侠气，才是真正的好文章。"

窦昭半信半疑，道："我看纪表哥很好啊！"他对身边服侍的丫鬟、小厮都很和气，还帮她给崔姨奶奶诊脉。

纪氏却被这样一句话给问倒了，她期期艾艾了半晌才喃喃地说了句"你以后就知道了"，然后问起崔姨奶奶的身体，把这件事给揭了过去。

窦昭越发对纪咏感兴趣。

就在这个时候，高兴兴高采烈地来禀告她："杜安说，他明天就回京都了。"杜安是奉王映雪之命回来帮着王家处理留在南洼的家产的。

高兴很奇怪："王大人如今已是封疆大吏，难道连个帮着管理产业的人也没有？""强龙不压地头蛇。"窦昭淡淡地道，"杜安生在真定，长于真定，八岁就到了府里当差，去京都时已是有头有脸的管事了，交际广，人脉宽，由他帮着，定能比别人多卖两文钱。"

高兴最信服窦昭，过了几天派了个机敏的小厮打听，王家那几亩良田果然卖了个极高的价钱。高兴直咋舌："四小姐真厉害！"又提防着杜安为了帮杜宁向他使坏，每日战战兢兢，生怕闹出什么事来，还好杜安忙得很，偶尔帮杜宁支支招，他有窦昭做靠山，没谁敢明面上和他对着干，那些招数都没什么用，西窦的一切事务依旧井井有条地掌握在他的手里。

窦昭算着杜安也该回去了。再待下去，京都只怕没有他立足的地方了。

高兴道："大小姐，您看我要不要给杜管事送行？"

"送什么行？"窦昭淡淡地道，"他来的时候给我们打招呼了吗？既然他用不着你接风，当然也用不着你送行了！"

高兴连连点头，窦昭吩咐他："你给我准备马车，我明天去田庄。"

高兴笑道："陈先生回来了？"

陈曲水对外的身份是窦昭笔墨铺子里新聘的账房，平日住在田庄，每个月去趟京都，和范文书对账，窦昭因此常去田庄向陈曲水了解京都铺子的情况，实则是向陈曲水请教功课，询问京都发生的事。

"是啊！"窦昭笑着，想起京都的铺子。

范文书虽然没有开笔墨铺子的经验，可他有能力，到京都不过一个月，他就借着窦家的关系把各种关节都走通了，开业三个月，铺子就扭亏为平。

窦昭开铺子原不是为了赚钱，现在铺子的生意做起来了，她也不是小气的人，跟范文书约定，年终如果盈利，他可以分一成。

范文书喜出望外，对铺子里的事更上心了，陈曲水每次去对账，他都热情款待，对陈曲水感兴趣的事知无不言，言无不尽，帮了陈曲水不少的忙。

不知道这次陈先生又带了什么消息？窦昭思忖着，去禀了祖母一声，第二天一大早带着素绢、别氏姐妹和几个护院去了田庄。

陈曲水早沏了一壶碧螺春在等她，窦昭捧着杯汤色碧绿清澈的茶水，忍不住赞了声"好茶"。

陈曲水听着，笑着为她续了一杯茶，道："我还有个好消息要告诉小姐。"

窦昭挑了挑眉。

陈曲水道："月初，令尊奉旨召对，得了嘉奖。"

不管父亲的为人如何，他的学问却是不错的。

窦昭不以为意。

陈曲水深深地看了窦昭一眼，到现在为止，他都看不清楚眼前的女子到底是怎样的一个人。你说她不懂事吧，她却能做出诸如给范文书分成、聘自己为西席等寻常男子都做不出来的事，你说她懂事吧，她却对父亲升迁、家族荣誉这些能提高她身份的事毫不关心。

窦昭问起陈曲水功课来："我上次看书里写道：圣人之道，去智去巧。智巧不去，难以为常。圣人之所以称为圣人，不就是有着比常人更多的智巧吗？怎么反而说'智巧不去，难以为常'？"

她跟着宋为民学习琴棋书画，跟着陈曲水学习经史。

陈曲水知道窦昭这是不想再谈论父亲的事，自然从善如流，笑道："圣人只需要谨修所事，待命于天即可，若是以机智和巧诈而失其要，则难以持续天道……"他细细地给窦昭讲着什么是以法治国。

窦昭支肘听着，兴致勃勃和陈曲水讨论："这倒有趣！它和我们管理内宅是一个道理——府里有惯例，万事只要遵循惯例，就不会出什么大错，可偏偏有人仗着小聪明想自行其是，坏了规矩，结果上行下效，整个府里的风气都坏了。"

陈曲水听得额头冒汗，道："这怎么能与管理内宅是一个道理呢？这是治国之道。"

"修身齐家治国平天下。"窦昭笑道，"家不治何以治国？可见这道理是相通的。"

陈曲水想想，还真有点道理，不过窦昭的格局有点小，这与她是闺阁女子不无关系。

他不由哂笑，道："若是小姐拿了这套治家，倒也是极好的。不过，法理不外乎人情，一味地讲究规矩而不通人情，也未必是件好事。"

"可见还是在于应用之人。"窦昭想到纪咏,或者这就是纪家老太爷让纪咏出来游历的目的!

两人越说越热烈,素绢慌慌张张地跑了进来:"小姐,不好了!崔姨奶奶晕倒了!"

窦昭脸色大变,心慌意乱地站了起来,厉声道:"出了什么事?"

"刚才府里的刘万赶过来,说崔姨奶奶正和红姑说着话,不知怎的,两眼一闭,就晕倒了。"素绢说着,泪盈于睫,"高管事忙派了他来给小姐报信,说让小姐快回去。"

怎么会这样?纪咏不是说只要好生静养,就不会有什么事吗?

窦昭心神不宁,吩咐素绢让人套车,又叫素心喊了刘万进来说话:"高管事可请了大夫?大家怎么说?"

刘万满头大汗,满身的尘土,一摸脸上一道黑印子:"我来的时候铜铃正奉了高管事之命去请大夫,红姑还支了秋葵去请六太太。"

窦昭心中微安,匆匆辞了陈曲水,带着丫鬟、护卫往家里赶。

别素心脸色发白,却握着窦昭的手不停地安慰她:"吉人自有天相,崔姨奶奶不会有事的,她老人家待人那么和善,菩萨会保佑她老人家的……"

窦昭有心结,听着这话,眼泪忍不住簌簌落下。

眼前猝然一阵天翻地转,她被撞得七荤八素的,身下却始终像垫了个垫子似的,没有感觉到什么疼痛,只是耳朵嗡嗡作响。

车厢外传来窦家领头的护院的惊恐之声:"你们是什么人?这是北楼窦家的马车!你们想干什么?小心被官衙缉拿……"

有人拉着窦昭:"小姐,小姐,您没事吧?"

窦昭头昏沉沉的,却听出那是别素兰的声音,心里更像明镜似的:他们的马车翻了,有人对他们意图不轨!

"拦的就是窦家的马车,"有男子阴森森地道,"被官衙缉拿,那也要你们有那个命去报官才行!"

马车外响起一阵打斗声。

窦昭昏头昏脑地想站起来,耳边却传来素绢的痛呼声,她这才发现马车已经翻了个个儿,自己坐在车顶上,别素心蹲在她的身边,正紧张地望着她,别素兰则趴在车窗朝外张望,身后是因为疼痛缩成了一团蜷在角落里的素绢。

"小姐,您没事吧?"别素心又担心地问了她一句。

"我没事。"窦昭听见自己的声音有些嘶哑。

别素兰回过头来,忐忑不安地道:"姐姐,怎么办?那两个拿三截棍的十分厉害,还有一个拿着刀,护院不是他们的对手。"

"我看看!"窦昭爬到了车窗前。

围攻他们的七八个人,都是五大三粗的汉子,面目不善,除了两个拿三截棍的和拿刀的,其他人都被窦家的护卫砍翻在地,窦家的护卫也伤了六七个人,只留领头的和另两个身手矫健些的还在苦苦支撑着,只是眼看着就力不能支要被打倒在地。而给他们驾车的马车夫则被甩到了离马车不远的小沟里,脸扎在水沟里,一动不动,显然已是凶多吉少。来给她们报信的刘万则哆哆嗦嗦地躲在路边的灌木丛中不敢动弹。

窦昭的脑子飞快地转了起来:此时正值太平盛世,真定县不要说土匪,好多年都没有出过人命案了。这群人点了名要劫窦家的马车,显然是有备而来,只是不知道他们要打劫的是窦家的马车呢?还是她窦昭的马车?如果是对窦家还好说,她不过正好撞上,自有二太夫人和窦世榜尽心周旋。如果是冲着她来的……他们又是为何而来呢？

如果是为了财，舅舅不会害她，窦家也不希望她被害。

那就只有一种可能：勒索！

窦昭顿时大汗淋漓。如果这些人只是想发笔横财，管着窦家庶务的三伯父和常在外行走的三堂兄名声在外，他们要打劫，也应该打劫三伯父和三堂兄才是。

怕就怕这些人是受人指使！知道她名下有大笔财产而又能知道她行踪的，只有窦家的人！

二太夫人不过是她的堂叔祖母，三伯父不过是她的堂伯父。这个人会不会影响二太夫人和三伯父放弃对她的救助呢？这群劫匪已死伤过半，他们会不会一怒之下杀她泄愤呢？

死亡的阴影，第一次离窦昭这么近。

她问别氏姐妹："你们有十足的把握能护着我杀出去吗？"别素心和别素兰互相望了一眼，都面露犹豫。

窦昭想了想，一咬牙，道："素心，陈晓风不是在给人家当护院吗？你立刻去找他，把这边的情景告诉他，我悬赏一万两银子，让他找人来救我们，然后你再回去看看崔姨奶奶怎样。派人通知窦启俊，说我被抢劫了。素兰，你悄悄溜下马车，想办法缀在后面，看看他们会把我藏在哪里。一路上只要他们没有伤到我的性命，你都不要出手。到时候你们在这里碰头。素绢，你连我都跑不过，让你走，是害你，你就跟着我吧！"

素绢紧紧地抱住了窦昭的胳膊。

别素心和别素兰却喊了声"四小姐"，齐齐地道："我们怎么能丢下小姐自己走？要是那些劫匪伤着您哪里了怎么办？还是让我们护着您杀出去吧！就算是丢了性命，我们也会保小姐平安的。"

"还是照我的计划行事更有保障些。"窦昭下了决心，"趁着那三个人被护卫缠着，你们快点溜走。"

别素兰还有些犹豫，别素心却一把拽住了妹妹，道："小姐，我听您的。可若您有个三长两短，我们姐妹也决不会独活。"说完，不等窦昭开口，转身就溜了出去。

窦昭叹了口气，但愿窦家的人和这件事没有关系！

很快，外面传来两声凄厉的叫声，车帘被一把撩开，刀疤脸提着血淋淋的大刀朝里喝道："谁是窦家四小姐？给我出来！"

想的是一回事，亲眼见到又是另一回事。窦昭极其害怕，手脚发软，又被那鲜血刺激得恶心欲吐，恨不得有个地洞把自己藏起来才好。

那个刀疤脸的目光已落在了窦昭的身上："你给我出来。"说着，伸手就将窦昭拎下了马车，道："还有人呢？"

她的脚边，窦家的一个护院正抱着肚子在那里呻吟，鲜血不停地从他的指间涌出来。

窦昭还是第一次看见这样的场景，她忍不住"哇"的一声吐了起来。

刀疤脸就吩咐那两个拿三截棍的："把马车扶起来，把我们的兄弟拉走。"

窦家领头的那个护院躺在地上吃力地道："你，你们是谁？还不快快放开四小姐！还能有个活路……"

那个拿三截棍的上前朝着窦家领头的护院就是一下，窦家领头的护院翻了翻白眼，晕了过去。

窦昭发现，窦家的护院都还活着。

有个劫匪朝着车里看了一眼，道："没时间了，再拖下去会被官府发现的。只要窦家四小姐在我们手里就行了。"说着，窦昭后颈一阵剧痛，她失去了知觉。

窦家门前的戏已经散了，只留下满耳的余声。

邬善走进窦政昌和窦德昌的书房里，看见窦德昌和纪咏正在下围棋，窦政昌在一旁观战。

纪咏执白，窦德昌执黑，两人势均力敌、各有得失，算得上棋逢对手。

邬善一喜。

就见那纪咏拿起桌边的折扇扇了几下风，淡淡地对窦德昌道："再让你两子。"

窦德昌的脸色顿时纠结了起来。

邬善不由叹了口气，笑道："十二，我后天就起程去京都。"

三个人都抬起头来。

邬善就轻轻地咳了一声，道："也不知道什么时候能回来，我想请大家去法源寺赏花。"

纪咏奇道："法源寺有什么奇花？"

"不过是株老桂树罢了，没什么稀奇的。"邬善笑道，"只不过去法源寺的话，我的妹妹、四妹妹、淑姐儿和仪姐儿都可以跟着去热闹热闹。"

纪咏点头："那就算我一个！"

邬善邀窦德昌："我们去跟四妹妹说说吧？看她哪天得闲。"

窦德昌早就不想下这棋了，闻言笑着起身："好啊！我和你一起去吧。"

窦政昌觉得自己没办法独自面对纪咏的强大，笑道："我也一起去。"

纪咏看了看窦德昌，又看了看窦政昌，眼底飞逝过一道狡黠，道："那我也一道去吧！正好给崔姨奶奶把把脉。"

邬善和窦氏兄弟面面相觑，只好带着纪咏去了西府。他们刚刚下了马车，邬善就看见窦昭身边那个叫素心的丫鬟神色慌乱地从一辆雇佣的马车上跳了下来。

他忙道："素心，你怎么不在四妹妹身边服侍？"

别素心回头，强笑着给邬善几人行了礼，转身就朝里走："我还有事要去见崔姨奶奶……"

"站住！"纪咏脸色一沉，大声喝道，"四妹妹到底出了什么事？你要是敢有一句谎言，我立刻叫人牙子来把你给卖了！"

别素心脸上红一阵白一阵的，邬善瞪了纪咏一眼，温声道："素心，你别害怕，我们没别的意思，就是怕四妹妹遇到了什么麻烦，想帮帮你们……"

别素心再坚强也不过是个刚刚及笄的小姑娘，窦昭生死未卜，她早就六神无主，乍地听到邬善的温声细语，她的眼泪不受控制地落了下来："四小姐……四小姐被人给劫走了！"

"你说什么？"邬善几个脸色大变。

别素心索性把事情的经过告诉了邬善等人。

"快，快通知三伯父，让他去救人！"窦政昌脸色煞白地道，被邬善和窦德昌给拉住。"这件事，不能声张。"邬善的目光如万年的寒冰，"得找自己的人去救！"

别素心听着，心中稍安。

"那就用我的人吧？"纪咏摇着折扇，笑吟吟地望着邬善等人。

邬善和窦德昌交换了一个眼神，毅然地应了声"好"。

纪咏叫来了自己的随从，一马当先地跃上了马背。

邬善和窦氏兄弟愕然，纪咏睁大了眼睛不解地望着三人："难道你们不准备亲自去吗？"

窦德昌嘴角微抽，道："去，怎么不去！"在纪咏随从的帮助下坐到了马鞍上。纪咏吩咐随从："和表少爷共乘一骑，不然表少爷掉下来了，我唯你是问。"说着，扬鞭朝着城门外飞奔而去。

窦德昌不由大声地抱怨道："这家伙，还有什么不会的？"

纪咏的随从均垂下眼睑，装作没有听见。

窦昭再醒过来的时候，发现自己躺在一张半新不旧的罗汉床上，身上衣饰完整，她不由长长地松了口气。

素绢睡在她的身边，屋里没有其他的人。

她坐起身来，头还有些晕，但没有大碍。

她认真地听着周围的动静，只有阵阵风吹树叶的沙沙声。

窦昭轻手轻脚地下了床，小心翼翼地将窗棂推开了一道细缝。

外面是个小小的院子，青石铺地，种了一排杨树，树干已有酒盅粗细。院子东边放了个石碾子，一只母鸡带着几只小鸡正在石碾子旁啄着小石子，四周静悄悄的，不见人影。竟然是个典型的农家小院。

窦昭寻思着要不要趴在门缝里看看，就听见隔壁的堂屋传来劫匪的声音："他奶奶的，没想到窦家的护院这么厉害，当初说好了只是把人打昏，现在却伤了人，我们的兄弟也都挂了彩，也不知道他认账不认账？"

另一个声音阴森森的，道："他要是认账，我们拿了银子就闪人；他要是不认账，哼哼哼，我们就把这件事告诉窦家。你就等着收银子好了。"